KB237684

Фёдор Кузьмич Сологуб

Мелкий Бес

•

허접한 악마

창비세계문학

27

•

허접한 악마

•

표도르 쏠로구쁘

조혜경 옮김

창비

차례

·

일러두기

1. 이 책은 Фёдор Кузьмич Сологуб, *Мелкий Бес* (Chicago: Russian Language Specialities 1966)를 번역저본으로 삼았다.
2. 본문 중의 각주는 옮긴이의 것이다.
3. 외국어는 되도록 현지 발음에 가깝게 표기하되, 우리말 표기가 굳어진 것은 관용을 따랐다.

“난 사악한 여자 마법사를 불에 태우고 싶었다.”

1

성도들은 축일 예배를 마치고 귀가하고 있었다. 일부 성도들은 흰색 돌담 뒤에 심긴 오래된 보리수나무와 단풍나무 아래 빙 둘러쳐진 울타리에 모여서서 이야기꽃을 피웠다. 모두들 축일에 맞게 잘 차려입었고 서로서로를 기분 좋게 바라보고 있어서, 마치 이 도시에서 서로 평화롭고 다정하게 살아가는 이들처럼 보였다. 게다가 그들은 흥겨워하기까지 했다. 하지만 이 모든 것은 단지 그렇게 보이는 것일 뿐이었다.

중학교 교사인 뻬레도노프는 아는 사람들 틈에 껴서 황금빛 뿔테 안경 사이로 보이는 작고 희번덕거리는 눈으로 그들을 쳐다보며 입을 열었다.

"볼찬스까야 공작부인이 몸소 바랴[1]에게 그 일이 가능하다고 약

---

1 바르바라의 애칭.

속하셨다네. 그러니까 '자네가 그 사람에게 시집가기만 하면 내가 당장 그 사람에게 장학관 자리를 주겠네'라고 말씀하셨다는 거야."

"아니, 자네가 어떻게 바르바라 드미뜨리예브나와 결혼한다는 건가? 바르바라는 자네 여동생이 아닌가! 여동생과 결혼해도 된다는 새로운 법이 나오기라도 했단 말인가?"

얼굴에 붉은빛이 도는 팔라스또프가 물었다.

모두들 깔깔거렸다. 평상시엔 모든 일에 무관심한 듯 졸린 얼굴을 하고 있던 뻬레도노프의 불그스레한 얼굴이 일순간 일그러졌다.

"육촌 여동생이라니까……"

그는 화를 내며 옆 사람들을 흘겨보더니 투덜거렸다.

"그러니까 공작부인이 자네에게 직접 약속했다는 건가?"

키가 크고 얼굴이 창백하며 세련된 옷차림을 한 루찔로프가 물었다.

"내가 아니라 바랴에게 약속하셨다니까."

뻬레도노프가 대답했다.

"그럼 그렇지. 그런데도 자네는 그 말을 믿는단 말이지? 뭐든지 말은 할 수 있는 거야. 그런데 왜 자네는 직접 공작부인을 찾아뵙지 않는 건가?"

루찔로프가 활기를 띠며 말했다.

"그러니까 그게 말이야, 내가 바랴하고 찾아갔었는데 공작부인을 만나뵙지는 못했어. 고작 오분 늦었을 뿐인데 말이야. 시골로 떠나셔서 삼주 후에나 오신다고 하더라고. 게다가 나도 시험 때문에 여기에 돌아와야만 해서 계속 기다릴 수가 없었지 뭔가."

뻬레도노프가 말했다.

"뭔가 미심쩍은데."

루찔로프는 썩은 이를 드러내며 웃었다.

뻬레도노프는 생각에 잠겼다. 친구들이 흩어졌고 루찔로프와 단 둘이 남게 되었다.

"물론 난 내가 하고자 하는 일들을 할 수 있다네. 내겐 바르바라 한명만 있는 게 아니란 말이야."

뻬레도노프가 입을 열었다.

"그렇긴 하지. 아르달리온 보리시치[2], 모든 여자가 자네를 따를 걸세."

루찔로프가 맞장구쳤다.

둘은 울타리를 벗어나 먼지가 풀풀 날리는 비포장 광장을 지나 갔다.

"그러니까 공작부인께서 어쩌실지? 만약 내가 바르바라를 차버 리면 화를 내실까?"

뻬레도노프가 물었다.

"참 나. 공작부인 얘기가 다 뭔가! 자네와 그분은 아무 관계도 없 다네. 그분에게 자리를 먼저 달라고 하면 결혼에도 골인할 수 있을 걸세. 아무것도 보지 못한 상황에서 어떻게 그 일을 하겠다는 건 가!"

루찔로프가 말했다.

"그건 그래……"

뻬레도노프가 생각에 잠기며 그의 말에 동의했다.

"바르바라에게 그렇게 말하게. 우선은 자리가 중요하다고. 그렇 지 않으면 그다지 신뢰할 수 없다고 말하란 말이야. 자네가 자리를

____

2 뻬레도노프의 이름과 부칭.

얻고 나서 미리 생각해둔 여자와 결혼하란 말이지. 자네, 내 여동생들 중에서 골라보는 게 어때? 여동생이 셋인데 아무나 골라보라고. 똑똑하고 교양도 있는 아가씨들이라네. 솔직히 말해서 바르바라와 비교할 수 없을 정도지. 바르바라는 내 동생들의 발뒤꿈치에도 못 미친단 말이야."

루찔로프가 뻬레도노프를 설득했다.

"으음……"

뻬레도노프가 중얼거렸다.

"내 말이 맞다니까. 자네의 바르바라는 어떤가? 이거 냄새 한번 맡아보게."

루찔로프는 고개를 숙이더니 솜털이 가득 난 효스풀 줄기를 꺾어 잎들과 함께 더러워진 흰색 꽃들과 한데 뭉쳐서 손가락으로 뭉개고 난 뒤 그것을 뻬레도노프의 코 앞으로 가져갔다. 뻬레도노프는 기분 나쁘고 역한 냄새 때문에 얼굴을 찌푸렸다. 루찔로프가 말했다.

"뭉개고 나서 버리는 거야. 그게 바로 자네의 바르바라란 말이야. 이보게, 바르바라와 내 여동생들 사이엔 커다란 차이점이 있다네. 내 여동생들은 활달하고 싱싱한 아가씨들이니까 아무나 골라보라고. 개네들은 자네를 밤에 잠도 못 자게 할 거라고. 그렇게 젊다니까. 가장 나이가 많은 첫째 여동생도 자네의 바르바라보다 세 배나 더 어리단 말이야."

루찔로프는 이 모든 말을 평상시처럼 유쾌하고 재빠르게 내뱉었다. 하지만 키가 크고 새가슴을 한 그는 연약하고 부실해 보였다. 최신유행하는 모자 밑으로는 짧게 자른 성긴 금발이 처량하게 삐져나와 있었다.

"음, 심지어 세배라니."

뻬레도노프는 황금빛 안경을 벗어 닦으면서 작은 소리로 말했다.

"맞다니까 그러네! 이봐, 정신 차리게. 내가 살아 있는 한 내 여동생들은 나의 자랑거리야. 나 죽은 뒤에 자네가 원한다 해도 그때는 이미 늦을걸. 걔네들 모두가 자네를 굉장히 만족시켜줄 거야."

루찔로프가 소리 질렀다.

"그렇긴 하지. 이곳에선 모두들 나와 사랑에 빠지지."

뻬레도노프는 음흉한 표정으로 자화자찬했다.

"그러니까, 이보게, 자네야말로 기회를 잡으라고."

루찔로프가 확신에 차서 말했다.

"중요한 것은, 난 마른 여자가 싫다는 거야. 통통한 여자가 좋더라고."

뻬레도노프는 구슬픈 목소리로 말했다.

"그 문제에 관해서라면 걱정하지 말게나. 내 여동생들은 이제 통통한 아가씨가 되었다네. 만약 그애들이 자네가 원하는 체형이 아니라면 시간을 두고 기다려보면 되지, 뭐. 결혼하면 걔네들도 아줌마처럼 살이 찔 거야. 자네도 알다시피 우리 집 라리사도 왕만두처럼 통통해졌다네."

루찔로프는 열을 냈다.

"결혼하고 싶긴 한데 바랴가 난리를 피울까봐 걱정이 돼서 말이지."

뻬레도노프가 말했다.

"자네가 그런 난리를 두려워하다니. 일단 저질러보라고. 내일이 아니라 오늘 당장 결혼해버려. 자네가 젊은 아내와 집에 나타나면 모든 일을 처리하는 데 그리 오래 걸리지 않을 거야. 정말이지 자네가 원한다면 내가 그 일을 마무리해주겠네. 내일 저녁은 어때?
누구랑 결혼하고 싶은가?”

루찔로프가 간사한 미소를 띠며 말했다.

뻬레도노프는 갑자기 거리낌 없이 큰 소리로 웃었다.

“어때, 괜찮지? 약속한 거지, 그렇지?”

루찔로프가 물었다.

뻬레도노프는 갑자기 웃음을 멈추고 속삭이는 것처럼 작은 소
리로 교활하게 말했다.

“고것이 밀고를 할 거야.”

“그 여자는 그 어떤 일에 대해서도 밀고하지 못할 거야. 밀고할
것도 없고.”

루찔로프가 확신에 차서 말했다.

“아니면 고것이 날 독살할 거야.”

뻬레도노프가 조심스럽게 속삭였다.

“자넨 모든 일에 있어서 나만 믿게. 내가 자네를 위해 모든 일을
치밀하게 해치울 테니……”

루찔로프가 그를 적극적으로 설득했다.

“지참금을 안 가져오면 난 결혼 안할 거야.”

뻬레도노프가 화가 난 듯 말했다.

루찔로프는 음흉한 상대방의 새로운 생각에 결코 놀라지 않았
다. 그는 여전히 활기찬 목소리로 말했다.

“바보 같긴. 정말 걔네들이 지참금 없이 시집오는 애들일까봐!
음, 어때, 이제 맘에 드는 거야, 어떤 거야? 자, 난 뛰어가서 모든 일
을 준비해놓겠네. 약속을 지키기만 하라고. 누구에게도 말하면 안
돼. 듣고 있나, 누구에게도 안된다고!”

그는 뻬레도노프의 손을 잡아 흔들고는 그에게서 멀어지더니 저 멀리로 뛰어가버렸다. 뻬레도노프는 묵묵히 그의 뒷모습을 바라보았다. 루찔로프 여동생들의 명랑하고 미소 띤 얼굴들이 떠올랐다. 뻔뻔한 생각이 그의 입가에 기분 나쁜 미소로 번져나갔다. 하지만 그것은 일순간 나타났다가 사라졌다. 뻬레도노프의 맘속에는 음울한 걱정이 생겨났다.

'공작부인은 어쩐다지? 그분의 후광도 날 지켜주진 못해. 하지만 바르바라와 결혼해서 장학관에 오르고 난 다음엔 이사가 될 수도 있겠지.'

그는 초조해하며 달려가는 루찔로프의 뒤를 바라보았고 악한 생각에 잠겼다.

'뛰어가게 놔두자.'

이런 생각을 하자 그는 희미하고 몽롱한 만족감에 젖었다. 하지만 자신이 혼자라는 생각 때문에 쓸쓸해졌다. 그는 이마까지 모자를 눌러쓰고 노란 눈썹을 찌푸리며 서둘러 집으로 뛰어갔다. 텅 빈 비포장 거리마다 진흙으로 짓밟힌 한련화와 이미 다 자라서 흰 꽃을 피운 개미자리풀이 누워 있었다.

그런데 누군가가 그를 조용하지만 다급한 목소리로 불렀다.

"아르달리온 보리시치, 우리 집에 들르세요."

뻬레도노프는 음울한 눈빛으로 고개를 들어 화가 난 듯이 울타리 너머를 쳐다보았다. 정원 쪽문 뒤에는 나딸리야 아파나시예브나 베르시나가 서 있었다. 키가 작고 말랐으며 피부색이 어두운 그녀는 검은 눈썹에다 검은 눈동자, 검은 옷차림이었다. 그녀는 검은색 벚꽃나무 파이프를 입에 물고 담배를 피우고 있었으며, 사람들이 말하지 않아도 왜 웃고 있는지 다 알고 있다는 듯이 가벼운 미소를 짓고 있었다. 그녀는 말로만이 아니라 가볍고 재빠른 동작으로 뻬레도노프를 정원 안으로 불러들였다. 베르시나는 쪽문을 열고 고개를 숙여 인사한 다음 상냥하게 미소 지었다. 그와 동시에 그녀는 "왜 서 있으세요? 들어오세요"라고 말하며 그를 향해 당당하게 손짓했다.

그러자 뻬레도노프는 마치 말없이 행해지는 주문에 걸려 그것에 따르기라도 하듯이 그녀에게 복종했다. 그러나 그는 곧 모래가 많은 길로 들어서며 마른 나뭇가지 부스러기들을 바라보다가 시계를 들여다보고는 중얼거렸다.

"식사시간이군."

그는 오랫동안 시계를 차고 다녔지만 사람들 앞에선 언제나 그러듯이 지금도 만족스러운 듯 시계에 달린 커다란 금빛 뚜껑을 바라보았다. 11시 40분이었다. 뻬레도노프는 조금만 있다 가기로 결심했다. 그는 베르시나의 뒤를 따라 황량해 보이는 검붉은색 라즈베리, 산딸기, 구즈베리 떨기나무 숲을 지나갔다.

정원은 열매들과 계절에 맞지 않게 피어 있는 때늦은 꽃들로 노랗고 화려한 빛을 발했다. 거기에는 많은 과실나무와 떨기나무가 있었다. 가지가 무성하고 키가 작은 사과나무, 반짝이고 윤기나는 잎이 달린 배나무, 자두와 인동덩굴 등이었다. 넓은잎딱총나무들에는 붉은 나무열매가 달려 있었다. 울타리 주위에는 시베리아 제라늄이 선홍빛 결을 가진 작은 연분홍 꽃들을 무성하게 피웠는데 가시가 많은 제라늄의 선홍색 머리 부분이 떨기나무 위로 삐져나와 있었다. 한쪽에는 작은 회색빛 나무 집이 있는데 커다란 식탁이 딸린 방이 정원 쪽으로 나 있었다. 안락하고 평안해 보이는 집이었다. 그 뒤로는 텃밭의 일부가 보였다. 거기에는 말라버린 줄기를 내

보이는 양귀비와 커다란 꽃받침이 달린 연노랑 국화, 노란 해바라기 꽃잎이 막 시들어가고 있었다. 약초들 사이에는 한해살이풀들이 꽃을 피웠다. 광대파슬리는 흰 꽃을 피우고, 들미나리는 연분홍 꽃을 피우고 있었다. 연노란 미나리아재비와 키 작은 등대풀도 꽃을 피웠다. 베르시나가 물었다.

"예배에 다녀오셨나봐요?"

"다녀왔죠."

뻬레도노프가 음울하게 대답했다.

"마르따도 막 다녀왔어요."

베르시나가 말했다.

"그 아이는 우리 교회에 자주 나가죠. 벌써 웃음이 나오네요. 내가 '마르따, 넌 누구를 위해 교회에 다니는 거니?'라고 물으면 얼굴을 붉히며 입을 다물어버리죠. 가요. 정자로 가서 잠깐 앉아요."

그녀는 숨 돌릴 틈도 없이 이전에 내뱉은 말에 연이어 재빨리 말했다.

정원 한가운데에 가지가 무성한 단풍나무 그늘 아래 오래된 회색빛 정자가 있었다. 정자는 위로 향하는 세단짜리 계단, 이끼가 낀 마루, 낮은 벽, 가운데가 불룩한 여섯 기둥, 진줏빛 지붕으로 이루어져 있었다.

마르따는 예배에 다녀와서인지 아직도 정장 차림으로 정자에 앉아 있었다. 리본이 달린 밝은색 원피스를 입고 있었지만 그녀에게 어울리지 않았다. 짧은 소매 아래로 붉고 뾰족한 팔꿈치와 커다랗고 힘센 팔이 드러나 있었다. 그런데 마르따는 바보가 아니었다. 주근깨로 얼굴이 엉망이었지만 이곳에 특히 많이 거주하는 폴란드 사람들 사이에서는 심지어 괜찮은 아가씨로 알려져 있었다.

마르따는 베르시나를 위해 담뱃대에 담배를 집어넣어주었다. 마르따는 뻬레도노프가 자기를 보고 기뻐해주길 간절히 원했는데, 이런 바람 때문에 평범한 얼굴에 초조한 상냥함이 묻어났다. 하지만 그런 표정은 마르따가 뻬레도노프에게 반했기 때문에 생긴 것은 아니었다. 베르시나가 마르따에게 자리를 마련해주고 싶어하기 때문이었다. 마르따에겐 식구가 많았는데, 베르시나는 나이 든 남편이 죽고 나서 마르따와 중학생인 남동생을 몇개월 동안 자기 집에 머물게 해줬던 것이다. 그녀는 베르시나를 대접하고 싶었다. 마르따의 남동생은 지금도 이곳에서 지내고 있었다.

베르시나와 뻬레도노프는 정자로 들어갔다. 뻬레도노프는 마르따와 썰렁하게 인사를 나누고 자리에 앉았다. 그는 기둥이 바람으로부터 등을 보호해주어 바람이 귀로 새어들어가지 않는 자리를 골라앉았다. 그는 장밋빛 구슬이 달린 마르따의 노란 장화를 바라보며 그녀가 자신을 약혼자로 생각하고 장화로 유혹하려 한다고 생각했다. 뻬레도노프는 언제나 자신에게 호감을 보이는 아가씨들을 바라볼 때마다 그런 생각을 했다. 그는 마르따의 많은 주근깨, 커다란 손, 거친 피부와 같은 단점들에만 주목했다. 그는 폴란드 소귀족인 마르따의 아버지가 도시에서 6베르스따[3] 떨어진 어느 작은 마을에 세 들어 살고 있다는 것을 알고 있었다. 수입은 적은데 아이들은 많았다. 마르따는 예비중학교를 졸업했고 아들은 중학교에서 공부하고 있으며 다른 아이들은 아직도 어렸다.

"맥주를 따라드려도 될까요?"

베르시나가 서둘러 물어보았다.

---

3 미터법 시행 이전 러시아의 거리를 측정하는 단위로서 1베르스따는 1.067km이다.

식탁 위에는 컵, 맥주 두병, 젖은 상자에 담긴 초라한 설탕, 맥주가 묻은 은색 찻숟가락이 놓여 있었다.

"마실게요."

뻬레도노프가 간격을 두어 말했다.

베르시나가 마르따를 바라보았다. 마르따는 컵에 맥주를 따라 뻬레도노프에게 가져갔다. 이때 그녀의 얼굴에는 이상한 미소가 비쳤다. 그것은 놀라움이 아니라 기쁨의 미소였다. 베르시나는 마치 말을 흩뿌리듯이 재빨리 말했다.

"맥주에 설탕을 넣어드리렴."

마르따는 뻬레도노프에게 설탕이 담긴 작은 접시를 건넸다. 하지만 뻬레도노프는 시큰둥하게 말했다.

"아니요, 설탕을 넣으면 맛이 엉망이 되죠."

"무슨 말씀이세요? 한층 더 맛있어요."

베르시나가 한결같은 목소리로 재빨리 또박또박 말했다.

"정말 맛있어요."

마르따가 말했다.

"엉망이 된다니까요."

뻬레도노프는 같은 말을 반복했고 화를 내며 설탕을 바라보았다.

"하고 싶은 대로 하세요."

베르시나는 쉴 틈도 없이, 말을 돌릴 새도 없이 똑같은 목소리로 말한 다음 다른 문제로 말머리를 돌렸다.

"난 체레쁘닌이 지겨워졌어요."

베르시나가 입을 열며 웃었다.

마르따도 웃었다. 뻬레도노프는 무심히 바라보았다. 그는 어찌되었든 간에 남의 일에 끼어들지 않았고 사람들을 싫어했으며 자신의 이익 및 만족과 연관된 사람들을 제외하고는 다른 사람들에 대해 생각하지 않았다. 베르시나는 자족하며 미소 짓고는 입을 열었다.

"그 사람은 내가 자기에게 시집올 거라고 생각하고 있답니다."

"정말 뻔뻔한 사람이네요."

마르따는 자신이 그렇게 생각해서가 아니라 베르시나를 기쁘게 하고 그녀에게 아부하기 위해 그렇게 말했다.

베르시나가 말했다.

"어제 창가에 앉아서 저녁을 먹으며 밖을 바라보고 있노라니, 그가 정원으로 달려오더라고요. 유리창 아래에는 큰 통이 놓여 있었어요. 비가 올 때 통을 세워두었는데 물이 가득했죠. 판자로 덮어두어 물이 보이지 않았나봐요. 그 사람이 통 위로 기어올라오더니 유리창으로 안을 들여다보더군요. 집 안엔 램프를 켜놓았으니 그 사람은 우리를 봐도 우린 그를 볼 수 없었답니다. 갑자기 무슨 소리가 들렸어요. 처음엔 모두들 놀라 밖으로 뛰어나갔죠. 그런데 그가 물에 빠진 거였어요. 그가 우리 앞쪽으로 기어나오더니 홀딱 젖은 채 달아났어요. 길을 따라 젖은 발자국이 났을 거예요. 우린 그 사람의 등을 보고 그가 누군지 알아차렸죠."

마르따는 선량한 아이들처럼 여리고 기쁨에 가득 찬 소리로 웃었다. 베르시나는 늘 하던 것처럼 이 모든 이야기를 빠르고 동일한 어조로 들려주었다. 그러다가 일순간 이야기를 멈추고 앉아서 입가에 미소를 머금었다. 그 때문에 마르고 거무스름한 얼굴에 주름이 생겼고 담배로 인해 누렇게 변한 치아가 살짝 드러났다. 뻬레도노프는 생각에 잠겼다가 갑자기 웃었다. 그는 언제나 자신이 웃긴다고 생각하는 것에 대해 즉각적으로 반응을 보이지 않았다. 느리고 굼뜨게 반응했던 것이다.

베르시나는 연달아 담배를 피워댔다. 그녀는 자기 코앞에 담배 연기가 없으면 살 수 없었다.

"곧 이웃이 될 것 같네요."

뻬레도노프가 입을 열었다.

베르시나는 마르따를 재빨리 쳐다보았다. 마르따는 살짝 얼굴을 붉혔고 공허한 기대로 뻬레도노프를 바라보다가 곧장 다시 정원 쪽으로 눈길을 돌렸다.

"이사 오시나요? 뭣 때문에요?"

베르시나가 물었다.

"중학교가 멀어서요."

뻬레도노프가 설명했다.

베르시나는 믿을 수 없다는 듯이 미소를 지었다. 사실 그녀는 그가 마르따와 더 가까이 있고 싶어서 그러는 것이라고 생각했다.

"그렇죠. 당신은 이미 오래전부터 그곳에 살고 계시죠. 벌써 몇 년씩이나요."

베르시나가 말했다.

"게다가 여주인이 영 아니에요."

뻬레도노프는 화를 내며 말했다.

"설마요?"

베르시나는 믿을 수 없다는 듯이 묻고는 교활한 미소를 지었다.

뻬레도노프가 조금씩 활달해졌다.

"새 벽지를 엉망으로 발라놓았어요."

그가 말했다.

"끝 부분이 맞질 않아요. 부엌문 위에는 전혀 다른 무늬의 벽지가 발라져 있고요. 방 전체는 당초무늬와 꽃무늬고, 문 위는 줄무늬와 패랭이 꽃무늬예요. 그리고 꽃도 다르더라고요. 우린 눈치채지 못했는데 팔라스또프가 오더니 막 웃지 뭐예요. 그래서 모두들 웃었죠."

"저런, 그렇게 말도 안되는 일이."

베르시나가 동조했다.

"근데 우리는 여주인에게 이사 간다는 것을 알리지 않았어요."

뻬레도노프가 이 말을 하면서 고개를 숙였다.

"아파트를 구해야 이사 가는 거라서 아직 말하지 않았답니다."

"그럼요."

베르시나가 말했다.

"아마도 난리가 나겠죠."

말을 하는 뻬레도노프의 눈빛에는 두려운 불안감이 깃들어 있었다.

"그렇게 엉망으로 만들어놨는데도 꼬박 한달 월세를 지불해야 하다니."

뻬레도노프는 이사 가면 집세를 내지 않아도 된다는 생각에 기뻐서 웃었다.

"그 여자가 월세를 요구할 거예요."

베르시나가 지적했다.

"그 여자가 요구해도 전 못 줘요."

뻬레도노프는 분에 차서 말했다.

"우리가 뻬쩨르부르그에 가 있는 동안에는 아파트를 사용하지 않았거든요."

"하지만 아파트는 당신들 앞으로 되어 있잖아요."

베르시나가 말했다.

"말도 안됩니다! 수리를 해줘야만 해요. 정말로 우리가 살지 않은 기간에 대해서도 집세를 내야 하나요? 그리고 중요한 것은 그 여자가 너무도 악랄하다는 겁니다."

"음, 그녀가 악랄한 이유는 당신의…… 여동생이 대단한 인물이기 때문이죠."

베르시나는 '여동생'이란 말을 하기 전에 잠시 머뭇거렸다.

뻬레도노프는 얼굴을 찌푸리며 반쯤 졸린 듯한 눈으로 앞을 응시했다. 베르시나는 다른 일에 대해 말했다. 뻬레도노프는 주머니에서 캐러멜을 꺼내 껍질을 벗기고 씹었다. 우연히 마르따를 바라본 그는 그녀가 자신을 부러워하며 캐러멜을 먹고 싶어한다고 생각했다.

'그녀에게 줄까, 말까? 이걸 받을 만한 가치는 없어. 아니야, 혹시 내가 준다면 내가 그것을 아까워하지 않는다고 사람들이 생각하겠지. 주머니에 가득 있으니까.'

그래서 그는 캐러멜 한줌을 꺼냈다.

"자, 여기요"라고 말하며 그는 먼저 베르시나에게 알사탕을 내밀었고, 그러고 나서 마르따에게도 1뿐드[4]에 30꼬뻬이까나 하는 비싸고 좋은 사탕들을 내밀었다.

그들은 하나씩 집었다. 그가 말했다.

"좀더 가져가도 돼요. 내겐 질 좋은 고급 사탕들이 많이 있거든요. 질이 나쁜 건 먹지 않아요."

"감사합니다만 더는 안 먹을래요."

---

4 1뿐드는 0.41kg에 해당한다.

베르시나는 빠른 어조로 무표정하게 말했다.

마르따는 베르시나를 따라 같은 말을 반복했는데 왠지 미적거렸다. 뻬레도노프는 의심스러운 듯이 마르따를 보며 말했다.

"아니, 원하지 않는다니요! 자, 여기요."

그는 주머니에서 캐러멜 하나만 챙겨들고 나머지는 마르따 앞에 두었다. 마르따가 아무 말 없이 미소만 짓고는 머리를 살짝 숙여 인사하자 뻬레도노프는 생각했다.

'교양없는 아가씨로군. 제대로 감사인사를 할 줄도 모르네.'

그는 마르따와 무엇에 대해 이야기해야 할지 몰랐다. 누군가가 그를 위해 유쾌한 혹은 불쾌한 관계를 맺게 한 모든 사물이 그렇듯이 그녀도 그에게는 관심의 대상이 되지 못했다.

베르시나는 나머지 맥주를 뻬레도노프의 잔에 따랐다. 그녀가 마르따를 바라보자 마르따가 말했다.

"제가 가져올게요."

그녀는 언제나 베르시나가 무엇을 원하는지 듣지 않고도 알아차렸다.

"블라쟈[5]를 보내라. 정원에 있으니까."

베르시나가 말했다.

"블라지슬라프!"

마르따가 소리 질렀다.

"여기 있어."

어떤 소년이 마치 시중을 들기나 하는 것처럼 가까이서 재빨리 대답했다.

---

5 블라지슬라프의 애칭.

"맥주 두병만 가져와. 창고 안 나무 상자에 있어."

마르따가 말했다.

블라지슬라프는 곧 소리도 없이 정자로 뛰어와서 유리창을 통해 마르따에게 맥주를 건네며 뻬레도노프에게 인사했다. 뻬레도노프는 음울하게 말했다.

"안녕, 오늘은 맥주를 몇병이나 마셨지?"

블라지슬라프는 억지로 웃으며 말했다.

"전 맥주 안 마셔요."

그 아이는 제 누나인 마르따를 닮아 얼굴에 주근깨가 난 열네살 소년으로서 동작이 굼뜨고 부자연스러웠다. 소년은 거친 옷감으로 만든 블라우스를 입고 있었다.

마르따가 남동생과 소곤거리더니 둘이 웃었다. 뻬레도노프는 의심쩍은 표정으로 그들을 바라보았다. 그는 사람들이 자기 앞에서 웃는데 자신은 아무것도 모르는 경우 그들이 자신을 비웃는다고 생각했다. 베르시나는 걱정이 되어 마르따를 부르고 싶어했다. 그런데 뻬레도노프가 악의에 찬 목소리로 물었다.

"왜 웃는 거냐?"

마르따는 몸을 흠칫 떨며 그를 향해 몸을 돌렸으나 무슨 말을 해야 할지 몰랐다. 블라지슬라프는 뻬레도노프를 바라보며 미소 짓고는 얼굴을 살짝 붉혔다.

"손님 앞에서 그러는 건 예의에 어긋난 거야."

뻬레도노프가 말하고는 물었다.

"나를 비웃은 거냐?"

마르따는 얼굴을 붉혔고, 블라지슬라프는 놀랐다.

"죄송해요. 저희는 정말 선생님에 대해 말한 것이 아니에요. 저희에 관한 이야기를 한 거예요."

마르따가 말했다.

"비밀 얘기라. 손님 앞에서 비밀 얘기를 하는 것도 예의에 어긋난 일이에요."

뻬레도노프는 화가 나서 말했다.

"비밀 얘기는 아니었어요. 우린 다만, 블라쟈가 맨발로 와서 이리 들어오지 못할 정도로 창피해한다고 얘기한 건데요."

마르따가 말했다.

안심한 뻬레도노프는 블라쟈를 골려줄 장난을 생각하고 나서는 블라쟈에게 캐러멜을 주었다.

베르시나가 말했다.

"마르따, 내 검정 스카프 좀 가져오렴. 오면서 부엌에서 파이가 어찌 되어가는지 들여다보고 와라."

마르따는 순순히 나갔다. 그녀는 베르시나가 뻬레도노프와 이야기하고 싶어한다는 것을 알게 되어서 기뻤다. 그래서 그녀는 서두르지 않고 느리게 움직였다. 베르시나가 블라쟈에게 말했다.

"너는 저기 멀리 가 있어라. 여긴 네가 수다 떨 만한 이야깃거리가 없단다."

블라쟈가 달려가자 발 사이로 모래가 쉭쉭거리는 소리가 들렸다. 연속적으로 담배를 피워대면서 베르시나는 연기 사이로 뻬레도노프를 재빨리 조심스레 곁눈질해보았다. 뻬레도노프는 아무 말 없이 앉아서 자기 앞에 있는 베르시나의 모호한 눈빛을 응시하며 캐러멜을 씹고 있었다. 그는 그들이 가버려서 기뻤다. 만약 그들이 있었다면 다시 자기를 비웃을 수도 있었을 거라고 생각한 것이다. 설령 그들이 자신을 비웃지 않았다는 것을 알았다 하더라도 그에게는 모욕감이 남아 있었다. 그것은 마치 따가운 엉겅퀴를 만지고 나서 엉겅퀴에서 멀리 떨어져 있더라도 그 아픔이 오래가고 점점 더 커지는 것과 같은 이치였다. 갑자기 베르시나가 자주 던지곤 하던 질문을 재빨리 했다.

"당신은 왜 결혼하지 않나요? 뭔가를 아직도 기다리시나봐요. 아르달리온 보리시치! 단도직입적으로 말해서 죄송하지만 바르바라는 당신의 짝이 아니에요."

뻬레도노프는 헝클어진 밤색 머리카락을 손으로 쓰다듬으며 음울하고 의미심장한 표정으로 말했다.

"이곳엔 제게 어울릴 만한 짝이 없어요."

베르시나가 반박하며 불편한 미소를 지었다.

"그렇게 말씀하지 마세요. 이곳엔 그 여자보다 괜찮은 여자들이 많다고요. 모든 여자가 당신을 따르잖아요."

그녀는 단호한 동작으로 담뱃재를 털었다. 마치 거기에 확실한 표시를 해두는 것처럼 보였다.

"모든 여자가 필요한 건 아니에요."

뻬레도노프가 대답했다. 베르시나가 재빨리 말했다.

"모든 여자에 대해 말하는 건 아니에요. 물론 당신은 지참금에 뜻이 있는 건 아니죠, 아가씨만 괜찮다면. 다행히도 당신이 충분히 벌잖아요."

"아니죠."

뻬레도노프가 반박했다.

"바르바라와 결혼하는 것이 제겐 득이 돼요. 공작부인이 바르바라에게 대단한 걸 약속하셨거든요. 그분이 제게 좋은 일자리를 주신다네요."

뻬레도노프는 음울하지만 생기있게 말했다.

베르시나는 살짝 미소 지었다. 담배에 그을린 것처럼 어둡고 주름진 얼굴엔 남을 비하하는 듯한 의심의 빛이 보였다. 그녀가 물었다.

"정말 그분이 당신에게 그렇게 말했단 말이죠, 공작부인께서?"

베르시나는 '당신에게'라는 단어를 강조했다.

"제게 말씀하신 것이 아니라 바르바라에게요. 하지만 그건 중요하지 않죠."

뻬레도노프가 고백했다. 베르시나는 악의에 차서 말했다.

"당신은 벌써 당신 누이의 말을 지나치게 믿고 계시네요. 음, 누이가 당신보다 나이가 많나요? 열다섯살 정도요? 아니면 그 이상인가요? 당연히 거의 쉰살쯤 되었겠죠?"

"어이구, 무슨 말씀을, 아직 서른살도 되지 않았답니다."

뻬레도노프는 화가 나서 말했다.

베르시나가 웃음 짓더니 목소리에 거침없는 조소를 담아내며 말했다.

"겉으로 봐서는 당신보다 훨씬 더 나이 들어 보이던데요. 물론 그런 일은 저와 상관없는 일이지만요. 하지만 다른 한편으론 그렇게 아름답고 영혼이 고결한 남자가 존중받고 살아야만 하는데도 사실상 그렇게 살고 있지 못한다는 사실이 유감이에요."

뻬레도노프는 모욕을 받은 것처럼 주위를 둘러보았다. 불그스름한 얼굴엔 미소가 사라졌고, 베르시나처럼 모든 사람이 자신을 이해하지 못하는 것처럼 생각되어 모욕감을 느꼈다. 그런데 베르시나가 계속 말했다.

"당신은 누구의 보호를 받지 않고도 잘나갈 거예요. 정말이지 윗

사람들은 사람들의 가치를 제대로 평가하지 못한다니까요! 왜 당신이 바르바라를 먹여살려야 하나요! 당신은 루찔로프 가문의 아가씨와 결혼하지도 않겠죠. 그 아가씨들은 경박해요. 그런데 당신에겐 변함없는 아내가 필요하죠. 그러니 우리 집에 있는 마르따를 선택해보세요."

뻬레도노프는 시계를 보았다.

"집에 갈 시간이 되었네요."

그가 입을 열며 작별인사를 하려 했다. 베르시나는 자신이 그에게 정신적인 충격을 적잖이 주어서 그가 결정을 내리지 못했고, 지금은 마르따에 대해 이야기하고 싶지 않기 때문에 그가 떠나가려 한다고 생각했다.

2

뻬레도노프와 동거하는 바르바라 드미뜨리예브나 말로시나는 너저분한 옷을 걸친 채 하얀 분을 바르고 붉은 화장을 한 얼굴로 뻬레도노프를 기다리는 중이었다.

아침식사로는 뻬레도노프가 좋아하는 잼이 들어간 파이를 굽고 있었다. 바르바라는 부엌에서 하이힐 때문에 균형을 못 잡아 뒤뚱거리며 뻬레도노프 귀가시간에 맞춰 모든 것을 준비하기 위해 분주하게 움직이고 있었다. 바르바라는 주근깨가 잔뜩 난 뚱뚱한 하녀 나딸리야가 파이를 훔쳐갈까봐, 그것도 많이 훔칠까봐 노심초사하고 있었다. 그래서 바르바라는 부엌에서 나가지 않고 평상시처럼 하녀를 꾸짖고 있었다. 과거의 아름다움의 흔적을 간직한 주름진 얼굴에는 불평으로 가득 찬 탐욕스러운 표정이 드리워져 있었다.

귀가할 때면 언제나 그렇듯이 뻬레도노프는 불만과 우수에 가득 차 있었다. 그는 요란하게 식당으로 들어와서 창문턱에 모자를 던져놓고는 식탁에 앉아 소리쳤다.

"바랴, 가져와봐!"

가느다랗고 세련된 굽이 달린 구두를 신은 바르바라는 절뚝거리며 부엌에서부터 음식을 가져왔고 몸소 뻬레도노프 옆에서 시중들었다. 그녀가 커피를 가져오자 뻬레도노프는 연기가 나는 잔 위로 몸을 숙이며 냄새를 맡아보았다. 바르바라는 걱정하면서 두려운 듯이 물었다.

"아르달리온 보리시치, 왜 그러세요? 커피에서 이상한 냄새라도 나나요?"

뻬레도노프는 음울하게 그녀를 바라보며 화가 난 듯이 말했다.

"독이 들어 있지 않나 냄새 맡아보는 거야."

"뭐라고요, 아르달리온 보리시치! 맙소사, 왜 당신은 그런 생각을 하나요?"

바르바라는 놀라서 말했다.

"이 여자가 독으로 거품이 나게 만들었군!"

그가 중얼거렸다.

"내게 무슨 득이 된다고 당신을 독살하겠어요? 바보 같은 짓은 이제 그만하세요!"

바르바라가 단호하게 말했다.

뻬레도노프는 오랫동안 냄새를 맡더니 마침내 안심이 되어 말했다.

"만일 독이 있다면 이상한 냄새가 계속 났을 거야. 가까이서 냄새를 맡기만 한다면 말이야. 증기만 맡아도 되거든."

그는 잠시 침묵했다가 갑자기 사악하게 비웃듯이 말했다.

"공작부인이라!"

바르바라가 걱정하기 시작했다.

"웬 공작부인? 공작부인이 어때서요?"

뻬레도노프가 말했다.

"그러니까 공작부인이, 아니지, 그분이 먼저 자리를 주게 만들어야지. 그다음에 내가 결혼해도 되거든. 당신이 그분에게 그렇게 편지를 쓰라고."

바르바라가 확신에 찬 목소리로 말했다.

"아르달리온 보리시치, 당신도 알다시피 공작부인은 내가 결혼을 할 경우에만 그러마고 약속하셨어요. 당신을 위해 그분께 부탁하는 것이 조금은 편치 않아요."

뻬레도노프는 제 생각에 대해 기뻐하며 재빠르게 말했다.

"우리가 벌써 결혼했다고 쓰라고."

바르바라는 망연자실했으나 곧 정신을 가다듬었다.

"거짓말을 하라고요? 분명 공작부인이 모든 걸 알아차릴걸요. 아니, 당신이 결혼 날짜를 알려주는 것이 좋겠어요. 드레스를 주문할 때라고 말하세요."

"어떤 드레스로 하지?"

뻬레도노프가 시무룩하게 물었다.

"정말이지 이런 걸레 조각을 걸치고 결혼을 한다고요?"

바르바라가 소리쳤다.

"아르달리온 보리시치, 옷 좀 사게 돈 좀 줘요."

"무덤 갈 준비를 하려고?"

뻬레도노프가 악랄하게 물었다.

"아르달리온 보리시치, 당신은 개자식이야!"

바르바라는 증오심에 가득 차서 소리쳤다.

갑자기 뻬레도노프는 바르바라를 조롱하고 싶어져 물었다.

"바르바라, 내가 어디 다녀왔는지 알아?"

"음, 어딘데요?"

바르바라가 안정을 되찾고는 물었다.

"베르시나의 집에"라고 말하며 그는 깔깔거렸다.

"친구라도 찾았나요? 할 말도 없으면서!"

바르바라가 독기 어린 목소리로 외쳤다.

"마르따를 만났어."

뻬레도노프는 계속 말했다.

"주근깨 아가씨요? 개구리가 친구 하자고 할 정도로 입이 큰 아가씨죠."

바르바라는 점점 악의에 가득 차서 말했다.

"그런데 그 여자는 너보다 아름답지. 그 여자를 택해서 결혼할 수도 있어."

뻬레도노프가 말했다.

"그 여자와 결혼한다면 그년의 눈깔에 염산을 확 뿌려버릴 거야!"

바르바라는 분노에 가득 차서 얼굴을 붉히고 몸을 떨면서 말했다.

"네게 침이라도 뱉어주고 싶은데."

뻬레도노프는 아무렇지도 않다는 듯 말했다.

"뱉지 마!"

바르바라가 소리쳤다.

"뱉을 건데."

뻬레도노프가 말하고는 자리에서 일어나 무표정한 얼굴로 무심하게 그녀의 얼굴에 침을 뱉었다.

"돼지새끼!"

바르바라는 마치 그 침 때문에 시원해진 것처럼 너무도 침착하게 말했다.

그녀는 냅킨으로 침을 닦았다. 뻬레도노프는 아무 말이 없었다. 그는 최근에 바르바라에게 더 못되게 굴었다. 그는 예전에도 그녀와 사이가 나빴다. 바르바라는 그가 아무 말이 없자 다시 활기를 되찾고 더 큰 소리로 말했다.

"맞아, 당신은 돼지새끼야. 그 낯짝이 영락없는 돼지새끼라고."

현관에서 양 울음소리와 같은 매매 소리가 들렸다. 뻬레도노프가 말했다.

"소리 지르지 마. 손님이 왔다고."

"어, 이 목소린 빠블루시까[6]예요."

바르바라는 싱글거리며 대답했다.

빠벨 바실리예비치 볼로진이 무척이나 기쁘게 웃으며 들어왔다. 그는 얼굴이나 생각하는 것이 영락없이 양을 닮은 젊은이였다. 그는 유쾌한 양이 그렇듯이 양 같은 곱슬머리에 멍해 보이면서 튀어나온 눈을 지닌 바보 같은 청년이었다. 그는 목수였다. 예전엔 직업학교에 다녔는데 지금은 도시에 있는 학교에서 기술 선생님으로 일하고 있다. 그는 기쁜 듯 소리쳤다.

"아르달리온 보리시치, 친구! 자네가 집에서 커피를 마시고 있군. 내가 이곳에 마침 잘 온 거 같아."

"나따시까[7], 숟가락을 하나 더 가져와!"

6 빠벨의 애칭.
7 나딸리야의 애칭.

바르바라가 소리쳤다.

나딸리야가 부엌에서 마지막 하나 남은 찻숟가락을 달그락거리는 소리가 들려왔다. 나머지 숟가락들은 모두 감춰두었던 것이다.

"빠블루시까, 들게나."

뻬레도노프는 볼로진을 대접하고 싶어하는 것처럼 보였다.

"그런데 말이야, 이보게, 내가 이제 곧 장학관 자리에 오르게 된다네. 공작부인이 바랴에게 약속하셨거든."

볼로진은 환호하며 웃었다.

"그렇다면 미래의 장학관이 커피를 홀짝거리며 마시고 있는 거네!"

그는 뻬레도노프의 어깨를 두드리며 소리쳤다.

"그런데 자네는 장학관 자리에 오르는 것이 쉽다고 생각하나? 사람들이 밀고를 한다면 끝장이지."

"그렇다면 밀고할 게 있다는 건가요?"

바르바라가 싱글거리며 물었다.

"밀고할 게 조금 있긴 하지. 사람들이 내가 삐사례프[8]를 읽었다고 말한다면―아이고!"

"아르달리온 보리시치, 자네, 그 삐사례프 책을 뒷방에 있는 선반으로 치워야 할걸."

볼로진은 키득거리며 충고했다. 뻬레도노프가 주의 깊게 볼로진을 바라보며 입을 열었다.

"우리 집엔 삐사례프가 있었던 적이 없는 거 같아. 빠블루시까, 술 좀 마실 텐가?"

---

8 드미뜨리 이바노비치 삐사례프(1840~68). 유물론적 사상의 영향을 받은 급진 성향의 비평가.

볼로진은 아랫입술을 내밀고 양처럼 고개를 숙이면서 인간의 가치를 알고 있는 사람처럼 의미심장한 표정을 지어 보였다.

"단합을 위해서라면 난 언제든지 마실 준비가 되어 있지. 그래서 안될 것도 없지 않은가."

한편 뻬레도노프도 언제나 마실 준비가 되어 있었다. 그들은 보드까를 마셨고 안주로 달콤한 파이를 먹었다.

갑자기 뻬레도노프가 잔에 남아 있던 커피를 벽지에 끼얹었다. 볼로진은 놀라서 양과 같은 눈을 동그랗게 뜨고 주위를 둘러보았다. 벽지는 더러워졌고 엉망이 되었다. 볼로진이 물었다.

"자네 집 벽지에다 무슨 짓을 하는 건가?"

뻬레도노프와 바르바라가 깔깔거렸다.

"여주인에게 복수하려고요."

바르바라가 말했다.

"우린 곧 이 집을 떠나거든요. 이 사실을 사람들에게 떠들고 다니진 마세요."

"멋지군!"

볼로진은 소리치며 유쾌하게 웃었다.

뻬레도노프는 벽으로 다가가서 구두창으로 벽을 걷어찼다. 볼로진도 그가 한 것처럼 벽을 걷어찼다. 뻬레도노프가 말했다.

"우린 집을 나갈 때면 언제나 기념으로 벽에 이런 짓을 하곤 하지."

"벽을 완전히 짓이겨놨네!"

볼로진은 환희에 차서 고함을 질렀다.

"'이리시까'가 얼마나 놀랄까요?"

바르바라가 거칠고 악랄하게 웃으며 말했다.

이윽고 세 명 모두는 벽 앞에 서서 벽에 침을 뱉고 벽지를 찢으며 장화로 벽을 짓이겨놓았다. 그러고 나서 그들은 피곤하기도 하고 만족하기도 해서 뒤로 물러섰다.

뻬레도노프는 몸을 아래로 숙이고 고양이를 들어올렸다. 뚱뚱하고 못생긴 흰색 고양이였다. 뻬레도노프는 고양이를 잡아와서는 귀와 꼬리를 잡아당기고 목을 간질이며 괴롭혔다. 볼로진은 재미있다는 듯이 웃었고 뻬레도노프에게 더 해보라고 했다.

"아르달리온 보리시치, 고양이 눈을 불어보게! 털의 결과 반대 방향으로 쓰다듬어봐!"

고양이는 콧김을 내뿜으며 빠져나가려고 애를 썼다. 하지만 발톱을 세우지도 못했고 오히려 그렇게 행동해서 심하게 얻어맞았다. 마침내 뻬레도노프는 이런 장난에 싫증이 나서 고양이를 내던졌다.

"아르달리온 보리시치, 들어보게. 자네에게 할 말이 있어."

볼로진이 말했다.

"오는 동안 내내 잊지 않으려고 노력했는데 깜빡 잊을 뻔했네."

"뭔데?"

뻬레도노프가 음울하게 물었다.

"그러니까 자넨 단 음식을 좋아하지."

볼로진이 유쾌하게 말했다.

"자네가 무척 맛있게 먹을 만한 음식을 알고 있어."

"나도 맛있는 음식들을 다 알고 있는데."

뻬레도노프가 말했다.

---

9 여주인의 이름인 이리니야의 애칭.

볼로진은 굴욕적인 얼굴을 했다.

"아마도, 아르달리온 보리시치, 자네 나라에서 만든 모든 맛있는 음식을 알고 있을 거야. 하지만 자네가 우리 나라에 한번도 가본 적이 없다면 맛있는 음식을 어떻게 다 알 수 있겠나?"

볼로진은 확실한 반론을 했다는 생각에 만족스러워하면서 웃었고 양처럼 매매거렸다.

"자네 나라에선 죽은 고양이를 먹는다면서?"

뻬레도노프가 화가 난 듯이 말했다.

볼로진은 껄껄 웃으며 말했다.

"아르달리온 보리시치, 미안하지만, 아마도 자네 나라에선 죽은 고양이를 먹도록 허용하나본데, 지금 그런 문제를 거론하진 않겠네. 자네는 에를리를 결코 먹어본 적이 없을 거야."

"그래, 먹어보지 못했어."

뻬레도노프가 인정했다.

"그 음식은 대체 어떤 건가요?"

바르바라가 물었다.

"아, 그 음식은 그러니까, 꿀죽 알죠?"

볼로진이 설명했다.

"음, 누가 꿀죽을 모르겠어요?"

바르바라가 살며시 웃으며 말했다.

"그건 건포도, 설탕, 아몬드가 들어간 수수죽이죠. 음, 그게 바로 에를리예요."

그러고 나서 볼로진은 자기 나라 사람들이 어떻게 그것을 끓이는지 자세하게 들려주었다. 뻬레도노프는 우수에 잠겨서 듣고 있었다.

‘꿀죽이라, 그것은 제사 때 만드는 건데. 빠블루시까가 무엇을 원하는 걸까?’

볼로진이 제안했다.

“만약 자네가 모든 것이 제대로 된 에를리를 원한다면 내게 돈만 주면 돼. 내가 자네에게 만들어줄 테니까.”

“저 염소를 텃밭으로 내쫓아버리든지 해야지.”

뻬레도노프가 씁쓸하게 말하고는 생각했다.

‘아직도 뭔가를 지껄이고 있군.’

볼로진은 다시 모욕감을 느꼈다.

“아르달리온 보리시치, 만약 내가 자네 집에서 설탕이라도 훔칠 거라고 생각한다면 자네는 잘못 생각한 거야. 난 자네 집 설탕이 필요하지 않거든.”

“아이 참, 무슨 바보 같은 짓을 여기서 하고 있는 건지.”

바르바라가 끼어들었다.

“당신도 아시다시피 이이는 언제나 변덕스럽답니다. 와서 만들어주세요.”

“자네나 먹게.”

뻬레도노프가 말했다.

“그건 또 무슨 소리지?”

볼로진은 화가 나서 째지는 목소리로 물었다.

“왜냐하면 형편없거든.”

“아르달리온 보리시치, 자네 좋을 대로 하게.”

볼로진은 어깨를 으쓱거리며 말했다.

“다만 난 자네에게 대접하고 싶어서. 만약 원하지 않는다면 자네 좋을 대로 하게.”

"그런데 그 장군이 왜 자네에게 쌀쌀맞게 대했지?"

뻬레도노프가 물었다.

"어떤 장군 말인가?"

볼로진은 질문을 하며 얼굴이 빨개졌고 모욕을 받은 듯이 아랫입술을 삐죽이 내밀었다.

"자네도 들은 적이 있을 거야. 들었고말고."

뻬레도노프가 말했다.

바르바라가 싱글거렸다. 볼로진은 열을 내며 말했다.

"아르달리온 보리시치, 자네도 듣긴 들었는데 미안하지만 아마도 말을 끝까지 듣지는 못한 것 같네. 내가 이 모든 일이 어찌 된 건지 말해주지."

"그럼 말해보게."

뻬레도노프가 말했다.

"그것은 사흘째 되는 날에 있었던 일이야."

볼로진이 말했다.

"바로 그때에 대해 말하는 거야. 자네도 알다시피 우리 학교 작업실 공사가 진행 중이잖아. 베리가가 우리 시의 장학관과 함께 시찰하러 왔거든. 우리는 뒷방에서 작업을 하고 있었어. 거기까진 좋았는데. 베리가가 왜 왔는지, 그에게 무엇이 필요한지는 내 소관이 아니지. 내 일이 아니니까. 그 사람이 귀족단장이라는 사실을 알고 있긴 하지만 그게 우리 학교와는 아무 상관이 없는 일이거든. 하지만 난 그 문제를 언급하진 않겠어. 그가 들어왔지만 우리는 그들을 방해하지 않고 천천히 작업을 하고 있었지. 갑자기 그들이 우리 곁으로 다가오는 거야. 생각해봐. 베리가가 모자를 쓴 채로 말이야."

"그건 그 사람이 자네를 존중하지 않는다는 의미 같은데?"

뻬레도노프가 음울하게 말했다.

"생각해봐."

볼로진은 흥이 나서 그의 말을 받아 계속 이야기했다.

"그런데 우리 방에는 성상이 걸려 있었거든. 우리도 모자를 벗고 있었는데 그가 갑자기 마치 근위병이라도 되는 것처럼 나타난 거야. 난 그에게 조용히 악의없이 말했지. '각하, 이곳에는 성상이 있으니 모자를 벗어주시기 바랍니다.' 내 말이 맞지?"

볼로진이 묻고는 질문을 던지듯 눈을 동그랗게 떴다.

"그럼, 빠블루시까."

뻬레도노프가 소리쳤다.

"그 사람은 그렇게 해야만 하지."

"그들에게 그렇게 말한 건 당연한 거예요. 잘했어요. 빠벨 바실리예비치."

바르바라도 맞장구쳤다.

"그런데 그 사람이 갑자기 내게 말하더군. '사람이 자기 분수를 알아야지'라고. 그리고 돌아서더니 나가버리는 거야. 모든 일이 바로 그렇게 되었던 거지. 더는 아무 일도 없었어."

어쨌든 볼로진은 자신이 주인공인 것처럼 느꼈다. 뻬레도노프는 위로의 뜻으로 그에게 캐러멜을 건넸다.

여자 손님이 또 한 명 왔는데, 선량한 듯하면서도 간사한 얼굴을 하고 유연한 몸짓을 보여주는, 산림관의 통통한 아내 쏘피야 예피모브나 쁘레뽈로벤스까야였다. 사람들이 그녀에게 식사를 권했다. 그녀는 볼로진에게 능청맞게 물었다.

"빠벨 바실리예비치, 당신은 어째서 그렇게 자주 바르바라 드미뜨리예브나 집에 오시는 거죠?"

볼로진은 머뭇거리며 대답했다.

"전 바르바라 드미뜨리예브나에게 온 게 아니라, 아르달리온 보리시치에게 온 겁니다."

쁘레뽈로벤스까야는 웃으면서 물었다.

"당신은 이미 누군가와 사랑에 빠진 게 아닌가요?"

볼로진이 지참금이 있는 약혼녀를 구하고 있으며 많은 여성들에게 구혼했으나 차였다는 사실을 모두가 알고 있었다. 그는 쁘레뽈로벤스까야의 농담이 적절하지 않다고 생각했다. 화가 난 양의 모습을 상기시키듯이 그는 떨리는 목소리로 말했다.

"쏘피야 예피모브나, 만일 제가 사랑에 빠졌다면 그건 저와 그 상대방을 제외한 어느 누구와도 상관없는 일입니다. 당신은 그런 식으로 화제를 다른 쪽으로 돌리시는군요."

하지만 쁘레뽈로벤스까야는 가만있지 않았다.

"보세요, 만약 당신이 바르바라 드미뜨리예브나와 사랑에 빠진다면 그때엔 누가 아르달리온 보리시치에게 달콤한 파이를 구워줄까요?"

볼로진은 입술을 내밀고 눈썹을 치켜뜬 채 무슨 말을 해야 할지 몰랐다. 쁘레뽈로벤스까야는 계속했다.

"빠벨 바실리예비치, 두려워하지 마세요. 당신이 신랑감이 못될 것도 없죠! 당신은 젊고 멋지잖아요."

"어쩌면 바르바라 드미뜨리예브나가 원치 않을 수도 있죠."

볼로진이 키득거리며 말했다.

쁘레뽈로벤스까야가 응수했다.

"어머나, 어떻게 원치 않을 수가 있겠어요? 당신에게 소심한 건 정말이지 어울리지 않아요."

“어쩌면 제가 원하지 않을 수도.”

볼로진은 굴하지 않고 말했다.

“어쩌면 제가 남의 누이와 결혼하는 것을 원치 않는지도 몰라요. 우리 나라에도 제 이종사촌 누이가 커가고 있을지도 모르죠.”

그는 이미 바르바라가 자기에게 시집올 생각이 전혀 없지는 않다는 것을 믿기 시작했다. 바르바라는 화가 났다. 그녀는 볼로진을 바보라고 생각했다. 더군다나 그의 월급은 뻬레도노프보다 네배는 더 적었다. 쁘레뽈로벤스까야는 뻬레도노프를 사제의 통통한 딸인 자기 여동생과 결혼시키고 싶어했다. 그래서 그녀는 뻬레도노프와 바르바라를 싸우게 만들려고 애썼다. 바르바라가 화가 나서 말했다.

“왜 당신은 제게 중매를 서는 거죠? 당신 여동생과 빠벨 바실리예비치나 엮어보시지요.”

“왜 제가 당신과 그를 떼어놓겠어요!”

쁘레뽈로벤스까야가 장난스러운 태도로 반박했다.

쁘레뽈로벤스까야의 농담이 뻬레도노프의 굼뜬 생각에 새로운 전환점을 마련해주었다. 그는 에를리라는 음식에 대해 집요하게 생각 중이었다. 왜 볼로진이 그런 음식을 생각해냈을까? 뻬레도노프는 깊이 생각하는 것을 좋아하지 않았다. 그는 언제나 사람들이 그에게 말하는 바로 그 순간 그 말을 믿어버린다. 그래서 그는 볼로진이 바르바라에게 반했다고 생각했다.

‘바르바라 주위에 맴돈다. 그러면 그가 어떻게든 장학관의 자리에 앉겠지. 밖에서 나에게 에를리를 먹여 독살하고 자신이 죽은 것처럼 꾸며 장사지낸 다음 내 자리에 앉으려 하다니. 그런 간사한 생각을 하다니!’

갑자기 현관에서 소음이 들려왔다. 뻬레도노프와 바르바라는 놀랐다. 뻬레도노프는 꿈쩍도 하지 않고 가늘게 뜬 눈으로 문 쪽을 바라보았다. 바르바라는 조용히 홀로 나가 문을 조금만 열고 밖을 내다본 다음 정신없이 웃으며 양팔을 벌려 균형을 잡으면서 까치발로 살금살금 주방으로 돌아왔다. 현관에서부터 고함과 시끄러운 소리가 들려와서 마치 그곳에서 싸움이 벌어진 것 같았다. 바르바라가 속삭였다.

"예르시하[10]가 술을 떡이 되도록 마셨어요. 나따시까가 들여보내 주지 않자 홀 쪽으로 들어오려 해요."

"어떻게 그럴 수 있지?"

뻬레도노프가 놀라서 물었다.

"그 여자가 이리로 오지 못하게 홀 쪽으로 가봐야만 해요."

바르바라가 결심했다.

사람들은 홀로 가보았다. 하지만 문이 굳게 닫혀 있었다. 바르바라는 여주인을 붙잡아 부엌에 가둬둘 수 있다는 희미한 희망을 품고 현관으로 나갔다. 하지만 거침없는 이 아줌마는 홀 쪽으로 들이닥쳤다. 그녀는 두 손을 허리에 대고 몸을 뒤로 젖힌 채 일상적인 인사를 건네듯 문턱에서 욕설을 내뱉고 있었다. 뻬레도노프와 바르바라는 여주인 주위를 바쁘게 맴돌며 그녀를 현관에 있는 의자에 앉혀서 식당에서 되도록 멀리 떨어지게 하려고 애썼다. 바르바라는 부엌에서 보드까와 맥주, 파이를 쟁반에 담아들고 왔다. 하지만 여주인은 앉지 않았고, 아무것도 손대지 않고 식당으로 쳐들어 갈 기세였는데, 다만 어디에 문이 있는지 분간하지 못하고 있었다. 얼굴이 붉어진 그녀는 남루한 차림에 불결해 보였다. 게다가 그녀

<hr>

10 여주인의 성 예르쇼바를 달리 부르는 이름.

의 보드까 냄새는 멀리서도 풍길 정도였다. 그녀가 소리쳤다.

"아니야, 너는 날 식탁으로 데려가야지. 왜 쟁반에 먹을 걸 가져오느냔 말이야! 난 식탁에서 먹고 싶단 말이야. 내가 여주인이니까 너는 날 그렇게 대해야지. 날 술 취한 여자로 보지 마. 난 남편이 있는 정직한 아내라고."

바르바라는 조심스럽고 뻔뻔하게 미소 지으며 말했다.

"그럼요, 우리도 알고 있죠."

예르쇼바는 바르바라에게 눈짓을 보내며 목쉰 소리로 깔깔거렸고, 힘있게 손가락을 튕겼다. 그녀는 점점 더 거만해졌다. 그녀는 소리쳤다.

"동생! 우린 네가 어떤 동생인지 알아. 그런데 너희 집에는 왜 관리인이 오지 않지? 어? 왜냐고?"

"소리 좀 지르지 마요."

바르바라가 말했다.

하지만 예르쇼바는 더욱더 크게 소리쳤다.

"네가 어떻게 나한테 명령을 내릴 수 있어! 난 내 집에 있는 거고, 내가 원하는 것을 하는 거란 말이야. 내가 원하기만 하면 당신들을 당장이라도 내쫓을 수 있어. 당신들은 보기도 싫어. 하지만 난 당신들에게 친절하다고. 다 괜찮은데, 다만 잘난 척하지 말고 살라고."

그러는 사이에 볼로진과 쁘레뽈로벤스까야는 살며시 창가에 앉아 잠자코 있었다. 쁘레뽈로벤스까야는 가볍게 미소 지었고 소란을 피우는 여주인을 곁눈으로 바라본 다음 거리를 내다보는 척했다. 볼로진은 얼굴에 모욕을 받은 듯한 표정을 지으며 앉아 있었다.

예르쇼바는 잠시 기분이 좋아졌는지 여전히 술에 취해 있긴 했지만 기분 좋게 웃으며 바르바라의 어깨를 툭툭 치면서 다정하게 말했다.

"아니지, 내가 하는 말을 들어봐. 날 식탁으로 데려가서 주인으로 대접하고 챙기란 말이야. 집안의 안주인처럼 달달한 당밀과자도 내오고 말이야. 그러면 넌 예쁨을 받을 거야."

"아주머니에게 드릴 파이는 여기 있어요."

바르바라가 말했다.

"파이는 싫어. 귀족들이 먹는 달콤한 당밀과자를 달라고."

예르쇼바가 손을 내저으며 기분 좋게 웃으면서 말했다.

"좀 있는 사람들은 맛있는 당밀과자를 먹는다고. 그들이 먹는 당밀과자를 달라고!"

"아니, 우리 집엔 아주머니에게 드릴 당밀과자가 없어요."

여주인의 기분이 점점 더 좋아졌기 때문에 바르바라는 점점 더 당돌하게 말했다.

"파이를 드릴 테니 그거나 먹어치우셔."

갑자기 예르쇼바는 식당으로 향하는 문이 어디에 있는지 알아챘다. 그녀는 미친 듯이 소리쳤다.

"이것들아, 길을 비켜!"

그녀는 바르바라를 밀쳐내고 문으로 향했다. 하지만 문고리를 잡지는 못했다. 그녀는 고개를 숙이고 주먹을 불끈 쥐고서 식당으로 돌진했다. 문이 커다란 소리를 내며 열렸다. 그녀는 그곳 문턱에 멈춰서더니 엉망이 된 벽지를 보고 째지는 듯한 소리로 휘파람을 불었다. 그녀는 허리에 손을 대고 몸을 뒤로 젖히며 씩씩하게 발을 멈추고 나서 미친 듯이 소리쳤다.

"아하, 그러니까 너희들이 결국 이사 가고 싶은 거였구나!"

“무슨 말씀을, 이리니야 쓰쩨빠노브나, 우린 당신에게 맛있는 것을 충분히 대접하지도 못했다고 생각하는데요.”

바르바라는 떨리는 목소리로 말했다.

“우린 아무 데도 안 가요. 여기가 좋아요.”

뻬레도노프가 맞장구쳤다.

여주인은 말을 다 듣기도 전에 멍해 있던 바르바라에게 다가가서 그녀의 얼굴 쪽으로 주먹을 휘둘렀다. 뻬레도노프는 바르바라의 뒤에 있었다. 그는 여주인과 바르바라가 어떻게 싸우는지 구경하는 것도 재미있겠다고 생각하는 것 같았다.

“내가 한발짝만 더 움직이면 넌 국물도 없어!”

예르쇼바가 미친 듯이 소리쳤다.

“이리니야 쓰쩨빠노브나, 이게 무슨 짓이에요? 그만하세요. 우리 집에 손님이 와 계세요.”

바르바라가 그녀를 제지했다.

“이리로 손님들을 데려와봐! 너희 손님들이 필요하니까!”

예르쇼바가 소리쳤다.

예르쇼바는 몸을 비틀거리며 홀로 돌진해 들어갔고 갑자기 말과 태도를 확 바꾸면서 쁘레뽈로벤스까야에게 몸을 낮춰 인사를 하다가 거의 바닥에 꼬꾸라질 뻔했다.

“사랑스러운 쏘피야 예피모브나 부인, 이 술 취한 여인을 용서해주세요. 제가 부인에게 말하려는 것을 잘 들어주세요. 부인이 저 인간들에게 와 있으니, 저 여자가 부인의 여동생에 대해 말하는 것을 아시겠죠? 누구에게 말하느냐고요? 제화공의 술 취한 아내인 저에게죠! 왜냐고요? 제가 여러분 모두에게 말씀드리고 싶어하기 때문이죠.”

바르바라는 얼굴이 홍당무가 되어 말했다.

"전 아주머니에게 아무 말도 안했어요."

"네가 아무 말 하지 않았다고? 더러운 네가?"

예르쇼바는 주먹을 쥐고 바르바라에게 다가가며 소리쳤다.

"아이 참, 입 다무세요."

바르바라가 당황해서 작은 소리로 말했다.

"아니, 입 다물고 있지 않을 거야."

예르쇼바는 악에 받쳐서 소리쳤고 다시 쁘레뽈로벤스까야 쪽으로 몸을 돌렸다.

"부인 여동생이 부인의 남편과 거의 붙어산다고 저 비열한 년이 말하더군요."

쏘피야는 화가 나 희번덕거리는 눈초리로 바르바라를 쏘아보았고, 자리에서 일어나 짐짓 억지웃음을 띠며 말했다.

"정말로 감사하다는 말을 기대하진 않았겠죠?"

"거짓말하고 있는 거예요!"

바르바라는 예르쇼바에게 악에 받쳐 소리쳤다.

예르쇼바는 화가 나서 씩씩거렸고 발을 구르며 바르바라에게 손을 내저은 다음 다시 곧장 쁘레뽈로벤스까야에게 몸을 돌렸다.

"부인, 그리고 부인에 대해서 이 집 주인어른도 저 여자가 말한 것처럼 말하더군요! 부인이 예전에 이 남자 저 남자와 놀아나다가 결혼을 한 거라고요! 그러니까 저 사람들이 어떤 사람들이냐 하면 한마디로 비열한 인간들이란 말이죠! 선량한 부인, 저 사람들의 낯짝에다 침이라도 뱉어주고 다시는 저런 질 떨어지는 인간들과 상종하지 마세요."

쁘레뽈로벤스까야는 얼굴이 달아올라 아무 말 못하고 현관으로 나갔다. 뻬레도노프는 사태를 수습하기 위해 뒤따라나갔다.

"저 여자가 거짓말을 하고 있어요. 저 여자 말을 믿지 마세요. 전 단 한번 저 여자 앞에서 부인이 바보라고 한 것밖에 없어요. 그냥 아무 의미 없이 말한 거고 맹세코 다른 말은 한마디도 안했어요. 그러니까 저 여자가 이 모든 이야기를 지어낸 거죠."

쁘레뽈로벤스까야는 조용히 대답했다.

"아르달리온 보리시치, 무슨 말씀을요! 저 여자는 술에 취해 무엇을 부수고 있는지도 기억하지 못할 거라는 걸 알아요. 그런데 당신은 어떻게 이 모든 일이 당신 집에서 일어나도록 보고만 있나요?"

"그녀와 무슨 일을 해야 할지 당신도 아시겠네요!"

뻬레도노프가 대답했다.

쁘레뽈로벤스까야는 화가 나서 허둥대면서 재킷을 입었다. 뻬레도노프는 그녀를 거들어줘야겠다는 생각도 미처 하지 못했다. 그는 여전히 뭔가를 중얼거렸으나 그녀는 그의 말을 진작부터 듣지 않고 있었다. 그러고 나서 뻬레도노프는 홀로 들어왔다. 예르쇼바는 소리 높여 그를 비난하기 시작했다. 바르바라는 현관으로 뛰쳐나가 쁘레뽈로벤스까야를 위로했다.

"저 여자는 자신이 무슨 말을 하는지도 모르는 바보라는 걸 당신도 아시죠?"

"흠, 당신이 걱정하는 것만으로 됐네요."

쁘레뽈로벤스까야가 대답했다.

"술 취한 여자가 집안을 뒤흔들어놓는 것이 뭐가 대단해서요."

현관과 연결이 된 집 주변의 정원에는 키가 큰 엉겅퀴가 무성하게 자라고 있었다. 쁘레뽈로벤스까야는 살짝 미소를 지었고, 조금 남아 있던 불만스러운 표정이 희고 통통한 얼굴을 살짝 비켜갔다. 그녀는 이전처럼 기분이 좋아져서 바르바라에게 상냥하게 굴었다. 다투지 않고도 모욕에 대해 보복할 수 있는 법이다. 그들은 함께 정원으로 가서 여주인이 나오기만을 기다렸다.

쁘레뽈로벤스까야는 내내 울타리를 따라 무성하게 자란 엉겅퀴만 바라보았다. 마침내 그녀가 말했다.

“당신네 집에는 엉겅퀴가 참 많네요. 엉겅퀴가 필요하지 않나봐요?”

바르바라가 웃으며 대답했다.

“그게 저한테 왜 필요하겠어요!”

“만약 당신이 아끼지 않는 거라면 당신 집에 있는 걸 꺾어가야겠네요. 우리 집엔 없거든요.”

쁘레뽈로벤스까야가 말했다.

“뭐 하는 데 쓰시려고요?”

바르바라는 놀라면서 물어보았다.

“그냥 쓸데가 좀 있어서요.”

쁘레뽈로벤스까야가 웃으며 말했다.

“무엇에 쓸 건지 말씀 좀 해줘요.”

호기심이 발동한 바르바라가 애원하듯 말했다.

쁘레뽈로벤스까야는 바르바라의 귀 쪽으로 몸을 기울이며 작은 소리로 말했다.

“엉겅퀴를 문지르면 살이 빠지지 않는대요. 엉겅퀴 때문에 우리 집 게니치까가 저렇게 살이 찐 거예요.”

뻬레도노프는 살이 찐 여성을 선호하고 마른 여자를 싫어한다고 알려져 있던 차였다. 바르바라는 자신이 점점 여위고 살이 빠지고 있다는 생각을 하고 있었다. 어떻게 하면 좀더 살을 찌울 수 있을까? 바로 그 점이 그녀의 심각한 고민거리들 중 하나였다. 그녀는 모든 사람에게 그런 방법을 아느냐고 물어보았다. 이제 쁘레뽈로벤스까야는 바르바라가 자신이 가르쳐준 방법대로 열심히 엉겅퀴로 몸을 문지를 거고 그렇게 그녀에게 벌을 줄 수 있을 거라 확신했다.

3

뻬레도노프와 예르쇼바는 뜰로 나갔다. 그가 중얼거렸다.

"꺼져버려."

그녀는 목청껏 소리를 질렀고 기분이 좋은 상태였다. 그들은 춤을 추기 시작했다. 쁘레뽈로벤스까야와 바르바라는 부엌을 통해 헛간으로 몰래 들어간 다음 창가에 앉아 뜰에서 무슨 일이 벌어지는지 구경했다.

뻬레도노프와 예르쇼바는 서로 부둥켜안고 배나무 주위를 돌며 풀밭에서 춤을 추었다. 뻬레도노프의 얼굴은 이전처럼 무표정했고 어떠한 생각도 담고 있지 않았다. 마치 죽은 사람이 안경을 쓴 것처럼 금테 안경과 짧은 머리카락이 코 위에서 기계적으로 튀어올랐다. 예르쇼바는 깨갱거리며 고함을 질렀고 손을 흔들면서 몸 전체를 가누지 못한 채 비틀거렸다.

그녀는 창가의 바르바라에게 소리쳤다.

"어이, 깍쟁이, 이리 나와 춤 좀 추지! 우리 팀을 아니꼽게 생각하고 있는 거야?"

바르바라는 고개를 돌려버렸다.

"젠장! 힘들어 뻗어버리겠네!"

예르쇼바가 소리를 지르며 풀밭에 누운 채 뻬레도노프를 끌어당겼다.

그들은 서로 껴안은 채 잠시 앉았다가 다시 춤을 추기 시작했다. 그리고 그렇게 몇번을 반복했다. 그들은 잠깐씩 춤을 추다가 배나무 아래 벤치나 풀밭 위에서 쉬었다.

볼로진은 유리창으로 춤추는 사람들을 보자 기분이 정말 유쾌해졌다. 그는 깔깔거리며 얼굴에 이상한 표정을 지으면서 경련을 일으키는가 하면 무릎을 위로 들고 몸을 굽히면서 소리 질렀다.

"저들을 떼어놓으라고! 웃기는군!"

"저런 망할 것!"

바르바라는 화가 나서 말했다. 볼로진도 웃으며 동조했다.

"노망난 아줌마, 저리 가라고. 사랑스러운 여주인 마님, 제가 당신의 상대가 되어드리죠. 홀로 들어가서 더럽히자고요. 오늘은 집으로 돌아가지 않고 풀밭에 널브러져 잠을 자도 아무 상관 없다고."

그는 내내 키득거리며 양처럼 뛰어올랐다. 쁘레뽈로벤스까야는 맞장구치며 그를 부추겼다.

"물론이죠. 저 여자에게 복수하려면 더럽히세요, 빠벨 바실리예비치. 만약 저 여자가 들어오면 술에 취한 눈으로 끝장을 냈다고 말할지도 모르죠."

볼로진은 벌떡 일어나 웃으며 홀로 들어가 구두 밑창으로 벽을 문지르기 시작했다.

"바르바라 드미뜨리예브나, 노끈 좀 주세요."

그가 소리 질렀다.

바르바라는 오리처럼 뒤뚱거리며 홀을 지나 침실로 들어가서는 낡고 울퉁불퉁한 노끈을 가져왔다. 볼로진은 올가미를 만들고는 홀 가운데에 의자를 놓고 그것을 전등 고리에 걸었다. 그가 외쳤다.

"이건 여주인을 위한 겁니다! 당신들이 떠나가면 그 여자가 악에 받쳐 목을 매달도록 마련해두는 거지요."

두 여자는 자지러지게 웃었다. 볼로진이 소리쳤다.

"메모지와 연필도 좀 주세요."

바르바라는 또다시 침실로 들어가서 종이와 연필을 가져왔다. 볼로진은 '여주인을 위하여'라고 쓴 종이를 올가미에 끼워넣었다. 그는 웃음을 참느라 잔뜩 찡그린 표정으로 이 모든 일을 해냈다. 그다음에 그는 다시 벽을 따라 천천히 뛰어다니며 온몸을 흔들면서 벽지 위에 발자국을 남겼다. 그의 낭랑한 웃음소리가 온 집 안에 가득 퍼졌다. 놀라서 귀를 쫑긋 세운 흰 고양이는 침실에서 나와 밖을 내다보았는데 아마도 어디로 숨어야 할지 모르는 것 같았다.

뻬레도노프는 마침내 예르쇼바와 헤어져서 혼자 집으로 돌아왔다. 예르쇼바는 너무나 피곤해서 집으로 자러 갔다. 볼로진은 크게 웃고 고함을 지르며 뻬레도노프를 맞이하였다.

"우리가 홀도 더럽혔다네! 만세!"

"만세!"

뻬레도노프는 마치 웃음을 발사하는 것처럼 단속적으로 크게 웃었다.

여자들도 '만세'를 외치기 시작했다. 모두 즐거워했다. 뻬레도노프가 소리쳤다.

"빠블루시까, 춤을 추자!"

"얼른, 아르달리오샤[11]."

볼로진이 크게 웃으며 대답했다.

그 둘은 올가미 아래에서 춤을 추었고 부지런히 발을 들어가며 몸을 흔들었다. 뻬레도노프의 우렁찬 발소리에 바닥이 흔들렸다. 쁘레뽈로벤스까야는 살며시 미소 지으며 말했다.

"아르달리온 보리시치가 춤을 다 추네요."

"말도 마세요. 저이는 언제나 변덕이 심해서요."

바르바라는 뻬레도노프에게 관심을 보이며 작은 소리로 대답했다.

그녀는 진심으로 그가 젊고 멋지다고 생각했다. 그가 하는 가장 어리석은 행동들도 그녀에게는 정당한 것처럼 보였다. 그는 그녀에게 결코 우습게 보이지 않았고 그녀의 뜻을 거스르는 것으로 보이지도 않았다. 볼로진이 소리쳤다.

"여주인에게 장송곡을 불러주자고요! 베개 좀 주세요!"

바르바라가 웃으며 말했다.

"무슨 생각을 또 해낸 거예요!"

그녀는 침실에서 더러운 싸라사 천 베갯잇을 씌운 베개를 들고 나왔다. 그들은 베개를 바닥에 놓고 여주인을 위해 거칠고 째지는 목소리로 장송곡을 불렀다.

그다음에 그들은 나딸리야를 불러서 아리스똔[12]을 돌리게 하고

---

11 아르달리온의 애칭.

12 오르골과 비슷한 악기.

는 넷이서 어색하게 인상 쓰며 발을 높이 쳐들어 까드릴[13]을 추었다.

삐레도노프는 춤을 추고 나서 대범해졌다. 커다란 얼굴에는 원기왕성하고 몽롱하며 음울한 빛이 감돌았다. 그는 뭔가를 결심한 듯했다. 그것도 거의 기계적으로 말이다. 그런 표정은 긴장된 근육의 움직임 때문에 생긴 것인지도 모르겠다. 그는 백지수표를 꺼내 몇장인가를 세고 나서 거만하고 자족적인 얼굴빛을 하고 그것을 바르바라에게 던졌다. 그는 소리쳤다.

"바르바라, 가져! 웨딩드레스를 맞추라고."

수표들이 공중에 날다가 바닥으로 떨어졌다. 바르바라는 잽싸게 수표를 주웠다. 그녀는 그렇게 선물을 받는 것에 대해 결코 화를 내지 않았다. 쁘레뽈로벤스까야는 사악하게 '음, 우리는 누가 선택될 것인지 계속 지켜볼 거야'라고 생각하면서 기분 나쁜 미소를 지었다. 물론 볼로진은 바르바라가 돈을 줍는 것을 도와줄 생각을 미처 하지 못했다.

쁘레뽈로벤스까야는 곧 떠났다. 가는 길에 현관에서 새로운 손님인 그루시나를 만났다.

젊은 과부 마리야 오시뽀브나 그루시나는 어쩐 일인지 나이보다 더 늙어 보이는 외모를 지니고 있었다. 몸매는 날씬했지만, 메마른 피부에는 잔주름이 가득했다. 얼굴이 유쾌하게 보이긴 했으나 치아는 불결했고 검었다. 팔은 가느다랗고 손가락은 길고 예리했지만 손톱에는 때가 끼어 있었다. 얼핏 보면 그다지 불결해 보이진 않았다. 하지만 그녀는 결코 목욕을 하지 않았고 입은 옷에서 먼지만 털어냈다는 인상을 주었다. 만일 지팡이로 그녀를 몇번 두드린

---

13 4인조로 추는 춤의 일종.

다면 먼지기둥이 하늘 끝까지 피어오를 지경이었다. 걸친 옷은 마치 어딘가에 오랫동안 쑤셔넣어서 단단하게 묶어두었다가 막 꺼내온 것처럼 구겨진 상태로 주름져 있었다. 그루시나는 연금과 얼마 안되는 중개수수료로 살고 있었고 적잖은 돈의 대부분을 라즈가보르의 부동산에 투자하고 있었다. 그리고 남편감을 찾고자 여러 남자와 어울려 다니고 있는 중이었다. 홀아비 관리 몇몇은 늘 그녀의 집에 있는 방에 세 들어 살았다.

바르바라는 그루시나를 기쁘게 맞이했다. 마침 그녀에게 볼일이 있었던 것이다. 그루시나와 바르바라는 곧장 하녀에 대해 이야기하며 조잘댔다. 호기심에 가득 찬 볼로진은 그들에게 다가가 엿들었다. 뻬레도노프는 혼자 울적한 표정으로 식탁에 앉아서 식탁보 끝자락을 구기고 있었다.

바르바라는 그루시나에게 자기 집 하녀 나딸리야에 대한 불만을 토로했다. 그러자 그루시나는 새로운 하녀 끌라우지야를 소개하면서 그녀를 칭찬했다. 그들은 지금이라도 당장 그녀를 데려오기로 결정했다. 끌라우지야는 싸모로지나 강가에 사는 세무서 관리 집에서 일하고 있었다. 그들은 얼마 안 있어 다른 도시로 이사 갈 예정이었다. 그녀의 이름을 듣고 바르바라는 뭔가 생각났다. 그녀는 의심쩍은 듯이 물었다.

"끌라우지야라고요? 그러면 내가 뭐라고 불러야 할까요? 끌라시까라고 해야 하는 건가요, 그런가요?"

그루시나가 충고했다.

"끌라우쥬시까라고 하면 돼요."

바르바라는 그 이름이 맘에 들었다. 그녀는 반복해서 말했다.

"끌라우쥬시까, 쥬시까."

그녀는 낭랑한 소리로 웃었다. 그도 그럴 것이 우리 도시에서는 돼지를 쥬시까라고 부른다는 사실을 미리 말해둬야만 하겠다. 볼로진이 꿀꿀거렸다. 그러자 모두들 깔깔거렸다.

"쥬시까, 쥬셴까."

볼로진은 바보같이 입술을 내밀고 얼굴을 찌푸리며 이따금 들려오는 웃음소리 중간중간에 그렇게 중얼거렸다.

그다음에 그는 꿀꿀거리며 바보짓을 하다가 사람들에게 그만하면 됐다는 말을 들었다. 그러자 그는 모욕받은 얼굴로 뻬레도노프 옆에 앉아 가파른 이마를 양처럼 숙이고서 얼룩으로 더럽혀진 식탁보를 바라보았다.

바르바라는 싸모로지나 강가로 가는 길에 웨딩드레스용 옷감을 사기로 결심했다. 그녀는 언제나 그루시나와 함께 쇼핑했는데, 그녀가 물건을 고르고 흥정하는 것을 도와주기 때문이었다.

바르바라는 뻬레도노프에게서 살짝 빠져나와 아이들에게 주라면서 그루시나의 커다란 주머니에 달콤한 파이, 봉봉 과자 등 여러 가지 먹을거리를 넣어주었다. 그루시나는 자신이 바르바라를 위해 오늘 해준 일이 그녀를 만족시켰다고 생각했다.

바르바라는 폭이 좁고 높은 구두 때문에 자유롭게 돌아다닐 수가 없었다. 그녀는 곧 피로해졌기 때문에 도시에서 멀리 떨어진 곳이 아니어도 자주 마차를 타고 다녔다. 그녀는 최근에 그루시나의 집에 자주 들렀는데 마부들도 벌써 그 사실을 알아차리고 있었다. 모두 이십여명 정도 되는 마부들은 바르바라를 태우고 나서 어디로 가는지 물어보지도 않았다.

그들은 끌라우지야에 대해 알아보기 위해 사륜마차를 타고 그녀가 사는 주인댁으로 향했다. 어제저녁에 비가 그쳤는데도 거리는 가는 곳마다 더러웠다. 사륜마차는 돌로 포장된 도로를 가면서 이따금 덜컹거렸고, 비포장도로의 끈적이는 진창 위에선 느리게 갔다.

대신에 바르바라의 목소리는 그루시나의 동정 어린 수다에 보조를 맞추면서 계속 울려퍼졌다. 바르바라가 말했다.

"우리 집 거위가 또 마르푸시까[14]네 집에 갔지 뭐예요."

그루시나는 악의에 차서 동감의 뜻을 표하며 대답했다.

"그 사람들이 거위를 잡아간 거예요. 게다가 신랑감이 어디로 갔다 하면 그건 마르푸시까의 집이더라고요. 그 여자는 그런 일을 꿈에도 생각하지 못하겠죠."

"맞아요. 어떻게 해야 할지 모르겠어요."

바르바라가 투덜거렸다.

"그렇게나 고집이 세니 무섭더라고요. 그 사람 머리는 잘 돌아가니, 믿으시겠죠? 결혼하고 나서 전 거리로 나앉게 될 거예요."

그루시나가 위로의 말을 건넸다.

"바르바라 드미뜨리예브나, 무슨 소리예요? 그렇게 생각하지 마세요. 그 사람은 당신 말곤 어느 누구와도 결혼하지 않을 거예요. 당신에게 이미 익숙해져 있거든요."

"그 사람이 이따금 밤에 집을 나가면 전 잠들 수가 없어요."

바르바라가 말했다.

"누가 그 사람을 알겠어요? 아마도 어딘가에서 결혼식을 올리겠죠. 이따금 밤새 별별 생각을 다 한다니까요. 모두가 그를 부러워한다고요. 게다가 루찔로프의 세 여동생들도 그에게 목을 매고 있으

---

14 마르따를 가리킨다.

니. 심지어 얼굴이 크고 통통한 젠까[15]까지도요.”

이렇게 바르바라는 오랫동안 하소연을 했고, 그루시나는 바르바라의 모든 말로 미루어 보건대 그녀에게 아직도 뭔가, 즉 어떤 부탁거리가 있음을 알아채고 나서 미리 그 댓가에 대해 생각하며 기뻐했다.

끌라우지야는 바르바라의 맘에 들었다. 세무서 관리의 아내도 끌라우지야를 칭찬했다. 세무서 관리가 오늘 떠나기 때문에 바르바라는 끌라우지야를 고용하고 오늘 저녁부터 와달라고 부탁했다.

마침내 그들은 그루시나의 집에 도착했다. 그루시나는 불에 덴 강아지처럼 더럽고 초라하며 어리석고 사악하게 보이는 세 아이와 함께 단독주택에서 너무도 지저분한 모습으로 살고 있었다. 솔직한 대화가 이제 막 시작되었다. 바르바라가 입을 열었다.

“우리 집 머저리 아르달리오시까[16]가 또다시 공작부인에게 편지를 쓰라고 부탁해서 말예요. 그런데 제가 왜 그분에게 쓸데없이 편지를 써야 한단 말인가요! 그분은 답장을 하지 않거나 하시더라도 탐탁지 않게 쓰실 거예요. 친분이란 것이 서로에게 상처를 주지 않아야 의미있는 거잖아요.”

언젠가 잡다한 집안일을 도와주기 위해 바르바라가 재봉사로 일한 적이 있는 댁의 볼찬스까야 공작부인은 뻬레도노프를 후원할 수도 있었을 것이다. 공작부인의 딸이 교육부의 요직에 오른 3등관 셉낀과 결혼했기 때문이다. 공작부인은 작년에 이미 바르바라의 약혼자에 관한 부탁에 대해서는 들어주지 않을 거라고 답장을 쓴 바 있다. 하지만 남편에 관한 일이라면 그것은 다른 문제이기 때문

<hr>

15 쁘레뽈로벤스까야의 여동생으로 추정된다.
16 아르달리온의 또다른 애칭.

에 부탁해볼 수도 있다고 했다. 어쨌든 뻬레도노프에게 그 편지는 만족스럽지 못했다. 불확실한 전망만이 나타나 있었던 것이다. 공작부인은 바르바라의 남편에게 장학관의 자리를 급히 마련해주겠다고 직접적으로 언급하진 않았다. 바르바라와 뻬레도노프는 이런 의문점을 명확히 해결하기 위해 언젠가 뻬쩨르부르그에 다녀온 적이 있었다. 먼저 바르바라가 공작부인에게 갔고 그후에 그녀는 뻬레도노프를 공작부인에게로 데려갔다. 하지만 방문을 하면서 시간이 지체되고 말았기 때문에 공작부인을 만나뵙지 못했다. 바르바라는 공작부인이 가능하면 서둘러 결혼을 하라고 충고했고, 요청이 있는 경우엔 뻬레도노프에게 그다지 만족스럽지 못한 약속을 통해서 부탁을 들어주겠다는 조건을 달았다는 것을 깨달았다. 그래서 바르바라는 뻬레도노프를 공작부인에게 인사시키지 않기로 결심했다. 바르바라가 말했다.

"전 돌산과 같은 당신에게 희망을 걸고 있어요. 마리야 오시뽀브나, 절 좀 도와주세요."

"바르바라 드미뜨리예브나, 제가 어떻게 도울 수가 있을까요? 당신도 이미 제가 당신을 위해 할 수 있는 모든 것을 할 준비가 되어 있다는 것을 알고 있잖아요. 당신, 정말 모르시겠어요?"

그루시나가 물었다.

"음, 당신의 의도는, 알겠어요. 아니, 당신은 절 다른 방식으로 도우셔야만 해요."

바르바라가 웃으며 말했다.

"어떻게요?"

그루시나가 근심하면서도 기쁜 목소리로 뭔가를 기대하며 물었다. 바르바라는 싱글거리며 말했다.

"아주 간단해요. 당신이 공작부인의 필체를 따라 편지를 쓰면 제가 그걸 아르달리온 보리시치에게 보여주는 거예요."

그루시나는 놀란 척하면서 말했다.

"어머, 이봐요, 당신이, 어떻게, 그 일이 가능한가요! 모든 사람이 그 일을 알게 되면 그때에 전 어떻게 되는 건가요?"

바르바라는 그녀의 대답에 전혀 개의치 않고 주머니에서 구겨진 편지를 꺼내면서 말했다.

"이건 제가 당신에게 견본으로 보여주려고 가져온 공작부인의 편지예요."

그루시나는 한참 동안 거절했다. 바르바라는 그루시나가 동의할 것이고 이 일로 인해 더 많은 수고비를 요구할 것을 분명히 알고 있었다. 하지만 바르바라는 그보다 더 적은 액수를 주고 싶어했다. 그래서 조심스럽게 뇌물의 갯수를 늘려갔다. 그녀는 다양하고 자그마한 선물들과 오래된 비단 원피스를 약속했다. 마침내 그루시나는 바르바라가 더는 아무것도 주지 않을 것임을 깨닫게 되었다. 바르바라의 입에서는 아쉬운 소리가 흘러나왔다. 그루시나는 어쩔 수 없이 동의하는 듯한 표정을 짓고 편지를 받았다.

4

당구장은 담배 연기로 자욱했다. 뻬레도노프, 루찔로프, 팔라스또프, 볼로진, 무린은 게임을 마치고 막 문을 나서려던 참이었다. 무린은 바보 같은 표정을 한 키가 큰 지주로서 조그마한 영지를 가지고 있는 약삭빠르고 돈깨나 있는 사람이었다.

저녁이 되었다. 더러운 널빤지 탁자 위에는 빈 맥주병이 여러병 놓여 있었다. 게임을 하면서 술을 많이 마신 사람들은 얼굴이 벌게져서 술에 취해 떠들고 있었다. 루찔로프 혼자만 평상시와 마찬가지로 창백한 얼굴을 하고 있었다. 그는 다른 사람들보다 더 적게 마셨고 많이 마시고 난 뒤에도 안색이 더욱 창백해졌다.

거친 말들이 허공에 떠돌았다. 어느 누구도 그런 말들 때문에 화를 내진 않았다. 왜냐하면 다정한 맘에서 나온 말들이기 때문이다.

뻬레도노프는 거의 언제나처럼 게임에서 졌다. 그는 당구를 잘 치지 못했다. 하지만 그는 성내지 않고 우울한 얼굴로 내키지 않는 듯한 표정을 짓고 있었다. 무린이 크게 소리쳤다.

"발사!"

그는 뻬레도노프에게 당구 큐를 조준했다. 뻬레도노프는 놀라서 소리를 지르며 주저앉았다. 뻬레도노프는 무린이 자기를 쏘고 싶어한다고 생각했다. 모두들 깔깔거렸다. 뻬레도노프는 모욕감에 휩싸여 중얼거렸다.

"이제 이런 장난은 참을 수가 없군."

무린은 뻬레도노프를 놀라게 해주고는 비틀거렸다. 아들이 중학교에 다니고 있어서 그는 중학교 선생님들에게 잘 대해드리는 것을 의무로 여기고 있었던 것이다. 곧바로 그는 뻬레도노프에게 미안하다고 사과했고 포도주와 젤테르산 광천수를 대접했다.

뻬레도노프는 음울하게 대답했다.

"내 정신이 조금 나간 듯했어. 난 우리 학교 교장 선생님이 맘에 들지 않아."

"미래의 장학관 나리가 졌군. 돈이 아까울 따름이겠지!"

볼로진이 번뜩이는 목소리로 소리쳤다.

"게임에선 불행하지만 사랑에선 행복하다네."

루찔로프가 지저분한 치아를 드러내고 웃으며 말했다.

그렇지 않아도 뻬레도노프는 게임에서의 패배와 놀란 일로 기분이 별로 좋지 않았다. 게다가 그들은 바르바라와 그를 이간질했다.

그는 소리쳤다.

"결혼할 거야, 바르바라와!"

친구들은 깔깔거렸고 약을 올리며 말했다.

"자네가 어떻게 그럴 수가 있나?"

"지금도 할 수 있고 내일도 구혼하러 갈 거라고."

"내기하자! 10루블[17]이면 될까?"

팔라스또프가 제안했다.

하지만 뻬레도노프는 돈이 아까워졌다. 만약 지게 된다면 돈을 지불해야 하기 때문이다. 그는 돌아서서 우울한 표정으로 입을 다물고 가만히 있었다.

친구들은 정원[18] 입구에서 헤어졌고 여러 방향으로 흩어졌다. 뻬레도노프와 루찔로프는 함께 걸어갔다. 루찔로프는 지금이라도 당장 자기 여동생 하나와 결혼하라고 뻬레도노프를 설득했다.

"내가 모든 일을 다 잘 닦아놨어. 걱정하지 마."

그가 강하게 말했다.

"결정된 건 없어."

뻬레도노프는 거절했다. 루찔로프는 확신에 차서 말했다.

"내가 모든 일을 잘 닦아놨다니까. 목사님도 찾아놓았어. 그분은 자네와 바르바라가 친척이 아닌 사실을 알고 계시더군."

"결혼식 시중드는 사람이 없군."

뻬레도노프가 말했다.

"그래, 없다 치자. 지금이라도 도울 사람을 찾아보자고. 내가 여동생들을 부르러 사람을 보내면 당장이라도 곧장 교회로 올 거라고. 아니면 나라도 그애들을 부르러 가면 되지. 하지만 그전에는 불가능해. 자네 여동생이 알아차려서 방해를 할 수도 있고 말이야."

뻬레도노프는 입을 다물고 따분한 듯 길가를 바라보았다. 거기에는 드문드문 떨어진 집 몇채가 아무 말 없이 조는 듯한 정원과

---

17 1루블은 100꼬뻬이까이다.

18 놀이공원과 비슷한 공원. 러시아에는 보통 공원 안에 오락시설이 있는데, 그 안에 당구장이 있다.

흔들리는 울타리 뒤에서 어둠에 잠긴 채 검은 그림자를 드리우고 있었다.

루찔로프가 간절하게 말했다.

"문 옆에서 잠시만 기다려주게. 내가 아무나 자네에게 데려올 테니. 음, 들어봐. 내가 지금 자네에게 증명해 보이겠네. 2×2=4가 맞지, 그런가, 안 그런가?"

"그렇지."

뻬레도노프가 대답했다.

"그러니까 자네가 내 여동생과 결혼해야만 하는 것은 2×2=4처럼 명확한 거라고."

뻬레도노프는 놀랐다. 그는 생각했다.

'당연히 그건 진리지. 당연히 2×2=4야.'

그는 존경심을 가지고 사려 깊은 루찔로프를 바라보았다.

'결혼해야만 해! 그와 협상할 수는 없지.'

그 순간 그들은 루찔로프의 집으로 다가가서 문가에 멈춰서게 됐다.

"파렴치한 사람처럼 굴어선 안돼."

뻬레도노프는 화를 냈다.

"이 괴짜야, 그애들은 학수고대하고 있다고."

루찔로프가 소리 질렀다.

"그러니까 난, 어쩌면, 원하지 않는지도 몰라."

"이 엉뚱한 인간아, 원하지 않는다니! 자네, 영원히 고독하게 살 텐가?"

루찔로프는 확신에 차서 반박했다.

"아니면 수도원에라도 들어가겠다는 거야? 아니면 아직도 바랴가 지겨워지지 않은 거야? 만약 자네가 젊은 아내를 데려간다면 바랴가 어떻게 오만상을 찌푸릴지 상상해보게나.”

뻬레도노프는 간격을 두어 잠깐 웃었으나 곧 얼굴을 찌푸리며 말했다.

“그러니까 어쩌면 그들이 원하지 않을지도 몰라서 말이야.”

“이런 뚱딴지같은 인간아, 걔네들이 어떻게 자네를 원하지 않을 수 있나!”

루찔로프가 대답했다.

“내가 자네에게 약속을 하지.”

“그들은 자존심이 세.”

뻬레도노프가 생각에 잠겼다.

“아 참, 자네 또 뭔가! 훨씬 더 좋다고.”

“비웃을 수도 있지.”

“자네를 비웃지는 않을 거야.”

루찔로프가 확신에 차서 말했다.

“내가 무슨 수로 알겠나!”

“그러니 자넨 나만 믿게. 난 자네를 속이지 않아. 걔네들은 자네를 존경해. 걔네들이 자네를 비웃지 않으려면 자네는 빠블루시까 같은 인간이 되지 않으면 된다네.”

“그래. 자네를 믿어보겠어. 아니, 난 그들이 나를 비웃지 않을 거라고 나 자신에게 확신을 주고 싶어.”

뻬레도노프는 믿을 수 없다는 듯 말했다. 루찔로프는 놀라며 말했다.

“이런 뚱딴지. 걔들이 어떻게 널 비웃을 수 있냐고. 그건 그렇고 자넨 어떻게든 확신하고 싶다고 했지?”

삐레도노프는 잠시 생각에 잠겼다가 말했다.

"지금이라도 당장 집 밖으로 나오게 해봐."

"음, 좋아, 그 일이라면 문제없지."

루찔로프가 동의했다.

"세 명 모두 말이야."

삐레도노프가 계속 말했다.

"그래, 좋아."

"각자에게 각각 무엇으로써 날 만족시킬 수 있는지 말하도록 해봐."

"왜 그런 질문을 해야 하지?"

루찔로프가 놀라서 물어보았다.

"그래야만 그들이 진정으로 나를 원하고 있는지, 아니면 날 속이는지 알 수 있거든."

삐레도노프가 설명했다.

"어느 누구도 자네를 속이지 않아."

"어쩌면 그들이 날 비웃고 싶어할지도 몰라."

삐레도노프가 말했다.

"만약 결혼하게 만들고 나서 나중에, 만약 그들이 나를 비웃고 싶어한다면 나도 그들을 비웃으면 되거든."

루찔로프는 생각에 잠기며 모자를 뒷목 쪽으로 당겼다가 다시 이마 쪽으로 당기고 나서 말했다.

"음, 좋아, 가서 걔네들에게 말할게. 이제 마법사 등장이오! 자넨 잠시 뜰로 들어와 악마가 누구를 밖으로 데려오는지 보라고."

삐레도노프는 "상관없어!"라고 말했으나 루찔로프를 따라서 울타리 안쪽으로 들어갔다.

루찔로프는 누이들이 있는 집으로 들어갔고 뻬레도노프는 뜰에서 그들을 기다렸다.

대문 옆 구석에 있는 손님용 객실에 여동생들 넷이 앉아 있었다. 그들은 모두 비슷한 얼굴에 오빠를 닮아서 사랑스럽고 유쾌한 표정을 지녔으며 얼굴빛이 발그레했다. 결혼을 한 라리사는 얌전하고 호감이 가는 얼굴에다 통통한 편이었다. 경박하고 민첩한 다리야는 자매들 중에서 가장 키가 크고 날씬했다. 류드밀라는 유머러스해 보였고 발레리야는 얼핏 보기에 키가 작고 부드럽고 연약해 보였다. 그들은 땅콩과 건포도를 먹으면서 뭔가를 기다리고 있는 듯했다. 그랬기 때문에 그들은 흥분해 있었고 평소보다 더 많이 웃었으며 도시에서 최근 유행하는 욕설을 기억해내고는 아는 사람들뿐만 아니라 모르는 사람들까지도 놀리고 있었다.

그들은 아침부터 결혼 준비를 하고 있었다. 다만 결혼식에 어울리는 매혹적인 웨딩드레스를 입고 머리에 면사포와 꽃을 꽂는 일만 남겨둔 셈이었다. 자매들은 바르바라가 이 세상에 존재하지 않는 것처럼 자신들의 대화에서 그녀에 대해 언급조차 하지 않았다. 그들은 냉혹한 비방꾼들로서 모든 사람을 험담했지만 바르바라에 대해서는 한마디도 언급하지 않았다. 이 한가지 사실만 보아도 바르바라에 관한 불편한 생각이 자매들의 뇌리에 깊이 박혀 있음을 알 수 있었다. 루찔로프는 객실로 들어오면서 말했다.

"왔어! 대문 옆에 서 있다니까."

자매들은 흥분해서 자리에서 일어났고 모두들 한꺼번에 입을 열며 웃었다.

"교활한 인간이라고."

루찔로프가 웃으며 말했다.

“뭐, 뭐라고요?”

다리야가 물었다.

발레리야는 화가 나서 검고 아름다운 눈썹을 찡긋거렸다.

“나도 모르겠다. 말할까?”

루찔로프가 물었다.

“네, 빨리, 빨리요!”

다리야가 재촉했다.

루찔로프는 잠시 주저하다 뻬레도노프가 무엇을 원하는지 말했다. 아가씨들은 비명을 지르면서 서로 겨루기라도 하듯이 뻬레도노프를 욕했다. 하지만 점차 분노의 함성은 농담과 웃음으로 바뀌었다. 다리야는 음울하지만 뭔가를 기대하는 얼굴로 말했다.

“그러니까 그 사람이 대문 옆에 저렇게 서 있는 거군요.”

비슷한 말들이 나왔고 분위기는 유쾌해 보였다.

아가씨들은 유리창 옆에서 대문 쪽을 바라보았다. 다리야가 창문을 열고 소리쳤다.

“아르달리온 보리시치, 유리창 너머로 말해도 될까요?”

음울한 목소리가 들렸다.

“안돼.”

다리야는 서둘러서 유리창을 두드렸다. 여동생들은 참지 못하겠다는 듯이 소리를 내어 웃었고 뻬레도노프가 듣지 못하도록 객실에서 나와 식당으로 갔다. 이 유쾌한 가정에서는 가장 화가 나는 순간도 곧장 웃음과 농담으로 바뀔 수 있었고 그런 유쾌한 말이 부분적으로나마 문제를 해결해주었다.

뻬레도노프는 서서 기다렸다. 그는 슬펐고 무서웠다. 도망갈까도 생각했지만 결정을 내리지 못하고 있었다. 어딘가 아주 먼 곳에서 음악 소리가 들렸다. 귀족단장의 딸이 피아노를 연주하는 것이 틀림없었다. 작고 부드러운 선율이 고요하고 어두운 저녁 공기 속에 스며들어 슬픔을 자아냈고 달콤한 환상을 만들어내고 있었다.

먼저 뻬레도노프의 환상들은 선정적인 방향으로 뻗어나갔다. 그는 루찔로프의 여동생들이 가장 유혹적인 상태에 있다고 가정했다. 그러다가 기대감이 점점 커질수록 뻬레도노프는 더 큰 흥분을 경험했다. 그는 그런 생각들을 하며 기대감에 부풀었다. 하지만 음악이 죽은 것 같던 그의 메마른 감정을 자극하자마자 그 감정은 이내 사라져버렸다.

그러고 있는 사이 주위에는 불길한 방법들과 속삭임들로 일렁이는 적막한 밤이 찾아왔다. 뻬레도노프는 객실의 불빛이 보이는 곳에 서 있었기 때문에 주위는 더욱더 어두워 보였다. 객실로부터 나온 두줄기 불빛은 뜰로 나 있었고 이웃집 울타리까지 비추고 있었다. 울타리 너머로는 칙칙한 빛깔을 띤 통나무 벽이 보였다. 루찔로프네 뜰의 나무들은 정원 깊숙한 곳에서 어둡고 의심스러운 빛을 띠고 있었고 뭔가를 속삭이고 있었다. 거리의 다리 위 어딘가 멀지 않은 곳에서는 누군가의 무겁고 느린 발걸음 소리가 오랫동안 들려왔다. 뻬레도노프는 자신이 여기에 서 있는 동안 누군가가 자신을 덮쳐 돈을 뺏거나 목숨을 빼앗지나 않을까 두려워졌다. 그는 사람들이 자신의 모습을 알아보지 못하도록 벽의 어두운 쪽으로 몸을 바짝 붙였고 겁에 질린 채 친구를 기다리고 있었다.

그런데 뜰에 나 있는 두줄기 빛을 따라 기다란 그림자가 일렁이더니 문이 꽝 소리를 내며 닫히고 대문 너머 현관에서 사람들의 음성이 들려왔다. 뻬레도노프는 생기를 되찾았다.

'오고 있어!'

그는 기뻐하며 생각에 잠겼고, 부족한 상상력의 가증스러운 열매인 아름다운 여동생들에 관한 유쾌한 환상이 다시 머릿속에서 천천히 요동치기 시작했다.

여동생들은 현관에 서 있었다. 루찔로프는 뜰로 나와서 대문으로 가서는 누군가가 거리를 따라오고 있지 않나 주위를 둘러보았다.

어느 누구도 보이지 않았고 아무 소리도 들리지 않았다.

"아무도 없어."

그는 나팔처럼 손을 꼬고서 여동생들에게 다소 큰 음성으로 속삭였다.

그는 밖을 망보기 위해 속삭임을 멈췄다. 그와 함께 뻬레도노프가 밖으로 나왔다.

"자, 이제, 그애들이 자네에게 말을 걸어올 거야."

루찔로프가 말했다.

뻬레도노프는 쪽문 옆에 서서 쪽문과 대문 옆 기둥 사이에 난 틈을 바라보았다. 얼굴은 우울한 빛을 띠었고 거의 놀란 듯한 표정이었다. 머릿속에서 모든 환상과 생각이 사라졌고 무겁고 추상적인 음욕들이 그 자리를 대신했다.

다리야가 조금 열린 쪽문으로 먼저 다가왔다.

"음, 당신에게 무엇을 해드려야 할까요?"

그녀가 물었다.

뻬레도노프는 우울한 표정으로 아무 말도 하지 않았다. 다리야가 말했다.

"전 당신에게 맛있고 따끈따끈한 블린[19]을 구워드릴게요. 드시면

---

19 러시아식 팬케이크.

서 숨이 넘어가진 마세요."

류드밀라가 어깨 너머에서 소리 질렀다.

"전 아침마다 도시를 돌아다니면서 사람들의 험담을 수집해서 당신에게 전해드릴게요. 무척 재미있을 거예요."

두 여동생의 유쾌한 얼굴 사이에서 일순간 발레리야의 변덕스럽고 섬세한 얼굴이 보였고 가냘픈 목소리도 들려왔다.

"전 당신에게 무엇을 해드릴지 말하지 않을래요. 스스로 알아맞혀보세요."

여동생들은 깔깔거리며 달려갔다. 그들의 목소리와 웃음소리가 문 뒤에서 잠잠해졌다. 뻬레도노프는 쪽문에서 몸을 돌렸다. 그는 결코 만족하지 않았다. 그는 여동생들이 뭔가를 지껄이다 그냥 가버렸다고 생각했다. 메모를 주고 가는 편이 더 나을 뻔했는데. 하지만 여기 서서 기다리기엔 이미 시간이 너무 늦어버렸다. 루찔로프가 물었다.

"어때, 보았지? 누가 자네 맘에 들던가?"

뻬레도노프는 생각에 잠겼다. 물론 그는 가장 어린 여동생을 선택해야만 한다고 생각했다. 그가 나이 많은·여동생과 결혼할 이유는 없기 때문이다! 그는 결심한 듯 말했다.

"발레리야를 데려와보게."

루찔로프는 집으로 돌아갔고 뻬레도노프는 다시 뜰로 들어섰다.

류드밀라는 그들의 말을 엿듣기 위해 창가에서 몰래 밖을 내다보았지만 아무 소리도 들을 수 없었다. 뜰에 있는 발판 위에서 발걸음 소리가 들려왔다. 여동생들은 입을 다물고 흥분된 상태로 당혹스러운 듯 앉아 있었다. 루찔로프가 들어와서 말했다.

"그가 발레리야를 선택했어. 그 사람이 기다리고 있어. 대문 옆에 서 있다고."

여동생들은 웅성거리며 웃었다. 발레리야는 얼굴이 좀 창백해졌다. 그녀는 말했다.

"맞아요, 그럼 그렇죠. 전 간절히 원해요. 제게 무척이나 필요하기도 하고요."

그녀의 손이 떨렸다. 세 언니들이 그녀의 몸단장을 돕기 시작했다. 언니들은 주위에서 그녀를 돌봐주었고 그녀는 언제나 그렇듯이 애교를 떨면서 여유를 부렸다. 언니들은 서둘렀다. 루찔로프는 기쁘고 흥분되어 쉬지 않고 수다를 떨었다. 그는 자신이 이 모든 일을 이처럼 순조롭게 진행한 것이 맘에 들었다. 다리야가 걱정스러운 듯이 물었다.

"그런데 오빠, 마부들을 준비시켰나요?"

루찔로프는 화를 내며 대답했다.

"그런데 정말 가능한 거냐? 도시 전체를 돌아다니기라도 해봐. 바르바라가 그의 머리채를 끌고 다닐걸."

"그러면 우린 어떻게 해야 하죠?"

"그러니까 우리가 둘씩 짝을 지어 광장까지 간 다음 거기서 마부를 고용하면 돼. 아주 간단해. 먼저 네가 신부와 짝이 되어 가고, 라리사가 신랑과 가는 거야. 하지만 한꺼번에 가면 안돼. 그러면 시내에서 누군가가 알아차릴 거야. 난 류드밀라와 팔라스또프의 뒤를 따라가는 거야. 둘이 함께 갈 때 내가 계속 볼로진을 붙잡아두는 거지."

혼자 남은 뻬레도노프는 달콤한 환상을 키워가고 있었다. 그는 신혼 첫날밤 옷을 벗고 수줍어하지만 유쾌한 발레리야의 모습을 그려보고 있었다. 그녀는 너무도 날씬하고 섬세하다.

그는 환상에 젖었고 주머니에서 오래 묵혀둔 캐러멜들을 꺼내
녹여먹었다.

그후에 그는 발레리야가 애교가 많은 아가씨라는 것을 기억해
냈다. 그는 그녀가 옷들과 가구들을 요구할 거라고 생각했다. 그렇
게 되면 아마도 매달 돈을 저축할 수 없을 뿐만 아니라 그동안 모
아두었던 돈들도 써야만 할 것이다. 그리고 아내는 맘이 바뀌어서
부엌일은 거들떠보지도 않을 것이다. 게다가 그가 먹는 음식에 독
을 넣을 수도 있고 바랴가 나쁜 맘을 먹고 요리사를 돈으로 매수할
수도 있을 거다. 뻬레도노프는 생각했다.

'그래, 발레리야는 아주 간교한 장난을 칠 거야. 가까이 다가가
도 그 속을 알 수 없거든. 어떻게 그녀를 욕할 수 있겠어? 어떻게
그녀를 밀어낼 수 있겠어? 어떻게 그녀에게 침을 뱉을 수 있겠어?
그녀가 눈물이라도 흘리면 도시 전체에 욕을 하고 다닐 거야. 아니
야. 그녀와 엮이는 건 끔찍한 일이야. 그래, 류드밀라가 있지. 그녀
가 더 단순하잖아. 그녀를 선택하지 말까?'

뻬레도노프는 창가로 가서 창틀을 손가락으로 두드렸다. 삼십초
뒤에 루찔로프가 유리창 너머에서 얼굴을 내밀었다. 그는 태평하
게 물었다.

"뭐가 필요한가?"

"생각이 바뀌었네."

뻬레도노프가 중얼거렸다.

"이런!"

루찔로프가 놀라서 소리 질렀다.

"류드밀라를 데려와."

뻬레도노프가 말했다. 루찔로프가 창가에서 멀어져갔다.

“안경 쓴 악마 같으니라고.”

그는 중얼거리며 여동생들에게로 갔다.

발레리야는 기뻤다. 그녀는 흥겹게 말했다.

“류드밀라 언니, 언니의 행운이 찾아왔네요.”

류드밀라는 웃기 시작했다. 그녀는 소파에 몸을 던져 등을 기대고는 웃고 또 웃었다. 루찔로프는 아리송해했다.

“그에게 뭐라고 말해야 하나? 그애가 동의했다고 해야 하는 거야, 뭐야?”

류드밀라는 웃음 때문에 한마디 말도 못하고 손을 내젓기만 했다. 그녀를 대신해서 다리야가 말했다.

“네, 물론 동의한 거죠. 그 사람에게 어서 가서 만일 바보같이 도망간다면 기다리지 않을 거라고 말해주세요.”

루찔로프는 객실로 가서 유리창에 대고 속삭였다.

“기다려줘. 이제 곧 준비가 될 거니까.”

뻬레도노프는 화가 나서 말했다.

“좀더 서둘러줘. 거기서 무슨 일이 있는 거야!”

자매들이 서둘러서 류드밀라의 몸치장을 도왔다. 오분 뒤 그녀는 거의 준비가 되었다.

뻬레도노프는 류드밀라에 대해 생각했다. 그녀는 경쾌하고 포동포동하다. 다만 그녀는 웃는 것을 너무 좋아하지. 아마도 날 비웃을 수도 있을 거야. 끔찍한 일이지. 다리야가 더 민첩하고 훨씬 더 진중하고 조용하지. 게다가 아름답기까지 하단 말이야. 그녀를 선택하는 것이 더 낫겠다. 그는 다시 유리창을 두드렸다. 라리사가 말했다.

“그 사람이 다시 문을 두드리고 있어. 다리야, 너를 부르려는 것이 아닐까?"

"이런, 제기랄!"

루찔로프는 욕을 하며 유리창 쪽으로 뛰어갔다.

"또 뭔데? 또 생각이 바뀐 거야, 뭐야?"

그는 화가 난 목소리로 물었다.

"다리야를 데려와."

뻬레도노프가 대답했다.

"흠, 기다려."

루찔로프가 씩씩대며 중얼거렸다.

뻬레도노프는 서서 다리야에 대해 생각했다. 그런데 또다시 상상 속에 존재했던 그녀에 대한 감탄이 끔찍함으로 바뀌었다. 그녀는 너무도 민첩하고 대담하단 말이야. 그녀가 날 못살게 굴 거야. 그런데도 왜 내가 여기 이렇게 서서 그녀를 기다리고 있는 거지? 그는 생각했다.

'더 있다간 감기에 걸리겠어. 밖에는 바람 소리가 요란한데, 누군가가 울타리 밑 풀숲에 숨어 있다가 갑자기 나타나 날 해치기라도 하면 어쩌지.'

그러자 뻬레도노프는 우울해져서 생각했다.

'게다가 그들은 지참금도 없어. 교육기관에 연줄도 없잖아. 바르바라는 공작부인에게 말을 잘해준다고 했는데. 교장은 나를 해치려고 할지도 모르고.'

뻬레도노프는 스스로에게 화가 나기 시작했다. 그가 무엇 때문에 이곳에서 루찔로프와 엮이게 되었을까? 아마도 루찔로프가 그를 유혹했을 것이다. 그리고 어쩌면 사실은 그가 뻬레도노프를 낚았을지도 모른다. 가능한 한 빨리 악마를 쫓는 주문을 외워야만 한다.

뻬레도노프는 자리에서 빙빙 돌며 사방에 침을 뱉으며 중얼거렸다.

"추르-추라시끼, 추르끼-볼바시끼, 부끼-부까시끼, 바퀴벌레들을 가져가. 날 건드리지 마라. 날 건드리지 마라. 추르, 추르, 추르. 추르-뻬레추르-라스추르."

그의 얼굴에는 마치 중요한 의식을 수행하는 이처럼 진지한 표정이 역력했다. 그는 이런 필요불가결한 의식을 마치고 나서 자신이 루찔로프의 마력에서 안전하다고 느꼈다. 그는 화가 나서 중얼거리며 결심한 듯 손가락으로 유리창을 두드렸다. 그는 자기 쪽으로 머리를 내민 루찔로프에게 말했다.

"데려온다 해도 그들이 날 유혹할 거 같아. 아니, 오늘은 결혼하고 싶지 않아."

"아니, 자네, 아르달리온 보리시치, 무슨 소린가, 이미 모든 것이 준비되어 있다네."

루찔로프가 그를 설득하려 노력했다. 뻬레도노프는 단호하게 말했다.

"원하지 않아. 우리 집으로 가서 카드놀이나 하자고."

"이런, 젠장!"

루찔로프가 욕을 했다. 그는 여동생들에게 설명했다.

"그 사람이 결혼하고 싶지 않대. 겁먹었어. 하지만 내가 그 바보를 설득해볼게. 그가 자기 집으로 카드놀이를 하러 오라고 불렀으니."

여동생들은 모두 뻬레도노프를 욕하며 일시에 소리 질렀다.

"그러니까 오빠가 그 바보네 집으로 간다고요?"

발레리야가 화가 나서 말했다.

"음, 그래. 가서 그 작자에게서 벌금이라도 받아와야지. 그는 아직 우리에게서 벗어나지 못했으니 말이야."

루찔로프는 매우 거북해하면서 확신에 찬 어조를 유지하려 노력했다.

뻬레도노프를 향한 아가씨들의 분노는 곧 웃음으로 바뀌었다. 루찔로프는 떠났다. 여동생들은 유리창 쪽으로 달려갔다. 다리야가 소리쳤다.

"아르달리온 보리시치! 당신은 왜 그렇게 미적거리시나요? 그래선 안되죠."

"끼슬랴이 끼슬랴예비치!"

류드밀라가 깔깔대며 소리쳤다.

뻬레도노프는 화가 났다. 그는 그 아가씨들이 버림받았다는 것을 알고 슬퍼서 눈물을 흘려야만 한다고 생각했던 것이다. 그는 조용히 뜰을 나서며 생각했다.

'일부러 안 그런 척하는 거야!'

아가씨들은 거리로 난 창가로 달려가서 뻬레도노프가 아직 어둠속으로 사라지기 전에 그의 뒤에다 대고 그를 비웃는 말들을 쏟아놓았다.

5

우수로 인해 뻬레도노프는 힘이 들었다. 이젠 주머니에 캐러멜도 없다는 사실에 슬퍼졌고 화가 났다. 루찔로프는 가는 길 내내 혼자 떠들었고 계속해서 여동생들을 칭찬했다. 뻬레도노프는 딱 한번 대화에 끼어들었다. 그는 화를 내며 물었다.

"황소는 뿔을 가지고 있지?"

"음, 그렇지. 그게 뭐 어때서?"

놀란 루찔로프가 물었다.

"음, 난 황소가 되고 싶지 않아."

뻬레도노프가 설명했다.

분에 못 이긴 루찔로프가 말했다.

"아르달리온 보리시치, 자네는 결코 황소가 될 수 없어. 왜냐하면 자네는 진짜 돼지니까."

"거짓말하고 있군!"

뻬레도노프가 음울하게 말했다.

“아니, 거짓말이 아니야. 증명할 수 있어.”

루찔로프가 악랄하게 말했다.

“기다려, 증명할 테니.”

루찔로프는 여전히 변함없이 악의에 가득 찬 목소리로 말했다.

둘은 입을 다물었다. 뻬레도노프는 꺼림칙한 기분으로 기다렸지만 루찔로프에 대한 악의로 힘이 들었다. 갑자기 루찔로프가 물었다.

“아르달리온 보리시치, 자네는 돼지 콧등을 가지고 있지?”

“그래, 하지만 자네에게 주진 않을 거야.”

뻬레도노프가 악에 받쳐서 대답했다.

루찔로프가 웃었다.

“자네가 돼지가 아니라면 어떻게 자네에게 돼지 콧등이 있을 수 있나!”

그는 기쁘게 소리쳤다.

뻬레도노프는 끔찍한 기분으로 자기 코를 잡았다.

“거짓말하고 있군. 왜 내 코가 돼지 코냐고. 난 사람 얼굴을 하고 있다니까.”

그가 중얼거렸다. 루찔로프는 깔깔거렸다. 뻬레도노프는 화가 나기도 하고 두렵기도 한 기분으로 루찔로프를 바라보며 말했다.

“오늘 자네는 나를 세 여동생들과 결혼시키기 위해 날 일부러 독말풀 위로 끌고 다니면서 취하게 했네. 마녀 하나와 결혼하는 것도 모자라서 마녀 셋과 한꺼번에 결혼을 하다니!”

“바보 같은 인간아, 내가 그랬다면 어째서 난 취하지 않았지?”

루찔로프가 묻자 뻬레도노프가 말했다.

"자넨 방법을 알고 있는 거지. 아마도 자네는 입으로 들이마시고 나서 코로 내뿜지 않는 방법 말고 마법에 걸려들지 않기 위해 어떻게 해야 하는지 모른다고 했겠지. 난 마법사가 아니야. 내가 악마를 쫓는 주문을 외기 전에는 마취된 사람처럼 내내 서 있었다니까."

루찔로프가 깔깔거리더니 물었다.

"자네, 어떻게 주문을 외웠나?"

하지만 뻬레도노프는 벌써 입을 다물어버렸다. 루찔로프가 말했다.

"자네, 어떻게 그렇게 바르바라에게 의지해 살아왔나? 만약 그녀를 통해서 자네가 한자리 얻는다면 자네 형편이 나아질 거라고 생각하나? 그건 그녀가 자네에게 안장을 얹는 격이라고."

뻬레도노프는 그 말을 이해할 수가 없었다. 그는 생각했다.

'당연히 그녀는 자신을 위해서도 노력하고 있어. 내가 승진이 되어 월급을 많이 받는다면 그녀도 형편이 나아질 테니. 그러니까 내가 그녀에게 고마워해야 하는 것이 아니라 그녀가 나에게 고마워해야만 하는 거라고. 어떤 경우든 간에 나는 다른 누군가와 함께 있는 것보다 그녀와 함께 있는 것이 더 편할 거야.'

뻬레도노프는 바르바라에게 익숙해져 있었다. 무언가가 그를 그녀에게로 잡아당겼다. 아마도 그건 그녀를 비웃는 그의 기분 좋은 습관 때문일 것이다. 주문을 외운다 하더라도 그만한 여자를 찾을 수 없을 것이다.

이미 날이 어두워졌다. 뻬레도노프가 사는 아파트의 전등불들이 켜졌고, 유리창들이 거리의 어둠속에서 선명하게 빛났다.

손님들은 차 탁자에 둘러앉아 있었다. 그루시나는 이제 매일매일 바르바라의 집에 와서 지내고 있었다. 볼로진과 쁘레뽈로벤스까야와 남편인 꼰스딴찐 뻬뜨로비치 쁘레뽈로벤스끼가 와 있었다. 마흔살이 채 안된 그는 키가 크고 윤기없이 창백한 얼굴에다 머리 카락이 검고 말수없는 사내였다. 바르바라는 흰색 원피스를 화려하게 차려입고 있었다. 사람들은 차를 마시며 담소를 나누고 있었다. 바르바라는 언제나처럼 뻬레도노프가 오랫동안 돌아오지 않자 걱정하고 있었다. 볼로진은 유쾌한 양의 웃음소리를 내며 뻬레도노프가 루찔로프와 함께 어딘가로 가버렸다고 말했다. 그 말이 바르바라의 걱정을 키웠다.

마침내 뻬레도노프가 루찔로프와 함께 나타났다. 사람들은 고함, 웃음, 어리석고 노골적인 농담으로 그들을 맞이했다. 뻬레도노프는 성을 내며 소리 질렀다.

"바르바라, 보드까는 어디 있는 거야?"

바르바라는 식탁에서 멀어지더니 미안한 듯 미소를 지으며 커다랗고 조잡하게 생긴 긴 유리병에 보드까를 재빨리 담아왔다. 뻬레도노프가 음울하게 제안했다.

"마십시다."

바르바라가 말했다.

"기다려주세요. 끌라우쥬시까가 안주를 가져올 거예요."

그녀는 분주하게 움직이며 부엌 쪽을 향해 소리쳤다.

하지만 뻬레도노프는 벌써 잔에다 보드까를 따라놓고 중얼거렸다.

"왜 기다려야만 하는 거지? 시간은 우릴 기다려주지 않는다고."

사람들은 구즈베리 잼 파이를 곁들여서 술을 마셨다. 손님들을 대접하기 위해서 뻬레도노프의 집에는 언제나 카드와 보드까가 준비되어 있었다. 아직 카드놀이를 하기 위해 앉을 수는 없었기 때문에 차를 마셔야만 했다. 게다가 보드까도 남아 있었다.

아무튼 안주를 가져오면 더 마실 수도 있었다. 끌라우지야가 나가면서 문을 닫지 않았기 때문에 뻬레도노프는 걱정했다.

"문이 계속 열려 있다면."

그는 중얼거렸다. 감기에 걸릴 수도 있다는 생각 때문에 문틈을 두려워했다. 그래서 그의 집은 언제나 무덥고 악취가 났다.

쁘레뽈로벤스까야는 달걀을 집어들고는 말했다.

"좋은 달걀인데요. 어디서 구하셨나요?"

뻬레도노프가 말했다.

"이건 그냥 보통 달걀이 아닙니다. 우리 영지에 있는 아버지 댁의 닭은 일년 내내 하루에 두번 커다란 달걀을 낳지요."

쁘레뽈로벤스까야가 반문했다.

"그런 게 어디 있어요? 얼토당토않은 소리죠. 자랑할 만한 걸 찾으셔야지! 우리 시골에도 닭이 있는데 하루에 두번 알을 낳을 뿐만 아니라 기름도 한숟가락씩 내준다니까요."

뻬레도노프는 그것이 농담인지 모르고서 말했다.

"맞아요. 맞아. 우리도 그랬어요. 사람들이 다른 닭을 가져와도 그 닭은 그랬다니까요. 우리 집엔 정말 굉장한 닭이 있거든요."

바르바라가 웃더니 말했다.

"바보 같은 소리는 그만들 하세요."

그루시나가 말했다.

"당신들이 그런 허무맹랑한 이야기를 하니 귀가 다 따갑네요."

뻬레도노프는 따가운 눈초리로 그녀를 바라보았고 악에 받쳐서 응수했다.

"만약 듣고 싶지 않다면 그런 이야기들은 무시해버리세요."

그루시나는 당황했다. 그녀는 볼멘소리로 말했다.

"아르달리온 보리시치, 당신은 언제나 그렇게 말씀하시는군요!"

나머지 사람들은 동의한다는 듯이 웃고 있었다. 볼로진은 눈을 껌뻑이고 고개를 흔들며 우습다는 듯이 말했다.

"만일 당신 귀가 따갑다면 당신은 귀를 버려야만 해요. 귀들이 여기저기서 당신을 귀찮게 하고 못살게 군다면 그건 좋은 일이 아니거든요."

볼로진은 축 늘어진 귀가 어떻게 움직이는지 손가락으로 보여 주었다. 그루시나는 그에게 소리 질렀다.

"이런, 당신은 이곳에서도 스스로 뭔가를 해내지 못하고 날로 먹으려 하는군요. 이미 주어진 걸 가지고 장난이나 치다니!"

볼로진은 모욕감을 느꼈지만 떳떳하게 말했다.

"마리야 오시뽀브나, 저 혼자서도 할 수는 있지요. 하지만 우리가 이렇게 모여서 즐겁게 시간을 보내고 있는데 어떻게 다른 사람의 장단에 박자를 맞춰드리지 않을 수 있겠습니까! 그런데 만약 그게 당신 맘에 들지 않는다면 당신이 원하는 대로 하세요. 당신이 우리에게 하는 것처럼 우리도 당신에게 해드리면 되니까요."

루찔로프는 웃으면서 그의 말에 맞장구쳤다.

"빠벨 바실리예비치, 말이 되는군."

쁘레뽈로벤스까야가 비꼬는 듯 웃으며 말했다.

"빠벨 바실리예비치는 벌써 자신을 위해서 앞가림을 할 줄 아네요."

바르바라는 볼로진의 우스운 말을 듣고 나서 흰 빵을 자르려고 손에 칼을 들었다. 칼날이 반짝였다. 뻬레도노프는 무서워졌다. 음, 갑자기 그녀가 찌르기라도 하면 어쩌지. 그는 소리 질렀다.

"바르바라, 칼을 내려놔!"

바르바라는 놀라서 몸을 떨었다.

"왜 소리를 질러요? 당신 때문에 놀랐잖아요!"

그녀는 그렇게 말하고는 칼을 내려놓았다. 그녀는 입을 다물고 있는 쁘레뽈로벤스끼가 수염을 쓰다듬으면서 뭔가를 말하려 하자 다음과 같이 말했다.

"당신도 아시다시피 이이는 늘 변덕이 심하답니다."

쁘레뽈로벤스끼는 우울해했지만 가벼운 목소리로 말했다.

"그런 일은 있을 수 있답니다. 제가 아는 어떤 사람은 바늘을 무서워하는데요. 언제나 바늘이 자기 몸 안으로 들어갈까봐 두려워했죠. 생각해보세요. 바늘을 볼 때마다 너무도 무서워했다니까요……"

그런데 그가 일단 입을 열기 시작하니 멈출 수가 없었다. 누군가가 다른 문제에 대해 말하고 나서 그가 말하는 것을 제지하면 그는 여러 그룹에 똑같은 이야기를 바꿔가며 말했다. 그리고 나서 그는 다시 침묵에 휩싸였다.

그루시나는 대화를 야한 이야기로 이끌어갔다. 그녀는 이미 고인이 된 남편이 얼마나 질투했으며 자신이 그를 어떻게 배신했는지 말해주었다. 그다음에 그녀는 어떤 고관의 정부가 거리를 어떻게 돌아다녔는지와 그녀가 후원자를 어떻게 만나게 되었는지에 대해 그리고 시내에 사는 지인에게서 들은 이야기를 들려주었다. 그루시나가 말했다.

"그녀가 그에게 '안녕, 잔치끄! 이번엔 거리에서 다 보네요!'라고 소리쳤어요."

뻬레도노프가 화가 나서 말했다.

"내가 당신을 고발해버릴 거야. 어떻게 그렇게 지위가 높은 사람들에 대해 어리석은 말을 지껄일 수가 있는 거지?"

그루시나는 놀라서 말을 더듬거렸다.

"그러니까 제가 말하려는 것은, 사람들이 제게 그렇게 말했다는 거죠. 그건 이미 샀던 물건을 되파는 거나 다름없는 거라고요."

뻬레도노프는 화가 나서 아무 말도 하지 않았고 식탁에 팔꿈치를 괴고서 찻잔 받침에 남아 있던 차를 마셨다. 그는 미래의 장학관의 집에서는 고관들에 대해서 함부로 지껄여서는 안된다고 생각했다. 그는 그루시나를 눈엣가시처럼 생각했다. 볼로진은 그에게 더 화가 나 있었고 그를 의심스러운 눈초리로 바라보았다. 어쩐 일인지 그는 뻬레도노프를 너무 자주 미래의 장학관이라는 호칭으로 불렀다. 한번은 뻬레도노프가 볼로진에게 다음과 같이 말했다.

"이봐, 동생, 아마도 부러울 거야! 그럼 그렇지, 자네가 장학관이 되지 못하고 내가 될 테니까."

볼로진은 이 말을 듣고 나서 얼굴에 의미심장한 빛을 띠고는 반박했다.

"아르달리온 보리시치, 모든 사람에겐 자신의 몫이 있네. 자네는 자신의 일에 있어서 전문가이고 나는 내 일에 있어서 전문가지."

바르바라가 말했다.

"우리 집에 있던 나따샤[20]란 아가씨는 우리 집을 떠나서 곧장 헌병장교네 집으로 가버렸어요."

뻬레도노프는 몸을 떨고는 끔찍하다는 표정을 지어 보였다. 그는 의아하다는 듯이 물었다.

---

20 나딸리야의 또다른 애칭.

"거짓말이지?"

"아니, 사실이거든요. 제가 왜 거짓말을 하겠어요? 정 그러시면 직접 그 사람한테 가서 물어보시든가요."

바르바라가 대답했다.

그루시나도 이 기분 나쁜 소식을 확인해주었다. 뻬레도노프는 놀랐다. 그 여자가 있지도 않은 일을 나불거리면 헌병이 수염을 감으면서 아마도 장관에게 편지를 쓰겠지. 이건 추잡한 일이야.

바로 그 순간 뻬레도노프의 눈길이 장롱 위 선반에 고정되었다. 거기에는 제본된 책 몇권이 꽂혀 있었는데 얇은 것은 삐사례프의 책들이고 두꺼운 것은 『조국수기』[21]였다. 뻬레도노프는 얼굴이 창백해지면서 말했다.

"이 책들은 숨겨야만 해. 사람들이 고발할 수도 있거든."

이전에 그는 자신의 자유사상을 보여주기 위해 일부러 책이 보이도록 가지고 다니기도 했다. 하지만 사실 그는 어떠한 견해도 없었고 복잡하게 생각하고 싶지도 않았다. 그는 단지 이런 책들을 가지고 다니기만 했지 읽지는 않았던 것이다. 오래전부터 그는 이런 책들을 읽지도 않았고 읽어본 적도 없으며 신문도 구독하지 않아서 남의 이야기를 통해 소식을 듣는 것이 전부였다. 하지만 그가 알아낼 만한 일도 없었고 외부에 관심있게 눈 돌릴 만한 것도 없었다. 심지어 그는 신문 구독을 예약하는 사람들을 비웃거나 그들이 시간과 돈을 낭비한다고 조롱하기까지 했다. 그에겐 자신의 시간만이 소중했던 것이다!

그는 중얼거리면서 선반으로 다가갔다.

---

[21] 19세기 러시아 비평잡지로서 당대 러시아 작가의 유명한 소설들을 싣기도 했다.

“우리 도시가 뭐 그렇고 그렇지. 이제 사람들이 밀고를 할 거야. 빠벨 바실리예비치, 도와줘.”

그는 볼로진에게 말했다.

볼로진은 진지하고 이해한다는 듯한 표정으로 그에게 다가가 뻬레도노프가 그에게 건네는 책들을 조심스레 받아들었다. 뻬레도노프는 양이 더 적은 책 묶음을 잡고 볼로진에게 더 많은 책들을 떠넘기며 홀로 들어갔다. 볼로진은 그 뒤를 따라갔다. 그가 물었다.

“아르달리온 보리시치, 자네 그것들을 어디다 감출 건가?”

“바로 여기 자네가 보는 곳에.”

뻬레도노프는 늘 그렇듯이 음울하게 대답했다. 쁘레뽈로벤스까야가 물었다.

“아르달리온 보리시치, 왜 당신은 이것들을 내려놓는 거죠?”

그는 걸어가면서 대답했다.

“엄격하게 금지된 책들이거든요. 만약 누군가가 발견하면 고발할 겁니다.”

뻬레도노프는 벽난로 앞에 쪼그려 앉아서 책들을 철판으로 던졌다. 볼로진도 그를 따라했고 좁은 구멍으로 어렵게 책들을 쑤셔 넣었다. 이제 볼로진은 뻬레도노프보다 조금 뒤에 쪼그려 앉아서 그에게 책을 건네주었다. 그는 진지함 때문에 입술을 앞으로 내밀고 적당히 튀어나온 이마를 숙이며 양처럼 생긴 얼굴에 사려 깊고 이해심이 넘치는 표정을 짓는 것을 잊지 않았다. 바르바라는 문 너머로 그들을 지켜보았다. 그녀는 웃으며 말했다.

“바보 같은 짓을 하고 있어!”

하지만 그루시나가 그녀를 제지했다.

“바르바라 드미뜨리예브나, 그렇게 말하지 마세요. 만약 사람들이 알게 되면 이 일 때문에 안 좋은 일이 있을 수도 있으니까요. 특히 선생님인 경우에 더 그렇죠. 교장 선생님은 선생님들이 어린아이들에게 시위를 가르칠까봐 얼마나 염려하신다고요."

그들 일곱명은 차를 충분히 마시고 나서 스뚜꼴까[22]를 하기 위해 홀 안에 있는 트럼프용 탁자에 둘러앉았다. 뻬레도노프는 열의를 가지고 카드놀이를 했지만 성적은 좋지 않았다. 매월 20일 그는 카드놀이에 참여했던 사람들, 특히 쁘레뽈로벤스끼에게 돈을 지불해야만 했다. 쁘레뽈로벤스끼는 자신과 아내를 위해 건네주는 돈을 받았다. 그들 부부가 자주 이기곤 했던 것이다. 그들 부부에게는 자기들끼리 정한 싸인이 있었는데 그것은 탁자를 두드리거나 기침을 하는 것이었다. 그런 싸인을 통해서 그들 부부는 자신들이 가지고 있는 카드에 대한 정보를 서로 교환했다. 오늘따라 뻬레도노프의 불행은 더 일찍 찾아왔다. 그는 패배를 만회하기 위해 서둘렀지만 볼로진이 카드를 늦게 나눠준데다가 카드놀이의 흐름에 보조를 맞추려고 동작을 느리게 했다. 뻬레도노프는 참지 못하고 소리쳤다.

"빠블루시까, 얼른."

볼로진은 카드놀이에서 자신이 특별하다고 느끼면서 나머지 모든 사람과 보조를 맞춰가며 의미심장한 표정을 짓고 물었다.

"그러니까 왜 빠블루시까인가? 다정하게 부르는 건가, 아니면 다른 뜻이라도?"

"다정하게, 다정하게 그렇게 부른 거야. 얼른 하기나 하라고."

뻬레도노프는 참지 못하고 대답했다.

"음, 만약 다정한 감정을 표현한 거라면 난 기쁘네. 아주 기뻐."

---

22 카드놀이의 일종.

볼로진은 카드를 내밀며 기뻐했고 바보같이 웃으며 말했다.

"아르다샤[23], 나도 자네를 너무나 사랑해. 만약 우정이 아니라면 이건 다른 이야기가 될지도 모르지. 만일 우정의 표현이라면 난 기뻐. 그러니 자네에게 뚜즈[24]를 주지."

볼로진은 이렇게 말하며 으뜸패를 보여주었다.

뻬레도노프는 그것이 1점짜리가 맞긴 하지만 으뜸패는 아니라고 생각해서 그에게 복수하기로 했다. 뻬레도노프는 화가 나서 말했다.

"자네가 주긴 줬는데! 뚜즈가 맞지만 으뜸패는 아니야. 날 속이려고 그런 것 같군. 으뜸패가 필요하다고. 자네가 뭘 줬다는 건가? 왜 내게 뚜즈가 필요한 거지?"

루찔로프가 웃으며 말했다.

"자네에겐 뿌즈가 필요없지. 자네 몸에 뿌조[25]가 있으니까."

"미래의 장학관이 말장난이나 하고 있군. 뿌즈, 뿌즈, 까라뿌즈[26]."

루찔로프는 계속해서 수다와 허풍을 떨었고 때때로 아주 자극적인 내용의 이야기를 들려주기도 하였다. 그는 뻬레도노프를 놀리려고 특히 아파트에 사는 중학생들의 행실이 좋지 않다고 확신하며 말했다. 그는 그 아이들이 담배를 피우고 보드까를 마시며 여학생들의 뒤꽁무니를 따라다닌다고 했다. 뻬레도노프는 그 사실을 믿었다. 그루시나도 맞장구쳤다. 그녀는 이런 이야기들이 특히 맘에 들었다. 그녀는 남편이 죽고 나서 자신의 집에 중학생 서너명을

---

23 아르달리온을 다정하게 부른 말.
24 1점.
25 뚜즈, 뿌즈와 발음이 비슷하기 때문에 언어유희처럼 한 말. 배를 의미한다.
26 키가 작고 뚱뚱한 사람을 말한다.

하숙시키고 싶어했지만 교장은 뻬레도노프의 청원에도 그것을 허락하지 않았다. 그루시나에 대해 도시에서 안 좋은 소문이 있었던 것이다. 이제 그녀는 중학생들이 살고 있는 아파트의 여주인을 욕하기 시작했다. 그녀는 말했다.

"그들이 교장 선생님에게 뇌물을 줬어요."

볼로진이 말했다.

"여주인들은 모두 다 인간쓰레기지. 우리 집 여주인도 마찬가지야. 내가 방을 빌릴 때 여주인은 저녁마다 내게 우유 세잔을 제공하기로 약속했지. 첫 한달, 그리고 그다음 달도 내게 우유를 가져다주었어. 그때까진 괜찮았지."

루찔로프가 웃으며 말했다.

"자네 너무 많이 마신 거 아닌가?"

볼로진은 화를 내며 말했다.

"왜 많이 마신 걸 가지고 그래! 우유는 건강에 좋은 음식이라고. 난 밤에 세잔을 마시는 데 익숙해졌어. 그런데 갑자기 두잔만 가져다주는 거야. 그래서 내가 그 이유를 물었지. 하녀인 안나 미하일로브나 집에서 키우는 암소가 요즘 우유를 많이 생산하지 못해서 미안하다고 하더군. 그런데 그게 나랑 무슨 상관이란 말인가! 약속은 돈보다 더 소중한 거잖아. 그 사람들 암소가 우유를 생산하지 못한다고 해서 내게 마실 걸 안 주면 어떡하나? 음, 그래서 나는 안나 미하일로브나에게 우유가 없다면 물이라도 달라고 부탁했지. 난 세잔을 마시는 데 익숙해져서 두잔은 적다고 생각했거든."

뻬레도노프가 말했다.

"우리의 영웅 빠블루시까입니다. 동생, 자네 어떻게 장군과 연결된 거야?"

볼로진은 기분 좋게 이야기를 되풀이했다. 하지만 사람들은 그를 비웃었다. 그는 화가 나서 아랫입술을 내밀었다.

저녁을 먹으면서 모두들 취하도록 마셨다. 여자들도 마찬가지였다. 볼로진은 벽에 떡칠을 할 것을 제안했다. 모두가 기쁨에 넘쳤다. 그들은 아직 식사를 다 마치지도 않은 상태에서 서서히 일에 착수하더니 미친 듯이 스트레스를 풀었다. 그들은 벽에 침을 뱉고 거기에 맥주를 들이붓고 벽과 바닥에는 끝에 기름이 발린 종이로 화살을 만들어 날렸다. 그리고 씹던 빵을 가지고서 바닥에 선을 만들기도 했다. 그후에 그들은 벽지의 줄무늬를 떼어내면서 누가 더 길게 떼어내는지에 몰두하기도 하였다. 이 게임에서 쁘레뽈로벤스끼 부부는 1루블 50꼬뻬이까 정도를 땄다.

볼로진이 졌다. 이처럼 그는 게임에 지기도 하고 술에 취하기도 해서 갑자기 슬퍼져 어머니에 대한 불평을 늘어놓았다. 그는 비난하는 듯한 얼굴 표정을 지어 보였고 웬일인지 손으로 아랫부분을 가리키면서 말했다.

"그런데 엄마는 왜 나를 낳았을까? 그리고 엄마는 그때 무슨 생각을 하셨을까? 내 인생이 지금 어떤지! 그분은 내 엄마가 아니라 단지 나를 낳아주신 분이야. 진짜 엄마는 자기 아이를 부양하는 법인데 우리 엄마는 나를 낳기만 하고 어릴 때부터 정부의 보조금으로 키웠거든."

쁘레뽈로벤스까야가 말했다.

"그 대신에 당신은 교육을 받았고 인간세상으로 나왔잖아요."

볼로진은 고개를 흔들며 쁘레뽈로벤스까야의 이마 아랫부분을 응시하며 말했다.

"아니요. 내 인생은 지금 막장인걸요. 그런데 왜 엄마는 날 낳았을까요? 그때에 그분은 무슨 생각을 했을까요?"

빼레도노프는 갑자기 어제의 에를리라는 음식이 생각났다. 그는 볼로진에 대해 생각했다.

'바로 그거야. 자기 엄마에 대해 불평을 하다니. 왜 자기를 낳았느냐고. 빠블루시까가 되고 싶지 않은 거지. 사실 부러워하는 것 같아 보이는데. 아마도 벌써 바르바라와 결혼하기로 맘을 먹고 인간의 탈을 뒤집어쓴 것 같군.'

빼레도노프는 그렇게 생각하면서 볼로진을 음울하게 쳐다보았다.

그가 다른 여자에게 장가라도 들었으면.

바르바라는 밤에 침실에서 빼레도노프에게 말했다.

"당신은 당신을 따라다니는 젊은 아가씨들이 정말로 괜찮다고 생각하는 거예요? 그애들은 모두 별로예요. 내가 그애들보다 더 아름답다고요."

그녀는 서둘러 옷을 벗고 뻔뻔한 미소를 지으며 살짝 붉은 기가 감도는, 균형 잡히고 아름답고 유연한 몸매를 보여주었다.

술에 취해 비틀거리는 바르바라의 얼굴에 나타난 음탕한 표정은 어떠한 낯선 사람에게라도 혐오감을 불러일으킬 것처럼 보였다. 하지만 그녀의 몸은 아름다웠다. 그것은 마치 어떠한 사악한 마법사가 억지로 이미 노쇠하고 방탕한 여인의 머리에 유연한 님프의 몸을 붙여놓은 것 같았다. 이 더럽고 술에 취한 두 인간에게 이 환희에 찬 몸뚱이는 저열한 유혹의 원천이 되었다. 이런 일은 자주 있는 일이다. 사실 이 시대에 유린되고 비난받는 일이 있다면 그건 바로 아름다움과 연관된 일일 것이다.

빼레도노프는 애인의 나체를 보며 음울하게 웃었다.

그는 밤새도록 여러가지 머리색을 가진 벌거벗고 음탕한 여자들의 꿈을 꾸었다.

바르바라는 쁘레뽈로벤스까야가 충고해준 것처럼 엉겅퀴풀을 몸에 문지르면서 자신에게 도움이 된다고 믿었다. 그녀는 자신이 금방 살이 쪘다고 느꼈다. 그녀는 모든 지인에게 "정말 제가 살이 쪘나요?"라고 물어보곤 했다.

그녀는 뻬레도노프가 이제 곧 자기가 살찐 것을 보고, 게다가 가짜 편지까지 받고 나면 자신과 결혼할 거라고 생각했다.

뻬레도노프의 기다림은 그다지 썩 유쾌하지는 않았다. 그는 이미 오래전부터 교장이 자신에게 적대적이라고 확신하고 있었다. 사실 중학교 교장은 뻬레도노프를 게으르고 능력이 없는 교사라고 생각했다. 뻬레도노프는 교장이 학생들에게 자신을 존경하지 말라고 지시했다고 생각했다. 그래서 그는 학생들이 자신의 말을 어리석은 거짓말이라 여긴다고 생각했다. 하지만 이런 생각을 통해 뻬레도노프는 교장으로부터 스스로를 보호해야겠다는 확신을 갖게 되었다. 그는 교장에 대한 악의 때문에 상급반 교실에서 여러번 그를 험담했다. 많은 중학생들은 그런 대화를 맘에 들어했다.

뻬레도노프가 장학관이 되고자 하는 지금 이 시점에서 교장과 그의 불편한 관계는 정말 바람직하지 않았다. 만일 공작부인이 원하기만 한다면 그분의 비호가 교장의 징벌을 피하도록 해줄 텐데. 하지만 그것들은 모두 위험한 일이지.

뻬레도노프가 최근에 주목한 바에 따르면 도시에는 교장처럼 그에게 적대적이어서 그가 장학관의 자리에 오르는 것을 방해하려는 사람들이 있다. 볼로진만 봐도 그렇다. 그는 우연치 않게 언제나 '미래의 장학관'이란 단어를 반복하여 말하곤 한다. 사람들이 남의 이름을 자기 것으로 만든 후에 자기만족에 겨워 사는 경우가 있긴 한다. 물론 볼로진이 뻬레도노프의 자리를 대신하는 것은 어려운 일이다. 당연히 볼로진과 같은 그런 바보들에게는 어리석은 계획들이 있다. 여전히 루찔로프 부부와 베르시나와 마르따, 그리고 그들의 동거인들은 모두 시기심 때문에 그에게 해를 끼치는 것을 기뻐한다. 그런데 어떻게 해를 끼칠 수 있을까? 상관의 면전에서 그 사람을 중상모략한다면 사람들이 그를 별 볼 일 없는 사람으로 여길 거라는 점은 분명하다.

그래서 뻬레도노프에게는 두가지 걱정거리가 생겼다. 하나는 자신의 인품을 보여주는 것이고 또 하나는 자신을 볼로진으로부터 지키기 위해 그를 부유한 여자와 결혼시키려는 계획이 바로 그것이다.

언젠가 뻬레도노프는 볼로진에게 물어본 적이 있었다.

"내가 아다멘꼬네 아가씨와 엮어줄까? 아니면 아직도 여전히 마르따를 잊지 못하고 있는 건가? 한달 내내 즐겁지 않은 거지?"

"어째서 내가 마르따를 잊지 못한다는 거지!"

볼로진이 대답했다.

"난 그녀에게 자존심을 걸고 명예롭게 프러포즈했어. 만일 그녀가 진정으로 원하지 않는다면 내가 무엇을 해야만 하겠어? 난 다른 여자를 찾을 거야. 정말이지 내가 신붓감을 찾지 못할 거 같은가? 이런 선한 맘은 어디서든지 유효한 법이야."

"그렇지. 그래서 마르따가 자네 코를 잡아당겼지."

뻬레도노프가 비웃었다.

볼로진은 화가 나서 말했다.

"그들이 어떤 신랑감을 기다리는지는 모르겠어. 지참금이 어마어마하다면 모를까. 아마도 눈곱만큼 줄 테지. 아르달리온 보리시치, 그녀는 자네에게 반한 거라고."

뻬레도노프가 충고했다.

"그런데 만일 내가 자네 입장이라면 그녀의 집 대문에 타르를 칠해놓겠어."

볼로진은 키득거리다 이내 맘을 진정시키고 말했다.

"만일 잡히면 불쾌한 일이 생길 텐데."

"누군가를 잡을 테면 잡으라지. 왜 자기가 직접 나서는데."

뻬레도노프가 말했다.

"맙소사, 그래야지, 암, 그렇고말고."

볼로진이 활기를 띠며 말했다.

"만일 그녀가 합법적인 결혼을 원하지 않는다면 그녀의 집 유리창으로 젊은이들을 들여보내는 거야. 그건 대단한 일이 될 거야! 이런 일은 인간에게 수치심도 양심도 없다는 것을 보여주는 일이지."

6

다음날 뻬레도노프와 볼로진은 아다멘꼬 아가씨네 집으로 향했다. 볼로진은 한껏 멋을 내 잘 차려입었다. 그는 슬림한 새 재킷과 풀을 먹여 뻣뻣하고 깨끗한 셔츠에 화려한 색의 스카프를 둘렀고 머리에는 포마드를 바르고 향수를 뿌렸다.

나제즈다 바실리예브나 아다멘꼬는 시내에서 남동생과 함께 붉은 벽돌 단독주택에 살고 있었다. 도시 근교에는 그녀의 영지가 있었는데 남에게 세를 주고 있었다. 그녀는 재작년에 이곳의 중학교를 마쳤고 지금은 편안한 안락의자에 드러누워 여러가지 내용의 책을 읽거나 열한살짜리 중학생 남동생을 가르치며 소일하고 있었다. 누나가 화가 나면 남동생은 "엄마가 있을 때가 더 좋았는데. 엄마는 구석에 세워두기만 하셨어"라는 말로써 누나의 화를 모면했다.

나제즈다 바실리예브나는 이모와 함께 살고 있었다. 그녀는 집

안일에 대해서는 어떠한 말도 하지 않는, 늙고 개성이 없고 밋밋한 인물이었다. 나제즈다 바실리예브나는 누군가와 친분을 맺는 일에 엄격했다. 뻬레도노프는 그녀의 집에 거의 들르지 않았다. 다만 뻬레도노프는 그녀를 조금 아는 것을 가지고 이 아가씨가 볼로진과 결혼할 수도 있겠다는 가정을 했던 것이다.

지금 나제즈다는 뜻밖의 방문에 놀랐지만 초대받지 않은 손님들을 상냥하게 맞이했다. 그녀는 손님의 시중을 들어야만 했다. 나제즈다 바실리예브나는 러시아어 선생님에게 맞는 가장 유쾌하고 편안한 대화 내용은 학과 공부 상황, 중학교 개혁, 아이들 교육, 문학, 상징주의, 러시아 잡지 등등이 되리라 생각했다. 그녀는 이런 대화의 거의 모든 주제에 대해 언급하였으나 그들에게 어떠한 대답도 들을 수 없었고, 다만 이런 질문들이 손님들에게 전혀 어떠한 호기심도 불러일으키지 않는다는 것을 알아차리자 난감한 표정을 지어 보였다. 하지만 나제즈다 바실리예브나는 또 한번 대화를 시도했다.

"그런데 당신들은 체호프의「상자 속의 사나이」를 읽은 적이 있나요? 그 소설 너무 빠르게 전개되지 않아요?"

그녀가 볼로진에게 이런 질문을 하자 그는 기분 좋게 씩 웃고 나서 질문을 던졌다.

"그게 뭔가요, 기사인가요, 아니면 소설인가요?"

"단편소설이에요."

나제즈다 바실리예브나가 대답했다.

"당신은 체호프 씨를 말씀하시는 건가요?"

볼로진이 물었다.

"네, 체호프요."

나제즈다 바실리예브나가 대답한 다음 웃었다.

"그게 대체 어디에 실렸죠?"

볼로진의 호기심이 계속 작동했다.

"『러시아 사상』이라는 잡지에 실렸어요."

나제즈다가 상냥하게 대답했다.

"몇권에 실렸나요?"

볼로진이 물었다.

"몇년도 판인지 기억이 잘 나진 않네요."

나제즈다 바실리예브나는 여전히 상냥하게 대답했지만 조금은 놀랐다.

키가 작은 중학생이 문 뒤에서 나왔다.

"그건 5월호에 실렸어요."

소년은 손으로 문을 잡고 유쾌해 보이는 푸른 눈으로 누나와 손님들을 둘러보며 말했다. 뻬레도노프가 말했다.

"너는 소설을 읽기엔 아직 어리다. 공부를 해야지. 외설적인 이야기를 읽어선 안되지."

나제즈다 바실리예브나는 남동생을 엄하게 노려보았다. 그녀는 두 손을 들고 검지 끝을 구석으로 향하면서 말했다.

"문 뒤에 서서 엿듣다니 그게 예의 바른 행동이니?"

중학생은 얼굴을 찌푸리며 숨어버렸다. 소년은 자기 방으로 가 구석에 서서 시계를 바라보았다. 검지를 두개 든 것은 구석에 십분 동안 서 있는 것을 의미했다. 그는 분에 차서 생각했다.

'엄마가 있을 때가 더 좋았어. 엄마는 방구석엔 우산을 세워두시기만 했잖아.'

한편 거실에서는 볼로진이 즉시 『러시아 사상』 5월호를 당장 구해서 체호프의 단편을 읽겠노라고 여주인에게 약속을 하고 있었다. 뻬레도노프는 얼굴에 뚜렷한 우수의 빛을 띠고서 이야기를 들었다. 마침내 그가 말했다.

"저도 읽진 않았어요. 전 쓰레기 같은 것을 읽지 않아요. 사람들은 중편과 장편소설 속에도 온갖 어리석은 것을 써놓지요."

나제즈다 바실리예브나는 상냥하게 미소 지으며 말했다.

"당신은 현대문학에 대해 단호한 입장을 가지고 계시네요. 하지만 지금도 좋은 책들은 쓰이고 있답니다."

뻬레도노프가 말했다.

"전 예전에 괜찮은 책들을 전부 다 읽었어요. 지금 쓰이고 있는 것들은 읽지 않을 겁니다."

볼로진은 존경하는 맘으로 뻬레도노프를 바라보았다. 나제즈다 바실리예브나는 가볍게 한숨을 내쉬고는 할 말이 없어서 될 수 있는 한 공연한 말을 하며 수다를 떨었다. 그녀는 이런 대화가 맘에 들지 않았다. 하지만 그녀는 활발하고 참을성 있는 아가씨답게 재치있고 유쾌하게 그의 말을 받아주었다.

손님들은 활기를 띠었다. 그녀는 못 견디게 따분해졌다. 그러나 그들은 그녀가 자신들에게 몹시 친절히 대하고 있으며 그것이 그녀가 볼로진의 매력적인 외모에 끌린 결과라고 생각했다.

나제즈다네 집을 떠나와서 뻬레도노프는 거리에서 볼로진의 성공을 축하해주었다. 볼로진은 기뻐서 웃음을 터뜨렸고 깡총깡총 뛰었다. 그는 이미 자신을 차버린 모든 아가씨를 잊어버렸다. 뻬레도노프가 그에게 말했다.

"걷어차지는 말게. 양처럼 정신없이 뛰노는군. 더 하면 자네 코를 잡아당길 거야."

그런데 그는 농담으로 그런 말을 한 것이었고, 자신이 생각해둔 중매가 성공하리라고 굳게 믿었다.

그루시나는 거의 매일 바르바라의 집에 들렀고, 바르바라도 이전보다 더 자주 그녀의 집에 들렀기 때문에 그들은 거의 붙어지냈다. 바르바라는 맘을 졸였으나 그루시나는 여유를 부렸다. 그녀는 완전히 같아 보이도록 글자를 따라쓴다는 것이 너무나 어렵다는 사실을 바르바라에게 확신시켰다.

뻬레도노프는 아직 결혼식 날짜를 잡고 싶어하지 않았다. 그는 다시 장학관 자리를 요청했다. 그는 자신에게 무척이나 많은 신붓감이 있다는 것을 기억해내고는 지난겨울처럼 여러번 바르바라를 협박했다.

뻬레도노프는 "난 지금 결혼하러 갈 거야. 아침에 아내와 함께 돌아올 테니 넌 여기 있어. 마지막으로 함께 밤을 보내는 거야"라고 말하면서 당구를 치러 나가곤 했다. 그는 저녁이 되면 이따금만 집으로 돌아왔고, 대부분은 루찔로프와 볼로진과 함께 어떤 더러운 아지트에서 방탕하게 지내곤 했다. 그런 밤이면 바르바라는 잠들 수가 없었다. 그래서 그녀는 불면증에 시달렸다. 그가 새벽 한두 시에 들어오면 그녀는 한시름 덜게 되어서 그나마 나았다. 만약 그가 아침이 되어서야 나타난다면 바르바라는 하루 종일 아픈 사람처럼 지내야 했다.

마침내 그루시나가 편지를 준비해서 바르바라에게 보여주었다. 그들은 오랫동안 그것을 바라보면서 작년에 공작부인에게서 받은 편지와 대조해보았다. 그루시나는 공작부인이 봐도 가짜임을 알아볼 수 없을 거라고 확신했다. 사실 비슷한 점은 적었지만 바르바라는 그녀의 말을 믿었다. 게다가 그녀는 뻬레도노프가 가짜임을 알아볼 정도로 누군가 아는 사람의 필체를 그렇게 정확하게 기억하고 있지 않다는 것을 알고 있었다. 그녀는 기쁘게 말했다.

"음, 그래, 마침내 다 되었네요. 난 여태까지 기다리고 또 기다렸어요. 그래서 기다리는 것을 잊어버렸어요. 그런데 편지봉투는 어쩌죠? 만일 그가 편지봉투에 대해 물어보면 뭐라고 말하죠?"

그루시나는 오른쪽 눈은 더 크게 뜨고 왼쪽 눈은 작게 뜨고서 교활한 눈빛으로 바르바라를 바라보았고 미소를 지으며 대답했다.

"편지봉투는 소인消印 때문에 똑같이 위조할 순 없어요."

"그럼 어쩌죠?"

"바르바라 드미뜨리예브나, 봉투는 벽난로에 던져버렸다고 말하세요. 편지봉투는 뭣에 쓰려고 필요한 거죠?"

바르바라의 희망이 되살아났다. 그녀는 그루시나에게 말했다.

"결혼만 성사되면 난 그 사람을 위해 뛰어다니지 않아도 될 거예요. 아니지, 난 앉아 있을 거고 그 사람이 나를 위해 뛰어다니게 만들어야지."

뻬레도노프는 토요일 낮 점심을 먹고 나서 당구를 치러 갔다. 그는 무겁고 슬픈 생각에 잠겼다.

'질투심에 휩싸여 사악한 사람들 사이에서 산다는 것은 수치스러운 일이야. 하지만 뭘 하겠어―모든 사람이 다 장학관이 될 수는 없는 거잖아! 이건 생존경쟁이라고!'

그는 거리 두곳을 지나 모퉁이에서 헌병장교를 만났다. 기분 나쁜 만남이었다!

헌병장교 니꼴라이 바지모비치 루봅스끼는 키가 작고 건장한 사나이로서 숱이 많은 눈썹에다 유쾌한 회색빛 눈동자를 지니고 있었다. 다리를 약간 절었기 때문에 그의 박차 소리는 서로 다르게 울려퍼졌다. 그는 친절하기 때문에 사람들 사이에서 사랑을 받고 있었다. 그는 도시의 모든 사람과 그들의 모든 일과 관계를 알고 있었고 소문 듣는 것을 좋아했다. 하지만 그 자신은 겸손하고 무덤처럼 말수가 없어서 어느 누구에게도 불필요한 험담은 늘어놓지 않았다.

그들은 멈춰서서 서로 인사를 나누고 이야기를 시작했다. 뻬레도노프는 얼굴을 찌푸리며 주위를 두리번거렸고 미심쩍은 듯한 표정으로 말했다.

"제가 듣기론 우리 집에서 일했던 나따샤가 당신 집에서 지낸다던데요. 그 여자가 저에 대해 말하는 것을 믿지 마세요. 그 여자는 거짓말을 하는 겁니다."

"전 하녀에게서 험담을 주워듣진 않습니다."

루봅스끼는 위엄있게 말했다. 뻬레도노프는 루봅스끼의 말에도 아랑곳하지 않고 계속 말했다.

"그녀는 정말 뻔뻔한 여자예요. 그 여자에게는 폴란드인 애인이 있었어요. 아마도 그 여자가 의도적으로 당신에게 접근해서 뭔가 비밀스러운 것을 알아내려 할지도 모릅니다."

헌병장교는 무덤덤하게 말했다.

"그 일에 대해서라면 걱정하지 마십시오. 제가 세운 계획들도 요새처럼 지켜지는 것은 아니니까요."

요새에 관한 언급에 뻬레도노프는 난처해졌다. 그는 루봅스끼가 자신을 요새에 가둘 수도 있다는 것을 암시하고 있다고 생각했다. 뻬레도노프는 계속했다.

"음, 그 말은 요새에 관한 것이 아니랍니다. 사람들이 저에 대해 말도 안되는 소리를 지껄인다면 그건 저에 대한 질투 때문에 그런 겁니다. 당신은 그 어떠한 말도 믿지 마세요. 그건 그들이 저에게서 의심스러운 것을 찾아내어 밀고를 하려는 거라고요. 저도 밀고를 할 수 있습니다.”

루봅스끼는 의아해했다. 그는 어깨를 들어올리고 박차를 울리며 말했다.

“당신에게 맹세하건대 전 어느 누구에게서도 당신에 대한 밀고를 받은 적이 없습니다. 아마도 누군가 장난으로 당신을 위협하는 것 같은데요. 때때로 어디 말뿐인 것이 한두가지겠습니까.”

뻬레도노프는 믿지 않았다. 그는 헌병장교가 뭔가를 감추고 있다고 생각하자 무서워졌다.

뻬레도노프가 베르시나의 정원을 지나갈 때마다 베르시나는 그를 불러세워서 마법과도 같은 말과 동작으로 그를 자신의 정원으로 데리고 가곤 했다.

그래서 그는 그녀의 소리 없는 마법에 자기도 모르게 이끌려 안으로 들어갔다. 아마도 루찔로프가 사람들을 자기 맘대로 주무르려는 그녀의 목적도 성공할지 모른다. 뻬레도노프가 모든 사람과 거리를 두고 있기 때문에 마르따와 합법적인 결혼을 통해 서로 맺어지지 못하는 것이 아닐까? 뻬레도노프는 끈끈한 늪에 빠져드는 것 같았다. 어떠한 마법도 그를 다른 곳으로 유인하지 못할 것처럼 보였다.

지금 뻬레도노프는 루봅스끼와 헤어지고 나서 길가를 지나가게 되었다. 언제나 그렇듯이 온통 검은색으로 차려입은 베르시나가 그를 유혹했다. 그녀는 담배 연기 사이로 갈색 눈동자를 번득이며 뻬레도노프를 바라보고 나서 말했다.

“마르따와 블라쟈는 하루 정도 집에 다녀올 거예요. 당신도 그 아이들과 시골에서 잠시 지내도 좋을 것 같은데요. 일꾼이 마차를 타고 그들을 데리러 왔답니다.”

뻬레도노프는 음울하게 대답했다.

“자리가 좁을걸요.”

베르시나가 반박했다.

“좁기야 하겠죠. 자리를 잘 잡으셔야 되지만 좁은 것은 슬픈 일이 아니죠. 6베르스따 정도니까 조금만 가면 되잖아요.”

바로 그때 마르따가 베르시나에게 뭔가 물어보러 집에서 나왔다. 출발하기 전에 약간 성가신 일들이 그녀의 게으른 행동을 자극했고 얼굴은 평소보다 더 생기있고 유쾌해 보였다. 이제 두 여자가 다시 한번 뻬레도노프를 시골로 초대했다. 베르시나가 완고하게 설득했다.

“편하게 자리를 잡으세요. 당신은 마르따와 뒷좌석에 앉고요. 블라쟈와 이그나찌는 앞좌석에 앉으면 돼요. 보세요. 마차가 벌써 정원에 와 있네요.”

뻬레도노프는 베르시나와 마르따를 따라 마차가 서 있는 정원으로 나갔고, 블라쟈는 뭔가 짐을 실으면서 마차 근처에서 꾸물거리고 있었다. 마차는 넓었다. 하지만 뻬레도노프는 마차를 우울한 표정으로 둘러보며 말했다.

“안 가요. 좁잖아요. 전부 네명인데요. 게다가 짐도 있고요.”

베르시나가 말했다.

“음, 만약 당신이 좁다고 생각하신다면 블라쟈가 걸어갈 수도 있어요.”

블라쟈가 머뭇거리다가 상냥하게 미소 지으며 말했다.

“물론이죠. 삼십분이면 충분히 걸어서 도착할 수 있을 거예요.

바로 지금 걷기 시작하면 여러분보다 먼저 도착할 수도 있어요.”

그러자 뻬레도노프는 마차가 덜컹거릴 수도 있는데 자신은 덜컹거리는 것을 싫어한다고 말했다. 그들은 모두 정자로 돌아갔다. 모든 준비가 이미 다 되었는데 일꾼인 이그나찌는 여유롭고 느긋하게 부엌에서 식사를 하고 있었다. 마르따가 물었다.

“블라쟈는 공부를 어떻게 하나요?”

그녀는 뻬레도노프와 나눌 수 있는 다른 이야깃거리를 생각해 낼 수가 없었다. 베르시나는 이미 마르따가 뻬레도노프를 잘 대접하지 못한다며 핀잔을 여러번 준 터였다. 뻬레도노프가 말했다.

“잘 못 해요. 게으르고 어떤 말도 듣지 않아요.”

베르시나는 수다 떠는 것을 좋아했다. 그녀는 블라쟈를 타일렀다. 블라쟈는 얼굴을 붉히고 미소를 지었으며 마치 추워서 그런 것처럼 어깨를 움찔했다. 소년은 습관대로 한쪽 어깨를 다른 쪽 어깨보다 높이 들어올리더니 말했다.

“그런데 공부를 시작한 지 일년밖에 되지 않았잖아요. 더 노력하면 돼요.”

“처음부터 열심히 공부해야만 해.”

마르따는 나이 든 여자의 어조로 말을 했는데, 그런 자신의 목소리에 얼굴을 붉히며 말했다. 뻬레도노프가 불평을 늘어놓았다.

“게다가 장난도 치죠. 어제는 마침 거리의 말썽꾸러기들이 장난을 쳤어요. 그 아이들은 거친데다가 목요일엔 제게 욕설까지 했죠.”

블라쟈는 갑자기 열을 받아서 흥분된 상태로 말했다. 하지만 여전히 미소 짓는 것을 멈추지 않았다.

“어떤 욕도 한 적 없어요. 전 다만, 다른 아이들의 형편없는 노트에는 5점을 주고, 제 노트에는 모두 줄을 그어놓고 2점을 주신 선생님의 실수에 대해 말했을 뿐이에요. 선생님이 3점을 준 학생들보다 제가 더 잘 썼거든요.”

뻬레도노프의 고집은 흔들리지 않았다.

“그런데 너는 내 험담을 했잖아.”

블라쟈는 화가 나서 말했다.

“전 어떠한 험담도 하지 않았어요. 전 단지 교장 선생님께 일부러 제게 2점을 주었다는 것만 말씀드릴 거라고 했을 뿐이에요.”

베르시나가 화를 냈다.

“블라쟈, 네가 무엇을 사과드려야 하는지 잊지 마라. 그런데도 너는 다시 같은 말을 반복하고 있구나.”

블라쟈는 갑자기 뻬레도노프가 마르따의 신랑감이 될 수도 있으니 그를 자극해선 안된다는 사실을 떠올렸다. 그래서 그는 얼굴을 더 붉히며 괜히 블라우스의 아랫부분을 바로잡으면서 수줍게 말했다.

“죄송합니다. 전 다만 선생님이 실수를 바로잡아주기를 간청하려던 것뿐이에요.”

베르시나가 그의 말을 가로막았다.

“조용, 제발 조용히 좀 해라. 지금 그런 논의는 할 수 없단다. 지금은 할 수 없어.”

그녀는 같은 말을 반복했고, 여윈 몸을 눈에 띌 정도로 조금 떨기까지 했다.

“너를 지적하는 거니까 넌 조용히 있어.”

그리고 나서 베르시나는 담배 연기를 내뿜으며 언제나처럼 그렇게 미소 지으면서 지금까지 진행된 이야기에 관해 블라쟈에게 적잖은 비난의 말들을 쏟아부었다.

"너에게 벌을 주도록 아버지에게 말씀드려야만 할 것 같구나."

그녀는 말을 끝마쳤다.

"회초리를 들어야겠어."

뻬레도노프는 결론을 내렸고, 화를 내며 자신을 모욕한 블라쟈를 바라보았다. 베르시나가 맞장구쳤다.

"물론이죠. 회초릿감입니다."

"회초리를 들어야만 해요."

마르따가 말한 뒤 얼굴을 붉혔다. 뻬레도노프가 말했다.

"오늘 내가 네 아버지에게 가서 내가 보는 앞에서 회초리를 드시도록 말씀드려야 되겠어. 그게 좋겠다."

블라쟈는 침묵한 채 가해자들을 바라보며 어깨를 움찔했고 눈물을 글썽이며 미소 지었다. 아버지는 엄한 사람이다. 블라쟈는 이것을 단지 위협이라고 생각하며 자신을 위로했다. 그는 '사람들이 정말로 축일을 망치고 싶어하는 걸까?'라고 생각했다. 자고로 축일이란 특별한 것을 기념하는 기쁜 날인데. 그리고 축일은 학교나 일상의 휴일과도 비교도 되지 않는 날인데.

그런데 뻬레도노프는 소년들을 울리고 그들로 하여금 용서를 빌게 만드는 일을 특히 좋아해서 소년들이 울 때면 너무나 기분이 좋았다. 블라쟈의 고통과 눈에 맺힌 눈물, 잘못을 인정하는 듯한 수줍은 미소에 뻬레도노프는 기뻤다. 그는 마르따와 블라쟈와 함께 가기로 결심했다. 그는 마르따에게 말했다.

"음, 좋아요, 당신들과 함께 가기로 할게요."

마르따는 기뻤지만 어쩐지 놀라는 기색이었다. 물론 그녀는 뻬레도노프가 자신들과 함께 가기를 원했다. 아니, 더 정확히 말하자면 베르시나가 마르따를 위해 이 모든 일을 원하고 있었고, 그 소 망을 위해 재빨리 그녀에게 주문을 걸어 요술을 부려놓았다. 하지 만 뻬레도노프가 가겠다고 하는 지금 이 상황에서 마르따는 블라 쟈 때문에 맘이 편치 않았다. 그애가 불쌍해졌기 때문이다.

블라쟈는 기분이 나빴다. 뻬레도노프가 정말로 그 일을 위해 갈 까? 그는 뻬레도노프에게 동정심을 불러일으키고 싶었다. 그는 말 했다.

"아르달리온 보리시치, 만약 좁다고 생각하신다면 제가 걸어갈 수 있어요."

뻬레도노프는 그를 의심스럽게 바라보다가 말했다.

"음, 그런데 만일 너를 혼자 내보낸다면 네가 어딘가로 달아날 수 있잖아. 우린 네 아버지가 널 혼낼 수 있도록 아버지에게 데려 가는 것이 더 나을 것 같다고 생각한다."

블라쟈는 얼굴을 붉히며 한숨을 쉬었다. 소년은 몹시 맘이 불편 하고 슬퍼졌으며 이 가혹하고 음울한 사람에게 화가 났다. 그럼에 도 뻬레도노프의 맘을 누그러뜨리기 위해 그에게 좀더 편한 자리 를 마련해주기로 결심했다. 그가 제안했다.

"음, 만약 제가 자리를 잘 마련해둔다면 선생님은 아주 편하게 앉을 수 있을 거예요."

그리고 나서 소년은 마차가 있는 쪽으로 서둘러 다가갔다. 베르 시나는 담배 연기를 내뿜고 거북한 미소를 지으며 그의 뒤를 바라 보았고 조용히 뻬레도노프에게 말했다.

"저 아이들은 모두 아버지를 두려워하죠. 아버지가 아이들에게 매우 엄격하거든요."

마르따는 얼굴이 붉어졌다.

블라쟈는 자신이 저축한 돈으로 산 영국제 새 낚시 도구를 시골로 가지고 가고 싶었고 그외에도 뭔가를 더 가져가고 싶었지만 이런 모든 것이 마차에 적잖은 자리를 차지할 것 같았다. 그래서 블라쟈는 모든 짐을 집으로 도로 가져갔다.

날씨는 덥지 않았다. 해가 기울고 있었다. 아침에 내린 비로 축축해진 길 위엔 먼지가 날리지 않았다. 마차는 도시에서 온 승객 넷을 태우고 자갈길을 흔들림 없이 지나가고 있었다. 먹이를 잔뜩 먹은 회색 말은 승객의 무게를 잊은 듯이 달렸다. 게으르고 말수가 적은 일꾼 이그나찌는 눈썰미가 있는 사람들만 알아차릴 수 있을 정도로 고삐를 조절하며 말의 속도를 조절하고 있었다.

뻬레도노프는 마르따 옆에 앉았다. 그가 너무도 넓은 자리를 차지하고 있어서 마르따는 앉아 있기가 정말 불편했다. 하지만 그는 이 사실을 알아채지 못했다. 아니, 알아차린다 하더라도 그는 자신이 손님이기 때문에 그게 당연한 거라고 생각했을 것이다.

뻬레도노프는 흡족했다. 그는 마르따와 상냥하게 이야기하면서 농담도 하고 그녀를 기쁘게 해주기로 결심했다. 그는 말을 시작했다.

"음, 당신네들이 곧 시위를 할 거라면서요?"

"무엇 때문에 시위를 해요?"

마르따가 물었다.

"당신네 폴란드인은 모두 시위를 하려고 하잖아요. 그것도 공공연하게 말이죠."

"전 그것에 대해 생각해본 적이 없어요. 게다가 저희 폴란드인은 아무도 시위를 하고 싶어하지 않아요."

마르따가 말했다.

"음, 그렇죠. 당신네들은 그렇게 이야기하죠. 하지만 당신들은 러시아인을 증오하잖아요."

"우린 그렇게 생각하지 않아요."

블라쟈는 이그나찌 옆에 앉아 있던 앞좌석에서 뻬레도노프 쪽으로 몸을 돌리며 말했다.

"우린 당신네들이 어떻게 생각하고 있는지 다 알아요. 당신네들에게 폴란드를 넘겨주지 않겠죠. 우리가 당신들과 싸웠잖아요. 우린 당신들에게 충분한 선행을 베풀었죠. 늑대를 먹이지 않으면 늑대가 언제나 숲을 바라보는 격이죠."

마르따는 반박하지 않았다. 뻬레도노프는 잠시 침묵했다가 갑자기 말했다.

"폴란드인은 머리가 텅 빈 사람들이죠."

마르따는 얼굴이 빨개졌다. 그녀는 말했다.

"러시아인과 폴란드인 중에도 그런 사람들이 있게 마련이죠."

뻬레도노프가 강하게 자신의 주장을 폈다.

"아니요. 그건 그렇습니다. 그 말이 맞아요. 폴란드인은 어리석어요. 거만하기만 하죠. 유대인은 지혜로운 사람들이지만요."

"유대인은 사기꾼이에요. 결코 지혜롭지 못해요."

블라쟈가 말했다.

"아니, 유대인은 매우 똑똑한 민족이야. 유대인은 언제나 러시아인을 속이지만 러시아인은 유대인을 결코 속이지 않지."

"그럼요, 속여서는 안되죠. 정말로 속이고 사기 치는 데에만 머리가 돌아간다는 건가요?"

블라쟈가 말했다. 뻬레도노프는 화가 나서 블라쟈를 바라보다가 말했다.

"지혜라는 것은 공부하는 데 필요한 거란다. 그런데 너는 공부를 하지 않잖니?"

블라쟈는 한숨을 쉬고 나서 다시 몸을 앞쪽으로 돌려 말의 규칙적인 걸음걸이를 바라보았다. 뻬레도노프가 말했다.

"유대인은 모든 일에 지혜롭죠. 학문에도 그렇고 모든 분야에 다 그래요. 만약 유대인에게 교수가 될 기회를 준다면 모두 다 교수가 될 겁니다. 그런데 폴란드인은 모두 추접한 사람들이죠."

그는 마르따를 바라보고는 마르따가 얼굴이 심하게 빨개진 것을 알아차리고 만족해서 낭랑한 태도로 말했다.

"그런데 제가 당신에 대해 이야기하는 거라고 생각하지는 마세요. 전 당신이 훌륭한 여주인이 될 거라는 사실을 알고 있답니다."

"모든 폴란드 여성은 훌륭한 여주인들이에요."

마르따가 대답했다. 뻬레도노프는 반박했다.

"음, 그렇긴 하죠. 여주인들은 상의는 깨끗한데 치마는 더럽죠. 그것 때문에 당신들에겐 미쯔끼에비치[27]가 있는 거죠. 그는 우리 나라의 뿌시낀[28]보다 더 훌륭해요. 그 사람 사진이 우리 집 벽에 걸려 있어요. 예전에 거기엔 뿌시낀이 걸려 있었는데 제가 그걸 화장실로 가져가버렸거든요. 그 사람은 시종이었잖아요."

"당신은 분명 러시아 사람인데 왜 우리 나라의 미쯔끼에비치 시인을 당신 집에 걸어두었죠? 뿌시낀도 훌륭하고 미쯔끼에비치도 훌륭해요."

"미쯔끼에비치가 더 훌륭해요. 러시아인은 바보예요. 싸모바르[29]

---

27 아담 미쯔끼에비치(1798~1855). 폴란드의 낭만주의 시인으로서 19세기 폴란드와 백러시아 문학의 형성에 큰 영향을 미쳤다.

28 알렉산데르 뿌시낀(1799~1837). 러시아의 시인이자 소설가로서 러시아 표준어와 근대문학의 형성에 이바지한 국민시인.

29 러시아인들이 물을 끓이고 보관하는 커다란 보온 물통.

하나 발명하고는 아무것도 없잖아요."

뻬레도노프가 반복하여 말하더니 마르따를 바라보고 눈을 가늘게 뜨며 말했다.

"당신 얼굴엔 주근깨가 많네요. 보기 흉해요."

"어쩌겠어요."

마르따가 미소 지으며 중얼거렸다. 블라쟈는 좁은 자리에서 몸을 돌리느라 아무 말 없이 앉아 있던 이그나찌의 몸에 부딪치며 말했다.

"제게도 주근깨가 있어요."

"너는 소년이니까 그건 괜찮아. 남자들에게 아름다움은 필요없어."

그는 마르따 쪽으로 몸을 돌리며 말했다.

"하지만 당신은 보기 좋지 않네요. 그러니까 어느 누구와도 결혼을 하지 못하는 겁니다. 오이 절인 물로 세수를 해야겠어요."

마르따는 그의 충고에 감사했다. 블라쟈가 미소를 지으며 뻬레도노프를 바라보자 뻬레도노프가 말했다.

"너 왜 웃니? 그런 식으로 하다간 도착하면 폼 나게 맞을 줄 알아."

블라쟈는 자기 자리에서 몸을 돌리고는 뻬레도노프가 농담으로 그런 말을 하는 건지, 아니면 진짜 그런 말을 하는 건지 알아차리려 애쓰며 그를 유심히 바라보았다. 뻬레도노프는 거친 목소리로 물었다.

"왜 넌 날 바라보는 거냐? 내겐 주름이 없단다. 아니면 날 저주하고 싶은 거냐?"

블라쟈는 놀라서 시선을 거두었다. 그는 소심하게 말했다.

"죄송해요. 전 단지, 일부러 그런 건 아닙니다."

"그런데 당신은 진짜로 시선의 힘을 믿나요?"

마르따가 물었다.

"저주해선 안돼요. 그건 미신입니다. 다만 너무도 예의에 어긋나게 시선을 고정하고 바라볼 수는 있다는 거죠."

뻬레도노프가 화를 내며 말했다. 껄끄러운 침묵이 몇분간 지속되었다. 갑자기 뻬레도노프가 말했다.

"당연히 당신들은 가난하겠죠."

"네, 부자는 아니에요. 그렇다고 그렇게 가난하지도 않아요. 우리 집안의 모든 사람은 뭔가를 소유하고 있죠."

마르따가 대답했다. 뻬레도노프는 믿지 못하겠다는 듯이 그녀를 바라보며 말했다.

"음, 그래요. 난 당신들이 가난하다는 것을 알고 있어요. 집에서도 매일 맨발로 다니죠."

"저희가 가난해서 그러는 건 아닙니다."

블라쟈가 생기를 띠며 말했다.

"아, 그렇다면 부자여서 그러고 있단 말인가?"

뻬레도노프가 물어보고 나서 호탕하게 껄껄댔다. 블라쟈는 얼굴을 붉히며 말했다.

"가난하기 때문에 그런 건 절대 아니고요, 그건 건강에 좋기 때문에 그런 거예요. 건강도 지키고, 게다가 여름엔 상쾌하죠."

뻬레도노프는 거친 목소리로 반박했다.

"음, 넌 거짓말을 하고 있어. 부자들은 맨발로 다니지 않아. 네 아버지에겐 많은 자식이 있지만 월급은 쥐꼬리만하지. 신발을 살 돈이 충분치 않다고."

7

바르바라는 뻬레도노프가 어디로 갔는지 전혀 알지 못했다. 그녀는 너무도 끔찍한 밤을 보냈다.

그런데 뻬레도노프는 아침에 시내로 돌아오고 나서도 집으로 가지 않고 교회로 가기로 했다. 마침 그때 예배가 시작되었다. 그는 그제야 교회에 자주 가지 않았던 일이 자신에게 불리하게 작용할 거라 생각했고 그 생각이 그를 교회로 인도한 것이었다.

뻬레도노프는 교회 입구 울타리 옆에서 얼굴이 붉고 선량하며 흠없이 푸른 눈을 가진 아름다운 용모의 중학생을 만났다. 뻬레도노프가 말했다.

"어, 마셴까, 안녕, 멋진데."

미샤 꾸드랍쩨프는 괴로울 정도로 얼굴이 빨개졌다. 뻬레도노프는 벌써 몇번이나 그를 마셴까라고 부르면서 놀렸다. 꾸드랍쩨프는 무엇에 대해 불평을 해야 하는지 결론 내리지 못했다. 거기에 모여 있었던 몇몇 사람들과 어리숙한 소년들이 뻬레도노프의 말에 웃음을 터뜨렸다. 그들도 미샤를 놀리는 것이 유쾌했다.

일리야[30] 성자의 이름을 따서 지어진 교회는 미하일 황제 때 건축된 낡은 교회로서 중학교 맞은편 광장에 세워져 있었다. 따라서 예배와 저녁기도가 있는 휴일마다 중학생들은 거기에 모여서 예까쩨리나 성녀 방 옆 왼편에 줄지어 서 있어야만 했다. 그 뒤에는 학급 담임들의 보조교사 한명이 감시를 위해 서 있었다. 그곳 사원의 중앙에 주일학교 선생님들, 장학관과 교장이 가족들을 데리고 서 있었다. 부모님과 함께 자신이 속해 있는 교구의 교회를 방문하기로 허락받은 몇몇 학생을 제외하고 정교회 신자인 거의 모든 중학생은 보통 이런 모임에 참가해야만 했다.

중학생들로 이루어진 합창단은 노래를 잘 불렀다. 그래서 교회에는 제1길드의 상인들과 관리들, 귀족들이 다녔다. 평범한 사람들은 많지 않았다. 게다가 그곳에서 예배를 드리는 사람들은 교장의 요청에 따라 다른 교회보다 더 늦게 모였다.

뻬레도노프는 익숙한 자리에 서 있었다. 그는 그 자리에서 노래하고 있는 모든 학생을 볼 수가 있었다. 그는 눈을 가늘게 뜨면서 그들을 바라보았고, 그들이 줄을 엉망으로 섰다고 생각했다. 그는 자신이 중학교 장학관이라면 그들을 가만두지 않을 거라고 생각했다. 키가 작고 말랐으며 얼굴이 거무스름한 끄라마렌꼬는 침착하지 못한 태도로 내내 여기저기로 몸을 움직이며 뭔가를 재잘대고 웃고 있었다. 그런데 어느 누구도 그를 제지하지 않았다. 정확히 말하자면 어느 누구도 그에게 관심이 없었다. 뻬레도노프는 생각

---

30 동슬라브인들의 신화에서 사악한 숲에 사는 '꾀꼬리-강도'를 물리쳐주는 용맹한 주인공.

했다.

‘엉망이군. 노래하는 애들은 언제나 무뢰한들이야. 저 얼굴이 거무스름한 소년은 낭랑하고 깨끗한 음역을 지녔지. 그래서 그 아이는 교회에서는 재잘대고 웃어도 되는 거라고 생각하는 거야.’

그런 생각을 하면서 뻬레도노프는 얼굴을 찌푸렸다.

옆에는 조금 늦게 도착한 공공 교육기관의 장학관 쎄르게이 뽀따뽀비치 보그다노프가 서 있었다. 어중간한 갈색 얼굴에는 자신이 결코 어떠한 것도 이해할 수 없다는 사실을 누군가에게 설명하고 싶어하는 듯한 표정을 담고 있었다. 아마 다른 어느 누구도 보그다노프처럼 그렇게 사람을 놀라게 하거나 겁을 줄 수는 없을 것이다. 그는 마치 새로운 것이나 걱정되는 뭔가를 들은 듯한 표정을 짓고 있었다. 이마는 벌써부터 내면에서 나오는 병적인 노력으로 찡그려져 있었고 당혹감 때문에 두서없는 감탄이 입에서 터져나왔다.

뻬레도노프는 그에게 몸을 숙여 속삭이며 말했다.

"당신이 담당하는 구역에 근무하는 어떤 여교사가 빨간 셔츠만 입고 다닌답니다."

보그다노프는 놀랐다. 흰 수염이 턱 위에서 놀란 듯이 떨렸다.

"뭐라고, 당신 지금 뭐라고 말한 겁니까? 그 여자가 누구, 누구죠?"

그는 쉰 목소리로 속삭였다. 뻬레도노프가 낮은 소리로 말했다.

"잘은 모릅니다만 저기 저 여자처럼 뚱뚱하고 목소리가 큰 여교사입니다."

보그다노프는 당황하여 기억을 더듬어보았다.

"목소리가 큰 여자, 목소리가 큰 여자라면, 그래, 그 사람은 스꼬보츠끼나지."

“네, 맞아요.”

뻬레도노프가 맞다고 확인해주었다. 보그다노프는 속삭이며 외쳤다.

“아니, 어떻게, 어떻게 그럴 수가! 스꼬보츠끼나가 빨간 셔츠만 입고 다니다니, 아! 그런데 당신이 그걸 직접 보았소?”

“보기도 했고요. 학교에서 그 여자가 그렇게 멋을 부리고 다닌다고들 하더군요. 그런데 더 심한 일도 있죠. 평민 아가씨가 입고 다니는 것처럼 싸라판[31]만 입기도 합니다.”

“아, 말씀 좀 해주시오! 자세히 알아야만 하겠습니다. 그래선 안 되죠. 안되고말고요. 그런 행동을 한다면 쫓아내야만 해요. 쫓아내야죠. 그 여자가 그런 여자였다니.”

보그다노프가 더듬거렸다.

예배가 끝나 사람들이 교회에서 나왔다. 뻬레도노프가 끄라마렌꼬에게 말했다.

“너, 깜둥이 녀석, 왜 교회에서 웃었지? 두고 봐. 네 아버지에게 일러줄 테다.”

뻬레도노프는 귀족 출신이 아닌 중학생들에게는 때때로 ‘너’라고 말했다. 하지만 귀족 출신들에게는 언제나 ‘당신’이라고 말한다. 그는 교무실에서 누가 어떠한 계급 출신인지 알아보았고, 학생들의 신분상 차이를 비상하게 기억하고 있었다.

끄라마렌꼬는 놀라서 뻬레도노프를 바라보고는 아무 말 없이 옆쪽으로 뛰어갔다. 그는 뻬레도노프를 까칠하고 어리석으며 부당한 사람이라고 생각해서 그를 미워하고 무시하는 학생들 그룹에

---

31 러시아 농부들이 입는, 소매 없는 긴 의복.

끼게 되었다. 그런 학생들은 많았다. 뻬레도노프는 교장 자신이 학생들에게 그렇게 지시를 했거나 아니면 그 아들들을 통해서 그렇게 시켰다고 생각했다.

볼로진은 벌써 울타리 뒤에 있다가 기쁜 듯이 키득대며 뻬레도노프에게 다가갔다. 그는 마치 생일을 맞은 사람처럼 행복한 얼굴을 하고 뒷목에 중절모를 걸치고 지팡이를 휘두르고 있었다. 그는 기쁜 듯이 속삭이기 시작했다.

"아르달리온 보리시치, 내가 자네에게 말한 거 기억하나? 내가 체레쁘닌을 설득했지. 그가 얼마 후면 마르따의 집 대문에 타르를 칠해놓을 걸세.[32]"

뻬레도노프는 뭔가를 생각하느라 잠시 말을 아끼다가 갑자기 음울하게 웃었다. 볼로진은 이내 뒷말을 그만두고 수줍은 표정을 지었고 중절모를 고쳐쓴 다음 하늘을 바라보고 지팡이를 흔들며 말했다.

"날씨가 좋긴 한데 저녁때쯤 비가 올 것 같아. 음, 비가 오면 난 미래의 장학관과 함께 집에나 있어야겠다."

"난 집에 있을 수 없을 것 같은데. 요즘 일이 있어서 시내에 가봐야 하거든."

뻬레도노프가 말했다.

볼로진은 뻬레도노프에게 갑자기 어떠한 일이 생겼는지 몰랐지만 이해가 간다는 듯한 얼굴 표정을 지었다. 어제 우연히 헌병장교를 만나고 나서 뻬레도노프에게는 무언가를 급히 처리해야만 할 것 같은 생각이 들었다. 뻬레도노프는 시내에 사는 모든 유명인사

---

32 대문에 타르를 칠하는 것은 그 집안 여자의 품행이 단정하지 못하다는 것을 의미한다.

를 찾아다니며 자신의 무고함을 입증해야만 했다. 만약 이 일이 성공한다면 그때에 뻬레도노프는 자신의 생각이 제대로 된 것임을 증명해줄 변호인들이 생겨나는 것이다. 볼로진은 뻬레도노프가 언제나 귀가하던 길에서 돌아서는 것을 보고 그에게 물었다.

"아르달리온 보리시치, 자네 지금 어디 가는 건가? 자네 정말 집으로 가는 게 아닌가?"

"아니, 집으로 가는 거야. 다만 지금 저쪽 길로 가는 것이 꺼림칙해서 말이야."

뻬레도노프가 대답했다.

"왜 그러는데?"

"거기엔 독말풀들이 많아서 냄새가 지독하거든. 내게 안 좋은 영향을 끼치고 있어. 날 취하게 만들지. 지금 내 신경은 약해져 있어. 온통 안 좋은 일들뿐이어서 말이야."

볼로진은 다시 그의 말을 이해하고 동정하는 표정을 지었다.

뻬레도노프는 도중에 엉겅퀴 열매를 몇개 따서 주머니에 넣었다. 볼로진이 얼굴을 찌푸리며 물었다.

"자네 그거 뭐하려고 모으는 건가?"

"고양이를 위한 거야."

뻬레도노프가 얼굴을 찌푸리며 대답했다. 볼로진은 사무적으로 말했다.

"고양이 털에 붙이려고?"

"그래."

볼로진이 키득거렸다.

"자네 나 없이 시작하지 말게. 재미있을 것 같아."

그가 말했다.

삐레도노프는 그에게 지금 들르라고 말했지만 볼로진은 일이 있다고 말했다. 왜냐하면 그는 갑자기 언제나 일이 없다고 하는 것이 어쩐지 불쾌한 일이라고 느꼈기 때문이다. 일이 있다는 삐레도노프의 말에 그는 자극됐고, 그래서 이제 혼자 아다멘꼬 아가씨의 집에 들러서, 액자에 끼울 만한 아주 근사한 그림들을 가지고 있는데 그것들을 보고 싶지 않냐고 물어보는 것이 좋을 것 같다고 생각했다. 게다가 볼로진은 나제즈다 바실리예브나가 커피를 대접할 거라고 생각했다.

볼로진은 그렇게 실행하기로 했다. 게다가 또 하나의 꼼수를 생각해냈다. 그는 나제즈다 바실리예브나에게 그녀의 동생과 함께 수공업을 시작할 것을 제안했다. 볼로진은 나제즈다 바실리예브나에게 일자리가 필요하기 때문에 즉시 동의할 거라고 생각했던 것이다. 일주일에 세번, 두시간씩, 한달에 30루블의 조건으로 일을 하기로 했다. 볼로진은 기뻤다. 돈도 벌고 나제즈다 바실리예브나와 개인적인 만남도 가질 수 있기 때문이다.

삐레도노프는 언제나처럼 음울한 표정으로 귀가했다. 바르바라는 불면의 밤을 보낸 후 얼굴이 창백해진 상태로 불평했다.

"어제 못 올 거라고 말을 해줄 수도 있잖아요."

삐레도노프는 그녀를 약 올리기 위해 마르따네 집에 다녀왔다고 말했다. 바르바라는 아무 말도 하지 않았다. 손에는 공작부인의 편지가 들려 있었다. 가짜 편지이긴 하지만 그래도……

그녀는 아침식사를 하는 도중에 싱글거리며 말했다.

"당신이 그곳에서 마르푸시까와 놀고 있었을 때 당신이 없는 동안 전 이곳에서 공작부인으로부터 답장을 받았답니다."

"그런데 당신 정말 그분에게 편지를 쓴 거야?"

뻬레도노프가 물었다. 그는 얼굴에 모호한 기대감에 뒤이어 한 줄기 서광을 내비치며 활기를 띠기 시작했다.

"어머, 엉뚱한 소리를 하시네요. 당신이 직접 편지를 쓰라고 해놓고선."

바르바라가 웃으며 대답했다. 뻬레도노프는 조심스레 물어보았다.

"음, 그분이 뭐라고 쓰셨어?"

"여기 편지가 있으니 직접 읽어보세요."

바르바라는 마치 어딘가로 숨어버린 편지를 찾듯이 주머니를 뒤져 그것을 꺼내 뻬레도노프에게 넘겨주었다. 그는 먹다 말고 탐욕스럽게 편지에 달려들었다. 그는 편지를 다 읽고 나서 기뻤다. 마침내. 이 편지에 분명하고 긍정적인 약속이 있는 거야. 그는 어떠한 의심도 하지 않았다. 그는 곧 아침식사를 마치고 친구들과 지인들에게 편지를 보여주기 위해 집을 나섰다.

그는 음울했지만 활기 찬 표정으로 베르시나의 정원으로 들어섰다. 그녀는 거의 언제나 그러듯이 울타리 곁에서 담배를 피우고 있었다. 그녀는 전에는 자신이 뻬레도노프를 유혹해야 했지만 지금은 그가 스스로 방문해서 기뻤다. 베르시나는 생각했다.

'그애와 함께 다녀왔고 같이 있었다는 것은 무엇을 의미할까? 그래서 그가 달려온 거야! 이 사람이 벌써 프러포즈를 하고 싶은 건 아닐까?'

그녀는 기뻤지만 걱정스러워하며 생각했다. 뻬레도노프는 곧 편지를 보여줌으로써 그녀를 실망시켰다. 그가 말했다.

"당신은 언제나 의심을 하는군요. 여기 공작부인이 직접 쓴 편지가 있어요. 직접 읽어보시면 아실 겁니다."

베르시나는 믿을 수 없다는 듯이 편지를 바라보다가 몇번씩이나 연달아 그에게 담배 연기를 내뿜었고 일그러진 미소를 지으며 조용하고 빠르게 물었다.

"그런데 편지봉투는 어디 있나요?"

뻬레도노프는 갑자기 멍해졌다. 그는 바르바라가 직접 편지지를 가져다가 편지를 써서 자신을 속일 수 있다고 생각했다. 가능한 한 빨리 그녀에게 편지봉투를 달라고 해야 한다. 그는 말했다.

"모르겠어요. 물어봐야겠네요."

그는 서둘러 베르시나에게 인사를 건네고 재빨리 집으로 돌아갔다. 가능한 한 빨리 이 편지의 발생에 대한 의혹을 규명해야 한다. 갑작스러운 의심 때문에 그는 너무나도 괴로웠다.

베르시나는 울타리 뒤에 서서 그의 뒷모습을 바라보았고 일그러진 미소를 지으며 오늘 해야 할 과제를 기한 안에 서둘러 해야 하는 것처럼 서두르며 담배 연기를 재빨리 내뿜어댔다.

뻬레도노프는 놀라고 실망스러운 표정으로 집으로 와서 현관에서부터 긴장감 때문에 쉰 목소리로 소리쳤다.

"바르바라, 편지봉투는 어디 있지?"

"무슨 봉투요?"

바르바라는 떨리는 목소리로 물었다. 그녀는 뻬레도노프를 뻔뻔하게 쳐다보았다. 만약 화장을 하지 않았더라면 빨개진 얼굴이 들통났을 것이다.

"봉투, 공작부인에게서 온 것 말이야. 오늘 아침 당신이 가져온 편지 말이야."

뻬레도노프는 놀란 듯 사악한 표정으로 바르바라를 바라보며 말했다.

바르바라는 긴장하여 웃었다. 그녀가 말했다.

"그거요? 제가 태워버렸죠. 뭐하러 제게 그게 필요하겠어요? 모아서 뭐하게요, 봉투들을 뭐하려고요? 수집품이라도 만들려고요? 편지봉투는 그다지 돈이 되지 않잖아요. 술집의 술병이라면 나중에 돈이라도 돌려받기나 하죠."

뻬레도노프는 음울한 표정으로 헛간을 돌아다니며 중얼거렸다.

"공작부인들도 여러 부류라고. 우린 알고 있어. 아마도 여기에 그런 공작부인이 살고 있는 거야."

바르바라는 그의 의심을 알아차리지 못한 것처럼 행세했으나 너무나 불안했다.

저녁 무렵 뻬레도노프는 베르시나의 정원을 지나게 되었다. 베르시나가 그를 불러세워 물었다.

"편지봉투를 찾았나요?"

"네, 바랴가 그걸 태워버렸다고 하네요."

뻬레도노프가 대답했다.

베르시나가 웃었다. 담배 연기로 인해 생겨난 희뿌옇고 희미한 그림자가 그녀 앞에 있는 적막하고 서늘한 공기 속에서 흔들렸다. 그녀가 말했다.

"이상하군요. 당신의 누이가 얼마나 조심성이 없었으면 그랬을까요? 사무적인 편지인데 그것도 갑자기 편지봉투를 없애다니! 언제 어디에서 편지를 보냈는지 소인을 통해 알아낼 수 있는 일인데 말이죠."

뻬레도노프는 몹시 화가 났다. 그녀가 공연히 자신을 자기 정원으로 불러들여서 제 의도를 알아맞혀보라는 식이었기 때문이다. 뻬레도노프는 가버렸다.

아무튼 그는 친구들에게 편지를 보여주었고 의기양양해했다. 그
리고 친구들도 그를 믿었다.

하지만 뻬레도노프는 믿어야 할지 말아야 할지 몰랐다. 그는 만
일의 경우에 대비해서 화요일부터 시내의 주요인사들을 방문하여
자신의 행동을 해명하기로 결심했다. 월요일은 힘든 날이라 그때
부터 시작해서는 안될 것 같았다.

8

뻬레도노프가 막 당구를 치기 시작했을 때 바르바라는 그루시나의 집으로 향했다. 그들은 오랫동안 이야기를 주고받더니 마침내 두번째 편지를 써서 문제를 바로잡기로 했다. 바르바라는 그루시나의 지인이 뻬쩨르부르그에 있다는 것을 알고 있었다. 그들의 도움을 받으면 여기서 준비한 편지를 보내고 또 받기가 쉬울 것 같았다.

그루시나는 처음과 마찬가지로 형식상 오랫동안 바르바라의 부탁을 거절했다.

"어머, 바르바라 드미뜨리예브나, 편지 한통에도 온몸이 벌벌 떨리는데요. 가까운 곳에 사는 경찰서장을 보고도 간이 콩알만해져서 사람들이 내 뒤로 와서 날 잡아다 감옥에 집어넣고 싶어한다는 생각을 하는걸요."

바르바라는 한시간 동안 그녀를 설득했고 선물을 쥐여주며 약간의 돈을 그녀 앞에 내밀었다. 마침내 그루시나가 동의했다. 그들은 다음과 같이 하기로 결정했다. 먼저 바르바라가 공작부인에게 감사의 뜻으로 답장을 썼다는 말을 한다. 그후에 며칠이 지나서 마치 공작부인에게서 편지가 온 것처럼 꾸미는 것이다. 그 편지에는 더욱더 확실하게 만일 곧 결혼을 하면 뻬레도노프에게 합당한 자리가 생길 거라는 내용을 쓰기로 했다. 그루시나가 여기서 그런 내용의 편지를 처음 편지와 마찬가지로 쓰고 나서 봉인하여 7꼬뻬이까짜리 우표를 붙이면 그루시나가 그것을 편지봉투에 넣어 친구에게 보내는 것이다. 그러면 그녀가 뻬쩨르부르그에서 그 편지를 우체통에 넣으면 되는 것이다.

바르바라와 그루시나는 도시 외곽의 가게로 가서 색지를 덧댄 폭이 좁은 봉투와 색지를 샀다. 그들은 가게에 많이 남아 있지 않은 종이와 봉투를 샀는데, 왜냐하면 그루시나의 문서 위조 행위를 숨기기 위해 조심스레 생각해낸 부분이었기 때문이다. 폭이 좁은 봉투를 고른 이유는 가짜 편지가 다른 봉투에 쉽게 들어가게 하기 위해서였다.

그들은 그루시나의 집으로 돌아와서 공작부인 발신 편지를 작성했다. 이틀 후 준비된 편지에 향수를 뿌렸다. 나머지 편지지와 봉투는 증거를 남기지 않기 위해 태워버렸다.

그루시나는 친구에게 언제 편지를 도로 부쳐야 하는지 썼다. 그들은 편지가 일요일에 도착해서 뻬레도노프가 집에 있을 때 우체부가 가져올 수 있도록 고려했다. 그래야만 편지가 가짜일지도 모른다는 의심의 여지를 없앨 수 있기 때문이다.

뻬레도노프는 화요일에 학교에서 좀 일찍 귀가하려고 애썼다. 때마침 좋은 기회가 와서 하늘이 그를 도왔다. 마지막 수업은 문이 복도 쪽으로 난 교실에서 진행되었다. 교실 문 가까이에는 시계가 걸려 있어서 용감한 예비역 하사 출신의 수위가 근무시간에 졸지 않고 종을 치며 그곳을 지키고 있었다. 뻬레도노프는 수위를 불러 교무실에 있는 학생기록부를 가져다달라고 부탁한 다음 몸소 시계를 조작해서 분침을 십오분 앞으로 돌려놓았다. 그런데 어느 누구도 그 사실을 알아차리지 못했다.

뻬레도노프는 집에서 아침식사도 거절하고 일이 있어 다녀와야 할 데가 있다고 말하면서 점심은 좀 늦게 준비하라고 했다.

"사람들은 일이 꼬이게 만들지. 일을 꼬아놓는단 말이야. 그런데 난 그것을 풀어놓는 거지."

그는 적들이 만들어놓은 올가미에 대해 생각하자 화가 나서 말했다.

그는 거의 입지 않아서 이제는 작아지고 불편한 연미복을 꺼내 입었다. 해가 갈수록 살이 쪄서 연미복은 몸에 꽉 꼈다. 훈장이 없다는 게 아쉬웠다. 다른 사람들은 다 있는데. 시내 직업학교에 다니는 팔라스또프한테도 있는데 나에겐 없는 것이다. 모두 교장들 때문이다. 그들은 뻬레도노프를 추천하고 싶어한 적이 없었다. 관리들이 와도 교장은 훈장을 달라고 하지 못한다. 어느 누구도 그것을 눈여겨보지 않는 한 훈장은 그 관리들에게나 해당되는 것이다. 그러니 새로운 제복을 입고 나서야 사람들 눈에 띌 것이다. 직장에서 관직을 얻기 위한 경쟁이 있는 것은 좋지만 승진은 업무성과에 따른 것이 아니다. 장군들에게 별 하나 다는 것이 중요한 것처럼 경쟁은 중요한 것이다. 곧 모두가 5등 문관이 거리를 걸어가는 것을 보게 될 것이다. 뻬레도노프는 생각했다.

'가능하면 빨리 새 제복을 주문해야겠다.'

그는 거리로 나서서 그제야 누구부터 시작해야 할지 생각했다.

그의 입장에서 볼 때 가장 필요한 사람들은 경찰서장과 지방법원 검사라는 생각이 들었다. 그들부터 시작해야겠군. 아니면 귀족단장부터 시작할까. 그런데 뻬레도노프는 그들부터 시작하기가 두려웠다. 귀족단장 베리가는 장군으로서 도지사까지도 노리고 있는 사람이었다. 경찰서장과 검사는 경찰과 법원에서 가장 무서운 우두머리들이다. 뻬레도노프가 생각했다.

'일을 시작하기 위해서는 관청을 공략하는 것이 보다 쉬울 것 같아. 거기에서 관찰하고 귀를 기울여보면 사람들이 그에게 어떻게 대하는지, 그리고 그에 대해 뭐라고 말하는지 알 수 있을 테니까.'

그래서 뻬레도노프는 시장을 대상으로 일을 시작하기로 결심했다. 비록 그는 상인이고 시골 학교에서 배우기는 했지만 어디든 다니고 또 그의 집엔 모든 사람이 드나들고 있으며 시내에서 존경을 받고 있을 뿐만 아니라 다른 도시들과 수도에도 그가 아는 주요인사들이 있었기 때문이다.

따라서 뻬레도노프는 단호하게 시장의 집으로 향했다.

날씨가 흐려졌다. 나뭇잎들은 피로한 듯 힘없이 떨어졌다. 뻬레도노프는 조금 두려웠다.

시장의 집에선 최근에 마룻바닥을 문질렀는지 쪽마루의 나무 냄새가 났고, 그리 나쁘지 않은 음식 냄새가 풍겼다. 조용하고 쓸쓸했다. 집주인의 아이들은 중학생인 아들과 어린 소녀였다. 시장인 아버지가 말했다.

"아들아이는 우리 집 가정교사에게서 배우고 있지요."

아이들은 예의 바르게 자기들의 방에 가 있었다. 그곳은 안락하고 평온하고 유쾌했다. 유리창들은 정원을 향해 나 있고 가구는 편안하게 배치되어 있으며 헛간과 정원에는 다양한 장난감이 있고 아이들의 목소리가 낭랑하게 울려퍼지고 있었다.

거리를 정면으로 바라보고 있는 위층 거실은 손님 접대를 위한 곳이었다. 모든 것이 정돈되어 있고 깔끔했다. 붉은색 나무 가구들은 마치 견본에 맞춰진 장난감이 몇배 팽창한 것 같은 모양이었다. 일반인이 거기에 앉는 것은 불편했다. 일단 앉으면 돌 위에 앉은 것과 같을 것이다. 그런데 몸이 무거운 주인은 아무렇지도 않은 듯 자리를 마련하고 편안하게 앉아 있었다. 시장을 자주 방문하는 도시 근교 수도원 승원관장은 이 안락의자와 소파를 자주 '영혼 구원의 의자'라고 부르며 거기에 앉아서 이성적으로 말했다.

"맞아요. 전 다른 집에서 볼 수 있는 여성적인 부드러움을 좋아하지 않아요. 용수철 위에 앉으면 흔들려서요. 제가 몸을 흔들면 가구도 같이 흔들리거든요. 그게 뭐가 좋겠습니까? 그뿐 아니라 의사들도 푹신한 가구에는 찬성하지 않죠."

야꼬프 아니끼예비치 스꾸차예프 시장은 거실 문턱에서 뻬레도노프를 맞이했다. 그는 뚱뚱하고 키가 컸으며 검은 머리를 짧게 자른 남자였다. 그는 자부심과 온유함을 가지고 있었으나 가난한 사람들에게는 경멸적인 태도를 보이곤 했다.

뻬레도노프는 넓은 안락의자의 돌출 부분에 앉아 주인의 첫번째 상냥한 질문에 대해 대답하고 나서 말했다.

"그런데 전 당신에게 볼일이 있어서 왔습니다."

"그렇군요. 제가 어떻게 도와드려야 하나요?"

주인은 친절하게 말했다.

간사한 검은 눈동자에는 경멸의 빛이 순간 번뜩였다. 그는 뻬레도노프가 돈을 빌리기 위해 왔다고 생각했고 150루블 이상은 빌려주지 않기로 결심했다. 도시의 많은 관료들이 스꾸차예프에게 이러저러한 이유로 상당한 액수를 이미 빌린 상태였다. 스꾸차예프는 그들에게 돈을 갚으라고 상기시키지는 않았으나 꼼꼼하지 못한 채무자들에겐 차후의 대출에 대해서도 거부하지 않았다. 그는 초기에 청원인의 자유로운 인격과 재력에 따라서 기꺼이 돈을 준 적도 있었다. 뻬레도노프가 말했다.

"야꼬프 아니끼예비치, 당신은 시장으로서 이 도시의 제일가는 훌륭한 분이시죠. 그래서 전 당신과 이야기를 나눠야만 하겠습니다."

스꾸차예프는 의자에 앉으면서 진지한 표정을 지었고 고개를 살짝 숙였다. 뻬레도노프가 음울하게 말했다.

"시내에서 사람들이 저에 관해 잘못된 소문들을 지껄이고 다닙니다. 그런데 그런 일들은 결코 없었습니다. 그건 사람들이 저를 모함하는 겁니다."

"황량한 벌판에서 수다쟁이들은 혀를 함부로 놀리지 않기 위해 무엇을 해야만 하는지 알고 있답니다."

"제가 교회에 다니지 않는다고들 하는데요. 그건 사실이 아닙니다. 전 교회에 다닙니다. 일리야의 날[33]에 가지 않은 적이 있는데 그건 그때 배가 아팠기 때문입니다. 하지만 전 언제나 교회에 다닌다고요."

뻬레도노프가 계속했다.

"그건 맞아요."

---

33 러시아 정교회의 일리야 성인을 기념하는 가을의 축일.

주인이 맞장구쳤다.

"당신을 본 적이 있던 것 같군요. 그런데 그건 그렇고 제가 언제나 당신이 다니는 교회에 다니는 건 아니어서 말이죠. 전 수도원에 더 자주 다니죠. 우리 집안에 그런 전통이 있어서요."

뻬레도노프가 말했다.

"사람들은 온갖 험담을 퍼뜨리거든요. 마치 제가 중학생들에게 욕을 하는 것처럼 말하기도 하지요. 그런데 그건 말도 안되는 소리입니다. 물론 때때로 수업시간에 분위기를 살리기 위해 우스갯소리를 하긴 하죠. 아드님도 중학생이죠? 그 아이가 저에 대해 그렇게 말한 적이 정말 없나요?"

"그렇습니다."

스꾸차예프가 동의했다.

"그런 일은 결코 없었어요. 아무튼 소년들이란 너무도 간사한 애들입니다만 해서는 안되는 말들을 하지는 않습니다. 물론 우리 아이들은 아직 어리긴 하지만 어리석기 때문에 무심코 말할 수 있을 겁니다. 하지만 그런 이야기를 결코 하진 않았어요."

"고학년 아이들은 모든 것을 잘 알고 있어요. 게다가 전 거기서 나쁜 말을 하지 않거든요."

뻬레도노프가 말했다.

"이건 차원이 다른 문제입니다. 학교가 시장 마당이 아니라는 걸 모두 알고 있죠."

스꾸차예프가 대답했다.

"우리 주변엔 마치 있지도 않은 일들을 있었던 것처럼 떠들고 다니는 사람들이 있거든요. 당신에게 이런 것을 말하려고 했던 겁니다. 당신은 시장이니까요."

스꾸차예프는 사람들이 자기 집에 몰려오리라고 예상하고는 있었다. 그는 그런 일이 무엇을 위한 것인지, 그리고 그들의 말의 요점이 무엇일지 전혀 이해하지 못했다. 하지만 그는 전략상 이해되지 않는다는 표정을 짓지는 않았다. 뻬레도노프는 계속했다.

"게다가 사람들이 저에 대해서 말하기를 제가 바르바라와 동거한다고 나쁘게 말하고 다닌답니다. 사람들은 바르바라가 누이가 아니라 정부라고 말하더군요. 그런데 바르바라는 저의 먼, 그러니까 결혼은 할 수 있는 사촌 여동생이죠. 전 그녀와 결혼할 수도 있습니다."

"네, 네, 물론이죠. 아무튼 결혼으로 일을 마무리 지으셔야겠네요."

스꾸차예프가 말했다.

"그런데 예전에는 불가능했어요. 저에게 중요한 이유가 있었답니다. 절대 불가능했어요. 전 오래전에 결혼했어야 하는데. 당신은 이미 저를 믿고 계시네요."

스꾸차예프는 거드름을 피우고 얼굴을 찌푸리면서 책상 위에 있는 검은 식탁보 옆에 희고 통통한 손을 두드리며 말했다.

"전 당신을 믿어요. 만약 제가 당신을 믿는다면 그건 정말 다른 차원의 대화가 될 겁니다. 그러니까 이제 안심하고 당신을 믿는 겁니다. 그런데 말씀드려야만 할 것이 있는데요. 당신은 어떻게, 이렇게 말하는 것을 용서해주십시오, 당신의 애인과 결혼하지 않고 함께 살게 되었는지 궁금하네요. 그것이 궁금합니다. 아시다시피 젊은이들은 날카로운 사람들이어서, 뭔가 안 좋은 일이 있으면 그것을 잽싸게 포착하죠. 선한 사람이 젊은이들을 가르치는 건 어렵지만 안 좋은 일은 저들 스스로 잘 알거든요. 정확히 말하자면 그것이 의심스럽군요. 그런데 그건 그렇고 누구에게 어떠한 일이 있는지에 대해 저는 그렇게 판단하거든요. 당신이 말씀해주셔서 전 기쁩니다. 왜냐하면 우리는 보리수 껍질을 꼬아 생계를 이어갔고 시골 학교 그 이상은 꿈도 꾸지 못했으니까요. 그런데도 저는 시장으로서 세번째 임기를 맡고 있으니 시민들에게 제 말이 뭔가 가치가 있다고 받아들여지는 거겠지요."

스꾸차예프는 점점 더 자신의 말에 혼동을 느꼈다. 그는 자신의 입에서 술술 나오는 횡설수설을 멈출 수 없는 것처럼 보였다. 그래서 그는 하던 말을 그만두고 우수에 잠겨 생각했다.

'그런데 아무튼 이건 마치 우리가 무無에서부터 뭔가 가능한 것으로 유도되는 것 같단 말이야. 이런 학자들과 있으면 불행해지지. 그가 원하는 것을 우리는 이해하지 못하거든. 책에서라면 그와 같은 학자에겐 모든 것이 명백하게 보이겠지. 그런데 책에서 머리를 돌리자마자 본인도 혼란스럽고 다른 사람들도 혼란스럽게 되는 거야.'

그는 뻬레도노프에게 우수에 찬 의심의 눈길을 고정했다. 날카로운 눈은 멍해졌고 풍만한 몸은 샐쭉해졌으며, 방금 전까지의 용감한 활동가가 아니라 단순히 어리숙한 노인처럼 보였다.

뻬레도노프도 주인의 말에 도취된 듯 잠시 말이 없다가 눈을 가늘게 뜨고 이상하게 얼굴을 찡그리며 말했다.

"당신은 시장이니까 이 모든 것이 어처구니없는 일이라고 말할 수 있을 겁니다."

"그러니까 무엇에 관한 것을 말입니까?"

스꾸차예프는 조심스럽게 말했다.

"그게 그렇습니다. 만약에 주변에서 제가 교회에 다니지 않는다고 하거나 다른 문제를 거론한다면, 혹은 와서 물어보려고 한다면 그렇다는 얘기죠.”

뻬레도노프가 설명했다. 시장이 말했다.

“우리가 그 일은 할 수 있어요. 만약의 경우를 대비해서 당신은 건전한 생각을 가지고 있어야 합니다. 그래야만 우리가 당신을 위해 변호할 수 있는 거죠. 왜 선량한 사람을 옹호하지 않겠습니까? 만약 필요한 경우 의회에서 당신에게 서류를 가지고 온다 하더라도 말입니다. 우리는 모든 것을 할 수 있어요. 이를테면 명예로운 시민의 명성을 위해서 모든 것을 가능하게 만들 겁니다.”

“그러니까 제가 당신에게 희망을 가지는 겁니다. 그런데 교장 선생님은 언제나 저를 못살게 굴거든요.”

뻬레도노프는 자신에게 결코 유쾌하지 않은 뭔가에 대해 대답하는 것처럼 음울하게 말했다. 스꾸차예프는 불쌍하다는 듯이 머리를 가로저으며 말했다.

“말, 말씀하세요! 교장 선생님이 비방을 듣고 그런 거라면 그건 다른 문제입니다. 니꼴라이 블라시예비치는 기본이 된 사람이라 함부로 남을 모욕하지 않을 것 같습니다. 제 아들을 봐도 그렇거든요. 진지하고 엄격한 사람이라 뭐 하나 그냥 넘어가지 않고 차별도 하지 않죠. 한마디로 기본이 된 사람입니다. 비방 때문에 그러신 거라면 얘기는 달라지죠. 당신은 무엇 때문에 그분과 사이가 좋지 않은 거죠?”

“저는 그분과 견해가 다릅니다.”

뻬레도노프가 설명했다.

“우리 중학교에는 시기하는 사람들이 있어요. 모두들 장학관이 되고 싶어하죠. 그런데 공작부인이 제게 장학관 자리를 급히 마련

해주신다고 약속하셨어요. 그러니까 그들이 질투심 때문에 못되게
구는 겁니다."

"그렇군요. 그래요."

스꾸차예프는 조심스럽게 말했다.

"그건 그렇고 우리가 왜 지금 무미건조한 대화를 나누고 있는지
모르겠습니다. 뭔가 좀 먹고 마십시다."

스꾸차예프는 램프 주위에 걸린 전깃줄에 연결된 벨의 단추를
눌렀다. 그는 뻬레도노프에게 말했다.

"편한 물건이죠. 그런데 당신은 다른 관청으로 옮겨야만 하겠군
요. 다셴까, 우리한테 뭐라도 좀 가져다주겠니?"

그는 벨 소리를 듣고 들어온, 체격이 좋고 선량해 보이는 아가씨
에게 말했다.

"뜨거운 커피와 간단한 요깃거리를 좀 가져다줘. 알겠니?"

"네."

다셴까는 미소를 지으며 체격에 비해 놀라울 정도로 가벼운 동
작으로 뒤로 물러서더니 방을 나갔다. 스꾸차예프는 뻬레도노프에
게 몸을 돌렸다.

"다른 기관으로 가시게 되겠죠? 이를테면 종교 관련 기관이라
하더라도 말입니다. 만일 종교기관의 고위직을 맡는다면 당신 학
생들 중에서 진지하고 신실한 종교인이 나올 겁니다. 저도 도울게
요. 제게도 성스럽고 훌륭한 지인들이 있거든요."

스꾸차예프는 몇몇 교구감독과 대리주교의 이름을 거명했다.

"아닙니다. 저는 신부가 되고 싶지 않아요. 저는 향을 무서워합
니다. 향냄새를 맡으면 구토가 나고 머리가 아파요."

뻬레도노프가 대답했다.

"그런 경우라면 경찰서로 가는 것도 좋겠네요."

스꾸차예프가 조언을 해주었다.

"예를 들어 중앙의 경찰서로 말입니다. 당신에게 어떠한 직책이 주어질지 여쭤봐도 될까요?"

"5등 문관입니다."

뻬레도노프가 위엄있게 말했다. 스꾸차예프가 목소리를 높였다.

"세상에! 정말 중요한 직책을 맡게 되시는군요. 그건 아이들을 가르쳐서 그런 거지요? 학문이 무엇을 의미하는지 말씀해주세요! 요즘은 모든 사람이 학문에 덤벼들지요. 사람은 배우지 않고는 살 수가 없답니다. 전 시골 학교에서 배운 게 전부지만 아들은 대학에 보낼 겁니다. 사람들은 중학교 아이들에게 회초리를 든다고 하지만 제 아들은 스스로 할 겁니다. 아시다시피 전 아들에게 회초리를 들어본 적이 없어요. 게으름을 피우거나 어떠한 일을 잘못하는 경우에는 어깨를 잡고 창가로 데리고 가죠. 그곳에선 우리 집 정원에 자라고 있는 자작나무들이 보여요. 아들에게 자작나무를 보여주며 저것이 보이느냐고 물어보죠. '아빠, 보여요. 보여요. 다시는 그러지 않을게요'라고 아들이 말하죠. 그렇습니다. 그게 도움이 돼요. 사실 그런 행동을 통해 아들은 매질당한 것처럼 바뀌게 됩니다. 오, 자녀들, 자녀들!"

스꾸차예프는 한숨을 쉬며 말을 마쳤다.

뻬레도노프는 스꾸차예프의 집에 두시간 동안 머물렀다. 사무적인 대화가 끝나자 풍성한 대접이 이어졌다.

스꾸차예프는 마치 중요한 일에 열중하는 것처럼 할 수 있는 모든 것을 단계적으로 실행했다. 게다가 그는 그 일을 재치있고 주도면밀하게 하려고 노력하였다. 그는 커피와 아주 흡사한 감미주를 커다란 잔에 따르고 나서 그것을 커피라고 불렀다. 그러고는 식탁에 세울 수 없을 정도로 깨지고 바닥이 다 닳아빠진 보드까 잔을 내왔다. 주인은 설명했다.

"전 이것을 '따르자마자 마셔라'라고 부르고 있죠."

찌시꼬프라는 상인도 왔는데, 그는 기다란 재킷을 입고 병 모양의 장화를 신은, 머리가 희끗희끗하고 키가 작으며 유쾌하고 담대한 사람이었다. 그는 보드까를 많이 마시고 나서 모든 말을 리듬에 맞춰 매우 유쾌하고 빠르게 말했다. 그는 스스로에 만족한 것처럼 보였다.

마침내 뻬레도노프는 집으로 갈 때라고 말하며 작별인사를 하려고 했다. 주인이 말했다.

"서두르지 말고 좀더 있다 가세요."

"앉아서 좀더 어울립시다."

찌시꼬프도 말했다.

"아닙니다. 이제 가봐야겠어요."

뻬레도노프는 걱정스러운 듯이 대답했다.

"누이동생이 기다리고 있으니 그가 가봐야 한다는군요."

찌시꼬프가 스꾸차예프에게 눈짓을 했다.

"일이 있어서요."

뻬레도노프가 말했다.

"우리는 일이 있는 사람을 찬미한다네."

찌시꼬프가 재빨리 대답했다.

스꾸차예프는 뻬레도노프를 현관까지 배웅했다. 그들은 헤어지면서 서로 포옹하고 키스했다. 뻬레도노프는 오늘 방문에 대해 만족했다.

'시장은 내 편이야.'

그는 확신에 차서 생각했다. 스꾸차예프는 찌시꼬프에게로 돌아와서 말했다.

"할 일 없이 사람들에 대해 수다를 떨다니."

"할 일 없이 수다를 떨지만 진실은 알지 못하는도다."

찌시꼬프는 자기 잔에 영국산 독주를 과감하게 따르면서 이내 말꼬리를 잡았다.

그는 사람들이 그에게 무엇을 얘기하는지 생각하지 않는 것처럼 보였다. 다만 압운을 맞추기 위해 단어를 선택했다. 스꾸차예프는 찌시꼬프의 압운에 신경을 쓰지 않으면서 자기 잔에 계속 술을 따르며 말했다.

"그는 영혼을 가진 젊은이지만 아무것도 마시지 않는 걸 보면 바보일 거 같아."

"만약 술을 마시지 않는 바보라면 그런 젊은이는 그렇고 그런 사람이란 거지."

찌시꼬프는 재빨리 언성을 높여 말하고 나서 잔에 든 술을 자신의 입에 털어넣었다.

"아가씨와 동거를 하고 있는데 그 일은 별거 아니지!"

스꾸차예프가 말했다.

"아가씨 몸에서 나온 빈대들이 침대에 있겠네."

찌시꼬프가 대답했다.

"신에게 죄를 짓지 않는 사람은 황제에게도 죄를 짓지 않는 법!"

"우리 모두는 죄를 짓고 우리 모두는 사랑하길 원하지."

"그런데 그는 영예로써 죄를 덮고자 하더군."

"사람들은 영예 때문에 죄악을 감추고 죄를 몸에 지니며 또 그

것과 싸우기도 하지.”

찌시꼬프는 자신의 일에 관한 것이 아니라면 언제나 그렇게 말하곤 했다. 모든 사람이 그에게 싫증을 느낄 것이다. 하지만 사람들은 그에게 이미 익숙해져서 그의 대담한 말장난을 알아차리지도 못했다. 사람들은 때때로 새로운 사람을 만날 때면 그를 내세운다. 하지만 찌시꼬프는 사람들이 자신의 말을 듣는지 그러지 않는지 신경도 쓰지 않는다. 그는 서투른 말장난을 위해 남의 말꼬리를 잡을 수밖에 없었고 미리 교묘하게 생각해놓은 내용을 기계처럼 말했다. 그의 명석하고 민첩한 행동을 오랫동안 바라보고 있노라면 그가 살아 있는 사람이 아니라 이미 죽었거나 결코 살아본 적이 없어서 죽음의 냄새를 풍기는 단어를 제외하고는 이승에서 아무것도 보지도 듣지도 못하는 사람처럼 보였다.

9

다음날 뻬레도노프는 아비노비쯔끼 검사 집으로 향했다.

역시나 흐린 날이었다. 바람이 불규칙하게 불면서 소용돌이를 만들어 거리마다 쌓인 먼지를 휘날리고 있었다. 저녁이 가까워지자 구름과 뒤섞인 안개 사이로 햇빛이 전혀 들지 않아 모든 것이 희미하고 처량하게 빛나고 있었다. 적막감은 애처롭게 거리 위를 맴돌고 있었고 너무나도 피폐하고 초라한 건물의 벽들은 그 사이로 감추어진 가난하고 지루한 삶을 암시하고 있었다. 사람들은 다른 이들과 마주치면 천천히 걸어갔다. 마치 어떠한 것도 평안으로 향하는 그들의 잠을 깨우지 못한 것처럼 보였다. 지상을 향한 조물주의 영원한 기쁨의 원천인 아이들만 뛰어다니며 놀고 있었다. 하지만 그들도 보수적인 측면을 가지게 될 것이다. 그들의 어깨 너머에 자리 잡은, 눈에 보이지 않는 괴물은 이따금 두려움에 가득 찬 눈동자를 굴리며 어느 순간 무뎌진 그들의 얼굴을 바라본다.

뻬레도노프는 천상에서 전해지는 이런 낯선 풍경 가운데 더럽고 무기력한 지상의 거리들과 집들이 풍기는 나른함 사이를 걸어가고 있었다. 그는 보이지 않는 두려움 때문에 지쳐갔다. 그는 숭고함도 지상에서의 어떠한 위로도 찾지 못했다. 지상의 고독 가운데에서 두려움과 애수에 지친 악마처럼 죽은 자의 눈길로 세상을 바라보았기 때문이다.

그의 감정은 무뎌졌고 그의 인식은 타락과 파멸의 수단이 되었다. 그가 인식하기 이전에 그에게 도달하는 모든 것은 비열하고 더러운 것으로 바뀌었다. 그는 사물 가운데에 있는 혼돈을 보았고 그 사실에 기뻤다. 그는 깨끗하고 곧은 기둥 옆을 지나갈 때면 그것을 구부리고 더럽히고 싶어졌다. 사람들이 그 기둥을 뭔가로 더럽힌 것을 발견할 때면 기뻐서 웃음이 나왔다. 그는 깨끗하게 씻은 중학생들을 증오했고 그들을 괴롭히고 싶어했다. 그는 그들을 '사랑스러운 목욕통'이라 불렀다. 그는 더러운 것을 더 잘 이해했다. 좋아하는 사람도, 좋아하는 물건도 없었다. 그래서 감정에 한 방향으로만 작용하는 그의 천성은 그를 괴롭혔다. 사람들과의 만남 또한 그랬다. 험한 말을 해서는 안되는 타인이나 모르는 사람에겐 특히 더 그랬다. 그에게 행복하다는 것은 세상과 단절된 채 아무것도 하지 않고 내면에 만족을 주는 것을 의미했다. 그는 생각했다.

'이제는 어쩔 수 없이 가서 해명해야만 해. 정말 부담되네! 웬 탄원이람! 내가 가는 곳에서 더러운 꼴을 보게 된다면 그런 위안도 없을 텐데 말이야.'

뻬레도노프는 검사의 집을 보자 긴장했고 슬프고도 두려운 감정을 드러냈으며, 그런 감정은 더욱더 강해졌다. 정확히 말해서 그 집은 화를 불러일으키는 사악한 외양을 지니고 있었다. 높은 지붕은 땅을 향해 난 유리창들 위로 음산하게 드리워져 있었다. 널빤지로 짜맞춘 가장자리와 지붕은 언젠가는 선명하고 기분 좋은 색으로 칠해져 있었겠지만 시간이 지나면서 비를 맞아 음산한 회색으로 변해 있었다. 집보다 더 높은, 커다랗고 육중한 대문은 적의 공격에 견디기라도 하듯 늘 잠겨 있었다. 문 뒤로 자물쇠 소리가 나고, 개가 지나가는 사람을 향해 낮게 짖어댔다.

집 주위에는 황무지와 채소밭이 펼쳐져 있고 어떤 오두막들은 구부정해 보였다. 검사의 집 맞은편에는 가운데 무성하게 자란 풀들로 뒤덮인 길쭉한 육각형 광장이 있었는데 그곳은 포장되지 않은 상태였다. 광장의 건물 옆에는 가로등이 유일하게 하나 서 있었다.

뻬레도노프는 마지못해 천천히 현관 쪽으로 난 경사진 계단 네 단을 올라갔다. 현관은 양쪽으로 경사진 널빤지 지붕으로 덮여 있었다. 그는 거무스름한 청동제 초인종 손잡이를 잡아당겼다. 초인종은 날카롭고 지속적으로 딸랑거리며 어딘가 가까운 곳에서 울렸다. 얼마 안 있어 살금살금 걸어오는 발걸음 소리가 들려왔다. 누군가가 까치발로 문 쪽으로 다가와서 조용히 멈춰섰다. 눈에 띄지 않는 틈으로 밖을 보고 있는 것이 틀림없었다. 조금 후 철제 걸쇠가 덜그럭 소리를 내더니 문이 열렸다. 문턱에는 검은 머리에 슬픈 표정을 한 하녀처럼 보이는 아가씨가 내내 의심스러운 눈빛을 던지며 서 있었다. 그녀가 물었다.

"누굴 찾으시죠?"

뻬레도노프는 일이 있어 알렉산드르 알렉세예비치를 찾아왔다고 말했다. 아가씨는 그를 들여보냈다. 문턱을 넘으면서 뻬레도노프는 속으로 마귀를 쫓는 주문을 외웠다. 서두르는 것이 좋다. 그가 아직 외투를 채 벗기도 전에 거실에서는 아비노비쯔끼의 날카롭고 화난 음성이 들려왔다. 검사의 목소리는 언제나 공포감을 불러일으킨다. 그는 다른 식으로는 말하지 않는다. 지금도 그는 뻬레도노프가 자신을 찾아왔다는 소식을 접하고 거실에서부터 화가 나서 마치 싸우는 듯한 목소리로 인사를 하며 기쁨을 나타내는 것이었다.

알렉산드르 알렉세예비치 아비노비쯔끼는 마치 태어나면서부터 비난하고 욕하기 위해 이 세상에 태어난 것처럼 음울한 외모를 지닌 남자였다. 그는 굴하지 않는 건강을 지닌 사람으로서 얼음물 속에서 먹을 감기도 하였다. 하지만 몸이 좀 야윈 편이고 푸른빛이 도는 검은 수염을 기르고 있었다. 그는 두려워하지 않고 모든 사람을 화나게 만들어서 불편하게 했다. 왜냐하면 그는 지치지도 않고 누군가를 파멸시키기도 했고 누군가에게는 시베리아 형[34]을 선고하기도 했기 때문이다. 뻬레도노프가 주저하며 말했다.

"전 일이 있어서."

"자백할 건가요? 사람을 죽였나요? 방화를 했나요? 우체국을 털기라도?"

아비노비쯔끼는 뻬레도노프를 홀로 들여보내면서 화를 내며 소리쳤다.

"아니면 당신이 우리 도시에서 자주 발생하는 범죄의 희생자라도 되었나요? 우리 도시는 추잡하지요. 도시의 경찰서는 훨씬 더 열악하고요. 전 아직도 이 광장에 아침마다 시체가 나뒹굴지 않는 것에 대해 놀라고 있답니다. 음, 앉으시죠. 그러니까 어떤 일로? 당신은 범인인가요, 피해자인가요?"

"아닙니다. 전 그런 일을 하지 않았습니다. 그렇게 행동한다면

---

34 시베리아로 유형 보내는 것을 말한다.

교장은 절 내쫓고 기뻐하겠지만 전 그런 일을 하지 않았습니다."

삐레도노프가 말했다.

"그렇다면 당신은 죄를 고백하러 온 게 아니군요?"

아비노비쯔끼가 물었다.

"아닙니다. 전 그런 일을 절대로 저지르지 않습니다."

삐레도노프는 두려워하며 중얼거렸다. 검사는 단어마다 무서울
정도로 강조하며 말했다.

"음, 만약 당신이 그런 일을 저지르지 않았다면, 제가 당신에게
뭔가를 제안해야겠군요."

그는 책상 위에 있던 종을 들고 흔들었다. 아무도 오지 않았다.
아비노비쯔끼는 두 손으로 종을 쥐고 미친 듯이 빨리 걸어가더니
바닥에 종을 내동댕이쳤고 발을 구르며 거친 목소리로 외쳤다.

"말라니야! 말라니야! 이 마귀, 악마, 도깨비 같으니라고!"

서두르지 않는 발걸음 소리가 들리더니 아비노비쯔끼의 중학생
아들이 들어왔다. 그는 열세살인데 검은 머리에 통통한 체격이고
얼굴 표정에는 자신감과 자립심이 배어 있었다. 소년은 삐레도노
프에게 인사하고 나서 종을 집어들더니 책상 위에 올려놓고 조용
히 말했다.

"말라니야는 시골에 갔어요."

아비노비쯔끼는 자신의 흥분되고 화난 얼굴과는 어울리지 않는
침착한 아들을 바라보며 일시적으로 평온을 되찾고 나서 말했다.

"그러니까 아들, 네가 말라니야보다 먼저 달려온 거구나. 혹시
우리에게 먹을 것과 마실 것을 준비해두고 갔는지 알아봐주겠니?"

소년은 서두르지 않고 방에서 나갔다. 아버지는 뿌듯해하며 기
쁜 미소를 지었고 아들의 뒷모습을 바라보았다. 그런데 소년이 문

가에 다가가자마자 아비노비쯔끼가 갑자기 흉악하게 얼굴을 찌푸리며 끔찍한 목소리로 소리를 지르기 시작하여 뻬레도노프는 놀랐다.

"얼른!"

소년은 뛰어나갔고 열려 있던 문이 꽝 하고 큰 소리를 내며 닫히는 소리가 들려왔다. 아버지는 그 소리를 듣고는 도톰하고 붉은 입술로 미소를 지으며 다시 화난 목소리로 말했다.

"후계자죠. 괜찮죠, 그렇죠? 그 아이에게서 무엇을 바라겠습니까, 네? 당신은 어떻게 생각하십니까? 바보일지는 모르지만 비열하거나 겁쟁이거나 걸레처럼 된 적은 결코 없는 아이죠."

"네, 그렇군요."

뻬레도노프가 말을 하기 시작했다. 아비노비쯔끼는 쩌렁쩌렁한 목소리로 말했다.

"요즘 사람들은 계급에 대해 패러디를 하더군요. 사람들은 건강도 저속한 거라 여기죠. 독일인은 스웨터를 만들어냈죠. 전 그 독일인을 노동형에 처해버리고 싶어요. 내 아들 블라지미르가 갑자기 그런 스웨터를 입어야 하다니! 그 아이는 우리 시골에서 여름내내 한번도 장화를 신어본 적이 없거든요. 그런데 그 아이에게 스웨터를 입으라니! 게다가 그 아이는 우리 집에서 목욕 후에 벌거벗고 눈밭으로 뛰어나가 눈 위에서 뒹굴거든요. 그런데 그 아이에게 스웨터라니. 저주스러운 독일인에게 회초리 백대를 휘둘러야만 해요!"

아비노비쯔끼는 스웨터를 고안해낸 독일인에서 다른 죄인들로 화제를 돌렸다. 그는 소리쳤다.

"존경하는 선생님, 사형은 야만적인 것이 아닙니다! 과학도 나면서부터 죄인이 있다는 걸 인정하고 있거든요. 선생님, 그것으로 말은 다 한 거죠. 그런 작자들을 뿌리 뽑아야만 해요. 국가의 세금으로 그들을 먹여살려서는 안됩니다. 그런 자는 악인인데도 유형지의 감옥에 있는 따뜻한 방을 평생 그에게 제공한단 말입니다. 그는 살인을 저지르고 방화를 하고 강간을 했는데 납세자들이 자기 주머니를 털어 그를 부양하고 있어요. 안됩니다. 많은 죄인들을 교수형에 처하는 것이 더 정당하고 경제적이죠."

부엌에서는 붉은 줄무늬의 흰색 식탁보를 씌운 둥근 식탁이 준비되었다. 그 위에는 기름진 쏘시지와 쌀라미, 훈제 쏘시지, 숙성시킨 쏘시지가 담긴 접시들, 온갖 보드까와 약초주, 과실주가 담긴 다양한 크기와 모양의 유리병들과 술병들이 차려졌다. 이 모든 것이 뻬레도노프의 입맛에 맞았고, 장식용 음식이 조금 불결한 것도 너그럽게 넘어갈 수 있었다.

주인은 계속해서 열변을 토했다. 그는 음식과 관련해서 가게 주인을 공격했고 그후에 어쩐 일인지 세습에 대해 말했다. 그는 거창하게 소리쳤다.

"세습이란 위대한 일입니다! 술집에 있는 농부들에게서 뭔가를 얻어내는 것은 어리석고 우스운 일이며 낭비이자 부도덕한 일이지요. 땅은 부족하고 도시에는 부랑자가 설치고 무지와 살인으로 가득한데다가 흉작입니다. 당신은 이런 일들이 맘에 드십니까? 원하시면 농부들을 가르치세요. 하지만 그들에게 관직을 주어서는 안됩니다. 농민들은 자신들의 가장 좋은 지위를 잃고 하층민, 또는 가축과 다름없는 상태로 영원히 남을 겁니다. 귀족들도 무식한 사람들이 유입되는 것 때문에 손해를 입게 될 겁니다. 제가 사는 시골에 있는 사람은 다른 사람들보다 더 나았는데도 귀족계급에 뭔가

어리석고 비신사적이며 바람직하지 않은 것을 가져오더군요. 무엇
보다 그에게는 생명력과 본질적인 탐욕이 있었어요. 선생님, 그건
아니죠. 카스트 제도[35]는 현명한 제도입니다.”

“그러게요. 우리 중학교 교장 선생님은 모든 불량배를 그냥 놓아
준답니다. 그중엔 농부의 자식들도 있고요. 평민들은 더 많아요.”

뻬레도노프는 화가 나서 말했다.

“잘하는 짓이군요. 더 말할 것도 없어요!”

주인이 외쳤다. 뻬레도노프가 하소연했다.

“온갖 쓰레기 같은 애들을 방면하기 위한 회람이 있다니까요. 애
들은 제멋대로입니다. 누구의 제지도 거의 받지 않죠. 우리 도시는
생활수준이 낮아요. 중학생들이 너무 적으니까요. 수가 적다는 것
은 무엇을 의미하는 겁니까? 앞으로 더 적어질 겁니다. 회람의 어
느 한장도 고치지 않고 있어요. 애들이 책을 읽을 때도 없고요. 일
부러 작문에 의심스러운 단어들을 적어놓죠. 속어사전을 가지고
모든 것을 고쳐야만 해요.”

“약초주를 마셔보세요.”

아비노비쯔끼가 권했다.

“우리 집에 오시기 전에 무슨 일이 있었던 겁니까?”

“제겐 적들이 있어요.”

뻬레도노프는 술을 마시기 전에 노란 보드까가 담긴 술잔을 씁
쓸하게 바라보며 말했다. 아비노비쯔끼가 대답했다.

“돼지들은 적 없이 살죠. 그런 것들은 목을 잘라버리세요. 드세
요. 돼지고기가 괜찮은데요.”

---

35 인도의 계급제도로서 사람의 신분을 네등급으로 나누어 구분한다.

뻬레도노프는 햄을 한조각 들고 말했다.

"그들은 저에 대해 말도 안되는 소리를 떠벌린답니다."

주인은 고래고래 소리쳤다.

"제가 말씀드릴 수 있는 것은 비방은 부분적으로 여기가 도시보다 더 나쁘다는 겁니다! 도시거든요! 무슨 험악한 일을 못하겠습니까! 지금 모든 돼지가 그 일에 대해 꿀꿀거리고 있습니다."

"볼찬스까야 공작부인이 제게 장학관의 자리를 마련해주마고 약속하셨거든요. 근데 갑자기 사람들이 떠들어대는 겁니다. 그게 저에게 방해가 될 수 있거든요. 그런데 이 모든 것이 질투 때문에 벌어진 일이죠. 게다가 교장 선생님은 중학교를 혼란에 빠뜨리고 있어요. 아파트에 사는 중학생들이 담배를 피우고 술을 마시고 여학생들의 뒤꽁무니를 쫓아다닌답니다. 이곳에선 그런 일들이 벌어집니다. 그 자신이 물을 흐려놓고 저를 압박하지 뭡니까. 아마도 사람들이 그에게 저에 대해 말을 많이 했나봅니다. 아마 거기서도 더 많은 말들을 하겠죠. 그게 공작부인의 귀에 들어갈 수 있거든요."

뻬레도노프는 두서없이 장황하게 자신의 위험에 대해 이야기했다. 아비노비쯔끼는 화를 내며 듣다가 이따금 분노로 소리쳤다.

"비열한 인간들! 사기꾼들! 유다의 자식들!"

뻬레도노프가 말했다.

"제가 어째서 니힐리스트란 말입니까? 우습기까지 하군요. 제게는 휘장이 달린 모자가 하나 있는데 그것을 언제나 쓰고 다니는 건 아닙니다."

그래서 그는 평범한 모자를 쓰고 다닌다.

"그런데 우리 집엔 미쯔끼에비치 시인의 초상화가 걸려 있답니다. 제가 그의 시도 걸어두었고요. 그 시인이 혁명을 주도해서 그런

게 아닙니다. 전 그 시인의 『종』을 읽은 적도 없습니다."

아미노비쯔끼가 예의없이 말했다.

"그런데 당신은 다른 오페라와 혼동하고 있는 것 같네요.[36] 『종』을 발행한 건 미쯔끼에비치가 아니라 게르쩬[37]이거든요."

"아, 그건 다른 『종』입니다. 미쯔끼에비치도 『종』을 발간했습니다."

뻬레도노프가 말했다.

"잘 모르겠네요. 당신이 그걸 발표해보시죠. 학문적인 발견이 될 겁니다. 명성도 얻겠죠."

"그걸 발표해선 안됩니다. 전 금서를 읽을 수 없답니다. 전 결코 안 읽을 거예요. 전 애국자거든요."

뻬레도노프는 화를 내면서 말했다.

뻬레도노프가 오랫동안 늘어놓는 푸념을 듣고서 아비노비쯔끼는 누군가가 뻬레도노프에게서 돈을 갈취할 거라고 생각했다. 즉, 누군가가 뻬레도노프를 위협하기 위해 그에 대해 안 좋은 소문을 퍼뜨리고 갑자기 돈을 요구할 빌미를 마련하려 한다고 생각했다. 아비노비쯔끼는 이런 소문들이 자신에게까지 들리지 않는 걸 보면서 협잡꾼이 뻬레도노프와 가까운 사이이며 그의 주변에서 은밀히 행동하고 있다는 것을 자신에게 설명하는 거라고 생각했다. 당연히 그는 뻬레도노프에게 반응을 보여줄 필요가 있다고 생각하면서 질문을 던졌다.

---

36 미쯔끼에비치의 『종』을 원작으로 하여 제작된 오페라가 있다.

37 알렉산드르 이바노비치 게르쩬(1812~70). 러시아의 개혁을 주장하며 1857년 주간신문 『종』을 발간하여 많은 영향을 끼쳤다. 주요 소설로는 『누구의 죄인가?』 『도둑 까치』 등이 있다.

“의심이 가는 사람이 있나요?”

뻬레도노프는 생각에 잠겼다. 우연히 그루시나가 머릿속에 떠올랐다. 그가 그녀에게 겁을 주려고 그녀를 공격했을 때 나누었던 얼마 전의 대화가 희미하게 뇌리를 스쳤다. 그가 밀고를 해서 그루시나를 위협하려는 순간 머릿속에는 일반적인 밀고에 관한 막연한 생각이 떠올랐다. 그가 밀고를 하면 사람들도 그에 대해 밀고를 할 것인지 그러지 않을 것인지 분명하지 않았다. 그래서 뻬레도노프는 정확하게 기억해내려고 노력했다. 그러자 그루시나가 적이라는 한가지 생각이 분명하게 떠올랐다. 그리고 무엇보다 안 좋은 것은 그녀가 뻬사례프 책들을 숨긴 곳을 보았다는 점이었다. 다시 숨겨야만 한다. 뻬레도노프는 말했다.

“이 마을에 그루시나라는 그렇고 그런 여자가 있는데요.”

“압니다. 최고의 사기꾼이죠.”

아비노비쯔끼는 간단하게 단정 지어버렸다. 뻬레도노프가 말했다.

“그녀가 우리 집에 자주 오거든요. 그리고 언제나 냄새를 맡죠. 그녀는 욕심이 많아서 그녀에게 모든 것을 주어야만 합니다. 아마도 그 여자는 우리 집에 뻬사례프 책이 있는 걸 알고 있는 모양인데 그 사실을 밀고하지 않을 테니 돈을 달라고 하고 있습니다. 게다가 아마도 저와 결혼하고 싶어하는 것 같습니다. 하지만 전 돈을 지불하고 싶지 않을뿐더러 제겐 다른 약혼녀가 있습니다. 그녀가 밀고를 하더라도 전 죄가 없습니다. 이야기가 새어나가면 불쾌할 뿐이지요. 그리고 그것이 제 직책에 해를 끼칠 수 있겠죠.”

검사가 말했다.

“그 여자는 유명한 참견쟁이입니다. 이곳에서 점을 치기도 했고 바보들에게 사기를 치기도 했죠. 그래서 제가 그런 짓을 그만두도록 하기 위해 경찰에 말한 적도 있어요. 지난번에는 현명하게도 제 말을 듣더군요.”

뻬레도노프가 말했다.

“그녀는 지금도 점을 치죠. 제게 카드 점을 봐주었는데 멀리서 관청의 편지가 날아들 거라고 하더라고요.”

“그녀는 누구에게 무엇을 말해야 하는지 알고 있어요. 만약 가능하다면 올가미를 놓고 돈을 강탈하러 올 겁니다. 그렇다면 곧장 제게 오세요. 제가 아주 뜨거운 맛을 보여주겠습니다.”

아비노비쯔끼는 가장 좋아하는 어구를 사용해가며 말했다.

그 말을 글자 그대로 받아들여서는 안된다. 그것은 그냥 별난 꾸지람을 의미하는 것이기 때문이다.

이렇게 해서 아비노비쯔끼는 뻬레도노프에게 비호를 약속했다. 하지만 뻬레도노프는 막연한 불안감 때문에 걱정하면서 그의 집을 떠났다. 아비노비쯔끼의 커다랗고 우레와 같은 말들이 불안감을 더욱더 강화시켰다.

뻬레도노프는 매일 점심을 먹기 전에 한번씩 방문을 감행했다. 이런저런 상황에 대한 설명을 해야 하기 때문에 한번 이상은 방문할 수가 없었다. 저녁이면 평상시처럼 당구를 치러 다녔다.

베르시나는 이전처럼 주문을 외워 그를 유혹했고, 루찔로프도 이전처럼 누이들에 대한 자랑을 늘어놓았다. 바르바라는 집에서 그를 설득하면서 하루 빨리 결혼을 하자고 했다. 하지만 그는 어떠한 결정도 내리지 못했다. 그는 이따금 생각했다.

‘당연히 바르바라와 결혼하는 것이 가장 큰 이득이지. 하지만 갑자기 공작부인이 나를 속인다면 어쩌지? 시내에서 사람들이 비웃

을 테지.'

이런 생각이 그의 발목을 잡았다.

약혼녀에 대한 박해, 친구들이 만들어낸, 실제보다 더 과장된 질투, 그들이 만들어놓은 의심이 가는 함정들, 이 모든 것이 바로 지금의 날씨처럼 그의 삶을 지루하고 쓸쓸하게 만들어놓을 것이다. 며칠 동안 계속해서 흐리다가, 자주 천천히 그리고 지루하게 비가 내렸다. 차가운 비가 오랫동안 지속되었다. 뻬레도노프는 삶이 수치스럽게 흘러가고 있다고 느꼈다. 하지만 그는 자신이 곧 장학관이 되면 모든 것이 나아질 거라고 생각했다.

10

뻬레도노프는 목요일에 귀족단장의 집으로 향했다.

귀족단장의 집은 겨울나기에 적합한 형태로 되어 있어서 빠블롭스끄나 짜르스꼬예셀로[38]와 같은 곳에 있는 별장을 연상시켰다. 언뜻 보기에 화려하진 않지만 새로운 물건들이 지나치게 많은 것처럼 보였다. 알렉산드르 미하일로비치 베리가는 서재에서 뻬레도노프를 기다렸다. 그는 마치 손님을 맞이하기 위해 서두르는 것처럼 행동했지만 손님을 만나지는 못하고 있었다.

베리가는 퇴역기병에게나 어울릴 것 같은 아주 곧은 자세를 유지했다. 사람들은 그가 코르셋을 입고 다닌다고들 했다. 단정하게 면도한 얼굴은 마치 붉게 화장한 것처럼 온통 발그레했다. 머리는

---

38 빠블롭스끄는 쌍뜨뻬쩨르부르그에 있는 도시이고, 짜르스꼬예셀로는 쌍뜨뻬제르부르그 남쪽에 있는 도시로, 18세기까지 귀족들의 여름 별장으로 인기 있었던 러시아 황제의 별궁이 있다.

정수리 바로 밑부분까지 짧게 이발했는데 탈모를 감추기 위한 머리 모양이었다. 회색 눈동자는 상냥하면서도 차가운 인상을 주었다. 사람들과 대면할 때면 모든 사람에게 매우 친절히 대했지만 눈빛만은 단호하고 엄격했다. 행동에서는 멋진 군인의 교정자세가 느껴졌고, 사람들은 이따금 그에게서 미래의 도지사의 품성을 발견하곤 했다.

뻬레도노프는 견고하게 조각된 탁자 옆쪽에 그와 마주 보고 앉아 상황을 설명했다.

"저에 대한 온갖 소문들이 난무하고 있습니다. 그래서 저는 귀족의 한사람으로서 당신에게 말씀을 드리기 위해 왔습니다. 각하, 사람들이 저에 대해 험담을 하지만 사실 그런 일은 없었습니다."

"전 아무것도 들은 바가 없습니다."

베리가는 기다렸다는 듯이 상냥하게 미소를 지으며 대답하였고 주의 깊은 회색 눈동자를 뻬레도노프에게 고정시켰다.

뻬레도노프는 집요하게 구석을 바라보며 대답했다.

"전 사회주의자였던 적이 결코 없습니다. 그곳에선 이따금 쓸데없는 말들을 하지만 젊은 시절에 피가 끓지 않는 사람이 어디 한둘이겠습니까. 하지만 전 지금 그런 것은 결코 생각하고 있지 않습니다."

"그렇다면 당신은 굉장한 자유주의자였다는 건가요? 법을 바라고 있죠. 그렇지 않은가요? 우리 모두는 젊은 시절에도 법을 바랐고요. 그렇지 않나요?"

베리가는 상냥하게 미소 지으며 물었다.

베리가는 뻬레도노프에게 담배 상자를 내밀었다. 뻬레도노프는 받아들기를 주저하다가 거절했다. 베리가는 담배를 피웠다. 뻬레도노프가 고백했다.

"물론입니다. 각하, 전 대학 때, 그러니까 대학 다닐 때에만 다른 사람들과 같은 법을 바라지 않았었죠."

"그러니까 어떤?"

베리가는 불만에 가까운 뉘앙스를 풍기는 목소리로 물어보았다. 뻬레도노프가 설명했다.

"법이 있어야 하긴 하지만 그것은 의회의 논의를 거치지 않은 것이라야 합니다. 의회에선 법을 붙잡고 있기만 하니까요."

베리가의 회색 눈동자가 고요한 기쁨으로 빛나기 시작했다. 그는 꿈을 꾸듯 말했다.

"의회를 거치지 않은 법이라! 아시다시피 그것은 실용적입니다."

뻬레도노프가 말했다.

"그런데 그건 이미 오래전의 일이고 지금은 그렇지 않습니다."

그래서 그는 희망을 품고 베리가를 바라보았다. 베리가는 입에서 가느다란 물줄기와 같은 연기를 내뿜고서 잠시 침묵했다가 말했다.

"당신은 교사입니다. 저는 군에서의 제 위치 때문에 학교와 관련된 일을 해야만 하거든요. 당신 입장에서는 어떠한 학교를 선호하시는지요? 교구에 속한 교회 학교인지 아니면 지방자치 학교인지요?"

베리가는 담뱃재를 털고 나서 뻬레도노프를 친절하지만 주의 깊은 시선으로 바라보았다. 뻬레도노프는 인상을 쓰며 구석을 바라보다가 입을 열었다.

"지방자치 학교들을 강화시켜야 할 거 같습니다."

"강화시켜야죠. 그럼요."

베리가는 일정하지 않은 어조로 반복해서 말했다. 그리고 마치 장황한 설명을 들으려고 준비하는 것처럼 타고 있는 담배에 눈길을 돌렸다. 뻬레도노프가 말했다.

"그곳 교사들은 니힐리스트들이죠. 여교사들도 신을 믿지 않고요. 그들은 교회에 서서 코를 푼다니까요."

베리가는 재빨리 뻬레도노프를 바라보고 나서 미소를 지으며 말했다.

"음, 아시다시피 그런 것도 이따금 필요하죠."

"그럼요. 하지만 어떤 여교사는 마치 나팔을 불듯 해서 찬양하던 사람들이 웃을 정도죠. 그런데 그녀는 일부러 그랬거든요. 스꼬보츠끼나란 여자가 바로 그런 여잡니다."

뻬레도노프는 화를 내며 말했다.

"네, 그건 좋지 않은 일이네요. 하지만 스꼬보츠끼나가 그런 것은 무엇보다 교육을 못 받아서 그런 것 같습니다. 예의없는 아가씨지만 성실한 교사죠. 하지만 아무튼 그건 좋지 않은 행동입니다. 그녀에게 말을 해야만 하겠군요."

"그녀는 붉은 셔츠를 입고 다니죠. 게다가 이따금 싸라판을 입고 맨발로 다니기도 하고요. 그리고 남학생들과 함정 놀이를 한답니다. 학교가 너무나 자유로워요. 어떠한 규율도 없답니다. 그들은 절대 벌을 주지도 않아요. 농부의 자식들을 귀족처럼 그렇게 다루어서는 안되는데 말이죠. 그 아이들에겐 채찍을 써야만 해요."

뻬레도노프는 계속해서 말했다. 베리가는 뻬레도노프의 눈치없는 행동에 불편을 느끼기라도 한 것처럼 그를 조용히 바라보고 나서 눈을 내리깔고 도지사의 어조로 차갑게 말했다.

“제가 농촌 학교 학생들의 좋은 자질들을 많이 보아왔다는 것을 말씀드려야만 하겠습니다. 의심의 여지 없이 대부분의 경우 그 학생들은 양심적으로 자신의 일을 처리하죠. 물론 어디서나 그러하듯이 아이들은 실수를 하는 법입니다. 주변 환경의 좋지 못한 교육여건 때문에 이런 실수는 그곳에서 충분히 어리석은 행동으로 받아들여질 수 있죠. 게다가 러시아의 농촌에선 의무감과 명예, 타인의 독자성에 대한 존경심이 대체로 잘 발달되어 있지 않습니다. 학교는 그런 실수에 대해 신중하고도 엄격하게 대처해야만 합니다. 만약 모든 훈계 방법을 다 동원해도 실수가 크다면 그때는 학생을 쫓아내지 않기 위해 극단적인 조치를 취해야만 하겠죠. 하지만 그런 것은 귀족의 자제들까지 포함한 모든 아이에게 적용되어야만 합니다. 그런데 전 이런 유형의 초등학교에서 교육이 만족스럽게 이루어지지 않고 있다는 당신의 의견에 전적으로 동의합니다. 슈쩨벤이란 여성 학자의 흥미로운 저서에서…… 당신은 그것을 읽으신 적이 있나요?”

“아니요, 각하.”

뻬레도노프는 당황했다.

“학교 일이 많다보니 언제나 시간이 없어서요. 하지만 읽어보겠습니다.”

“음, 그건 반드시 해야만 하는 일은 아닙니다.”

베리가는 마치 뻬레도노프에게 그 책을 읽지 않아도 된다고 허락이라도 하는 것처럼 상냥하게 미소 지으며 대답했다.

“네, 그러니까 슈쩨벤 여사는 아주 걱정스럽게 제자인 열일곱살가량의 청년들이 읍내의 법정에서 회초리형에 처해졌다고 말한 적이 있습니다. 보아하니 그들은 아주 도도한 젊은이들이더군요. 그래서 우리는 그들에게 모욕적인 선고가 내려지기까지 내내 괴로웠습니다. 그런데 그후에는 선고를 취하했거든요. 그런데 당신에게 말하고자 하는 것은 제가 만일 슈쩨벤 여사의 입장이라면 이 사건에 대해 러시아 방방곡곡에 떠들어대지 않을 거라는 점입니다. 당신도 생각해보시면 아시겠지만 사과를 훔쳤기 때문에 재판을 받게 된 거니까요. 절도에 관한 일이라는 걸 명심하셔야 합니다! 그런데 그녀는 그들이 가장 훌륭한 제자들이라고 쓰고 있답니다. 하지만 그들이 사과를 훔쳤단 말입니다! 교육을 잘 받았다니요! 우리가 그들의 고유한 권리를 부정해야 한다는 것을 솔직하게 인정해야만 합니다."

베리가는 흥분해서 자리에서 일어나 두걸음을 내딛더니 이내 자제하며 다시 자리에 앉았다. 뻬레도노프가 말했다.

"만일 제가 공공 교육기관의 장학관이라면 일을 다르게 처리할 겁니다."

"당신은 무엇을 염두에 두시는 겁니까?"

베리가가 물었다.

"그러니까, 볼찬스까야 공작부인이 제게 약속하셨단 말입니다."

베리가는 기분 좋은 표정을 지었다.

"당신에게 축하를 드리게 되면 기쁠 것 같네요. 당신의 수중에 있는 사건은 승리할 것을 확신합니다."

"각하, 이곳 시내에서 사람들이 허튼소리를 퍼뜨리고 다닙니다. 누군가가 벌써 밀고를 하고 사람들이 제 승진을 방해하고 있지만 저는 아무 일도 하지 않고 있습니다."

"당신은 누가 거짓 소문을 퍼뜨리고 다닌다고 생각하시나요?"

베리가가 물었다. 뻬레도노프는 잠시 멍해졌다가 중얼거렸다.

"누구를 의심하다니요? 전 모릅니다. 사람들이 그렇게 말하더군요. 이것은 제 직위에 해를 입히는 것으로, 제 개인의 문제여서 말입니다."

베리가는 누가 그런 말을 했는지 알 필요가 없다고 생각했다. 그는 아직 도지사가 아니기 때문이다. 그는 다시 귀족대표의 입장이 되어 일장연설을 늘어놓았다. 뻬레도노프는 두려워하고 찜찜해하면서 들었다.

"당신이 저를 믿고 당신과 사회를 중재하도록 해주시니 감사할 따름입니다. (베리가는 '비호'라고 말하고 싶었지만 자제했다.) 당신이 전하는 바에 따르면 이곳 사회에 당신에게 안 좋은 소문이 퍼지고 있다는 거네요. 저에겐 이런 소문이 들리지 않지만요. 당신에 대해 이미 퍼진 비방들이 이 사회의 밑바닥에서부터 생겨나서 당신의 가문에 먹칠을 하진 않는다는 것을 위안으로 삼으실 수 있을 겁니다. 이를테면 그런 소문들은 어둠속에서 은밀히 기어다니고 있는 셈이죠. 저는 당신이 사회에서 일정한 직업을 가지고 있으며 젊은이들을 신성하게 지키려는 교육자의 한사람으로서 여론의 의미를 높이 평가해서 아주 기쁩니다. 부모님들은 우리 아이들의 더없이 소중한 가치를 믿고 있거든요. 공무원으로서 당신은 존경하는 교장 선생님을 상관으로 모시고 있죠. 하지만 사회의 구성원으로서 그리고 귀족으로서 당신은 언제나 당신의 명예, 당신의 인간적이고 귀족적인 가치에 관한 문제에 대해 귀족단장의 영향력을 고려할 권리가 있습니다."

베리가는 계속 말하면서 오른손 손가락으로 탁자 밑부분을 강하게 떠받치며 마치 군중을 바라보는 것처럼 변함없이 상냥하고 주의 깊은 시선으로 뻬레도노프를 바라보았고, 지도자로서 호의를 베풀면서 한바탕 연설을 늘어놓았다. 뻬레도노프는 손을 배 위에 놓으면서 일어나 주인의 발아래 놓여 있는 양탄자를 서글프게 바라보았다. 베리가가 말했다.

"저는 당신이 이런 문제를 가지고 저를 찾아와줘서 기쁩니다. 왜냐하면 요즘 상류층 사람들이 자신들이 귀족이라는 점을 기억하고 계층에 대한 소속감과 그들의 권리뿐 아니라 의무와 명예를 소중히 여기는 태도를 갖는 것이 그들에게 이롭게 작용하기 때문입니다. 물론 아시다시피 우리 러시아에서 귀족들은 대부분 공무를 보는 계층이죠. 엄밀히 말해 가장 낮은 관직을 제외하고 모든 국가적인 지위가 귀족의 손안에 놓여 있어야만 합니다. 물론 공무원의 직위를 다양한 지식인들이 차지하는 것은 당신의 평안을 방해하는 것과 같은 바람직하지 못한 현상들 중 하나가 되고 있습니다. 비방과 욕설은, 선량한 귀족의 전통에 따라 교육받지 못한 천한 사람들의 무기가 되죠. 하지만 저는 여론이 당신에게 유리하도록 분명하고 힘있게 바뀔 거라고 생각합니다. 그러므로 당신은 이런 모든 일에 대한 제 영향력을 충분히 고려할 수 있을 겁니다."

"각하, 대단히 감사합니다. 그렇게 되기를 바라도록 하겠습니다."

뻬레도노프가 말했다.

베리가는 상냥하게 미소를 지었고 대화가 끝났다는 것을 이해시키기 위해 자리에 앉지 않았다. 연설을 마치고 난 그는 뻬레도노프가 누군가의 후원을 얻기 위해 자신의 결점들에 눈감고 좋은 자리를 비겁하게 찾아다니는 사람과는 다르다는 생각을 할 수 없었다. 그는 차갑게 상대방을 멸시하는 태도로 뻬레도노프를 대했다. 뻬레도노프의 무질서한 삶을 고려한다면 그런 감정은 베리가가 자신에겐 익숙한 것이었다.

뻬레도노프는 현관에서 하인의 도움으로 옷을 입고 멀리서 들려오는 피아노 소리에 귀를 기울이면서 이 집에는 거만한 사람들이 귀족처럼 살고 있고 자신을 존중하고 있다고 생각했다.

'그는 도지사 자리를 노리고 있어.'

뻬레도노프는 존경과 부러움이 섞인 놀라움을 스스로 감지하면서 생각했다.

그는 계단에서 가정교사와 함께 산책을 마치고 들어오던 귀족 단장의 두 아들과 마주쳤다. 뻬레도노프는 우울한 호기심을 가지고 그들을 쳐다보았다. 그는 생각했다.

'그들은 얼마나 깨끗한가. 심지어 귓속에도 더러운 것이 없어. 저렇게 기가 살아 있지만 보통 학생들은 회초리를 맞아가며 학교에 다니지. 아마도 저애들은 회초리를 맞아본 적이 없을 거야.'

그래서 뻬레도노프는 화가 나서 그들의 뒤를 바라보았다. 그들은 재빨리 계단을 올라가며 즐겁게 이야기를 나누고 있었다. 가정교사가 너무도 평온하게 그들과 함께 있으면서 인상을 쓰지도 않고 그들에게 고함을 지르지도 않는다는 사실에 뻬레도노프는 심기가 불편해졌다.

집에 돌아온 뻬레도노프는 바르바라가 거실에서 자주 보지 못하던 책을 손에 들고 있는 것을 보았다. 바르바라는 그녀가 이따금 펼쳐보는 유일한 요리책을 읽고 있었다. 책은 오래되어 낡았고 검은색으로 제본이 되어 있었다. 검은색 표지가 뻬레도노프의 눈에 띄자 그는 우울해졌다. 그는 화를 내며 물었다.

"바르바라, 뭘 읽고 있는 거야?"

"뭐라뇨? 요리책이라는 거 알잖아요. 다른 책은 읽을 시간도 없어요."

바르바라가 대답했다. 뻬레도노프는 끔찍하다는 듯이 물었다.

"왜 요리책을 읽지?"

"아니, 왜라니요? 당신에게 요리를 해줘야 하잖아요. 당신은 언제나 변덕이 심해서요."

바르바라는 도도하면서도 자족적인 미소를 지으며 말했다.

"검은 책을 보고 만든 것은 먹지 않을 거야!"

뻬레도노프는 재빨리 바르바라의 손에서 책을 낚아채어 침실로 가져가며 단호하게 말했다. 그는 두려워하며 생각했다.

'검은 책! 게다가 그것을 보고 식사를 준비하다니! 공공연하게 그것이 마법이라고 알려주는 걸로 부족하단 말인가! 이런 끔찍한 책은 없애버려야만 해.'

그는 바르바라가 투덜대는 소리에 아무런 주의를 기울이지 않았다.

뻬레도노프는 금요일에 지방자치회 의장의 집을 방문했다.

사람들은 이 집 사람들이 소박하고 선하게 살고자 하며 공익을 위해 일하려 한다고들 했다. 시골의 소박한 것들을 연상시키는 물건들이 눈에 들어왔다. 등 부분이 아치형으로 되어 있고 팔걸이는 작은 도끼 모양인 소파, 구두 뒤축을 연상시키는 잉크병과 짚신 모양의 재떨이가 놓여 있었다. 홀에는 여러 씨앗의 견본이 담긴 꾸러미가 창가, 탁자 위, 바닥에 놓여 있었고 또 어딘가에는 이탄을 닮은 '굶주린' 빵 조각들이 보기 싫게 덩어리져서 놓여 있었다. 거실에는 그림들과 농기구들의 표본들이 있었다. 농업과 학교 업무에 관한 책들이 가득 찬 책장들이 서재를 에워싸고 있었다. 책상 위에는 인쇄된 보고서들, 다양한 크기의 명함들이 담긴 종이 상자가 놓여 있었다. 그림마다 먼지가 많이 내려앉아 있었다.

집주인인 이반 스쩨빠노비치 끼릴로프는 유럽식으로 상냥해 보이려고 노력하는 한편, 군郡의 대표로서 자신의 가치를 떨어뜨리지 않기 위해 매우 노심초사하고 있었다. 그는 두조각을 서로 납땜하여 붙여놓은 것처럼 이상하고 모순적인 존재였다. 그의 상황으로 본다면 그는 조리있게 일을 많이 하는 것 같았다. 그 자신만 놓고 본다면 그에게 자치회의 모든 일은 단지 심심풀이에 지나지 않는 듯했다. 그러면서도 일을 하고 있는 동안에는 현실의 걱정은 어딘가 멀리 사라져버린 듯이 행동했고, 자유분방하면서도 죽은 것처럼 보이는 은빛 눈동자는 앞쪽 어딘가를 바라보고 있는 것 같았다. 마치 누군가가 그에게서 살아 있는 영혼을 빼앗아 기다란 상자에 넣고 그 대신 그 자리에 공허한 죽은 영혼을 솜씨 좋게 집어넣은 것 같았다.

그는 크지 않은 키에 말랐고 나이보다 젊어 보였다. 게다가 얼굴도 붉어서 이따금 어른의 습관을 성공적으로 흉내 내는, 수염을 붙인 소년처럼 보였다. 동작은 정확하고 재빨랐다. 건강한 신체를 지니고 있어서 공손하게 인사하고 나서는 멋진 구두 밑창으로 발을 비비고 미끄러져갔다. 정장이라고 불러도 좋을 옷차림이었다. 회색 재킷, 더블칼라가 달린 풀 먹이지 않은 셔츠, 파란색 줄무늬 넥타이, 통이 좁은 바지에 흰색 양말을 신고 있었다. 언제나 눈에 띌 정도로 공손한 그의 말투는 어쩐지 이중적인 것처럼 보였다. 그는 뭔가를 말하다가 아이처럼 순진하게 미소 지으며 소년과 같은 태도를 보였다. 그러다가 잠시 후 바라보면 다시 차분해지고 수줍어하는 것이었다. 그의 아내는 조용하고 침착했으며 남편보다 나이가 많아 보였는데 뻬레도노프가 있을 때 몇번 서재로 들어와서 남편에게 읍내의 일에 관한 정확한 정보를 매번 물어보곤 했다.

그들 도시의 경제는 엉망이었다. 사람들이 일 때문에 계속 찾아왔고 계속해서 차를 마셨다. 뻬레도노프가 막 자리를 앉으려 하자 그에게 그다지 따뜻하지 않은 차와 접시에 담긴 흰 빵이 제공되었다.

뻬레도노프가 오기 이전에도 손님이 앉아 있었다. 뻬레도노프는 그 손님을 알고 있었다. 이 도시에서 누가 누구를 모르겠는가? 모두가 서로 다 아는 사이이다. 다만 싸워서 그 사이가 멀어진 이들이 있을 뿐이다.

손님은 읍내 의사인 게오르기 쎄묘노비치 뜨레뻬또프였다. 그는 끼릴로프보다 더 키가 작았고, 날카로운 여드름투성이 얼굴에다 별로 주목을 끌 만한 인상을 풍기지 못했다. 푸른 안경을 쓰고 있었는데 늘 옆 사람을 바라보는 것이 번거로운 듯 아래쪽이나 옆을 바라보았다. 그는 지나치게 인색해서 남을 위해 단 1꼬뻬이까도 쓰지 않았다. 또한 공직에 있는 모든 사람을 몹시 증오했다. 공무원을 만나면 손을 내밀어 악수하기는 하지만 그들과 대화를 나누진 않는다. 이 때문에 그는 아는 것이 적고 치료도 잘 못하지만 끼릴로프처럼 '반짝이는 두뇌'로 유명하다. 그는 언제나 간소한 생활을 하려 노력하고 그런 목적을 가지고 농부들이 어떻게 코를 풀고 등을 긁고 손으로 입을 닦는지 유심히 바라본다. 그리고 혼자 있을 때 이따금 그들을 따라해보다가 소박한 삶의 시작을 다음해로 미루곤 했다.

뻬레도노프는 이곳에서도 최근에 떠도는 시내의 비방들, 자신이 장학관 자리에 앉지 못하도록 방해하는 질투 세력들에 대해 자신에게 익숙한 비난을 거듭 말했다. 끼릴로프는 처음에는 뻬레도노프가 이런 문제를 가지고 자신에게 찾아와주어서 흡족한 기분을 느꼈다. 그는 감탄했다.

“네, 이제 당신은 지방 도시의 환경이 어떠한 건지 아시겠죠? 전 언제나 생각이 있는 사람들의 유일한 구원은 서로 연합하는 거라고 말하곤 합니다. 당신이 그런 확신을 가지고 있어서 기쁘네요.”

뜨레뻬또프는 화를 내며 모욕을 받은 듯 씩씩거렸다. 끼릴로프는 그를 두려워하며 바라보았다. 뜨레뻬또프는 경멸적인 어조로 말했다.

“생각이 있는 사람이라니!”

그는 다시 씩씩거렸다. 그러고 나서 잠시 말이 없다가 가느다랗고 분에 가득 찬 목소리로 말했다.

“생각이 있는 사람들이 썩어빠진 고전주의를 위해 일할 수 있을지 모르겠네요!”

끼릴로프는 주저하며 말했다.

“그런데 게오르기 쎄묘노비치, 자신의 업무를 선택하는 것이 언제나 사람에 의해 좌우된다고는 생각하지 마십시오.”

뜨레뻬또프는 경멸적으로 씩씩대다가 상냥한 끼릴로프를 완전히 짓밟아야 한다고 생각할수록 더 오래 침묵했다.

끼릴로프는 뻬레도노프를 바라보았다. 그는 뻬레도노프가 장학관의 자리에 대해 언급하는 것을 듣고 나서 걱정하기 시작했다. 그는 뻬레도노프가 자신이 있는 읍에서 장학관이 되고자 한다고 생각했다. 하지만 그러려면 의회에 의해 선출되고 교육부 장관의 승인을 받는 교육기관의 장학관이라는 직책을 마련하기 위한 제안이 지방자치회에 상정되어야만 한다.

그러면 세개 읍의 학교들을 관장하고 있는 장학관 보그다노프가 이웃 도시로 전근을 가고 우리 읍내의 학교들은 새로운 장학관의 감독하에 들어가게 되는 것이다. 이런 임무를 감당하기 위한 의

원 중에 이곳에서 가장 가까운 도시 싸파뜨의 신학교 선생님이 있다. 뻬레도노프가 말했다.

"그곳에서는 저를 보호해줍니다만 이곳의 교장 선생님과 다른 사람들은 저를 헐뜯고 있습니다. 그들은 어처구니없는 말들을 퍼뜨리죠. 그러니까 저에 대해 잠깐만 조사하더라도 그들이 이 모든 비방을 말하고 다닌다는 것을 당신은 확실히 아실 수 있습니다. 그 사람들 말을 믿지 마십시오."

끼릴로프는 서둘러서 활기차게 대답했다.

"아르달리온 보리시치, 전 시내에 있는 사람들 간의 관계와 소문에 깊이 관여할 시간이 없습니다. 워낙 일이 많아서 말이죠. 만약 아내가 도와주지 않는다면 일을 어떻게 처리해야 할지 모르겠어요. 전 어디를 다니지도 않고 누구를 만나지도 않으며 아무것도 듣지 않아요. 하지만 충분히 이런 모든 것, 그러니까 사람들이 당신에 대해 말하는 것들을 확신합니다. 솔직히 말해서 전 아무것도 들은 바가 없습니다. 이런 모든 일이 아무것도 아니라는 것을 정말로 믿고 있어요. 하지만 그 자리는 저에게만 달려 있는 것은 아닙니다."

"당신께 질문을 드릴 수도 있습니다."

뻬레도노프가 말했다. 끼릴로프는 놀라서 그를 바라보면서 말했다.

"물론 아직 물어보진 않았지만 물어볼 수도 있겠죠. 하지만 우리가 고려하고 있는 것은……"

이때 끼릴로프 아내가 문턱에 나타나 말했다.

"이반 스쩨빠니치[39], 잠시만 저 좀 봐요."

<hr>

39 스쩨빠노비치를 다정히 부른 말.

남편은 아내를 따라나갔다. 그녀는 걱정스러운 어조로 속삭였다.

"우리가 끄라실니꼬프를 염두에 두고 있다는 것을 저 사람에게 말하지 않는 것이 좋을 것 같아요. 전 저 작자가 의심스러워요. 그가 뭔가를 끄라실니꼬프에게 말할 수도 있으니까요."

"당신은 그렇게 생각하는 거야? 그래, 그래, 아마도. 그러면 불쾌한 일이 생기지."

끼릴로프는 수긍하듯 속삭였다.

그는 머리를 손으로 감쌌다. 아내는 능숙한 태도로 그의 말에 공감을 표하며 그를 바라보고 말했다.

"마치 그런 자리가 없는 것처럼 저 사람에게 이 일에 대해 아무것도 말하지 마세요."

"그래, 그래. 당신 말이 맞아. 아무튼 난 빨리 가볼게. 부자연스러워 보이거든."

끼릴로프가 속삭였다.

그는 서재로 달려가서 열심히 발을 비비고 뻬레도노프에게 상냥한 말을 늘어놓았다.

"그러니까 당신이 만약 무언가를……"

뻬레도노프가 말을 꺼냈다. 끼릴로프는 재빨리 말했다.

"진정하세요. 침착하십시오. 제가 고려해보겠습니다. 우린 아직 이 문제를 완전히 결정한 게 아닙니다."

뻬레도노프는 끼릴로프가 어떠한 문제에 대해 말하는지 이해할 수 없어서 우울하고 두려웠다. 그런데 끼릴로프가 말했다.

"우린 초등학교 연합을 결성할 겁니다. 뻬쩨르부르그에서 전문가를 초빙하고요. 여름 내내 일을 했습니다. 이 일을 위해 90루블을 썼어요. 무척이나 주도면밀한 일이라서요. 거리를 고려해야만 하고 모든 초등학교의 위치를 점검해야 했으니까요.”

그리고 끼릴로프는 초등학교 연합, 즉 읍을 작은 구역으로 나누되 각 구역에서 초등학교가 마을로부터 멀리 떨어지지 않도록 구획하는 일에 대해 오랫동안 상세하게 이야기했다. 뻬레도노프는 아무것도 이해하지 못했고 끼릴로프가 자기 앞에 교묘하고 대담하게 펼쳐놓은 연합이란 언어의 올가미 속에서 복잡한 생각으로 혼란스러워졌다.

마침내 그는 절망적이고 우울한 기분이 되어 작별인사를 하고 집을 나섰다. 그는 생각했다.

‘이 집에선 내 말을 이해하고 싶어하지 않을뿐더러 심지어 들으려고도 하지 않네. 집주인은 뭔가 이해되지 않는 것을 지껄이고 있어. 뜨레뻬또프는 어쩐 일인지 씩씩거리고 여주인은 들어왔다가 별로 달가워하지 않으며 나가버리고. 이 집엔 이상한 사람들이 살고 있어. 오늘 하루 공쳤군!’

11

뻬레도노프는 토요일에 경찰서장의 집을 방문하려 했다. 뻬레도노프는 생각했다.

'이 사람은 귀족단장처럼 그렇게 중요인사는 아니지만 무엇보다 많은 사람에게 해를 끼칠 수도 있고 원한다면 상관에게 요청하여 사람들을 도울 수도 있지. 정치는 중요한 일이거든.'

뻬레도노프는 마분지 상자에서 휘장이 달린 모자를 꺼냈다. 그는 그 순간 그 모자만 쓰기로 결심했다. 교장이 모자를 쓰고 다니는 것은 보기에 좋다. 상관 옆에 있으면 폼이 나기 때문이다. 하지만 뻬레도노프는 아직도 장학관의 자리를 차지해야만 하는 상황에 있다. 누군가의 보호에 의지할 것도 없이 그 자신이 모든 면에서 최고의 상태라는 것을 보여주어야만 한다. 유력인사를 찾아다니는 것을 시작하기 며칠 전에 그는 그런 생각을 했고 마침 그때 이 모자가 손에 들어왔던 것이다. 이제 뻬레도노프는 다른 생각을 했다.

이전에 쓰던 모자를 벽난로에 던져버려서 찾지 못하게 하는 것이 나을 거라고 생각했던 것이다.

바르바라는 집에 없었다. 끌라우지야는 헛간 바닥을 청소하고 있었다. 뻬레도노프는 손을 씻으러 부엌으로 들어갔다. 그는 식탁에서 건포도 몇알이 새어나온 파란 종이 꾸러미를 발견했다. 차에 곁들여 먹는 흰 빵을 집에서 구우려고 사온 건포도 1푼뜨였다. 뻬레도노프는 손을 씻지도 않고 옷의 먼지도 털지 않은 채 건포도를 먹기 시작했다. 그는 끌라우지야가 갑자기 들어오지나 않을까 문을 바라보면서 식탁 옆에 서서 재빨리 탐욕스럽게 건포도 1푼뜨를 다 먹어버렸다. 그러고 나서 두툼한 파란 포장지를 조심스럽게 구겨서 현관에 걸린 프록코트로 가져온 다음 증거를 없애기 위해 거리에 버리려고 외투 주머니에 넣어두었다.

그는 집을 떠났다. 한편 끌라우지야는 건포도를 가지러 왔다가 깜짝 놀라 찾기 시작했지만 찾을 수 없었다. 바르바라가 집에 와서 건포도가 없어진 사실을 알고 끌라우지야에게 욕을 퍼부었다. 끌라우지야가 건포도를 먹어버렸다고 확신했던 것이다.

거리엔 바람이 불었고 적막했다. 멀리서 비구름이 몰려오고 있었다. 웅덩이들은 다 말랐고 창공은 투명한 빛으로 기쁨에 겨워 있었다. 하지만 뻬레도노프의 마음만은 우울했다.

그는 도중에 재봉사에게 들러 주문한 지 사흘이 된 새 제복을 빨리 마무리하라고 일을 재촉했다.

뻬레도노프는 교회를 지나면서 모자를 벗고 당당하고 커다란 동작으로 성호를 세번 그었다. 교회 옆을 지나가는 사람들이 모두 미래의 장학관의 모습을 볼 수 있도록 그렇게 한 것이었다. 그는 예전에 이런 일을 하지 않았지만 지금은 조심스럽게 귀를 기울여야만 했다. 어쩌면 어떤 첩자가 몰래 다가오거나 누군가가 나무 뒤에 숨어서 보고 있을지도 모르기 때문이다.

경찰서장은 멀리 떨어진 시내의 어느 거리엔가 살고 있었다. 뻬레도노프는 활짝 열린 문가에서 경찰 한명을 만났다. 그 만남 때문에 근래에 그에게 닥친 우울감이 다시 밀려왔다. 뜰에는 농부 몇명이 있었는데 그들은 어디서나 볼 수 있는 농부들이 아니라 어쩐지 특이하고 이상하리만큼 고분고분하고 조용한 사람들이었다. 뜰은 더러웠고 멍석으로 덮은 짐마차들이 서 있었다.

뻬레도노프는 어두운 현관에서 또 경찰 한명을 만났는데, 그는 작은 키에 통통한 사람으로 충직해 보이긴 했으나 힘이 없어 보였다. 그는 겨드랑이 밑에 검은색으로 제본한 책을 끼고 서 있었다. 허름한 옷을 입은 아가씨가 맨발로 옆문에서 뛰어오더니 뻬레도노프의 외투를 받아들고서 그를 거실로 안내했다. 그녀는 말했다.

"잠시만요. 쎄묜 그리고리예비치 씨가 나오실 거예요."

거실은 천장이 낮았다. 그 낮은 천장이 뻬레도노프를 짓누르는 것 같았다. 가구들은 벽 가까이 붙어 있었다. 바닥에는 줄을 엮어 만든 면직 러그가 깔려 있었다. 벽의 오른쪽 왼쪽에서 속삭이는 소리와 중얼거리는 소리가 들렸다. 문을 통해 탐욕스럽고 반짝이는 눈에 창백한 피부빛을 한 여자들과 아름다운 소년들이 보였다. 속삭이는 소리 사이로 질문과 대답이 좀더 크게 들려왔다.

"가져왔어요……"

"어디로 가져갈까요?"

"어디 두라고 지시하셨나요?"

"씨도르 뻬뜨로비치 예르마시낀으로부터."

곧 경찰서장이 들어왔다. 그는 제복 단추를 잠그고 상냥하게 미소 지었다. 그는 커다랗고 탐욕스러운 두 손으로 뻬레도노프의 손을 잡으면서 말했다.

"기다리시게 해서 죄송합니다. 저쪽에 여러가지 일 때문에 오신 손님들이 여럿 계셔서. 제 일이 뭐 그렇죠. 지체할 수 없는 일들이라서요."

쎄묜 그리고리예비치 민추꼬프는 키가 크고 통통한 편으로 검은 머리 가운데가 대머리였다. 등이 약간 굽었고 팔을 아래로 내리고 있었는데 손가락은 갈퀴와 같았다. 그는 마치 뭔가 금지된 것을 먹어서 기분이 좋으며 지금도 조금씩 맛을 본 것에 만족해하는 표정으로 자주 미소를 지었다. 입술은 도톰하고 선명한 붉은색을 띠었고 코는 통통했으며 얼굴 표정은 성실하고 카리스마가 넘치긴 했으나 바보 같은 인상을 주었다.

뻬레도노프는 이곳에서 보고 들은 모든 것에 괴로워했다. 그는 소파에 앉아 조리없는 말들을 늘어놓았고 경찰서장이 모자의 휘장을 볼 수 있도록 하기 위해 모자를 손에서 놓지 않으려 했다. 민추꼬프는 뻬레도노프의 맞은편, 즉 탁자의 다른 편에 앉았고, 탐욕스러운 팔은 무릎 위에서 손을 쥐었다 폈다 하면서 조용히 움직이고 있었다. 뻬레도노프가 말했다.

"사람들이 어떠한 소식을 나불대면 그것은 그 일이 없다는 것을 뜻합니다. 저 자신이 밀고를 할 수도 있습니다. 하지만 전 아무 일도 하지 않았습니다. 전 그들을 잘 압니다. 다만 제가 밀고를 원하지 않을 뿐입니다. 그들은 대놓고 온갖 허풍을 떨고, 대놓고 비웃죠. 당신도 제 입장이라면 이것이 우습다는 사실에 동의하실 겁니다. 제겐 비호 세력이 있으니까요. 그런데 그들은 사실 일을 망치고 있답니다. 그들은 정말로 고의적으로 제 뒤를 밟고 시간을 낭비하면서 저를 압박하고 있어요. 도시 어디를 가나 도시 전체가 알고 있을 정도입니다. 그러니 일이 이렇게 된 마당에 당신은 저를 지지해주시길 바랍니다."

"아니, 아니, 너그러운 맘으로 이해해주십시오."

민추꼬프는 넓적한 손바닥을 앞에서 비비면서 말했다.

"물론 저희 경찰들은 누군가의 배후에 불미스러운 일이 있건 없건 간에 사실을 알아야만 합니다."

"물론이죠. 저를 비방하고 다니고 있어요. 만약 계속 떠들도록 놔둔다면 그들이 제 일자리마저 위태롭게 할까 두렵습니다. 그들은 간사합니다. 그들이 내내 떠드는 것을, 이를테면 루찔로프 같은 이가 떠드는 소리를 듣지 마십시오. 그자가 저를 곤경에 빠뜨리는지 어떻게 당신이 알겠습니까? 이렇게 사태는 정신 나간 사람의 머리에서 나와 건전한 사람을 공격한다니까요."

뻬레도노프는 화가 나서 말했다.

민추꼬프는 처음에 뻬레도노프가 조금 취해서 비방의 정도가 조금 약해졌다고 생각했다. 그후에 뻬레도노프의 말을 다 듣고 나서는 뻬레도노프가 자신을 비방하는 사람들에 대해 불평하고 그에 대해 어떠한 조치를 취해줄 것을 부탁하는 거라는 생각이 들었다. 뻬레도노프는 볼로진에 대해 생각하면서 계속 말했다.

"젊은이들은 자신에 대해서만 많은 것을 생각하죠. 그들은 다른 사람을 비난하지만 정작 자신들은 깨끗하지 못해요. 젊은이들은 보통 뭔가에 몰입한다고 알려져 있습니다. 어떤 사람들은 경찰에서 일을 하는데, 또 어떤 사람들은 경찰에 밀고를 하죠."

그리고 그는 젊은이들에 대해 오랫동안 이야기했는데 웬일인지 볼로진이라는 이름을 거론하고 싶진 않았다. 그는 경찰서에서 일하는 젊은이들에 대해 언급하면서 만약의 경우에 대비해서 근무하는 경찰서에 좋지 않은 소문이 있다는 것을 민추꼬프가 알 수 있도록 말했다. 민추꼬프는 뻬레도노프가 경찰서에서 일하는 젊은 관리 둘에 대해 암시하는 거라고 생각했다. 그들은 젊고 웃음이 많으며 아가씨들의 뒤꽁무니를 따라다니는 사람들이었다. 민추꼬프는 뻬레도노프의 곤혹스러움과 분명한 두려움에 저절로 전염되었다. 그는 잠시 생각에 잠겼다가 다시 부드럽게 미소 짓더니 걱정스레 말했다.

"제가 조사를 해보죠. 우리 경찰서에는 젊은 관리들 두명이 있는데 그들은 아직 완전히 풋내기들이랍니다. 세상에, 믿으실지 모르겠지만 한명은 어머니가 시골로 보내버린 경우랍니다."

뻬레도노프는 대놓고 웃었다.

그러는 동안 바르바라는 그루시나의 집에 들렀다가 깜짝 놀랄 만한 소식을 알게 되었다.

"바르바라 드미뜨리예브나, 제가 당신에게 어떤 소식을 들려준다면 당신은 정말 놀랄 거예요."

바르바라가 그루시나의 집 문턱을 넘자마자 그루시나가 서둘러 말했다. 바르바라는 웃으며 물었다.

"어머, 무슨 소식인데요?"

"아니, 세상엔 정말로 비열한 사람들이 있다는 사실을 생각만 해보세요! 자신의 목적을 달성하기 위해서는 어떤 일이라도 다 저지르거든요!"

"아니, 무슨 일인데요?"

"음, 잠시만요, 제가 당신에게 이야기해드릴 테니."

그런데 간사한 그루시나는 먼저 바르바라에게 커피를 대접하고 아이들을 밖으로 내보냈다. 그런데 큰딸이 고집을 부리면서 나가려 하지 않았다. 그루시나가 딸에게 소리쳤다.

"아이 참, 이 쓸모없는 쓰레기 같은 것아!"

"엄마가 쓰레기지."

건방진 소녀가 대답했고 엄마를 향해 발을 굴렀다. 그루시나는 소녀의 머리채를 부여잡고 그녀를 뜰로 끌어낸 다음 문을 잠가버렸다…… 그녀는 바르바라에게 하소연했다.

"변덕스러운 물건이죠. 저 아이들과 같이 있으면 불행할 뿐이에요. 저 혼자서, 어쩔 도리가 없어요. 아이들에게 아빠가 있어야 하는 건데."

"당신이 결혼하시면 아이들에게 아빠가 생기잖아요."

바르바라가 말했다.

"바르바라 드미뜨리예브나, 어느 누가 오려고 하겠어요? 그 사람이 아이들을 꽉 쥐고 살아야 할 텐데요."

이때 소녀가 멀리서부터 뛰어오더니 유리창으로 모래를 던지며 엄마의 머리와 원피스에 뿌려댔다. 그루시나가 유리창으로 몸을 내밀고 소리쳤다.

"너 같은 쓰레기는 내가 가만두지 않겠어! 집에 돌아오기만 해봐. 혼을 내줄 테니, 추접한 쓰레기야!"

"엄마가 쓰레기라고. 악랄한 멍청이야!"

소녀는 거리에서 소리쳤고 한 발로 깡총거리며 엄마에게 더러운 주먹을 내밀어 보였다.

그루시나는 딸에게 소리쳤다.

"들어오기만 해봐, 두고 보자고!"

그녀는 유리창을 닫았다. 이윽고 마치 아무 일도 없었다는 듯이 자리에 조용히 앉더니 이야기를 시작했다.

"무슨 소식을 당신에게 이야기하려고 했는데, 벌써 까먹어버렸네요. 바르바라 드미뜨리예브나, 걱정하지 마세요. 아이들은 아무 짓도 하지 못할 테니까요."

"그런데 무슨 일이죠?"

바르바라가 놀라서 물었다. 커피잔 받침이 손에서 떨렸다.

"아시다시피 루반에선가 온 뻴니꼬프라는 어떤 중학생이 얼마 전에 곧장 5학년에 편입했잖아요. 그 아이 이모가 우리 읍에 있는 영지를 샀거든요."

"아, 알아요. 그 아이가 이모와 함께 왔을 때 봤어요. 아주 예쁘장하고 마치 여자아이처럼 내내 얼굴을 붉히고 있더라고요."

바르바라가 말했다.

"바르바라 드미뜨리예브나, 어찌 그 아이가 여자아이를 닮지 않을 수 있겠어요? 그 아이는 옷만 바꿔입은 여자애라니까요!"

"맙소사!"

바르바라가 소리쳤다.

"그들이 아르달리온 보리시치를 속이기 위해 일부러 그런 생각을 해낸 거예요."

그루시나는 자신이 그렇게 중요한 소식을 전하게 되자 기쁜 맘에 흥분이 되어 손을 휘저으며 서둘러 말했다.

"아시려나 모르겠지만 그 아가씨에겐 루반에서 공부하고 있는 이종사촌 오빠가 있어요. 그래서 그 아가씨 엄마가 중학교에서 이종사촌 아이 이름을 빌려서 그 아이 서류를 근거로 여자애를 이리로 오게 한 거죠. 당신도 다른 중학생들은 받지 않는 아파트에 그 아이 혼자만 하숙을 하게 한 사실을 알고 있죠? 그런 식으로 모든 것을 숨기기 위해 그 아이 혼자만 하숙집에 남겨둔 거랍니다.”

“그런데 당신은 어떻게 알게 되었나요?”

바르바라가 의심쩍어하며 물었다.

“바르바라 드미뜨리예브나, 이 세상은 소문으로 가득하답니다. 그러니 곧장 의심이 들 수밖에요. 모든 소년은 자고로 소년다워야죠. 그런데 그 아이는 조용하고 마치 물에 빠진 듯이 걸어다닌답니다. 얼굴만 봐도 그래요. 젊은이라면 젊은이답게 불그스름해야죠. 가슴은 떡 벌어져야 하고요. 그런데 다른 아이들이 그 아이에게 말을 걸면 벌써부터 얼굴을 붉힌다니까요. 그러니 그 아이를 계집애라고 놀려대요. 아이들은 놀리기 위해 그런 거라고 생각할 뿐 그것이 사실인지 모르고 있답니다. 그 사람들이 얼마나 간교한지 생각해보세요. 심지어는 여주인도 아무것도 몰라요.”

“당신은 어떻게 알아차렸나요?”

바르바라가 거듭 물어보았다.

“바르바라 드미뜨리예브나, 제가 모르는 것이 어디 있겠어요! 전 읍내에 있는 모든 사람을 알고 있어요. 모두가 그들 집에 그 아이와 나이가 똑같은 소년이 살고 있다는 사실을 알고 있어요. 그들이 왜 그 아이들을 함께 중학교에 보내지 않았을까요? 그 아이가 여름에 아파서 일년을 쉬었다고 하네요. 그후에 다시 중학교에 들어가게 됐다고요. 하지만 그건 모두 말이 안돼요. 그 아이도 중학생이거든요. 그리고 그들 집에는 아가씨가 있다고들 하더군요. 그들은 그녀가 결혼해서 깝까스로 떠났다고 말하고 있어요. 그런데 그것도 갑자기요. 그녀는 절대 떠나지 않았어요. 이곳에서 소년 행세를 하며 살고 있다니까요.”

“그렇게 하면 그들에게 어떤 이익이라도?”

바르바라가 물었다.

"어떻게 이득이 없겠어요! 선생 하나를 낚아채는 거죠. 우리 마을엔 총각들이 많잖아요. 그러니 누군가를 골라잡겠죠. 소년 행세를 하고 아파트로 들어와서 할 수 있는 짓이 어디 적은가요?"

그루시나는 활기를 띠며 말했다. 바르바라는 놀라서 말했다.

"아름다운 소녀라니."

"그것도 그런 듯한 미녀랍니다. 다만 수줍어하긴 하는데 시간이 지나면 괜찮아지고 익숙해지긴 해도 소문이 퍼지겠죠. 그러면 그녀가 이곳의 모든 사람을 물리게 할 거예요. 그들이 얼마나 영악한지 생각해보세요. 전 이 일에 대해 알아채자마자 그의 여주인, 아니 그녀의 여주인을 만나려고 노력했답니다. 아이고, 뭐라고 말해야 할지 모르실 거예요."

"완전히 도깨비에 홀린 거 같군요. 젠장, 주여, 용서하소서!"

바르바라가 말했다.

"저녁 예배 무렵 그쪽 교구인 빤쩰레이몬으로 갔어요. 그녀는 믿음이 좋더라고요. 저는 '올가 바실리예브나, 왜 당신 집에 지금 중학생 한명만 살고 있나요? 한명만 받으면 수입이 별로 되지 않을 텐데요'라고 말했죠. 그러자 그녀가 '무엇 때문에 제게 더 많은 학생이 필요하겠어요? 학생들과 있으면 난장판이 되거든요'라고 말하더라고요. 그래서 제가 '당신은 예전에 하숙생을 두세명 받았잖아요'라고 말했죠. 그러자 바르바라 드미뜨리예브나! 그녀가 '전 우리 집에 싸쎈까 한명만 머물게 하기로 그 집 사람들과 약속했거든요. 그들은 가난한 사람들이 아니라서 더 많은 돈을 지불했고 다만 그 아이가 다른 소년들과 어울리며 말썽을 피울까봐 걱정하고 있어요'라고 말하는 거예요. 그러니 어쩌겠어요?"

“정말로 교활한 사람들이군요! 당신은 어떻게 그녀에게 그 아이
가 여자라는 것을 말했나요?”

바르바라가 악의에 가득 차서 말했다.

“전 그녀에게 ‘보세요, 올가 바실리예브나, 그들은 남자아이가
아니라 여자아이를 당신에게 보냈다니까요’라고 말했죠.”

“음, 그런데 그녀가 뭐라고 하던가요?”

“세상에, 그녀는 제가 농담하는 줄 알고 웃더라니까요. 그래서
전 좀더 진지하게 ‘올가 바실리예브나, 사람들 모두 이 아이가 여
자라는 것을 말하고 다닌다는 사실을 아셔야 해요’라고 했죠. 그런
데 그녀만 믿질 않는 거예요. 그녀는 ‘말도 안되는 소리, 그 아이가
어떻게 여자란 말인가요? 전 장님이 아니에요……’라는 거예요.”

이 이야기는 바르바라를 놀라게 했다. 그녀는 모든 것을 곧이곧
대로 받아들였고 사실이 그러하다고 믿었으며 다른 한편으로 약혼
자에 대한 공격을 준비했다. 가능하면 빨리 어떤 식으로든 변장한
아가씨의 가면을 벗겨내야만 했다. 그들은 이 일을 어떻게 할지 오
랫동안 의논했으나 아직까지 아무것도 생각해내지 못했다.

바르바라는 집에서 건포도가 사라진 일로 더욱더 화났다.

뻬레도노프가 집으로 돌아오자 바르바라는 그에게 끌라우지야
가 건포도 1푼뜨를 어딘가로 가져가놓고 자백하지 않는다고 흥분
한 상태로 황급히 말했다. 바르바라는 화를 냈다.

“게다가 말을 꾸며내기까지 해요. 세상에, 아마도 주인님이 드신
거 같다고 말하지 뭐예요? 그리고 자기는 마루를 닦느라고 오랫동
안 거기에 있었는데 당신이 뭔가를 가지러 부엌으로 왔었다고 말
하더라니까요.”

“아주 잠깐 동안이긴 했어. 난 손만 씻었을 뿐이고 거기서 건포

도를 보진 못했는데."

뻬레도노프가 얼굴을 찌푸리며 말했다. 바르바라가 소리쳤다.

"끌라우쥬시까, 끌라우쥬시까! 주인어른이 건포도를 보지 못했다고 하신다. 이 말은 곧 네가 그것을 어딘가에 벌써 숨겨놓았다는 것을 의미하는 거거든."

끌라우지야는 눈물로 범벅이 되고 빨개진 얼굴로 부엌에서 나왔다. 그녀는 울먹이며 소리쳤다.

"전 건포도를 가져가지 않았어요. 제가 건포도를 사드릴게요. 다만 전 건포도를 가져가지 않았어요!"

"그래 사와! 사오라고! 난 너에게 건포도를 먹여야 할 의무가 없어."

바르바라는 화가 나서 소리쳤다. 뻬레도노프는 웃으면서 소리쳤다.

"쥬시까가 건포도 1푼뜨를 가지고 속이다니!"

"당신들은 무례한 사람들이에요!"

끌라우지야가 소리쳤고 문을 꽝 닫았다.

바르바라는 식사를 하며 뻴니꼬프에 대해 들은 것을 전하려 하면서 맘이 조급해졌다. 그녀는 이 일이 자신에게 이로울지 해로울지, 그리고 뻬레도노프가 이 일에 대해 어떠한 태도를 보일지 생각하지 않았다. 그녀는 다만 나쁜 맘을 먹고 말했다.

뻬레도노프는 뻴니꼬프를 기억하려고 애를 썼으나 내내 그를 정확하게 기억해낼 수가 없었다. 그는 지금까지 이 새로운 학생에게 주의를 거의 기울이지 않았다. 그가 아름답고 깨끗한데다 5학년 중에서 나이가 가장 어린데도 겸손하게 행동하고 공부도 잘해서 그를 경멸했다. 이제 바르바라의 이야기에 그의 장난기 어린 호기심이 발동했다. 뻔뻔한 생각들이 그의 깜깜한 머릿속에서 천천히 요동치기 시작했다……

'저녁기도 시간에 들러서 그 남장한 여자아이를 한번 봐야지.'

갑자기 끌라우지야가 기뻐하며 들어와서는 구겨진 파란 포장지를 식탁에 던져놓고 소리쳤다.

"제가 건포도를 먹었다고 말하셨죠? 그 건포도가 제게 퍽이나 필요했겠네요."

뻬레도노프는 어찌 된 일인지 짐작이 갔다. 거리에 포장지를 던져버리는 일을 잊어버렸던 것이다. 그런데 지금 끌라우지야가 외투 주머니에 있던 포장지를 발견한 것이다. 그가 소리쳤다.

"아, 빌어먹을!"

"이게 뭐냐, 어디서 났지?"

바르바라가 소리쳤다. 끌라우디야는 악에 받쳐서 대답했다.

"아르달리온 보리시치의 주머니에서 발견했죠. 당신이 먹어놓고 내게 비난을 퍼붓다니. 아르달리온 보리시치가 단것을 무지 좋아한다는 것은 다 알려진 사실이죠. 당신이 그래 놓고는 남에게 뒤집어씌우다니……"

"음, 나가. 넌 언제나 거짓말만 하는구나. 네가 내 옷에 쑤셔넣었겠지. 난 어떤 것도 가져가지 않았어."

뻬레도노프는 화를 내며 말했다.

"왜 제가 그걸 쑤셔넣겠어요? 하느님 맙소사, 당신은."

끌라우지야는 흥분해서 말했다. 바르바라가 소리쳤다.

"네가 어떻게 주머니를 뒤질 수 있니! 거기서 돈이라도 찾으려는 거야?"

"전 주머니를 뒤지지 않았어요. 외투를 세탁하려고 들었을 뿐이에요. 온통 더러워져 있어서요."

끌라우지야가 서글프게 말했다.

"그런데 주머니는 왜 뒤졌니?"

"종이가 저절로 떨어지기에 주머니를 살펴본 거예요."

끌라우지야가 해명했다. 뻬레도노프가 말했다.

"쥬시까, 넌 거짓말하고 있어."

"어째서 당신은 절 쥬시까라고 부르죠? 그건 절 비웃는 거예요! 제기랄! 건포도를 사드리죠. 먹다가 목에나 걸려버려라. 당신들은 잡수시고 전 변상을 하는 거죠. 그러니 사드린다고요. 당신은 양심도 없고 눈을 보아하니 창피하지도 않은가보네요. 그런데도 아직 신사라고 불리다니!"

끌라우지야가 소리쳤다.

끌라우지야는 울면서 투덜거리더니 부엌을 나섰다. 뻬레도노프는 큰 소리로 웃으며 말했다.

"단단히 화가 났어."

"가도록 내버려두세요. 모든 것을 허용하면 모든 것을 집어삼키려고 하죠. 굶주린 악마들 같으니라고."

바르바라가 말했다.

그리고 그들 둘은 끌라우지야가 건포도 1푼뜨를 다 먹은 것에 대해 그녀를 오랫동안 비난했다. 바르바라는 건포도를 새로 사기 위해 돈을 지불했고, 그는 모든 손님에게 건포도에 대해 이야기했다.

고함에 익숙해진 것처럼 보이는 고양이가 부엌에서 나와 벽을 따라 몰래 안으로 들어와서는 탐욕스럽고 이상한 눈빛으로 뻬레도노프를 바라보며 그의 근처에 앉았다. 뻬레도노프는 고양이를 잡으려 고개를 숙였다. 고양이는 낭랑한 소리로 그르렁거리며 뻬레도노프의 손을 할퀸 다음 도망가서 장롱 밑에 숨었다. 고양이는 거기서 밖을 내다보았고 가는 초록색 눈동자를 반짝였다. 뻬레도노프는 두려워하며 생각했다.

'도깨비임에 틀림없어.'

한편 바르바라는 내내 뻴니꼬프에 대해 생각하다가 입을 열었다.

"어쩌려고 매일 저녁마다 당구를 치러 다니시는 거예요? 이따금 중학생들이 사는 아파트에도 다니시고 그러면 좋을 텐데. 선생님들이 그 아이들을 자주 들여다보지 않고, 교장 선생님도 일년에 단 한번도 찾아가지 않으니 그곳 생활은 엉망이 되어가고 있어요. 아이들이 카드놀이를 하고 술에 취해 있다고요. 이참에 남장한 여자아이에게 다녀오세요. 사람들이 잠들 무렵보다 좀더 늦게 가보세요. 그래야만 증거를 잡고 그 여자아이를 수치스럽게 만들 게 아니겠어요?"

뻬레도노프는 잠시 생각하다가 웃었다.

'바르바라는 간사한 마녀야. 나를 가르치는군.'

그는 생각했다.

12

뻬레도노프는 저녁 무렵에 중학교 부설 교회로 갔다. 그는 그곳에서 학생들 뒤에 서서 아이들이 어떻게 행동하는지 유심히 바라보았다. 그가 보기에 몇몇 학생은 장난을 치고 빈둥거리며 종알거리고 웃는 것 같았다. 그는 그들이 누구인지 알아차리고 기억하려고 애썼다. 숫자가 많았다. 그래서 뻬레도노프는 집에서 나올 때 종이와 연필을 가지고 나오는 것에 생각이 미치지 못한 것에 대해 스스로에게 푸념을 늘어놓았다. 그는 학생들의 행실이 바르지 못해서 우울해졌다. 교장 선생님과 장학관이 이곳 교회에 아내와 자식을 데리고 와 있음에도 어느 누구도 이런 문제에 대해 관심을 기울이지 않았다.

그런데 사실 학생들은 얌전히 수줍게 서 있었다. 어떤 아이들은 다른 성당에 대해 생각하면서 무의식적으로 성호를 그었고 다른 아이들은 얌전히 기도를 드리고 있었다. 아주 간혹 누군가가 옆 사람에게 뭔가를 속삭였다. 그것도 겨우 두세 마디 정도였고 고개를 돌리지도 않았다. 그러면 옆 사람은 짧게 조용히 대답을 하며 재빠른 동작이나 시선 혹은 흠칫하는 어깨나 미소로 반응을 보이는 것이었다. 그러나 각 반 담임의 보조교사들도 알아차리지 못하는 이런 작은 동작들이 뻬레도노프의 무딘 감정에 무질서라는 커다란 환상을 심어주었다. 어리석은 사람들이 모두 그렇듯이 뻬레도노프는 조용한 상황에서는 사소한 현상들을 정확하게 평가할 수가 없었다. 그는 그것들을 알아차리지 못하거나 그 의미를 과장했다. 기대와 두려움으로 긴장된 지금 그의 감정들은 그에게 더 부정적으로 작용했고, 모든 현실은 차츰 사악하고 부정적인 환상의 안개를 그 앞에 드리우고 있었다.

그건 그렇고 예전에 중학생들은 뻬레도노프에게 어떠한 존재들이었을까? 그들은 단지 종이에 잉크가 찍힌 펜으로 낙서를 하고 언젠가 인간의 언어를 통해 이미 말해진 것을 어설픈 말로 반복하는 존재들이었던 것이다! 뻬레도노프는 자신이 교사생활을 하는 동안 내내 중학생들이 어른들과 똑같은 사람이라는 것을 이해하지 못했고 그렇게 생각하지도 않았다. 다만 여성들에게 관심을 불러일으키는 수염 난 중학생들만이 그가 보기에 자신과 동등한 존재라는 사실을 어느 순간 깨달았다.

뻬레도노프는 뒤에 서서 너무도 우울한 인상을 불러일으키며 중간 열을 향해 앞으로 나아갔다. 그 마지막 줄의 오른쪽에 싸샤[40] 삘니꼬프가 서 있었다. 그는 조용히 기도를 하면서 자주 무릎 쪽으로 시선을 던지고 있었다. 뻬레도노프는 싸샤를 바라보았다. 싸샤가 무

---

[40] 앞에 나오는 '싸셴까'는 '싸샤'의 애칭.

룹을 꿇고서 생각에 잠긴 듯한 길고 검은 속눈썹이 난 검은 눈동자에 간구와 슬픔의 빛을 담고 죄인처럼 제단의 번쩍이는 문 쪽을 바라볼 때 특히 뻬레도노프는 기뻤다. 싸샤는 구릿빛 피부에 날씬한 몸매여서 곧은 자세로 조용히 무릎을 꿇으면 눈에 잘 띄었다. 마치 누군가가 엄격하게 감시하는 눈길을 받았을 때 보이는 행동과도 같았다. 게다가 아이는 높고 넓은 가슴을 가지고 있었기 때문에 뻬레도노프는 그 아이가 여자아이와 아주 흡사하다고 생각했다.

뻬레도노프는 오늘 당장 저녁기도를 마치고 그 아이의 아파트로 가기로 결심했다.

사람들이 교회를 빠져나왔다. 사람들은 예전에 언제나 그랬던 것처럼 뻬레도노프가 늘 쓰던 모자를 쓰지 않고 휘장이 달린 군인 모자를 쓰고 있다는 것을 알아차렸다. 루찔로프가 웃으며 물었다.

"아르달리온 보리시치, 자네 그게 뭔가, 이젠 휘장을 가지고 멋을 내려고 하는 건가? 이건 어떤 인간이 장학관의 자리를 노리고 있다는 것을 의미하는 거군."

"이제 군인들이 명예를 주려나?"[41]

발레리야는 사무적인 태도로 무심하게 물었다. 뻬레도노프는 화가 나서 말했다.

"이런, 정말로 어리석군!"

"발레로치까[42], 자넨 아무것도 이해하지 못하고 있네. 군인이 다 웬 말이야! 이제 아르달리온 보리시치는 중학생들로부터 이전보다 훨씬 더 많은 존경을 받을 거라고."

다리야가 말했다.

---

41 군인의 명예의 상징인 휘장을 하사받는 것을 의미한다.
42 발레리야를 다정히 부른 말.

류드밀라가 키득거렸다. 뻬레도노프는 그들의 조소를 피하기 위해 서둘러 그들과 작별인사를 나눴다.

뻴니꼬프의 집으로 가기엔 아직 일렀고, 집으로 가고 싶진 않았다. 뻬레도노프는 한시간 정도 어디에서 보낼지 생각하면서 어두운 거리를 따라걸었다. 거리에는 많은 집이 들어차 있었고 수많은 유리창으로부터 불빛이 흘러나왔다. 열린 창문으로부터는 이따금 사람들의 말소리가 새어나왔다. 거리마다 교회에서 나온 사람들이 걸어가고 있었다. 쪽문들과 문들이 여닫혔다. 어디를 가나 뻬레도노프에게 적의를 품고 있는 낯선 사람들이 살고 있었다. 아마도 그 중 어떤 사람들은 지금도 그에게 악의를 품고 있을 것이다. 아마도 어떤 사람은 왜 뻬레도노프 혼자 이렇게 늦은 시간에 어딘가로 가고 있는지 이상하게 생각할지도 모르겠다. 뻬레도노프는 누군가가 자신의 뒤를 밟고 자신의 뒤에 숨어 있는 것같이 느꼈다. 그는 우울해졌다. 그는 아무런 목적 없이 서둘러 걸어갔다.

그는 이곳의 집들마다 이미 죽은 집주인들을 모시고 있다고 생각했다. 오십여년 전쯤 이처럼 낡은 집에 살았던 사람들은 모두 죽었을 것이다. 그는 죽은 사람들 몇몇은 기억하지 못했다. 뻬레도노프는 서글프게 생각했다.

'사람이 죽으면 집을 태워버려야 해. 그러지 않으면 아주 무서워.'

중학생인 싸샤 뻴니꼬프가 살고 있는 집의 여주인인 올가 바실리예브나 꼬꿉끼나는 회계원의 아내였다. 남편은 그녀에게 연금과 크지 않은 집을 유산으로 남겼다. 그래서 그녀는 여유롭게 그 집에서 살면서 방 두세개로 하숙을 칠 수 있었다. 그런데 그녀는 중학생들을 선호했다. 지금까지는 착실하게 공부를 해서 중학교를 졸

업하는 정말 얌전한 중학생들이 그녀의 집에 하숙을 했으니 그녀
는 운이 좋았던 것 같다. 다른 하숙집들에서는 이 학교 저 학교로
옮겨다니면서 식자인 체하는 사람들이 거주하기도 하는데 말이다.

올가 바실리예브나는 약간 마른 노파로서 키가 크고 허리가 곧
았다. 그녀는 선량한 얼굴이었기 때문에 일부러 엄한 표정을 지으
려 노력하였다. 싸샤 뻴니꼬프는 먹성이 좋고 이모에 의해 엄하게
교육받은 소년이다. 그들은 식탁에 앉아 차를 마시고 있었다. 오늘
은 싸샤가 올가 바실리예브나에게 시골에서 보내온 잼을 대접할
차례였다. 그래서 그는 자신이 마치 주인인 것처럼 느끼면서 올가
바실리예브나를 정중하게 대하며 검은 눈동자를 반짝였다.

초인종 소리가 나고 뒤이어 주방에 뻬레도노프가 나타났다. 꼬
꼽끼나는 그렇게 늦은 시간에 그가 방문한 데 대해서 적잖이 놀랐
다. 그가 말했다.

"우리 학교 학생이 이곳에서 어떻게 살고 있는지 보려고 찾아
왔습니다."

꼬꼽끼나는 뻬레도노프에게 음식을 권했으나 그는 거절했다. 그
는 그들이 속히 차를 다 마셔서, 싸샤와 단둘이 있게 되기를 바랐
다. 그들은 차를 다 마시고 싸샤의 방으로 갔다. 꼬꼽끼나는 단둘이
내버려두지 않고 쉴 새 없이 이야기를 늘어놓았다. 뻬레도노프는
우울하게 싸샤를 바라보았고, 싸샤는 어색한 듯 말이 없었다. 뻬레
도노프는 화가 나서 생각했다.

'이번 방문에서는 뭔가 나올 게 없을 것 같군.'

무슨 일이 있는지 하녀가 꼬꼽끼나를 불러서 그녀가 나갔다. 싸
샤는 그녀의 뒷모습을 아쉬운 듯이 바라보았다. 그의 눈이 깜빡였
고 속눈썹이 내려앉는 것 같았다. 그런데 눈썹이 너무나 길어서 얼

굴 전체에 그림자를 드리워서는 얼굴이 어두워졌다가 갑자기 창백해지는 것처럼 보였다. 싸샤는 이 음울한 사람과 함께 있는 것이 불편했다. 뻬레도노프는 옆에 앉아서 확고한 태도로 얼굴 표정 하나 바꾸지 않으면서 그의 손을 어색하게 잡고 물었다.

"싸셴까, 어떠냐, 기도를 드리니 기분이 좋으니?"

싸샤는 놀라기도 하고 창피하기도 해서 뻬레도노프를 바라보다가 얼굴이 빨개져서 입을 다물었다. 뻬레도노프가 물었다.

"응? 어떠냐? 좋았어?"

"좋았어요."

마침내 싸샤가 말했다.

"아니, 너는 볼이 어찌 그리 발그레하냐? 고백해. 너 분명히 여자아이지? 사기꾼, 여자면서!"

뻬레도노프가 말했다.

"아니요. 전 여자아이가 아닙니다."

싸샤가 말했다. 그는 자신의 소심함에 대해 화를 내면서 낭랑한 목소리로 물었다.

"제 어디가 여자아이를 닮았나요? 그건 선생님이 가르치는 학생 몇몇이 제가 욕설을 싫어하기 때문에 저를 놀리려고 생각해낸 거예요. 전 그런 말을 하는 데 익숙하지 않아요. 그 문제라면 전 할 말이 없어요. 어째서 욕을 해야 하나요?"

"엄마가 벌을 주시니?"

뻬레도노프가 물었다.

"제겐 어머니가 안 계세요. 엄마는 오래전에 돌아가셨어요. 제겐 이모가 계세요."

싸샤가 말했다.

“그러면 이모가 벌을 주시니?”

“물론이죠. 제가 욕을 하면 벌을 주시죠. 정말 그게 좋은 건가요?”

“그런데 이모가 어떻게 아시겠니?”

“게다가 저 자신이 욕을 원치 않아요. 그런데 이모가 따로 알아낼 수 있는 방법은 없을 거예요. 아마 제가 직접 말을 해야 할 거예요.”

싸샤가 침착하게 말했다. 뻬레도노프가 물었다.

“그러면 네 친구들 중에서 누가 욕설을 하고 다니냐?”

싸샤는 다시 얼굴이 빨개져 입을 다물어버렸다.

“음, 얼른 말해봐라. 말해야만 해. 숨겨선 안된다.”

뻬레도노프가 강하게 말했다.

“어느 누구도 말하지 않아요.”

싸샤는 당황해서 말했다.

“방금 네가 불평을 했잖니.”

“전 불평하지 않았어요.”

“넌 왜 솔직히 털어놓지 않는 거냐?”

뻬레도노프가 화가 나서 말했다.

싸샤는 자신이 추접한 함정에 빠져들었다고 생각했다. 그는 말했다.

“저는 다만 선생님께 몇몇 학생이 왜 저를 여자아이라고 놀리는지 설명드렸을 뿐이에요. 전 그애들을 고자질하고 싶지 않아요.”

“아니, 그건 어째서지?”

뻬레도노프는 화가 나서 물었다.

“그게 나쁜 일이라서요.”

싸샤는 모욕적인 웃음을 띠며 말했다.

"내가 교장 선생님께 말씀드리면 너는 말하게 될 거야."

뻬레도노프가 악의를 품고 말했다. 싸샤는 분노로 이글거리는 눈길로 뻬레도노프를 바라보았다.

"안돼요! 아르달리온 보리시치 선생님, 말하지 마세요, 제발."

그가 부탁했다.

뻬레도노프는 사악한 말로 위협하려고 노력하면서 고함치고자 했다. 그런 노력이 그의 음성 깊은 곳에서 들려왔다.

"아니, 말할 거다. 그래야만 네가 나쁜 일을 감추면 어떻게 되는지 깨달을 수 있을 거야. 그러면 너 자신이 곧장 후회하게 될 거다. 나중엔 너도 어쩔 수 없을 거야."

싸샤는 자리에서 일어나 곤란한 듯 허리를 당겼다. 꼬꼽끼나가 들어왔다.

"당신의 순둥이는 착하게 지내는군요. 더는 할 말이 없습니다."

뻬레도노프는 사악하게 말했다.

꼬꼽끼나는 놀랐다. 그녀는 서둘러 싸샤에게 다가가 옆에 주저 앉았다. 그녀는 흥분하면 언제나 다리의 힘이 풀렸다. 그녀는 걱정이 되어 물었다.

"그런데 아르달리온 보리시치, 무슨 일이죠? 저애가 무슨 일을 저질렀나요?"

"저 아이에게 직접 물어보세요."

뻬레도노프는 음울하고 사악한 표정으로 대답했다.

"싸셴까, 무슨 일이냐? 네가 무슨 죄를 저질렀니?"

꼬꼽끼나는 싸샤의 팔꿈치를 건드리며 물었다.

"저도 모르겠어요."

싸샤가 대답하고는 울기 시작했다. 꼬꼽끼나가 물었다.

"대체 무슨 일이니? 무슨 일이 있었니? 왜 우는 거니?"

그녀는 그의 어깨에 손을 얹고 그를 자기 쪽으로 잡아끌면서도 그가 불편해하는 것을 알아차리지 못했다. 싸샤는 고개를 숙이며 일어서서 손수건으로 눈물을 닦았다. 뻬레도노프가 말했다.

"저 아이가 학교에서 욕설을 배웠답니다. 그런데 누구에게 배웠는지 말하고 싶진 않은가봐요. 저 아이는 누구를 감싸줘선 안됩니다. 그 아이도 저 아이 자신도 악행을 배우게 되고 다른 학생들을 숨겨주게 되는 셈이니까요."

"아, 싸셴까, 싸셴까, 너 어쩜 그럴 수 있니! 정말 가당키나 하니! 너 정말 창피하지도 않아!"

꼬꼽끼나는 싸샤를 놔주고 나서 정신없이 소리쳤다.

"전 아무 짓도, 전 어떠한 나쁜 일도 하지 않았어요. 저는 욕을 할 줄 모른다고 놀림받는걸요."

"누가 나쁜 말을 하는 거냐?"

뻬레도노프가 다시 물어보았다.

"어느 누구도 말하지 않아요."

싸샤는 절망적으로 소리쳤다.

"저애가 어떻게 거짓말을 하는지 보셨죠? 저 아이를 제대로 벌 줘야만 합니다. 누가 욕설을 하고 다니는지 말하도록 해야 합니다. 그러지 않으면 우리 중학교에 대한 평판이 안 좋아질 거고, 우린 아무것도 할 수 없게 될 겁니다."

뻬레도노프가 말했다.

"아르달리온 보리시치! 당신은 이미 저애를 용서하셨잖아요. 저애가 어떻게 친구들을 밀고할 수 있겠어요? 아이들이 나중에 저애를 가만두지 않을 텐데요.”

꼬꿉끼나가 말했다.

“저애는 말해야만 합니다. 말을 하면 그 때문에 이득이 생길 겁니다. 그리고 우린 그 아이들의 교화를 위한 조치를 취할 거고요.”

뻬레도노프는 화를 내며 말했다.

“그러면 그 아이들이 우리 애를 때릴지 않을까요?”

꼬꿉끼나는 주저하며 말했다.

“아이들은 놀리지도 못할 겁니다. 만약 저애가 겁이 난다면 은밀하게 말하게 하면 됩니다.”

“음, 싸셴까, 몰래 이야기하렴. 어느 누구도 네가 무슨 말을 했는지 알아차리지 못할 거야.”

싸샤는 말없이 울먹였다. 꼬꿉끼나는 그를 자기 쪽으로 끌어당겨 안고는 오랫동안 그의 귀에 대고 뭔가를 속삭였다. 그는 부정적으로 고개를 저었다.

“저 아이가 원치 않네요.”

꼬꿉끼나가 말했다.

“그렇다면 회초리로 때려야죠. 그러면 말하기 시작할 겁니다. 회초리를 가져다주십시오. 저 아이가 입을 열도록 하겠습니다.”

뻬레도노프는 잔인하게 말했다.

“올가 바실리예브나, 무엇 때문에 그래야 하죠!”

싸샤가 외쳤다. 꼬꿉끼나가 자리에서 일어나 그를 안았다.

“어휴, 이제 그만 울어라. 어느 누구도 네게 손대지 못할 거다.”

그녀는 부드럽지만 단호하게 말했다.

“좋을 대로 하십시오. 그렇다면 전 교장 선생님에게 말해야만 하겠습니다. 저는 가족처럼 생각했는데요. 저 아이에겐 그게 더 좋을 거고요. 아마도 당신의 싸셴카에게 꼬리표가 붙어다니겠죠. 우린 아직도 무슨 이유로 아이들이 저 아이를 여자아이라고 놀리는지 모릅니다. 아마도 전혀 다른 이유 때문인지도 모르지요. 어쩌면 그 아이들이 욕을 가르친 것이 아니라 저 아이가 다른 아이들을 타락시켰을지도 모릅니다.”

뻬레도노프는 화를 내며 방을 나섰다. 그 뒤를 따라 꼬꼽끼나가 나왔다. 그녀는 비난하듯 말했다.

“아르달리온 보리시치, 당신은 어떻게 그런 식으로 아무것도 모르는 아이를 창피하게 할 수가 있나요! 저 아이가 당신의 말을 미처 다 기억하지 못해서 다행입니다.”

“음, 안녕히 계십시오. 다만 제가 교장 선생님께 말씀드리겠습니다. 이 일은 조사를 해야만 합니다.”

뻬레도노프는 화를 내며 말했다.

그는 떠났다. 꼬꼽끼나는 싸샤를 달래러 들어갔다. 싸샤는 창가에 처량하게 앉아서 별이 총총한 하늘을 바라보고 있었다. 검은 눈동자는 평온하고 이상할 정도로 슬퍼 보였다. 꼬꼽끼나는 아무 말 없이 그의 머리를 쓰다듬었다. 그가 말했다.

“제가 잘못했어요. 아이들이 제 약을 올린다고 입을 함부로 놀려서 그가 귀찮게 물고 늘어진 거예요. 그는 가장 저질이에요. 학생들은 아무도 그 사람을 좋아하지 않아요.”

마침내 이튿날 뻬레도노프와 바르바라는 새 아파트로 이사했다. 예르쇼바가 현관에 서서 바르바라와 험하게 싸우고 있었다. 뻬레도노프는 짐을 가지러 간다면서 그녀에게서 벗어났다.

새 아파트에서 곧장 짧은 기도회를 준비했다. 뻬레도노프는 자신이 신앙인임을 보여줄 필요가 있다고 계산했던 것이다. 기도회가 진행되는 동안에 향냄새가 뻬레도노프의 머릴 핑 돌게 만들어서 그는 예배시간과 비슷하게 암울한 기분에 젖어들었다.

어떤 이상한 상황이 벌어져 그는 괴로워졌다. 어디선가 일정한 형체가 없는 조그만 형상이 나타났는데 그것은 낯선 회색빛 형상으로 작고 민첩했다. 그것은 뻬레도노프의 주위를 돌며 그를 비웃고 몸을 흔들었다. 그가 그 형체에 손을 뻗자 그것은 재빨리 미끄러져서 문 뒤나 장롱 밑으로 숨었고, 잠시 후 다시 나타나 몸을 흔들며 약을 올렸다. 그것은 회색빛을 띤, 얼굴도 없는 잽싼 녀석이었다.

마침내 기도회가 끝나자 뻬레도노프는 그것이 어디에 있는지 짐작하고 작은 소리로 주문을 외기 시작했다. 형체는 조용히 쉭쉭거리다가 작은 덩어리로 뭉쳐져서 문 뒤로 굴러가버렸다. 뻬레도노프는 가볍게 한숨을 내쉬었다.

'그래, 그 녀석이 완전히 굴러가버렸다면 다행이다. 아마도 그건 이 집 마루 아래 어딘가에 살면서 다시 나타나 날 놀리기 시작할지도 모르겠어.'

뻬레도노프는 우울하고 냉랭해졌다. 그는 생각했다.

'무엇 때문에 이런 미지의 존재가 이 세상에 있는 걸까?'

기도회가 끝나 손님들이 떠나가자 뻬레도노프는 오랫동안 그 미지의 형상이 어디에 숨었는지에 대해 생각했다. 바르바라는 그루시나의 집으로 갔고 뻬레도노프는 그것을 찾기 위해 그녀의 물건들을 뒤지기 시작했다. 뻬레도노프는 생각했다.

'바르바라가 그것을 주머니에 넣고 가버린 게 아닐까? 공간을 많이 차지할까? 때가 될 때까지 주머니 안에 숨은 채 앉아 있겠지.'

바르바라의 원피스가 뻬레도노프의 관심을 끌었다. 그것은 마치 뭔가를 숨기기 위해 일부러 바느질을 한 것처럼 가장자리에 주름이 지고 나비 모양의 리본이 달린 원피스였다. 뻬레도노프는 오랫동안 옷을 살펴보다가 칼을 가지고 와서 열심히 잡아당겨 구석구석에 있는 주머니들을 잘라 벽난로에 던져버렸다. 그러고 나서 원피스를 온통 작은 조각으로 찢고 잘라버렸다. 머릿속에는 암울하고 이상한 생각이 들었고 맘속에는 처절한 우수가 찾아들었다.

바르바라는 금방 돌아왔고 뻬레도노프는 아직도 원피스 조각들을 잘게 자르고 있었다. 그녀는 그가 술에 취했다고 생각하고 그를 욕했다. 뻬레도노프는 오랫동안 귀를 기울이다가 마침내 입을 열었다.

"바보 같은 것, 뭐라고 짖는 거야! 너는 어쩌면 악마를 주머니에 넣고 다닐지도 몰라. 난 이곳에서 무슨 일이 일어나고 있는지 염려해야만 한다고."

바르바라는 어리둥절해졌다. 그는 자신이 불러일으킨 인상에 대해 만족해서 당구를 치러 나가기 위해 서둘러 모자를 찾아썼다. 바르바라는 뻬레도노프가 외투를 찾는 동안 현관으로 달려나가 소리쳤다.

"주머니에 악마를 넣고 다니는 건 바로 당신이야. 나한테는 어떠한 악마도 없어. 내가 어디에서 당신에게 악마를 가져왔다는 거야? 네덜란드로부터 악마를 주문이라도 했단 말이야!"

유리창으로 안을 엿보다가 곤경에 처했다고 베르시나가 지난번에 말한 바로 그 젊은 관리 체레쁘닌은 베르시나가 과부가 되었을 때부터 그녀를 따라다니기 시작했다. 베르시나는 두번씩이나 결혼할 생각을 하긴 했지만 체레쁘닌을 하찮게 여겼다. 체레쁘닌은 이를 갈았다. 그는 볼로진의 설득에 따라 베르시나의 대문에 기쁜 맘으로 타르 칠을 하기로 했다.

하지만 그는 동의를 했다가 맘을 바꿨다. 사람들이 어떻게 생각할지? 아무튼 자신이 관리라는 사실이 불편했다. 그래서 그는 이 일을 다른 사람에게 넘기기로 결심했다. 그는 개구쟁이 소년 둘에게 25꼬뻬이까를 주고 고용하여 일을 시키고, 그들이 이 일을 잘 성사시키면 15꼬뻬이까씩 더 주기로 약속했다. 그래서 어느 어두운 밤에 사건이 벌어졌다.

만약 베르시나의 집에서 누군가가 자정이 지나 유리창을 열어 봤더라면 그 사람은 밖에서 누군가가 맨발로 다리 위를 지나며 가볍게 사각거리는 소리와 낮은 속삭임, 마치 울타리를 엮는 것과 비슷한 어떠한 가벼운 소리를 들을 수 있었을 것이다. 그러고 나서 아마도 덜그럭거리는 작은 소리, 잽싸게 움직이며 점점 더 빨라지는 발걸음 소리, 멀어져가는 웃음소리, 개가 불안한 듯 짖어대는 소리를 들었을 것이다.

하지만 어느 누구도 창문을 열지 않았다. 그런데 아침이 되자…… 정원 주변에 있는 울타리와 격자문이 누르스름한 타르 자국으로 얼룩져 있었다. 대문에는 타르로 욕설까지 적혀 있었다. 행인들은 무슨 일인지 짐작하며 웃었고 소문이 퍼져나갔으며 호기심 많은 사람들이 몰려왔다.

베르시나는 재빨리 정원으로 나가서 담배를 피웠는데 평소와는 달리 삐딱하게 담배를 피워문 채 화가 나서 중얼거렸다. 마르따는 집에서 나오지 못하고 서글프게 울고 있었다. 하녀인 마리야가 타르를 지우려고 애를 쓰면서 대문을 바라보며 수군거리고 웃고 있는 호기심 많은 사람들과 독하게 말싸움을 하고 있었다.

바로 그날 체레쁘닌은 볼로진에게 그 일을 누가 했는지 말해주었다. 볼로진은 재빨리 그 사실을 뻬레도노프에게 알려주었다. 그들 두사람은 이런 뻔뻔한 장난을 친 두 소년을 알고 있었다.

뻬레도노프는 당구를 치러 가는 도중에 베르시나의 집에 들렀다. 날씨가 음산했다. 베르시나와 마르따는 거실에 앉아 있었다. 뻬레도노프가 말했다.

"당신네 집 대문이 타르로 엉망이네요."

마르따는 얼굴이 빨개졌다. 베르시나는 아침에 일어나 사람들이 자기 집 울타리를 보고 웃는 것을 보고 그 사실을 알게 되었으며 마리야가 울타리를 청소했다고 다급하게 말했다. 뻬레도노프가 말했다.

"전 누가 이런 짓을 했는지 알고 있어요."

베르시나는 의심쩍은 듯이 뻬레도노프를 바라보았다. 그녀가 물었다.

"당신이 그걸 어떻게 알아냈나요?"

"전 이미 알고 있었답니다."

"대체 누구인지 말씀해주세요."

마르따가 화를 내며 물었다.

그녀는 정말 추해 보였다. 왜냐하면 눈은 독기를 품고 있었고 방금 울어서 눈꺼풀이 빨갛게 부어 있었기 때문이다. 뻬레도노프가 대답했다.

"물론 말씀드리죠. 그러려고 왔거든요. 그 몹쓸 녀석들을 혼내주어야만 합니다. 다만 이 사실을 누구로부터 알게 되었는지는 어느 누구에게도 말하지 마십시오."

"아르달리온 보리시치, 그건 왜죠?"

베르시나가 놀라서 물어보았다. 뻬레도노프는 의미심장하게 침묵을 지키다가 설명해주었다.

"누가 그런 사실을 퍼뜨렸는지 알게 된다면 그 개구쟁이들이 내 머리를 완전히 박살 낼 테니까요."

베르시나는 말하지 않기로 약속했다.

"당신도 제가 이 말을 했다고 말하지 마세요."

뻬레도노프는 마르따에게도 주의를 시켰다.

"좋아요. 말하지 않을게요."

마르따는 가능한 한 빨리 범죄자들의 이름을 알고 싶었기 때문에 서둘러 동의했다.

그녀는 그들에게 치욕적이고 고통스러운 벌을 주어야 한다고 생각했다.

"아니요. 당신이 맹세를 하는 것이 더 나을 것 같네요."

뻬레도노프는 미심쩍은 듯이 말했다.

"아이 참, 맙소사, 어느 누구에게도 말하지 않을게요. 얼른 말씀하기나 하세요."

마르따가 단호하게 말했다.

그런데 블라쟈가 문 뒤에서 그 소리를 엿듣고 있었다. 그는 거실에 들어가지 않고도 알아낼 수 있다는 사실이 기뻤다. 맹세를 하지 않았기 때문에 아무에게나 원하는 대로 말할 수 있었기 때문이다. 그래서 그는 뻬레도노프에게 복수할 수 있게 되었다는 기쁨으로 미소를 지었다. 뻬레도노프가 이야기를 늘어놓았다.

"어제 1시경 저는 당신 집 옆길을 걸어 집으로 가고 있었죠. 그런데 당신 집 대문 주변에서 누군가 바스락거리는 소리가 들리더군요. 처음에 저는 도둑이라고 생각했죠. 어떻게 해야 할지 생각했

어요. 그런데 갑자기 그자들이 제가 있는 쪽으로 달려오는 소리가
들리는 겁니다. 전 벽 쪽으로 몸을 붙였고 그들은 절 보지 못했어
요. 하지만 전 그들을 알아보았답니다. 한명은 페인트용 솔을 들고
있었고 또 한명은 양동이를 들고 있었죠. 그들은 바로 자물쇠공인
아브제예프의 아들들로서 이름난 악동들이죠. 달려가면서 한 녀석
이 다른 녀석에게 말하더군요. ‘이 밤이 지나면 55꼬뻬이까를 벌게
되는 거야.’ 저는 한명이라도 붙잡고 싶었으나 얼굴이 더럽혀질까
봐서 걱정이 되더군요. 새 외투를 입고 있었거든요.”

　뻬레도노프가 떠나자마자 베르시나는 진정서를 가지고 경찰서
장 집으로 향했다.
　경찰서장 민추꼬프는 경찰을 보내어 아브제예프와 그의 아들들
을 잡아들였다.
　소년들은 당당하게 들어왔다. 그들은 과거의 장난 때문에 의심
을 받고 있다고 생각했다. 반면에 키가 크고 노쇠한 아브제예프는
아들들이 또다시 말썽을 부렸다고 확신하고 있었다. 경찰서장은
아브제예프에게 아들들의 죄목이 무엇인지 말해주었다. 아브제예
프는 간청했다.
　“저애들과 있으면 낙이 없어요. 하고 싶으신 대로 하세요. 전 이
미 이런 일에서 손을 떼었답니다.”
　“그건 우리가 한 일이 아니라고요.”
　머리가 덥수룩하고 얼굴이 붉은 형 닐이 단호하게 말했다. 형과
똑같은 더벅머리에다 밝은빛 머리를 한 동생 일리야도 울먹이며
말했다.
　“모두들 아무 짓도 하지 않은 우리에게 죄를 뒤집어씌우네요. 한

번 장난을 쳤더니 이젠 모든 일에 대해 우리에게 책임지라고 하다
니."

민추꼬프는 능청맞게 미소를 짓더니 고개를 저으며 말했다.

"너희들, 정직하게 자백하는 것이 좋을 거다."

"자백할 게 없다니까요."

닐이 거칠게 말했다.

"자백할 게 없다고? 누가 너희들에게 일한 댓가로 55꼬뻬이까를
주었니, 응?"

소년들이 연루된 것을 알아차리고 그들이 유죄임을 확신한 민
추꼬프는 베르시나에게 말했다.

"어떤 아이들인지 보셨죠?"

아이들은 또다시 잡아떼기 시작했다. 아이들을 창고로 데려가서
채찍질했다. 하지만 아이들은 잘못을 시인하긴 했지만 누구로부터
이 일에 대한 댓가를 받았는지 말하려 하지 않았다.

"우리가 그냥 생각해낸 거예요."

체레쁘닌이 매수했다는 것을 말하지 않았기 때문에 아이들은
차례로 채찍으로 맞았다. 그리고 소년들은 아버지에게 넘겨졌다.
경찰서장은 베르시나에게 말했다.

"자, 보세요. 우리가 저 아이들에게 벌을 줬고, 아버지도 저애들
을 벌할 겁니다. 그리고 당신은 누가 이 일을 했는지 알게 된 거고
요."

"전 이 문제로 체레쁘닌을 바로 건드리진 않겠어요. 그를 상대로
해서 이 문제를 법정으로 가지고 갈 겁니다."

베르시나가 말했다. 민추꼬프가 짧게 말했다.

"나딸리야 아파나시예브나, 그걸 권해드리고 싶진 않네요. 이 일

을 그대로 두는 것이 좋겠습니다.”

“어떻게 그런 파렴치한을 그대로 두고 보란 말인가요? 절대로 그건 안되죠!”

베르시나가 소리 질렀다. 경찰서장은 조용히 말했다.

“문제는 어떠한 증거도 없다는 겁니다.”

“어떻게 아무것도 없다는 거예요? 소년들이 자백했잖아요?”

“자백한 걸로는 불충분합니다. 재판관 앞에서는 밝혀질 겁니다만, 거기선 그 아이들을 채찍으로 때리진 않겠죠.”

“그럼 어떻게 밝혀낸단 말이에요? 시내에 사는 사람들이 모두 다 증인인걸요.”

베르시나는 자신없이 말했다.

“그 일에 어떠한 증인이 필요하겠습니까? 사람에게서 가죽을 벗겨낸다면 모든 일에 대해서도, 심지어 없었던 일에 대해서도 자백하겠죠. 물론 저 아이들은 몹쓸 녀석들이죠. 하지만 아이들을 붙들어놓아도 재판만 가지고선 그 아이들에게서 아무것도 밝혀내지 못합니다.”

민추꼬프는 능글맞게 미소 지으며 베르시나를 침착하게 바라보았다.

베르시나는 아주 불만족한 상태로 경찰서장 곁을 떠났다. 하지만 잠시 생각해보다가 체레쁘닌을 기소하기는 어려울 것이며 이 일로 인해 쓸데없는 소문과 수모만 생겨날 것 같아 경찰서장의 말에 동의했다.

13

삐레도노프는 저녁 무렵 중요한 일에 대해 보고하기 위해 교장 선생님 댁을 방문했다.

교장 니꼴라이 블라시예비치 흐리빠치는 삶에 적용하기 편리한 만큼의 규칙을 가지고 있어서 그런 규칙들을 지키기란 결코 어렵지 않았다. 법, 상부의 명령, 그리고 일반적으로 받아들여지는 적절한 정도의 자유주의 규칙이 요구하는 것에 따라 그는 직장에서 침착하게 모든 일을 수행했다. 따라서 지도부, 학부모들, 그리고 학생들도 교장에 대해 매우 만족해했다. 그는 의심이나 주저, 그리고 동요를 몰랐다. 그런 것들이 왜 필요하단 말인가? 언제나 교육적인 조언이나 상부의 명령에 의존하기만 하면 되는 법인데. 그는 대인 관계에 있어서도 규칙을 존중했고 침착했다. 외모 자체도 선량하고 다부졌다. 그는 키가 크지 않고 통통했으며 활달하고 눈빛이 민첩하며 말은 확신에 차 있었다. 그는 재치있게 행동하는 사람처럼 보였고 더 나아지려 노력하였다. 서재 책장에는 많은 책이 꽂혀 있었다. 그는 몇몇 책의 내용을 적어두기까지 했는데 메모한 것을 충분히 모으면 그것들을 순서대로 정리하고 자신의 말로써 다시 썼다. 바로 그런 것들이 교과서가 되고 인쇄되어 퍼져나가는 것이다. 그것은 마치 우신스끼[43]나 옙뚜셉스끼[44]의 책들이 사람들 사이에 퍼져나가는 것과 같았지만 어쨌든 괜찮은 일이었다. 그는 이따금 희귀한 책들을 편집하여 잡지에 싣기도 했다. 그런 책들은 훌륭하지만 어느 누구에게도 필요하지 않은 것이었다. 그에게는 아들딸이 많았는데 다양한 재능을 이제 막 발휘하고 있었다. 누구는 시를 쓰고 또 누구는 그림을 그리고 누구는 음악 분야에서 성공가도를 달렸다. 뻬레도노프는 우울한 표정으로 말했다.

"니꼴라이 블라시예비치, 당신은 언제나 저를 공격하시네요. 아마도 사람들이 저를 비방할지도 모릅니다. 하지만 전 아무 짓도 하지 않았어요."

교장 선생님이 말을 가로막았다.

"죄송하지만 어떠한 비방에 대해 언급하고 있는지 이해할 수 없네요. 전 제게 위임된 중학교를 운영하는 일에 독자적인 관찰력을 발휘하고 있어요. 그리고 저는 업무경험이 풍부하여 보고 들은 것을 공정하게 평가할 수 있습니다. 게다가 저는 필요한 규칙에 맞게 일을 정해놓고 그 일에 대해서 신중한 태도를 보이고 있습니다."

흐리빠치는 빠르고 분명하게 말했다. 목소리는 무미건조했지만 아연 막대기를 두드려 구부릴 때 나는 소리처럼 분명히 울려퍼졌다.

“당신의 견해에 대해 개인적인 생각을 말할 것 같으면 전 지금 계속해서 당신의 업무에서 유감스러운 결점이 드러났다고 생각하고 있습니다.”

“네, 당신은 제가 그 어느 곳에도 쓸모없는 사람이라는 생각을 가지고 계시지만 전 계속해서 학교에 대해 염려하고 있습니다.”

뻬레도노프가 음울하게 말했다.

흐리빠치는 놀라서 눈썹을 치켜올리고는 의심스러운 듯이 뻬레도노프를 바라보았다.

“당신은 우리 학교에 추문이 발생할지도 모른다는 사실을 알아차리지 못하셨군요. 하기야 어느 누구도 알아차리지 못했죠. 저 혼자만 주시하고 있었답니다.”

뻬레도노프는 계속해서 말했다.

“어떤 추문인가요?”

흐리빠치는 냉랭한 웃음을 띠며 물어보았고 재빨리 책장 쪽으로 자릴 옮겼다.

“당신은 절 곤경에 빠뜨리고 계시네요. 솔직히 말씀드리자면 전 우리 학교에서 추문이 일어날 가능성을 믿지 않습니다.”

“그렇군요. 당신은 지금 누구를 만나고 있는지 모르시는 겁니다.”

뻬레도노프가 너무도 표독스럽게 말을 해서 흐리빠치는 잠시 멈칫했고 주의 깊게 그를 바라보았다.

“새로 입학한 학생들을 점검해야죠.”

그는 거칠게 말했다.

“게다가 1학년에 입학한 학생들은 다른 중학교와 아직 완전히 분리되어 나온 것이 아니거든요. 그런데 5학년에 편입한 학생 한명

이 명예롭지 못한 속셈을 지닌 추천서를 가지고 우리 학교에 들어
왔습니다."

뻬레도노프는 우울하고 어쩔 수 없다는 듯한 태도로 간청했다.

"네, 그 아이를 우리 학교에 집어넣어서는 안됩니다. 다른 학교
에 넣어야 합니다."

"아르달리온 보리시치, 자초지종을 설명해주세요. 부탁입니다."
흐리빠치가 말했다.

"당신이 뻴니꼬프를 소년범들을 위한 소년원으로 보내야만 한
다고 말하는 건 아니겠지요?"

"아닙니다. 그 아이는 고대 언어를 배우지 않는 기숙학교로 보내
야만 합니다."

뻬레도노프가 악랄하게 말했고 눈빛엔 사악함이 번뜩였다. 흐리
빠치는 평상복 재킷 주머니에 손을 넣은 채 적잖이 놀라면서 뻬레
도노프를 바라보았다. 그가 물었다.

"어떤 기숙학교로요? 당신은 어떠한 교육기관이 적절한지 알고
있나요? 그리고 만약 알고 있다면 어떻게 그렇게 무례한 태도로 말
을 할 수 있는 거지요?"

흐리빠치는 얼굴이 몹시 빨개졌고 목소리는 더욱더 거칠고 분
명해졌다. 다른 때 같았으면 교장 선생님이 화가 났다는 이런 신호
가 뻬레도노프를 혼란에 빠뜨렸을 것이다. 하지만 지금 그는 당황
하지 않았다. 그는 비웃듯이 눈을 가늘게 뜨며 말했다.

"당신들 모두 그 아이가 소년이라고 생각하지만 그 아인 소년이
아니라 소녀입니다. 그것도 대단한 여자아이죠!"

흐리빠치는 마치 낭랑하고 분명한 웃음소리를 만들어내기라도
하는 것처럼 짧고 까칠하게 웃었다. 그는 언제나 그렇게 웃곤 했다.

“하―하―하!”

그는 웃음을 그치며 단호한 동작을 취했고 의자에 앉아서 마치 너무 우스워서 그런 것처럼 고개를 젖혔다.

“존경하는 아르달리온 보리시치! 당신은 절 놀라게 하시는군요! 하―하―하! 당신의 가설이 무엇에 근거한 것인지 제게 말씀해 주십시오. 당신을 이런 결론으로 이끌어간 가설이 당신의 비밀과 연관된 것이 아니라면 말이죠! 하―하―하!”

뻬레도노프는 바르바라에게서 들은 것을 모두 이야기했고 꼬꿉끼나의 어리석은 성격에 대해서도 하나하나 늘어놓았다. 흐리빠치는 이따금 거칠고 분명한 웃음을 터뜨리며 귀 기울여 들었다.

“존경하는 아르달리온 보리시치, 당신의 상상은 장난기가 넘치네요.”

그는 이렇게 말하면서 자리에서 일어나 뻬레도노프의 소매를 쳤다.

“저의 경우와 마찬가지로 저의 존경하는 친구들 대다수에겐 자식이 있죠. 우리 모두는 일년만 함께 지낼 사이가 아니거든요. 당신은 정말로 사람들이 그 소년을 남장한 소녀로 받아들이리라 생각하십니까?”

“만약 무슨 일이 일어난다면 당신은 그 일에 대해서도 그렇게 반응을 보이실 겁니까, 그때엔 누가 책임을 지게 되는 건가요?”

뻬레도노프가 물었다.

“하―하―하! 당신은 어떤 결과를 두려워하고 계시나요?”

흐리빠치는 웃었다.

“학교에서 타락이 시작되고 있어요.”

뻬레도노프가 말했다. 흐리빠치는 얼굴을 찌푸리고 나서 말했다.

"당신은 너무도 멀리 내다보시는군요. 지금까지 제게 말씀하신 모든 것은 당신이 우려하는 사항에 대해 제가 공감할 수 있는 계기를 주지 못하고 있어요."

그날 저녁 뻬레도노프는 교장 선생님부터 시작해서 학급 담임의 보조교사들에 이르기까지 모든 사람을 서둘러 방문해서 뻴니꼬프가 남장 여자라는 말을 모두에게 전했다. 모두들 비웃었고 믿지 않았다. 하지만 그가 떠나자마자 많은 사람이 의구심을 가졌다. 교사의 아내들은 거의 모두가 그 말을 사실로 믿어버렸다.

이튿날 아침 많은 사람이 어쩌면 뻬레도노프의 말이 사실일지 모른다는 생각을 하며 수업에 들어갔다. 사람들은 공개적으로 그 사실을 말하진 않았지만 벌써 뻬레도노프와 논쟁을 벌이지도 않았고, 모호하고 이중적인 결론을 내림으로써 어떤 한계를 긋지도 않았다. 그들 각자는 뻬레도노프와 논쟁하며 그를 어리석다고 몰고 갔다가 갑자기 이 모든 것이 사실이라고 밝혀지게 될까봐 두려웠던 것이다. 많은 사람이 이 문제를 교장이 언급하기를 바랐다. 하지만 교장은 오늘 평소보다 더 늦게까지 아파트에서 나오지 않다가 너무 늦은 바람에, 그날 자신이 맡은 유일한 수업을 하기 위해 6학년 교실로 가서 오분 더 앉아 있다가 어느 누구의 눈에도 띄지 않게 자기 방으로 가버렸다.

마침내 4교시 수업 전에 머리가 희끗희끗한 규율부장 선생과 다른 두 선생이 어떠한 문제를 청원하려는 듯 교장실로 갔다. 신부[45]가 조심스레 뻴니꼬프에 관한 말을 꺼냈다. 하지만 교장이 무척이

---

45 교목을 겸한 규율부장 선생을 가리키는 듯하다.

나 당당하고 허심탄회하게 웃자 세명 모두 그런 모든 일이 다 쓸데없는 소문이라는 확신을 일시에 가지게 되었다. 교장은 다른 주제로 재빨리 화제를 옮겨 최근 시내에서 들은 소식에 대해 말했다. 그는 심한 두통을 호소하며 존경해 마지않는 중학교 담당의사 예브게니 이바노비치를 불러야 할 것 같다고 했다. 그러고 나서 그는 오늘 수업 때문에 두통이 더 심해졌다고 매우 선량한 어조로 말했다. 그의 말에 따르면 옆 교실에서 뻬레도노프가 수업하고 있었는데 학생들이 어쩐 일인지 이상하리만큼 자주 큰 소리로 웃었기 때문이라고 했다. 흐리빠치는 밋밋하게 웃고 나서 말했다.

"올해는 운이 그다지 좋지 않네요. 일주일에 세번씩 아르달리온 보리시치가 수업을 맡는 교실 옆에 앉아 있어야 하니 말이죠. 계속해서 들리는 웃음소리와 그밖의 또다른 일들을 생각해보세요. 아르달리온 보리시치는 남을 웃기는 사람은 아니지만 계속해서 유쾌한 일을 만들어내는 것 같아요!"

이윽고 흐리빠치는 이 문제에 관한 사항을 어느 누구에게도 말하지 않고서 다시 한번 재빨리 다른 주제로 말을 돌렸다.

그런데 최근 뻬레도노프의 수업시간에 학생들은 정말 많이 웃었다. 뻬레도노프 자신이 그런 일을 좋아하기 때문에 그런 것은 아니었다. 그와 반대로 아이들의 웃음에 그는 화가 났다. 하지만 그는 아이들에게 무례하고 쓸데없는 이야기를 하지 말라고 제지할 수가 없었다. 어떤 아이는 바보 같은 일화를 얘기하고 또 어떤 아이는 누군가를 살살 약 올리곤 했다. 언제나 교실에는 그렇게 어수선한 분위기를 만드는 것을 기뻐하는 아이들이 있다. 게다가 뻬레도노프가 걸음을 옮길 때마다 미친 듯이 터져나오는 웃음소리가 들렸다.

흐리빠치는 수업이 거의 끝날 무렵 의사를 부르러 사람을 보냈다. 그리고 자신은 모자를 집어들고 학교와 강변 사이에 있는 정원으로 나갔다. 정원은 폭이 좁지만 길어서 넓은 편이었다. 하급생들은 그 정원을 좋아해서 쉬는 시간에 거기에서 정신없이 뛰어다녔다. 때문에 보조교사들은 이 정원을 좋아하지 않았다. 아이들에게 무슨 일이 생기지 않을까 걱정한 것이다. 그러나 흐리빠치는 아이들이 쉬는 시간에 거기에 가도록 허락하였다. 그의 계산에 따르면 이런 일들은 아름다움을 위해 필요한 일이었다.

흐리빠치는 복도를 따라 지나가다가 강당의 열린 문 옆에 잠시 멈추더니 고개를 들이밀고 나서 안으로 들어갔다. 그의 불쾌한 얼굴 표정과 느린 걸음걸이를 보고 모두들 그가 지금 두통을 앓고 있다고 짐작했다.

체육수업을 위해 5학년 학생들이 모여 있었다. 학생들은 한줄로 서 있었고, 지방 예비부대의 육군중위인 체육 선생님은 뭔가를 지시하려다가 교장을 발견하고 그를 맞이하기 위해 다가갔다. 교장은 그에게 손을 내밀더니 화가 나서 학생들을 바라보고는 물었다.

"당신은 저 아이들에게 만족하시나요? 쟤들은 어떤가요, 열심히 하죠? 저 아이들이 피로하진 않을까요?"

중위는 군사훈련을 받지 않았거나 받을 수 없는 아이들을 속으로 몹시 증오했다. 만약 이 학생들이 유년학교 생도들이라면 그는 그들에 대해 좀 생각해봐야 한다고 솔직하게 말했을 것이다. 하지만 그는 자신의 수업을 좌지우지하는 사람에게 이 허약한 약골들에 관한 불편한 진실을 말할 필요가 없다고 생각했다.

이윽고 그는 가느다란 입술에 미소를 띠고, 상냥하고 유쾌하게 교장을 바라보면서 말했다.

"아, 네, 자랑스러운 젊은이들이죠."

교장 선생님은 앞줄을 따라 몇발자국 걸어서 출구 쪽으로 향하다가 마치 뭔가가 생각난 듯이 갑자기 멈춰섰다.

"그런데 우리 학교에 새로 편입한 학생에 대해서도 만족하나요? 그 아이는 어떤가요, 열심히 하지요? 피곤해하지 않나요?"

그는 얼굴을 찌푸리며 느리게 물어보았고 손으로는 이마를 짚었다.

중위는 그 아이가 우리 학생은 아니지만 어쨌든 학생이라고 생각하며 뭔가 다른 답변을 하려 했다.

"그 아이는 조금 약해요. 네, 쉽게 피로해하죠."

하지만 교장은 그의 말을 듣지 않고 이미 강당에서 나가버린 뒤였다.

비깥 공기가 흐리빠치를 어느정도 생기있게 해준 것 같았다. 삼십분 뒤에 돌아온 그는 다시 삼십초 정도 문가에 서 있다가 수업을 참관했다. 학생들은 탄환 훈련을 하는 중이었다. 아직 수업에 참여하지 않고 있던 학생 두세명은 교장을 알아차리지 못하고 서서 중위가 자신들을 보고 있지 않다는 점을 이용하여 벽에 기대어 있었다. 흐리빠치는 그들에게로 다가갔다. 그는 말했다.

"아니, 삘니꼬프, 왜 벽 쪽에 붙어 있지?"

싸샤는 선명한 붉은빛으로 얼굴을 물들이며 몸을 똑바로 하고 입을 다물고 있었다.

"만일 네가 그렇게 피곤하다면 체육수업이 네게 해로운 것은 아니냐?"

흐리빠치가 엄하게 물었다.

"잘못했어요. 전 피곤하지 않아요."

싸샤가 놀라서 대답했다. 흐리빠치가 계속해서 말했다.

"체육수업에 참여하든지 말든지 둘 중 하나를 선택해라. 그러지 않으면…… 어쨌든 수업이 끝나고 내게 들러라."

그는 서둘러서 떠났다. 싸샤는 놀라고 당황한 채 서 있었다.

"잽싸게 날아가버리셨네! 저녁때까지 널 훈계하실 거야."

친구들이 그에게 말했다.

흐리빠치는 끈질기게 훈계하는 것을 좋아했다. 그래서 학생들은 무엇보다도 그의 호출을 두려워했다.

수업이 끝나자 싸샤는 쭈뼛대며 교장에게 갔다. 흐리빠치는 그를 서둘러 맞이했다. 그는 마치 짧은 다리로 굴러가는 것처럼 싸샤에게 다가가 몸을 밀착시키고는 주의 깊게 그의 눈을 바라보며 물었다.

"뻴니꼬프, 사실 너 체육수업 때문에 힘들지? 넌 겉보기엔 건강해 보이지만 '외모는 이따금 사람을 속일 수가 있는 거란다'. 너 무슨 병이 있지는 않니? 어쩌면 네가 체육수업을 하는 것이 네 건강에 안 좋을 수도 있잖니?"

"아니요, 니꼴라이 블라시예비치, 전 건강해요."

싸샤는 당황해서 얼굴을 붉히며 대답했다. 흐리빠치는 반박했다.

"하지만 알렉세이 알렉세예비치는 네가 약하다고 불만이더구나. 내가 보기에도 오늘 체육시간에 너는 피곤해 보이더구나. 어쩌면 내가 잘못 본 거니?"

싸샤는 뚫어져라 바라보는 흐리빠치의 시선을 피해 눈길을 어디에 두어야 할지 몰랐다. 그는 정신을 잃고 중얼거렸다.

"죄송합니다. 앞으로 안 그럴게요. 전 그저, 서서 게으름을 피웠어요. 정말로 전 건강해요. 앞으로 체육을 열심히 할게요."

그는 갑자기 자기도 모르게 울기 시작했다. 흐리빠치가 말했다.

"봐라. 너는 피로한 게 분명하구나. 마치 내가 너에게 심한 훈계를 한 것처럼 울고 있잖니. 진정해라."

그는 싸샤의 어깨에 손을 얹으며 말했다.

"난 널 혼내려고 부른 게 아니다. 뭔가 밝히려고…… 벨니꼬프, 앉아라. 피곤해 보이는구나."

싸샤는 황급히 손수건으로 젖은 눈을 훔치고 나서 말했다.

"전 결코 피곤하지 않아요."

"앉아, 앉으래도."

흐리빠치는 거듭 말하고는 싸샤에게 의자를 내밀었다.

"정말입니다. 전 피곤하지 않아요, 니꼴라이 블라시예비치."

싸샤는 확고하게 말했다.

흐리빠치는 그의 어깨를 붙들어 자리에 앉히고 자신은 맞은편에 앉으며 말했다.

"벨니꼬프, 우리 조용히 이야기를 나눠보자. 너 자신도 네 실제 건강 상태를 잘 모를 수가 있단다. 넌 노력하는 소년이고 모든 면에서 훌륭한 아이란다. 따라서 난 네가 체육시간에 빠지고 싶어하지 않는다는 것을 잘 알고 있어. 그건 그렇고 난 오늘 예브게니 이바노비치에게 와달라고 요청했단다. 나 자신이 어리석었다고 느껴져서 말이야. 이제 그가 너를 진찰할 거야. 네가 이 일에 대해 반대하지 않았으면 하는데?"

흐리빠치는 시계를 바라보고는 답변을 기다리지도 않고 자신이 여름휴가를 어떻게 보냈는지 싸샤에게 이야기했다.

곧 중학교 담당의사 예브게니 이바노비치 쑤롭쩨프가 들어왔다. 그는 키가 작고 거무스름한 피부에 민첩하며 정치와 뉴스에 대해 이야기하길 좋아하는 사람이었다. 거창한 지식이 있진 않았지만 환자들을 진지하게 대했고 처방으로는 식이요법과 위생을 강조하였다. 그래서 환자들을 잘 치료했다.

그는 싸샤에게 윗옷을 벗으라고 했다. 쑤롭쩨프는 그를 주의 깊게 살펴보았지만 어떠한 결함도 찾을 수가 없었다. 흐리빠치는 싸샤가 결코 여자가 아님을 확인했다. 비록 그는 예전에도 이 사실을 확신했지만 주변 사람들의 질문에 형식적으로라도 답변을 해야 한다면 중학교 담당의사가 그 문제에 대한 추가적인 질문 없이 확신을 줄 수 있게 되어서 다행이라 생각했다.

흐리빠치는 싸샤를 보내주며 상냥하게 말했다.

"이제 우리는 네가 건강하다는 것을 알게 되었으니 내가 알렉세이 알렉세예비치에게 너를 심하게 대하지 말라고 하마."

뻬레도노프는 자신이 중학생들 중 한명이 소녀라는 사실에 대해 상부를 주목하게 했기 때문에 승진할 뿐만 아니라 훈장을 받게 될 거라는 사실을 조금도 의심하지 않았다. 이 때문에 그는 방심하지 않고 학생들의 행동을 관찰하였다. 게다가 며칠 계속해서 날씨가 춥고 음산했기 때문에 당구를 치러 가기가 여의치 않았다. 그래서 그는 시내에 남아서 학생들의 아파트를 가가호호 방문했는데 심지어 부모님들과 함께 사는 아이들의 집까지 방문했다.

뻬레도노프는 좀더 단순한 방식으로 학부모들을 선별하였다. 그가 가정을 방문해서 학생들에 대해 불평을 하면 부모들은 학생들을 혼낸다. 그러면 그는 그 사실에 만족해한다. 그는 이런 방식으로 시내에서 맥주 공장을 운영하는 이오시프 끄라마렌꼬의 아버지에게 이오시프가 교회에서 장난을 친다고 험담을 늘어놓았다. 아버지는 그 말을 믿고 아들에게 벌을 주었다. 몇몇 다른 아이에게도 똑같은 운명이 닥쳤다. 뻬레도노프는 자기 아들들을 옹호하는 부모들은 찾아가지 않고 그 대신 주위 사람들에게 학생들에 대한 불만을 털어놓았다.

그는 매일 한 가정씩 방문했다. 그는 거기서 마치 높은 관리나 되는 듯이 행동했다. 그는 아이들을 비난하고 지도하고 위협하기도 했다. 하지만 학생들은 집에서 자신을 더욱 독립적인 존재로 생각했고 이따금 뻬레도노프를 욕하기도 했다. 한편 키가 크고 혈기 왕성하며 목소리가 쩌렁쩌렁 울리는 플라비쯔까야는 뻬레도노프의 바람에 따라 하숙 학생인 블라지미르 불쨔꼬프를 심하게 채찍질했다.

이튿날이면 뻬레도노프는 교실에서 자신의 공적에 대해 이야기를 늘어놓았다. 그는 이름을 언급하지 않고도 희생양들 스스로 난감해지게끔 했다.

14

뻴니꼬프가 남장 여자라는 소문이 금세 도시에 퍼져나갔다. 루찔로프가 처음으로 그 사실을 알아차렸다. 호기심 많은 류드밀라는 언제나 모든 새로운 일을 자기 눈으로 확인하고자 했다. 그녀는 뻴니꼬프에 대해 사그라들지 않는 호기심을 불태웠다. 물론 그녀는 변장한 사기꾼을 관찰해야만 했다. 꼬꼽끼나와도 잘 아는 사이인 류드밀라는 언젠가 한번 저녁 무렵 자매들에게 말했다.

"내가 그 여자를 보러 갈게."

"염탐꾼!"

다리야가 화를 내며 소리쳤다.

"변장했다면서."

발레리야가 웃음을 참으면서 말했다.

그들은 이런 생각을 한 것이 자신들이 아니라는 사실에 화를 냈다. 셋이서 가는 것은 불편한 일이었기 때문이다. 류드밀라는 평소보다 멋지게 차려입었다. 하지만 스스로도 왜 그랬는지 몰랐다. 어쨌든 그녀는 차려입는 것을 좋아했고 다른 자매들보다 개방적으로 옷을 입었다. 팔과 어깨는 더 드러내고 더 짧은 치마를 입었으며 구두 밑창은 가볍게 하고 몸에 더 달라붙고 속이 비치는 살구색 스타킹을 신었다. 집에선 치마 하나만 걸치고 맨발로 다니기를 즐겼고 맨다리에 짧은 장화를 신고 다니기도 했다. 게다가 블라우스와 치마는 언제나 지나치게 화려했다.

날씨는 춥고 바람이 불고 있었다. 무수한 잎이 떨어져 잔물결이 이는 웅덩이 위를 헤엄쳐 다니고 있었다. 류드밀라는 빨리 걸었다. 얇은 외투만을 걸치고 있었는데도 추위를 느끼지 않았다.

꼬꼽끼나와 싸샤는 차를 마시고 있었다. 류드밀라는 명민한 눈길로 그들을 쳐다보았다. 특이한 점은 없었다. 그들은 얌전히 앉아서 차를 마시고 흰 빵을 먹으며 이야기를 나누고 있었다. 류드밀라는 여주인에게 입을 맞추고 나서 말했다.

"다정한 올가 바실리예브나, 전 아주머니에게 볼일이 있어서 온 거랍니다. 그런데 그 일은 이따가 말씀드리기로 할게요. 제게 따뜻한 차를 대접해주시고 나면요. 어머, 옆에 웬 청년이 앉아 있네요!"

싸샤는 얼굴을 붉히며 어색한 듯 인사했다. 꼬꼽끼나는 손님 앞에서 그의 이름을 불렀다. 류드밀라는 식탁에 앉아서 생생한 소식을 들려주었다. 시내 사람들은 그녀가 모든 것을 알고 있는데다 그모든 것을 다정하고 겸손하게 말하기 때문에 그녀를 좋아했다. 여주인 꼬꼽끼나도 솔직히 그녀 때문에 즐거웠고, 기쁨에 겨워 그녀에게 음식을 대접했다. 류드밀라는 신이 나서 수다를 떨었고 싸샤의 존재를 잊어버리고 누군가를 흉보기 위해 웃으면서 자리에서 일어나기도 했다. 그녀가 말했다.

"아주머니, 지루하지 않으세요? 왜 이 젖비린내 나는 학생과 내
내 집에만 앉아 계신 거예요? 우리 집에도 한번 다녀가시면 좋겠어
요."

"음, 내가 어딜 가겠어? 마실을 다니기엔 이미 늙어버렸는걸."

꼬꼽끼나가 대답했다.

"마실이 다 뭐예요! 와서 아주머니 집인 것처럼 머물다 가시면
되는 거죠. 그게 전부인걸요. 이 어린애에겐 기저귀를 채워줄 필요
가 없잖아요."

류드밀라가 다정한 어조로 반박했다.

싸샤는 모욕받은 표정을 지으며 얼굴을 붉혔다.

"염탐꾼!"

류드밀라는 화를 내며 말했고 싸샤를 밀었다.

"그럼 너도 손님과 이야기하면 되잖아."

"그 아이는 아직 어려. 나랑 있으면 수줍어한단다."

꼬꼽끼나가 말했다. 류드밀라는 웃으며 그녀를 바라보고는 입을
열었다.

"저도 수줍어해요."

싸샤가 웃더니 순수한 맘으로 반박했다.

"아니, 정말 당신이 수줍어하나요?"

류드밀라는 웃었다. 그녀의 웃음은 언제나 그렇듯이 열정적이고
달콤한 유쾌함을 담은 것이었다. 그녀는 웃어서 그런지 얼굴이 빨
개졌고, 눈빛엔 장난기가 넘치는 동시에 죄책감이 깃들어 있었다.
그들의 눈빛이 서로 엇갈렸다. 싸샤는 당황했고 뭔가 기억이 난 듯
이 자신을 정당화하기 시작했다.

"전 당신이 수줍어하지 않고 활달하다고 말하고 싶었어요. 그러

니까 당신이 수줍어하지 않는다고 말하려는 것이 아니라고요.”

하지만 그는 이런 내용이 글이 아니라 말로는 명확하게 전달되지 않는다고 느끼며 당황했고 얼굴을 붉혔다.

“저애가 얼마나 바보 같은 말을 하는지! 그게 매력인가요, 뭔가요!”

류드밀라는 얼굴을 붉히고 깔깔거리며 소리쳤다.

“네가 우리 싸셴까를 완전히 당황시켰어.”

꼬꼽끼나는 한결같이 다정한 어조로 류드밀라와 싸샤를 바라보며 말했다.

류드밀라는 고양이처럼 몸을 구부리며 싸샤의 머리를 쓰다듬었다. 그는 멋쩍어하면서도 소리 내어 웃었고 그녀의 손에서 벗어나 자기 방으로 달아나버렸다.

“아주머니, 제게 신랑감을 소개해주세요. 조금도 지체하지 말고 지금 당장요.”

류드밀라가 입을 열었다.

“음, 그러니까 내가 중매쟁이가 된 셈이네!”

꼬꼽끼나가 미소를 띠며 대답했다. 그런데 그녀의 표정을 보아하니 자신이 중매를 맡게 된 것을 기뻐하는 것처럼 보였다.

“어째서 아주머니가 중매쟁이가 아니라는 거죠, 네? 그리고 제가 왜 신붓감이 아니란 말인가요? 제 중매를 서는 것이 창피하신가요?”

류드밀라가 반박했다. 그녀는 두 손을 허리에 대고 여주인 앞에서 춤을 추어 보였다.

“너를 왜! 넌 정말 변덕쟁이로구나.”

꼬꼽끼나가 말했다.

류드밀라가 웃으며 말했다.

"할 일이 별로 없으니 말이에요."

"넌 어떤 신랑감이 필요하니?"

꼬꼽끼나가 미소를 띠며 물어보았다.

"그러니까 신랑감은, 갈색 머리일 거 같고요. 아니, 반드시 갈색 머리여야 해요. 그것도 짙은 갈색 머리요."

류드밀라가 재빨리 말했다.

"그러니까 모델을 보여드리죠. 아주머니의 학생처럼 말이에요. 검은 눈썹과 눈꺼풀이 얇고 검은 눈, 푸른빛이 도는 검은 머리, 아주 무성한 속눈썹, 푸른빛이 감도는 검은 속눈썹을 가져야 해요. 이 집에 있는 이애는 미남이군요. 맞아요, 미남이에요! 전 그런 사람을 원해요."

류드밀라는 곧장 떠날 채비를 하였다. 벌써 어두워지기 시작했다. 싸샤가 배웅하러 나갔다.

"마차를 잡을 때까지만이야!"

류드밀라는 부드러운 목소리로 부탁했고 미안한 듯 얼굴을 붉히며 상냥한 눈길로 싸샤를 바라보았다.

류드밀라는 거리에서 다시 활달해져서 싸샤에게 이것저것 물어보았다.

"그런데 말이야, 너는 모든 과목을 잘 배우고 있니? 책도 읽고 있겠지?"

"책을 읽지요. 전 독서를 좋아하거든요."

싸샤가 대답했다.

"안데르센 동화 같은 거?"

"전 동화는 전혀 읽지 않아요. 하지만 다른 모든 종류의 책을 읽죠. 역사를 좋아하고 시도 좋아해요.”

“어머, 어머. 시를. 그러면 좋아하는 시인도 있겠네?”

류드밀라가 깐깐하게 물어보았다.

“당연히 나드손[46]이죠.”

싸샤는 다른 대답은 불가능하다고 강하게 확신하며 대답했다.

“어머, 그렇구나. 나도 나드손을 좋아해. 하지만 아침에만 그래. 저녁에는 옷을 차려입는 것을 좋아한단다. 그런데 넌 뭐 하는 것을 좋아하니?”

싸샤는 검은 눈으로 다정하게 그녀를 바라보았다. 눈빛이 촉촉해진 그가 조용히 말했다.

“전 응석 부리는 걸 좋아해요.”

“어머, 넌 정말 아기로구나. 응석 부리는 것을 좋아하다니. 물장구치는 것도 좋아하니?”

류드밀라가 말한 다음 그의 어깨를 붙잡았다.

싸샤는 키득거렸다. 류드밀라가 덧붙였다.

“따뜻한 물에서?”

“따뜻한 물도 좋고 찬물도 좋아요.”

소년은 창피해하며 대답했다.

“어떤 비누를 좋아하니?”

“글리세린 비누요.”

“포도도 좋아하니?”

싸샤는 웃기 시작했다.

“당신도 참! 그건 다른 얘기잖아요. 그런데 당신은 같은 얘기처

<hr>

46 쎄묜 야꼬브레비치 나드손(1862~87). 러시아의 시인.

럼 말하시네요. 절 놀리지 마세요."

"아직도 더 놀려야겠는걸."

류드밀라가 웃으며 말했다.

"전 진작에 당신이 남을 놀리기 좋아하는 사람이란 걸 알아봤어
요."

"어디서 그걸 알았니?"

"모두들 그렇다고 말하던데요."

싸샤가 말했다.

"더 말해봐, 이 수다쟁이야!"

류드밀라는 일부러 더 사납게 말했다. 싸샤의 얼굴이 붉어졌다.

"어머, 이리로 마부가 온다, 마부!"

류드밀라가 소리쳤다.

"마부!"

싸샤도 소리쳤다.

마부는 느린 마차를 덜커덕거리며 끌고 왔다. 류드밀라는 마부
에게 행선지를 말했다. 그는 잠시 생각하더니 40꼬뻬이까를 요구
했다. 류드밀라가 말했다.

"무슨 소리예요, 아저씨? 거리가 먼가요? 길을 모르시나봐요."

"얼마나 주실 수 있으세요?"

마부가 물었다.

"그 절반가량요."

싸샤는 웃었다.

"맹랑한 아가씨로군. 그럼 5꼬뻬이까만 더 내요."

마부가 히죽 웃으면서 말했다.

"바래다줘서 고마워. 사랑스러운 소년."

류드밀라는 이 말을 하고 나서 싸샤의 손을 꽉 쥐었다 놓고 마차에 올라앉았다.

싸샤는 명랑한 소녀에 대해 즐겁게 생각하면서 집으로 뛰어갔다.

류드밀라는 미소를 지으며 잊었던 뭔가에 대해 생각하면서 유쾌한 기분이 되어 집으로 돌아왔다. 자매들이 기다리고 있었다. 그들은 부엌에 매달린 밝게 빛나는 전등불 아래 놓인 둥근 식탁에 앉아 있었다. 코펜하겐산 브랜디가 담긴 갈색 유리병이 흰색 식탁보 위에서 기분 좋게 느껴졌다. 천으로 감싼 병목 부분 끝자락의 풍성한 주름들이 밝게 빛나고 있었다. 사과와 견과류, 과자가 담긴 접시들이 병 주위에 놓여 있었다.

다리야는 거의 취해 있었다. 얼굴을 벌겋게 해가지고 낡은 옷을 반쯤 벗은 채 큰 소리로 노래했다. 류드밀라는 익숙한 노래의 끝에서 두번째 소절을 들었다.

원피스는 어디로 갔을까? 뿔피리는 또 어디에!
벗은 이가 또다른 이를 개울로 유혹하네.
두려움은 수치심을, 수치심은 두려움을 물리치네.
여자 목동은 눈물에 젖은 채 노래하네.
당신이 본 것은 잊어버리세요!

라리사는 잘 차려입은 채 얌전하고 유쾌한 기분으로 그곳에 있었다. 그녀는 칼로 사과를 작게 잘라 먹으면서 웃고 있었다. 그녀가 물었다.

"어때, 만났니?"

다리야는 잠시 말이 없다가 류드밀라를 바라보았다. 발레리야는 팔꿈치를 괴고 있다가 새끼손가락을 펴며 라리사의 미소를 흉내 내고 나서 고개를 까닥거렸다. 그런데 그녀는 말랐고 연약했다. 그녀의 미소는 근심 어린 것이었다. 류드밀라는 잔에 붉은 버찌 술을 따르며 말했다.

“말도 안돼! 그 소년은 가장 진실하고 호감이 가는 인물이야. 짙은 갈색 머리에다 눈동자는 밝게 빛나고 어린데다 순진하지.”

그러다 그녀는 갑자기 웃었다. 자매들도 그녀를 바라보면서 웃었다.

“그런데 이 모든 것이 뻬레도노프식의 황당한 거짓이라면 무슨 말을 더 할 수 있겠어?”

다리야는 이렇게 말하더니 손을 내젓고 식탁에 팔꿈치를 올려놓고 그 위에 머리를 괴었다.

“노래 부르는 게 더 낫겠다.”

그녀는 이 말을 하고 나서 낭랑한 목소리로 노래하기 시작했다.

쩌렁쩌렁한 목소리에는 긴장, 우울함, 그리고 활달함이 묻어 있었다. 만약 죽은 사람에게 계속 노래 부르도록 무덤 밖으로 내보내준다면 그도 그렇게 노래 부를 것이다. 그런데 자매들은 이미 술에 취한 다리야의 고함에 익숙해져서 이따금 그녀에게 일부러 고함을 지르며 함께 노래를 불러주곤 했다. 류드밀라가 키득대며 말했다.

“드디어 돼지 멱따는 소리가 시작되었군!”

자기 맘에 들지 않는다고 혼자 말하는 것보다 다른 자매들이 알아듣게 이야기하는 것이 더 나았다. 다리야는 더듬거리며 노래를 중단하더니 화가 나서 소리 질렀다.

“너를, 그러니까 너를 정말 방해하지 않을게.”

라리사가 상냥하게 말했다.

"노래하라고 하자."

　　나는 흠뻑 젖은 어린 소녀

　　갈 곳을 찾을 수 없네

다리야는 민요 가수가 감정을 과장하기 위해 노래하는 것처럼 음을 틀리게 부르고 음절을 끼워넣으며 요란하게 불렀다. 이를테면 다음과 같은 식이었다. '아-아-아하 나-아는야 저-어-즌-어-어리-인 소-오-녀.'

이때 강세가 없는 음절들이 특히 불쾌하게 늘여져서 들려왔다. 하지만 상당한 감동이 밀려왔다. 이 노래를 처음 듣는 사람은 죽고 싶을 정도의 처절한 애수를 맛보았을 것이다……

아, 벌판과 천지, 광활한 이 나라의 광야에 울려퍼지는 처절한 애수여! 거친 목소리 속에 스며 있는 애수, 뜨거운 불길로 살아 있는 언어를 집어삼키는 애수, 언젠가 생생한 노래를 미친 듯한 고함으로 이끌어가던 애수! 오, 다정하고 예스러운 러시아의 민요여, 아니 진정 너는 사라지고 있단 말이냐?

갑자기 다리야가 자리에서 일어서더니 허리에 손을 대고 몸을 뒤로 젖히면서 손가락으로 박자를 맞춰가며 춤을 추면서 흥겨운 차스뚜시까[47]를 소리 높여 부르기 시작했다.

　　젊은이여, 떠나가세요, 저 멀리―,

---

47 통상 그 시대의 일상적인 삶을 담은 일종의 4행 속요.

전 강도의 딸이에요.

당신이 멋져도 아무 소용 없어요—,

제가 당신의 배에 칼을 꽂을 거예요.

제게 남자는 필요없어요,

전 부랑자를 사랑할 거예요.

다리야는 노래하며 춤을 췄다. 얼굴에 고정된 눈동자는 마치 사라진 달 주위를 맴돌듯이 주변을 맴돌았다. 류드밀라는 큰 소리로 웃었다. 심장이 조금 멈칫하며 죄어들었다. 그것은 유쾌함과 기쁨 때문이 아니라 달콤한 버찌 술과 독한 브랜디 때문이었다. 발레리야는 유리처럼 투명하게 조용히 웃으며 자매들을 부러운 듯이 바라보았다. 그녀는 그처럼 유쾌해지고 싶었으나 웬일인지 흥겹지가 않았다. 그녀는 자신이 제일 뒤처져 있으며 '밀가루 부스러기로 만든 빵'이기 때문에 연약하고 불행하다고 생각했다. 그래서 그녀는 웃고 있지만 지금이라도 막 눈물을 흘릴 것만 같았다.

라리사가 그녀를 쳐다보고 윙크를 하자 발레리야는 갑자기 유쾌해졌고 흥이 났다. 라리사는 자리에서 일어나 어깨를 들썩였다. 그리고 어느 순간 네 자매는 갑자기 광기 어린 의식에 사로잡혀 광란의 제사를 드리듯 둥그렇게 원을 그리며 돌았고 다리야를 위해 새로운 차스뚜시까 가사를 외치고 있었다. 그녀는 다른 자매들보다 더 어리석었지만 활달했다. 자매들은 젊고 아름다웠으며 목소리는 낭랑하고 거칠게 울려퍼져서 민둥산의 마녀들도 이런 원무를 부러워할 정도였다.

류드밀라는 밤새 열정적인 아프리카 꿈을 꾸었다! 그녀는 숨이 막힐 정도로 뜨거운 헛간에 누워 있었고 담요가 몸에서 벗겨져 그녀의 뜨거운 알몸이 드러났는데 몸에 비늘이 나 있고 똬리를 튼 뱀이 침대로 기어들어와 나뭇가지 위를 타고 오르듯 그녀의 아름다운 다리와 맨살을 타고 기어다녔다……

그후에 그녀는 뇌우를 동반한 먹구름이 밀려오는 어느 더운 여름날 저녁의 호수에 관한 꿈을 꾸었다. 그녀는 머리에 매끈한 황금빛 왕관을 쓰고 알몸으로 호숫가에 누워 있었다. 폭염 때문에 시든 풀과 고여 있는 따스한 물과 진흙 냄새가 났다. 불길한 정적이 감도는 짙은 색 수면 위를 따라 하얀 백조가 힘차고 위엄있게 헤엄치고 있었다. 백조는 요란한 소리를 내며 쉭쉭거리더니 물 위에서 힘차게 날갯짓하며 그녀에게 다가와 그녀를 포옹했다. 음침하고 기분이 나빴다……

그런데 류드밀라가 보기엔 뱀과 백조의 모습에 싸샤의 얼굴이 담겨 있었다. 그는 푸르도록 하얀 얼굴, 알 수 없는 슬픈 눈동자, 푸르스름한 검은색 짙은 눈썹을 가지고 있었다. 마법의 시선은 질투심에 가득 차 그 눈을 감겼고, 그는 두렵고 힘들게 눈을 감았다.

그후에 류드밀라는 낮고 육중한 아치가 달린 멋진 궁전이 나오는 꿈을 꾸었다. 궁전에는 건장하고 멋진 벌거숭이 소년들이 모여 있었다. 그중에서도 싸샤가 가장 멋있었다. 그녀는 높은 곳에 앉아 있었고 알몸의 소년들은 그녀의 앞에서 서로서로를 채찍질하고 있었다. 그런데 소년들이 얼굴을 류드밀라 쪽으로 향하도록 하여 싸샤를 바닥에 눕히고 그에게 채찍질을 하자 그는 소리를 내 웃기도 하고 울기도 했다. 그녀도 꿈속에서 이따금 심장이 강하게 죄어올 때 사람들이 웃는 것처럼 소리를 내어 웃었는데, 자제할 수 없을 정도로 오랫동안 지속된, 자기 망각과 죽음의 의미가 담긴 웃음이었다……

류드밀라는 이와 같은 꿈을 꾸고 난 아침에 자신이 싸샤를 정말로 사랑하게 되었다고 느꼈다. 그를 만나고 싶다는 참을 수 없는 욕망이 류드밀라에게 밀려들었다. 하지만 옷을 입은 그를 만난다고 생각하니 따분해졌다. 소년들이 알몸으로 다니지 않는다는 것은 얼마나 바보 같은 짓인가! 여름철에 거리에 나다니는 소년들처럼 벗고 다니면 좋으련만. 류드밀라는 소년들이 이따금 다리를 높이 드러내면서 맨발로 돌아다니는 것을 바라보기를 좋아했다. 류드밀라는 생각했다.

'남자아이들조차 육체를 감추고 다닌다는 것은 정말 창피한 일이야.'

15

볼로진은 수업을 위해 곧장 아다멘꼬의 집으로 갔다. 나제즈다가 커피를 대접했으면 하는 그의 꿈은 실현되지 않았다. 매번 그는 수작업을 위해 마련된 방으로 곧장 안내되었다. 미샤는 보통 회색 아마포 앞치마를 두르고 수업용 칠판 옆에 서 있었다. 그는 맘이 내키진 않았지만 볼로진이 명령하는 모든 것을 정성껏 수행했다. 미샤는 일을 덜 하고자 볼로진을 대화에 끌어들여보았지만 볼로진은 성실한 사람이 되고 싶었기 때문에 그의 말에 따르지 않았다. 그는 입을 열었다.

"미셴까, 먼저 두시간 동안 할 일을 하고 나서 그후에 원한다면 이야기를 하도록 하자. 그땐 얼마든지 이야기를 할 수 있어. 하지만 지금은 안돼. 왜냐하면 무엇보다 일이 우선이거든."

미샤는 가볍게 한숨을 내쉬고 나서 일을 시작했다. 하지만 일을 마치면 떠들고 싶은 맘이 생기지 않았다. 그는 일이 많다고 실망스

러워한 적이 없었다. 이따금 나제즈다가 미샤가 어떻게 수업을 하
는지 보러 오는 경우가 있었다. 미샤는 이를 눈치채고 그 기회를
이용했다. 왜냐하면 볼로진이 그녀 앞에서는 좀더 쉽게 대화에 끼
어들려 할 수 있기 때문이다. 하지만 나제즈다는 미샤가 일을 하고
있지 않는 것을 발견하면 즉각 지적했다.

"미샤, 게으름 피우지 마라!"

그녀는 볼로진에게 "죄송합니다. 제가 당신을 방해했군요. 만약
저애에게 자유를 준다 해도 우리 집에서는 결코 게으름을 피우지
는 않을 거예요"라고 말한 뒤 가버리곤 한다.

볼로진은 처음에 나제즈다의 그런 행동에 당황했다. 그후에 그
는 그녀가 안 좋은 소문이 퍼지는 것을 두려워하여 커피 대접을 쑥
스러워한다고 생각했다. 그러고 나서 그는 그녀가 자기 수업에 들
어오지 않아도 될 거라는 생각을 해보았다. 그런데도 그녀는 수업
에 들어왔다. 그렇다면 그것은 그녀가 볼로진과의 만남을 즐거워
하기 때문이 아니겠는가? 나제즈다는 볼로진의 수업에 처음부터
기꺼이 동의했고 수업료도 흥정하지 않았기 때문에 볼로진은 모든
것을 자기에게 유리한 쪽으로 해석했다. 뻬레도노프와 바르바라도
그의 생각을 지지해주었다. 뻬레도노프가 말했다.

"나제즈다가 자네와 사랑에 빠진 것이 분명해."

"그녀에게 다른 신랑감이 왜 더 필요하겠어요!"

바르바라가 덧붙였다. 볼로진은 멋쩍은 얼굴을 했지만 내심 자
신의 성공을 기뻐했다. 어느날 뻬레도노프가 그에게 말했다.

"약혼자가 되어가지고 다 낡은 넥타이를 매고 다니나?"

"아르다샤, 난 아직 약혼자가 아니야."

볼로진은 정색을 하며 대답했지만 기쁨을 감추진 못했다.

"하지만 넥타이는 새것으로 살 수 있어."

"사람들이 자네가 사랑에 빠진 것을 알아볼 수 있도록 무늬가 들어간 걸로 사게."

뻬레도노프가 충고해주었다. 바르바라가 말했다.

"빨간색으로. 이왕이면 더 화려한 것으로요. 넥타이핀도. 보석이 달린 넥타이핀을 저렴하게 살 수 있을 거예요. 세련되어 보이겠는데?"

뻬레도노프는 볼로진에게 그만한 돈이 없다고 생각했다. 아니면 사더라도 단순한 검은색으로 사겠지. 뻬레도노프는 그것이 창피할 거라고 생각했다.

'아다멘꼬는 상류사회의 아가씨거든. 아무 넥타이나 매고 그녀에게 간다면 그녀가 모욕감을 느껴서 거절할 수도 있어.'

뻬레도노프가 말했다.

"왜 싼 걸 사야만 하지? 빠블루시까, 자네가 게임에서 나를 이겼으니까 그 돈으로 넥타이를 사면 되잖아. 얼마를 줘야 하지? 1루블 40꼬뻬이까인가?"

"40꼬뻬이까가 맞을 거야. 하지만 1루블이 아니라 2루블."

볼로진은 히죽 웃으며 얼굴을 찡그리고 말했다.

뻬레도노프도 2루블이라고 알고 있었지만 1루블만 지불하고 싶었던 것이다. 그가 말했다.

"거짓말이지? 어째서 2루블이냐!"

"여기 있는 바르바라 드미뜨리예브나가 증인이잖아."

볼로진이 말했다. 바르바라가 싱글거리며 말했다.

"아르달리온 보리시치, 졌으면 벌써 돈을 줬어야죠. 저도 2루블 40꼬뻬이까로 기억하고 있어요."

뻬레도노프는 바르바라가 볼로진의 편을 든다고 생각했다. 즉 그녀가 그의 편으로 넘어갔다고 생각한 것이다. 그는 얼굴을 찌푸리며 지갑에서 돈을 꺼내면서 말했다.

"음, 좋아. 2루블 40꼬뻬이까로 하지. 그렇다고 내가 파산하진 않으니까. 빠블루시까, 자넨 가난하잖아. 자, 여기. 가져가."

볼로진은 돈을 받아 세어보았다. 그러고 나서 화난 얼굴을 한 채 높이 솟은 이마를 숙이고 아랫입술을 내밀며 우는소리로 말했다.

"아르달리온 보리시치, 난 당연히 돈을 받아야만 했어. 하지만 자네가 돈을 지불하는 것과 내가 가난하다는 사실은 지금 이 상황에 결코 어울리지 않아. 그리고 난 어느 누구에게도 빵을 구걸하지 않지. 자네도 빵을 먹지 않는 악마만이 가난하다는 걸 알잖아. 내가 아직은 빵을, 그것도 버터 바른 빵을 먹는 한 난 가난하지 않아."

그는 그렇게 스스로를 위로하였고 멋지게 대답했다는 기쁨에 겨워 얼굴이 상기되었으며 입술을 찡그리면서 웃었다.

마침내 뻬레도노프와 볼로진은 청혼하러 가기로 결정했다. 둘은 요란하게 차려입고 진지하면서도 평소보다 더 바보 같은 표정을 지었다. 뻬레도노프는 흰색 스카프를 목에 둘렀고 볼로진은 녹색 줄무늬가 있는 화려한 빨간색 스카프를 맸다. 뻬레도노프는 다음과 같은 이유를 들었다.

"난 중매하러 가는 거야. 내 역할은 정해져 있지. 이번 일에선 뛰어야만 하는 거거든. 그러니까 난 흰색 넥타이를 매야 하고 자네는 약혼자니까 불처럼 타오르는 뜨거운 감정을 보여줘야만 해."

화려하고 위엄있게 차려입고서 뻬레도노프는 소파에, 볼로진은 안락의자에 앉아 있었다. 나제즈다는 놀라서 손님들을 바라보았다. 손님들은 날씨며 여러 자질구레한 문제로 찾아왔지만 그 일에 대해 어떠한 태도를 취해야 할지 모르는 사람들 같았다. 마침내 뻬레도노프가 헛기침을 하고 나서 말했다.

"나제즈다 바실리예브나, 우린 볼일이 있어서 왔습니다."

"볼일이 있어서요"라고 말하면서 볼로진은 심각한 표정을 지었고 입술을 앞으로 내밀었다. 뻬레도노프는 엄지손가락으로 볼로진을 가리키면서 말했다.

"이 사람에 관한 일이랍니다."

"네, 저에 관한 일입니다."

볼로진이 확인을 해주었고 엄지손가락으로 자신의 가슴 쪽을 가리켰다. 나제즈다는 미소를 지었다.

그녀가 말했다.

"네, 말씀해보세요."

뻬레도노프가 말했다.

"그를 대신해서 제가 말씀드리죠. 그는 수줍어서 혼자 결정을 내리지 못하니까요. 아무튼 그는 괜찮은 사람이고 술도 마시지 않으며 선량합니다. 월급은 적게 받지만 그게 흠이 되진 않잖아요. 사람에겐 뭔가가 필요하기 마련이죠. 누군가에게는 돈이 필요하고 또 누군가에게는 사람이 필요하죠. 아니, 자네 왜 잠자코 있나? 뭐라고 말 좀 해보게."

그는 볼로진을 바라보았다.

볼로진은 고개를 떨구고 마치 양이 울어대는 것처럼 떨리는 목소리로 말했다.

"물론입니다. 전 적은 월급을 받고 있지만 언제나 먹을 것은 있답니다. 물론 전 대학에 다닌 적도 없지만 모두에게 나쁜 일이라곤 해본 적 없이 살고 있습니다. 어느 누구에게나 물어보셔도 상관없습니다. 그러니 전 저 자신에 대해 만족하고 있습니다.”

그는 마치 뿔로 들이받기라도 하듯 양팔을 벌리고 이마를 아래로 향하고 나서 침묵했다. 뻬레도노프가 말했다.

“그러니까 이 사람은 젊으니까 이렇게 살아서는 안됩니다. 그는 결혼해야만 합니다. 결혼한 사람이 아무튼 더 좋거든요.”

“만약 아내가 충고를 해준다면 더 좋아질 거란 말이죠.”

볼로진이 덧붙였다. 뻬레도노프가 계속했다.

“그러니까 당신은 처녀고 당신도 결혼을 해야만 합니다.”

그때 문 뒤에서 부스럭거리는 소리가 조그맣게 들려왔다. 그것은 마치 누군가가 입을 가리고 한숨을 쉬거나 웃고 있는 것처럼 들리는 깊고도 짧은 소리였다. 나제즈다는 엄한 표정으로 문 쪽을 바라보더니 차갑게 말했다.

“당신은 지나치게 저에 대해 관심이 많군요.”

그녀는 화가 나서 ‘지나치게’라는 단어에 힘을 주어 말했다. 뻬레도노프가 말했다.

“당신은 부유한 남편이 필요치 않아요. 당신에겐 당신을 사랑해주고 모든 일에 있어서 당신을 기쁘게 해줄 수 있는 사람이 필요합니다. 그리고 당신은 그를 알고 있고 그를 이해할 수도 있겠죠. 그는 당신에 대해 무덤덤하지 않아요. 아마 당신도 그에 대해 그러할지도 모르겠습니다. 그러니까 저에겐 살 사람이 있는 거고 당신에겐 팔 물건이 있는 셈이죠. 즉, 당신 자신이 물건이란 말입니다.”

나제즈다는 얼굴을 붉히며 웃음을 참느라 아랫입술을 깨물었다. 문 뒤에서는 아까와 같은 소리가 들려왔다. 볼로진은 조심스럽게 눈을 들어보았다. 그는 일이 잘되어가고 있다고 생각했다. 나제즈다는 조심스럽게 물어보았다.

“어떤 물건이란 말씀이시죠? 죄송하지만 전 이해할 수가 없네요.”

“아니, 어떻게 이해하지 못한단 말인가요! 음, 그렇다면 제가 직접 말씀드리죠. 지금 빠벨 바실리예비치가 당신에게 청혼을 하고 있는 겁니다. 그래서 제가 그를 대신해서 당신에게 요청하는 겁니다.”

뻬레도노프는 믿을 수 없다는 듯이 말했다.

문 뒤에서 뭔가가 바닥으로 떨어지는 소리가 났다. 콧김을 내뿜고 한숨을 쉬면서 넘어지는 것 같았다. 나제즈다는 웃음을 참느라 얼굴을 붉히며 손님들을 바라보았다. 그녀는 볼로진의 프러포즈가 뻔뻔하고 우습다고 생각했다. 볼로진이 말했다.

“그렇습니다. 나제즈다 바실리예브나, 전 당신에게 청혼을 하고 있습니다.”

그는 얼굴을 붉히고 자리에서 일어서서 발로 양탄자를 열심히 비비더니 인사를 하고 재빨리 자리에 앉았다. 그러고 나서 다시 일어서서 가슴에 손을 얹고 간절한 눈빛으로 아가씨를 쳐다보며 말했다.

“나제즈다 바실리예브나, 고백할 게 있어요! 제가 당신을 너무도 끔찍하게 사랑하는데 당신은 그것에 대해 호응을 해주고 싶지 않으신가요?”

그는 앞으로 재빨리 나아가 나제즈다 앞에 무릎을 꿇더니 그녀의 손에 입을 맞추었다.

“나제즈다 바실리예브나, 믿어주세요! 맹세합니다!”

그는 소리 질렀고 손을 높이 들어 흔들다가 그만 자신의 가슴을 쳐 보이고 말았다. 둔탁한 소리가 멀리 울려퍼졌다. 나제즈다는 당황해서 말했다.

"당신, 뭐 하는 거예요, 일어나세요! 뭣 때문에 이러는 거죠?"

볼로진은 일어서서 모욕당한 얼굴로 자기 자리로 돌아왔다. 그는 거기서도 두 손을 가슴에 모으고 다시 소리쳤다.

"나제즈다 바실리예브나, 절 믿어주세요! 목숨을 걸고 진심으로 하는 말입니다."

"죄송합니다만 정말이지 전 받아들일 수 없어요. 전 남동생을 교육시켜야만 합니다. 그 아이가 문 뒤에서 울고 있네요."

나제즈다가 말했다.

"그럼요. 남동생을 교육시켜야죠! 그건 문제가 되지 않을 것 같은데요."

볼로진은 당황해서 입술을 앞으로 내밀며 말했다.

"아니요. 어떠한 경우이든지 간에 그 문제는 제 남동생과 연관돼요. 그 아이에게 물어보아야만 해요. 기다려주세요."

나제즈다는 서둘러 자리에서 일어서며 말했다.

그녀는 밝은 노란색 원피스를 서걱거리며 황급히 거실에서 뛰어나와 문 뒤에서 미샤의 어깨를 잡고 그와 함께 그의 방으로 뛰어가 문가에 서서는 참았던 웃음을 터뜨리고 급하게 뛰어오느라 숨을 헐떡거리며 색색거리는 목소리로 말했다.

"엿듣지 말라고 부탁해도 정말 아무 소용이 없구나. 정말 강력한 조치를 취해야만 하는 거니?"

미샤는 그녀의 허리를 잡고 그녀에게 머리를 기울이며 웃었다. 그는 웃음을 자제하고 아무런 소리도 내지 않으려고 애쓰느라 몸을 흔들었다. 나제즈다는 미샤를 방으로 밀어넣고 문가의 의자에 앉아 웃었다. 그녀가 물었다.

"네 선생님 빠벨 바실리예비치가 생각해낸 걸 들었지? 함께 거
실로 가자. 단, 함부로 웃으면 안돼. 내가 그분들 앞에서 너에게 물
어볼 테니 넌 함부로 동의해선 안된다. 알았지?"

"으음!"

미샤는 중얼거렸다. 웃지 않으려고 손수건 끝으로 입을 가렸지
만 전혀 도움이 되지 않았다.

"웃고 싶을 때에는 손수건으로 눈을 가려."

누나가 충고한 다음 남동생의 어깨를 잡고 다시 거실로 들어갔다.

그녀는 동생을 소파에 앉힌 다음 자신은 그 옆 의자에 앉았다. 볼
로진은 양처럼 고개를 떨구었다가 분노에 찬 시선으로 그들을 바라
보았다. 나제즈다가 동생을 가리키며 거의 울먹이다시피 말했다.

"여기 가엾은 아이를 보세요! 전 이 아이에게 엄마나 다름이 없
죠. 그런데 동생이 제가 갑자기 자기를 버린다고 생각하는 거예
요."

미샤는 손수건으로 얼굴을 가렸다. 그는 온몸을 떨었다. 그리고
웃음을 감추기 위해 느린 속도로 불평을 늘어놓았다.

"우─우─우."

나제즈다가 동생을 안고서 눈에 띄지 않게 팔을 꼬집으며 말했다.

"어머, 울지 마, 사랑스러운 동생아, 울지 마."

미샤는 아주 갑자기 통증을 느꼈기 때문에 눈에 눈물이 고였다.
그는 손수건을 내려놓고 화가 나서 누나를 바라보았다. 뻬레도노
프는 생각했다.

'저 아이를 노하게 하려고 꼬집는군. 인간의 침에도 독이 있다고
그러던데.'

그는 위험할 경우에 대비해서 볼로진의 뒤로 숨기 위해 그가 있

는 쪽으로 몸을 움직였다. 나제즈다가 동생에게 말했다.

"빠벨 바실리예비치가 나에게 청혼했어."

"진심으로."

뻬레도노프가 덧붙였다.

"온 맘을 다해."

볼로진은 부끄럽지만 떳떳하게 말했다. 미샤는 손수건으로 얼굴을 가리고 웃음을 참느라 흐느끼며 말했다.

"안돼. 저 사람과 결혼하지 마. 그러면 난 어쩌란 말이야?"

볼로진은 모욕감과 흥분 때문에 떨리는 목소리로 말했다.

"나제즈다 바실리예브나, 아직 어린 소년인 동생에게 이런 문제에 대해 물어보시다니 놀랍군요. 만약 이 아이가 청년이라면 제가 직접 말을 할 수도 있는데요. 그런데 당신이 이 아이에게 직접 물어보시니 전 몹시 놀랐고 심지어 당혹스럽기까지 합니다."

"저도 어린 소년에게 물어보는 것이 우습다고 생각합니다."

뻬레도노프가 음울하게 말했다.

"그럼 제가 누구에게 물어봐야 하나요? 이모에게 물어봐도 마찬가지일 거예요. 하지만 전 이 아이를 키워야만 해요. 제가 시집가버리면 어쩌나요? 아마도 당신은 저 아이를 엄하게 대하시겠죠? 미시까, 그렇지 않니? 분명 넌 그가 엄하다며 두려워하겠지?"

"아니, 나쟈, 난 그가 어디에 있든지 엄하다고 해서 두려워하진 않을 거야! 하지만 나는 빠벨 바실리예비치가 응석을 받아주며 누나가 날 구석에 세우는 벌을 주지 못하게 할까봐 걱정인데?"

미샤는 손수건으로 한쪽 눈을 가린 상태에서 말했다.

"나제즈다 바실리예브나, 전 미셴까의 응석을 받아주지 않을 겁니다. 이 아이가 걱정할 것은 아무것도 없다고 생각해요! 이 아이는 잘 입고 잘 먹고 부족한 것이 없을 것이기 때문에 걱정할 것도 없을 겁니다. 전 그 아이를 구석에 세울 수도 있어요. 하지만 걱정할 정도는 아니고요. 전 더 자주 세워둘 수도 있죠. 왜냐하면 당신은 처녀, 즉 아가씨이기 때문에 불편해할 수도 있지만 전 회초리를 들 수가 있거든요.”

볼로진은 가슴에 손을 얹고 말했다.

“둘 다 절 구석에 세우는 벌을 주려 하네요. 당신들은 그런 사람들이에요. 게다가 회초리까지. 아니요, 그건 제게 전혀 도움이 되지 않아요. 안돼, 나쟈, 이 사람과 결혼하지 마.”

미샤는 다시 손수건으로 얼굴을 가리고 울먹이며 말했다.

“보세요. 당신이 들으신 것처럼 전 정말 결혼할 수 없어요.”

나제즈다가 말했다.

“나제즈다 바실리예브나, 당신이 그렇게 행동하시다니 전 정말 이해할 수 없어요. 전 모든 상황을 다 고려하고 당신에게 왔습니다. 열정을 가지고 왔다고 할 수도 있어요. 그런데 당신은 남동생 때문에. 만약 당신이 남동생 때문이라고 한다면 어떤 여자들은 여동생 때문이라고 하고 또 어떤 여자들은 조카 때문이라 하고 또 어떤 사람은 친척 누구 때문이라고 하겠네요. 그렇다면 늘 결혼할 수 없습니다. 그런 식으로 하다간 인류가 완전히 멸종되겠어요.”

볼로진이 말했다.

“빠벨 바실리예비치, 이 문제에 대해 걱정하지 마세요. 아직까지 세상에는 그런 위험이란 없으니까요. 전 미샤의 동의 없이는 결혼하고 싶지 않아요. 당신도 들었다시피 저 아이가 동의하고 있지 않잖아요. 당신이 저애의 말을 첫마디부터 자르는 것은 이해합니다만 이런 식으로 당신이 저도 치시는군요.”

나제즈다가 말했다.

"나제즈다 바실리예브나, 당신은 정말 제가 그런 무례한 일을 하리라 생각하셨나요!"

볼로진이 필사적으로 외쳤다. 나제즈다가 미소 지었다.

"저도 결혼하고픈 맘이 없어요."

그녀가 말했다.

"혹시 수녀원에 가고 싶은 건가요?"

볼로진은 화난 목소리로 물었다.

"똘스또이주의자[48]가 되어 그들의 종파에 들어가 땅에 거름이라도 주고 싶은 건가요?"

뻬레도노프가 덧붙였다.

"왜 제가 어딘가로 가야만 하죠? 전 여기도 좋아요."

나제즈다가 자리에서 일어서면서 강한 어조로 말했다.

볼로진도 자리에서 일어나 화가 난 듯 입술을 내밀었다.

"이런 일이 있었던 이상, 만약 미셴까가 제게 그런 감정을 품고 있다면 제가 저 아이를 가르치는 일을 거부해도 되는지 저 아이에게 물어봐주십시오. 만약 미셴까가 그런 입장이라면 제가 어떻게 이 집에 드나들 수 있겠습니까?"

"그건 아니죠. 왜 그러시는데요? 그건 별개의 문제죠."

나제즈다가 반박했다.

뻬레도노프는 자신이 그녀를 더 설득해야만 한다고 생각했다. 그러면 아마 그녀도 동의할 것이다. 그는 그녀에게 음울한 어조로 말했다.

---

48 똘스또이에 따르면 남녀 간의 사랑은 성적인 관계로 맺어지는 것이 아니라 오누이와 같은 사랑으로 완성되어야 한다.

"나제즈다 바실리예브나, 당신은 잘 생각하셔야 합니다. 왜 갑자기 그렇게 하겠어요? 그는 좋은 사람입니다. 그는 제 친구예요."

"아니요. 이 문제에 대해 뭘 더 생각합니까! 제 명예를 존중해주시니 빠벨 바실리예비치에게 대단히 고맙긴 하지만 전 결혼할 수 없어요."

나제즈다가 말했다.

뻬레도노프는 화를 내며 볼로진을 바라보았고 자리에서 일어섰다. 그는 볼로진이 아가씨에게 그를 사랑하게 하지도 못하는 바보라고 생각했다.

볼로진은 고개를 떨구고 안락의자 옆에 서 있었다. 그는 그녀를 비난하듯 물었다.

"나제즈다 바실리예브나, 그러니까 결국은 결말이 난 거네요? 아! 만약 그렇다면 안녕히 계십시오, 나제즈다 바실리예브나. 이미 제 운명은 너무도 비참해지고 말았네요. 아아! 한 청년이 아가씨를 사랑했지만 그녀는 그를 사랑하지 않은 거네요. 신이 보고 계십니다! 음, 댓가를 치르겠습니다. 그걸로 끝이죠."

그는 손을 휘저으며 말했다.

"당신은 선량한 젊은이를 짓밟은 겁니다. 그는 정말로 절망하고 있어요."

뻬레도노프는 교훈적인 어조로 말했다.

"아아!"

볼로진은 다시 한번 소리를 지르고 문가로 갔다. 그런데 그가 갑자기 대단한 결심을 한 듯이 돌아와 그녀와 자신을 모욕했던 그녀의 남동생에게 악수를 청했다.

뻬레도노프는 거리에서 화가 나 중얼거렸다. 볼로진도 돌아오는 길 내내 화가 나서 씩씩대는 목소리로 마치 양이 매매거리는 것처럼 투덜거렸다. 뻬레도노프가 불평했다.

“왜 수업을 거부한 거야? 배가 불렀구나!”

“아르달리온 보리시치, 만약 내가 거부하면 그녀가 내게 ‘거부할 필요 없어요’라고 말할 줄 알았지. 그러면 난 어떤 대답도 하지 않을 생각이었는데 그녀가 내게 동의를 구하는 꼴이 되고 말았어. 아무튼 이제 이 모든 일이 내게 달려 있게 되었지. 내가 거부하고 싶다면 거부하면 되는 것이고 또 내가 다니고 싶다면 다니면 되는 거지.”

“왜 거부해야만 해? 마치 아무 일도 없었던 것처럼 다녀.”

뻬레도노프가 말했다. 그리고 그는 생각했다.

‘이번 일에서 조금이라도 얻은 것이 있다면 그를 점점 덜 시기하게 된 거다.’

뻬레도노프의 마음은 우울해졌다.

‘볼로진이 모든 일을 제대로 하지 않았기 때문이다. 저 작자 뒤에서 두사람을 살펴보아도 바르바라에게선 어떤 냄새도 맡지 못하겠으니. 어쩌면 아다멘꼬가 불로진에게 악의를 품고서 왜 나에게 중매를 서주었느냐고 할지도 모르겠는걸. 그녀는 뻬쩨르부르그에 친척이 있어. 편지를 쓴다면 아마 손해를 보게 될 거야.’

날씨도 좋지 않았다. 하늘은 잔뜩 찌푸려 있었고 까마귀들이 날아와 까악거렸다. 까마귀들은 뻬레도노프의 머리 바로 위에서 새롭고 불길한 일들을 예언하며 그를 위협이라도 하듯이 까악거렸다. 뻬레도노프는 스카프로 목을 감싸고서 이런 날씨엔 감기 걸리기 십상이라고 생각했다. 그는 누군가의 집 울타리에 피어 있는 노란 꽃을 가리키며 볼로진에게 물었다.

"빠블루시까, 이게 무슨 꽃이지?"

"아르다샤, 그건 미나리재아비꽃[49]이야."

볼로진이 구슬프게 대답했다.

뻬레도노프는 그런 꽃들이 그들의 집 정원에 많다는 것을 기억해냈다. 정말 끔찍한 이름을 가지고 있군! 아마도 그 꽃에는 독이 있겠지. 그러니까 바르바라가 그것들을 뜯어와 한다발이나 차 대신 끓여서 나를 독살할 수도 있을 거야. 그러고 나서 서류를 들이댈 거야. 나를 볼로진과 바꿔버리려고 독살하는 거지. 어쩌면 벌써 그렇게 준비했는지도 몰라. 그러지 않고서야 그가 이 꽃 이름을 어떻게 알겠어? 볼로진이 말했다.

"신이 그녀를 심판하시겠지! 그녀는 무엇 때문에 나를 모욕했을까? 그녀는 귀족 청년을 기다리고 있을 거야. 하지만 귀족도 귀족 나름이라는 걸 생각하지 못한 거지. 다른 작자와 결혼하면 눈물깨나 흘리겠지. 하지만 선량하고 평범한 사람이 그녀를 행복하게 만들어줄 수 있는데 말이야. 난 교회에 가서 그녀의 건강을 위해 촛불을 켜고 기도하겠어. 신이 그녀에게 술주정뱅이 남편을 만나게 해주셔서 그 남자가 그녀를 차버리게 만들고, 그러고 나면 그는 파멸하는 거지. 그리고 결국은 그녀를 자유의 몸이 되게 하실 거야. 그때에 그녀는 나에 대해 떠올리겠지만 그땐 이미 늦은 거야. 그녀는 손으로 눈물을 훔치면서 '빠벨 바실리예비치를 거절하다니 난 바보였어. 이제 날 때릴 사람도 없으니. 그 사람은 좋은 사람이었는데'라고 말하겠지."

<hr>

[49] 잔인한 사람이란 뜻을 가지고 있다.

볼로진은 자신의 말에 감동을 받아서 눈물을 흘렸고, 양처럼 툭 튀어나온 눈에 고인 눈물을 손으로 닦았다. 뻬레도노프가 충고했다.

"밤에 유리를 들고 가서 그녀를 베어버려."

"맙소사. 신이 그녀와 함께하시고 다른 사람들도 알아차릴 거야. 아니, 그 남동생은 또 어떻고! 하느님 맙소사, 그애가 나에게 해를 끼쳤다고 해서 내가 그애에게 무엇을 할 수 있겠냐고! 난 그 아이에 대해선 아무것도 하지 않을 거야. 그 아이가 나에게 어떠한 간계를 꾸미는지 보게 되겠지. 그 아이는 보통 아이가 아니야. 그 아이에게 봐주라고 해보시지?"

"그래. 아이와 경쟁하지도 못하다니. 어휴, 넌 약혼자란 말이야!"

뻬레도노프가 화를 내며 말했다.

"그래서 그게 어떻다는 거야? 물론 약혼자지. 다른 여자를 찾을 거야. 사람들이 그녀 때문에 눈물을 흘린다고 생각하지 않았으면 좋겠는데."

볼로진이 말했다.

"정말, 넌 약혼자라고! 게다가 넥타이도 매고 있잖아. 서글프게 울면서 흰 빵을 배급받는 줄에 서 있는 것 같은 꼴이라니. 넌 약혼자라고!"

뻬레도노프는 그를 비난했다.

"그래, 나는 약혼자야. 아르다샤, 자네는 중매쟁이고. 자네가 나를 위로하는군. 하지만 중매는 성사시키지 못했잖아. 어휴, 자네가 중매쟁이인데 말이야!"

볼로진이 침착하게 말했다.

그들은 서로를 정말로 비난하기 시작했는데 마치 이번 사건에 대해 상담이라도 하는 것 같은 표정으로 오랫동안 계속했다.

나제즈다는 손님들을 배웅하고 나서 거실로 돌아왔다. 미샤는 안락의자에 앉아 웃고 있었다. 누나는 동생의 어깨를 잡고 그를 안락의자에서 일으키며 말했다.

"엿들어서는 안된다는 것을 잊어버렸니?"

그녀는 새끼손가락을 들어 보이려고 하다가 갑자기 웃으면서 그러지 않았다. 미샤는 그녀에게 안겼고 그들은 서로 껴안은 채 오랫동안 웃었다. 그녀가 말했다.

"아무튼 엿들었으니 구석으로 가서 서 있어."

"이런, 안돼. 내가 누나를 약혼자에게서 구해줬는데, 내게 고맙다고 해야지."

미샤가 말했다.

"누가 누구를 구해줬다는 거니! 네게 회초리를 들려고 했다는 말 들었지? 구석으로 가 있어."

"쳇, 이쪽 구석에 서 있는 게 더 낫겠네."

미샤가 말했다.

그는 누나의 발아래 무릎을 꿇고 머리를 그녀의 무릎 위에 갖다 대었다. 그녀는 그를 어루만지며 간질이기도 했다. 미샤는 무릎으로 바닥을 기면서 웃었다. 갑자기 누나가 그를 밀쳐내더니 안락의자에 앉았다. 혼자 남은 미샤는 의아한 듯 누나를 잠시 바라보다가 무릎을 꿇고 있었다. 그녀는 조금 더 편한 자세를 취하더니 마치 책을 읽는 척 들고는 동생을 바라보았다.

"어휴, 난 벌써 지쳤어."

그가 애처롭게 말했다.

"내가 그러라고 하지 않았어. 네가 그런 거지."

그녀는 책을 내려놓고 미소 지으며 대답했다.

"그럼, 내가 벌을 받았으니 날 용서해줘."

미샤가 애원했다.

"정말 내가 너에게 무릎을 꿇으라고 시켰단 말이니?"

나제즈다는 짐짓 태연한 목소리로 물었다.

"왜 너는 내게 귀찮게 달라붙니!"

"난 누나가 허락할 때까지 일어서지 않을 거야."

나제즈다는 웃더니 책을 내려놓고 미샤의 어깨를 자기 쪽으로 당겼다. 그는 카랑카랑한 목소리로 "빠블루시까의 약혼녀!"라고 소리치며 그녀를 안으려고 달려들었다.

16

　검은 눈동자의 소년은 류드밀라의 모든 부탁을 들어주었다. 그녀는 그에 관해 가족과 지인, 때로는 전혀 상관없는 사람들과 이야기를 자주 나누었다. 거의 매일 밤마다 꿈속에서 그녀는 때로는 수줍어하고 또 때로는 평범한 모습을 한 그를 보았다. 그녀는 야생적이고 동화와 같은 꿈속에서 그를 더 자주 보았다. 이런 꿈에 관한 이야기는 그녀에게 이미 습관처럼 되어서 자매들은 아침만 되면 오늘은 꿈에 싸샤가 어떻게 나왔는지 물었다. 그녀는 온통 그에 관한 상상을 하면서 여가시간을 보냈다.

　일요일에 류드밀라는 자매들을 설득해서 오전 예배가 끝난 뒤 꼬꼽끼나를 불러서 좀더 시간을 끌어달라고 부탁했다. 그녀는 싸샤 혼자만을 만나고 싶어했다. 자신은 교회에 가지 않고 자매들에게 지시를 내렸다.

　"아주머니에게는 내가 늦잠 잔다고 말해줘."

자매들은 그녀의 계획을 듣고 웃었으나 당연히 동의하였다. 그들은 매우 사이가 좋았던 것이다. 류드밀라는 자매들에게 도움을 요청해서 소년을 차지하고 그녀들에게도 괜찮은 약혼자를 만들어 줄 셈이었다. 그래서 그들은 약속한 대로 예배가 끝난 후 꼬꿉끼나를 불러냈다.

류드밀라는 바로 나가고 싶지 않았다. 그녀는 경쾌하고 아름답게 차려입은데다가 은은하고 연한 앗낀소노프 향수를 뿌렸다. 유리구슬로 수놓인 흰색 손가방 안에는 아직 개봉하지 않은 향수병과 작은 분무기를 넣어둔 후 자신은 거실의 유리창 커튼 뒤에 숨었다. 그렇게 숨어 있으면서 꼬꿉끼나가 제시간에 들어오는지 보려는 속셈이었다. 그녀는 예전부터 향수를 싸샤의 집에 가져가려고 생각했었다. 왜냐하면 중학생인 싸샤에게 향수를 뿌려서 그에게서 역겨운 라틴어책 냄새와 잉크 냄새, 남자 냄새가 나지 않도록 하기 위해서였다. 류드밀라는 향수를 좋아해서 뻬쩨르부르그에서 향수를 많이 주문했고 그 일에 많은 돈을 썼다. 그녀는 향기로운 꽃들도 좋아했다. 그녀의 방은 언제나 무슨 향기로 향긋했다. 꽃, 향수, 소나무, 봄에 볼 수 있는 신선한 자작나무 가지에서 풍기는 향기로 가득했다.

자매들이 꼬꿉끼나와 함께 돌아왔다. 류드밀라는 꼬꿉끼나와 얼굴을 마주치지 않도록 기쁜 맘으로 부엌을 지나 텃밭을 가로질러 곧장 울타리로, 교차로로 달려갔다. 그녀는 흥겹게 미소 지으며 재빨리 꼬꿉끼나의 집으로 가면서 흰색 손가방과 흰색 양산을 장난스럽게 흔들어댔다. 따스한 가을 햇살이 그녀를 기쁘게 했고, 움직일 때마다 주변에서 정겨운 기운이 자신을 감싸며 널리 퍼져나가는 것처럼 느꼈다.

꼬꼽끼나의 하녀는 주인이 지금 집에 안 계신다고 말했다. 류드밀라는 소리를 내어 웃었고, 문을 열어준 볼이 빨간 아가씨와 농담을 주고받았다. 그녀가 말했다.

"어쩌면 네가 날 속이고 있는 건지도 몰라. 네 여주인은 나를 피해 숨어 있는지도 모르지."

"히히, 주인님이 숨다니! 못 미더우시면 직접 방으로 가서 살펴보세요."

하녀가 웃으면서 대답했다.

류드밀라는 방 안을 들여다보고 장난스럽게 소리쳤다.

"여기 살아 있는 사람 누구 없나요? 아, 학생이 있네!"

싸샤가 방에서 나와 류드밀라를 보더니 즐거워했다. 류드밀라는 그의 기뻐하는 눈빛을 보고 한층 더 유쾌해졌다. 그녀는 물었다.

"올가 바실리예브나는 어디 있니?"

"집에 안 계세요. 아직 돌아오지 않으셨어요. 교회에서 나오셔서 어딘가로 가셨겠죠. 돌아와보니 아직 안 오셨던데요."

싸샤가 대답했다.

류드밀라는 짐짓 놀란 표정을 지었다. 그녀는 양산을 휘두르며 유감스러운 듯이 말했다.

"그렇다면 이상한데. 이미 모두가 교회에서 나왔거든. 모두들 집에 있을 텐데. 여기에 안 계신다니 정말 이−상−하−안데. 어이, 젊은 학생, 네가 할머니가 집에 계실 수 없을 정도로 못되게 군 거 아냐?"

싸샤는 조용히 미소 지었다. 류드밀라의 목소리와 낭랑한 웃음소리가 그를 기쁘게 했다. 그는 어떻게 그녀를 재치있게 배웅할지, 어떻게 몇분간이라도 그녀와 함께 있으면서 그녀를 바라보고 그녀의 말을 들을지 생각했다.

그런데 류드밀라는 돌아가지 않기로 결심했다. 그녀는 간사한 미소를 띠고 싸샤를 바라보며 말했다.

"친절한 젊은이, 왜 내게 앉으라고 권하지 않지? 얼른. 나 피곤해! 조금만이라도 쉬게 해줘."

그러고는 거실로 들어가 웃으며 민첩하고 부드러운 눈길로 싸샤를 사랑스럽게 바라보았다. 싸샤는 당황해서 얼굴이 빨개졌고 기뻤다. 그녀와 함께 있을 수 있다니!

"내가 널 숨도 못 쉬게 해줘도 될까? 그렇게 해줄까?"

류드밀라가 생기있게 물었다.

"당신은 정말 대단해요! 오자마자 날 숨 막히게 하다니! 무엇 때문에 그렇게 막무가내인가요?"

싸샤가 말했다. 류드밀라는 깔깔거리며 웃기 시작했고 등을 소파에 기댔다.

"내가 숨 막히게 할 거 같아? 바보같이! 넌 내 말을 잘 이해하지 못했어. 난 손으로 널 숨 막히게 하려는 것이 아니라 향수를 뿌리려고 한 거라고."

싸샤가 웃으며 말했다.

"아, 향수를요! 그거라면 상관없지요."

류드밀라는 손가방에서 분무기를 꺼냈다. 그것은 청동 빛깔 고무마개가 달린 세트로서 황금 당초무늬가 새겨진 진한 붉은색의 아름다운 유리 기구였다. 그녀는 그것을 꺼내며 말했다.

"보이지? 어제 새 분무기를 샀어. 손가방에 넣어두고는 잊어버린 거야."

그러고 나서 그녀는 '헤를레노프의 빠오로사'라는 진하고 화려한 라벨이 붙은 커다란 향수병을 꺼냈다. 싸샤가 말했다.

"손가방이 대단히 깊기도 하네요!"

류드밀라가 유쾌하게 대답했다.

"어머, 더는 아무것도 기대하지 마. 네게 줄 당밀과자는 가져오지 않았으니까."

"당밀과자라니."

싸샤는 우스운 듯 그 말을 되풀이했다. 그는 호기심 가득한 눈으로 류드밀라가 어떻게 향수병을 여는지 지켜보다가 물었다.

"당신은 어떻게 깔때기도 없이 거기다 향수를 부을 생각인가요?"

류드밀라가 흥겹게 말했다.

"깔때기를 가져다줘."

"우리 집엔 없는데."

싸샤가 당황해하며 말했다.

"그렇다면 원하는 대로 해. 깔때기를 구해다주든가."

류드밀라가 웃으며 말했다.

"내가 말라니야의 집에 가서 빌려올게요. 그녀는 석유등잔을 쓰거든요."

싸샤가 말했다. 류드밀라는 즐거운 듯이 깔깔거렸다.

"어머나, 넌 참 알 수 없는 아이야! 아깝지 않다면 종이 쪼가리나 줘. 그게 깔때기나 다름없거든."

"아, 정말 그렇네요! 당연히 종이도 동그랗게 말 수 있으니까요. 지금 가지고 올게요."

싸샤는 기쁜 듯이 소리치고는 자기 방으로 달려갔다.

"노트를 찢어도 되나요?"

그는 방에서 소리쳤다.

“상관없어. 책이라도 찢어. 라틴어 문법책 같은 거. 난 아쉬울 게 없으니까.”

류드밀라가 즐겁게 소리쳤다. 싸샤는 웃더니 소리쳤다.

“아니요. 노트를 찢는 것이 더 낫겠어요.”

그가 깨끗한 노트를 찾아서 중간 장을 찢고 거실로 달려가려는데 류드밀라가 벌써 방문턱에 서 있었다.

“주인님, 당신 방에 들어가도 되나요?”

그녀가 장난스럽게 물어보았다.

“그럼요. 매우 기쁩니다!”

싸샤가 흥겹게 소리쳤다.

류드밀라는 그의 책상 앞에 앉아 종이를 둥그렇게 말더니 향수병에 있던 향수를 분무기에 따르는 일에 사뭇 열중했다. 향수가 종이 깔때기의 아래와 옆으로 흐르면서 종이를 적시자 색이 진해졌다. 향기나는 액체는 깔때기에 고여 있다가 아래로 천천히 떨어졌다. 따스하고 달콤한 장미 향이 강한 알코올 향과 섞이며 냄새를 풍겼다.

류드밀라는 향수병의 향수를 절반이나 분무기에 따라넣고 나서 말했다.

“어휴, 이제 충분하네.”

그러고 나서 그녀는 분무기 뚜껑을 닫았다. 그후에 젖은 종이를 구겨서 손바닥으로 그것을 비볐다.

“냄새 맡아봐.”

그녀는 싸샤에게 말하면서 손바닥을 그의 얼굴로 가져갔다.

싸샤는 고개를 숙이고 눈을 감은 채 냄새를 맡았다. 류드밀라는 웃음 짓고는 손바닥으로 그의 입을 쳤고 그의 입에 손을 갖다댄 채로 있었다. 싸샤는 얼굴이 붉어졌고 그녀의 따뜻하고 향기나는 손바닥을 떨리는 입술로 가볍게 건드리며 입을 맞추었다. 류드밀라는 한숨을 내쉬고는 행복과 기쁨에 가득 찬 익숙한 표정을 보여주었다. 그녀가 말했다.

"자, 이제 내가 너에게 어떻게 향수를 뿌리는지 봐. 붙들고 있기만 하라고!"

그리고 그녀는 둥근 고무마개를 들었다. 싸샤의 블라우스와 공중에 향기로운 입자가 뿜어져나와 흩어지며 퍼져나갔다. 류드밀라가 싸샤를 건드리자 그는 웃었고, 그녀의 말에 귀를 기울이기 위해 몸을 돌렸다.

"냄새 좋지, 응?"

그녀가 물었다.

"아주 근사한데요. 그런데 향수 이름이 뭐예요?"

싸샤는 흥겹게 대답했다.

"여기, 젊은이! 향수병에 있는 걸 읽으면 알 수 있을 거야."

그녀는 떨리는 목소리로 말했다.

싸샤는 읽어보고 나서 말했다.

"그러니까 장미 기름 냄새가 날 거라고 적혀 있네요."

"기름이라니!"

류드밀라는 놀리듯 말했고 싸샤의 어깨를 가볍게 쳤다.

싸샤는 휘파람 소리를 내며 혀끝을 둥글게 말아 내밀면서 웃었다. 류드밀라는 자리에서 일어나 싸샤의 교과서와 노트 들을 들춰보았다.

"봐도 되니?"

그녀가 물었다.

“잠시만 기다려주세요.”

싸샤가 말했다.

“여기 어디에 1점과 0점[50]이 적혀 있지? 보여줘.”

“전 아직 그렇게 매력적인 점수는 받아보지 못했어요.”

싸샤는 화가 나서 대꾸했다.

“음, 너 거짓말하는 거지? 네가 만약 그런 점수를 받았다면 입장이 달라질 거야. 감췄겠지. 가봐.”

류드밀라가 단호하게 말했다.

싸샤는 조용히 미소 지었다.

“라틴어와 그리스어도 지겨워하겠지?”

류드밀라가 말했다.

“아니요, 천만에요.”

싸샤가 대답했다. 하지만 교과서에 관한 대화에 지루해진 것 같았다.

“외우는 것은 지겨워요. 하지만 문제없어요. 전 기억력이 좋으니까요. 하지만 문제 푸는 것은 좋아해요.”

그가 대답했다.

“내일 점심 먹고 우리 집에 와.”

류드밀라가 말했다.

“고마워요. 갈게요.”

싸샤가 얼굴을 붉히며 대답했다. 류드밀라가 자신을 초대해줘서 그는 기분이 좋아졌다. 류드밀라가 물었다.

“내가 어디 사는지 아니? 올 수 있어?”

---

50 러시아에서는 성적을 매길 때 5점 만점에 1점씩 차감하는 방식을 쓴다.

"알아요. 좋아요, 갈게요."

싸샤가 기쁘게 말했다.

"그러면 꼭 와. 기다릴게, 듣고 있지!"

류드밀라가 강하게 말했다.

"만약 수업이 많으면 어쩌죠?"

싸샤는 실제로 수업이 많아서 가지 못하는 것이 아니라 양심상 그렇게 물어보았다.

"흥, 그건 아무 문제가 될 거 없어. 그래도 와. 설마 꼬챙이로 찔러 죽이진 않겠지."

"그런데 왜죠?"

싸샤가 용기를 내어 물어보았다.

"그래야만 하니까. 와봐. 뭔가 할 말도 있고 보여줄 것도 있어. 사랑스러운 나의 보배, 오시기나 하세요."

류드밀라는 분홍빛 손가락을 튕기며 치마를 들고 노래하면서 자리에서 일어섰다.

싸샤는 웃기 시작했다.

"오늘 말씀해주세요."

그가 요청했다.

"오늘은 안돼. 오늘 내가 어떻게 말할 수 있겠니? 그러면 네가 내일 안 올 거잖아. 올 이유가 없다고 말할걸."

"음, 좋아요. 가능하면 꼭 갈게요."

"물론, 가능하면 말이야! 사람들이 널 쇠사슬로 묶어두지 않으면 말이지."

류드밀라는 헤어지면서 싸샤의 이마에 입을 맞추었고 손을 들어 싸샤의 입술에 갖다댔다. 입을 맞추어야만 했다. 싸샤는 다시 한번 희고 부드러운 손에 입을 맞추는 것이 기뻤지만 동시에 창피했다. 어떻게 얼굴이 붉어지지 않을 수 있겠는가! 아무튼 류드밀라는 나가면서 상냥하고 능청스럽게 웃었다. 그리고 몇번이고 뒤를 돌아보았다. 싸샤는 생각했다.

'그녀는 정말 사랑스러워!'

그는 혼자 남았다.

'그녀가 너무 빨리 가버렸어! 갑자기 나타나 기억할 틈도 주지 않았네. 그런데 이미 그녀는 없어. 조금 더 머물렀으면 좋았을 텐데!'

싸샤는 그렇게 생각했고 어떻게 자신이 그녀를 배웅하는 것을 잊어버렸는지 부끄러워졌다. 싸샤는 생각에 빠졌다.

'그녀와 함께 좀더 있을 수 있었는데! 따라갈까? 그녀가 멀리 가버렸을까? 빨리 달려가면 얼마든지 따라잡을 수 있을 거야.'

싸샤가 생각했다.

'혹시 그녀가 비웃을까? 그녀를 방해하게 될지도 몰라.'

싸샤가 꿈꾸듯 회상에 잠겼다.

'그녀가 얼마나 부드럽게 입을 맞추던지! 마치 다정한 누나 같았어.'

싸샤의 두 볼은 불타올랐다. 달콤했지만 창피했다. 희미한 몽상이 피어올랐다. 싸샤는 달콤한 꿈을 꾸었다.

'만약 그녀가 누나였으면! 그녀에게로 가서 포옹하고 사랑스러운 말을 건넬 수 있을 텐데. 그녀를 다정하게 류드밀로치까로 부를 수 있겠지! 아니면 아주 다르고 독특하게 부바라든가 스뜨레꼬스로 부를 수도 있는데. 그녀가 반응을 보이겠지. 아마도 기뻐할걸.'

싸샤는 슬픈 표정으로 생각에 잠겼다.

'하지만 그녀는 남이지. 사랑스럽지만 남이야. 왔다가 그냥 가버렸어. 이제 가버리면 나에 대해선 생각하지도 않을 거야. 다만 단풍 나무와 장미의 달콤한 향만을 남기고 또 두사람의 부드러운 입맞춤에 대한 감촉만을 남겨놓고 말이야. 마치 파도가 아프로디테에게 하듯이 달콤한 몽상을 불러일으키는 모호한 흥분을 가슴에 새겨놓고서.'

꼬꼽끼나가 곧 돌아왔다.

"어머, 애야, 무슨 냄새가 이리 독하니!"

그녀가 그렇게 말하자 싸샤는 얼굴이 빨개졌다.

"류드밀로치까가 왔었어요. 할머니를 기다리려고 잠시 앉아 있다가 제게 향수를 뿌리고는 가버렸어요."

"정말 다정해졌구나! 벌써 류드밀로치까라고 부르니."

할머니는 놀라서 말했다.

싸샤는 멋쩍은 듯이 웃더니 제 방으로 달려갔다. 하지만 꼬꼽끼나는 명랑하고 상냥한 루찔로프의 딸들이 애교를 부리면서 어른이고 아이고 할 것 없이 유혹하고 있다고 생각했다.

다음날 아침부터 싸샤는 자신이 초대받은 사실을 생각하고 유쾌해졌다. 그는 집에서 조바심을 내며 점심식사를 기다렸다. 점심을 먹고 나서는 창피해서 얼굴을 완전히 붉힌 채 7시까지 루찔로프의 집에서 놀다 와도 되는지 꼬꼽끼나에게 허락을 구했다. 꼬꼽끼나는 놀라긴 했지만 허락해주었다. 싸샤는 머리를 정성 들여 빗고 심지어 포마드까지 바르고 나서 흥겨운 맘으로 달려갔다. 그는 기뻤고 마치 중요하고 사랑스러운 일을 앞에 두고 있는 것처럼 살짝 흥분되었다. 도착해서는 류드밀라의 손에 입을 맞출 테고 그녀는 그의 이마에 입맞춤을 할 것이며, 나중에 헤어질 때에도 똑같은 입맞춤을 받을 거라 생각하니 즐거워졌다. 그는 류드밀라의 부드럽고 하얀 손을 달콤하게 떠올려보았다.

세 자매가 현관에서 싸샤를 맞았다. 그들은 창가에 앉아 밖을 내다보는 것을 좋아해서 앉아 있다가 멀리서 그가 오는 것을 알아보았던 것이다. 잘 차려입은 그들은 유쾌하게 재잘대며 일시에 호들갑을 떨면서 그를 에워쌌다. 그래서 그도 그녀들과 함께 있으니 갑자기 기분이 좋아지고 맘이 편해졌다. 류드밀라가 기쁜 듯이 소리쳤다.

"바로 그애야. 신비한 젊은이라고!"

싸샤는 부드럽게, 그리고 아주 큰 만족을 느끼며 류드밀라의 손에 입 맞추었다. 또한 다리야와 발레리야의 손에도 입을 맞추었다. 그들을 그냥 지나칠 수는 없었다. 그리고 그는 이것 또한 매우 유쾌하다는 것을 알게 되었다. 게다가 그들 셋은 그의 뺨에 입맞춤을 해주었다. 다리야는 소리를 내며 입맞춤을 하긴 했으나 마치 칠판에 하듯이 무뚝뚝하게 했고, 발레리야는 교활한 눈을 내리깔고 부드럽게 입맞춤을 해주었다. 그녀는 살짝 웃으며 조용히 가볍고 기쁨에 찬 입술을 스치기까지 하였다. 마치 향기롭고 부드러운 사과꽃이 뺨에 떨어지는 것과 같았다. 한편 류드밀라는 기쁘고 즐겁게, 그리고 강하게 쪽 소리를 내며 입 맞춰주었다.

"이애는 내 손님이야."

그녀는 단호하게 말하며 싸샤의 어깨를 잡고 자기 쪽으로 잡아당겼다.

다리야는 곧 화를 내며 소리쳤다.

"그러니까 네 것이라고? 그래서 그렇게 입맞춤을 했구나! 보물을 발견한 거로군! 아무도 그걸 빼앗아가진 않아."

발레리야는 아무 말도 하지 않고 웃기만 했다.

'남자아이와 이야기하는 것은 정말 흥미롭지! 이 아이가 뭘 알고 있을까?'

류드밀라의 방은 넓고 쾌적한데다 밝은 노란색 레이스 커튼이 달린 커다란 창문 두개가 정원으로 나 있어서 밝았다. 달콤한 냄새도 났다. 모든 물건은 잘 정돈되어 있었고 윤이 났다. 의자와 소파는 눈에 띄는 흰색 당초무늬가 있는 노르스름한 황금색 천으로 덮여 있었다. 향수와 오드꼴로뉴가 담긴 다양한 유리병과 깡통, 상자, 부채, 몇몇 러시아와 프랑스 책이 눈에 띄었다. 류드밀라가 웃으며 말했다.

"어젯밤 꿈에 널 보았어. 넌 마치 시내에 있는 다리 아래를 배를 타고 지나가는 것처럼 보였어. 난 다리 위에 앉아 있었고 넌 낚시를 하고 있었지."

"깡통에다 뭔가를 잡아넣었나요?"

싸샤가 웃으며 물었다.

"왜 깡통에다 넣지?"

"그러면 어디에?"

"어디라니? 귀를 물어뜯고서 강으로 던져버렸지."

류드밀라는 소리를 내며 한참 동안 웃었다. 싸샤가 말했다.

"정말 당신은 대단하네요! 그런데 오늘 제게 무슨 말을 하고 싶은 건가요?"

류드밀라는 웃기만 하고 대답해주지 않았다.

"절 속인 거 같은데요. 그리고 뭔가를 보여준다고 약속하셨잖아요."

싸샤가 짐작하여 원망하듯 말했다.

“보여줄게! 뭐 먹고 싶지 않니?”

류드밀라가 물었다.

“점심은 먹었어요. 당신은 정말 사기꾼이에요!”

싸샤가 말했다.

“네게 감출 필요가 있었어. 그런데 네게서 포마드 냄새가 나는 것 같은데?”

류드밀라가 갑자기 물어보자 싸샤는 얼굴이 빨개졌다.

“포마드 냄새는 참을 수 없어! 포마드를 바른 아가씨도 마찬가지고!”

류드밀라는 화를 내며 말했다. 그녀는 손으로 그의 머리를 만져 손에 기름기를 묻히더니 손바닥으로 그의 뺨을 때렸다. 그녀가 말했다.

“제발 포마드는 바르지 마!”

그녀가 말했다. 그는 당황스러웠다.

“음, 좋아요. 정말 까다롭네요! 자기는 향수를 뿌리면서!”

그가 말했다.

“향수는 향수고 포마드는 포마드야, 바보야! 비교하면 알 수 있을 거야.”

류드밀라는 확신에 찬 목소리로 말했다.

“난 결코 포마드를 바르지 않아. 왜 머리를 붙이니! 향수는 전혀 달라. 네게 향수를 뿌려줄게. 어때? 라일락 향이 나는 걸로 뿌려줄게. 괜찮지?”

“네, 좋아요.”

싸샤가 미소 지으며 대답했다. 그는 향기를 풍기며 집에 가서 다시 한번 꼬꼼끼나를 놀라게 해줄 것을 생각하니 기뻤다.

"누가 원한다고 했지?"

류드밀라가 거듭 묻더니 손에 스포이트가 든 유리병을 들고는 의심스러운 듯이 교활한 표정으로 싸샤를 바라보았다.

"제가 원한다고 했어요."

싸샤가 반복했다.

"네가 짖은 거니? 짖었지? 바로 그렇게! 짖어봐!"

류드밀라는 재미있다는 듯이 약 올렸다.

싸샤와 류드밀라는 유쾌하게 웃었다.

"내가 향수를 뿌려도 겁내지 않을 거지?"

류드밀라가 물었다.

"어제 네가 겁먹었던 거 기억나니?"

"전 결코 겁내지 않았어요."

싸샤가 한숨을 쉬고 나서 흥분하며 대답했다.

류드밀라는 웃으며 그를 약 올리면서 그에게 스포이트로 향수를 뿌리기 시작했다. 싸샤는 고마워하면서 다시 한번 그녀의 손에 입을 맞췄다.

"제발 머리 좀 깎아라. 멋진 고수머리긴 하지만 네 머리를 보면 말도 놀라겠다."

류드밀라가 강하게 말했다.

"음, 좋아요. 이발할게요."

싸샤가 동의했다.

"정말로 철저하시군요! 전 아직은 머리가 짧은데요. 여기서 0.5인치 더 길러도 교장 선생님은 저에게 아무 말도 하지 않을 거예요."

"난 머리가 짧은 젊은이를 좋아해. 이 점을 명심해. 난 너희 교장이 아니거든. 내 말을 들어야만 해."

류드밀라는 심각하게, 그를 손가락으로 위협하며 말했다.

그때부터 류드밀라는 싸샤를 만나기 위해 꼬꼽끼나의 집에 더욱더 자주 들락거리게 되었다. 특히 꼬꼽끼나가 집에 없을 때 더 찾아오려고 했다. 그녀는 이따금 꾀를 내어서 꼬꼽끼나를 집 밖으로 유인해내기도 하였다. 다리야가 언젠가 그녀에게 말했다.

"어머, 너 겁쟁이구나! 할머니를 무서워하네. 그녀가 있을 때 가서 산책 가자면서 그 아이를 밖으로 나오게 해봐."

류드밀라는 주의 깊게 그 말을 듣더니 이제는 아무 때나 찾아갔다. 만약 꼬꼽끼나가 집에 있으면 그녀와 잠깐 앉아 있다가 산책하자면서 싸샤를 데리고 나왔는데 그럴 경우엔 그를 잠깐만 데리고 있었다.

류드밀라와 싸샤는 온순하고 평온한 우정을 통해 급속히 서로 가까워졌다. 류드밀라 자신은 그것을 눈치채지 못했지만 그녀는 싸샤의 내면에 자리 잡은, 조금은 이른 감이 있지만 아직은 불분명한 열정과 욕망을 불러일으켰다. 싸샤는 부드럽고 탄력있는 피부 속에 감추어진, 가늘고 깊은 손마디뼈가 들여다보이는 손에 입맞춤을 자주 했다. 그녀의 누르스름하면서도 붉은 피부를 통해 구불구불한 정맥들이 투명하게 비쳤다. 그가 넓은 소매를 들춰가며 그 위의 길고 가느다란 팔에 키스하는 것은 어렵지 않은 일이었다.

류드밀라가 왔을 때 싸샤는 이따금 꼬꼽끼나에게 들키지 않게 숨겼다. 그는 거짓말은 하지 않고 입을 다물고 있었다. 혹시라도 거짓말을 한다면 하녀가 말할 수도 있기 때문이다. 싸샤가 류드밀라의 방문에 대해 침묵하는 것은 쉽지 않았다. 류드밀라의 웃음소리가 그의 귓가에 맴돌았고 그녀에 대해 이야기하고 싶어졌다. 하지만 뭔가 말을 시작하는 것은 불편했다.

싸샤는 다른 자매들과도 금방 친해졌다. 그는 그들 모두의 팔에 입맞춤을 하고 그녀들을 각각 다셴까, 류드밀로치까, 발레로치까 라고 불렀다.

17

류드밀라는 낮에 거리에서 싸샤를 만나 말했다.

"내일 교장 선생님의 큰따님 명명일인데 주인 할머니도 거기 가실 거니?"

"모르겠는데요."

싸샤가 말했다. 그리고 그의 맘속에는 기쁨에 가득 찬 희망이 일렁였는데 그것은 희망이라기보다는 욕망에 가까운 것이었다. 꼬꼽끼나가 외출하면 류드밀라가 그때에 맞춰 올 거고 그러면 그녀와 함께 있을 수 있을 것이다. 저녁에 싸샤는 꼬꼽끼나에게 내일 있을 명명일에 대해 상기시켰다. 꼬꼽끼나가 말했다.

"깜빡 잊을 뻔했네. 다녀와야지. 그 아이는 정말 사랑스러운 아가씨란다."

싸샤가 학교에서 돌아오자마자 꼬꼽끼나는 곧장 흐리빠치 씨 댁으로 갔다. 이번에는 자신이 꼬꼽끼나를 멀리 보내는 데 일조했다는 생각에 싸샤는 기뻤다. 그는 벌써부터 류드밀라가 자기에게 올 시간을 비워놓을 거라 확신했다.

정말 그렇게 되었다. 류드밀라가 왔던 것이다. 그녀는 싸샤의 볼에 입 맞추었다. 그녀가 그에게 입맞춤해달라며 팔을 내밀고 웃음 짓자 싸샤의 얼굴이 빨개졌다. 류드밀라의 옷에서는 촉촉하고 달콤한 꽃향기가 났다. 그것은 달콤한 꿈을 꾸는 듯한 장미와 육감적이고 음탕한 아이리스를 섞어놓은 것 같은 향기였다. 류드밀라는 가느다란 종이로 싼 폭이 좁은 상자를 들고 왔다. 종이 뒤로 누르스름한 무늬가 비쳤다. 그녀는 자리에 앉아서 무릎 위에 상자를 놓고 교활한 눈빛으로 싸샤를 바라보았다. 그녀가 물었다.

"대추야자 열매 좋아하니?"

"엄청요."

싸샤는 얼굴을 찡긋하고 웃으며 대답했다.

"여기, 너 먹으라고 가져왔어."

류드밀라가 의미심장하게 말하고는 상자를 열었다.

"먹어!"

그녀는 자신이 직접 상자에서 열매를 하나씩 꺼내 싸샤의 입에 넣어주었고 하나씩 먹을 때마다 자기에게 입맞춤하도록 만들었다. 싸샤가 말했다.

"그런데 내 입술이 달달한데요!"

"달달한 게 뭐가 문제야? 멋지게 입맞춤해봐. 화내지 않을 테니까."

류드밀라가 흥겹게 대답했다.

"제가 키스를 그만두는 게 나을 것 같아요."

싸샤가 웃으며 말했다. 그리고 열매를 먹으려 손을 뻗었다.

“넌 날 속였어. 속였다고!”

류드밀라는 일부러 상자의 뚜껑을 덮으며 싸샤의 손가락을 때렸다.

“아니, 이런. 전 정직합니다. 속이지 않을게요.”

싸샤가 단호하게 말했다.

“아니, 아니. 믿지 못하겠어.”

류드밀라도 강한 어조로 말했다.

“음, 앞으로도 키스를 그만두었으면 해요?”

싸샤가 물어보았다.

“이것은 비즈니스와 같은 거야. 입맞춤해.”

류드밀라가 기쁜 듯이 말했다.

그녀는 싸샤에게 손을 내밀었다. 싸샤는 그녀의 가늘고 기다란 손가락을 잡고 한번 입맞춤하고 나서 손을 놓지 않은 채 교활한 미소를 지으며 물었다.

“류드밀로치까, 당신은 사람을 속이지 않죠?”

“내가 속일 이유가 뭐가 있겠어! 정말로 안 속여. 의심하지 말고 입맞춤이나 해줘.”

류드밀라가 신이 나서 대답했다.

싸샤는 그녀의 팔에 몸을 숙이고 재빨리 쪽쪽 소리를 내며 입맞춤을 했다. 마치 입맞춤으로 팔을 뒤덮는 것 같았다. 그리고 그는 크게 벌린 입술로 소리를 내며 쪽쪽거렸다. 그는 입맞춤을 실컷 할 수 있어서 기분이 좋았다. 류드밀라는 집중해서 입맞춤의 갯수를 세고 있었다. 그녀는 열까지 세고 나서 말했다.

“서 있는 상태로 몸을 구부려야 하니까 불편해 보인다.”

“음, 그럼 전 이렇게 좀더 편하게 있을게요.”

싸샤가 말했다. 그는 무릎을 바닥에 댄 상태로 열심히 입맞춤을 계속했다. 싸샤는 먹는 것을 좋아했다. 더구나 류드밀라가 자신에게 달콤한 간식을 가져다주는 것이 좋았다. 그는 이런 이유로 그녀를 더욱 다정하게 대했다.

류드밀라는 싸샤에게 달콤한 향기를 풍기는 향수를 뿌렸다. 그는 그 냄새에 놀랐다. 그것은 마치 흰색 비구름 뒤에 있는 죄 많은 황금빛 아침노을처럼 달콤하면서도 이상하게 머리를 어지럽히고, 안개에 싸여 있으면서도 맑은 냄새였다. 싸샤가 말했다.
"정말 이상한 향수예요!"
"손을 가져다가 냄새 맡아봐."
류드밀라가 조언해주었다.
그녀는 허리가 둥글고 그다지 아름답지 않은 단지를 그에게 주었다. 싸샤가 단지 속 색깔을 보았는데 그것은 선명한 노란색의 기분 좋은 액체였다. 화려하고 굵은 글씨로 쓰인 라벨이 붙어 있었는데 프랑스어로 '삐베르의 씨클라멘'이라고 적혀 있었다. 싸샤는 평범한 유리마개를 잡고 그것을 열어 냄새를 맡아보았다. 그후에 그는 류드밀라가 시키는 대로 했다. 유리병 뚜껑에 손바닥을 대고 그것을 재빨리 뒤집은 다음 다시 손바닥 쪽으로 뒤집은 후 손바닥에 묻은 씨클라멘 향수 방울을 비비고 나서 손바닥에 남은 냄새를 정신을 집중해서 맡아보았다. 알코올 성분은 날아가고 순수한 향만 남아 있었다. 류드밀라는 흥분되어 뭔가를 기대하면서 그를 바라보았다. 싸샤는 머뭇거리며 말했다.
"설탕이 묻은 빈대 냄새가 조금 나는 것 같아요."
"어머, 어머나. 거짓말 좀 하지 마."

류드밀라는 화를 내며 말했다. 그녀는 손에 향수병을 쥐고 냄새를 맡았다. 싸샤가 되풀이했다.

"정말이에요. 빈대 냄새예요."

류드밀라는 갑자기 화를 내며 눈물을 글썽였다. 그녀는 싸샤의 뺨을 때리며 소리쳤다.

"아이 참, 넌 정말 나쁜 애야! 빈대라니!"

"아무 의미 없이 한 말이에요! 사랑스러운 류드밀로치까, 왜 그렇게 화를 내세요! 당신 생각엔 어떤 냄새인 것 같아요?"

싸샤는 웃으며 말하고 나서 류드밀라의 손에 입맞춤했다.

그는 맞아도 화를 내지 않았다. 그만큼 완전히 류드밀라에게 빠져 있었던 것이다.

"무슨 냄새가 나느냐고? 무슨 냄새가 나는지 지금 말해줄 테니 먼저 귓구멍이나 열어놓으시지"라고 말하며 류드밀라는 싸샤의 귀를 잡아당겼다.

"아, 아, 아, 류드밀로치까, 내 사랑, 앞으로 안 그럴게요!"

싸샤는 아파서 얼굴을 찡그리고 몸을 구부리며 말했다.

류드밀라는 빨개진 싸샤의 귀를 놓아주고 싸샤를 부드럽게 자기 쪽으로 끌어당겨 무릎에 앉히고는 말했다.

"들어봐. 씨클라멘엔 세가지 향이 들어 있어. 초라한 꽃은 달콤한 향을 풍기지. 일벌들을 위한 꽃 말이야. 당연히 너도 이걸 러시아식으론 '게으름뱅이'라고 부른다는 걸 알 거야."

"게으름뱅이라."

싸샤는 웃으며 우스운 이름을 반복했다.

"웃지 마. 깡패야"라고 말하며 류드밀라는 싸샤의 다른 쪽 귀를 잡아당겼다.

"벌들은 달콤한 향이 나는 꽃 위에서 붕붕거리지. 이것이 그 꽃의 기쁨이거든. 게다가 달콤한 바닐라 향이 나지. 그건 벌을 위한 것이 아니라 그 꽃들이 꿈꾸는 누군가를 위한 거야. 그것이 바로 벌의 소망인 꽃과 그 위에 빛나는 태양이지. 그리고 세번째 향기는 부드럽고 달콤한 육체의 냄새를 풍기지. 그것은 사랑하는 사람을 위한 거고 그것이 바로 사랑이라는 거야. 초라한 꽃과 반나절 동안 계속되는 힘든 무더위. 벌, 태양, 무더위라고. 이해가 되니? 나의 빛?"

싸샤는 아무 말 없이 고개를 끄덕였다. 거무스름한 얼굴은 달아올랐고 기다란 짙은 눈썹은 떨렸다. 류드밀라는 꿈을 꾸듯 멀리 바라보다가 얼굴을 붉히며 말했다.

"부드러운 태양 빛을 받은 씨클라멘은 기쁘고 달콤하면서도 부끄러운 욕망에 몸을 맡기지. 그것은 피를 끓게 만들어. 나의 태양, 기쁘고 달콤하면서 동시에 아플 때 눈물을 흘리고 싶다는 걸 이해하겠니? 이해하지? 그 꽃이 바로 그렇단다."

그녀는 싸샤의 입술을 오랫동안 훔쳤다.

류드밀라는 생각에 잠겨 앞을 바라보았다. 갑자기 교활한 미소가 입가에 번졌다. 그녀는 싸샤를 살짝 밀어내고 물었다.

"너 장미 좋아하니?"

싸샤는 한숨을 쉬고 눈을 뜨고는 달콤하게 미소 지으며 조용히 속삭였다.

"좋아해요."

"큰 장미?"

류드밀라가 물었다.

“모든 종류를 다. 큰 것도 작은 것도.”

싸샤는 씩씩하게 말했고 소년처럼 재빠른 동작을 취하며 그녀의 무릎에서 내려왔다.

“작은 장미도 좋아한다고?”

류드밀라가 부드럽게 물었다. 낭랑한 목소리는 웃음을 참느라 떨렸다.

“좋아해요.”

싸샤가 재빨리 대답했다. 류드밀라가 웃더니 얼굴을 붉혔다.

“바보 같아. 작은 장미를 좋아하다니. 누구에게도 꺾어주지 않는 거잖아.”

그녀가 소리쳤다.

둘은 웃느라 얼굴이 빨개졌다.

류드밀라에게 어쩔 수 없이 발생되는 순수한 자극이 그들 관계에 있어 커다란 자극으로 다가왔다. 그들은 흥분했다. 하지만 그것은 어리석고 타락한 성공과는 거리가 멀었다.

그들은 누가 더 힘이 센지 다투었다. 류드밀라가 말했다.

“어머, 네가 더 힘이 세다고 치자. 그게 뭐 어때서? 중요한 건 민첩성이야.”

“전 민첩하기도 하죠.”

싸샤가 자화자찬을 했다.

“그러셔요, 민첩한 젊은이!”

류드밀라가 놀리는 목소리로 말했다.

그들은 오랫동안 논쟁을 벌였다. 마침내 류드밀라가 제안했다.

“좋아, 한판 겨뤄보자.”

싸샤는 웃더니 화를 내며 말했다.

"당신이 저와 겨룰 게 뭐가 있다고!"

류드밀라는 싸샤를 간질이기 시작했다.

"아니, 당신 이러기예요!"

그는 웃으며 소리쳤고 그녀 주변을 돌다 그녀를 붙들었다.

야단법석이 시작되었다. 류드밀라는 곧 싸샤가 더 힘이 세다는 것을 깨달았다. 그녀는 힘으로는 그를 잡을 수 없다는 것을 알고 적당한 기회를 엿보아서 교활하게 발을 걸었다. 그가 넘어지면서 류드밀라를 잡아당겼다. 그러나 류드밀라는 재빨리 피하며 그를 바닥에 넘어뜨렸다. 싸샤는 분해서 소리쳤다.

"이건 정말 정당하지 못해요!"

류드밀라는 그의 배 위에 무릎을 갖다대고 손으로 그를 붙잡은 채 그의 몸을 바닥에 눌렀다. 싸샤는 필사적으로 빠져나오려 했다. 류드밀라는 다시 그를 간질이기 시작했다. 싸샤의 낭랑한 웃음소리와 류드밀라의 웃음소리가 어우러졌다. 웃다보니 그녀는 싸샤를 놓아주게 되었다. 그녀도 웃으며 바닥에 넘어졌다. 싸샤가 발을 딛고 서더니 얼굴이 빨개져 화를 냈다.

"루살까[51]!"

그가 소리쳤다.

하지만 루살까는 바닥에 누운 채 웃기만 했다.

류드밀라는 싸샤를 자신의 무릎에 앉혔다. 그들은 싸우고 나서 피곤한 상태로, 즐겁고 친밀하게 서로가 서로의 눈을 바라보며 미소 지었다.

---

51 러시아 설화에 등장하는 물의 요정으로 남자를 유혹하여 파멸시킨다.

“제가 좀 무거울 텐데요. 제가 당신 무릎을 누르고 있잖아요. 절
내려놓는 게 더 나을 것 같아요.”

싸샤가 말했다.

“괜찮아. 다 알아. 네가 네 입으로 응석 부리는 것을 좋아한다고
했잖아.”

그녀는 그의 머리를 쓰다듬었다. 그는 다정하게 그녀에게 기댔
다. 그녀가 말했다.

“싸샤, 넌 정말 아름다워.”

싸샤는 얼굴을 붉히고 웃었다.

“또 상상을 하는군요!”

그가 말했다.

어떠한 방식으로든 그에게 적용되는 아름다움에 관한 생각과
대화가 그를 당혹스럽게 했다. 그는 자신이 사람들에게 아름답게
보이는지 혹은 추하게 보이는지 알고 싶은 생각이 아직까지는 전
혀 없었다.

류드밀라는 싸샤의 뺨을 꼬집었다. 싸샤는 미소 지었다. 뺨에는
빨간 반점이 생겼다. 그것도 아름다웠다. 류드밀라는 다른 뺨도 꼬
집었다. 싸샤는 저항하지 않았다. 그는 그녀의 손을 잡고 입 맞추며
말했다.

“당신에게 꼬집힐 거예요. 물론 전 아플 테고 당신의 손가락엔
물집이 생길지도 모르지만요.”

“그러셔요. 아픈 와중에도 아부를 하네.”

류드밀라가 천천히 말했다.

“전 시간이 없어요. 공부할 게 많아서요. 그리스어 과목을 5점 받
는 행복을 누릴 수 있도록 저를 조금 더 애무해주세요.”

"싫다고 날 내쫓을 거면서!"

류드밀라가 말했다. 그녀는 그의 손을 잡고, 그의 소매를 팔꿈치 위로 걷어올렸다.

"좀 두드려볼까요?"

싸샤는 당혹스럽기도 하고 죄책감을 느끼기도 해서 얼굴을 붉히며 물었다.

하지만 류드밀라는 그의 손에 감탄하며 손을 이리저리 돌려보았다.

"넌 손도 정말 아름답구나!"

그녀는 기쁨에 겨워 큰 소리로 말했고 갑자기 팔꿈치 근처에 입을 맞췄다.

싸샤는 얼굴을 붉히며 손을 잡아뺐지만 류드밀라는 그의 손목을 잡고 몇번 더 입맞춤했다. 싸샤는 아무 말 없이 온몸이 굳어졌다. 그의 반쯤 미소 띤 선명한 입가엔 이상한 표정이 나타났다. 짙은 눈썹 아래에 있던 발그레한 볼이 창백해졌다.

그들은 헤어졌다. 싸샤는 울타리까지 류드밀라를 배웅해주었다. 그가 좀더 멀리 간다고 하면 그녀가 허락하지 않았을 것이다. 그는 울타리 옆에 서서 말했다.

"내 사랑, 너 좀더 자주 들르고 좀더 달콤한 당밀과자를 가져다 줘."

류드밀라는 처음 듣는 '너'라는 소리가 부드러운 애무처럼 느껴졌다. 그녀는 갑자기 싸샤를 포옹하고 입을 맞춘 뒤 달아났다. 싸샤는 멍하니 서 있었다.

싸샤는 류드밀라에게 가겠노라고 약속했다. 하지만 정해진 시간
이 지났는데도 싸샤는 나타나지 않았다. 류드밀라는 초조하게 그
를 기다렸다. 안달하고 걱정하며 유리창 쪽을 바라보고 거리에서
발걸음 소리가 들리자 고개를 내밀어 내다보았다. 자매들은 비웃
기 시작했다. 그녀는 화를 내며 흥분하여 말했다.

"아이 참! 그만둬."

그녀는 자매들에게 사납게 욕을 퍼부었다. 싸샤가 오지 않을 것
같아 류드밀라는 모욕감과 고통 때문에 울기 시작했다. 다리야가
그녀를 놀렸다.

"알나리깔나리, 알나리깔나리."

"싸샤가 그리스어 공부를 하도록 늙고 사악한 마녀가 치마폭 아
래 그를 감싸고 놓아주지 않는 거야."

류드밀라는 열을 받았지만 조용히 말했다. 고통이 극에 달하면
자신이 놀림을 받는다는 것에 화를 내는 것도 잊게 되는 모양이다.

"게다가 그애는 바보여서 집에서 빠져나오지 못하는 거야."

다리야가 어설픈 동정심을 가지고 말했다.

"젖비린내 나는 애송이와 엮이더니만."

발레리야가 경멸적인 어조로 말했다.

두 자매는 비웃기는 했지만 류드밀라를 동정했다. 그들 모두는
서로가 서로를 사랑했다. 그 사랑은 강렬하지만 부드러운 것이었
다. 하지만 부드러운 사랑은 피상적인 법! 다리야가 말했다.

"울고 싶기도 할 거야. 애송이 때문에 눈물을 훔치다니. 이제 악
마가 그 아이와 한편이라고 말해도 되겠군."

"누가 악마라는 거야?"

류드밀라는 화를 내며 소리 질렀고 얼굴이 온통 적자색으로 빨

개졌다. 다리야가 침착하게 대답했다.

"맙소사, 네가 아직 젊어서 아까워, 다만…… "

다리야는 말을 끝마치지 않고 큰 소리로 휘파람을 불었다.

"바보같이!"

류드밀라가 이상한 소리를 내며 말했다.

마치 지루해진 빗줄기를 마지막으로 땅에 뿌리고 난 후 생겨난 노을 속에 타오르는 선명한 빛처럼 그녀의 얼굴은 눈물을 머금은 채 이상하면서도 냉혹한 미소로 번뜩였다.

다리야는 화를 내며 물었다.

"그 아이에게서 네가 관심있어하는 것이 뭔지 말해줄래?"

류드밀라는 놀랄 정도로 환한 미소를 지으며 침묵하다가 천천히 대답했다.

"그 아이는 정말 미남이야! 무한한 가능성이 있다고!"

"흥, 별거 아니군. 그건 모든 소년에게 있는 거거든."

다리야가 단호하게 말했다.

"아니야. 별거 아닌 게 아니야. 불결한 애들도 있어."

류드밀라가 화를 내며 말했다.

"그럼 그애가 깨끗하단 거야?"

발레리야는 '깨끗하단'이란 말을 아주 경멸적으로 늘여서 말했다.

"너도 알 건 다 알잖아!"

류드밀라가 소리쳤다. 하지만 곧 다시 조용히 꿈을 꾸듯이 말했다.

"그는 아무 죄도 없어."

"잘도 그러겠다!"

다리야가 비웃으며 말했다. 류드밀라가 말했다.

"소년들에게 가장 좋은 나이는 열네댓살이야. 그애는 아직 현실적으로는 아무것도 할 수 없고 아무것도 이해하지 못해. 하지만 그 아이는 모든 것을 예감하고 있어. 모든 것을, 결정적으로 말이야. 게다가 눈에 거슬리는 수염도 없어."

"완전히 만족하나보네!"

발레리야가 찡그린 얼굴로 말했다.

발레리야는 슬펐다. 그녀는 자신이 어리고 연약하며 유약하다고 생각했다. 언니들이 부러웠다. 이를테면 다리야의 경쾌한 웃음이며 류드밀라의 어깨까지도 말이다. 류드밀라가 다시 말했다.

"언니랑 너는 아무것도 이해하지 못해. 난 언니랑 네가 생각하는 것처럼 그렇게 그 아이를 사랑하는 것이 아니야. 소년을 사랑하는 것은 저속하게 수염 난 남자와 사랑에 빠지는 것보다 더 나은 거야. 난 그애를 순수하게 사랑해. 난 그애에게서 어떠한 것도 원하지 않아."

"원하지 않는다고? 그러면 왜 너는 그애를 끌어들이는 거니?"

다리야가 거친 음성으로 반박했다.

류드밀라는 얼굴이 빨개졌다. 죄를 지은 듯한 표정이 얼굴에 무겁게 내려앉았다. 다리야는 그녀가 가여워져 다가가 안아주면서 말했다.

"음, 기분 상해하지 마. 우리가 악의를 가지고 말하진 않았잖아."

류드밀라는 다시 울기 시작했고 다리야의 어깨에 기대어 고통스러워하며 말했다.

"난 이 일에 내가 희망을 걸 거라곤 없다는 걸 알아. 있다면 그애가 나를 쓰다듬어주는 것뿐이야. 그것도 어떤 식으로든지 말이야."

"음, 애처로워라!"

다리야가 화를 내며 말한 다음, 류드밀라를 놔주고는 두 손을 옆구리에 대고 큰 소리로 노래했다.

나는 사랑스러운 그이를
잠 못 이루게 만들었네.

발레리야는 깔깔거리며 째지는 목소리로 웃었다. 류드밀라의 눈에도 경쾌하고 교활한 빛이 스몄다. 그녀는 재빨리 자기 방으로 가서 몸에 꼬릴롭시스[52] 향수를 뿌렸다. 자극적이고 달콤하면서도 육감적인 향기가 그녀를 교묘하게 유혹하는 것처럼 감쌌다. 그녀는 예쁘게 차려입고 흥분된 상태로 거리로 나갔다. 그녀에게선 도도한 매력이 풍겨나왔다. 그녀는 생각했다.

'아마도 만날 수 있을 거야.'

그러자 정말 그녀는 그를 만났다.

"잘 만났어!"

그녀는 기쁘면서도 원망 섞인 목소리로 말했다.

싸샤는 당황하면서도 기뻐했다.

"시간이 없었어. 계속 과제가 있어서 말이야. 모든 것을 해야만 했거든. 정말이야. 시간이 없었어."

그는 당황하며 말했다.

"거짓말. 내 사랑, 이제 가자."

그는 웃으면서 거절했지만 류드밀라가 자신을 이끄는 것에 기뻐하는 것처럼 보였다. 류드밀라가 그를 집으로 데리고 갔다.

---

52 히어리꽃.

“데려왔어!”

그녀는 자매들에게 당당하게 소리쳤고 싸샤의 어깨를 붙들고 자기 뒤에 서게 했다.

“기다려. 곧 너와 할 일이 있으니까.”

그녀는 위협적으로 말하면서 문에 빗장을 질러놓았다.

“자, 이렇게 하면 어느 누구도 너를 보러 오지 못할 거야.”

싸샤는 허리에 손을 대고 그녀의 방 한 가운데에 어색하게 서 있었다. 그는 무섭기도 하고 무덤덤하기도 했다. 축제와도 같은 기분이 들게 만드는 달콤한 새 향수 냄새가 났다. 그런데 그 냄새는 보기에는 좋지만 까칠하고 날쌘 뱀을 자극했을 때 나는 냄새와 같았다.

18

뻬레도노프는 학생들이 살고 있는 모某 아파트에서 돌아오는 길이었다. 그는 갑자기 가랑비를 만났다. 그는 새로 산 실크 우산이 젖지 않도록 어딘가에 잠시 들러야겠다는 생각을 했다. 그는 길을 건너면서 돌로 된 이층 단독주택에 걸린 푯말을 보았다. 거기엔 '공증인 구다옙스끼 사무소'라고 적혀 있었다. 공증인의 아들은 중학교 2학년에 다니고 있었다. 뻬레도노프는 안으로 들어가기로 결심했다. 겸사겸사 그 학생을 해꼬지하기로 하자.

그 아이는 부모와 함께 집에 있었다. 그들은 뻬레도노프를 귀찮다는 듯이 맞이했다. 그래서 그곳에서 모든 일이 다음과 같이 벌어졌던 것이다.

니꼴라이 미하일로비치 구다옙스끼는 크지 않은 키에 통통하며, 수염이 길고 머리는 검은색인데 대머리에 가까웠다. 동작은 늘 열정적이고 돌발적이었다. 그는 마치 걸어다니지 않고 참새처럼 짧은 다리를 타고 다니는 것 같았다. 얼굴이나 상태로 보아선 그가 다음에 무엇을 할지 알아차리는 것은 거의 불가능했다. 그는 업무 상 대화를 하다가도 갑자기 허벅지를 내밀었다. 그것은 상대를 비 웃기 위한 것이라기보다는 자신은 아무 상관 없지만 일이 의심스 럽다는 것을 의미한다. 그는 늘 집에서든지 누구를 방문해서든지 앉아 있다가 뜻밖에도 갑자기 자리에서 일어나 재빨리 방 안을 걸 어다니며 소리를 지르거나 벽을 두드린다. 거리에서도 길을 가다 가 갑자기 멈추고는 주저앉아 욕을 하거나 중학생들이 하는 체조 를 한다. 그러고 나서 계속 걸어간다. 그는 자신이 행한 일들 중에 서 증거로 남길 만한 것이 있으면 우스운 표시를 해놓기를 좋아한 다. 이를테면 '모스끄바 광장 에르밀로바 아파트에 살고 있는 이반 이바니치 이바노프'라고 쓰지 않고 '악취가 나서 숨도 제대로 쉴 수 없는 아파트가 있는 시장 광장에 사는 이반 이바니치 이바노프' 라고 쓴다. 그는 심지어 이바노프네 집에 있는 닭과 거위의 숫자까 지도 기억해내고 그의 서명까지도 주의 깊게 본다.

열정적이면서 슬퍼 보이고 낭만적으로 키가 크고 말랐으며 까 칠하게 생긴 율리야 구다옙스까야는 이상하게도 외모상으로는 남 편과 전혀 다른데도 타인의 행동과는 결코 어울릴 수 없는 돌발적 인 행동을 한다는 점에서 쇠젓가락 두짝처럼 남편과 비슷했다. 그 녀는 화려하면서도 젊어 보이게 옷을 입었다. 재빠르게 움직일 때 면 다양한 색깔의 여러 리본이 사방으로 흩날렸다. 그녀는 옷과 머 리의 리본 장식을 좋아했다.

마르고 민첩한 소년인 안또샤는 공손하게 다리를 모았다. 뻬레 도노프는 거실에 앉자마자 재빨리 안또샤에 대해 '게으르고 주의 가 산만하여 수업시간에 귀를 기울이지 않고 수다를 떨고 웃으며

쉬는 시간에 장난을 친다'고 그를 험담했다. 안또샤는 놀랐다. 그는
자기가 그렇게 못된 아이였는지 몰랐던 것이다. 그는 열심히 자신
을 변명했다. 부모님도 흥분했다. 아버지가 소리쳤다.

"우리 애가 어떤 장난을 치는지 말해주시기 바랍니다."

"니까[53], 저애를 두둔하지 마세요. 저애는 장난을 쳐선 안돼요."

어머니가 소리쳤다.

"이 아이가 무슨 장난을 쳤다는 겁니까?"

그는 마치 짧은 다리를 타고 다니는 것처럼 재빨리 걸으면서 거
듭 물었다.

"대체로 장난을 칩니다. 떠들며 장난치기도 하고 싸우기도 하죠.
계속 장난을 치죠."

뻬레도노프가 음울하게 말했다.

"전 싸우지 않아요. 아무한테나 물어보세요. 전 누구와도 결코
싸운 적이 없다고요."

안또샤가 볼멘소리로 소리쳤다.

"어느 누구도 귀찮게 하진 않아요."

뻬레도노프가 말했다.

"좋습니다. 제가 직접 학교에 가서 교장 선생님께 알아보도록 하
겠습니다."

구다옙스끼는 단호하게 말했다.

"니까, 니까, 왜 당신은 믿지 않나요!"

율리야가 소리쳤다.

"당신은 안또샤가 무뢰한이 되는 걸 바라는 건가요? 저 아이를

<hr>

53 니꼴라이의 애칭.

채찍으로 때려야 해요."

"말도 안돼! 어이없군!"

아버지가 소리쳤다.

"회초리를 들겠어요. 당장 때릴 거예요!"

어머니가 소리쳤고 아들의 어깨를 붙들고 부엌으로 데리고 가며 외쳤다.

"안또샤, 가자, 내 아들, 너 회초리를 맞아야겠어."

"못 보내!"

아버지는 아들을 가로막으며 소리치기 시작했다.

어머니는 양보하지 않았고 안또샤는 필사적으로 소리 질렀으며 부모는 서로 밀쳤다.

"아르달리온 보리시치, 절 도와주세요. 제가 안또샤와 일을 보는 동안 이 악당을 잡고 계세요."

율리야가 소리쳤다.

뻬레도노프는 그녀를 도우러 갔다. 하지만 구다엡스끼가 아들을 가로막고 아내를 강하게 밀어제쳤고 뻬레도노프 앞으로 달려가서 소리쳤다.

"끼어들지 마세요! 두마리 개가 싸우고 있으니. 제삼자는 간섭 마시라고요! 그러지 않으면 제가 당신을!"

그는 얼굴이 빨개지고 땀에 젖은 채 옷이 구겨진 상태로 허공에 주먹을 내둘렀다. 뻬레도노프는 이상한 말을 중얼거리며 숨었다. 율리야는 안또샤를 잡기 위해 남편 주위를 뛰어다녔다. 아버지는 아들의 손을 왼쪽 오른쪽으로 이끌면서 아이를 자기 뒤에 숨겼다. 율리야는 눈에 불을 켜고 소리쳤다.

"불한당을 키우는 거라고요! 감옥에 가게 될지도 몰라요! 유형에 처해질지도 모른다니까요!"

"쓸데없는 소리 하지 마! 조용해, 악랄한 바보야!"

구다옙스끼가 소리쳤다.

"이런, 독재자!"

율리야는 화를 내며 남편에게 다가가 그의 등을 주먹으로 치고 나서 재빨리 거실을 빠져나갔다. 구다옙스끼는 주먹을 쥐고 뻬레도노프에게 달려갔다.

"당신은 소란을 피우게 하려고 온 거야!"

그가 소리쳤다.

"안또샤가 장난을 친다고? 당신이 거짓말하는 거요. 안또샤는 장난을 치지 않아요. 만약 저 아이가 장난을 친다면 내가 당신을 통하지 않고도 그 사실을 알았을 거요. 당신과 이야기하고 싶지 않아요. 당신은 시내를 돌아다니면서 바보들을 속이고 아이들에게 채찍질을 하지. 채찍질의 명수로서 학위라도 받고 싶은 거요, 뭐요? 하지만 여기선 그런 짓은 안 통해요. 고결하신 양반, 멀리 꺼져버리라고!"

그는 이 말을 하면서 뻬레도노프에게 다가가 그를 구석으로 밀었다. 뻬레도노프는 놀라면서도 달아날 수 있게 되어서 기뻤다. 구다옙스끼는 화를 내느라 자신이 출구 쪽으로 그를 밀었다는 것을 깨닫지도 못했다. 안또샤는 아버지의 연미복 뒷자락을 잡아당기며 그를 자기 쪽으로 끌어당겼다. 아버지는 화가 나서 그에게 고함을 질렀고 그를 걷어찼다. 안또샤는 한쪽으로 벌러덩 나자빠졌지만 아버지의 연미복 자락을 손에서 놓지는 않았다.

"이런! 안또샤, 잊지 마라."

구다옙스끼가 소리쳤다.

“아빠, 아빠는 아르달리온 보리시치가 나가는 것을 방해하고 있
어요.”

안또샤는 아버지를 뒤쪽으로 잡아당기면서 소리쳤다.

구다옙스끼는 재빨리 뒤로 물러섰고 안또샤는 가까스로 몸을
빼낼 수 있었다.

“미안하게 되었네요.”

구다옙스끼가 말했고 문을 가리켰다.

“출구는 여깁니다. 붙잡지 않겠습니다.”

뻬레도노프는 서둘러 거실을 빠져나갔다. 구다옙스끼는 기다란
손가락을 자신의 긴 코에 얹어놓고 마치 손님을 밀어내는 것처럼
무릎을 허공에 들어올렸다. 안또샤는 서러운 듯 빽빽거렸다. 구다
옙스끼는 화를 내며 그에게 소리쳤다.

“안또샤, 잊지 마라! 명심해. 만약 내일 학교에 가서 이것이 사
실이라는 것이 드러나면 널 엄마에게 넘겨 버릇을 고치게끔 할 테
다.”

“전 장난치지 않았어요. 선생님이 거짓말한 거예요.”

안또샤는 억울하다는 듯이 빽빽거렸다.

“안또샤, 잊지 마! 선생님이 거짓말한 것이 아니라 실수한 것이
라고 말해야 한다. 거짓말하는 것은 어린아이들이고, 어른들은 실
수를 하는 거란다.”

아버지가 소리쳤다.

그러는 사이 뻬레도노프는 반쯤 어두운 복도를 간신히 지나 가
까스로 외투를 찾아입기 시작했다. 그는 두렵고 떨려서 소매가 어
디 있는지 찾을 수가 없었다. 어느 누구도 그를 도우러 오지 않았
다. 갑자기 옆문 어딘가에서 율리야가 리본들을 사각거릴 정도로

흩날리면서 손을 휘젓고 까치발로 뛰어오며 뭔가를 열심히 속삭였
다. 뻬레도노프는 그녀의 말을 금방 이해하진 못했다.

"정말 감사해요. 이 일은 당신 편에서도 감사한 일이지만요. 이
렇게 와주시다니 정말 고마워요."

마침내 뻬레도노프는 말소리를 알아들을 수 있었다.

"모든 사람이 정말 무관심한 일인데, 선생님은 불쌍한 어미 편에
서주셨잖아요. 아이를 교육시키기가 너무 어렵네요. 선생님이 상
상도 못하실 정도로 어렵답니다. 전 애가 둘이에요. 그래서 머리가
늘 빙빙 돌아요. 남편은 독재자고 끔찍한, 정말 끔찍한 사람이에요.
그렇지 않은가요? 보셨잖아요."

뻬레도노프가 중얼거렸다.

"네, 부인의 남편은…… 그처럼 그렇게 행동해선 안되죠. 걱정
입니다. 그런데 그 사람은……"

"어머, 말도 마세요. 끔찍한 사람이에요."

율리야가 속삭였다.

"그는 절 무덤으로 쫓아내고도 기뻐할 사람이에요. 그리고 제 아
이들, 특히 어린 안또샤를 타락시킬 거예요. 하지만 전 어머니예요.
그냥 넘어가지 않아요. 어쨌든 회초리를 들 거예요."

"그는 회초리를 들지 않을 겁니다."

뻬레도노프는 이렇게 말하면서 머리를 거실 쪽으로 돌렸다.

"그 사람이 클럽에 갈 때가 있어요. 안또샤를 데리고 가진 않아
요! 그의 말에 동의하는 것처럼 그가 집을 나설 때까지 잠자코 있
다가 그가 나가자마자 아이에게 회초리를 드는 거예요. 절 도와주
실 거죠. 그렇지 않나요?"

뻬레도노프는 잠시 생각하다가 말했다.

"좋아요. 다만 제가 그때를 어떻게 알 수 있을까요?"

"제가 선생님을 부르러 사람을 보낼게요. 제가 보낸다니까요. 선생님은 기다리기만 하세요. 그 사람이 클럽에 나가자마자 제가 선생님을 모셔오도록 사람을 보낼 테니까요."

율리야는 기쁜 듯이 재잘거렸다.

저녁에 뻬레도노프에게 구다옙스까야로부터 온 메모가 전해졌다. 그는 읽었다.

존경하는 아르달리온 보리시치! 남편이 클럽으로 갔어요. 전 지금부터 1시까지 그의 흉포한 행동에서 자유로워요. 죄를 지은 아들에게 좋은 영향을 미치도록 제게 가능하면 빨리 와주세요. 전 아이가 아직 어릴 때 그 아이에게서 죄악을 몰아내야 한다고 생각해요. 나중엔 늦게 되거든요.

진심으로 당신을 존경하는 율리야 구다옙스까야 드림.

P.S. 가능하면 빨리 와주세요. 그러지 않으면 안또샤가 자버릴 거고 그러면 그 아이를 깨워야만 하니까요.

뻬레도노프는 서둘러 옷을 입고 목을 스카프로 감싼 뒤 집을 나섰다.

"아르달리온 보리시치, 이 밤에 어디 가요? 보아하니 나갈 준비를 한 것 같은데요."

바르바라가 물었다.

"일이 있어서."

뻬레도노프는 서둘러 나가면서 음울하게 대답했다.

바르바라는 이번에도 오랫동안 숙면을 취하지 못할 거라고 생각하니 서글퍼졌다. 하루라도 빨리 결혼식을 올릴 수만 있다면! 그러면 밤이고 낮이고 푹 잘 수 있을 거고 그만한 행복이 어디 있겠어!

뻬레도노프는 거리에 나서면서 의혹에 휩싸였다. 만약 이게 덫이라면 어쩌지? 구다옙스끼가 집에 있다가 갑자기 나를 붙잡아서 때리기라도 한다면? 되돌아가는 것이 더 낫지 않을까?

'아니야, 그 사람들 집까지 가서 거기서 분위기를 파악하자.'

조용하고 선선했지만 사방이 칠흑같이 어두운 밤이라 빨리 걸을 수가 없었다. 가까운 벌판에서 신선한 바람이 불어왔다. 울타리 옆 풀숲에선 가벼운 서걱거림과 소음이 들려왔다. 주위의 모든 것이 의심스럽고 이상하게 여겨졌다. 어쩌면 누군가가 뒤에 숨어서 미행하고 있을지도 몰랐다. 어둠에 가려진 모든 사물이 비밀스럽게 숨어 있다가 갑자기 인간이 알 수 없는, 그리고 적대적인 또다른 밤의 생기를 쏟아놓는 것 같았다. 뻬레도노프는 조용히 거리를 걸으며 중얼거렸다.

"어떤 것도 내 뒤를 따라오고 있지 않아. 내가 나쁜 쪽으로 가고 있는 건 아니야. 이봐, 난 직장 업무에 신경을 쓰고 있는 거야. 그런 거라고."

마침내 그는 구다옙스끼의 집에 도착했다. 거리로 난 창문 한군데에서만 불빛이 보였다. 나머지 창문 네개에는 불이 꺼져 있었다. 뻬레도노프는 현관으로 조용히 올라가서 잠시 서 있다가 문에 귀를 갖다대고 귀 기울였다. 모든 것이 조용했다. 그는 청동 초인종 손잡이를 가볍게 잡아당겼다. 약하게 떨리는 초인종 소리가 아련히 퍼져나갔다. 아주 작은 소리였지만 그 소리는 뻬레도노프를 놀라게 했다. 마치 이 소리를 듣고 모든 사악한 힘이 잠에서 깨어나 이 문으로 달려들 것 같은 느낌을 주었던 것이다. 뻬레도노프는 재빨리 현관에서 달아나 기둥 뒤로 몸을 숨기면서 벽 쪽에 몸을 밀착시켰다.

그리 길지 않은 시간이 흘렀다. 뻬레도노프의 마음은 죄어들고 괴롭게 두근거렸다.

가벼운 발걸음 소리와 문 여는 소리가 들려왔다. 율리야는 어둠 속에서 이글거리는 검은 눈동자를 번뜩이며 밖을 내다보았다.

"거기 누가 계신가요?"

그녀는 속삭였지만 커다랗게 들렸다.

뻬레도노프는 벽에서 조금 떨어져서 문에 달린 좁은 구멍을 통해 어둡고 적막한 아래쪽을 바라보다가 속삭였다. 목소리가 떨렸다.

"니꼴라이 미하일로비치는 나갔나요?"

"나갔어요. 나갔다고요."

율리야가 기쁨에 겨워 속삭이고는 고개를 끄덕였다.

뻬레도노프는 조심스레 바라보다가 그녀의 뒤를 따라 어두운 현관으로 들어갔다. 율리야가 속삭였다.

"죄송해요. 제가 등불을 준비하지 못해서요. 누가 보게 되면 소문이 날 거 같아서."

그녀는 현관 계단을 지나, 조그만 등불이 위로 올라가는 계단을 희미하게 비추고 있는 복도로 가면서 뻬레도노프보다 앞장서서 걸어갔다. 율리야는 기쁜 듯이 조용히 웃었다. 그녀가 웃을 때마다 리본이 불안하게 흔들렸다.

"그이는 외출했어요."

그녀는 기쁜 듯이 속삭였고 열정적으로 타오르는 눈길로 뻬레도노프를 훑어보고 나서 그의 눈을 바라보았다.

"남편이 오늘 집에 있으면서 난동을 부리지 않을까 두려웠답니다. 하지만 그 사람은 빈뜨[54]를 안하면 견딜 수 없어해요. 제가 하녀는 내보냈어요. 유모인 리지나 하나만 남아 있어요. 우리에게 방해가 될 수도 있잖아요. 아시죠? 요즘 사람들이 그렇잖아요."

율리야에게서 열기가 느껴졌다. 그녀는 광솔나무[55]처럼 열에 들떠 있었고 건조했다. 그녀는 이따금씩 뻬레도노프의 소매를 잡았는데 건조하고 뜨겁게 스치는 것이 마치 마른 불길이 빠르게 그의 온몸을 훑고 지나가는 것 같았다. 그들은 조용히 까치발을 하고 복도를 지나갔다. 닫힌 문 몇개를 지나 마지막 문 앞에 멈춰섰다. 그것은 아이들 방이었다……

뻬레도노프는 자정에 율리야의 집에서 나왔다. 그 시간까지 그녀는 남편이 곧 돌아온다며 기다리고 있었다. 그는 음울하고 침통한 표정으로 어두운 거리를 따라걸었다. 그는 누군가가 계속 집 주변에 서 있다가 지금 자신의 뒤를 미행하는 것처럼 느꼈다. 그가 중얼거렸다.

"난 업무상 다녀간 거야. 난 죄가 없어. 그녀가 원한 거라고. 저자는 날 속이지 못해. 그는 그 일로 나를 덮치지 못한다고."

그가 집으로 돌아왔을 때 바르바라는 아직도 자지 않고 있었다. 그녀의 앞에 카드가 놓여 있었다.

집으로 들어오면서 그는 누군가가 들어올 수도 있다고 생각했

<hr>

54 네사람이 하는 카드놀이의 일종.
55 횃불을 만드는 나무.

다. 어쩌면 바르바라가 적을 들어오게 했을지도 모른다. 뻬레도노프가 말했다.

"난 자려고 하는데 당신은 카드로 마술이나 하고 있다니. 카드 이리 내. 안 그러면 당신이 나에게 마법을 걸 테니."

그는 카드를 빼앗아서 자기 베개 밑에 감추었다. 바르바라가 싱글거리며 말했다.

"엉뚱하긴. 난 마술을 할 줄 몰라요. 내게 정말 필요하긴 하지만요."

그녀가 웃고 있다는 사실에 그는 화가 났고 무섭기도 했다. 그녀가 카드 없이도 마법을 부릴 수 있다고 생각한 것이다. 침대 아래에서 잔뜩 웅크린 고양이가 녹색 눈을 번뜩였다. 바르바라가 불꽃을 튀기기 위해 어둠속에 있는 고양이를 보면서 그 털에 마법을 걸수도 있을 것이다. 바로 그때 장롱 밑에서 다시 그 회색의 미지의 물체가 어른거렸다. 바르바라가 코를 고는 것과 같은 소리로 조용히 휘파람을 불어서 밤마다 그 물체를 불러들이는 것이 아닐까?

뻬레도노프는 무섭고 역겨운 꿈을 꾸었다. 뻴니꼬프가 문턱에서서 유혹하며 미소를 짓는 것이었다. 마치 누군가가 뻬레도노프를 그에게로 이끄는 것 같았다. 뻴니꼬프는 그를 어둡고 더러운 거리로 데려갔고 고양이가 옆에서 달려가면서 녹색 눈을 번뜩이고 있었다⋯⋯

19

삐레도노프의 이상한 행동이 날이 갈수록 흐리빠치를 점점 더 불안하게 했다. 그는 삐레도노프가 미친 것이 아닌지 학교 담당의 사에게 자문을 구해보기도 했다. 의사는 웃으면서 삐레도노프가 무엇 때문에 미치겠느냐고 하면서 다만 그가 어리석은 행동을 하는 것뿐이라고 했다. 진정서들이 들어왔다. 아다멘꼬가 먼저 시작했다. 그녀는 남동생이 우수한 자질을 보인 어떤 한 과목에서 1점을 받은 노트를 교장에게 보냈다.

교장은 쉬는 시간에 삐레도노프를 불렀다. 흐리빠치는 삐레도노프의 멍하고 음울한 얼굴을 보고서 그가 당황하고 끔찍해하고 있다고 생각했다.

'아, 정말이야. 이 사람은 미친 것 같아.'

"당신에게 부탁할 게 있어요."

흐리빠치가 밋밋한 어조로 빠르게 말했다.

"내가 당신 옆 교실에서 수업을 할 때마다 머리가 깨질 듯이 아파요. 당신 교실에서 나는 웃음소리가 장난이 아니라서요. 우스운 내용으로 수업을 하지 말아달라고 당신에게 부탁해도 될까요? '장난치고 또 장난을 치는 이 일에 대해서 당신에게 어떤 조치를 취해야 하는 건지?'"

"전 죄가 없어요."

뻬레도노프가 화를 내며 말했다.

"아이들이 자기들끼리 그냥 웃는 거랍니다. 고대 끼릴 알파벳의 철자 ѣ나 깐쩨미르[56]의 풍자시에 대해서도 어쩔 도리가 없어요. 때때로 뭔가에 대해 말하면 아이들은 곧장 이를 드러내거든요. 설명이 되어야 하는 내용인데도요. 그 아이들을 지금 있는 자리에서 끌어올려야 합니다."

"바람직한 일이죠. 수업이 진지한 성격을 띠기 위해 필요한 일이기도 하고요."

흐리빠치가 밋밋하게 말했다.

"그리고 또 하나의 일이 있는데요."

흐리빠치는 뻬레도노프에게 노트 두권을 보여주며 말했다.

"이게 당신이 가르치는 과목에 대한 노트 두권인데 같은 학급에서 공부하는 두 학생, 즉 하나는 아다멘꼬의 것이고 또다른 하나는 제 아들 것입니다. 제가 두권을 비교했는데 당신이 이 일에 대해 충분히 주의를 기울이지 않았다는 결론을 내렸습니다. 아다멘꼬의 마지막 과제는 아주 만족스럽게 수행되었는데도 1점을 받았고 제 아들은 더 못했는데도 4점을 받았습니다. 당신이 실수한 것이 확실

294

합니다. 한 학생의 점수를 다른 학생에게 준 겁니다. 그리고 그 학생의 점수를 이 학생에게 준 거고요. 인간인지라 실수를 할 수 있다고 해도 이와 같은 실수를 다시 하지 않기를 부탁드립니다. 그것은 학부모님들과 학생들에게 근본적인 불만을 불러일으킬 수 있는 일이거든요."

삐레도노프는 이해되지 않는 무슨 말인가를 중얼거렸다.

교실로 돌아온 그는 악에 받쳐서 그에 대한 진정서를 냈다는 이유로 얼마 전에 벌을 받았던 소년들을 들볶기 시작했다. 그는 특히 끄라마렌꼬를 공격했다. 그 아이는 입을 다물고 있었고 거무스름한 피부가 새파랗게 질린 채 눈만 껌뻑거렸다.

끄라마렌꼬는 그날 학교 건물을 나서며 집으로 바로 가지 않고 공동현관을 바라보면서 문 옆에 서 있었다. 삐레도노프가 나오자 그는 이따금 보이는 행인들을 기다리는 것처럼 하며 일정한 간격을 유지해 삐레도노프의 뒤를 밟았다.

삐레도노프는 천천히 걸어갔다. 음침한 날씨 때문에 서글퍼졌다. 최근에 그는 점점 더 멍한 표정을 지었다. 시선은 어딘가 먼 곳에 고정된 듯하거나 이상하게 허공을 헤매는 것 같았다. 그는 계속해서 뭔가를 주시하는 것처럼 보였다. 그가 보기엔 이런 현상 때문에 그의 눈에 사물들이 이중으로 겹쳐 보이고 정지되어 마비된 것 같았다.

그는 누구를 주시하는 걸까? 밀고자들이다. 그들은 모든 사물 뒤에 숨어서 소곤대며 웃고 있다. 적들은 삐레도노프에게 일개 부대나 되는 밀고자들을 보낸다. 삐레도노프는 이따금 그들을 재빨리 잡으려고 노력한다. 하지만 그들은 언제나 적시에 도망간다. 마치 땅속으로 사라지는 것만 같다……

뻬레도노프는 다리 위에서 자기 뒤를 밟는 빠르고 용감한 발걸음 소리를 듣고 놀라 주위를 둘러보았다. 끄라마렌꼬가 그와 나란히 걸으며 단호하고 악의에 가득 찬 불타는 눈빛으로 그를 바라보고 있었다. 그는 적을 향해 돌격할 태세를 갖춘 작은 원시인처럼 얼굴이 창백하고 야윈 모습이었다. 그 시선이 뻬레도노프를 놀라게 했다. 뻬레도노프는 생각에 잠겼다.

'그런데 갑자기 물기라도 하면 어쩌지?'

그가 더 빨리 걸어갔지만 끄라마렌꼬는 물러서지 않았다. 뻬레도노프는 멈춰서 화를 내며 말했다.

"뭐 할 말이 있냐, 누더기를 걸친 검둥이! 지금 아버지에게 데려다주겠다."

끄라마렌꼬는 멈춰서더니 계속 뻬레도노프를 바라보았다. 이제 그들은 텅 빈 거리를 가로지르는 흔들리는 다리 위에서 일대일로 마주 보게 되었다. 옆에는 모든 살아 있는 생물체에 무관심한 회색빛 울타리가 있었다. 끄라마렌꼬는 온몸을 떨며 쉭쉭거리는 목소리로 말했다.

"비열한 인간!"

그는 씩 웃더니 그곳을 떠나려 몸을 돌렸다. 끄라마렌꼬는 세걸음을 더 걸어가더니 다시 멈춰서서 주위를 둘러보고 더 큰 소리로 반복했다.

"정말 비열한 인간! 나쁜 자식!"

그는 침을 뱉고 가버렸다. 뻬레도노프는 쓸쓸하게 그의 뒷모습을 바라보다가 집으로 향했다. 암울하고 소심한 생각들이 머릿속에 천천히 번갈아 떠올랐다.

베르시나가 그를 불렀다. 그녀는 쪽문 옆 정원의 울타리 옆에 서

서 검은색 커다란 숄로 몸을 감싼 채 담배를 피우고 있었다. 뻬레
도노프는 그녀를 금방 알아보지 못했다. 그녀의 형체 속에는 뭔가
사악한 것이 어른거렸다. 검은 마녀가 서서 마법의 연기를 내뿜으
며 주문을 외고 있는 것처럼 보였다. 그는 침을 뱉고 주문을 외었
다. 베르시나가 웃으며 물었다.

"아르달리온 보리시치, 당신 왜 그러세요?"

뻬레도노프는 멍하니 그녀를 바라보다가 마침내 말했다.

"아, 당신이었군요! 당신을 알아보지 못했어요."

"그건 좋은 징조예요. 즉, 그건 제가 곧 부자가 된다는 뜻이니까
요."

베르시나가 말했다.

뻬레도노프는 그 말이 맘에 들지 않았다. 왜냐하면 그 자신이 부
자가 되고 싶었기 때문이다. 그는 화를 내며 말했다.

"음, 그러세요? 당신이 어떻게 부자가 된다는 겁니까! 당신이 가
지고 있는 물건에서 대단한 뭔가가 나온단 말인가요?"

"전 20만 루블을 딸 거예요."

그녀가 사악하게 웃으며 말했다.

"아닙니다. 그 20만 루블은 제가 딸 겁니다."

뻬레도노프가 말했다.

"제가 한번 따고 다음번엔 당신이 따면 되죠."

베르시나가 말했다.

"아니요, 당신은 거짓말을 하고 있어요. 이런 일은 있을 수 없어
요. 한 도시에 우승자가 두명이라니요. 제가 우승한다고들 하더군
요."

뻬레도노프가 사납게 말했다.

베르시나는 그가 화난 것을 알아차렸다. 그녀는 말싸움을 그만 두고 쪽문을 열고는 뻬레도노프를 유혹하면서 말했다.

"근데 왜 우리가 여기 서 있는 거죠? 들어가시죠. 우리 집에 무린이 와 있답니다."

무린이라는 이름에 뻬레도노프는 술과 음식과 같은 유쾌한 일이 떠올랐다. 그는 들어갔다.

나무들 때문에 어두컴컴한 거실에는 목에 빨간 리본을 맨 마르따가 유쾌한 눈을 빛내며 앉아 있었고, 평소보다 더 구겨진 옷을 입었지만 어쩐 일인지 기분이 좋아 보이는 무린과 나이 든 중학생인 빗께비치가 앉아 있었다. 그는 베르시나의 뒤꽁무니를 쫓아다닌다. 왜냐하면 그는 베르시나가 자기에게 반했다고 생각하여 학교를 그만두고 베르시나와 결혼해서 그녀의 영지를 경영하기를 바라고 있었기 때문이다.

무린은 지나치다 싶을 정도로 기쁜 함성을 지르며 거실로 들어오는 뻬레도노프를 맞이했다. 얼굴엔 더욱더 윤기가 흘렀고 눈동자에는 빛이 충만했다. 그런데 이런 모든 것은 그의 비대한 몸짓과 어딘가에서 건초를 묻히고 다니는 헝클어진 머리와는 전혀 어울리지 않았다. 그는 쉰 목소리로 크게 말했다.

"전 일이 많아요. 언제나 일에 둘러싸여 있어요. 하지만 상냥한 여주인들께서 차를 풍성히 대접해주시네요."

"음, 그럼요. 일이야 있으시겠죠. 당신에게 무슨 일이 있다는 건지! 당신은 직장 없이 그럭저럭 돈은 벌고 있죠. 하지만 제겐 일다운 일이 있단 말입니다."

"그런데요. 일이란 게 남의 돈과 연관된 거라서요."

무린이 큰 소리로 웃으며 반박했다.

베르시나가 사악하게 웃으며 뻬레도노프를 탁자에 앉혔다. 소파 앞에 놓인 둥근 탁자 위에는 유리컵, 찻잔과 럼주용 잔, 딸기 잼, 은색 스프레더가 놓여 있었고, 달콤한 흰 빵과 집에서 구운 오렌지 향 당밀과자가 냅킨에 덮인 채 손으로 짠 광주리에 담겨 있었다.

무린의 유리컵에선 럼주 냄새가 강하게 풍겼다. 빗께비치는 언덕 모양의 유리그릇에 잼을 많이 담아놓고 있었다. 마르따는 몹시 만족해하며 달콤한 흰 빵을 잘게 조각내어 먹고 있었다. 베르시나는 뻬레도노프에게도 음식을 권했다. 그는 음식을 먹되 차는 거절했다. 그는 생각했다.

'날 독살할지도 몰라. 독살이 다른 무엇보다 쉽거든. 마시면서도 알아차리지 못하니까. 달콤한 독도 있을 수 있는 법. 집으로 가서 다리를 펴봐야지.'

그는 이 집 사람들이 무린을 위해 잼을 그 앞에 놓아준 것에 화가 났다. 그가 들어왔을 때에는 어느 누구도 그 앞에 더 좋고 새로운 잼병을 내오지 않았던 것이다. 그들 집에는 딸기 잼만 있는 것이 아닌데도 말이다. 그들은 모든 종류의 잼을 만들어놓았다.

그렇다. 베르시나는 무린을 위해 시중을 들었다. 그녀는 뻬레도노프에겐 희망이 거의 없다는 걸 알고 마르따에게 다른 신랑감을 구해주려 했던 것이다. 이제 그녀는 무린을 유혹했다. 힘들게 귀족 아가씨들의 뒤를 쫓던 추적에서 반쯤 지쳐버린 자는 먹잇감에 기꺼이 달려들기 마련이다. 그는 마르따가 맘에 들었다.

마르따는 기뻤다. 이것이야말로 그녀의 오래된 꿈이었다. 즉, 그녀가 신랑감을 찾아 결혼하여 잘 살게 되면 가정은 그야말로 가득 따른 술잔과도 같이 되는 것이다. 그래서 그녀는 사랑에 빠진 눈길로 무린을 바라보았다. 평범한 표정에다 거친 목소리를 지닌 마흔

살의 비대한 남자의 동작 하나하나가 그녀에게는 남성의 힘과 젊음, 아름다움과 선의 상징인 것처럼 보였다.

뻬레도노프는 무린과 마르따가 서로 나누고 있는 사랑스러운 눈길을 알아차렸다. 그는 무린이 마르따에게서 그 자신에 대한 존경을 기대하고 있음을 알아차렸다. 그는 화가 나서 무린에게 말했다.

"마치 신랑처럼 앉아 있네요. 몸 전체에서 빛이 납니다."

"그건 제가 기뻐서 그런 거예요. 제 일을 잘 마무리했거든요."

무린은 흥분하며 기쁜 목소리로 말했다.

그는 여주인들에게 눈짓을 했다. 여주인 둘은 기쁜 듯이 미소 지었다. 뻬레도노프는 경멸적으로 눈을 찡그리면서 화를 내며 물었다.

"신붓감이라도 찾은 건가요? 지참금을 많이 가져온대요?"

무린은 마치 이런 질문을 듣지 못한 것처럼 말했다.

"여기 계신 나딸리야 아파나시예브나께서 제 동생 바뉴시까가 이 집에 사는 것을 허락하셨어요. 하느님, 이분에게 복을 내려주세요. 그래서 그애가 여기서 유복하게 살게 되었어요. 그리고 장난을 치지 않는다고 하니 맘이 편하네요."

뻬레도노프가 음울하게 말했다.

"그는 블라쟈와 함께 장난도 칠 거고 집도 태워버릴 거예요."

"그 아이는 그럴 수 없을 겁니다!"

무린은 단호하게 소리쳤다.

"나딸리야 아파나시예브나, 그 일에 대해서라면 걱정하지 마세요. 그 아이는 당신의 맘에 꼭 들 겁니다."

베르시나는 이런 대화를 끝내기 위해 사악하게 미소 지으며 말했다.

"뭔가 시큼한 걸 먹고 싶은데요."

"귤과 사과를 드시겠어요? 제가 가져올게요."

마르따가 자리에서 재빨리 일어나며 말했다.

"가져다줘."

마르따는 방을 뛰어나갔다. 베르시나는 그녀의 뒤를 쳐다보지도 않았다. 그녀는 뭔가 당연한 것처럼 마르따가 자신을 시중드는 것을 잠자코 받아들이는 데 익숙해져 있었다. 그녀는 소파 깊숙이 조용히 앉아 푸르스름한 연기를 내뿜으면서, 서로 이야기를 나누고 있는 남자들을 바라보았다. 뻬레도노프는 화가 난데다 지쳐 있었다. 무린은 유쾌하고 활기에 넘쳐 있었다.

그녀는 무린이 훨씬 더 맘에 들었다. 그는 선량한 얼굴을 지니고 있지만 뻬레도노프는 웃을 줄도 모른다. 그녀는 무린이 모든 점에서 좋았다. 그는 키가 크고 건장한데다 매력적이고 기분 좋은 낮은 목소리로 이야기하며 그녀에게 매우 공손하다. 베르시나는 심지어 무린이 마르따와 엮이는 것이 아니라 시간을 뒤로 돌려서 자신과 엮였으면 하고 이따금 생각하기도 했다. 하지만 그녀는 언제나 그를 마르따에게 양보하는 상황으로써 몽상을 끝냈다. 그녀는 생각했다.

'모든 남자가 날 우러러보지. 내겐 돈이 있으니 누구든 내가 원하는 남자를 고르면 돼. 이 젊은이도 고르면 되는 거라고.'

그녀는 이렇게 생각하면서 빗께비치의 푸르스름하고 뻔뻔하지만 아름다운 얼굴에 만족스러운 듯한 눈길을 던졌다. 빗께비치는 말을 거의 하지 않고 많이 먹으면서 베르시나를 바라보며 뻔뻔하게 미소를 짓고 있었다.

마르따는 도자기 그릇에 사과와 귤을 담아가지고 와서 지난밤 꿈에 대해 말하기 시작했다. 꿈속에서 그녀는 결혼식의 신부 들러리가 되어 파인애플과 꿀이 든 팬케이크를 먹고 있었다. 그러다가 그녀는 팬케이크에서 100루블 지폐를 발견했다. 그런데 사람들이 그 돈을 빼앗아가서 울었다는 이야기였다. 그녀는 그렇게 울면서 잠에서 깨어났다고 했다.

"어느 누구도 보지 못하게 조용히 숨겨야만 했는데. 꿈에서도 돈을 만지지 못했으니. 당신은 대단한 여주인이군요!"

뻬레도노프가 화가 나서 말했다.

"어머나, 그 돈을 아까워할 필요는 없어요. 꿈에서 돈을 보는 경우가 어디 적은가요?"

베르시나가 말했다.

"하지만 저는 욕심이 많아서 그 돈이 너무 아깝더라고요. 자그마치 100루블인걸요!"

마르따가 무덤덤하게 말했다.

그녀의 눈에선 눈물이 나왔다. 그녀는 울지 않기 위해 억지로 웃으려고 했다.

"맙소사, 마르따 스따니슬라보브나, 아까워하지 마세요. 우리가 곧 이 문제를 해결해볼게요!"라고 소리치며 무린은 무덤덤하게 주머니를 뒤졌다. 그는 지갑에서 100루블짜리 지폐를 꺼내어 마르따 앞에 놓인 탁자 위에 놓고 그녀의 손바닥을 치며 외쳤다.

"잠시만요! 어느 누구도 이건 가져가지 못할 겁니다."

마르따는 기뻤지만 얼굴을 확 붉히면서 당황한 채 말했다.

"아이 참, 당신도. 블라지미르 이바노비치, 정말 제가 그것을 가지라고요! 전 절대 안 가져요. 당신 정말 왜 그러세요!"

"아닙니다. 절 모욕하지 마세요. 그냥 두세요. 당신의 손안에 꿈이 있다는 의미잖아요."

무린은 웃으면서 돈을 치우지 않고 말했다.

"아니에요. 어떻게 그래요? 전 창피해요. 어떤 일이 있어도 안 가져요."

마르따는 탐욕스러운 눈길로 100루블 지폐를 바라보며 거절했다. 빗께비치가 말했다.

"거저 주는데 왜 거절하나요? 행복이란 자기 손안에 있는 겁니다."

그는 부러운 듯 한숨을 쉬며 말했다.

무린은 마르따 앞에 서서 확신에 찬 목소리로 말했다.

"맙소사, 마르따 스따니슬라보브나, 제 말을 믿어주세요. 진심입니다. 믿어주세요, 제발! 만약 조금이라도 원하지 않으신다면 내 동생 바뉴시까를 보고 받아주세요. 당신이 나딸리야 아파나시예브나와 합의를 보았다면 그렇게 될 겁니다. 그러니까 다시 말해서 당신은 내 동생을 지켜보기만 하라는 겁니다."

"그래도 어떻게! 이건 너무 많은 액수잖아요."

마르따가 주저하며 말했다. 무린은 마르따에게 고개를 숙이고 말했다.

"처음 반년 동안에 대한 액수입니다. 내 동생 바뉴시까에게 큰누나처럼 대해주세요. 화내지 마시고 받아주세요."

"음, 어떠니, 마르따, 받아라. 블라지미르 이바니치[57]에게 감사하고."

베르시나가 말했다.

마르따는 창피하기도 하고 기쁘기도 해서 얼굴을 붉히면서 돈

---

57 이바노비치를 다정히 부른 이름.

을 받았다. 무린은 그녀에게 진심으로 고마워했다. 뻬레도노프는 화를 내며 말했다.

"얼른 청혼해요. 값이 더 내려갈지도 몰라요."

빗께비치는 웃었고 나머지 사람들은 못 들었다는 듯한 표정을 지었다. 베르시나는 자기 꿈 이야기를 시작했다. 뻬레도노프는 끝까지 듣지 않고 작별인사를 했다. 무린은 그를 저녁식사에 초대했다.

"저녁예배에 가야만 해서요."

뻬레도노프가 말했다. 베르시나는 웃으며 빠르고 밋밋한 어조로 말했다.

"아르달리온 보리시치가 교회 나가는 일에 열심이시네요."

그가 대답했다.

"전 언제나 그렇습니다. 전 다른 사람들이 믿는 방식과는 다르게 신을 믿어요. 아마도 이런 사람은 학교에서 저 혼자일 겁니다. 그것 때문에 사람들이 절 조사할지도 몰라요. 교장 선생님은 무신론자죠."

"언제가 한가한지 직접 시간을 정하시죠."

무린이 말했다. 뻬레도노프는 화가 나서 모자를 구기며 말했다.

"전 손님이 되어 누구를 방문할 시간이 없어요."

그런데 그 순간 그는 무린이 맛있는 음식을 대접하고 노래도 잘 한다는 것을 기억해내고 나서 말했다.

"음, 월요일에 갈 수 있을 것 같아요."

무린은 기뻐하며 베르시나와 마르따도 불렀다. 하지만 뻬레도노프가 말했다.

"아니, 그럴 필요는 없을 거 같은데요. 맘껏 마시고 사전검열 없이 아무거나 떠벌리고 싶은데 여자분들이 계시면 불편해서 말이죠."

뻬레도노프가 나가자 베르시나가 웃으며 말했다.

"아르달리온 보리시치가 놀랐네요. 그 사람은 정말로 장학관이 되고 싶어하던데요. 바르바라가 그를 속이고 있는 게 분명해요. 그러니 그가 주먹을 휘두를 수밖에요."

뻬레도노프가 있을 때는 숨어 있던 블라쟈가 나와서 조소를 띠며 말했다.

"자물쇠공들이 누군가로부터 뻬레도노프가 그들을 경찰에 넘겼다는 사실을 듣게 되었답니다."

"그들은 그 사람 집 유리창을 깨뜨릴 겁니다!"

빗께비치는 기쁨에 겨워 깔깔거리며 소리쳤다.

거리의 모든 것이 뻬레도노프에게 적대적이고 악의를 품고 있는 듯이 보였다. 양 한마리가 교차로에 서서 뻬레도노프를 멍하니 바라보고 있었다. 그 양은 너무나 볼로진을 닮아서 뻬레도노프는 깜짝 놀랐다. 그는 아마도 볼로진이 자기를 미행하기 위해 양으로 변장하고 있는 거라고 생각했다.

'어떻게 우리가 알 수 있을까? 어쩌면 그런 일은 가능할 거야. 과학이 아직 거기까지 발전하진 못했지만 아마도 누군가는 알아보겠지. 물론 프랑스 사람들은 과학적인 민족이긴 하지만 빠리에도 마법사들과 마술사들이 있는 법이거든.'

이런 생각을 하자 뻬레도노프는 무서워졌다. 그는 '이 양이 날 걷어차면 어쩌지'라고 생각했다.

양이 울기 시작했다. 그 목소리는 날카롭고 째지는 듯이 들리는 볼로진의 불쾌한 웃음소리와 닮았다.

그는 또다시 헌병장교와 마주쳤다. 뻬레도노프가 그에게 다가가 속삭였다.

"아다멘꼬의 뒤를 캐보세요. 그녀는 사회주의자들과 편지를 주고받고 있답니다. 그녀 자신도 그런 부류고요."

루뵵스끼는 아무 말도 하지 않고 놀라서 그를 바라보았다. 뻬레도노프는 더 걸어가면서 음울한 생각에 잠겼다.

'웬일로 저 사람과 또 마주친 거지? 그가 언제나 내 뒤를 미행하고 있는 건 아닐까? 사람들을 시내 곳곳에 풀어놓은 게 아닐까?'

더러운 거리, 흐린 하늘, 초라한 집들, 다 해진 누더기를 걸친 아이들, 이런 모든 것에서부터 우수와 고독, 피할 수 없는 슬픔이 배어나왔다. 뻬레도노프는 생각했다.

'여긴 좋은 도시가 아니야. 이곳 사람들은 사악하고 추접해. 모든 선생님이 몸을 숙여 인사하고, 모든 학생은 두려움에 떨며 작게 속삭이게 될 다른 도시로 하루 빨리 갔으면. 장학관이 되면 돼. 그래, 윗사람들은 이 세상에서 우리와 아주 다르게 살고 있지.'

그는 자기만 알아들을 수 있게 중얼거렸다.

"루반스까야 현의 2구역 장학관님은 5등 문관이신 뻬레도노프님이시다. 얼마나 멋진가! 우리 편 사람들이 누군지 알아야만 해! 루반스까야 현의 공공 교육기관의 총책임자이신 5등 문관 뻬레도노프. 그 자리가 사라진다면! 사임을 해야 되겠지! 바로 그거야! 내가 당신들을 사라지게 할 거야!"

뻬레도노프의 얼굴은 거만해졌다. 그는 빈약한 상상 속에서 이미 장학관 자리를 얻은 것 같았다.

뻬레도노프가 집에 와서 외투를 벗고 있는데 주방에서 날카로

운 음성이 들려왔다. 볼로진의 웃음소리였다. 뻬레도노프의 가슴
은 죄어들었다. 그는 생각했다.

'벌써 여기 오는 데 성공했군. 아마 바르바라와 내 험담을 하고
있겠지. 그래서 웃고 있는 거야. 그는 바르바라와 단둘이 있어서 기
쁜 거야.'

그는 슬프기도 하고 심술이 나기도 한 상태에서 주방으로 들어
갔다. 이미 식사 준비가 되어 있었다. 바르바라는 걱정스러운 얼굴
로 뻬레도노프를 맞이했다. 그녀가 외쳤다.

"아르달리온 보리시치! 우리 집에 정말 대단한 사건이 벌어졌어
요! 고양이가 도망갔어요."

"아니, 이런. 당신은 어쩌자고 고양이를 놓아주었어?"

뻬레도노프는 얼굴에 끔찍한 표정을 지으면서 소리쳤다.

"제가 고양이 꼬리를 치마에다 꿰매두기라도 하란 말인가요?"

바르바라가 화가 나서 말했다.

볼로진은 키득거렸다. 뻬레도노프는 고양이가 어쩌면 헌병장교
네 집으로 가서 뻬레도노프에 대해 알고 있는 모든 것, 즉 뻬레도
노프가 밤마다 어디를 왜 다니는지에 대해 모두 말할지도 모른다
고 생각했다. 그러면 모든 것이 드러날 것이다. 그 고양이가 없는
일까지도 야옹거리며 죄다 말하겠지. 큰일났네! 뻬레도노프는 식
탁 옆 의자에 앉아 고개를 떨군 채 식탁보의 끝자락을 구기면서 슬
픈 상념에 잠겼다. 볼로진이 말했다.

"고양이들은 언제나 예전에 살던 집으로 달아나는 습성이 있어
서 그런 걸세. 그만큼 고양이들은 주인이 아니라 장소에 익숙해진
다는 얘기지. 새 아파트로 이사올 때 고양이를 빙글빙글 돌게 만들
어야 해. 길도 보여주지 말아야 하고. 그러지 않으면 반드시 도망간

다니까."

뻬레도노프는 이 이야기를 들으면서 안심이 되었다.

"빠블루시까, 자네는 고양이가 옛날에 살던 아파트로 달아났다고 생각하나?"

그가 물어보았다.

"아르다샤, 반드시 그럴 거야."

볼로진이 대답했다.

뻬레도노프가 일어서서 소리쳤다.

"빠블루시까, 마시자고!"

볼로진이 웃다가 말했다.

"그러자고, 아르다샤. 마시는 것은 언제든지 가능하니까."

"고양이를 그곳에서 데려와야 해!"

뻬레도노프가 결심했다.

"대단하시네요! 밥 먹고 나서 끌라우쥬시까를 보내면 돼요."

바르바라가 웃으며 대답했다.

그들은 앉아서 식사했다. 볼로진은 흥이 나서 수다를 떨며 웃었다. 뻬레도노프에겐 그의 웃음소리가 거리에서 보았던 바로 그 양의 울음소리처럼 들렸다. 뻬레도노프가 생각했다.

'그런데 저 친구가 어떤 음모를 꾸미고 있는 거지? 그가 여러 음모를 품고 있는 걸까?'

뻬레도노프는 볼로진을 매수하는 데 성공할 수도 있을 거라 생각하고 말했다.

"들어봐, 빠블루시까, 만약 자네가 내게 손해를 입히지 않는다면 내가 자네에게 일주일 동안 먹을 수 있을 정도의 최고급 알사탕을 사다주지. 내 건강을 빌며 빨아먹게나."

볼로진은 웃었지만 곧 화난 얼굴 표정을 지으며 말했다.

"아르달리온 보리시치, 난 자네에게 해를 끼치고 싶어하지 않아. 알사탕도 필요없어. 왜냐하면 난 사탕을 아주 싫어하거든."

뻬레도노프는 맥이 빠졌다. 바르바라가 웃으며 말했다.

"아르달리온 보리시치, 말도 안되는 소린 이제 그만하세요. 이분이 왜 당신에게 손해를 끼치겠어요?"

"모든 바보는 추잡한 일을 할 수 있는 법이지."

뻬레도노프가 힘없이 말했다.

볼로진은 고개를 젓고 입술을 내밀며 말했다.

"아르달리온 보리시치, 만약 자네가 나에 대해 그렇게 알고 있다면 한가지 사실은 말할 수 있네. 정말 고맙네. 만약 자네가 나에 대해 그렇게 생각한다면 이 일이 있고 나서 내가 무엇을 해야 한단 말인가? 어떻게 내가 그것을 이해해야 하느냐고? 어떤 의미로 받아들여야 할까?"

"빠블루시까, 보드까나 마시고 내게도 따라줘."

뻬레도노프가 말했다.

"빠벨 바실리예비치, 저 사람을 보지 마세요. 저이는 저렇게 말은 하지만 사실 저이의 맘은 제 혀가 무엇을 말하고 있는지도 모른답니다."

바르바라가 볼로진을 위로했다.

볼로진은 잠시 침묵하다가 여전히 화난 표정으로 유리병에 든 보드까를 잔에 따랐다. 바르바라가 웃으며 말했다.

"아르달리온 보리시치, 저분 때문에 보드까를 마시는데 괜찮겠어요? 어쩌면 저분이 너무 많은 말을 했는지도 몰라요. 보세요. 저분은 입술로 뭔가를 중얼거리고 있어요."

뻬레도노프의 얼굴에는 끔찍한 표정이 나타났다. 그는 볼로진이 따라준 잔을 쥐고 보드까를 바닥에 뿌리며 소리치기 시작했다.

"나를 지켜주소서, 추르, 추르, 추르! 음모자에게는 음모를. 사악한 혀는 마르고 검은 눈동자는 사라져라. 그는 급사시키고 나를 강하게 붙들어주소서!"

그후에 그는 악의에 찬 표정을 지으며 볼로진에게 몸을 돌리고 손가락으로 욕을 하며 말했다.

"엿 먹어라. 자네가 뛰고 있다면 난 자네 위를 날고 있는 격이야."

바르바라가 웃었다. 볼로진은 마치 양이 우는 것처럼 떨리고 화가 난 목소리로 말했다.

"아르달리온 보리시치, 자넨 마법에 필요한 모든 단어를 알고 있군. 그런데 난 마법을 공부할 기회가 없었지. 난 자네에게 보드까도 따라주지 않을 거고 아무 말도 더는 지껄이고 싶지 않네. 어쩌면 자네가 내 약혼녀에게 주문을 걸어 그녀를 빼앗아갈 수도 있을 거 같아."

"말도 안되는 소리!"

뻬레도노프는 화가 나서 말했다.

"난 자네 약혼녀는 필요 없어. 더 순결한 여자를 데려올 거라고."

"자네는 거짓이라면 손에 장을 지지겠다고 했지. 마치 자네가 예전에는 안경을 쓰지 않은 것처럼 말하고 있군."

볼로진이 계속해서 말했다. 뻬레도노프는 놀라서 안경을 쥐었다.

"뭐라고 하는 거야! 마치 자네의 혀가 녹아버린 것 같군."

그가 중얼거렸다.

바르바라는 위협하듯 볼로진을 바라보고 화가 나서 말했다.

"빠벨 바실리예비치, 독설을 퍼붓지 마세요. 수프나 드세요. 다 식겠어요. 정말 대단한 독설가야!"

그녀는 정말로 아르달리온 보리시치가 주문을 외웠는지도 모른다고 생각했다. 볼로진은 수프를 먹었다. 모두들 잠시 동안 말이 없다가 볼로진이 화난 목소리로 말했다.

"우연치 않게 오늘 꿈에서 사람들이 내게 꿀을 바르더군. 아르달리온 보리시치, 자네가 내게 꿀을 발랐어."

"당신에게 꿀을 더 발라드려야겠네요."

바르바라가 화를 내며 말했다.

"무엇 때문에요? 알려주세요. 전 그런 짓을 한 적이 없는 것 같은데요."

볼로진이 말했다.

"당신의 혀가 추접해서 그래요. 생각한 걸 모두 말해선 안되는 법이에요. 그 시간에 기도나 하세요."

바르바라가 설교를 늘어놓았다.

20

뻬레도노프는 저녁에 클럽으로 갔다. 사람들이 카드게임을 하자고 그를 불렀던 것이다. 거기에는 공증인 구다옙스끼도 있었다. 뻬레도노프는 그를 발견하고 깜짝 놀랐다. 그런데 구다옙스끼가 침착하게 행동하자 뻬레도노프는 안심했다.

그들은 오랫동안 게임을 하고 많이 마셨다. 늦은 밤 식당에서 구다옙스끼가 갑자기 뻬레도노프에게 달려들어서 아무 말 없이 그의 얼굴을 몇번 때렸고 안경을 부러뜨려놓은 뒤 재빨리 클럽에서 나갔다. 뻬레도노프는 어떠한 저항도 못한 것 같았다. 그는 취한 척 바닥에 누워서 코를 골았다. 사람들이 그를 깨워서 집으로 보냈다.

다음날 도시 전체가 이 싸움에 대해 이야기했다.

전날 저녁 바르바라는 뻬레도노프가 가지고 있는 첫번째 가짜 편지를 훔칠 기회를 엿보고 있었다. 그루시나의 요청에 따라 두개의 가짜 편지를 비교해보고 차이점을 없애기 위해서 첫번째 가짜 편지를 훔칠 필요가 있었던 것이다. 뻬레도노프는 항상 그 편지를 지니고 다녔으나 그날은 어쩐 일인지 우연히 그 편지를 집에 두고 나갔다. 제복을 벗고 재킷을 입으면서 편지를 주머니에서 빼놓고 책장에 있는 교과서 사이에 끼워넣었다가 잊어버렸던 것이다. 바르바라는 그루시나의 집에서 그 편지를 촛불로 태워버렸다.

뻬레도노프가 밤늦게 돌아왔을 때 바르바라는 그의 안경이 깨진 것을 발견했다. 그는 그녀에게 안경이 저절로 부러졌다고 말했다. 그 말을 믿은 그녀는 볼로진의 사악한 말이 이 일에 책임이 있다고 단정해버렸다. 뻬레도노프 자신도 그렇게 믿었다. 그런데 다음날 그루시나가 바르바라에게 클럽에서 있었던 싸움에 대해 자세히 들려주었던 것이다.

뻬레도노프는 아침에 옷을 입으면서 편지가 잘 있는지 더듬어보았다. 그런데 어디에도 편지가 보이지 않자 그는 덜컥 겁이 났다. 그는 사나운 목소리로 외쳤다.

"바르바라, 편지 어디 있어?"

바르바라는 웃음이 나왔다.

"무슨 편지요?"

그녀는 놀란 듯하면서도 악의에 가득 찬 눈빛으로 뻬레도노프를 바라보며 물었다.

"공작부인의 편지 말이야!"

뻬레도노프가 소리쳤다. 바르바라는 어떻게든 정신을 가다듬으려 했다. 그녀는 뻔뻔하게 웃으면서 말했다.

"제가 그 편지가 어디 있는지 어떻게 알겠어요! 당신이 필요없는 건 줄 알고 버려버렸겠죠. 아니면 끌라우쥬시까가 태워버렸거나. 아직 있을지 잘 찾아보세요."

뻬레도노프는 절망적인 기분으로 학교로 향했다. 어제의 불쾌한 사건이 머릿속에 떠올랐다. 그는 끄라마렌꼬에 대해 생각했다. 그 뻔뻔한 녀석이 어떻게 날 비열한이라고 부를 수 있었던 거지? 그건 그 아이가 이 뻬레도노프를 두려워하지 않는다는 것을 의미해. 그는 아직 나에 대해 뭔가를 알지 못하는 것이 아닐까? 아니면 알고서 밀고를 하고 싶은 건지도 모르지.

교실에서 끄라마렌꼬는 뻬레도노프를 똑바로 쳐다보며 미소 지었다. 그런데 그 때문에 뻬레도노프는 훨씬 더 끔찍한 기분이 들었다.

삼교시가 끝나고 쉬는 시간에 뻬레도노프는 다시 교장실로 불려갔다. 그는 음울하게 뭔가 불길한 것을 예감하며 교장실로 향했다.

뻬레도노프의 행적에 관한 소문들이 사방에서 흐리빠치의 귀에 들려왔다. 오늘 아침 그는 어제 클럽에서 있었던 사건에 대해 들었다. 어제도 수업이 끝나고 나서 얼마 전 뻬레도노프의 고자질 때문에 여주인에게 혼이 난 볼로쟈[58] 불쨔꼬프가 교장에게 들렀다. 소년은 그런 사건들로 인해 뻬레도노프가 다시 방문할까 두려워 직접 교장에게 청원을 했던 것이다.

흐리빠치는 거칠고 날카로운 목소리로 믿을 만한 소식통으로부터 들은 모든 소문을 뻬레도노프에게 전했다. 교장은 뻬레도노프가 학생들의 집을 여기저기 돌아다니면서 아이들의 학업 성취나 행실에 대한 잘못된 정보를 부모님이나 보호자에게 전해서 학생들에게 회초리를 들도록 함으로써 어제 클럽에서 공증인인 구다옙스끼와 있었던 불미스러운 사건과 같은 불쾌한 일들이 발생하고 있

다고 덧붙였다.

뻬레도노프는 악한 감정으로 소심하게 그의 말을 듣고 있었다. 흐리빠치가 잠시 말이 없었다. 뻬레도노프는 화를 내며 말했다.

"그는 폭력을 행사했어요. 그것이 가능한 일인가요? 그에게는 제 얼굴을 때릴 어떠한 권한도 없어요. 게다가 그는 교회에 다니지 않아요. 그는 원숭이를 믿고 있으며 그의 아들을 그런 종파로 인도하고 있죠. 그를 고발해야만 합니다. 그는 사회주의자예요."

흐리빠치는 뻬레도노프를 주의 깊게 바라보았고 감동적으로 말했다.

"이 모든 것은 우리 일이 아닙니다. 난 당신이 '그가 원숭이를 믿는다'고 원색적으로 말할 때 무엇을 의도하고 있는지 전혀 이해할 수 없어요. 내 생각으론 드러난 우상을 가지고서 종교사를 복잡하게 만들어선 안된다고 봅니다. 당신은 당신에게 가해진 모욕에 관해서 그 일을 법정으로 가져갈 수도 있습니다. 그러나 당신에게 가장 좋은 방법은 당신이 우리 학교를 떠나는 것입니다. 그것이야말로 당신과 우리 학교에 있어서 최선의 해결책일 것 같습니다."

"전 장학관이 될 겁니다."

뻬레도노프가 화를 내며 말했다. 흐리빠치가 계속 말했다.

"지금까지 당신은 이 이상한 행보를 절제했어야 했습니다. 그런 행위는 교육자에게도 불쾌한 일이고 학생들이 보기에도 교사의 위신을 깎는 일입니다. 집집마다 돌아다니면서 학생들에게 회초리를 드는 그 일 말입니다. 동의하시죠……"

흐리빠치는 말을 다 끝내지도 않고 어깨를 들썩였다. 뻬레도노프가 다시 반박했다.

"그게 뭐가 어때서요? 전 그들에게 도움이 됩니다."

흐리빠치가 황급히 끼어들었다.

"제발 논쟁하지 맙시다. 난 당신에게 이런 일들이 더는 반복되지 않기를 단호하게 요청하는 바입니다."

뻬레도노프는 화가 나서 교장을 바라보았다.

그날 저녁에 집들이를 하기로 예정되어 있었다. 뻬레도노프는 자신이 아는 모든 지인을 초대했다. 그는 방방마다 돌아다니며 모든 것이 잘되고 있는지 둘러보았고, 사람들이 밀고할 만한 것이 있지 않을지 확인했다. 그는 생각했다.

'모든 것이 잘 준비된 것 같군. 금서들은 눈에 보이지 않고 전등들도 잘 켜져 있으며 황제의 초상화들은 벽 위의 영예로운 자리에 걸려 있어.'

갑자기 벽에 걸린 미쯔끼에비치 초상화가 뻬레도노프의 눈에 띄었다.

'저걸 밀고할 수도 있겠지.'

뻬레도노프는 깜짝 놀라 생각했고, 그 초상화를 내려서 화장실로 가져갔다. 대신에 그 자리에 뿌시낀 초상화를 걸려고 했다.

'그런데 뿌시낀도 귀족이니까.'

그는 뿌시낀 초상화를 부엌의 벽에 걸면서 생각했다.

그러고 나서 그는 저녁에 사람들이 모여서 카드놀이를 할 때 카드를 살필 거라는 생각이 들었다. 그는 언젠가 딱 한번 사용한 적이 있는 카드 상자를 열고 마치 그 안에서 뭔가를 찾는 것처럼 카드를 꼼꼼히 살피기 시작했다. 카드의 얼굴들이 맘에 들지 않았다. 이런 눈을 가진 자들이란 도대체.

그는 최근에 카드놀이를 하다가 카드들이 바르바라처럼 웃고 있는 것 같은 생각이 든 적이 있었다. 심지어 어떤 스페이드 6점짜리 카드에 그려진 여왕은 뻔뻔한 표정을 지으며 점잖지 못하게 몸을 흔드는 것이었다.

뻬레도노프는 모든 카드를 긁어모아다가 카드의 인물들이 자신을 바라보지 못하도록 가위의 뾰족한 부분으로 눈들을 도려냈다. 처음에 그는 헌 카드를 가지고 그 작업을 했고, 다음엔 새 카드를 가지고 작업했다. 그는 뭔가가 자신을 덮칠까봐 두려워하는 눈빛으로 그 일을 했다. 다행히도 바르바라는 부엌에서 일을 하고 있어서 방 안을 들여다보지 않았다. 그녀는 많은 음식을 준비하고 있었기 때문에 부엌 밖으로 나갈 수가 없었던 것이다. 끌라우지야도 무슨 일인가 하고 있었다. 바르바라는 방에 뭔가 가지러 갈 필요가 있으면 끌라우지야를 그리로 보냈다. 끌라우지야가 들어올 때마다 뻬레도노프는 놀라서 가위를 주머니에 숨기고 카드 점을 치는 척했다.

뻬레도노프가 이런 방식으로 자신을 모욕적으로 바라보지 못하도록 왕과 여왕의 눈을 제거하고 나니 다른 쪽에서 불쾌한 일이 발생했다. 뻬레도노프가 예전에 살던 집에서 손에 닿지 않도록 벽난로에 던져두었던 모자를 예르쇼바가 찾아냈던 것이다. 예르쇼바는 모자를 단순히 남겨둔 게 아니라고 생각했다. 예르쇼바는 자기 집을 거쳐간 세입자들이 아마도 고의로 그 모자에 자신에 대한 저주를 건 것이라고, 이를테면 어느 누구도 그 집에 세를 들지 못하게 하려는 속셈으로 그것을 남겨두었다고 생각했다. 그녀는 두렵기도 하고 화가 나기도 하여 그 모자를 주술사에게 가져갔다. 주술사는 모자를 이리저리 살피고 나서 모자 위에다 비밀스럽고 거친 음성으로 뭐라고 중얼거리더니 사방에다 침을 뱉고 예르쇼바에게 말했다.

"그들이 너에게 저주를 내렸어. 너도 그들에게 저주를 내려야 해. 강력한 마법사가 마법을 걸었지. 하지만 내가 더 똑똑해. 내가 너를 위해 저주에 맞서서 그자가 스스로 모욕을 당하도록 주문을 걸어줄 거야."

그녀는 오랫동안 모자 위에 주문을 외고 나서 예르쇼바에게서 푸짐한 선물을 받았다. 그녀는 예르쇼바에게 첫번째 만나는 붉은 머리의 청년에게 그 모자를 주도록 하고 그다음에 그것을 뻬레도노프에게 가져다주라고 하라 했다. 그리고 모자를 전해주고는 주위를 돌아보지도 않고 달아나버리라고 했다.

마침 예르쇼바가 만난 첫번째 붉은 머리의 사나이는 밤에 이상한 행동을 하다 발각되어 뻬레도노프에게 악의를 품었던 바로 그 자물쇠공 중 한사람이었다. 그는 기꺼이 심부름을 하기로 하고 5꼬뻬이까를 받았고 오는 길에 계속해서 모자에 침을 뱉었다. 그는 뻬레도노프 집의 어둡고 작은 방에서 바르바라를 우연히 만나 그녀에게 모자를 전해주고는 아주 재빨리 달아나버려서 바르바라가 그를 쳐다보지도 못했던 것이다.

그런데 뻬레도노프가 마지막으로 잭에 집중하고 있을 때에 바르바라가 놀라서, 심지어 경직된 상태로 방으로 들어와 흥분하며 떨리는 목소리로 말했다.

"아르달리온 보리시치, 이게 뭔지 보세요."

뻬레도노프는 그것을 쳐다보고 놀라서 몸이 굳어버렸다. 자신이 남겨두었던 바로 그 모자가 먼지를 잔뜩 뒤집어쓰고 낡긴 했지만 여전히 과거의 고상함을 지닌 채 바르바라의 손에 들려 있었던 것이다. 그는 끔찍해하면서 한숨을 쉬고 나서 물었다.

"어디서, 이게 어디서 난 거야?"

바르바라는 놀란 목소리로 마치 땅 위로 솟아나듯 자기 앞에 나타났다가 마치 땅속으로 꺼져버린 것처럼 그렇게 사라져버린 어떤 젊은이에게서 이 모자를 받았다고 말했다. 그녀가 말했다.

"그 사람은 예르시하처럼 대수롭지 않은 사람일 거예요. 그녀가 당신의 모자에 주문을 걸었을 거예요. 그게 분명해요."

뻬레도노프는 불분명한 목소리로 뭔가를 중얼거렸고 무서워서 이빨을 부딪쳤다. 암울한 위험과 예감이 그를 괴롭혔다. 그가 얼굴을 찌푸린 채 돌아다니자 수상한 회색 물체가 의자 밑에서 빠져나와 낄낄거렸다.

손님들은 일찍 모였다. 그들은 집들이를 위해 많은 파이와 사과, 배를 가져왔다. 바르바라는 이 모든 것을 기쁘게 받았다. 다만 예의상 다음과 같이 말했다.

"어머나, 뭐하러 이런 걸 가져오셨어요? 공연히 폐를 끼쳐드렸네요."

하지만 만약 손님들이 값이 싸거나 안 좋은 것을 가져온 경우엔 화를 냈다. 그리고 손님 두사람이 같은 물건을 들고 오면 싫어했다.

손님들은 시간을 낭비하지 않고 카드놀이를 하기 위해 곧장 자리를 만들었다. 그리고 탁자를 두개 붙이고 의자에 앉아 게임을 하였다.

"에구머니나! 내 카드의 왕은 눈이 없네요!"

그루시나가 소리쳤다.

"제 카드의 여왕도 눈이 없어요. 잭도 마찬가지고요."

쁘레뽈로벤스까야가 자기 카드를 보고 나서 말했다.

손님들은 웃으며 카드를 바라보았다. 쁘레뽈로벤스끼가 말했다.

"저는 카드를 만지면서 무슨 일인지 살폈죠. 카드들이 왜 까끌까끌한지 이제 알게 되었네요. 카드를 모두 만져보고 마치 어떤 셔츠들이 구멍 때문에 까끌까끌하게 느껴지는 것 같은 느낌을 받았거든요. 셔츠도 정말 까끌까끌하죠.”

모두들 웃었지만 뻬레도노프만은 음울한 표정이었다. 바르바라가 웃으며 말했다.

“여러분들도 저의 아르달리온 보리시치가 별나다는 거 아시죠. 그는 언제나 다양한 장난을 생각해내죠.”

“자네 왜 그랬는가?”

루찔로프가 큰 소리로 웃으며 물었다.

“왜 카드들의 왕과 여왕의 눈을 그렇게 했느냐고? 카드들은 뭔가를 바라볼 필요가 없기 때문이지.”

뻬레도노프가 음울하게 말했다.

모두들 웃었지만 뻬레도노프는 음울한 표정을 지으며 침묵했다. 그는 눈이 없는 형상들이 얼굴을 찡그리며 웃고 나서 커다란 구멍으로 자신을 바라보며 윙크하고 있는 것처럼 생각되었다. 뻬레도노프는 생각했다.

‘아마도 그들이 이젠 코로 보기 시작하는가보다.’

거의 언제나 그렇듯이 뻬레도노프는 운이 없었다. 왕과 왕비, 잭의 얼굴에는 그를 비웃는 듯한 표정과 악의가 스며 있었다. 스페이드의 여왕은 심지어 이를 갈면서 자신을 장님으로 만든 것에 대해 악의를 품고 있는 것 같았다. 마침내 사람들에게 한번씩 카드 패가 돌아가고 난 뒤 뻬레도노프는 카드 한벌을 잡고 그것을 작은 조각으로 갈기갈기 찢었다. 손님들이 깔깔거렸다. 바르바라가 웃으며 말했다.

“저이는 언제나 저렇다니까요. 술을 마시고는 엉뚱한 짓을 시작하곤 하죠."

"술 취한 사람의 눈을 해가지고 그러는 거죠? 아르달리온 보리시치, 당신 누이가 당신에 대해 어떤 생각을 가지고 있는지 들으셨죠?"

쁘레뽈로벤스까야가 비꼬듯이 말했다.

바르바라는 얼굴을 붉히며 화가 나서 말했다.

"당신 말씀에 가시가 있는 것 같은데요?"

쁘레뽈로벤스까야는 미소를 지을 뿐 대답이 없었다. 사람들은 찢어진 카드 대신 새것으로 게임을 계속했다.

그런데 갑자기 쨍그렁 하는 소리가 나더니 유리창이 깨지고 돌멩이 하나가 뻬레도노프가 앉아 있는 탁자 근처에 떨어졌다. 유리창 아래쪽에서 조용히 속삭이는 소리와 웃음소리, 빠르게 멀어져 가는 발걸음 소리가 들렸다. 모두들 우왕좌왕하면서 자리에서 일어섰다. 늘 그렇듯이 여자들이 더 경황이 없었다. 사람들은 돌멩이를 주워들고 놀라서 그것을 바라보았을 뿐 어느 누구도 창가로 다가서려 하지 않았다. 먼저 사람들은 끌라우지야를 밖으로 내보냈다. 그녀가 밖엔 아무도 없다고 말했을 때야 비로소 사람들은 깨진 유리창을 살펴보았다.

볼로진은 학생들이 돌을 던졌을 거라고 생각했다. 그의 추측은 그럴듯했고 사람들은 의미심장한 눈길로 뻬레도노프를 바라보았다. 뻬레도노프는 얼굴을 찌푸리며 뭔가 알 수 없는 말을 중얼거렸다. 손님들은 정말로 학생들이 뻔뻔하고 막돼먹은 아이들이라고 말하기 시작했다.

당연히 범인은 학생들이 아니라 자물쇠공의 아들들이었다. 갑자기 뻬레도노프가 말했다.

“이건 아마 교장 선생님이 학생들에게 시킨 일일 겁니다. 그는 언제나 제게 시비를 걸죠. 이제 더는 무엇을 해야 할지 몰라서 이 일을 생각해낸 겁니다.”

“무슨 농담을 그렇게 하나!”

루찔로프가 웃으며 소리쳤다.

모두들 웃었고 그루시나가 말했다.

“당신은 왜 그분이 그렇게 사악한 사람이라고 생각하시나요? 그 분에게서 괜찮은 뭔가를 기대할 수도 있잖아요. 그분 자신이 아니 라 아들들을 통해 다른 사람에게 암시를 주려 했을 수도 있죠.”

볼로진은 화가 난 목소리로 매매거리기 시작했다.

“그건 아무것도 아닙니다. 귀족들은 귀족들에게 뭔가를 기대하 죠.”

손님들 대다수가 그 말이 사실일지도 모른다고 생각하며 웃었 다. 루찔로프가 말했다.

“자네는 유리랑 안 맞나봐. 안경이 부러지더니 이젠 유리창까지 깨졌잖아.”

이 말이 또 한번 웃음을 자아냈다. 쁘레뽈로벤스까야는 참았던 웃음을 터뜨리며 말했다.

“유리는 깨져도 우린 오래오래 살 수 있어요.”

쁘레도노프와 바르바라가 잠자리에 들려고 할 때 쁘레도노프는 바르바라의 머릿속에 뭔가 사악한 것이 들어 있다고 생각했다. 그 는 그녀의 나이프와 포크를 빼앗아 침대 밑에 숨겨두었다. 그는 우 물거리는 소리로 중얼거렸다.

“내가 널 알지. 넌 나와 결혼하자마자 나를 해치우기 위해 밀고

하겠지. 넌 연금을 탈 거고 난 뻬뜨로빠블롭스끄에 있는 제분소에서 가루로 만들어지겠지.”

뻬레도노프는 밤에 잠꼬대를 했다. 흐릿하고 끔찍한 형상들과 카드의 왕들과 잭들이 손가락을 흔들면서 조용히 걸어다니고 있었다. 그들은 중얼거리면서 뻬레도노프의 눈을 피해 조용히 그의 베개 밑에 숨어들었다. 하지만 곧 대담해져서 뻬레도노프 주위 바닥, 침대, 베개 여기저기를 걸어다니고 뛰어다니면서 빙빙 돌았다. 그들은 쉭쉭거리며 뻬레도노프를 위협하고 그에게 혀를 내밀면서 그 앞에 끔찍한 얼굴을 들이밀고 아무렇게나 입을 벌리기도 했다. 뻬레도노프는 그들 모두가 작고, 장난기가 있을 뿐 자기를 죽이지는 않을 거라는 사실을 알았다. 단지 그들은 악한 일을 예고하며 그를 비웃을 뿐이었다. 하지만 뻬레도노프는 끔찍했다. 그는 어린 시절 자신이 들었던 주문 일부를 중얼거리기도 하고 그들을 쫓아내기 위해 욕을 하기도 하였다. 그리고 손을 흔들며 쉰 목소리로 소리쳤다.

바르바라는 잠에서 깨어나 화난 목소리로 물었다.

“아르달리온 보리시치, 왜 고함을 질러요? 잠을 잘 수가 없잖아요.”

“스페이드 여왕이 티크 무늬 옷을 입고 내가 있는 쪽으로 다가와.”

뻬레도노프가 중얼거렸다.

바르바라는 일어나서 마귀를 쫓는 주문을 중얼거리면서 어떤 액체를 뻬레도노프에게 뿌렸다.

어떤 현의 지방신문에 다음과 같은 기사가 났다. 우리 시에 살고 있는 K부인이 훌륭한 지방 귀족의 중학생 아들들을 자기 집에 하숙시키면서 그 아이들에게 회초리를 든다는 것이었다. 공증인 구다옙스끼는 이 소식을 도시 전체로 퍼뜨리면서 노발대발했다.

그리고 이곳 중학교에 관해 근거없는 다른 소문들이 도시에 퍼졌다. 남장한 여학생에 관한 이야기가 떠돌기도 하고 뺄니꼬프라는 학생과 류드밀라가 그렇고 그런 사이라는 말도 떠돌았다. 친구들은 싸샤가 류드밀라를 사랑한다며 싸샤를 욕했다. 싸샤는 처음에는 이 문제에 대해 대수롭지 않게 생각했으나 시간이 지날수록 화를 내며 그런 일은 없었고 지금도 없다며 류드밀라를 보호해주었다.

싸샤는 이런 일들 때문에 류드밀라의 집에 드나드는 것이 창피했다. 하지만 그럴수록 더 가고 싶어졌다. 복잡하고 괴로운 수치심, 그녀에게 끌리는 맘이 그를 흥분시켰다. 그의 상상은 열정적이면서도 모호한 환영들로 가득 찼다.

21

뻬레도노프와 바르바라가 아침식사를 하고 있던 어느 일요일 아침 누군가가 현관으로 들어왔다. 바르바라는 늘 그렇듯이 살금살금 걸어서 문으로 다가가 문틈으로 밖을 내다보았다. 그녀는 아무렇지도 않은 듯 조용히 식탁으로 돌아와서 중얼거렸다.

"우체부네요. 보드까라도 드려야겠어요. 또다시 편지를 가져왔네요."

뻬레도노프는 아무 말 없이 고개를 끄덕였다. 왜냐하면 그에겐 보드까 한잔 정도는 아까울 게 없기 때문이다. 바르바라가 소리쳤다.

"우체부 아저씨, 이리 오세요!"

우체부가 방으로 들어왔다. 그는 가방을 뒤지면서 뭔가 찾는 척했다. 바르바라는 커다란 잔에 보드까도 따라주고 파이도 잘라주었다. 우체부는 뭔가를 바라는 것처럼 그녀의 행동을 바라보았다. 그런데 뻬레도노프는 우체부가 누군가와 닮았다고 생각하고 있었다. 마침내 그는 그자가 얼마 전에 카드게임에서 지도록 만들었던 머리가 붉고 얼굴에 여드름이 난 카드의 잭과 닮았다는 생각을 해 냈다.

'어쩌면 또다시 내가 곤경에 빠질지도 몰라.'

그는 우울한 생각을 하였고, 주머니 안에 있던 손으로 우체부에 게 욕을 하는 제스처를 취했다.

붉은 머리 잭은 바르바라에게 편지를 건네주었다.

"당신에게 온 겁니다."

그는 공손히 말했고 보드까에 대해 고맙다고 말한 다음, 잔을 비 우고 나서 목청을 가다듬더니 파이를 쥐고 나가버렸다.

바르바라는 손에 편지를 들고 이리저리 살피더니 뜯지 않고 그 것을 뻬레도노프에게 주었다.

"여기요. 읽어보세요. 이번에도 공작부인에게서 온 것 같은데요. 서명을 하셨지만 내용은 많지 않아 보여요. 내용을 많이 쓸수록 공 간을 많이 차지하니까요."

그녀가 웃으면서 말했다.

뻬레도노프는 손을 떨었다. 그는 편지봉투를 뜯고 재빨리 읽었 다. 그러고 나서 자리에서 뛰어오르며 편지를 흔들면서 소리쳤다.

"만세! 장학관 자리가 세개나 있는데 아무거나 고를 수 있다고 하시네. 만세. 바르바라, 우린 자리를 잡은 거나 다름없어!"

그는 춤을 추며 방 안을 빙빙 돌아다녔다. 움직임이 없는 얼굴 표정과 멍한 눈빛 때문에 마치 인형에게 춤을 추게 한 것처럼 그는 정말 이상하게 보였다. 바르바라는 웃으면서 그를 기쁘게 바라보 았다. 그는 소리쳤다.

"아이고, 바르바라. 이제 결정이 난 거야. 결혼하자고."

그는 바르바라의 어깨를 잡고 발을 구르면서 바르바라를 식탁 주위로 돌렸다.

"바르바라, 러시아식으로 말이야!"

그가 소리쳤다. 바르바라는 몸을 뒤로 젖히고 허리에 손을 대고는 유연하게 움직였다. 뻬레도노프는 그녀 앞에서 무릎을 굽히고 춤을 췄다.

볼로진이 들어오더니 기쁘게 매매거렸다.

"미래의 장학관이 농민들의 춤을 추고 계시네!"

"빠블루시까, 같이 춰!"

뻬레도노프가 소리쳤다.

끌라우지야는 문 뒤에서 바라보고 있었다. 볼로진은 손을 흔들며 웃으면서 그녀에게 소리쳤다.

"끌라우쥬샤, 너도 와서 같이 춤춰! 모두 함께. 우리가 미래의 장학관을 크게 웃겨주자고!"

끌라우지야는 어깨를 들썩이고 째지는 소리를 내며 춤을 추었다. 볼로진은 그녀의 앞에서 힘들게 몸을 돌리더니 앉았다가 몸을 회전하며 다시 일어서서 박수를 쳤다. 무릎을 펴고 일어섰다가 다시 무릎을 굽혀 박수를 칠 때 그는 특히 힘들어 보였다. 끌라우지야는 자기 옆에 그렇게 날쌘 젊은이가 있다는 것이 기쁘기만 했다.

모두들 지쳐서 식탁에 앉았고 끌라우지야는 유쾌한 듯 웃으며 부엌으로 갔다. 모두들 보드까와 맥주를 마시고 병과 잔을 깨뜨리고 소리치며 깔깔거리고 손을 흔들고 서로 껴안고 입을 맞추기도 했다. 그후에 뻬레도노프와 볼로진은 여름 정원으로 갔다. 뻬레도노프가 서둘러 편지를 가져갔다.

당구장에는 늘 진을 치고 있는 패들이 모여 있었다. 뻬레도노프는 친구들에게 편지를 보여주었다. 그것은 사람들에게 커다란 반응을 불러일으켰다. 모두들 그것을 살펴보고 사실인 것으로 생각했다. 루찔로프가 뭔가를 중얼거리며 얼굴이 창백해져서는 침을 뱉었다.

"내가 집에 있을 때 우체부가 가져왔어!"

뻬레도노프가 소리쳤다.

"내가 직접 개봉했지. 그러니까 그 말은 여기에 속임수가 없다는 거야."

그래서 친구들은 존경스럽다는 듯이 그를 바라보았다. 공작부인에게서 편지를 받다니!

뻬레도노프는 여름 정원을 지나서 열심히 베르시나의 집으로 향했다. 그는 빠른 걸음걸이에 한결같은 동작으로 손을 흔들며 뭔가를 중얼거렸다. 얼굴엔 어떠한 표정도 나타나 있지 않아서 마치 자동인형의 얼굴처럼 아무런 움직임이 없었다. 눈에는 오로지 탐욕의 불길만이 희미하게 타올랐다.

그날은 청명하고 무더웠다. 마르따는 정자에 앉아 양말을 뜨고 있었다. 그녀의 생각은 어둡지만 신앙심은 돈독했다. 그녀는 먼저 죄에 대해 생각했고 그후에 좀더 유쾌한 생각을 하였으며 선에 대해 묵상했다. 그녀의 생각은 비몽사몽 엉켜 있다가 말로 표현할 수 있는 단순한 것이 사라짐에 따라 구체적인 형상을 띠었고 몽상의 경계가 분명해졌다. 그녀에게 선은 빛나고 향기로우며 반짝이는 흰 옷을 입고 있는 커다랗고 아름다운 인형으로 구체화되었다. 그 인형들은 그녀에게 보상을 약속했는데 손에는 열쇠가 들려 있었고 머리에는 면사포가 씌워져 있었다.

그 인형들 가운데 하나가 다른 인형들과 다르게 보였다. 그 인형은 어떠한 약속도 하지 않은 채 그녀를 비난하듯 바라보고 있었고 입술은 소리 없는 저주를 퍼붓는 것처럼 움직이고 있었다. 만약 인형이 무슨 말이라도 하면 무서울 것처럼 생각되었다. 마르따는 그것이 바로 양심이라고 생각했다. 인형은 온통 검은색 옷을 입고 있었다. 이 이상하고 무서운 방문객은 검은 눈에 검은 머리를 하고 뭔가에 대해 자주 빠르고 분명한 목소리로 말했다. 그녀는 베르시나와 전혀 닮지 않았다. 마르따는 갑자기 깨어나 그녀의 질문에 거의 무의식적으로 뭐라고 대답을 한 다음 다시 몽상에 빠졌다.

양심인지 베르시나인지 모를 그 형상은 그녀의 맞은편에 앉아서 뭔가를 빠르고 분명하게 말했지만 그 말은 아무것도 이해할 수 없었다. 그녀는 모든 것이 자신이 원하는 대로 되기를 요구하면서 조용히 단호한 태도로 이상한 냄새를 풍기는 이상한 담배를 피우고 있었다. 마르따는 이 이상한 방문객의 눈을 직접 보고 싶었지만 웬일인지 그렇게 할 수가 없었다. 그녀는 이상하게 미소를 지으며 뭔가를 중얼거렸고, 그녀의 눈동자는 어딘가로 향해 있어서 마르따가 무서워서 보지 못하는 멀리 있는 어떤 미지의 물체에 고정되어 있었다.

커다란 말소리에 마르따는 눈을 떴다. 뻬레도노프가 정자에 서서 베르시나와 큰 소리로 인사를 나누고 있었다. 마르따는 놀라서 주위를 둘러보았다. 가슴은 콩닥거렸고 앞은 캄캄해졌으며 생각의 갈피를 잡을 수가 없었다. 양심은 어디 있지? 그것이 원래 없었던 건가? 그것이 이곳에 있으면 안되는 거였나?

"당신은 이곳에서 잘도 자고 있더군요. 코를 드르렁거리면서 말이죠. 이제 잠이 깨셨나봐요."

뻬레도노프가 그녀에게 말했다.

마르따는 그의 말장난을 이해하지 못했지만 베르시나의 입가에 미소가 번지는 것을 보고 뭔가 농담으로 여길 만한 것을 그가 말했다고 짐작하여 미소를 지었다.

"당신을 쏘피야라고 불러도 될 것 같군요."

뻬레도노프가 계속 말했다.

"왜죠?"

마르따가 물어보았다.

"왜냐하면 당신은 마르따가 아니라 쏘냐[59]니까요."

뻬레도노프는 벤치 위에 마르따와 나란히 앉아서 말했다.

"그런데 제게 뉴스가 하나 있어요. 정말 중요한 거랍니다."

"당신이 가지고 온 뉴스가 뭔가요? 우리도 좀 알자고요."

베르시나가 말했다. 마르따는 그녀가 그렇게 많은 단어를 가지고 단순한 문장을 만들 수 있다는 것이 부러웠다. 어떠한 소식일까?

"알아맞혀보세요."

뻬레도노프는 음울하면서도 진지한 표정으로 말했다.

"제가 무슨 수로 당신이 가지고 온 소식을 알 수 있겠어요? 그런데 당신은 우리가 당신의 뉴스를 알고 있을 거라고 하시는군요."

베르시나가 대답했다.

뻬레도노프는 사람들이 자신의 뉴스를 알아맞힐 생각을 하지 않자 기분이 나빴다. 그는 잠시 말없이 난처한 듯 등을 구부린 채 멍하고 무거운 표정으로 앉아 있다가 꼼짝도 하지 않고 앞을 응시

---

59 쏘피야의 애칭으로, 러시아어로 잠꾸러기라는 뜻.

했다. 베르시나는 진한 누런색 치아를 내보이면서 가식적으로 미소 지었다.

"무슨 수로 당신이 가져온 소식을 알아맞힌답니까?"

그녀는 잠시 말이 없다가 말했다.

"제가 카드로 알아맞힐게요. 마르따, 방에서 카드 좀 가져와라."

마르따가 자리에서 일어나자 뻬레도노프는 화를 내며 그녀를 제지했다.

"앉으세요. 그럴 필요 없어요. 난 그걸 원하지 않습니다. 당신 스스로 알아맞혀보세요. 나는 그냥 놔두시고요. 썰매 손잡이에 날 묶어두고 추측하지 마세요. 내가 농담을 하면 당신들은 입을 딱 벌리게 될 테니까요."

뻬레도노프는 재빨리 주머니에서 지갑을 꺼내어 거기서 구겨진 편지를 빼들고는 손에서 그것을 내려놓지 않은 채 베르시나에게 보여주었다.

"보고 계시죠? 봉투가 있죠. 그리고 여기 편지도 있어요."

그가 말했다.

그는 편지를 펼치고는 무심코 눈가에 자족적인 사악한 감정을 표현하면서 읽어내려갔다. 베르시나는 어리둥절해졌다. 그녀는 마지막 순간까지 공작부인을 믿지 않았는데 이제는 마르따와 관련된 일이 완전히 어그러졌다고 생각했다. 그녀는 화가 나서 억지로 미소를 지으며 말했다.

"음, 뭔가요? 당신의 행복에 대한 거였군요."

마르따는 놀라고 경악한 표정으로 앉아 있다가 바보처럼 미소 지었다.

"어떻게 이해했나요?"

뻬레도노프는 사악하게 묻더니 말을 이었다.

"당신은 날 바보로 생각했지만 나는 당신보다 더 지혜롭답니다. 당신이 편지봉투에 대해 말씀하신 적 있죠. 이 봉투를 보여드리죠. 정말로 이번 일은 사실입니다."

그는 주먹을 쥐고 탁자를 가볍게 두드렸다. 그는 자신의 행동과 말소리를 통해 마치 자기 자신이 제 일과 상관없는 낯설고 거리가 먼 사람인 것처럼 이상하게도 무관심한 태도를 보였다.

베르시나와 마르따는 꺼리는 듯하면서도 의심하는 표정으로 다시 들여다보았다.

"왜 다시 살펴보시는 거죠!"

뻬레도노프가 까칠하게 물었다.

"다시 살펴볼 거 없어요! 이제 모든 것이 끝났고 전 바르바라와 결혼할 겁니다. 이 시점에서 많은 아가씨들이 나를 붙잡겠죠."

베르시나는 마르따에게 담배를 가져오라고 시켰다. 마르따는 기쁘게 정자에서 뛰어나갔다. 그녀는 기쁜 듯이 정자를 벗어나 달렸다. 시든 나뭇잎들로 얼룩진 모랫길에서 그녀는 자유로움과 홀가분함을 느꼈다. 그녀는 집 근처에서 맨발로 다니는 블라쟈를 불렀다. 그러자 그녀의 맘은 더욱더 유쾌하고 기뻤다. 그녀는 남동생을 집으로 데려가면서 목소리를 낮추고 생기있게 말했다.

"그 사람이 바르바라와 결혼한대. 결정된 거래."

한편 뻬레도노프는 마르따가 돌아오기를 기다리지도 않고 갑자기 작별인사를 건넸다. 그가 말했다.

"제게 시간이 없어서요. 결혼하는 것은 공을 치는 게임이 아니거든요."

베르시나는 그를 붙들지 않았고 그와 냉랭한 상태로 헤어졌다.

그녀는 정말 화가 났다. 예전에는 마르따를 뻬레도노프에게 시집 보내려는 희미한 희망이 있었다. 그런데 이젠 자신이 무린을 잡을 수 있는 마지막 희망마저 사라져버린 것이다.

이런 모든 일이 마르따에게 오늘 일어나다니! 눈물이 나올 것만 같았다.

뻬레도노프는 베르시나의 집을 나와 담배를 피우려고 잠시 생각에 잠겼다. 그런데 갑자기 경찰을 만났다. 경찰은 길모퉁이에 서서 해바라기씨의 껍질을 벗기고 있었다. 뻬레도노프는 우수를 느꼈다. 그는 생각했다.

'또다시 첩자를 만나다니. 사람들이 뭣 때문에 싸우고 있는지 보려는 것 같군.'

그는 꺼내든 담배를 감히 피우지도 못하고 경찰에게 다가가 공손하게 물어보았다.

"경찰관님, 여기서 담배를 피워도 되나요?"

경찰은 모자 차양 밑에서 예의 바르게 말했다.

"그러니까 5등 문관님, 무엇에 관해 물어보는 건가요?"

"담배요. 담배 한대 피워도 될까요?"

뻬레도노프가 설명했다.

"이 문제에 대해서라면 어떠한 명령도 없었습니다."

경찰은 겸손한 태도로 대답했다.

"없었다고요?"

뻬레도노프가 슬픈 목소리로 물어보았다.

"어떠한 것도 없었습니다. 그러니까 담배를 피우려면 먼저 허가를 받게 하라는 명령을 받은 적이 없다는 말씀입니다. 그래서 이 문제에 대해 전 알 수 없습니다."

"그런 명령이 없었다면 전 피우지 않겠습니다."

뻬레도노프가 공손하게 말했다.

"전 사상이 건전한 사람입니다. 제가 담배를 던져버릴게요. 당연히 전 5등 문관이니까요."

뻬레도노프는 담배를 구겨서 땅에 던져버렸다. 그리고 쓸데없는 말을 더 지껄이게 될까봐 두려워서 서둘러 집으로 돌아갔다. 경찰은 그의 뒤를 의심하는 눈초리로 쳐다보다가 마침내 '어제처럼 쏜 살같이 사라져버렸네'[60]라고 생각했다. 그리고 그 사실에 안심하면서 다시 한가하게 해바라기씨 껍질을 벗겼다.

"길이 울퉁불퉁하군."

뻬레도노프가 중얼거렸다.

거리에는 나직한 언덕이 나 있었고 그 뒤에는 다시 내리막이 있었다. 오두막 두채 사이로 길이 꺾여 있었는데, 푸르스름하고 서글프게 보이는 저녁 하늘을 배경으로 그림처럼 펼쳐져 있었다. 울타리 너머로는 나무들이 가지를 늘어뜨리고 쳐다보고 있어서 사람들의 통행을 방해하고 있었고, 나무들이 서걱이는 소리는 우습기도 하고 위협적이기도 했다. 양 한마리가 교차로에 서서 뻬레도노프를 멍하니 쳐다보고 있었다.

갑자기 모퉁이로부터 양의 울음소리 같은 웃음소리가 들리더니 볼로진이 나타나서 인사를 하려고 다가왔다. 뻬레도노프는 처량하게 그를 바라보다가 지금 자기 앞에 서 있다가 사라진 양에 대해 생각했다.

---

60 '어제처럼'은 가까운 시간을 의미하는 비유적 표현으로서 아주 빨리 사라져버려서 지금은 보이지 않는다는 것을 강조한 것이다.

‘그건 분명 볼로진이 양으로 변신한 것이었을 거야. 공교롭게도 볼로진은 양을 닮았을 뿐만 아니라, 그가 웃는 건지 양이 소리를 내는 건지 알 수도 없단 말이야.’

그는 이런 생각에 잠겨서 볼로진이 인사를 하며 무슨 말을 하는 지 알아들을 수가 없었다. 그가 우수에 잠겨 말했다.

“빠블루시까, 자네 왜 날 걷어차나!”

볼로진은 히죽 웃으며 매매거리더니 크게 웃었다.

“아르달리온 보리시치, 난 걷어차는 것이 아니라 자네와 악수를 하며 인사를 나누려는 거야. 아마도 자네 나라에선 손으로 걷어차 는가보군. 우리 나라에선 발로 걷어차는데. 그리고 그렇게 하는 것 은 사람이 아니라 말이지.”

“뭣하면 뿔로도 받을지도 모르지.”

뻬레도노프가 중얼거렸다. 볼로진은 화가 나서 떨리는 목소리로 말했다.

“아르달리온 보리시치, 내 몸엔 뿔이 나 있지 않아. 나보다 자네 몸에서 예전에 뿔이 났었나보지.”

“자넨 혀가 길어서 쓸데없는 말을 잘도 지껄이고 있군그래.”

뻬레도노프가 화를 내며 말했다.

“아르달리온 보리시치, 자네가 계속 그렇게 나오면 난 아무 말도 하지 않을 거야.”

볼로진이 재빨리 반박했다.

그리고 매우 슬픈 표정을 짓고는 입술을 앞으로 삐죽 내밀었다. 하지만 그는 뻬레도노프와 나란히 걸었다. 그는 아직 식사를 하지 않았기 때문에 뻬레도노프의 집에 가서 식사를 할 생각이었다. 왜 냐하면 아침에 뻬레도노프가 기쁨에 겨워 그를 초대했기 때문이었다.

집에서는 중요한 소식이 뻬레도노프를 기다리고 있었다. 현관에서부터 기이한 일이 벌어졌음을 짐작할 수 있었다. 방에서 소란스러운 소음과 놀람에 찬 감탄사들이 들려왔다. 뻬레도노프는 아직 식사 준비가 덜 되었다고 생각했다. 집 안 사람들이 그가 온 것을 알아차리고 놀라며 서둘렀다. 그는 그들이 자기를 두려워하자 기분이 좋아졌다! 하지만 다른 일이 일어났음이 밝혀졌다. 바르바라가 현관으로 뛰어나와 소리쳤다.

"고양이를 돌려보냈어요!"

그녀는 너무 놀라서 곧바로 볼로진을 알아차리지 못했다. 그녀의 복장은 평상시처럼 불결했다. 더러운 회색 치마와 기름투성이 블라우스를 입고, 해진 신발을 신고 있었다. 빗지 않은 머리는 헝클어져 있었다. 그녀는 흥분해서 뻬레도노프에게 말했다.

"이리시까 말이에요! 그녀가 악에 받쳐서 새로운 장난을 꾸며낸 거라고요. 어떤 남자애가 뛰어들어오더니 고양이를 데려와서 던져두고 갔어요. 고양이 꼬리에는 방울이 달려 있어서 딸랑거리고 있었어요. 그런데 고양이가 소파 밑으로 들어가서 나오지 않네요."

뻬레도노프는 무서워졌다.

"이제 무엇을 해야 하지?"

그가 물어보았다.

"빠벨 바실리예비치, 당신이 좀더 젊으니까 고양이를 소파 밑에서 내쫓아주세요."

바르바라가 부탁했다.

"쫓아냅시다. 쫓아내자고요."

볼로진이 웃으며 말한 다음 홀로 들어갔다.

사람들이 고양이를 꺼내서 꼬리에 달린 방울을 떼어냈다. 뻬레
도노프는 엉겅퀴 마디를 찾아다가 그것을 다시 고양이 몸에 붙였
다. 고양이는 큰 소리로 그르렁거리다가 부엌으로 가버렸다. 고양
이와 실랑이를 벌이는 데 지친 뻬레도노프는 평소에 앉던 자리에
앉았다. 그는 안락의자의 팔걸이에 팔꿈치를 걸치고는 손가락을
문지르고 다리를 꼰 채 앉았다. 얼굴은 아무런 움직임도 없이 음울
해 보였다.

뻬레도노프는 공작부인의 두번째 편지를 첫번째 편지보다 더
소중히 간직했다. 그는 항상 자기 지갑에다 그것을 보관했고 모든
사람에게 그것을 보여주면서 비밀스러운 표정을 지어 보였다. 그
는 누군가가 이 편지를 뺏고 싶어하지 않나 하고 예리한 눈빛으로
사람들을 살펴보며 어느 누구의 손에도 편지를 건네주지 않았고
사람들에게 보여주고 나서는 다시 편지를 지갑 속에다 숨겨놓았
다. 지갑은 재킷의 옆 주머니에 들어 있었고 재킷의 단추는 꼭 채
워진 채였다. 그는 주변 사람들을 의미심장하게 바라보았다.

"자넨 왜 그걸 그렇게 가지고 다니나?"

루찔로프가 이따금씩 웃으며 물어보았다.

"만약의 경우를 대비해서지. 누가 자네를 알겠나! 더 잘 간직해
놔야 해."

뻬레도노프는 음울하게 말했다.

"자네에겐 이 일이 텅 빈 시베리아[61]나 마찬가지라니까."

루찔로프가 이렇게 말한 다음 빙긋 웃으면서 뻬레도노프의 어
깨를 톡톡 쳤다.

---

61 아무 상관이 없다는 뜻.

　하지만 뻬레도노프는 동요하지 않고 계속 의미심장한 표정을 지어 보였다. 그는 최근에 평소보다 더 진지한 표정을 지었다. 그는 자주 거드름을 피웠다.

　"난 장학관이 될 거라고. 자네는 여기 틀어박혀 있을 거고. 난 현 두군데를 감독하게 될 거야. 아니면 현이 세군데가 될 수도 있고. 오호호!"

　그는 아주 가까운 시일 내에 자신이 장학관의 자리를 맡게 될 거라 확신하고 있었다. 그는 여러번 팔라스또프 선생에게 말했다.

　"이봐, 내가 자네를 구해줄게."

　팔라스또프 선생은 뻬레도노프를 매우 공손한 태도로 대하게 되었다.

22

뻬레도노프는 교회에 자주 나가게 되었다. 그는 남들의 눈에 잘 띄는 자리에 앉아서 필요 이상으로 성호를 더 자주 그었고, 갑자기 꼼짝 않고 멍하니 자기 앞을 바라보곤 했다. 그는 첩자들이 기둥 뒤에 숨어 그를 바라보면서 비웃으려 한다고 생각했다. 하지만 그는 지지 않았다.

루찔로프 씨네 자매들의 조용한 웃음소리와 키득거림과 속삭임이 뻬레도노프의 귀에 들려왔다. 그런데 그 소리는 이따금 그 정도를 넘어 심하게 느껴졌다. 그것은 마치 그를 비웃고 짓밟기 위해 교활한 아가씨들이 웃는 것처럼 들렸다. 하지만 뻬레도노프는 굴복하지 않았다.

이따금 향 연기가 피어오르는 기둥 사이로 연기를 내뿜는 푸르스름한 미지의 물체가 보이기도 했다. 그것은 눈에 불을 켜고 작은 소리로 달그락거리며 공중으로 날아갔다. 하지만 그것도 잠시뿐,

좀더 자주, 교회 안으로 들어오는 사람들의 다리 사이로 다니면서 뻬레도노프를 비웃으며 집요하게 괴롭혔다. 당연히 그 물체는 뻬레도노프를 놀라게 해주고 싶어하는 것 같았다. 그러나 그는 그 물체의 간교한 의도를 알아차리고 굴복하지 않았다.

교회 예배는 말이나 의식 속에 있는 것이 아니라 내면에 있는 것이어서 많은 사람에게 친근하다. 하지만 뻬레도노프는 그것을 이해할 수가 없어서 두려웠다. 분향은 미지의 술잔처럼 그에게는 끔찍했다. 그는 생각했다.

'왜 흔들리는 거지?'

그에겐 성직자들의 옷차림이 조야하고 화가 날 정도로 화려한 걸레조각 같았다. 법의를 입은 신부를 바라볼 때면 그는 악의에 가득 차서 그 옷을 찢고 성찬 그릇들을 부수고 싶어졌다. 교회의 의식과 신비함이 그에겐 평범한 시민을 지배하기 위한 사악한 마법 같이 생각되었다. 그는 성직자에게 화가 나서 생각했다.

'성병聖餠을 포도주에 적셨군. 포도주는 싸구려에 불과한데 성물을 위해 더 많은 돈을 내게 하려고 사람들을 속이는 거야.'

그 앞에는 죽음의 밀랍을 파기하는 힘으로 무기력한 물질을 영원히 바꾸는 비밀이 펼쳐져 있었다. 걸어다니는 시체에 불과해! 살아 있는 신, 예수 그리스도에 대한 믿음과 마법에 대한 믿음을 어리석게 결합시키다니!

사람들이 교회 밖으로 나갔다. 농업 선생 마치긴은 평범해 보이는 젊은이로서 미소를 지으면서 아가씨들과 어울리며 발랄하게 이야기를 나누고 있었다. 뻬레도노프는 미래의 장학관인 자신 앞에서 그가 그렇게 자유분방하게 행동하는 것이 기분 나빴다. 마치긴은 밀짚모자를 쓰고 있었다. 그런데 뻬레도노프는 어느 여름엔가 그가 교외에서 휘장이 달린 모자를 쓴 것을 보았던 일을 기억해냈다. 뻬레도노프는 그에게 쓴소리를 하기로 결심했다. 그런데 장학관 보그다노프가 마침 거기 있었다. 뻬레도노프가 장학관에게 다가가 말했다.

"당신이 관리하는 마치긴은 휘장이 달린 모자를 쓰고 다닙니다. 저 사람은 오만하게 행동하고 있습니다."

보그다노프는 놀라서 몸을 떨었고, 회색의 이단자 때문에 동요했다.

"그에겐 권리가 없어요. 어떠한 권리도 없지요."

그는 빨간 눈동자를 깜빡이며 걱정스러운 듯이 말했다.

"그는 그럴 권리도 없으면서 그걸 쓰고 다니네요. 그런 이들을 규제해야만 합니다. 전 당신에게 오래전부터 말해왔죠. 예의없는 남자들 모두가 휘장을 달고 다닐 겁니다. 그러면 일이 어찌 되겠습니까!"

뻬레도노프는 하소연했다.

보그다노프는 이미 예전에 뻬레도노프 때문에 놀랐었기에 더욱 더 근심했다.

"그가 어떻게 그런 일을 할 수 있지, 응?"

그는 울먹이며 말했다.

"내가 당장 그를 불러야겠어요, 당장. 그리고 가장 엄격한 태도로 그런 행동을 금지시키겠어요."

그는 뻬레도노프와 헤어져 겁에 질린 채 서둘러서 자기 집으로 걸어갔다.

볼로진은 뻬레도노프와 함께 걸어가면서 원망이 섞인 듯한 매매거리는 목소리로 말했다.

"휘장을 달고 다닌다고? 제발 은혜가 되도록 말해주게! 정말 그가 관직이라도 받았나! 그런 일이 어떻게 가능하지!"

"자네도 휘장을 달고 다니면 안돼."

뻬레도노프가 말했다.

"그럴 수도 없고 그래서도 안되지."

볼로진이 말했다.

"그런데 나는 이따금 휘장을 달고 다닌다네. 하지만 나는 언제, 그리고 어디서 그런 일이 가능한지 알고 있어. 교외에 나갈 때나 달고 나가지. 그러면 난 만족이야. 아무도 금지하지 않거든. 농부를 만나더라도 그들의 존경심이 더 커지는 법이지."

"빠블루시까, 자네 낯짝을 내 입 쪽으로 내밀지 말게. 나에게서 떨어지란 말이야. 자네가 발굽으로 날 찰 것만 같아."

뻬레도노프가 말했다.

볼로진은 화가 나서 침묵한 채 옆에서 나란히 걸어갔다. 뻬레도노프는 걱정스러운 듯이 말했다.

"루찔로프 씨네 아가씨들에게도 이 소식을 알려야 할 텐데. 그 아가씨들은 웃고 떠들려고 교회에 다니는 것 같아. 화장을 하고 잘 차려입고 나타나거든. 교회에서 향을 피우는데다가 그들에게서 향수 냄새가 난단 말이야. 그 아가씨들 때문에 언제나 고약한 냄새가 나지."

"은혜롭게 말하게나!"

볼로진은 고개를 저으며 멍한 눈동자를 휘둥그레 뜨고 말했다.

먹구름 때문에 땅 위에는 어둠이 금방 내려앉았고 그 때문에 뻬레도노프는 두려움을 느꼈다. 바람에 실려온 먼지 더미 사이에서 이따금 미지의 회색 물체가 어른거렸다. 바람이 불자 풀들이 서걱거렸고 뻬레도노프는 미지의 회색 물체가 풀 사이로 뛰어다니며 풀을 배부르도록 실컷 뜯어먹는 것처럼 보였다. 그는 생각했다.

'왜 도시에 풀이 자라지? 이상해! 뽑아버려야 해.'

나뭇가지가 서걱이며 일렁이더니 움츠러들기 시작했다. 사방이 어두워지더니 까마귀가 울며 멀리 날아가버렸다. 뻬레도노프는 몸을 떨고 사납게 비명을 지르더니 집으로 달려갔다. 볼로진은 머리에 판돈을 넣을 통을 이고 손에 쥔 지팡이를 흔들면서 뻬레도노프의 뒤에서 겁에 질려 의혹에 가득 찬 눈을 휘둥그레 뜨고는 걱정이 가득한 얼굴을 하고 있었다.

보그다노프는 바로 그날 마치긴을 불렀다. 마치긴은 장학관의 집으로 들어가기 전에 태양 빛을 등지고 그늘에서 모자를 벗고는 다섯 손가락으로 머리를 빗었다.

"이봐, 젊은이, 자네 어떤가? 무슨 생각을 하고 있는 건가, 응?"

보그다노프가 마치긴을 큰 소리로 나무랐다.

"무슨 일이냐는 말씀인가요?"

마치긴은 밀짚모자와 왼쪽 다리를 흔들면서 대담하게 물었다.

보그다노프는 그에게 앉으라고 하지 않았다. 그는 마치긴을 야단칠 작정이었기 때문이었다.

"젊은이, 어떻게 이런 일이, 어떻게 자네가 그런 일을 할 수 있나? 휘장을 달고 다닌다면서, 응? 자네가 어떻게 그런 일을 생각할 수 있냐고?"

그는 자신에게 무덤덤한 태도를 취하는, 자신이 담당하는 회색의 이교도 때문에 완전히 흥분하여 물었다.

마치긴은 얼굴을 붉혔지만 용감하게 대답했다.

“그게 어때서요? 정말 전 그런 권리가 없는 겁니까?”

“아니, 자네가 관리인가, 응? 관리냐고?”

보그다노프는 흥분하기 시작했다.

“자네가 어떤 관리지, 응? 말단 서기인가, 응?”

“가르치는 일을 한다는 표시지요.”

마치긴은 용감하게 대답했고 선생님이라는 직분의 중요성에 대
해 상기하고 나서 갑자기 부드럽게 미소를 지었다.

“손에 몽둥이를 들고 다니면 되지 않나? 몽둥이를 말이야. 그것
이 자네에게 선생이라는 직책을 알려주는 표시야.”

보그다노프는 고개를 내저으며 충고했다.

“쎄르게이 뽀따뻬치, 자비로워지셔야 해요. 몽둥이가 다 웬 말인
가요! 몽둥이는 모든 사람이 다 들고 다닐 수 있지만 휘장은 영예
로운 사람을 위한 겁니다.”

마치긴이 화난 목소리로 말했다.

“어떤 영예를 위한 건가, 응? 어떤, 어떤 영예를 위한 거냐고? 자
네에게 무슨 영예가 필요하단 말인가, 응? 자네가 상관이라도 된단
말인가!”

보그다노프가 그를 윽박질렀다.

“쎄르게이 뽀따뻬치, 진정하세요. 교육을 많이 받지 못한 농민들
사이에서 휘장은 금세 존경심을 불러일으킵니다. 그러면 사람들은
훨씬 더 낮은 자세로 머리를 숙이죠.”

마치긴은 조목조목 따져가며 말했다. 마치긴은 스스로 만족스러
운 듯 붉은 콧수염을 쓰다듬었다.

“그건 아니지. 젊은이, 절대 안돼.”

보그다노프는 애처롭게 고개를 저으며 말했다.

"들어보세요. 쎄르게이 뽀따뼤치, 휘장이 없는 교사는 꼬리가 없
는 영국 사자와 같아요. 그건 일종의 캐리커처입니다."

마치긴은 확신에 차서 말했다.

"아니, 이 일에 꼬리가 다 웬 말인가, 응? 이 일에 웬 꼬리냐고,
응?"

보그다노프가 홍분하여 말했다.

"자네는 정치까지 할 셈인가, 응? 정치에 대해 운운하는 것이 우
리가 할 일인가, 응? 아니 자네, 휘장을 떼어내고 하느님의 자비를
베풀도록 하게. 그 일은 안돼. 어떻게 가능하겠나? 하느님을 잊지
말게. 알아볼 사람이 어디 적냔 말이야!"

마치긴은 어깨를 으쓱하고 뭔가를 더 말하고 싶어했지만 보그
다노프가 그를 제지했다. 그 순간 머릿속에 생각이 번뜩 떠올랐다.

"그런데 자넨 왜 내게 올 때 휘장을 달고 오지 않았나, 응? 휘장
이 없이? 스스로도 안된다고 생각한 거군."

마치긴은 주저했지만 이런 경우를 대비해서 반박할 말을 찾아
냈다.

"왜냐하면 저희들은 농업 교사들이기 때문이죠. 저희들에겐 농
민들의 권익이 필요합니다. 하지만 도시에서 저희들은 평범한 인
텔리이기 때문이죠."

"아니야, 젊은이. 그런 일은 안된다는 것을 명심하게. 만약 내 귀
에 또 그런 일이 들리면 자네를 내쫓을 거야."

그루시나는 이따금 젊은이들을 위해 파티를 열었다. 그녀는 파
티에 모인 젊은이들 중에서 신랑감을 낚기를 바라고 있었다. 그리
고 다른 사람들의 주의를 딴 데로 돌리기 위해 가정이 있는 지인들

도 초대했다.

오늘이 바로 그런 파티가 열리는 날이었다. 손님들은 일찍 모여들었다.

그루시나의 거실 벽에는 옥양목 천으로 덮인 그림들이 걸려 있었다. 거기에는 멋지지 않은 것이라곤 하나도 없었다. 그루시나가 교활하고 뻔뻔한 미소를 지으며 옥양목 천을 걷어내자 손님들은 서툴게 그려진 나체 여인들의 그림을 감상하게 되었다. 뻬레도노프가 음울하게 말했다.

"이 꼽추 여자는 뭔가요?"

"결코 꼽추가 아니에요. 일부러 그런 자세를 취한 거예요."

그루시나가 그림에 대해 열렬히 옹호하며 말했다. 뻬레도노프가 계속 말했다.

"그 여자는 꼽추입니다. 눈도 당신 눈처럼 양쪽이 각각 다르네요."

"흠, 당신은 많은 것을 알고 계시네요! 이 그림들은 매우 훌륭하고 비싼 것들이에요. 화가들에게도 그런 그림들이 없어요."

그루시나는 화가 나서 말했다. 뻬레도노프가 갑자기 웃더니 얼마 전에 자신이 블라쟈에게 해주었던 충고를 생각해냈다.

"당신은 왜 깔깔거리는 거죠?"

그루시나가 물었다.

"중학생 나르따노비치가 자기 누나 마르파[62]에게 원피스를 사줄 겁니다. 제가 그 아이에게 그렇게 하라고 충고해줬거든요."

그가 설명했다.

---

62 나르따노비치는 블라쟈를, 마르파는 마르따를 가리킨다.

“그 아이가 돈을 지불하다니요. 그런 바보가 있겠어요!”

그루시나가 반박했다.

“당연히 그렇게 할 겁니다. 그 남매는 언제나 싸우죠. 제가 어렸을 때 누이들에게 장난을 칠 때는 여동생들은 때렸고 누나들은 옷을 망쳤거든요.”

뻬레도노프가 자신있게 말했다.

“모두가 다 싸우는 것은 아닙니다. 전 누이들과 싸우지 않아요.”

루찔로프가 말했다.

“자네는 누이들과 입맞춤이라도 한단 말인가, 뭔가?”

뻬레도노프가 물었다.

“아르달리온 보리시치, 자넨 돼지이며 비열한 자식이야. 자네 따귀를 때려줘야겠어.”

루찔로프가 아주 침착하게 말했다.

“음, 난 그런 농담을 좋아하지 않아.”

뻬레도노프가 그렇게 말하며 루찔로프에게서 멀어졌다. 그는 생각했다.

‘아이고, 저 친구 얼굴에 사악한 표정을 짓는 걸 보니 진짜로 때릴 기세네.’

그는 계속 마르따에 대해 말했다.

“그녀는 검은색 원피스를 딱 한벌 가지고 있죠.”

“베르시나가 그녀에게 새 원피스를 지어줄 거예요.”

바르바라는 배가 아파서 말했다.

“미녀여, 말들이 수고하는 한 결혼식에 필요한 모든 것이 준비될 거야.”

그녀는 조용히 중얼거렸고 원망스러운 눈빛으로 무린을 바라보았다. 쁘레뽈로벤스까야가 말했다.

"당신들도 결혼할 때가 되었어요. 왜 지체하시나요, 아르달리온 보리시치?"

쁘레뽈로벤스끼 부부는 뻬레도노프가 두번째 편지를 받고 나서 바르바라와 결혼하기로 굳게 결심했다는 사실을 알고 있었다. 그들 자신도 그 편지를 사실로 믿고 있었다. 이제는 언제나 바르바라 편이라고들 말하고 있었다. 그녀가 뻬레도노프와 싸우는 것은 고려하지도 않았다. 그와 카드게임을 하는 것은 이득이 될 것이다. 그런데 게냐[63]가 아무것도 하지 않고 기다린다면 다른 신랑감을 찾도록 하면 되는 것이다.

쁘레뽈로벤스끼가 말했다.

"당연히 당신들은 결혼식을 올려야 합니다. 선한 일을 해서 공작부인에게 은혜를 갚아야죠. 당신들이 결혼해서 이로운 일을 하고 선을 베풀면 공작부인이 기뻐할 겁니다. 모든 일이 좋게 되는 거죠. 당신들이 선한 일을 하면 공작부인이 기뻐하시니까요."

"그게 바로 제가 말하고자 하는 바예요."

쁘레뽈로벤스까야가 말했다.

그런데 쁘레뽈로벤스끼는 말을 멈추지 않았다. 그에게서 나올 말은 다 나온 것 같은데도 그는 젊은 관리 옆에 앉아서 똑같은 이야기를 그에게 열심히 설명하고 있었다. 뻬레도노프가 말했다.

"전 결혼을 결심했습니다. 하지만 바르바라와 전 어떻게 결혼식을 치러야 하는지 모릅니다. 무엇을 해야만 하는지 전 통 모르겠어요."

---

63 그루시나를 가리키는 듯하다.

“그 일은 복잡하지 않아요. 원하신다면 저와 남편이 모든 일을 알아서 해드릴게요. 당신은 가만히 앉아서 아무것도 생각하지 마세요.”

쁘레뽈로벤스까야가 말했다.

“좋아요. 동의합니다. 다만 모든 일이 훌륭하고 매력적으로 행해져야 합니다. 전 돈이 아깝지 않거든요.”

뻬레도노프가 말했다.

“모든 것이 잘될 거예요. 걱정하지 마세요.”

쁘레뽈로벤스까야가 자신있게 말했다. 뻬레도노프는 계속해서 조건들을 제시했다.

“어떤 사람들은 돈을 아끼려고 가느다란 은도금 반지를 사지만 전 그렇게 하고 싶지 않아요. 진짜 금으로 하고 싶어요. 전 약혼반지 대신에 약혼팔찌를 주문하고 싶어요. 그것이 더 비싸고 소중하니까요.”

모두들 웃기 시작했다.

“팔찌는 안돼요. 반지가 필요한 거예요.”

쁘레뽈로벤스까야가 살짝 미소 지으며 말했다.

“왜 안됩니까?”

뻬레도노프가 화를 내며 물었다.

“왜냐하면 사람들이 그렇게 하거든요.”

“그러면 제가 이 문제를 신부님께 여쭤볼게요. 그분이 더 잘 알고 계시니까요.”

루찔로프는 키득거리며 충고했다.

“아르달리온 보리시치, 자네는 결혼식 허리띠나 준비하는 게 더 나을 걸세.”

“음, 그것을 살 돈은 넉넉하지 않아.”

뻬레도노프는 그 말이 농담인지 진담인지 알아차리지 못하고 대답했다.

“난 은행원이 아니야. 다만 얼마 전에 결혼하는 꿈을 꾸었지. 나는 공단 연미복을 입고 바르바라는 금팔찌를 차고 있었지. 뒤에는 결혼식 집행인 두명이 서 있었어. 그들이 우리 머리 위에 왕관을 들고 할렐루야를 불러주셨지.”

“나도 오늘 흥미로운 꿈을 꾸었지.”

볼로진이 말했다.

“왜 그런 꿈을 꾸었는지 나도 모르겠어. 내가 마치 왕이 된 것처럼 왕좌에 앉아 있었지. 내 앞에는 풀밭이 있었는데 그 위에서 양떼들이 온통 매매거리고 있었어. 모든 양떼가 걸어다니면서 머리를 저으며 매매거리더라고.”

볼로진은 방 안을 돌아다니면서 이마를 흔들고 입술을 내밀며 매매거렸다. 손님들은 웃었다. 볼로진은 자리에 앉아 촉촉한 눈빛으로 모두를 바라보았고 만족해서 눈을 찡긋거리며 양처럼 매매거리면서 웃었다. 그루시나가 손님들에게 윙크하며 물었다.

“음, 그다음엔 어떻게 되었나요?”

“음, 온통 양들, 양들뿐이었고, 그러다 잠에서 깼죠.”

볼로진이 이야기를 마쳤다.

“양이 양에 관한 꿈을 꾸다니. 양의 왕은 주요한 요깃거리가 되지.”

뻬레도노프가 중얼거렸다.

“저도 꿈을 꾸었답니다. 하지만 남자들이 있는 데서는 말할 수 없어요. 당신 혼자만 있을 때 이야기해드리죠.”

바르바라가 뻔뻔한 미소를 지으며 말했다.

"어머, 바르바라 드미뜨리예브나, 우연의 일치네요. 저도 그런 꿈을 꾸었는데요."

그루시나가 키득거리더니 모두에게 윙크를 하며 말했다.

"말씀해주세요. 우린 얌전한 남자들이고 저도 그런 부류에 속하죠."

루찔로프가 말했다.

다른 남자들도 바르바라와 그루시나에게 꿈 이야기를 해달라고 졸랐다. 하지만 그들은 서로 눈빛을 주고받으며 기분 나쁘게 웃었고 아무 이야기도 하지 않았다.

사람들이 카드게임을 하려고 자리에 앉았다. 루찔로프는 뻬레도노프가 게임을 잘한다고 확신했다. 뻬레도노프도 그렇게 믿었다. 하지만 언제나 그랬듯이 그는 오늘도 졌고 루찔로프가 이겼다. 그는 게임에 이겨서 너무도 기뻤고 평소보다 더 생기있게 말했다.

미지의 물체가 뻬레도노프를 괴롭히고 있었다. 그것은 어딘가 가까이 숨어 있다가 가끔씩 모습을 드러냈는데 탁자 밑에서 얼굴을 내밀거나 누군가의 등 뒤에 숨었다. 그것은 뭔가를 기다리는 것 같았다. 끔찍했다. 카드 모양 자체도 뻬레도노프에겐 위협적이었다. 여왕들은 둘씩 함께 있었다. 뻬레도노프는 생각했다.

'아니, 세번째 여왕은 어디 있지?'

그는 멍하니 스페이드의 여왕을 바라보다 그것을 뒤집어놓았다. 아마도 세번째 여왕은 셔츠 뒤에 숨어 있을지도 모른다. 루찔로프가 말했다.

"아르달리온 보리시치가 자기 애인의 셔츠 뒤를 바라보고 있네요."

모두들 웃었다.

한편 다른 쪽에선 젊은 경찰관 두명이 자리에 앉아 바보게임[64]을 했다. 그들 둘은 활기차게 게임을 하고 있었다. 이긴 사람은 기뻐서 웃으며 다른 사람에게 긴 코를 보여주었다.[65] 진 사람은 화를 냈다.

음식 냄새가 풍겨왔다. 그루시나가 손님들을 식당으로 불렀다. 모두들 능청을 떨며 이야기하면서 식당으로 갔다. 모두 자리에 앉았다.

"여러분, 얼른 드세요. 많이 잡수세요. 배를 꽉 채우고들 가세요."

그루시나가 사람들에게 음식을 대접했다.

"파이를 먹고 여주인을 기쁘게 할지니라."

무린이 기쁨에 겨워 소리쳤다. 그는 보드까를 바라보면서 자신이 이긴 것을 생각하고 즐거워졌다.

볼로진과 젊은 경찰 두명이 가장 극진한 대접을 받았다. 그들은 가장 훌륭하고 비싼 조각을 골라서 탐욕스럽게 이끄라[66]를 먹어댔다. 그루시나가 억지로 웃으며 말했다.

"빠벨 바실리예비치가 술에 취해 빵과 파이를 검사하고 계시네."

그녀가 그를 위해 이끄라를 준비할 이유는 없었다! 그녀는 여성들에게 식사를 대접하겠다는 제안을 하고서 가장 좋은 음식을 그에게서 가져왔다. 하지만 그는 처음부터 가장 좋은 음식을 많이 먹어서인지 지금은 아무런 신경도 쓰지 않는 것처럼 보였다.

---

64 카드놀이의 일종.

65 잘난체하는 것을 뜻한다.

66 상어알로서 고급 요리에 주로 사용된다.

뻬레도노프는 음식을 우물거리는 사람들을 바라보고 그들이 자신을 비웃고 있다고 생각했다. 왜 그럴까? 무엇에 대해? 그는 화가 나서 닥치는 대로 지저분하고 탐욕스럽게 음식을 먹어치웠다.

저녁을 먹은 후 다시 카드게임을 했다. 하지만 뻬레도노프는 금방 지겨워졌다. 그는 카드를 던져버리고 말했다.

"당신들 모두 악마에게나 가버려! 재수가 없어. 지겨워! 바르바라, 집으로 가자고."

다른 사람들도 그의 뒤를 따라나왔다.

현관에서 볼로진은 뻬레도노프에게 새로운 지팡이가 생긴 것을 발견했다. 그는 히죽 웃으면서 그것을 자기 앞에서 뒤집으면서 말했다.

"아르다샤, 왜 여기가 활 모양으로 구부러져 있지? 이것은 무슨 의미인가?"

뻬레도노프는 화를 내며 그의 손에서 지팡이를 낚아채고는 검은 나무 지팡이의 손잡이 쪽을 볼로진의 코앞에 들이대며 말했다.

"버터 바른 엿이나 먹어라."

볼로진은 화난 표정을 지었다. 그가 말했다.

"아르달리온 보리시치, 난 버터 바른 빵은 먹지만 버터 바른 엿은 먹고 싶지 않네."

뻬레도노프는 그의 말을 듣지도 않고 걱정스러운 듯이 목에 스카프를 두르고 외투의 단추를 모두 채웠다. 루찔로프가 웃으며 말했다.

"아르달리온 보리시치, 왜 그리 꽁꽁 감싸는가? 밖은 따듯해."

"건강이 가장 소중해."

뻬레도노프가 대답했다.

거리는 조용했고 어둠에 싸여 나즈막히 코를 골고 있었다. 어둡고 습했으며 쓸쓸했다. 무거운 먹구름이 하늘에 번져나갔다. 뻬레도노프가 중얼거렸다.

'어둠이 내려오네. 무엇을 위한 어둠일까?'

이제 그는 무섭지 않았다. 바르바라와 함께 걷고 있기 때문이었다. 그는 혼자가 아니다.

금세 가느다란 빗줄기가 빠른 속도로 계속 흩날렸다. 모든 것이 조용해졌고 빗줄기는 뭔가를 빠르고 집요하게 감동에 겨워 중얼거렸다. 그것은 지루하고 애처러운 듯한 불분명한 말이었다.

뻬레도노프는 자연이 애수와 두려움이란 감정에 자신에 대한 적대적인 감정을 반영하는 것이라고 느꼈다. 자연에는 내외적인 정의로 도달할 수 없는 적대감이 있다. 그런데 자연은 인간과 자연 간의 진정하고 심오하며 의심할 여지 없이 분명한 관계를 유일하게 만들어낸다. 하지만 뻬레도노프는 그런 자연을 느끼지 못했다. 그래서 그는 모든 자연이 인간의 소소한 감정을 담고 있다고 생각한 것이다. 개개인과 개별적인 존재들의 유혹에 눈이 먼 그는 자연이 들려주는 환희의 노래, 디오니소스적인 원초적인 기쁨을 이해할 수 없었다. 그는 우리와 같은 많은 사람들처럼 눈멀고 불쌍한 인간일 뿐이었다.

23

쁘레뽈로벤스끼 부부가 결혼식 계획을 맡았다. 결혼식은 도시에서 6베르스따 정도 떨어진 시골에서 올리기로 결정되었다. 왜냐하면 바르바라가 자신을 친척으로 사칭하면서 여러해 동안 뻬레도노프와 동거해왔기 때문에 도시에서 결혼식을 올린다는 것이 그녀에겐 불편했기 때문이다. 결혼식 날짜도 숨겼다. 쁘레뽈로벤스끼 부부는 금요일에 결혼식을 올릴 거라고 소문을 냈지만 사실 결혼식은 수요일 낮에 거행하기로 했다. 호기심 많은 도시 사람들이 몰려오지 못하도록 하기 위해서였다. 바르바라는 여러번 뻬레도노프에게 말했다.

"아르달리온 보리시치, 결혼식이 언제인지 말하지 마세요. 안 그러면 사람들이 방해할 거예요."

뻬레도노프는 바르바라에게 조소를 보내며 마지못해 결혼식 비용을 내주었다. 그는 이따금 꾸끼시[67]처럼 이상한 모양의 손잡이가 달린 지팡이를 가지고 와서 바르바라에게 말했다.

"내 지팡이의 꾸끼시 모양에다 입 맞춰. 그러면 돈을 줄 거고, 입 맞춤하지 않으면 안 줄 거야."

바르바라는 거기에 입을 맞추었다.

"이게 도대체 뭐예요? 입술이 움직여지지 않아요."

그녀가 말했다.

심지어 결혼식 날짜는 들러리들에게까지도 알려지지 않았다. 들러리들이 사람들에게 날짜를 알려줄까 우려했기 때문이다. 먼저 들러리로 루쬘로프와 볼로진을 세웠다. 그들 둘은 들러리 서는 것에 흔쾌히 동의했다. 루쬘로프는 달콤한 사건을 기대했고, 볼로진은 그렇게 존경받는 인물의 삶에서 중대한 사건을 맞이한 이때 자신이 주요 역할을 맡게 되어 영광이라고 생각했다. 나중에 뻬레도노프는 자기에게 들러리 한명으로는 부족하다고 생각했다. 그는 말했다.

"바르바라, 넌 들러리가 한명이지만 난 두명이 될 거야. 한명으론 부족해. 한명이 내 머리 위에서 왕관을 쥐고 있기란 어려울 거야. 왜냐하면 난 위대한 인물이니까."

그래서 뻬레도노프는 팔라스또프를 두번째 들러리로 세웠다. 바르바라가 중얼거렸다.

"그 사람을 악마에게라도 데려갈 건가요? 들러리가 둘이나 되잖아요. 이번엔 또 뭐가 더 필요한 거죠?"

"그는 금테 안경을 끼고 있잖아. 그와 함께 있으면 더 의미심장해 보이거든."

---

67 엄지손가락을 둘째와 셋째 손가락 사이에 넣어 하는 욕.

뻬레도노프가 말했다.

결혼식 날 아침에 뻬레도노프는 늘 그렇듯이 감기에 걸리지 않으려고 따뜻한 물로 목욕을 하고 나서 다음과 같이 말하면서 볼연지를 달라고 했다.

"이제부터 매일 아침 화장을 해야만 해. 사람들이 늙었다고 생각하고 장학관을 안 시켜주면 안되니까."

바르바라는 볼연지가 아까웠지만 양보하기로 했다. 뻬레도노프는 볼을 빨갛게 칠했다. 그는 속으로 중얼거렸다.

'베리가도 더 젊어 보이려고 화장을 하지. 창백한 얼굴로 결혼식을 올릴 수는 없어.'

그러고 나서 그는 침실로 들어가 문을 잠그고, 볼로진이 그를 자신과 바꿔치기하지 못하게 하도록 자신에게 표시를 하기로 결심했다. 그는 가슴과 배, 팔꿈치 그리고 이곳저곳에다 잉크로 П라는 글자를 써넣었다. 그는 음울하게 생각했다.

'볼로진이 알아채도록 해야만 하는데. 그에게 어떻게 이 표시를 보이지? 하지만 그자가 이걸 발견하고는 물로 씻어버릴지도 모르는데.'

그러고 나서 그는 코르셋을 입는 것도 나쁘지 않을 거라 생각했다. 만약 사람들이 우연히 등이 굽은 걸 보고 노인이라고 생각할 수도 있기 때문이다. 그는 바르바라에게 코르셋을 달라고 했다. 하지만 바르바라의 코르셋은 그에게 작았다. 아무것도 그에게 맞지 않았다. 그는 화가 나서 투덜거렸다.

"이전에 미리 사두었어야 하는데. 사람들이 알아차리지 못할 텐데."

"어떤 남자가 코르셋을 입고 다닌단 말이에요? 아무도 입고 다니지 않아요.”

바르바라가 반박했다.

“베리가는 입고 다니지.”

뻬레도노프가 말했다.

“베리가는 노인이잖아요. 맙소사, 그런데 아르달리온 보리시치, 당신은 한창 물 오른 남자잖아요.”

뻬레도노프는 자족한 표정으로 미소를 지었고 거울을 보며 말했다.

“물론이지. 난 앞으로 백오십년은 더 살 거야.”

고양이가 침대 밑에서 재채기를 했다. 바르바라는 웃으면서 말했다.

“고양이가 재채기를 하네요. 그건 바로 당신 말이 맞다는 뜻이죠.”

그런데 뻬레도노프는 갑자기 얼굴을 찌푸렸다. 그는 고양이가 벌써부터 끔찍해졌다. 고양이가 재채기를 한 것이 그에겐 나쁜 징조로 여겨졌다.

‘여기서 재채기하면 안되지’라고 생각하며 그는 침대 밑으로 기어들어가서 고양이를 내쫓기 시작했다. 고양이는 사납게 야옹거리며 벽 쪽에 몸을 붙이고 있다가 갑자기 커다랗고 날카롭게 울더니 뻬레도노프의 두 손 사이를 빠져나와 방에서 뛰쳐나갔다.

“네덜란드 악마 같으니!”

그는 고양이에게 화를 내며 욕했다. 바르바라도 동의했다.

“악마가 맞아요. 고양이가 아주 사나워져서 쓰다듬지도 못하게 한다니까요. 악마가 그 속에 들어앉은 것 같아요.”

쁘레쁠로벤스끼 부부는 이른 아침부터 들러리를 부르러 사람을 보냈다. 10시경 모두들 뻬레도노프의 집에 모였다. 그루시나도 쏘피야와 그녀의 남편도 함께 왔다. 보드까와 안주가 나왔다. 뻬레도노프는 조금만 먹고 자신이 어떻게 하면 볼로진보다 튀어 보일까 하고 씁쓸하게 생각했다.

'그자는 양처럼 머리가 고불거린단 말이야.'

그는 그 사실을 기분 나쁘게 생각했고 갑자기 자기도 특별하게 머리를 자를 수 있을 거라 생각했다. 그는 탁자에서 일어나 말했다.

"여러분들은 여기서 먹고 마시고 계세요. 전 아쉬울 게 없거든요. 전 이발소에 가서 에스빠냐식으로 머리를 자르고 올게요."

"에스빠냐식으로 어떻게?"

루찔로프가 물어보았다.

"보면 알게 될 거야."

뻬레도노프가 이발하러 나가자 바르바라가 말했다.

"그이는 온갖 잡다한 생각들을 늘어놓아요. 그이의 눈엔 언제나 악마가 어른거리나봐요. 독주를 조금만 마시면 좋을 텐데. 술이 원수죠!"

쁘레뽈로벤스까야가 간사한 미소를 띠며 말했다.

"결혼식을 올리고 아르달리온 보리시치가 한자리하고 나면 안정될 거예요."

그루시나가 키득거렸다. 이 비밀스러운 결혼식 때문에 그녀는 유쾌해졌다. 그녀는 자신이 연루되지 않도록 몰래 어떤 치욕적인 사건을 꾸미려고 생각하고는 어제저녁 몇몇 친구들에게 결혼식 날짜와 시간을 슬쩍 알려주었다. 그리고 오늘 아침 일찍 젊은 자물쇠공을 집에 불러들여서 그에게 5꼬뻬이까를 주고는 저녁에 교외에서 신혼부부가 탄 마차가 지나가는 것을 기다렸다가 오물과 휴지

조각을 던지라고 말했다. 자물쇠공은 흔쾌히 동의했고 아무에게도 말하지 않겠다고 맹세했다. 그루시나가 그에게 상기시켰다.

"당신에겐 채찍질을 하고 체레쁘닌은 그냥 두었죠."

"우린 바보였어요. 이젠 목을 맨다고 해도 아무 상관이 없어요."

자물쇠공이 말했다.

그리고 자물쇠공은 자신의 맹세를 확인시키는 차원에서 흙 한 줌을 먹었다. 그루시나는 그의 그런 행동에 대해 3꼬뻬이까를 더 주었다.

뻬레도노프는 이발소 주인을 불렀다. 젊은 주인은 얼마 전 도시에 있는 학교를 졸업하고 현에 있는 도서관에서 책을 빌려보는 사람이었다. 그는 뻬레도노프가 알지 못하는 어떤 지주의 이발을 이제 막 끝낸 참이었다. 그는 그 일을 마무리 짓고 뻬레도노프에게 다가왔다.

"먼저 저 사람을 내보내게."

뻬레도노프는 화를 내며 말했다.

지주는 돈을 지불하고 나갔다. 뻬레도노프는 거울 앞에 앉았다.

"이발해야만 해. 난 오늘 아주 중요한 일이 있거든. 너무도 특별한 일이야. 그러니까 내 머리를 에스빠냐식으로 잘라주게."

문가에 서 있던 한 남학생이 우스운 듯 피식거렸다. 주인이 그를 엄하게 노려보았다. 그는 에스빠냐식으로 이발을 할 수가 없었다. 그는 에스빠냐식 머리 모양이 어떤 것인지, 또 그런 머리 모양이 있는지조차 몰랐다. 하지만 손님이 원하면 손님이 원하는 것이 무엇인지 안다고 말해야만 한다. 젊은 이발사는 무지를 드러내고 싶지 않았다. 그는 공손하게 말했다.

"손님, 손님의 머리카락으로는 어떠한 머리 모양도 할 수가 없습니다.”

“왜 안된다는 거요?”

뻬레도노프가 화를 내며 물었다.

“머리카락의 영양 상태가 좋지 않아서요.”

이발사가 설명했다.

“머리에 맥주라도 들이부어야 한단 말이야, 뭐야?”

뻬레도노프가 투덜거렸다.

“진정하세요. 왜 맥주를 들이붓는단 말인가요!”

이발사는 상냥하게 미소 지으며 대답했다.

“제가 원하는 대로 머리를 자른다면 손님의 머리엔 위풍이 넘쳐서 에스빠냐식의 머리 모양으론 만족하지 못하실 겁니다.”

뻬레도노프는 에스빠냐식 이발이 불가능하다고 느꼈다. 그는 서글프게 말했다.

“음, 그럼 원하는 대로 자르게.”

그는 생각했다.

‘평범하게 자르면 이발사에 대해 아무 소리 못하겠지? 집에서 알아채게 해선 안돼.’

뻬레도노프가 거리를 위엄있고 얌전히 걸어가고 있는 동안 볼로진이 양처럼 구석구석 뛰어다니며 이발사와 함께 냄새를 맡은 게 틀림없다.

“뭐라도 뿌려드릴까요?”

이발사는 자기 일을 마치고 물어보았다.

“목서초 향수를 뿌려주게. 좀 많이.”

뻬레도노프가 요청했다.

“목서초 향수를 뿌리고 왔지만 너무 짧게 잘랐잖나.”

뻬레도노프는 쓸쓸하게 말했다.

"목서초 향수는 없는데요. 오뽀뽀낙스 향수로 해도 될까요?"

이발사는 당황해서 말했다.

"자네는 할 일은 아무것도 하지 않았어. 이것도 이미 가지고 있는 것을 뿌리는 거잖아."

뻬레도노프가 쓸쓸한 듯이 말했다.

그는 화를 내며 집으로 돌아왔다. 바람이 부는 날이었다. 바람 때문에 문들이 쾅 여닫혀서 입을 크게 벌려 웃는 것처럼 보였다. 뻬레도노프는 쓸쓸히 문들을 바라보았다. 이곳을 어떻게 지나가지? 하지만 곧 모든 것이 명확해졌다.

지붕이 달린 마차 세대가 왔다. 이걸 타고 지나가야만 했다. 짐마차가 사람들의 주의를 끌었다. 호기심 많은 사람들이 모여들었다. 결혼식을 보러 마차를 타고 오기도 했고 뛰어오기도 했다. 사람들이 자리에 앉자 마차가 출발했다. 뻬레도노프와 바르바라가 같이 앉았고, 쁘레뽈로벤스끼 부부와 루찔로프가 함께 앉았으며, 그루시나가 나머지 들러리들과 같이 앉았다.

말이 움직이자 먼지가 일었다. 사람들이 마차에 노크를 하자 뻬레도노프에게는 그것이 도끼 소리처럼 들렸다. 먼지 가운데에 희미하게 어떤 물체가 보이더니 나무 벽이 모습을 드러냈다. 사람들이 성을 허물고 있었다. 붉은 셔츠를 입은 농부들이 아무 말도 하지 않아서 사나워 보였다.

마차가 옆을 지나갈 때 끔찍한 환영이 나타났다가 사라졌다. 뻬레도노프는 무서워서 주위를 살펴보았지만 아무것도 볼 수가 없었다. 그는 아무에게도 자신이 본 것을 말하지 않기로 했다.

길을 가는 동안 내내 우수가 뻬레도노프를 괴롭혔다. 모두들 악의를 품고 그를 바라보는 듯했고, 모든 것이 자신을 위협하는 징조로 여겨졌다. 하늘은 찌뿌둥했다. 얼굴을 향해 불어오는 바람은 무슨 일인가에 대해 한숨을 내쉬는 것 같았다. 나무들은 그림자를 거둬들이면서 그늘을 만들어주지 않았다. 대신에 반투명한 기다란 회색 뱀처럼 먼지만 피어올랐다. 태양은 구름 뒤에 숨었다. 숨어서 엿보고 있는 거야, 뭐야?

길은 마차들로 가득했다. 낮은 언덕에서 갑자기 떨기나무, 수풀, 들판, 윙윙거리는 파이프처럼 생긴 나무다리가 놓인 시냇물이 펼쳐졌다.

"글라스 새가 날아갔네."

뻬레도노프는 안개로 희미해진 머나먼 하늘을 바라보며 음울하게 말했다.

"그 새는 눈이 하나에다 날개는 두개지만 그외엔 아무것도 없어."

바르바라가 웃었다. 그녀는 뻬레도노프가 아침부터 취했다고 생각했다. 하지만 그와 말싸움을 하진 않았다. 그녀는 생각했다.

'저이가 만약 화나면 결혼식에 가지 않을지도 몰라.'

루찔로프의 네 여동생들이 벌써 교회에 나와 구석에 있는 기둥 뒤에 서 있었다. 뻬레도노프는 처음엔 그들을 발견하지 못했으나, 결혼식이 진행되는 시간에 그들이 숨어 있던 자리에서 빠져나와 앞으로 나오자 그들을 알아보고 놀랐다. 하지만 그들은 아무런 나쁜 행동도 하지 않았다. 그가 무엇보다 염려했던 일, 즉 바르바라를 내쫓고 자기들 중 한명을 선택하도록 하는 일을 하지 않았으며 다만 결혼식 내내 웃고만 있었다. 그런데 그들의 웃음은 처음에는 작은가 싶더니 점점 크게 들려서 교양없고 경박한 여자의 웃음처럼 뻬레도노프의 귀에 거슬렸다.

교회에는 낯선 사람들은 거의 없었고 다만 노파들 두세명이 들어왔다. 그래서 뻬레도노프는 어리석고 이상하게 행동해도 괜찮다고 생각했다. 그는 하품을 하며 웅얼거리기도 하고 바르바라를 툭툭 치면서 향냄새, 양초 냄새, 농부들 냄새가 난다고 투덜거렸다. 뻬레도노프는 루찔로프 쪽을 돌아보고 나서 중얼거렸다.

"자네 여동생들이 계속 웃고 있어. 너무 웃어서 과자에 구멍이 뚫릴 지경[68]이라고."

뿐만 아니라 그 미지의 물체가 그를 괴롭혔다. 그것은 더럽고 먼지를 뒤집어쓴 채 성직자들의 성복 아래 숨어들었다.

바르바라와 그루시나에게 교회 의식들은 우습게 여겨졌다. 그들은 계속 키득거렸다. 아내가 계속 자기 남편에게 들러붙는다는 말 때문에 그들은 정말 유쾌해졌다. 루찔로프도 키득거렸다. 그는 어디서든지 여성들을 웃게 만드는 것을 의무로 여기고 있었다. 볼로진은 조신하게 행동했고 얼굴에 사려 깊은 표정을 지으며 성호를 그었다. 그는 모든 일들이 잘 계획되어 제대로 마무리될 거고 그러면 내적으로 편안한 상태가 될 거라는 생각 외에 어떠한 생각도 교회의 의식과 연관시키지 않았다. 그는 자신이 축일마다 교회에 가서 기도를 드리는 것이 옳고, 죄를 지었을 때 회개하는 것 또한 옳다고 생각했다. 좋고 편리했다. 그리고 교회 밖에서는 교회에 관련된 모든 일을 생각할 필요가 없다는 사실이 더욱 그의 맘을 편하게 해주었다. 그 대신에 전혀 다른 삶의 규칙들을 따라야만 했다.

갑자기 뜻밖의 일이 일어나서 사람들은 결혼식을 마치고 나서

---

[68] 너무 웃어 시끄러워서 접시가 깨질 정도라는 뜻이다.

도 교회 밖으로 나올 수가 없었다. 무린과 그의 친구들이 술에 취해서 교회 안에서 소란을 피운 것이다.

언제나처럼 회색 누더기를 걸친 무린은 뻬레도노프를 붙잡고 소리쳤다.

"동생, 우리 앞에서 숨지 말게! 저 친구들은 분수에 넘치는 행동을 하지 않아. 그런데 저 사기꾼 같은 자는 숨어버렸군."

여기저기서 고함 소리가 들렸다.

"이 악당, 자네가 우릴 부르지 않다니!"

"하지만 우린 여기 이렇게 살아 있다고!"

"이런, 우린 잘 아는 사이잖아!"

그리고 또다시 들어온 사람들은 서로 포옹하며 뻬레도노프를 축하해주었다. 무린이 말했다.

"술에 취해 길을 잃어 조금 헤맸다네. 우리가 처음부터 축하해주었으면 좋으련만."

뻬레도노프는 그들을 험상궂은 표정으로 쳐다보며 그들의 축하 인사에 대답도 하지 않았다. 그는 악의와 두려움에 휩싸였다. 그는 음울하게 생각했다.

'어디든 따라다닌다니까.'

그가 기분이 나쁘다는 듯이 말했다.

"자네들은 이마에 성호를 그으면서도 나쁜 생각을 할 거야."

손님들은 성호를 그으며 깔깔거렸고 경건치 못한 행동을 했다. 특히 젊은 관리들이 눈에 띄었다. 부사제가 그들을 나무라며 진정시켰다.

손님 중에는 붉은 수염이 난 젊은이도 있었는데 뻬레도노프는 심지어 그가 누구인지도 몰랐다. 그는 이상하게도 고양이를 닮은 것처럼 보였다. 고양이가 인간으로 변신한 것이 아닐까? 그렇지 않아도 그 젊은이는 내내 콧김을 내뿜으며 킁킁거렸고 고양이 먹이 받침도 잊지 않고 하고 있었다. 바르바라가 못마땅한 듯 손님들에게 물었다.

"누가 당신들에게 말해주었죠?"

"우린 착한 사람들입니다. 젊은 부인인데 누구인지는 잊어버렸어요."

무린이 대답했다.

그루시나가 몸을 돌리면서 눈을 깜빡였다. 새로운 손님들은 대담하게 행동했지만 그녀에 대해 발설하지는 않았다. 무린이 말했다.

"아르달리온 보리시치, 우리가 자네를 찾아왔는데 어찌 이리 야박한가? 샴페인도 좀 내오고. 쫀쫀하게 그러지 말라고. 분수에 넘치는 행동을 하는 그런 친구들은 아닐세. 자네도 조용히 생각해보면 알 걸세."

뻬레도노프 부부가 결혼식을 마치고 돌아오는 길에 해가 기울어 하늘이 온통 황금빛 저녁놀로 불타고 있었다. 하지만 뻬레도노프는 그것이 맘에 들지 않았다. 그는 중얼거렸다.

"황금을 조각조각 만들어놓으니 껍질이 벗겨지네. 태양이 보이는 곳마다 귀한 황금이 낭비되는 셈이네!"

자물쇠공의 아들들과 다른 동네 패거리들이 교외에서 뻬레도노프 부부를 맞이하며 뛰어다녔고 둔탁한 소리를 냈다. 뻬레도노프는 무서워서 몸을 떨었다. 바르바라는 욕을 하며 청년들에게 침을 뱉고 손짓으로도 욕을 했다. 손님들과 들러리들은 깔깔거렸다.

마침내 집에 도착했다. 모두들 뻬레도노프에게 고함을 지르며 휘파람을 불었다. 그들은 먼저 샴페인을 마신 다음 보드까를 마시

고 자리에 앉아 카드게임을 했다. 그들은 밤새 마셔댔다. 바르바라
도 술에 취해 춤을 추며 환호성을 질렀다. 뻬레도노프도 고함을 질
렀는데 어느 누구도 그를 대신할 자가 없었다. 손님들은 언제나 그
렇듯이 바르바라에게 살갑게 대하지 않았고 그녀를 존경하지도 않
았다. 하지만 그녀는 이런 일들을 모든 것이 아무 이상 없이 잘되
어가고 있다는 징조로 받아들였다.

결혼을 하고 나서도 뻬레도노프 부부의 일상적인 삶에는 변화
가 거의 없었다. 다만 바르바라가 남편을 대하는 태도가 더 자신감
넘치고 독자적이 되었다는 점을 빼고는 말이다. 그녀는 남편 앞에
서 예전보다 덜 종종거리긴 했지만 예전에 몸에 뿌리 깊이 밴 습관
때문에 그를 두려워하였다. 뻬레도노프도 이전의 습관대로 그녀에
게 소리치고, 심지어 이따금 손찌검을 하기도 했다. 하지만 자신의
지위에 대해 강한 확신을 가지고 그것을 예감하고 있었다. 그 때문
에 그는 우수에 잠겼다. 뻬레도노프는 만약 그녀가 이전처럼 그를
두려워하지 않는다면 그것은 그녀가 그와 갈라서서 그의 자리를
볼로진으로 대체하겠다는 사악한 생각을 하는 것이라고 받아들였
다. 그는 생각했다.
'조심해야만 해.'
하지만 바르바라는 품위있게 행동했다. 그녀는 남편과 함께 시
내에 사는 귀부인들, 심지어 잘 모르는 귀부인들까지도 방문했다.
그럴 때마다 그녀는 우스운 자만심과 어설픔을 보여주었다. 어디
서든 그녀의 방문을 받아들였지만 어떤 집에서는 놀라기도 했다.
바르바라는 방문을 위해 미리부터 최고급 의류회사에 모자를 주문
하였다. 모자의 풍부하고 선명한 색채가 바르바라를 기쁘게 했다.

뻬레도노프 부부는 교장 사모님부터 방문했고 그후에 귀족단장의 부인을 방문했다.

뻬레도노프 부부가 방문하기로 한 그날 루찔로프네 집 사람들은 이미 소식을 듣고서 바르바라가 그곳에서 어떻게 행동하는지 보려는 호기심에 바르바라 니꼴라예브나 흐리빠치의 집으로 향했다. 뻬레도노프 부부가 곧 도착했다. 바르바라는 교장 부인에게 무릎을 굽혀 인사했고 평소보다 더 떨리는 목소리로 인사했다.

"당신을 뵈러 왔어요. 저희를 사랑해주시고 은혜를 베풀어주시기 바랍니다."

"무척 반갑네요."

교장 부인은 어색하게 대답하면서 바르바라를 소파에 앉도록 했다.

바르바라는 만족한 표정으로 부인이 정해준 자리에 앉아 사각거리는 녹색 드레스를 넓게 펴고는 당혹감을 감추기 위해 과장되게 행동하면서 입을 열었다.

"저는 늘 아가씨였는데 이젠 부인이 되었어요. 저와 당신은 이름이 같죠. 저도 바르바라고 당신도 바르바라니까요. 사는 곳이 달라 서로 모르고 지낸 것 같아요. 아가씨였을 땐 언제나 집에만 있었거든요. 늘 뻬치까 뒤에 앉아만 있었어요! 이젠 아르달리온 보리시치와 거리낌 없이 공개적으로 살 거예요. 폐가 되지 않는다면 자주 저희가 당신 댁을 방문하거나 당신이 저희 집에 오거나 하시면 좋겠어요. 남편들은 남편들끼리, 또 부인들은 부인들끼리 어울리면 되니까요."

"하지만 당신은 이곳에서 그리 오래 살 것 같지 않네요. 듣기론 당신 남편이 전근을 간다던데요."

교장 부인이 말했다.

"네, 곧 통보가 올 거예요. 그러면 우린 떠날 거고요. 통보가 아직 오지 않는 동안은 이곳에 살면서 집을 더 잘 꾸미려고 해요."

바르바라가 대답했다.

바르바라 자신도 뻬레도노프의 장학관 자리를 꿈꿨다. 결혼 후 그녀는 공작부인에게 편지를 썼다. 그러나 아직 답장을 받지 못했다. 그녀는 새해가 되면 다시 편지를 쓰기로 결심했다.

류드밀라가 말했다.

"그런데 우린 예전에 당신이 뻴니꼬바 양[69]과 결혼할 거라고 생각했어요."

"아, 그러세요? 전 모든 여성과 결혼할 수는 있어요. 그런데 전 내조가 필요하답니다."

뻬레도노프가 화를 내며 말했다.

"그건 그렇고 당신은 어떻게 뻴니꼬바 양과 헤어지게 되었나요? 당신이 뒤꽁무니를 따라다녔잖아요? 그녀가 당신을 찬 건가요?"

류드밀라가 비아냥거리며 물었다.

"전 여전히 그녀를 깨끗한 물가로 인도할 생각입니다."

뻬레도노프가 음울한 목소리로 중얼거렸다.

"그건 아르달리온 보리시치의 편견이지."

교장은 밋밋한 웃음을 지으며 말했다.

----

69 싸샤 뻴니꼬프를 가리킨다.

24

뻬레도노프의 고양이는 더 거칠어졌고 킁킁거렸으며 누가 불러
도 오지 않았다. 고양이는 완전히 사람의 손길을 벗어났다. 뻬레도
노프는 고양이가 무서워졌다. 이따금 고양이 때문에 주문을 외기
도 했다. 뻬레도노프는 생각했다.

'이게 도움이 되긴 할까? 이 고양이의 털에는 강한 정전기가 있
어. 그건 불길한 징조야.'

그는 언젠가는 고양이의 털을 모두 깎아버려야겠다고 생각하기
도 했다. 일단 생각하면 이루어지는 법이다. 바르바라가 주머니에
체리주 한병을 넣고 그루시나의 집으로 가버리자 집에는 뻬레도노
프를 방해할 사람이 아무도 없었다. 뻬레도노프는 손수건을 엮어
목줄처럼 만들어 그걸로 고양이를 묶고서 이발소로 데려가려 했
다. 고양이는 사납게 울며 몸부림을 치면서 버텼다. 이따금 고양이
가 필사적으로 뻬레도노프에게 덤비기도 하였지만 뻬레도노프는

고양이를 막대기로 떼어놓았다. 남자아이들이 떼를 지어 뒤에서 따라오며 야유를 보내고 깔깔거렸다. 행인들이 멈춰섰으며 집 안에 있는 사람들은 떠들썩한 소리에 창을 열고 밖을 내다보았다. 뻬레도노프는 아무것도 부끄러워하지 않고 음울한 표정으로 고양이를 목줄로 묶었다. 그는 그 상태로 고양이를 끌고 와서는 이발사에게 말했다.

"고양이 주인인데요, 고양이에게 면도 좀 해주세요. 아주 매끈하게 말이에요."

이발소의 문 옆에 모여선 아이들은 얼굴에 주름이 잡히도록 깔깔거렸다. 이발사는 화를 내며 얼굴을 붉혔다. 그는 떨리는 음성으로 조용히 말했다.

"손님, 죄송합니다. 우린 그런 일은 하지 않아요! 심지어 면도한 고양이를 본 적도 없어요. 이건 최근에 유행하는 일임에 틀림없겠지만 우린 아직 거기까지 가진 않았죠."

뻬레도노프는 멍한 표정으로 그의 말을 반신반의하고 있었다. 그는 소리쳤다.

"사기꾼 같으니라고. 그냥 할 수 없다고 말하지그래."

그는 미친 듯이 야옹거리는 고양이를 낚아채며 나갔다. 도중에 그는 사람들이 언제 어디서나 그를 비웃으며 도와줄 생각을 하지 않는다고 생각하며 우울해졌다. 애수가 그의 가슴을 짓눌렀다.

뻬레도노프는 볼로진과 루찔로프와 함께 내기 당구를 치려고 여름 정원으로 갔다. 당황한 당구장 직원이 말했다.

"여러분, 오늘은 게임을 할 수 없습니다."

"그건 왜지? 우리가 하면 왜 안된다는 건가!"

뻬레도노프가 열을 받아 말했다.

"죄송합니다. 당구공이 없어서 그럽니다."

직원이 말했다.

"멍청아, 놓쳤잖아."

칸막이 뒤에서 당구장 주인의 위협적인 목소리가 들려왔다.

직원은 마치 토끼가 움직이는 것처럼 갑자기 귀까지 붉히면서 몸을 떨었다. 그는 중얼거렸다.

"도난당했어요."

뻬레도노프는 놀라서 소리쳤다.

"뭐라고! 누가 훔쳤지?"

"아직 몰라요. 아무도 없었던 것 같은데 갑자기 들여다보니 공이 없는 겁니다."

직원이 말했다.

루찔로프가 키득거리며 외쳤다.

"이거 대단한 사건이구먼!"

볼로진은 모욕당한 얼굴을 하고서 직원에게 말했다.

"만약 누군가가 그걸 훔쳐갔다면 당신은 다른 장소에 있었다는 말이군. 공이 사라졌다면 사람들이 게임을 할 수 있도록 다른 공들을 가져다놓아야지. 이렇게 게임을 하려고 왔는데 공이 없다면 어떻게 경기를 할 수 있겠나?"

"빠블루시까, 우리가 우는소리를 하는 건 아니잖아. 자리를 비우면 안 좋아. 이보게, 공을 찾아봐. 우린 곧 게임을 해야만 한다고. 공을 찾는 동안 맥주나 한잔하지."

뻬레도노프가 말했다.

모두 맥주를 마시기 시작했다. 하지만 지루했다. 공은 금방 찾을 수 없었다. 그들은 서로 욕을 하고 직원을 비난했다. 직원은 자신의 잘못을 느꼈는지 침묵하고 있었다.

뻬레도노프는 이번 도난 사건에 새로운 음모가 있다고 생각했다. 그는 '왜일까?'라고 생각해보았으나 답이 나오지 않았다. 그는 정원으로 나가서 아직까지 한번도 앉아보지 못했던 벤치에 앉아 넓게 퍼진 초록빛 연못의 수면을 멍하니 바라보았다.

"빠블루시까, 왜 여기에 더러운 거울이 있는 거지?"

뻬레도노프가 손가락으로 연못 쪽을 가리키며 물었다.

볼로진이 이를 드러내며 웃고 나서 대답했다.

"아르다샤, 이건 거울이 아니라 연못이야. 지금 바람이 불지 않으니까 거기에 나무가 비친 거라고. 그래서 마치 거울처럼 보이는 거지."

뻬레도노프는 눈길을 들었다. 연못 뒤에 세워진 울타리 때문에 정원이 더욱 멀리 떨어진 것처럼 보였다. 뻬레도노프가 물었다.

"그런데 고양이는 울타리에 왜 있는 거지?"

볼로진이 그쪽을 바라보고 웃으며 말했다.

"고양이가 금방 있었는데 가버렸군."

그는 뻬레도노프에게 눈을 깜빡이며 말했다.

"고양이는 없었을지도 몰라. 녹색 눈을 가진 고양이는 간사하고 절대 지지 않는 적이지."

뻬레도노프는 다시 공에 대해 생각했다. 누구에게 공이 필요한 걸까? 혹시 미지의 물체가 공을 씹어먹기라도 한 게 아닐까? 뻬레도노프는 생각했다.

'어쩐지 그게 오늘 보이지 않았어. 처먹고서 어딘가에 누워 지금쯤 자고 있겠지, 젠장.'

뻬레도노프는 쓸쓸히 집으로 향했다. 서쪽은 이미 어두워져 있었다. 가벼운 장화를 신은 먹구름이 하늘을 떠다니다 길을 잃고 방황하며 살며시 다가와 가만히 그를 바라보고 있었다. 정원과 시내 사이에 조그만 개천이 흐르고 있었다. 개천 위에는 집과 떨기나무 숲의 그림자들이 몸을 흔들고 속삭이면서 누군가를 찾고 있는 듯했다.

이 땅, 이 어둡고 영원히 사악한 도시의 모든 사람은 악하고 언제나 조소를 머금고 있다. 모든 것이 뻬레도노프에게 호의적이지 않으며 개들도 그를 비웃고 사람들은 그에게 욕을 한다.

시내에 사는 부인들도 바르바라를 방문했다. 몇몇 부인들은 둘째 날도 셋째 날도 유쾌한 호기심을 가지고 바르바라가 집에서 어떻게 하고 있는지 보려고 서둘러 왔다. 어떤 사람들은 일주일 이상 늑장을 부리기도 했다. 또 어떤 사람들은 아예 오지 않았다. 예를 들어 베르시나가 오지 않았다.

뻬레도노프 부부는 매일 조바심으로 전전긍긍하며 사람들의 방문을 기다렸다. 그들은 누가 아직 오지 않았는지 헤아려보았다. 그들은 특히 교장과 그의 부인을 안달이 나서 기다렸다. 그들은 기다리면서도 행여나 흐리빠치 부부가 오지 않을까봐 지나치게 걱정하였다.

일주일이 지나갔다. 흐리빠치 부부는 아직 오지 않았다. 바르바라는 악의를 품고 욕을 하기 시작했다. 뻬레도노프도 이런 기다림 때문에 의기소침한 상태가 되었다. 뻬레도노프의 눈동자는 마치 이따금 죽은 사람의 눈처럼 빛을 잃은 듯 완전히 멍해졌다. 쓸데없는 두려움이 그를 괴롭혔다. 그는 어떠한 뚜렷한 이유도 없이 갑자기 이러저러한 사물들을 두려워하기 시작했다. 그런 어리석은 생각이 머리에 들기 시작하면서 사물들이 그를 삼켜버릴 거라는 생각이 며칠 동안 그를 괴롭혔다. 그는 모든 뾰족한 물체를 두려워하여 나이프와 포크를 숨겼다. 그는 생각했다.

'아마도 그것들은 지나치게 말을 많이 하고 나서 숨어버렸을 거야. 그래도 칼이 스스로 걸어와서 나를 벨지도 몰라.'

"왜 칼이 필요한 거야? 중국인들은 젓가락으로 먹는다던데."

그는 바르바라에게 말했다.

그래서 그들은 일주일 동안 고기를 먹지 않았고 양배추 수프와 죽으로 만족해야만 했다.

바르바라는 결혼 전 자신이 느꼈던 공포에 대해 뻬레도노프에게 복수했다. 이따금 그의 말에 맞장구를 치고 그의 괴벽이 우연이 아니라는 확신을 그에게 심어준 것이다. 그녀는 그에게 적이 많으며 어떻게 그들이 그를 시기하지 않을 수 있겠냐고 말하곤 했다. 그녀는 이미 사람들이 뻬레도노프를 비난하면서 그에 대해 밀고를 하였고, 당국과 공작부인 앞으로 끌려갈지도 모른다고 여러차례 말했다. 그녀는 뻬레도노프가 겁내는 것을 보는 것이 기뻤다.

뻬레도노프는 공작부인이 자신에 대해 만족하지 않고 있다고 확신했다. 그래서 그분이 결혼식에 쓸 성상이나 깔라치[70]를 보낼 수 없었던 게 아닐까? 그는 생각했다.

'어떤 방식으로 그분의 자비를 구하지? 속임수를 쓴다, 어쩐다? 누군가를 비방하고 험담하고 밀고를 한다? 모든 여자는 험담을 좋아하지. 그렇다면 바르바라에 대해 뭔가 유쾌하고 뻔뻔한 험담을

---

70 흰 빵으로서 평소에 먹는 검은 빵보다 귀하게 여겨진다.

공작부인에게 써서 보내는 거야. 그분이 웃으면서 나에게 자릴 마
련해주마고 하시겠지.'

하지만 뻬레도노프는 그런 편지를 쓸 수가 없었다. 그는 공작부
인에게 직접 편지를 쓰는 것이 더욱 두려워졌다. 나중에 가서 그는
그런 계획에 대해 완전히 잊어버리고 말았다.

뻬레도노프는 일반 손님들에게는 보드까와 가장 저렴한 포트와
인을 대접했다. 하지만 교장을 위해선 3루블짜리 마데이라 포도주
를 구입했다. 뻬레도노프는 그 포도주를 가장 비싼 것으로 생각하
고 침실에 보관하였고 손님들에겐 보여주기만 하며 "이건 교장 선
생님을 위한 겁니다"라고 말했다.

언젠가 루찔로프와 볼로진이 뻬레도노프의 집에 놀러 온 적이
있었다. 뻬레도노프는 그들에게도 마데이라 포도주를 보여주었다.
루찔로프가 키득거리며 말했다.

"겉으로 보기만 하면 맛을 모르잖아! 비싼 마데이라 포도주 좀
마시게 해줘!"

뻬레도노프는 화를 내며 대답했다.

"이런, 자네 바랄 걸 바라야지! 그러면 내가 교장 선생님께는 뭘
대접하란 말인가?"

"교장 선생님은 보드까 한잔 마시면 되잖아."

루찔로프가 대답했다.

"교장 선생님께 보드까를 마시게 할 순 없어. 마데이라 포도주를
내드려야지."

뻬레도노프가 신중하게 말했다.

"그런데 만일 그분이 보드까를 좋아하신다면?"

루찔로프가 말했다.

"음, 하지만 장관들은 보드까를 좋아하지 않으셔."

뻬레도노프가 자신있게 말했다.

"하지만 그래도 우리에게 대접 좀 해봐."

루찔로프가 집요하게 말했다.

하지만 뻬레도노프는 서둘러 병을 빼앗았다. 포도주를 감추어두는 장롱의 자물쇠가 흔들리는 소리가 들렸다. 그는 대화를 나누러 손님들에게 돌아와서 공작부인에 대해 말했다. 그는 씁쓸하게 말했다.

"공작부인이라! 그녀는 시장에서 썩은 사과를 팔고 있었지. 그런데 공작을 유혹한 거야."

루찔로프가 웃다가 소리쳤다.

"정말로 공작들이 시장에 다닐까?"

"그녀가 남자를 유혹하는 능력을 가졌던 거지."

뻬레도노프가 말했다. 루찔로프가 반박했다.

"아르달리온 보리시치, 있지도 않은 일을 개인적으로 꾸며내지 말게. 공작부인은 유명한 귀부인이야."

뻬레도노프는 그를 기분 나쁘게 쳐다보며 생각했다.

'그녀를 옹호하다니. 공작과 같은 편인 것 같군. 공작부인이 그에게 마법을 걸어 그가 멀리 떨어져 살도록 한 거 같단 말이야.'

그런데 미지의 물체가 그의 주위에서 조용히 웃는가 싶더니 웃음 때문에 온몸을 흔들고 있었다. 그것은 뻬레도노프에게 여러가지 끔찍한 상황에 대해 상기시켰다. 그는 두려운 듯 주위를 둘러보고 속삭였다.

"도시마다 비밀 헌병장교가 있지. 그는 이따금 문관의 옷을 입고 근무하거나 장사를 하기도 하고 뭔가를 하다가 모두들 잠이 든 밤에 푸른색 제복을 입고 순식간에 헌병장교로 변하지."

"그런데 왜 제복을 입지?"

볼로진이 사무적으로 말했다.

"제복을 입지 않고는 관청에 갈 수 없거든. 잘리니까."

뻬레도노프가 설명해주었다.

볼로진이 웃었다. 뻬레도노프는 그에게 다가가 속삭였다.

"그는 때때로 변신하면서 살기도 해. 자네는 그것이 단순히 고양이라고 생각하지만 그건 사실이 아니야! 그건 헌병이 뛰어가는 거라고. 어느 누구도 고양이의 눈을 피할 순 없어. 언제나 귀를 쫑긋 세우고 있다니까."

마침내 일주일 반 정도 지나서 교장 부인이 바르바라를 방문했다. 그녀는 평일 4시에 달콤한 제비꽃 향기를 풍기며 매혹적인 차림으로 남편과 함께 찾아왔다. 그것은 뻬레도노프 부부에겐 너무도 뜻밖의 일이었다. 그들은 웬일인지 흐리빠치 부부가 주말이나 혹은 그보다 더 일찍 방문할 거라고 생각하고 있었다. 그들은 너무도 놀랐다. 바르바라는 부엌에서 더러운 옷을 반쯤 벗은 상태로 걸치고 있던 차였다. 그녀는 옷을 제대로 입느라 허둥댔고 뻬레도노프는 손님들을 맞이하였는데 이제 막 잠에서 깬 것처럼 보였다. 그가 중얼거렸다.

"바르바라가 곧 올 겁니다. 옷을 갈아입고 있거든요. 그녀는 요리를 하고 있었어요. 우리 집에 새 요리사가 왔는데 그 바보 같은 여자가 우리 입맛에 맞게 요리를 하지 못해서요."

바르바라는 대충 옷을 입고 얼굴을 붉히며 놀란 표정으로 들어왔다. 그녀는 땀에 젖은 더러운 손을 손님들에게 내밀고는 흥분되어 떨리는 목소리로 말했다.

"기다리시게 해서 죄송합니다. 평일에 이렇게 와주실 줄 몰랐어요."

"전 휴일에 거의 외출하지 않아요. 거리에 술 취한 사람들이 많아서요. 하녀를 그날 쉬게 한답니다."

흐리빠치 부인이 말했다.

대화는 어찌어찌 이어졌고 교장 부인의 친절함이 바르바라의 용기를 조금은 북돋아주었다. 교장 부인은 마치 회개하는 죄인을 쓰다듬어주긴 하지만 아직도 그 죄인이 더럽다고 생각하는 사람처럼 바르바라를 조금은 경멸적으로 대하긴 했지만 친절하게 응해주었다. 그녀는 바르바라에게 옷과 상황에 대해 마치 지나가는 말인 듯하면서 교훈을 주었다.

바르바라는 교장 부인을 기쁘게 하려 했지만 그녀의 아름다운 손과 약간 주름진 입술에 그만 떨렸다. 이 사실에 교장 부인은 부담이 되었다. 그녀는 좀더 친절하게 대하려고 노력했지만 자신도 모르게 느껴지는 혐오감을 어쩔 수 없었다. 그녀는 바르바라를 관찰하면서 그녀와 자기 사이엔 어떠한 친밀한 관계도 형성되지 않았음을 알았다. 하지만 이런 모든 일이 너무도 자연스럽게 이루어졌기 때문에 바르바라는 그 사실을 전혀 이해하지 못했고 자신이 교장 부인과 친한 친구가 되었다고 우쭐해했다.

흐리빠치는 못 있을 곳에 와 있는 사람의 표정을 지었지만 그 사실을 대담하고 자연스럽게 숨기고 있었다. 그는 마데이라 포도주를 거절했다. 그는 이런 시간에 포도주를 마시는 데 익숙하지 않던 것이다. 그는 시내의 뉴스와 곧 있을 지방법원 구성원들의 변화에 대해 이야기했다. 그런데 그와 뻬레도노프는 사회의 다양한 클럽에서 서로 연관되어 있음이 드러났다.

그들은 오래 머무르지 않았다. 바르바라는 그들이 떠나자 기뻤다. 잠시 머물다가 곧 가버렸기 때문이다. 그녀는 다시 옷을 벗으며 기쁘게 말했다.

"음, 맙소사, 금방 가셨네. 그분들과 무슨 말을 해야 할지 모르겠더라고요. 그분들이 무슨 말을 하는 건지도요. 잘 모르는 사람들이라. 어떤 방향에서 그분들에게 접근해야 하는지 당신도 모르죠?"

그녀는 갑자기 흐리빠치 부부가 돌아가면서 그들의 집에 초대하지 않은 사실을 기억해냈다. 그 사실이 처음엔 그녀를 괴롭혔지만 나중에 그녀는 그 속내를 알아차렸다.

"그분들은 방문을 다닐 때마다 시간표가 적힌 명함을 나눠줄 모양이에요. 그분들은 모든 사람을 위해 시간을 쓰는 거죠. 이제 저도 프랑스식으로 행동하는 데 익숙해져야만 해요. 전 프랑스식에는 까막눈이거든요."

교장 부인은 집으로 돌아오면서 남편에게 말했다.

"그 여자는 초라하고 절망적일 정도로 비열하네요. 그 여자와 대등한 관계를 유지하는 것은 불가능할 것 같아요. 그녀가 가지고 있는 어떠한 것도 그녀의 상황에 어울리지 않는 것 같아요."

흐리빠치가 대답했다.

"그 여잔 남편과는 아주 잘 어울려요. 사람들이 그를 우리 학교에서 데리고 나가주기를 내가 얼마나 조바심치며 기다리는데."

결혼 후 바르바라는 기쁨에 겨워 술을 마시기 시작했다. 특히 그루시나와 함께 자주 마셨다. 한번은 바르바라의 집에 쁘레뽈로벤스까야와 함께 있었을 때 술에 취한 바르바라가 편지에 대해 수다를 떨었다. 모든 사실을 말하진 않았지만 너무도 분명하게 암시를 했다. 간사한 쏘피야에겐 그 정도라도 충분했다. 마치 그녀에게 갑자기 어떠한 생각이 떠오른 듯했다. 그러니 어찌 금세 알아차리지 못했는가! 그녀는 생각에 잠겨 스스로를 꾸짖었다. 그녀는 편지에 얽힌 음모에 대해 베르시나에게 비밀이라는 단서를 달면서 말해주었고 베르시나로부터 나온 그 소식은 온 도시로 퍼져나갔다.

쁘레뽈로벤스까야는 뻬레도노프를 만나고는 그의 귀가 얇은 것에 대해 웃지 않을 수가 없었다. 그녀가 말했다.

"아르달리온 보리시치, 당신은 너무 단순해요."

"전 결코 단순하지 않아요. 전 대학의 준박사[71]랍니다."

그가 대답했다.

"준박사이긴 하지만 이미 당신을 속이려고 드는 사람은 언제든 당신을 속일 수도 있답니다."

"저도 누구든지 속일 수 있죠."

뻬레도노프가 반박했다.

쁘레뽈로벤스까야는 간사한 미소를 지으며 가버렸다. 뻬레도노프는 멍한 표정으로 의구심에 휩싸였다. 그녀가 무엇 때문에 이런 말을 하는 걸까? 그는 생각했다.

'악랄해서지! 언제나 나에겐 적들이 있어.'

그는 그녀의 뒤에다 손가락을 구부리며 욕을 했다.

'그녀는 아무것도 가지지 못할 거야.'

그는 자신을 위로하며 생각했다. 하지만 두려움이 그를 엄습했다. 쁘레뽈로벤스까야의 이런 암시는 약과였다. 그녀는 그에게 분명

<hr>

71 러시아에서는 석사학위를 받고 깐지다뜨라는 준박사학위를 받은 후 박사학위 과정을 밟게 된다.

한 말로 진실을 밝히고 싶어하진 않았다. 왜 바르바라와 싸워야만 하겠는가? 하지만 그녀는 이따금 뻬레도노프에게 더 분명한 암시가 적힌 편지들을 익명으로 보냈다. 그럼에도 뻬레도노프는 그것을 왜곡해서 이해했다.

쏘피야는 언젠가 그에게 다음과 같이 편지를 썼다.

'당신에게 편지를 쓴 공작부인이 혹시 이곳에 살고 있는지 알아보세요.'

뻬레도노프는 아마도 공작부인이 직접 그의 뒤를 밟기 위해 이곳으로 왔으며 공작부인이 자신에게 반한 나머지 바르바라의 집에서 자신을 빼앗고 싶어한다고 생각했다.

이 편지들은 뻬레도노프를 두렵게 만들었고 화나게 했다. 그는 바르바라에게 다가갔다.

"공작부인이 어디 계시지? 그분이 이리로 오셨다고 하던데."

바르바라는 이전의 일에 대해 복수하기 위해 소문과 야유, 소심하고 사악한 반전 등을 가지고서 그를 괴롭혔다. 그녀는 뻔뻔하게 웃으면서도 사람들이 누군가를 믿지 않고 고의로 거짓말을 할 때 그러는 것처럼 떳떳하지 못한 음성으로 말했다.

"공작부인이 지금 어디 사시는지 제가 무슨 수로 알겠어요!"

"거짓말, 넌 알고 있어!"

뻬레도노프가 끔찍해하는 표정으로 말했다.

그는 그녀의 말이 진실이라고 믿어야 할지, 거짓임을 드러내는 그녀 말의 뉘앙스를 믿어야 할지, 도무지 무엇을 믿어야 할지 몰랐다. 그에게 모든 것이 이해가 되지 않는 것처럼 이 사실도 그를 끔찍해하게 만들었다. 바르바라는 반박했다.

"어머, 뭐가 더 있겠어요! 아마도 뻬쩨르부르그에 사시다가 다른 데로 가셨겠죠. 그분이 이사 가는 것에 대해 우리에게 물어봐야 하는 건 아니잖아요.”

“어쩌면 정말로 이리로 오셨을까?”

뻬레도노프가 소심하게 물어보았다.

“어쩌면 이리로 오셨을 수도 있죠. 그분이 당신에게 반해서 연애를 하기 위해서 오신 것일 수도 있어요.”

바르바라가 떨리는 목소리로 말했다. 뻬레도노프가 소리쳤다.

“거짓말이야! 근데 정말로 반하셨을까?”

바르바라는 사악하게 웃었다.

뻬레도노프는 그때부터 어디에 공작부인이 계시지 않을까 하고 유심히 살피기 시작했다. 때때로 그는 그분이 유리창으로 들여다보거나 문에서 엿듣거나 바르바라와 소곤소곤 말하는 것처럼 생각되었다.

시간이 흘렀다. 하지만 하루하루 지나도 기다리던 장학관 임명장은 여전히 오지 않았다. 지위에 관해 개인적인 소식도 오지 않았다. 뻬레도노프는 공작부인에게 직접 물어볼 수도 없었다. 바르바라가 계속해서 그녀가 유명인사라는 사실을 언급하면서 그에게 겁을 주었기 때문이다. 그는 만일 자신이 직접 그녀에게 편지를 쓴다면 아주 불쾌한 일이 일어날 거라고 생각했다. 그는 공작부인의 청원에 따라 사람들이 자신에게 무슨 일을 할지 모른다고 생각했고 바로 그 때문에 더욱 두려워졌다. 바르바라가 말했다.

“정말 당신은 귀족들을 몰라서 그러는 거예요? 기다리면 그들 스스로가 필요한 일을 하겠죠. 그렇지 않고 그분들에게 뭔가를 상기시키면 모욕받았다고 생각하실 거고 그러면 일이 더 안 좋아져요. 그분들은 자부심이 얼마나 대단하시다고요! 그분들은 사람들이 자신을 믿는 것을 좋아하시죠.”

그래서 뻬레도노프는 여전히 바르바라를 신뢰하고 있었다. 하지만 공작부인에 대해 나쁜 맘이 들었다. 그는 이따금 공작부인이 자신과의 약속을 지키지 않으려고 그를 밀고하지나 않을까 하는 생각까지 했다. 아니면 공작부인이 자신을 사랑하는데 바르바라와 결혼했다고 해서 나쁜 맘을 가지고 밀고를 할지도 모른다. 그래서 공작부인이 그의 주변을 늘 감시하는 첩자처럼 그의 주위를 맴돌다가 공기와 빛도 없는 곳에 그를 가둬놓을지도 모른다고 생각했다. 그분이 유명한 데는 다 이유가 있는 것이다. 그분이 원하는 것은 무엇이든 가능하다.

그는 악한 맘을 품고 공작부인에 관한 무모한 거짓말을 하기 시작했다. 그는 루찔로프와 볼로진에게 자신이 그녀의 정부였고 그녀가 자신에게 돈을 지불하기까지 했다고 말했다.

“난 그 돈을 내던져버렸지. 내가 그 돈을 악마에게나 줘버리지 누구에게 주겠어! 그분은 내가 죽을 때까지 연금을 지불해주겠다고 약속하셨지만 그건 거짓말이었지.”

“그런데 자네라면 받았겠나?”

루찔로프는 키득거리며 물었다.

뻬레도노프는 중얼거렸지만 질문을 이해하지 못했다. 그런데 볼로진은 그를 대신해서 단호하고 이성적으로 대답했다.

“만약 그분이 부자라면 왜 받지 않겠는가? 그분은 만족감을 맛보려고 그러신 거야. 그러니까 그 일에 대해 돈을 지불해야만 했던 거지.”

뻬레도노프가 우수에 젖은 채 말했다.

"미인이면서 착하기도 했지! 눈을 자꾸 깜빡이는데다 들창코였어. 그분이 돈을 충분히 지불하자마자 사람들은 그녀를 비난하고 더 바라지도 않았을 거야. 그분은 내 간청을 들어주어야만 해."

"아르달리온 보리시치, 자네 거짓말을 하고 있는 거지?"

루찔로프가 말했다.

"그래. 거짓말이야. 왜 그분이 내게 이유 없이 돈을 주겠나? 안 그런가? 그분은 바르바라를 시기하고 있어. 그렇게 오랫동안 나한테 자리를 주지 않는 거야."

뻬레도노프는 공작부인이 자신에게 돈을 지불한 것처럼 말하면서 수치심을 느끼지 않았다. 볼로진은 남을 잘 믿는 사람이어서 그의 이야기에서 황당한 점과 모순을 알아차리지 못했다. 루찔로프는 반박했지만 아니 땐 굴뚝에 연기가 나지는 않는다고 생각했다. 그는 뻬레도노프와 공작부인 사이에 뭔가가 있다고 생각했다.

"그분은 사제의 개보다 더 나이가 들었어."

뻬레도노프는 진지한 태도로 확신에 차서 말했다.

"이봐, 자네들 어느 누구에게도 말해선 안돼. 그분의 귀에 들어가면 안 좋을 거야. 그분은 불결해서 돼지처럼 젊은이들을 자기가 사는 곳으로 불러들이지. 그분이 얼마나 늙었는지 알아차리지도 못할 거야. 벌써 백살이나 되었어."

볼로진은 고개를 저으며 입맛을 다셨다. 그는 모든 사람을 믿었다.

그런 대화가 있고 난 다음날 뻬레도노프는 어떤 반에서 끄릴로프의 우화 「거짓말쟁이」를 강의하게 되었다. 그 이후부터 그는 며칠 동안 계속해서 다리를 건너는 것을 두려워하게 되었다. 그는 배편으로 강을 건너갔다. 하지만 다리는 여전히 무너지지 않고 그대로 있었다. 그는 볼로진에게 설명했다.

"난 공작부인에 대해 진실만을 말했어. 그런데 그가 갑자기 내 말을 믿지 않고 악마에게 말해버릴 거 같아."

25

위조된 편지에 관한 소문이 도시 전체에 퍼졌다. 이 일에 관한 이야기가 도시 사람들의 관심사가 되었고 그들을 기쁘게 했다. 거의 모든 사람이 바르바라를 칭찬했고 뻬레도노프가 바보짓을 한 것에 대해 기뻐했다. 편지를 본 사람들은 모두 한목소리로 사태의 정황을 금방 파악했고 자신이 파악한 것을 사실이라고 확신했다.

특히 베르시나의 집에는 사악한 기쁨이 넘쳐났다. 마르따는 비록 무린에게 시집을 갔지만 뻬레도노프에게 버림을 받았었다. 베르시나는 무린을 붙들어서 그를 마르따에게 넘겨야만 했다. 블라쟈는 뻬레도노프를 증오해서 본능적으로 그의 실패를 기뻐할 수 있는 정당한 이유가 있었다. 뻬레도노프가 아직도 중학교에 남아 있는 것이 화가 나긴 했지만 그에게 닥친 일로 인한 기쁨으로 블라쟈는 자신의 분노를 다시 저울질하게 되었다. 게다가 최근에 학생들 사이에서는 교장 선생님이 교육 담당관에게 뻬레도노프가 미쳤으니 곧 그를 진단할 사람을 파견해달라고 요청할 예정이고 그다음엔 그를 학교에서 쫓아낼 거라는 소문이 퍼져 있었다.

바르바라와 만난 지인들은 거친 농담을 하거나 뻔뻔하게 윙크를 하면서 그녀의 음모에 대해 이러쿵저러쿵 말했다. 그녀는 거리낌 없이 웃을 뿐, 사실에 대해 확인해주지도, 논쟁을 벌이지도 않았다.

또 어떤 사람들은 그루시나에게 그녀가 이 음모에 가담했음을 알고 있다고 암시했다. 그녀는 놀라서 씩씩대며 바르바라에게 와서는 왜 입을 함부로 놀렸느냐고 그녀를 비난했다. 바르바라는 웃으면서 그녀에게 말했다.

"당신이 쓸데없이 입을 놀린 거잖아요. 난 어느 누구에게라도 말하려는 생각조차 하지 않았어요."

"그럼 대체 누구한테 들어서 모두가 알게 되었을까요?"

그루시나가 흥분해서 물었다.

"난 아무에게도 말하지 않았어요. 난 그런 바보가 아니거든요."

"저도 누구에게도 말하지 않았어요."

바르바라가 거침없이 말했다.

"내게 편지를 좀 줘봐요. 누군가가 글씨체를 보고 가짜임을 알게 된 것일지도 몰라요."

그루시나가 편지를 달라고 청했다.

"누군가에게 들키게 만들다니! 제가 바보를 믿었단 말이네요."

바르바라는 화가 나서 말했다. 그루시나는 짝짝이 눈을 굴리면서 소리쳤다.

"당신 말 참 잘하네요. 당신은 당신 몫을 받게 되고 나는 이제 감옥에 가게 될 테니까! 아니, 당신은 원하는 대로 하고요, 일단 내게 편지를 줘봐요. 하지만 당신은 이 일 덕분에 결혼식을 올릴 수 있었잖아요."

바르바라는 뻔뻔하게 허리에 손을 댄 채 대답했다.

"어머나, 그 일은 이제 그만 내버려두세요. 이젠 아주 광장에 가서 소리라도 지르지 그러세요. 결혼식은 사라져버린 게 아니니까요."

"아무것도 남겨두지 말아야 해요! 거짓으로 결혼식을 치르라는 법은 없으니까."

그루시나가 소리쳤다.

"만약 아르달리온 보리시치가 관청에 이 일을 가져가면 의회까지 알려질 테고, 그러면 사람들이 들고 일어서겠지."

바르바라가 놀라서 말했다.

"그럼 그렇지. 뭔들 악랄하게 못하겠어요? 당신에게 편지를 가져다주겠어요. 두려워할 거 없어요. 당신을 고발하진 않을 테니까. 정말 내가 그런 몹쓸 년으로 보이세요? 제게도 영혼이란 게 있어요."

"흥, 그 일에 웬 영혼! 인간도 개도 한줄기 연기에 불과해. 영혼은 없다고요. 살아 있는 동안, 그때까지만 존재하는 거라고."

바르바라는 편지를 훔치기로 결심했다. 비록 어려운 일이더라도 말이다. 바르바라는 서둘렀다. 한가지 희망은 있었다. 그것은 뻬레도노프가 취해 있을 때 편지를 훔치는 것이다. 마침 뻬레도노프는 술을 많이 마셨다. 그는 자주 술에 취해 학교에 나타나서 심지어 가장 질이 나쁜 학생들조차도 창피해하고 그들에게 증오심을 불러일으키는 말들을 해댔다.

어느날 뻬레도노프는 평상시보다 더 취한 상태로 당구장에서 집으로 돌아왔다. 새 당구공을 가져왔다는 핑계로 마셨던 것이다. 그는 언제나 지갑을 몸에서 떼어놓지 않았으므로, 어찌 되었든 간에 옷을 벗고 나서 지갑을 자기 베개 밑에 숨겨두었다.

그는 편안하고 깊이 잠을 잤고 잠꼬대까지 했다. 뭔가 끔찍하고 무질서한 일들에 대한 말들이었다. 그 말들에 바르바라는 기분 나쁠 정도로 두려워졌다. 그녀는 자신에게 용기를 북돋웠다.

'음, 아무것도 아니야. 그가 잠에서 깨지만 않는다면.'

그녀는 그를 깨지나 않을까 하여 떠밀어보기까지 했다. 그는 뭔가를 중얼거리고 큰 소리로 욕도 했지만 잠에서 깨지는 않았다. 바르바라는 촛불을 켜고는 그 불빛이 뻬레도노프의 눈에 닿지 않게 했다. 그녀는 두려움 때문에 몸이 굳은 상태로 침대에서 일어나 조심스럽게 뻬레도노프의 베개 밑에 손을 넣었다. 지갑은 가까이 놓여 있었지만 한참 동안 손가락에서 자꾸 멀어져갔다. 촛불이 희미하게 타올랐고 불꽃이 흔들렸다. 두려운 그림자가 벽과 침대에 어른거렸다. 마치 사악한 악마들이 몸을 비트는 것 같았다. 공기는 답답했고 흐름이 없었다. 보드까 타는 냄새가 났다. 코를 고는 소리와 술 취한 자의 잠꼬대가 침실을 가득 메웠다. 방 전체가 마치 모양새를 갖춘 잠꼬대와 같았다.

바르바라는 떨리는 손으로 지갑에서 편지를 꺼낸 다음, 지갑을 원래 있던 자리에 놓았다.

뻬레도노프는 아침에 편지를 확인해보았으나 찾지 못하고 놀라서 소리쳤다.

"바랴, 편지가 어디 있지?"

바르바라는 몹시 떨렸지만 그 사실을 감추고 말했다.

"아르달리온 보리시치, 제가 어떻게 알겠어요? 당신이 모든 사람에게 보여주고 다니잖아요. 그러니까 어딘가에 떨어뜨렸겠지요. 아니면 누군가가 훔쳐갔거나. 밤마다 함께 술을 마시고 즐기는 친구들이 많잖아요.”

뻬레도노프는 자신의 적들, 그중에서 바로 볼로진이 편지를 훔쳤다고 생각했다.

‘이제 볼로진은 편지를 쥐고서 모든 서류와 임명장을 자기 맘대로 만들어 장학관이 되고, 이 뻬레도노프는 여기서 씁쓸한 부랑자로 남게 되겠지.’

뻬레도노프는 자신을 방어하기로 결심했다. 그는 매일 자신의 적들인 베르시나, 루찔로프가 사람들, 볼로진, 똑같은 자리를 노리고 있는 것 같은 동료들에 대한 고소장을 작성했다. 그러고는 저녁마다 이런 고소장을 루봅스끼에게 가져갔다.

헌병장교는 중학교 근처의 광장 부근에 자리 잡은, 눈에 잘 띄는 곳에 살고 있었다. 많은 사람이 뻬레도노프가 대문을 통과해 헌병장교의 집으로 들어가는 것을 유리창으로 바라볼 수 있었다. 하지만 뻬레도노프는 아무에게도 들키지 않을 거라 생각했다. 그는 저녁마다 부엌을 거쳐 뒷문으로 나가서 고소장을 가져갔다. 그는 외투의 깃 아래에 서류를 감추어두었지만 모두들 그가 무언가를 감추고 있음을 알아차릴 수 있었다. 만약 손을 내밀어 누군가와 인사를 나누어야 한다고 해도 자신이 외투 아래에서 왼손으로 서류를 붙들고 있을 것이기 때문에 어느 누구도 알아차리지 못할 거라고 생각했다. 만약 만난 사람이 그에게 어디 가느냐고 묻는다면 그는 아주 서투르게 거짓말을 했다. 그런데도 그는 자신의 이런 어리숙한 생각에 만족해했다.

그는 루봅스끼에게 설명했다.

"모두가 배신자들입니다. 그들은 친구로 위장을 하고 있지만 더 정확히 말하자면 절 속이려 들고 있어요. 그들은 자신들 모두에 대해 제가 잘 모른다고 생각합니다. 이런 사람들을 시베리아로 보낸다면 자리가 모자랄 정도죠."

루봅스끼는 그의 말을 잠자코 듣고 있다가 너무도 말이 안되는 첫번째 고소장을 교장에게 보냈다. 그리고 다른 고소장들에 대해서도 같은 조치를 취했다. 그는 만약의 경우를 대비해서 또다른 고소장들은 그냥 놔두었다. 교장은 후견인에게 뻬레도노프가 명백하게 우울증 증상을 보이고 있다고 썼다.

뻬레도노프는 집에서 계속 자신을 비웃는 성가신 속삭임을 들었다. 그는 우울한 어조로 바르바라에게 말했다.

"누군가가 저기서 까치발을 하고 다니면서 우리가 무슨 말을 하고 있는지 계속 쳐다보고 있다고. 바리까[72], 나를 자극하지 말아줘."

바르바라는 뻬레도노프의 헛소리가 무슨 뜻인지 몰랐다. 그녀는 그를 비웃었지만 겁이 나기도 했다. 그녀는 기분 나쁜 듯 겁에 질려 말했다.

"술에 취한 눈을 봐도 무엇을 의미하는지 모르겠단 말이야."

뻬레도노프는 현관문을 특히 의심스럽게 생각했다. 그가 보기엔 문이 단단히 잠기지 않은 것 같았다. 문틈으로 보니 뭔가가 밖에 숨어 있는 듯했다. 심부름하는 아이가 거기서 엿보는 게 아닐까? 누군가의 사악하고 예리한 눈빛이 번뜩이는 것 같기도 했다.

고양이는 초록색 눈을 희번덕거리며 뻬레도노프의 뒤를 어디든지 쫓아다녔다. 고양이는 이따금 눈을 깜빡이거나 무섭게 야옹거

---

72 바르바라의 애칭.

렸다. 고양이는 뻬레도노프에게서 뭔가를 당장 낚아채고 싶으나
할 수 없어서 심술이 난 것처럼 보였다. 뻬레도노프는 고양이에게
서 벗어나려 했지만 고양이는 그를 그냥 놔두지 않았다.

미지의 물체는 의자나 방구석을 뛰어다니며 이상한 소리를 냈
다. 그 물체는 더럽고 악취가 나서 역겨웠고 끔찍했다. 그 물체는
뻬레도노프에게 반감을 품고 그를 향해 굴러왔다. 예전에 그 물체
는 어디에도 없었다. 그런데 이젠 그것이 생겨나서 시끄럽게 지껄
이고 다닌다. 그것이 살아 있는 한 그는 그것을 두려워하거나 아니
면 그 자신이 파멸할 것이다. 마술처럼 많은 것을 알고 있는 그 물
체는 그의 뒤를 따라다니며 그를 속이고 비웃는다. 그 물체는 마루
를 기어다니거나 걸레, 리본, 나뭇가지, 깃발, 먹구름, 강아지, 거리
의 먼지기둥으로 위장해서 어디서나 뻬레도노프를 따라다니고 뛰
어다닌다. 그 물체는 불안정한 춤을 추어서 그를 괴롭고 힘들게 만
들었다. 누구라도 거기서 벗어난다면 어떤 말을 하거나 주먹으로
치기 위해 손을 흔들기도 한다. 뻬레도노프는 이곳에는 친구도 없
고 어느 누구도 자신을 구하러 오지 않기 때문에 자신이 사악한 물
체를 직접 파멸시키기 위해 스스로 꾀를 내어야 한다고 생각했다.

뻬레도노프는 방법을 생각해냈다. 미지의 물체가 바닥에 달라붙
도록 바닥 전체에 풀칠을 하는 것이다. 구두 밑창도 바르바라의 원
피스의 끝자락도 바닥에 달라붙었지만 미지의 물체는 자유롭게 미
끄러져다니며 깔깔거리고 웃었다. 바르바라는 화가 나서 욕을 했다.

뻬레도노프는 추적에 대해 계속 집요하게 생각했고 그 생각 때
문에 끔찍한 상태가 되었다. 그는 점점 더 거친 몽상의 세계에서
헤맸다. 이런 사실은 그의 얼굴에도 드러났다. 변함없는 공포의 가
면이 되어 나타난 것이다.

뻬레도노프는 요즘 저녁마다 당구를 치러 가는 일을 관두었다. 식사를 하고 나서 침대에 누웠고, 문 앞에 놓인 책상 위에 의자를 올려놓고 다른 물건들을 잔뜩 쌓아놓은 채 십자가와 주문으로 자신을 방어했으며, 생각나는 사람들에 대한 고소장을 쓰려고 자리에 앉기도 했다. 그는 사람들뿐만 아니라 카드의 여왕에 대한 고소장도 썼다. 고소장을 다 쓰고 나서는 헌병장교에게 즉각 가져갔다. 매일 저녁을 그런 식으로 보냈다.

뻬레도노프의 눈에는 어디서든지 카드의 인물들, 즉 왕, 여왕, 잭들이 살아 움직이며 돌아다니는 것처럼 보였다. 다른 작은 카드들도 돌아다니는 것 같았다. 그들은 밝은색 단추를 단 사람들이었다. 학생들도 있었고 시민들도 있었다. 1점짜리 카드는 배가 나온 뚱보여서 배만 보였다. 때때로 카드들은 뻬레도노프의 지인들을 바라보기도 하였다. 살아 있는 사람들과 이상한 행렬들이 섞여 있었다.

뻬레도노프는 문 뒤에 심부름하는 아이가 서서 기다리고 있으며 그 아이에게는 시민들의 어떠한 힘과 권력이 있다고 확신했다. 그래서 그 아이는 어떤 끔찍한 곳으로 자신을 데려갈 수도 있다고 생각했다. 그래서 뻬레도노프는 책상 밑이나 문 뒤를 쳐다보는 것을 두려워했다.

개구쟁이 8인조 소년들이 뻬레도노프를 놀렸다. 중학생들이었다. 소년들은 컴퍼스의 다리처럼 이상하고 기계적인 동작으로 다리를 들어올렸는데 다리에는 털이 무성하고 발굽이 달려 있었다. 그들은 꼬리 대신 뿔이 달려 있었다. 소년들은 휘파람을 불며 뿔을 흔들고 이런 동작을 할 때마다 몸을 흔들었다. 미지의 물체는 탁자 밑에서 이런 8인조의 공연을 비웃으며 꿀꿀거리기 시작했다. 뻬레도노프는 화가 나서 미지의 물체는 높은 사람들에게는 감히 덤비지 못할 거라고 생각했다. 그는 그들을 시기하며 생각했다.

'아마 들여보내지도 않을 거야. 하인들이 걸레처럼 죽도록 패주겠지.'

마침내 뻬레도노프는 그 물체의 사악하고 뻔뻔한 웃음소리를 더이상 참을 수 없었다. 그는 부엌에서 도끼를 가져와서 미지의 물체가 숨어 있던 탁자를 쪼갰다. 미지의 물체는 아쉬운 듯, 그리고 기분이 나쁜 듯 꿱꿱거리며 탁자 밑에서 몸부림치더니 나왔다. 뻬레도노프는 전율했다. 그는 생각했다.

'나를 깨물지도 몰라.'

그는 무서워서 달아나 자리에 앉았다. 하지만 미지의 물체는 조용히 숨어버렸다. 잠시 동안이긴 하지만……

뻬레도노프는 이따금 카드를 집어들고 잔인한 표정을 지으며 종이칼로 카드의 인물들의 머리를 도려냈다. 특히 여왕들의 머리를 도려냈다. 그리고 왕들의 머리를 베면서 그들이 그런 행동이 정치적인 범죄임을 알아차리지도 못할 거고 또 비난하지도 못할 거라고 생각했다. 하지만 그런 징벌들도 잠시 동안만 도움이 되었다. 손님들이 와서 새 카드를 사오면 다시 사악한 관람객들이 새로운 카드를 하면서 즐겼기 때문이다.

뻬레도노프는 이미 스스로를 비밀스러운 범죄자라고 여기고 학창시절부터 정치적인 미행을 당했다고 상상했다. 이것이 그를 무섭고 공포에 질리게 만들었다.

바람에 벽지가 펄럭였다. 벽지들은 낮고 불길한 속삭임으로 쉭쉭거렸고 가벼운 그림자들이 벽지의 화려한 당초무늬를 따라 스며들었다. 뻬레도노프가 생각했다.

'첩자가 이 벽지 뒤에 숨어 있을 거야.'

그는 슬픈 표정으로 생각했다.

'나쁜 인간들! 일부러 벽지를 울퉁불퉁하게 잘못 발라서 그 뒤로 악하고 민첩하며 인내심 있는 자들이 숨을 수 있게 만들었어. 물론 이전에도 그런 징조가 있었지.'

어두운 기억이 머릿속에 꿈틀댔다. 누군가가 벽지 뒤에 숨어서 단검이나 송곳으로 사람을 찌를 리가 없다. 뻬레도노프는 송곳을 샀다. 그리고 그가 집에 돌아오자 벽지는 불규칙적으로 불안한 소리를 내고 있었다. 첩자가 위험을 감지하고 아마도 좀더 먼 곳으로 숨으려는 것 같았다. 어둠이 번져서 천정으로 뛰어오르더니 거기서 그를 위협하며 덤벼들었다.

뻬레도노프의 맘속에는 악의가 들끓었다. 그는 송곳으로 벽을 열심히 찔렀다. 전율이 벽을 따라 흘러넘쳤다. 뻬레도노프는 의식을 거행하면서 고함치고 송곳을 흔들며 춤을 추기 시작했다. 바르바라가 들어왔다.

"아르달리온 보리시치, 웬일로 혼자 춤을 추고 있는 거예요?"

그녀는 언제나처럼 멍한 표정으로 뻔뻔하게 웃으며 물었다.

"벼룩을 죽였어."

뻬레도노프는 음울하게 대답했다.

그의 눈은 조야한 승리감으로 반짝였다. 한가지 안 좋은 점은 냄새가 나쁘다는 것이다. 벽지 뒤에서 송곳에 찔린 첩자는 썩어서 악취를 풍겼다. 공포와 승리감이 뻬레도노프를 감쌌다. 적을 물리쳤다! 이런 살인과정 끝까지 그의 마음은 사악함을 잃지 않았다. 아직 끝나지 않은 살인이지만 뻬레도노프에게 그것은 완전한 살인이었다. 그의 내면에 자리 잡은 끔찍한 두려움 때문에 그는 범죄를 준비했다. 그의 영혼의 저 낮은 곳에 숨어서 자리 잡은 미래의 살인에 관해 미처 깨닫지 못했던 어두운 생각, 살인에 대한 괴로운 충동, 원시적인 증오의 상태 등이 그의 비도덕적인 의지를 자극했다. 여러 세대가 지나는 동안 여전히 묶여 있는 고대의 카인[73]의 죄가 사물을 흔들고 망치며 도끼로 쪼개고 칼로 자르며, 첩자들이 바라보지 못하도록 정원의 나무를 베어버리는 데 대한 만족감을 주었다. 그리고 물건이 부서질 때마다 창세기 이전의 혼돈 상태의 영이자 카오스였던 태곳적 악마들은 사물의 파괴를 즐거워했다. 그러는 도중에 광인의 거친 눈길에는 죽음 직전의 괴물에게서나 볼 수 있는 고통에 대한 두려움과 같은 공포가 나타났다.

늘 동일한 환상이 반복되어 그를 괴롭혔다. 바르바라는 뻬레도노프의 상태를 기뻐하며 이따금 뻬레도노프가 있는 방문 쪽으로 살며시 다가와 낯선 목소리로 말했다. 그는 두려워서 적을 잡기 위해 조용히 다가갔다가 그곳에서 바르바라를 발견했다.

"당신은 여기서 누구랑 속삭이는 거요?"

그가 쓸쓸히 물었다. 바르바라는 웃으며 대답했다.

"아르달리온 보리시치, 당신에게만 그렇게 보이는 거예요."

"나에게만 그렇게 보이는 게 아니야. 세상엔 진실이 있게 마련이야."

뻬레도노프가 서글프게 중얼거렸다.

그렇다. 뻬레도노프는 지각있는 사람 모두의 의식적인 삶에 있는 일정한 규칙을 지키려고 노력했지만 이런 노력이 힘겨웠다. 그 자신도 다른 모든 사람과 마찬가지로 자신이 진리를 향해 나아가기 위해 노력하고 있다는 사실을 몰랐다. 그래서 그의 불안은 암담

---

73 구약성경 창세기의 인물. 아담과 하와의 결혼에서 생긴 큰아들로 동생 아벨을 죽였다.

하기만 했다. 그는 자신을 위한 진실을 찾을 수 없었고 혼란스러워
하면서 점차 파멸해갔다.

벌써 지인들은 뻬레도노프를 사기꾼이라고 비난하기 시작했다.
도시 사람들은 그가 있는 앞에서 이런 사기사건에 대해 약자들에
게 무례하게 떠들어댔다. 쁘레뽈로벤스까야는 교묘한 미소를 지으
며 물었다.

"아르달리온 보리시치, 당신은 왜 장학관 자리를 받지 못했나
요?"

바르바라가 그를 대신해서 기분 나쁜 것을 참으며 쁘레뽈로벤
스까야에게 대답했다.

"서류를 받으면 갈 거예요."

이런 질문들 때문에 뻬레도노프는 애수에 잠겼다. 그는 생각했다.
'자리를 얻지 못하면 어떻게 살 수 있을까?'

그는 적들로부터 자신을 보호하기 위해 새로운 계획을 세웠다.
그는 부엌에서 도끼를 훔쳐 침대 밑에 숨겼다. 스웨덴제 칼도 사서
언제나 주머니에 넣고 다녔다. 그는 계속 침묵하면서 혹시 있을지
도 모를 사태에 대비해서 집 주위와 방에 덫을 설치하고 그것들을
점검해보았다. 물론 이런 덫들은 어느 누구도 거기에 빠지지 않도
록 설치되었다. 덫들은 사람들을 제압하기는 했지만 잡아두지 못
했으며 누구든 거기서 빠져나갈 수 있었다. 뻬레도노프는 기술적
인 지식도 없었고 그 분야에 전문적이지도 않았던 것이다. 뻬레도
노프는 매일 아침 어느 누구도 덫에 걸리지 않는 것을 확인하고 적
들이 덫을 망가뜨렸다고 생각했다. 이런 사실에 그는 다시 두려움

에 떨게 되었다. 특히 뻬레도노프는 볼로진을 주의 깊게 바라보았다. 그는 자주 볼로진이 집에 없는 것을 알아차리고 그의 집에 가서 그가 혹시 어떤 서류들을 가지고 있지 않나 싶어 여기저기 찾아보기도 했다.

뻬레도노프는 공작부인이 원하고 있다고, 즉 자신이 다시 그녀를 사랑해주기 바란다고 추측하기 시작했다. 그는 나이 든 그녀가 역겨웠다. 그는 기분이 나빠져서 생각했다.
'분명 백오십살은 되었을 거야.'
그는 생각했다.
'그래. 늙긴 했지만 힘은 얼마나 대단하다고.'
그래서 역겨움은 그녀의 매력과 뒤섞여버렸다. 조금 따뜻하긴 하지만 송장 냄새가 나지. 뻬레도노프는 이런 상상을 하면서 야수와 같은 음탕함으로 숨이 막혔다.
'그녀와 관계를 맺으면 아마도 그녀가 나긋나긋해지겠지. 그녀에게 편지를 쓸 수 없을까?'
이번에도 뻬레도노프는 오랫동안 생각해보지 않고 공작부인에게 편지를 썼다. 그는 다음과 같이 썼다.

전 당신을 사랑합니다. 당신은 차갑고 저에게서 멀리 떨어져 있기 때문이지요. 바르바라는 땀을 흘려요. 그녀와 같이 자는 것은 너무 덥습니다. 그녀는 마치 벽난로에서 나온 것 같아요. 전 멀리 떨어져 살고 있는 차가운 정부를 가지고 싶습니다. 이리로 오셔서 달콤한 말씀을 좀 해주세요.

그는 다 쓴 편지를 부치고 나서 후회했다.

'이 일로 인해 어떤 일이 생길까? 어쩌면 쓰지 말았어야 하는 건지도 몰라. 공작부인이 몸소 오실 때까지 기다려야만 했는데.'

뻬레도노프가 우연히 많은 일을 하는 것처럼 그 편지도 우연히 쓰게 된 것이다. 그는 외부의 힘으로 움직이는 송장처럼 그 일을 했다. 하지만 그는 그런 힘을 오래 지니지 못하는 것 같았다. 그것은 어떤 힘이 장난을 치다가 다른 힘에게 던져버리는 식이었다.

미지의 물체가 곧 다시 나타났다. 그것은 마치 올가미에 걸린 것처럼 오랫동안 뻬레도노프 주위를 맴돌다가 그를 비난했다. 그리고 아무 말 없이 온몸을 떨면서 웃기만 했다. 그런데 그 물체는 희미한 황금빛 불꽃을 내뿜고 있었다. 기분 나쁘고 파렴치한 그 물체는 위협을 가하면서 참을 수 없는 장엄함으로 불타오르고 있었다. 고양이도 뻬레도노프에게 위협을 가했고 눈을 번뜩이며 사납게 위협적으로 울부짖었다.

'그것들은 무엇 때문에 기뻐하는 걸까?'

뻬레도노프는 우울한 생각에 잠겼다가 갑자기 공작부인이 벌써 여기에 와 있고, 그녀가 가까이, 그것도 아주 가까이 있기 때문에 파멸이 가까워졌다고 생각했다. 어쩌면 어느 카드 한벌에 숨어 있을지도 모른다.

그렇다. 틀림없이 그녀는 스페이드의 여왕이거나 하트의 여왕일 것이다. 아마도 그녀는 다른 카드 패 속이나 뒤에 숨어 있을지도 모른다. 그녀가 어떤 인물인지는 모르겠다. 안타까운 점은 뻬레도노프가 그녀를 한번도 본 적이 없다는 것이다. 바르바라는 거짓말을 할 테니까 그녀와 논쟁하는 것은 아무 소용이 없다.

마침내 뻬레도노프는 카드를 모두 불에 태워버리기로 결심했다.

모두 태워버려야 한다. 만약 그들이 고의로 그에게 카드를 들이민다면 그들에게 잘못이 있는 것이니 말이다.

뻬레도노프는 바르바라가 집에 없는 사이에 거실에 벽난로가 타고 있을 때를 포착해서 카드를 전부 벽난로에 던져버렸다.

이제껏 보지 못했던 희미한 붉은 빛이 바스락거리는 소리를 내면서 피어오르더니 카드들이 구석구석 몸을 구부리며 타올랐다. 뻬레도노프는 두려움에 휩싸여 불꽃들을 바라보고 있었다.

카드들은 마치 벽난로에서 달아나고 싶어하는 것처럼 몸을 휘고 구부리며 움직였다. 뻬레도노프는 부지깽이를 붙잡고 카드들을 두드렸다. 조그맣고 선명한 불꽃이 사방으로 튀었다. 그러다 갑자기 불꽃들이 만들어낸 선명하고 기분 나쁜 혼돈 속에서 잿빛의 조그만 공작부인이 일어나 꺼져가는 불꽃들을 사방으로 던졌다. 그녀는 가느다란 목소리로 날카롭게 소리 지르며 쉭쉭거렸고 불길을 향해 헤엄쳐갔다.

뻬레도노프는 고개를 위로 향한 채 뒤로 넘어져서 두려움에 떨며 중얼거렸다. 어둠이 그를 에워싸 자극했고 구구거리는 목소리로 비웃었다.

26

싸샤는 류드밀라에게 반해 있었다. 하지만 무슨 이유 때문인지 그는 류드밀라에 대해 꼬꼽끼나와 이야기하는 것을 꺼렸다. 그는 부끄러워하는 것 같았다. 그리고 이따금 류드밀라가 오는 것을 두려워하게 되었다. 창가에서 그녀의 하늘거리는 오렌지빛 모자를 발견할 때면 그의 가슴은 죄어들고 눈썹은 저절로 찌푸려졌다. 하지만 그럼에도 그는 불안과 초조감에 휩싸여 그녀를 기다렸고 그녀가 오랫동안 오지 않으면 우울해했다. 그의 마음에는 서로 상반된 감정이 들어 있었다. 그것은 어둡고 불분명한 감정이었다. 하나는 아직은 너무 이르다는 생각에서 나온 죄책감이었고, 다른 하나는 타락했기 때문에 느끼는 달콤함이었다.

류드밀라는 어제도 오늘도 오지 않았다. 싸샤는 기다림에 지쳐서 기다리는 일을 아예 그만두었다. 그런데 갑자기 그녀가 왔다. 그는 모습을 드러내고 그녀의 팔에 입맞춤을 퍼부었다.

"이런, 어디 갔다 온 거야. 이틀 동안 보지 못했잖아."

그는 그녀에게 중얼거렸다.

그녀는 웃으며 기뻐했다. 그녀에게서는 달콤하고 피로에 지친 향기로운 일본산 풍기[74] 냄새가 났다. 그 향기는 마치 그녀의 짙은 아맛빛 곱슬머리에서 흘러넘치는 것 같았다.

류드밀라와 싸샤는 교외로 산책하러 나갔다. 꼬꼽끼나에게 함께 가자고 청했지만 그녀는 가지 않았다.

"나 같은 할머니가 산책할 일이 뭐가 있겠니! 너희들에게 짐만 될 거다. 너희들끼리만 산책하고 오너라."

"그러면 우리끼리 재미있게 놀다 올게요."

류드밀라가 웃었다.

우울하고 움직임이 없는 따스한 공기가 기분을 좋게 만들어서 돌아가고 싶은 생각이 들지 않았다. 태양은 마치 병든 것처럼 희미하게 빛났고, 창백하고 피로한 하늘에서 붉은 빛을 발하고 있었다. 검은 땅 위의 메마른 잎들은 죽은 자들처럼 얌전히 땅 위로 내려앉았다.

류드밀라와 싸샤는 골짜기로 내려갔다. 그곳은 선선하고 신선하며 축축했다. 생기없는 가을의 피로감이 골짜기의 그늘진 비탈 사이를 맴돌고 있었다.

류드밀라는 앞장서서 나아갔다. 치마를 살짝 들어올리자 조그만 신발과 살구색 스타킹이 드러났다. 싸샤는 나무뿌리에 걸려넘어지지 않으려고 아래를 내려다보다가 스타킹을 발견하였다. 마치 스타킹을 신지 않고 신발을 신은 것처럼 보였다. 수치스럽고 정열적

<hr>

[74] 향수를 만드는 식물의 일종.

인 감정이 그의 내면에서 꿈틀거렸다. 그의 얼굴이 붉어졌다. 머리가 빙빙 돌았다. 그는 상상했다.

'마치 우연인 것처럼 그녀의 발 쪽으로 넘어져서 신발을 벗기고 부드러운 발에 입을 맞출 수 있다면 얼마나 좋을까.'

류드밀라는 싸샤의 뜨거운 눈길과 참을 수 없는 욕망을 느낀 것처럼 보였다. 그녀는 웃으며 싸샤에게 돌아와서 물어보았다.

"너 내 스타킹을 바라보고 있는 거지?"

"아니, 난 그냥."

싸샤는 당황해서 중얼거렸다.

"음, 나도 그렇게 생긴, 정말로 끔찍한 스타킹을 가지고 있지!"

류드밀라는 그의 말에 귀를 기울이지 않고서 웃으면서 말했다.

"스타킹이 살구색이어서 스타킹을 신지 않고 신발을 신었다고 생각할 수도 있어. 정말 우스운 스타킹이지. 그렇지 않니?"

그녀는 싸샤에게로 몸을 돌리고 치마 끝을 들어 보였다.

"우습니?"

그녀가 물어보았다.

"아니, 아름다운데."

싸샤는 당황해서 얼굴을 붉히며 말했다.

류드밀라는 일부러 놀란 척하며 눈썹을 치켜뜨고 소리쳤다.

"아름다움이 평가 가능한 것인지 말해줄래!"

류드밀라는 웃으면서 더 앞으로 나아갔다. 싸샤는 당황하여 괴로워하면서 그녀의 뒤를 어색하게 따라가다가 그만 넘어지고 말았다.

그들은 골짜기를 넘어가 바람에 쓰러진 자작나무 그루터기에 앉았다. 류드밀라가 말했다.

"신발에 모래가 들어가서 더는 갈 수가 없어."

그녀는 신발을 벗고 모래를 털어낸 다음 교활하게 싸샤를 바라보았다.

"내 다리 예쁘니?"

그녀가 물었다. 싸샤는 아무 이유 없이 얼굴을 붉혔고 무슨 말을 해야 할지 몰랐다. 류드밀라는 스타킹을 끌어내렸다.

"다리가 하얗지?"

그녀는 이상하고 교활한 미소를 지으며 다시 물었다.

"무릎를 꿇어! 입 맞춰줘!"

그녀는 엄하게 말했고 얼굴에는 승리감에 도취된 사악함이 나타났다.

싸샤는 재빨리 무릎을 꿇고 류드밀라의 다리에 입을 맞췄다.

"그런데 스타킹을 신지 않으니까 기분이 더 좋은데."

류드밀라가 이렇게 말하고 나서 스타킹을 주머니에 넣고 신발을 신었다. 싸샤는 이제 그녀 앞에 굴복하지 않았던 것처럼 거리낌 없이 맨다리에 입을 맞추었고, 그녀의 얼굴은 다시 평온하고 유쾌해졌다. 싸샤가 물었다.

"자기야, 감기 걸리지 않겠어?"

그의 목소리가 부드럽게 떨리며 울려퍼졌다. 류드밀라가 웃었다.

"난 벌써 익숙해졌어. 난 그렇게 약한 여자가 아니야."

어느날 저녁 무렵 류드밀라가 꼬꼽끼나의 집으로 와서 싸샤를 불러냈다.

"우리 집에 와서 새 선반 좀 달아줘."

싸샤는 못을 박는 것을 좋아해서 류드밀라가 집 안을 새롭게 꾸미는 것을 도와주기로 약속했었다. 그는 류드밀라와 함께 그녀의 집으로 가자는 순진한 제안에 기뻐하면서 동의했다. 류드밀라의

초록색 원피스에서 풍겨나오는 순수하고 새콤한 은방울꽃 향수 냄
새가 그를 편안하게 해주었다.

류드밀라는 작업을 위해 가리개 뒤에서 짧은 정장 치마와 달콤
하고 노곤하며 자극적인 일본산 풍기 향수를 뿌린 소매가 넓은 옷
으로 갈아입고 나왔다. 싸샤가 말했다.

"자기야, 왜 이렇게 차려입었어!"

"음, 그렇게 보이지. 좀 차려입었어."

류드밀라가 웃으며 말했다.

"발엔 아무것도 신지 않았어."

그녀는 창피하기도 하고 도발적이기도 한 표정으로 단어를 길
게 늘이면서 말했다.

싸샤가 어깨를 으쓱하고 나서 말했다.

"넌 언제나 잘 차려입잖아. 자, 이제 못을 박자. 집에 못은 있어?"

그는 걱정스러운 듯이 물었다.

"조금 기다려봐. 나랑 조금 더 앉아 있다가 해. 마치 무슨 볼일이
라도 보고 온 것처럼 집으로 들어가지그래? 나랑 이야기하는 것이
벌써 지겨워진 거니?"

류드밀라가 대답했다.

싸샤는 얼굴을 붉히고 상냥하게 말했다.

"사랑스러운 류드밀로치까, 네가 나를 쫓아내지 않는 한 너랑 얼
마든지 같이 앉아 있을 수 있어. 다만 해야 할 공부가 있어서 그런
거야."

류드밀라가 가볍게 한숨을 쉬고 천천히 말했다.

"싸샤, 넌 언제나 착한 아이구나."

싸샤는 얼굴을 붉혔고 나팔처럼 혀끝을 내밀면서 웃었다. 그는 말했다.

"생각해봐. 정말 내가 아가씨라면 왜 착하지 않겠어!"

"넌 얼굴도 아름답고 몸도 마찬가지야! 허리까지만이라도 내게 보여줘봐."

류드밀라는 싸샤를 달래며 간청했고 그의 어깨를 붙잡았다.

"맙소사, 무슨 생각을 더 하는 거야!"

싸샤가 창피해서 화를 내며 말했다.

"뭐가 어때서? 네게 무슨 말 못할 비밀이라도 있는 거니!"

류드밀라가 근심 어린 목소리로 물었다. 싸샤가 말했다.

"누군가가 들어올지도 몰라."

"누가 들어와? 문을 잠그면 아무도 들어오지 못할 거야."

류드밀라가 아무런 걱정 없이 너무도 쉽게 말했다.

류드밀라는 재빨리 문 쪽으로 다가가 문에 빗장을 걸고 잠갔다. 싸샤는 류드밀라가 농담을 하는 것이 아니라는 것을 알았다. 그는 온통 얼굴을 붉히고 이마에 땀을 한바가지나 흘리며 말했다.

"맙소사, 류드밀로치까, 그럴 필요 없어."

"바보, 왜 필요없다는 거니?"

류드밀라가 확신에 찬 목소리로 물었다.

그녀는 싸샤를 자기 쪽으로 끌어당겨서 그의 블라우스를 벗겼다. 싸샤는 그녀의 손을 잡으며 그녀에게서 벗어나려 했다. 얼굴엔 경악에 가까운 놀라움이 가득했고 수치심으로 몸 둘 바를 몰랐다. 그는 이 일 때문에 갑자기 무기력해진 것 같았다. 류드밀라는 눈썹을 씰룩이며 그의 블라우스를 단호하게 벗기기 시작했다. 허리가 드러났으니 이제 어떻게든 블라우스를 잡아당기면 된다. 싸샤는 점점 더 필사적으로 자리를 피했다. 그들은 서로 엉켜 방 안을 돌면서 책상과 의자에 몸을 부딪쳤다. 류드밀라에게서 자극적인 냄새가 났고 그것에 싸샤는 취해서 무기력해졌다.

류드밀라는 싸샤의 가슴을 재빨리 떠밀어 그를 소파에 앉혔다. 그녀가 벗긴 셔츠에서 단추가 떨어졌다. 류드밀라는 재빨리 싸샤의 어깨를 드러나게 하고는 소매에서 팔을 잡아뺐다. 싸샤는 몸을 피하면서 자기도 모르게 류드밀라의 뺨을 손바닥으로 내리쳤다. 물론 때리려고 의도하지는 않았지만 갑자기 큰 소리를 내면서 류드밀라의 따귀를 때리게 된 것이다. 류드밀라는 멈칫하고 몸을 흔들었다. 얼굴엔 붉은 손자국이 생겨났다. 하지만 그녀는 싸샤를 손에서 놔주지 않았다. 그녀는 숨을 헐떡이며 소리쳤다.

“나쁜 자식, 날 때리다니!”

싸샤는 너무도 당황해서 팔을 내리고 손가락 자국으로 인해 흰 줄이 생긴 류드밀라의 왼쪽 뺨을 미안한 듯이 바라보았다. 류드밀라는 그의 머뭇거림을 이용했다. 그녀는 재빨리 그의 셔츠를 양쪽 어깨에서 팔꿈치까지 벗겼다. 싸샤는 정신을 차리고 그녀로부터 빠져나왔으나 상황은 훨씬 더 나빠졌다. 류드밀라가 재빨리 그의 팔에서 소매를 낚아챈 것이다. 싸샤는 순간 싸늘함과 머리를 핑핑 돌게 만드는 분명하고 가차없는 수치심이 자신에게 새롭게 다가오는 것을 느꼈다. 이제 싸샤의 허리까지 옷이 벗겨졌다. 류드밀라는 그의 팔을 강하게 붙잡고, 푸른빛이 도는 검은 눈썹 아래 멍해지고 이상하게 반짝이는 눈을 바라보면서 떨리는 손으로 그의 벗은 허리를 살며시 두드렸다.

그런데 갑자기 그의 눈썹이 흔들렸고 얼굴은 어린아이의 애처로운 표정처럼 일그러졌다. 그는 갑자기 울음을 터뜨리더니 통곡

했다.

"개구쟁이! 날 놓아줘!"

그는 흐느끼는 목소리로 소리쳤다.

"귀찮게 울다니! 어린애처럼!"

류드밀라는 당황해서 화를 내며 말했고 그를 떠밀었다.

싸샤는 손으로 눈물을 훔치면서 몸을 돌렸다. 그는 자신이 울었다는 사실이 부끄러웠다. 그는 울음을 참으려고 애썼다. 류드밀라는 그의 노출된 등을 탐욕스럽게 바라보았다. 그녀는 생각했다.

'이 세상엔 얼마나 매력적인 존재가 많은 걸까! 사람들은 자신의 아름다움을 감추려 들지. 왜 그러는 걸까?'

싸샤는 노출된 어깨를 수줍은 듯이 웅크리며 셔츠를 입으려고 노력했다. 하지만 셔츠는 구겨진 상태로 떨리는 팔 아래에서 자꾸 벗어나서 팔을 소매에 집어넣을 수가 없었다. 싸샤는 셔츠를 그 상태로 두고 블라우스를 챙겼다.

"아, 네 특별함 때문에 사람들이 놀랐을 거야. 난 뭘 훔치지는 않아!"

류드밀라는 기분이 나빠 눈물을 머금은 떨리는 목소리로 말했다.

그녀는 갑자기 그의 허리띠를 던지고 창가로 갔다. 회색 블라우스를 감싸고 있던 허리띠는 수줍고 반항적인 새침데기 소년에게 필요한 것이었다.

싸샤는 재빨리 블라우스를 입고 옷매무새를 바로잡은 뒤 주저하며 창피한 듯 류드밀라를 주의 깊게 바라보았다. 그는 그녀가 소매로 뺨을 문지르는 것을 보고 주저하며 그녀에게 다가가 그녀의 얼굴을 바라보았다. 그녀의 뺨에 흐르던 눈물이 갑자기 그녀의 순수한 애처로움으로 다가왔다. 그래서 그는 이제 더는 창피하지도,

당혹스럽지도 않았다.

"사랑스러운 류드밀로치까, 왜 울고 있는 거야?"

그는 조용히 물었다.

그러고는 갑자기 자신이 때렸던 것이 생각나서 얼굴을 붉혔다.

"미안해. 내가 자기를 때렸어. 일부러 그런 건 아니야."

그는 소심하게 말했다.

"바보 같은 녀석, 벗은 어깨를 내놓고 앉으면 그 어깨가 없어지기라도 하니?"

류드밀라는 섭섭해하는 목소리로 말했다.

"정열로 불타오르니 두려웠던 거지. 아름다움과 순수함이 하나가 되어 네게서 흘러나오고 있어."

"류드밀로치까, 왜 이런 일을 한 거야?"

싸샤는 창피해서 얼굴을 찡그리며 물었다.

"왜냐고?"

류드밀라가 열정적으로 말하기 시작했다.

"아름다움을 사랑해서야. 난 이교도에 죄인이야. 난 고대 아테네에서 태어났어야 해. 꽃, 향수, 야한 옷, 벗은 몸을 좋아해. 영혼이 있다고 하지만 모르겠어. 보지 못했으니까. 무엇 때문에 영혼이 내게 필요하다는 거지? 먹구름이 태양 아래서 흩어지는 것처럼, 루살까처럼 완전히 죽게 놔둬. 난 쾌락을 줄 수 있는 강하고 자연스러운 나체를 좋아해."

"그러면 고통을 받을 수도 있어."

싸샤가 조용히 말했다.

"고통을 받는 것도 좋아."

류드밀라가 열정적으로 속삭였다.

"아파도 달콤할 수 있어. 다만 나체를 보고 신체의 아름다움을 느끼는 경우에 한해서 말이야."

"옷을 안 입으면 당연히 창피한 거 아냐?"

싸샤가 수줍게 말했다.

류드밀라는 갑자기 그의 앞에 무릎을 꿇었다. 그녀는 그의 손에 입맞춤을 하고 한숨을 쉬면서 중얼거렸다.

"자기야, 나의 우상, 신이 빚어놓은 미소년, 잠시만이라도 네 어깨를 감상할 수 있다면 좋으련만."

싸샤는 한숨을 쉬고 눈을 내리깐 다음 얼굴을 붉히더니 어색하게 블라우스를 벗었다. 류드밀라는 뜨거운 손길로 그를 붙들었고 수치스러움으로 떠는 그의 어깨에 입맞춤을 퍼부었다.

"봐봐. 내가 얼마나 고분고분한지!"

싸샤는 농담을 해서 수치심을 쫓아버리려고 활짝 미소 지으며 말했다.

류드밀라는 서둘러서 어깨부터 손가락에 이르기까지 싸샤의 팔에 입맞춤했다. 흥분한 싸샤는 정열적이고 사악한 상상에 휩싸여 팔을 빼지 않았다. 류드밀라의 입맞춤은 사랑으로 타올랐다. 그는 이제 더는 예전의 그 소년이 아니었다. 피어난 육체의 떨리고 비밀스러운 의식 속에서 그녀의 뜨거운 입술이 미소년인 신에게 입맞춤 세례를 퍼부었다.

그런데 다리야와 발레리야는 문 뒤에 서서 조급해하며 차례로 서로가 서로를 밀치면서 구멍을 통해 안을 들여다보고 있었다. 열정적이고 타오르는 흥분을 느끼고는 숨이 막힐 지경이었다.

"이제 옷을 입어야겠어."

마침내 싸샤가 말했다.

류드밀라는 한숨을 쉬고 호의적인 눈빛으로 그를 존경스럽고 조심스럽게 대하며 그에게 셔츠와 블라우스를 입혀주었다.

"그러면 자기가 이교도라고?"

싸샤가 믿지 못하겠다는 듯이 물었다.

류드밀라가 유쾌하게 웃었다. 그녀가 물었다.

"그럼 너는?"

그녀가 물어보았다.

"음, 더 뭘 바라! 난 교리문답도 완전히 알고 있다고."

류드밀라가 웃었다. 싸샤는 그녀를 쳐다보며 미소 짓고 나서 물었다.

"만약 네가 이교도라면 왜 교회에 다니는 거니?"

류드밀라는 웃음을 멈추고 생각에 잠겼다.

"그러니까 기도를 드려야 해서. 기도를 하고 울고 싶었어. 촛불도 켜놓고 회상을 해야 했지. 그리고 난 이 모든 것을 좋아해. 촛불, 램프, 향, 사제복, 찬송을. 만약 괜찮은 찬양단과 성상이 있다면, 거기엔 언제나 성상 덮개와 리본이 있지, 그래, 그런 모든 것이 너무도 아름다워. 그리고 더 좋아하는 건…… 그분의…… 알지…… 봉금[75]……"

류드밀라는 거의 속삭이듯 아주 조용히 마지막 말을 하고 나서 마치 죄를 지은 것처럼 얼굴을 붉혔고 눈을 내리깔았다.

"그거 아니? 이따금씩 십자가에 못 박힌 그분의 꿈을 꿔. 몸에는 핏방울들이 튀어 있지."

---

[75] 십자가에 예수가 못 박혀 있는 외형.

류드밀라는 싸샤가 평온해진 것을 보고 그 이후로 여러번 그의 재킷을 벗겼다. 처음에 그는 눈물이 날 정도로 창피해했지만 곧 익숙해졌다. 그는 류드밀라가 셔츠를 벗기고 어깨를 드러낸 다음 등을 애무하고 가볍게 두드리는 것을 평온하고 또렷이 바라보았다. 그리고 마침내 그 자신도 옷을 벗기 시작했다.

류드밀라는 그의 옷을 벗기고 반쯤 벗은 그를 자신의 무릎 위에 안고 입 맞추며 포옹하는 것을 좋아했다.

싸샤는 혼자 집에 있었다. 그는 류드밀라를 떠올렸다. 그의 벗은 어깨는 그녀의 뜨거운 시선 아래 놓여 있었다. 그는 생각했다.

'그녀는 무엇을 원하는 걸까?'

그는 갑자기 얼굴을 붉혔고 심장이 고통스럽게 고동쳤다. 야수와 같은 유쾌함에 휩싸였다. 그는 몇번이나 몸을 뒤집으면서 바닥을 뒹굴다가 가구가 있는 쪽으로 뛰어올랐다. 한쪽 구석에서 다른쪽 구석으로 광기 어린 동작을 수천번 되풀이했다. 그의 흥에 겨운 선명한 웃음소리가 집 안에 퍼져나갔다.

바로 그때 꼬꼽끼나가 집으로 돌아와서 이상한 소리를 듣고 싸샤의 방으로 달려갔다. 그녀는 의심쩍은 듯이 문턱에 서서 고개를 가로저었다.

"싸셴까, 왜 너 발광하는 거니! 친구들과 함께 장난을 치는 거니, 아니면 혼자 그러는 거니? 애야, 창피하지도 않니? 넌 어린애가 아니야."

싸샤는 그대로 서서 당황한 채로 무겁고 어색한 팔을 빼들었다. 그는 흥분하여 몸 전체를 떨고 있었다.

어느날 꼬꼽끼나는 류드밀라를 집으로 불렀다. 류드밀라는 싸샤에게 사탕을 주었다.

"당신은 장난꾸러기네요. 이 아인 우리 집에 와서도 단것을 좋아하던데."

꼬꼽끼나가 상냥하게 말했다.

"이 아이도 저를 장난꾸러기라고 부른답니다."

류드밀라가 하소연했다.

"어머, 싸셴까, 정말 그러니! 뭣 때문에 그랬지?"

꼬꼽끼나는 상냥하게 그를 나무라면서 말했다.

"그녀가 저를 잡아당겨서요."

싸샤는 더듬거리면서 말했다.

그는 화를 내며 류드밀라를 바라보았고 얼굴을 붉혔다. 류드밀라가 웃었다.

"투덜이."

싸샤가 그녀에게 속삭였다.

"싸셴까, 어떻게 그런 말을 할 수가 있니! 말을 함부로 해선 안된다!"

꼬꼽끼나가 타일렀다.

싸샤는 웃으면서 류드밀라를 바라보았고 조용히 중얼거렸다.

"그럼, 이젠 안 그럴게."

싸샤가 올 때마다 류드밀라는 그와 함께 문을 잠그고 그의 옷을 벗긴 다음 그에게 다양한 옷을 입히기 시작했다. 달콤한 수치심은 웃음과 농담으로 희미해졌다. 류드밀라는 이따금 싸샤에게 코르셋과 원피스를 입혔다. 마름질한 옷을 입고 있는 싸샤의 벗은 팔

은 통통하고 유연한 곡선을 이루면서 부드러워 보였고 둥근 어깨
는 매우 아름다워 보였다. 그는 누르스름한 피부를 가졌지만 그처
럼 고르고 부드러운 피부색은 드물었다. 류드밀라의 치마, 신발, 스
타킹 등 모든 것은 싸샤에게 꼭 맞았고 그에게 잘 어울렸다. 싸샤
는 온통 여성복으로 차려입고서 얌전하게 자리에 앉아 부채를 흔
들고 있었다. 이런 차림을 하니까 그는 정말 소녀 같았다. 그도 자
신이 마치 소녀인 것처럼 행동했다. 다만 한가지 어색한 점은 싸샤
의 짧은 머리였다. 류드밀라는 싸샤에게 가발을 씌우거나 땋은 머
리를 붙여주고 싶지 않았다. 그것은 내키지 않았던 것이다.

류드밀라는 싸샤에게 여자처럼 무릎을 굽혀 인사하는 법을 가
르쳐주었다. 그는 처음에는 어색하고 수줍어서 자리에 앉아버렸
다. 그런데 그는 소년답게 돌발적인 성격을 지니긴 했지만 우아함
또한 지니고 있었다. 그는 얼굴을 붉히고 웃으면서 부지런히 절하
는 법을 배웠고 아무 생각 없이 애교를 부리기도 했다.

류드밀라는 이따금 드러난 그의 가지런한 팔을 잡고 입을 맞췄
다. 싸샤는 저항하지 않았고 웃으면서 류드밀라를 바라보았다. 그
는 이따금 자신의 팔을 그녀의 입술로 가져가며 말했다.

"입맞춤해줘!"

그런데 그와 그녀는 류드밀라가 직접 만든 다른 옷을 맘에 들어
했다. 그것은 다리를 드러내는 어부의 옷과 소년들이 맨다리로 입
는 아테네식 히톤이었다.

류드밀라는 그에게 옷을 입혀주고 나서 감탄했다. 그런데 그녀
자신은 슬픈 표정을 지으며 얼굴이 창백해졌다.

싸샤는 류드밀라의 침대에 앉아서 히톤의 주름을 만지작거리며

맨다리를 흔들고 있었다. 류드밀라는 앞에 서서 행복하면서도 주저하는 표정으로 그를 바라보았다. 싸샤가 말했다.

"자기는 정말 바보야!"

"나는 어리석지만 정말 행복해!"

창백한 얼굴을 한 류드밀라는 울면서 싸샤의 팔에 입 맞추며 중얼거렸다.

"왜 우는 거야?"

싸샤는 아무런 걱정 없이 미소 지으며 물었다.

"심장이 기쁨에 찔렸어. 행복이라는 일곱개의 검이 내 가슴을 관통했지. 그러니 내가 어떻게 울지 않을 수 있겠니?"

"정말, 자기는 바보, 바보야!"

싸샤가 웃으며 말했다.

"그러면 넌 똑똑하니!"

류드밀라는 갑자기 화를 내며 대답했고 눈물을 훔치고 나서 한숨을 쉬었다.

"바보, 알아둬. 광기 안에만 행복과 지혜가 있는 법이야."

그녀가 확신에 찬 목소리로 말했다.

"흠, 그러세요!"

싸샤가 믿지 못하겠다는 듯이 말했다. 류드밀라가 속삭였다.

"잊어야만 해. 잊혀야만 해. 그래야 모든 것을 알게 되겠지. 네 생각엔 지혜로운 사람들은 어떻게 생각하는 것 같니?"

"아니, 어떻게라니?"

"그들도 그렇게 알고 있어. 다만 흘깃 쳐다보기만 하면 모든 것이 그에게 열리게 되는 거야……"

가을 저녁 시간이 조용히 흘러갔다. 여름 동안엔 바람이 나뭇가지들을 흔들 때마다 유리창 너머 먼 곳에서 이따금씩 살랑거리는 소리가 들렸었다. 싸샤와 류드밀라 단둘뿐이었다. 류드밀라는 싸샤에게 섬세한 천으로 만들어진, 다리가 드러나는 어부 옷을 입히고는 아래쪽 의자에 그를 앉혔고 자신은 그의 맨다리가 놓여 있는 바닥에 앉았다. 그녀는 셔츠만 걸치고 아무것도 입지 않았다. 그녀는 싸샤의 몸과 옷에 향수를 뿌렸다. 그에게서 풀 성분이 많이 들어간 진한 향수 냄새가 났다. 그것은 마치 이상한 꽃이 핀 산에서 나는 움직임 없는 향과 같았다.

류드밀라의 목에는 선명한 빛의 커다란 유리구슬 목걸이가 걸려 있었고, 팔에는 황금빛 당초무늬 팔찌가 짤랑거리고 있었다. 그녀의 몸에서는 아이리스 냄새가 났다. 천천히 흐르는 물이 증발하면서 퍼져가는 그 향기는 사람을 숨 막히게 흔들어놓고 관능적인 몽상과 나태를 불러왔다. 그녀는 피로해하며 한숨을 쉬고 나서 싸샤의 구릿빛 얼굴, 검푸른 눈썹과 반쯤 졸린 눈을 바라보았다. 그녀는 그의 맨무릎 위에 머리를 기댔다. 그녀의 금발 곱슬머리가 그의 구릿빛 피부를 애무했다. 그녀는 싸샤의 몸에 입을 맞추었고, 젊은 남자의 피부에서 나는 체취와 혼합된, 이상하고 강한 향기 때문에 머리가 어지러웠다.

싸샤는 누워서 조용히 가식적인 미소를 지었다. 그 안에서 모호한 욕망이 피어나 그를 달콤하게 괴롭혔다. 그런데 류드밀라가 그의 무릎과 발바닥에 입맞춤하자 때 반쯤 자고 있던 고통스러운 욕망들이 깨어났다. 그녀에게 뭔가를 하고 싶었다. 그것은 사랑스러운 것 혹은 아픈 것, 부드러운 것 혹은 창피한 것일까, 대체 무엇일까? 그녀의 다리에 입맞춤하는 것일까? 아니면 기다랗고 부드러운 막대기로 그녀를 오랫동안 세게 때리는 것일까? 그녀가 기뻐서 웃을까, 아니면 아파서 고함을 지를까? 어쩌면 둘 다일지도 모른다. 그녀는 원하고는 있지만 그걸로는 부족하다. 그녀에게 대체 뭐가 필요한 걸까? 이곳에 그들 둘은 반쯤 벗은 상태로 있다. 욕망과 감춰져 있던 수치심은 그들의 해방된 육체와 관련이 있다. 하지만 육체의 비밀은 어디에 있는 것일까? 자신의 피와 육체를 그녀의 욕망을 위해 희생해야 하나, 아니면 자신의 수치심에 복종시켜야 하나?

한편 류드밀라는 불가능한 욕망 때문에 얼굴이 창백해져서 고통스러워하며 그의 다리 옆을 맴돌았다. 그녀는 뜨겁기도 하고 냉랭하기도 했다. 그녀는 이상한 말들을 속삭였다.

"내가 미인이 아니란 거지! 내 눈동자가 타오르지 않는다는 거지! 내 머리카락이 탐스럽지 않다는 거지! 날 애무해줘! 날 만져달란 말이야! 내 손목의 팔찌를 벗기고 내 두려움을 녹여달란 말이야!"

싸샤는 두려워졌다. 불가능한 욕망이 그를 괴롭혀 고통스러웠다.

27

뻬레도노프는 아침 무렵 잠에서 깼다. 누군가가 거대하고 흐릿한 네모난 눈으로 그를 바라보고 있었다. 뻴니꼬프가 아닐까? 뻬레도노프는 창가로 다가가 사악한 유령에게 물을 끼얹었다.

모든 것에 마법과 주문이 걸려 있었다. 길들여지지 않은 미지의 물체가 돌아다니고, 사람들과 가축들 모두 사악하고 교활하게 뻬레도노프를 쳐다보았다. 모든 것이 그에게 적대적이었다. 그는 혼자서 모든 것과 대적했다.

뻬레도노프는 수업시간에 동료들, 교장, 학부모들, 학생들에 관한 욕을 했다. 학생들은 의혹에 가득 찬 표정으로 그의 말을 들었다. 출신이 천한 어떤 학생들은 뻬레도노프의 비위를 맞추면서 그에게 공감을 표하기도 했다. 또 어떤 학생들은 뻬레도노프가 학부모에 대해 험담할 때 묵묵히 침묵을 지키고 있다가 열을 내며 이야기에 끼어들기도 했다. 뻬레도노프는 그들을 우울한 표정으로 바라보다가 뭐라고 중얼거리며 그들 곁을 떠났다.

삐레도노프는 수업시간에 어리숙한 설명으로 학생들을 즐겁게 했다.

그가 언젠가 한번은 뿌시낀의 시를 낭독한 적이 있었다.

> 저녁놀이 차가운 암혹 속에 잠기고,
> 밭에서 일하던 사람들의 소음도 사라질 때,
> 늑대 한마리, 자신의 굶주린 암늑대와 함께
> 길을 나섰다네.

"잠깐만. 이 시를 잘 이해해야 돼. 이 시에는 알레고리가 숨겨져 있어. 늑대들은 짝을 지어 다닌단다. 그래서 늑대가 굶주린 암컷 늑대와 다니는 거야. 수컷 늑대는 배가 부르지만 암컷 늑대는 배가 고픈 상태야. 아내는 언제나 남편이 먹고 난 다음에 먹어야만 하니까. 아내는 모든 면에서 남편에게 복종해야만 하지."

삡니꼬프는 즐거워했다. 그는 미소를 지으며 남을 속이는 듯하지만 순수하고 속 깊어 보이는 검은 눈동자로 삐레도노프를 바라보았다. 싸샤의 얼굴은 삐레도노프를 괴롭혔고 동시에 그를 유혹했다. 그의 저주스러운 제자가 교활한 미소로 유혹하고 있었다.

정말 소년일까? 아니, 어쩌면 그들은 오빠와 여동생이니까 두명이 아닐까? 누가 어디에 있는지 알 수가 없다. 아니, 어쩌면 그 아이가 남자에서 여자로 변신할 수 있을지도 모른다. 그가 언제나 그처럼 깔끔한 것도 우연이 아니야. 그는 변신하면서 여러가지 다양한 종류의 물에서 몸을 씻는 걸 거야. 그러지 않으면 변신을 할 수가 없는 거야. 그래서 그의 몸에선 언제나 향수 냄새가 났던 거지.

“삘니꼬프, 너는 무슨 향수를 들이부었니? 이게 빠치꿀리[76]니, 뭐
니?”

뻬레도노프가 물었다.

아이들이 웃어댔다. 싸샤는 모욕을 받은 듯 얼굴이 빨개져서 아
무 말도 하지 못하고 있었다.

뻬레도노프는 누군가의 마음에 들고 싶어하고, 그들에게 거부감
을 불러일으키고 싶지 않은 욕망을 이해할 수가 없었다. 그는 남자
아이가 그런 생각을 가지는 것을 욕망이라고 생각했다. 따라서 뻬
레도노프는 옷을 잘 차려입은 사람은 자기를 유혹하려는 의도를
가진 것으로 해석했다. 그러지 않고서 왜 잘 차려입었겠는가? 뻬레
도노프에게 옷을 잘 입는 것과 청결함은 역겨운 것이었다. 그는 향
수 냄새도 악취로 여겼다. 그는 온갖 향수 냄새보다 들판에서 나는
거름 냄새가 건강에 더 좋다고 생각하여 그 냄새를 선호했다. 옷을
차려입고 청결히 씻는 일은 많은 시간과 노력을 요한다. 그런 노력
에 대한 생각은 뻬레도노프를 우울하고 두렵게 했다. 그는 아무것
도 하지 않고 먹고 마시고 잠자는 것을 좋아한다. 다만 그뿐이다!

친구들은 싸샤가 ‘빠치꿀리’ 향수를 지나치게 뿌리는데다 류드
밀로치까가 그에게 반했다면서 그를 놀렸다. 그는 화를 내며 그런
게 아니라고 강하게 반발했다. 그는 그녀가 사랑에 빠진 것도 아니
고, 자신이 류드밀로치까와 붙어지내고 류드밀로치까가 자신에게
코가 꿰였다는 것은 뻬레도노프가 꾸며낸 일이라고 말했다. 그래
서 뻬레도노프는 류드밀라에 대해 화를 냈다. 싸샤는 뻬레도노프
가 그녀에 대한 안 좋은 소문을 무시하면서 그냥 넘어간다고 말했

---

76 인도산 진형과 식물로서 향수의 재료로 쓰인다.

다. 친구들은 그의 말을 믿었다. 하지만 뻬레도노프도 친구들도 싸샤를 놀리는 일을 멈추지 않았다. 놀리는 것은 너무도 기분이 좋은 일이었기 때문이다.

뻬레도노프는 모든 사람에게 뻴니꼬프의 타락에 대해 노골적으로 말했다. 그는 말했다.

"그는 류드밀라와 친하게 지내면서 너무나 열심히 입맞춤을 해서 예비학교에 다니는 아이를 낳았고 지금은 다른 아이를 가지고 있지."

도시 사람들은 류드밀라가 중학생을 사랑하는 것에 대해 어리석고 무례한 사실까지 덧붙여가며 말하기 시작했다. 하지만 믿는 사람은 적었다. 그런데 뻬레도노프는 그 소문에 양념까지 쳤다. 그래서 우리 도시에 지나칠 정도로 많은 험담꾼들은 류드밀라에게 물었다.

"당신은 왜 소년과 사랑에 빠졌나요? 그건 신사들을 모독하는 일이에요."

류드밀라는 웃으며 말했다.

"어리석은 일이죠!"

도시에 사는 사람들은 불쾌한 호기심으로 싸샤를 바라보았다. 상인 가문 출신의 부유한 귀부인인 뽈루야노프 장군의 미망인은 그의 나이를 물어보고 나서 그가 아직은 너무 어리지만 이년 정도 지나면 그를 불러들여서 성숙하도록 만들겠다고 말하기도 했다.

싸샤는 사람들이 류드밀라 때문에 자신을 욕한다고 생각하여 이따금 류드밀라를 비난했다. 심지어 이따금씩 그녀를 때리기도 했지만 류드밀라는 소리 내어 웃기만 할 뿐이었다.

그러나 이런 어리석은 비방에 종지부를 찍고 불쾌한 추문으로

부터 류드밀라를 보호하기 위해 루찔로프 가문의 모든 사람들과 많은 친구들과 일가친척들은 뻬레도노프에게 용감히 맞서서 이런 모든 이야기가 미친 사람의 환상에 지나지 않는다는 것을 증명했다. 뻬레도노프의 거친 행동 때문에 많은 사람들이 그런 해명을 믿었다.

그와 동시에 뻬레도노프에 대한 밀고가 교육부의 후견인에게 날아들었다. 그 고소장은 교육부에서 교장에게 전달되었다. 흐리빠치는 이전의 보고에 근거해서 뻬레도노프의 정신질환이 눈에 띄게 심해졌기 때문에 그가 학교에 근무하는 것이 너무도 위험하다고 덧붙였다.

뻬레도노프는 이미 어이없는 생각에 사로잡혀 있었다. 그의 생각의 환영들이 평화를 앗아갔다. 눈동자는 광기에 사로잡혀 멍한 상태로 사물에 고정되어 있지 않고 계속 움직였다. 마치 저세상에 있는 사물의 세계를 멀리서 바라보고 싶어하는 것 같아 보였고, 어떤 빛줄기를 찾으려는 것처럼 보이기도 했다.

그는 혼자 남겨질 때마다 혼잣말을 하며 누군가에게 무의미한 욕설을 큰 소리로 퍼부었다.

"죽여버릴 거야! 목을 자를 거야! 추방해버릴 거야!"

그러나 바르바라는 그 말을 듣고서 웃기만 할 뿐이었다.

'화를 낼 테면 내라지!'

그녀는 기분 나쁘다는 듯이 생각했다.

그녀는 그것이 그저 악한 감정이라고만 생각했다. 그리고 누군가가 그를 속였기 때문에 그가 열 받아 있다고만 생각했다. 미치지는 않겠지. 바보가 어딜 가겠어? 그런데 만약 진짜로 미친다면 바보들을 즐겁게 해주겠지!

언젠가 흐리빠치가 말했다.

"아르달리온 보리시치, 당신 얼굴색이 안 좋아 보이는 거 알고
있나요?"

"머리가 아프네요."

뻬레도노프가 우울하게 말했다.

"너무나도 존경하는 당신에게 충고하는데 당분간 학교에 출근
하지 않는 게 좋겠습니다. 당신은 치료를 받아야 해요. 보아하니 신
경계통에 문제가 있는 것 같으니 그 부분에 신경을 좀 써야 할 것
같군요."

교장은 조심스러운 목소리로 말했다. 뻬레도노프는 생각에 잠
겼다.

'학교에 나오지 말라고! 물론 그게 가장 좋은 방법이지. 왜 예전
엔 내가 몰랐을까! 환자에게 말하듯이 집에서 쉬면서 어찌 되는지
경과를 살피라고 하는군.'

그는 기쁜 듯이 흐리빠치에게 말했다.

"좋아요, 좋습니다. 나오지 않을게요. 전 아프니까요."

교장은 그때에 다시 한번 교육부에 편지를 써서 이제나저제나
그 사실을 증명해줄 의사가 임명되기만을 기다렸다. 하지만 관리
들은 서두르지 않았다. 그러니까 그들이 관리인 것이다.

뻬레도노프는 학교에 나가지 않은 채 뭔가를 기다리고 있었다.
그는 최근에 볼로진에게 매달리고 있었다. 그의 눈에서 벗어나면
해라도 입을까봐서 불안했던 것이다. 뻬레도노프는 눈을 뜨는 순
간부터 볼로진에 대해 아쉬운 듯 생각해냈다. 그는 지금 어디 있는
거지? 무엇을 하고 있을까? 이따금 볼로진이 그의 눈에 띄기도 했
다. 구름들이 양떼처럼 하늘에 흐르고 있고 그 사이를 볼로진이 중

절모를 쓴 채 양처럼 웃으며 뛰어다니고 있었다. 그는 굴뚝에서 피어오르는 연기 속에서 재빨리 생겨나는가 싶더니 기이하게 일그러진 채 허공을 뛰어다니기도 했다.

볼로진은 생각에 잠겼다가 모든 사람에게 거만하게 뻬레도노프가 자신을 너무 좋아해서 그는 자신이 없으면 살 수 없을 거라고 말했다. 볼로진이 말했다.

“바르바라가 그를 속였어요. 그래서 내가 그의 진정한 친구라는 걸 알고 내게 매달리고 있답니다.”

뻬레도노프는 볼로진을 방문하러 집을 나섰다. 그런데 볼로진은 뻬레도노프를 만나기 위해 중절모를 쓰고 지팡이를 짚고 흥에 겨워 깡총거리며 기쁜 듯이 양처럼 웃음소리를 내면서 걸어오고 있었다.

“자네, 왜 중절모를 쓰고 있나?”

뻬레도노프가 언젠가 한번 그에게 물어보았다.

“아르달리온 보리시치, 왜 나는 중절모를 쓰면 안되는 법이라도 있나?”

볼로진은 조리있고 흥겹게 대답했다. 그의 모습은 겸손하기도 하면서 매력적이었다.

“휘장이 달린 모자는 내게 어울리지 않아. 실크해트를 쓰고 다녀도 되는데 그러면 귀족들이 하는 것 같아 보여서. 우린 그게 어울리지 않잖아.”

“자네는 중절모를 쓰고도 싸우잖아.”

뻬레도노프가 우울하게 말했다.

볼로진이 키득거렸다.

그들은 함께 뻬레도노프의 집으로 향했다. 뻬레도노프가 화를 내며 말했다.

"많이도 걸어야만 하는군."

"아르달리온 보리시치, 이건 건강에 좋아. 움직이는 거잖아. 일하고 산책하고 음식을 잘 먹으면 건강해질 거야."

볼로진이 확신에 차서 말했다. 뻬레도노프가 반박했다.

"음, 그러서? 이삼백년이 지나도 사람들이 건강할 거라고 생각하나?"

"어떻게 그렇지 않겠어? 일을 하지 않으면 빵을 먹을 수 없잖아. 사람들은 돈을 벌기 위해 빵을 먹는 거야. 돈을 벌어야만 하거든."

"난 빵을 원하지 않아."

"흰 빵도 파이도 필요없겠네. 그럼 물은 무엇에 쓰려고 사겠나? 마실 것은 그 어떤 것으로도 만들 수 없잖아."

볼로진이 키득거리며 말했다. 뻬레도노프가 말했다.

"아니, 사람들은 일을 하지 않을 거야. 대신 모든 종류의 기계가 일을 하겠지. 아리스똔처럼 손잡이만 돌리면 준비되는 기계 말이야…… 오래 돌리는 것이 지겹긴 하지만."

볼로진은 생각에 잠겨 고개를 갸우뚱했다가 입술을 내밀며 뭔가 생각하듯 말했다.

"그래, 그러면 너무 좋을 거야. 다만 그때에 우린 이 세상에 없을 거야."

뻬레도노프는 기분 나쁘게 그를 쳐다보고 중얼거렸다.

"자네는 없을 것 같아. 난 그때까지 살 거야."

"그러기를 비네. 이백년을 살아도 삼백년이 네발로 기어오지."

볼로진이 유쾌하게 말했다.

뻬레도노프는 이제 주문을 외지 않았다. 뭐라도 생길 테면 생기라지. 모든 사람과 싸워 이길 거다. 다만 둘을 바라보되 굴복해선 안된다.

뻬레도노프는 자기 집 주방에서 볼로진과 함께 술을 마시면서 공작부인에 대해 말했다. 뻬레도노프의 상상 속에서 공작부인은 날이 갈수록 더 늙어서 끔찍한 모습으로 나타났다. 그녀는 누르스름하고 주름이 자글자글했으며 등이 굽고 어금니가 드러났다. 사악한 그녀는 뻬레도노프에게 집요하게 윙크를 했다.

"그녀는 이백살이야."

뻬레도노프가 이렇게 말하면서 우울하고 이상한 표정으로 앞쪽을 바라보았다.

"그녀는 내가 다시 자신과 엮이기를 원하고 있어. 그때까지는 자리를 마련해주지 않을 거야."

"그녀가 무엇을 원하는지 말해주게! 정말 못 말리는 할망구야!"

볼로진은 고개를 저으며 말했다.

뻬레도노프는 살인에 대해 헛소리를 했다. 그는 눈썹을 재빨리 찡그리며 볼로진에게 말했다.

"저기 우리 집 벽지 뒤로 한놈이 숨어들었지. 다른 놈은 내가 바닥 밑에 못으로 박아버렸고."

그런데 볼로진은 놀라지 않고 키득거렸다. 뻬레도노프가 물었다.

"벽지에서 무슨 소리가 들리지?"

"아니, 안 들리는데."

볼로진은 키득거리며 고개를 가로저으면서 말했다. 뻬레도노프가 말했다.

"코를 갖다대봐. 자네 코가 빨갛게 변할걸. 저기 벽지 뒤에서 썩고 있다고.”

“벼룩 말이에요!”

바르바라가 소리치며 웃었다. 뻬레도노프는 멍하니, 그러나 의미심장하게 바라보았다.

뻬레도노프는 점점 더 자기 집 안에 갇혀 지내면서 카드의 인물들, 미지의 물체, 양에 대한 고소장을 쓰기 시작했다. 특히 양은 참칭자로서 자신이 볼로진이라고 주장하면서 평범한 양인 주제에 높은 지위에 오르려 한다고 썼다. 양은 모든 자작나무를 벨 수 있는 권한을 가졌으나 싸우나를 할 수도 없고[77] 아이들을 교육시키기에도 버거운 삼림 벌채자가 되려 한다. 그런데 그들은 사시나무는 베지 않고 남겨두었다. 사시나무가 무슨 일에 필요할까?

뻬레도노프는 길에서 학생들을 만나면 어린 학생들에게는 겁을 주고 나이 든 학생들에겐 뻔뻔하고 어리석은 말을 하여 그들을 웃기려 했다. 나이 든 학생들은 다른 선생을 발견하면 뛰어다니면서 무리를 지어 뻬레도노프의 뒤에 숨고, 어린 학생들은 달아났다.

뻬레도노프는 모든 일에서 마법과 주문을 보았다. 환상 때문에 그는 공포에 질렸다. 그것은 그의 마음속에 광적인 싸움과 동요를 불러일으켰다. 미지의 물체는 피범벅이 되어 나타나거나 불길에 휩싸여 신음하며 포효했다. 그 포효 때문에 뻬레도노프의 머리는 참을 수 없을 정도의 통증으로 흔들렸다. 고양이는 이상할 정도로 거대해져서 발을 구르고, 무성하게 자란 붉은 수염을 내밀었다.

---

77 러시아에서는 싸우나를 할 때 자작나무로 몸을 두드린다.

28

 싸샤는 점심을 먹고 나간 뒤 약속한 시각인 7시가 되어도 집으로 돌아오지 않았다. 꼬꼽끼나는 걱정되었다. 맙소사, 허락된 시간도 아닌데 거리에서 선생님과 마주치기라도 하면 어쩌나. 그렇게 되면 벌을 받게 될 거고 꼬꼽끼나도 불편해질 거다. 그녀의 집에는 언제나 얌전한 남학생들만 살았으며 밤마다 돌아다니는 일이 없었다. 꼬꼽끼나는 싸샤를 찾으러 나갔다. 루쩰로프의 집이 아니라 다른 데로 갔을 수도 있으니까.

 공교롭게도 오늘따라 류드밀라는 문을 잠그는 것을 잊어버렸다. 꼬꼽끼나가 들어왔다. 그녀가 무엇을 보았을까? 싸샤는 여자 원피스를 입고 거울 앞에 서서 부채를 흔들고 있었다. 류드밀라는 웃으면서 그의 밝은빛 허리에 감긴 리본을 펴고 있었다.

 "아아, 신이시여, 이게 정녕 당신의 뜻인가요! 이게 대체 무슨 일이람! 내가 얼마나 걱정하며 찾아다녔는데 여기서 희극을 연출하고 있다니. 무슨 창피야, 치마를 입고 있다니! 류드밀라 뻴라또노브나, 당신은 창피하지도 않은가요!"

꼬꼽끼나는 끔찍해하며 소리쳤다.

류드밀라는 처음에는 갑작스러운 일로 당황했지만 곧 평정을 되찾았다. 그녀는 흥겹게 웃으면서 꼬꼽끼나를 포옹하고 소파에 앉히면서 그곳에서 없었던 일들을 지어내서 말했다.

"우린 가정식 연극을 무대에 올리고 싶었어요. 전 소년 역할을 맡고 저 아이는 소녀 역할을 맡게 되고요. 정말 재미있는 일이 될 거예요."

싸샤는 얼굴을 붉히고 놀란 표정으로 눈물을 글썽이며 서 있었다. 꼬꼽끼나는 화를 내며 말했다.

"이런 바보 같은 일이 어디 있나요! 이 아이는 연극이 아니라 공부를 해야만 해요. 무슨 생각을 하는 건지! 알렉산드르[78], 지금 당장 옷을 입어라. 나와 함께 집으로 가자."

류드밀라는 소리를 내어 즐겁게 웃었고 꼬꼽끼나에게 입맞춤을 했다. 그러자 노파는 이 유쾌한 아가씨가 어린이처럼 유치하며, 싸샤는 어리석게도 그녀의 모든 장난을 들어주었을 거라고 생각했다. 류드밀라의 유쾌한 웃음 때문에 이번 사건을 단순한 어린아이의 장난으로 치부하게 되었고 그렇기 때문에 잘 타이르면 될 거라는 생각이 들었던 것이다. 그녀는 화난 표정을 지으면서 투덜거리긴 했지만 마음은 평온했다.

싸샤는 류드밀라의 침대 옆에 놓인 가리개 뒤에서 옷을 재빨리 갈아입었다. 꼬꼽끼나는 집으로 그를 데리고 가는 내내 꾸짖었다.

---

78 싸샤는 알렉산드르의 애칭이다.

싸샤는 창피하기도 하고 놀라기도 해서 변명을 할 수가 없었다. 그는 걱정스러운 표정으로 생각에 잠겼다.

'집에 가면 무슨 일이 벌어지는 게 아닐까?'

집에 돌아온 꼬꼽끼나는 처음에 그를 엄하게 대하면서 무릎을 꿇고 있으라고 명령했다. 하지만 싸샤가 몇분간 벌서는 동안에 꼬꼽끼나는 그의 얼굴에 나타난 반성의 빛과 침묵의 눈빛을 보고 나서 그를 용서해주었다. 그녀는 불평하면서 말했다.

"멋쟁이 신사가 따로 없네. 1베르스따 떨어져서도 향수 냄새를 맡을 수 있겠어!"

싸샤는 그녀의 손을 부드럽게 비비면서 입맞춤했고, 벌을 받은 소년의 상냥한 태도가 그녀를 더욱더 감동시켰다.

그러나 싸샤에게 폭풍이 불어닥쳤다. 바르바라와 그루시나가 익명의 편지를 써서 흐리빠치에게 보냈던 것이다. 그 편지에는 뻴니꼬쁘라는 중학생이 루찔로쁘가의 아가씨에게 반해서 그녀의 집에서 저녁시간을 보내면서 점차 타락해가고 있다는 내용이 적혀 있었다. 흐리빠치는 얼마 전에 들었던 어떤 이야기를 기억해냈다. 얼마 전 귀족단장의 집에서 있었던 저녁 파티에서 누군가가 미성년과 사랑에 빠진 어떤 아가씨에 대해 암시를 한 적이 있었다. 대화는 곧 다른 주제로 넘어갔다. 흐리빠치의 집에 있던 모든 사람은 선한 모임에 익숙해져 있어서 무언의 합의에 따라 그런 주제가 대화를 하기엔 너무나 부적절한 것이라 생각했고 대화의 주제가 귀부인들 앞에서는 적절치 않으며 주제 자체도 별것 아니고 그럴듯하지 않다고 생각했다. 물론 흐리빠치는 이 모든 이야기를 눈치챘지만 누군가에게 이런 내용을 물어볼 만큼 그렇게 순진하지 않았다. 그는 이 모든 뉴스가 이러저러한 경로를 통해서 저절로 떠돌아다니긴 하지만 언젠가 시의적절할 때 곧 알게 될 거라고 충분히 확신하고 있었다. 그런데 그 편지가 바로 그가 기다리던 소식이 되었던 것이다.

흐리빠치는 한순간도 뻴니꼬프가 타락했다는 것과 그가 류드밀라와 부적절한 관계를 맺고 있다는 것을 믿지 않았다. 그는 생각했다.

'이 모든 것은 뻬레도노프의 어리석은 환상과 그루시나의 사악한 질투심에서 나온 거야. 그러나 이 편지는 내가 신뢰하는 중학교의 명성에 흙탕물을 튀길 만큼 바람직하지 못한 소문들이 퍼지고 있음을 보여주고 있어. 그러니까 조치를 취해야만 해.'

그는 우선 바람직하지 않은 추측을 불러일으킬 수 있는 이런 상황에 대해 꼬꼽끼나와 이야기하기 위해 그녀를 초대했다.

꼬꼽끼나는 무슨 일인지 이미 알고 있었다. 사람들이 교장보다 그녀에게 훨씬 더 간결하게 먼저 이야기해주었던 것이다. 그루시나는 거리에서 그녀를 기다리다 이야기를 시작하면서 류드밀라가 결국 싸샤를 타락시켰다고 말했다. 꼬꼽끼나는 놀랐다. 집으로 돌아온 그녀는 싸샤를 꾸짖었다. 게다가 싸샤가 자신의 허락도 없이 루찔로프의 집으로 갔고 자기가 보는 앞에서 그런 일이 일어났다는 것 때문에 더욱더 화가 났다. 싸샤는 아무것도 모르는 척하며 물었다.

"그런데 제가 무슨 나쁜 짓을 했나요?"

꼬꼽끼나가 당황했다.

"어떻게 뭐가 나쁘냐고 물어볼 수 있는 거니? 정말 모르겠니? 네가 치마 입은 걸 발견한 일이 오래되었니? 잊어버린 거야? 파렴치한 녀석."

"할머니가 그 상황을 발견하긴 하셨죠. 그런데 거기에 어떤 나쁜 점이 있다는 거예요? 그 일 때문에 저는 벌까지 받았잖아요! 마치 제가 훔친 치마라도 입은 것처럼 왜 그러세요!"

"그녀가 어떻게 생각하는지 말해주렴. 내가 너에게 벌을 주긴 했지만 그걸로 부족한 것 같구나."

꼬꼽끼나가 이성을 잃고 말했다.

"그럼 벌을 더 주세요. 그때엔 할머니가 그렇게 조치를 취하시고선 지금 와서 벌이 적다니요. 그 당시엔 할머니와 헤어지고 싶지 않아서 저녁 내내 무릎을 꿇고 있었어요. 그런데 왜 아직도 여전히 절 비난하시는 거예요!"

싸샤는 억울하게 당하고 있다는 표정으로 집요하게 말했다.

"애야, 시내에선 사람들이 벌써 너와 너의 류드밀로치까에 대해 수군거리고 있어."

꼬꼽끼나가 말했다.

"그런데 뭐라고들 말하고 있나요?"

싸샤는 순진하고 호기심 어린 목소리로 물어보았다.

꼬꼽끼나는 다시 당황스러워졌다.

"무슨 말을 하는지는 알고 있잖아! 너 스스로가 사람들이 너에 대해 무슨 말을 하는지 알 거다. 좋은 말을 하진 않겠지. 너와 너의 류드밀로치까가 장난을 치고 있다고들 하더구나."

"그럼, 전 장난을 치지 않을 거예요."

싸샤는 마치 장난에 관한 오해에 대해 이야기한다고 생각한다는 듯 차분한 태도로 약속했다.

그는 아무 죄 없다는 듯이 순진한 표정을 지었지만 맘이 괴로웠다. 그는 사람들이 하는 말과 사람들로부터 어떠한 험한 말을 듣는 것이 두려웠다. 그들에 대해 뭐라고 말할 수 있을까? 류드밀라의 방엔 유리창들이 정원 쪽으로 나 있었다. 그래서 거리에서는 그녀의 모습을 볼 수 없다. 게다가 류드밀로치까는 커튼도 내려놓았다. 만약 누군가가 몰래 훔쳐보았다면 이 일에 대해 뭐라고 말할 수 있을까? 아마도 모욕적이고 화가 나는 말들을 하지 않았을까? 아니면 단지 그가 자주 다닌다고만 했을까?

그런데 바로 다음날 꼬꼽끼나가 교장의 초대를 받았던 것이다. 그 초대에 노파는 아주 불안해졌다. 그녀는 싸샤에게 아무 말도 하지 않고 정해진 시간에 맞춰 조용히 외출 준비를 하고 나서 집을 나섰다. 흐리빠치는 상냥하고 부드럽게 자신이 받은 편지에 대해 말했다. 그녀는 울음을 터뜨렸다. 흐리빠치가 말했다.

"진정하세요. 우린 당신을 비난하는 것이 아닙니다. 우린 당신을 잘 알고 있으니까요. 물론 당신은 조심스레 그 아이를 살펴봐야만 하지요. 지금 제게 실제로 거기서 무슨 일이 있었는지 말해주십시오."

꼬꼽끼나는 싸샤에 대한 새로운 비난거리를 가지고 교장 선생님 댁을 나섰다. 그녀는 울면서 말했다.

"네 이모에게 편지를 쓸 거다."

"전 아무 잘못도 없어요. 이모를 오시게 하더라도 전 두렵지 않아요"라고 말하면서 싸샤는 울었다.

다음날 흐리빠치는 싸샤를 집으로 초대해서 그에게 엄하고 사무적인 태도로 물어보았다.

"도시에서 네가 어떠한 사람들과 사귀는지 알고 싶구나."

싸샤는 순진하고 평온한 눈길로 교장 선생님을 바라보았다. 그가 말했다.

"어떠한 친교를 말씀하시는 건가요? 올가 바실리예브나는 제가 친구들 집에만 다니는지 아시지만 전 루찔로프의 집에도 다닙니다."

"바로 그 점이야."

흐리빠치는 심문을 계속했다.

"루찔로프의 집에서 뭘 하니?"

"특별한 것은 없어요. 우린 주로 독서를 하죠. 루찔로프가의 따님들은 시를 아주 좋아해요. 그리고 전 언제나 7시경에는 집에 돌아와 있습니다."

싸샤는 아무 죄가 없다는 듯한 표정을 지으며 대답했다.

"아마도 언제나 그런 것은 아니겠지?"

흐리빠치는 그의 심중을 꿰뚫으려고 노력하는 듯한 눈빛으로 싸샤를 몰아붙이며 물어보았다.

"네, 한번은 늦었어요."

싸샤는 아무 죄 없는 소년처럼 평온하고 솔직한 태도로 말했다.

"그래서 올가 바실리예브나가 저를 찾아오셨고 그후엔 늦은 적이 없어요."

흐리빠치는 잠시 말이 없었다. 싸샤의 태평한 대답은 그를 궁지로 몰아넣었다. 만약의 경우를 대비해서 그를 지도하고 설득해야만 한다. 그런데 어떻게, 무엇을 근거로 그런다지? 싸샤에게 예전에 없었던 어리석은 생각들을 주입시키지 않고 그를 모욕하지 않으면서 장차 이런 만남 때문에 일어날 수도 있는 불미스러운 일들을 없애기 위해서 말이지. 흐리빠치는 만일 교육기관을 다스리는 영예를 가진다면 교육자의 일은 어렵고 책임감을 요하는 일이어야

한다고 생각했다. 교육자로서 어렵고 책임감 있는 일을 맡아야 한다! 이런 진부한 명제가 흐리빠치가 가지고 있던 확고한 생각들을 깨우쳐주었다. 그는 곧 빠른 어조로 정확하면서도 아무렇지 않게 말하기 시작했다. 싸샤는 뒤죽박죽인 상태로 그의 말을 들었다.

"……학생으로서 네 첫번째 임무는 공부야…… 언제나 유쾌하고 비난을 많이 받지 않는다 해도 사교계에 탐닉해선 안돼…… 어떠한 경우든지 간에 네 나이에 맞는 소년들의 모임이 네게 훨씬 더 유용하다고 할 수 있지. 자신의 명예와 학문적인 지식을 소중히 여겨야 해…… 네게 단도직입적으로 말하마. 마지막으로 네가 아가씨들에게 보여주는 태도는 네 나이에 맞지 않는 자유분방한 성격을 띠고 있으며 일반적으로 받아들여지는 규칙과 전혀 맞지 않는다는 것을 지적해두어야만 하겠다."

싸샤는 울기 시작했다. 그는 사랑스러운 류드밀로치까가 자유분방하게 그리고 매혹적이지도 않게 자신을 대하는 소녀인 것처럼 생각되고 언급되는 것이 유감스러웠다. 그가 확신에 차서 말했다.

"솔직히 말씀드리자면 어떠한 나쁜 일도 없었어요. 우린 다만 독서하고 산책하고 놀고 뛰어다니기만 했어요. 어떠한 자유분방한 짓도 하지 않았어요."

흐리빠치는 그의 어깨를 두드리며 진정 어린 태도를 보이려 하였다. 그러면서도 단호한 목소리로 말했다.

"뻴니꼬프, 들어보게……"

(어린 소년을 대하는 것처럼 그를 싸샤라고 부른다면! 장관의 회람에 나온 것도 아닌데 그렇게 부르는 것이 과연 격에 맞지 않는 건가?)

"나는 나쁜 일이 없었다는 네 말을 믿어. 하지만 그럼에도 개인적인 방문은 그만두는 것이 좋겠다. 내 말을 믿어라. 그러면 상황이 더 나아질 거야. 이 말은 네 윗사람이자 교육자로서 하는 얘기가 아니라 네 친구로서 하는 얘기란다."

싸샤는 고개 숙여 감사인사를 하고 나서 그저 그의 말을 들어야 만 했다. 사실 싸샤는 류드밀라에게 이따금 찾아가서 오분 내지 십 분 정도 머물렀다. 하지만 매일 방문하려고 하긴 했다. 이따금씩만 만나야만 하는 상황에 화가 나서 싸샤는 류드밀라에게 분풀이를 했다. 그는 벌써 자주 그녀를 류드밀까, 바보, 샴 당나귀라고 부르 면서 그녀를 때리기도 했다. 하지만 류드밀라는 이런 모든 행동에 대해 웃기만 했다.

이 고장의 극장 배우들이 사교모임에서 가장무도회를 열 것이 며 가장 잘 변장한 남녀에게 각각 상을 줄 거라는 소문이 시내에 퍼졌다. 상에 대해서는 과장된 소문이 돌았다. 상품으로 여자에겐 암소를 주고 남자에겐 자전거를 줄 거라고들 했다. 이런 소문이 도 시 사람들을 흥분시켰다. 상품이 대단하니 모두 우승자가 되고 싶 어했다. 가장무도회를 위한 치장이 이곳저곳에서 성공적으로 진행 되었다. 사람들은 돈을 아끼지 않고 썼다. 누군가가 번뜩이는 아이 디어를 가로챌까봐서 가까운 친구들에게도 자신이 미리 생각해두 었던 옷차림을 이야기하지도 않았다.

가장무도회를 알리기 위해 커다란 포스터를 유명인사들에게 보 냈고 벽에 붙였다. 그런데 상품으로 암소도 자전거도 주어지지 않 을 것이며, 대신에 여성에겐 부채, 남성에겐 앨범이 주어질 거라는 사실이 알려졌다. 가장무도회를 준비한 모든 사람이 실망하고 화 를 냈다. 사람들은 투덜거리며 말했다.

"공을 들일 필요가 있었나!"

“그런 상품을 주다니 완전 장난이지.”

“당장 우리 입장을 밝혀야만 해.”

“이게 바로 우리 지방에서 대중들을 대하는 방식이지.”

하지만 그럼에도 준비가 계속되었다. 상품이 어떤 것이든 간에 상을 받는 것은 매력적이었다.

상품은 처음에도 나중에도 다리야와 류드밀라의 맘을 사로잡지 못했다. 그들에게 암소가 참 필요하기도 했겠다! 부채라니 신기하기도 하지! 대체 누가 심사할까? 심사위원들은 대체 어떤 취향이지! 그러나 두 자매는 싸샤에게 여자 원피스를 입히고 가장무도회에 내보내서 도시 사람들 전체를 속이고 그에게 상을 받게 하자는 류드밀라의 제안을 곰곰이 생각하고 있었다. 발레리야는 동의하는 표정을 지었지만, 아이처럼 샘이 많고 연약했기에 화가 났다. 왜냐하면 류드밀라가 자신을 사랑하지 않는다고 생각해서였다. 하지만 그녀는 두 언니들과 싸울 생각을 하지 못했다. 다만 경멸적인 미소를 띠며 말했다.

“그 사람은 감히 그러지 못할 거 같아.”

“바로 그거야. 우리가 어느 누구도 알아채지 못하게 만들면 돼.”

다리야가 단호하게 말했다.

자매들이 싸샤에게 자신들의 계획에 대해 말하고 나서, 류드밀로치까가 그에게 말했다.

“우린 너에게 일본식 옷을 입힐 거야.”

싸샤는 깡총깡총 뛰면서 기뻐서 소리를 질렀다.

거기서 무슨 일이 일어날까? 어느 누구도 그 아이를 알아차리지 못한다면 말이지. 그 아이가 동의를 해야 하는데. 동의하지 않으면 어쩌지! 아주 유쾌한 방식으로 모든 사람을 바보로 만들 수 있을 거야.

그들은 싸샤에게 게이샤의 옷을 입히기로 결정했다. 자매들은 자신들의 계획을 철저히 비밀에 부쳐서 라리사에게도 또 오빠에게도 말하지 않았다. 류드밀라가 직접 게이샤의 옷을 꼬릴롭시스 상표에 맞게 만들었다. 붉은 비단이 덧대인, 길고 품이 넉넉한 노란 비단옷이었다. 옷에는 화려한 당초무늬와 거대한 꽃들이 멋지게 수놓아져 있었다. 자매들이 직접 얇은 일본식 종이에다 그림을 그려 대나무 부챗살과 대나무 손잡이가 달린 가느다란 장밋빛 비단 양산도 만들었다. 게다가 장밋빛 스타킹에 벤치 모양의 나무 신발을 신도록 했다. 게이샤의 가면은 그림의 명수인 류드밀라가 담당했다. 누르스름하고 사랑스러운 갸름한 얼굴은 동요가 없는 가벼운 미소를 띠었고 거기에 사선으로 찢어진 눈과 좁고 작은 입을 그려넣었다. 다만 윤기있는 단정한 검은색 머리카락이 달린 가발만 뻬쩨르부르그에서 주문하면 되었다.

옷을 마름질하려면 시간이 필요했다. 싸샤는 간신히 시간을 내어 달려오곤 했지만 매일 올 수 있는 상황이 아니었다. 하지만 시간을 내게 되었다. 꼬꿉끼나가 밤에 잠들면 싸샤가 유리창을 넘어오는 것이다. 모든 것이 잘 진행되고 있었다.

바르바라도 가장무도회에 갈 준비를 했다. 그녀는 바보 같은 얼굴을 한 가면을 구입했고 옷은 별로 신경 쓰지 않고 여자 요리사처럼 갖춰입었다. 그녀는 허리에 긴 국자를 달아매고 머리에는 검은 두건을 쓰고 소매를 팔꿈치보다 높이 걷고 그것을 빨갛게 온통 칠해버렸다. 요리사가 막 불에서 나온 것 같은 모습이었다. 이렇게 해서 의상이 준비되었다. 상을 받으면 좋겠지만 받지 못해도 괜찮다.

그루시나는 지아나[79]처럼 옷을 입으려고 생각하고 있었다. 바르바라가 웃으며 물었다.

"뭐야, 개줄이라도 맬 셈이에요?"

"왜 내가 개줄을 매야 하죠?"

그루시나가 놀라서 물었다. 바르바라가 설명했다.

"지아나의 개로 변장했다고 생각할 거예요."

"어머, 생각 한번 잘하는군요! 지안까[80]가 아니라 디아나 여신 같을 거예요."

그루시나가 웃으며 대답했다.

바르바라와 그루시나는 그루시나의 집에서 함께 가장무도회를 준비하기 위해 옷을 입었다. 그루시나가 옷을 입는 것은 식은 죽 먹기였다. 팔과 어깨를 노출시키고 등과 가슴을 내보이면서 발에는 스타킹을 신지 않고 무릎까지 드러내고는 가벼운 쌘들만 신으면 되었다. 붉은색 테두리가 달린 흰색 천으로 된 가벼운 옷을 몸에 걸치고, 옷을 짧게 하는 대신에 주름을 풍성하게 만들어서 품을 넓게 했다. 바르바라가 웃으며 말했다.

"아무것도 안 입은 것 같아요."

그루시나는 뻔뻔하게 눈을 깜빡이면서 대답했다.

"대신에 모든 남자가 다 내 뒤를 따르겠죠."

"그런데 웬 주름을 그렇게 많이 넣어요?"

바르바라가 물어보았다.

"내 개구쟁이들을 위해 준비한 사탕을 여기저기 집어넣으려고요."

그루시나가 설명했다.

<hr>

79 로마 신화에 나오는 달, 정조, 수렵의 여신 디아나의 러시아식 이름.
80 지아나의 애칭.

그루시나가 과감하게 노출한 몸매는 아름다웠다. 하지만 얼마나 모순적인가. 피부에는 뭔가에 물려 커다란 상처가 나 있고 거친 행동을 하며 참기 힘들 정도로 저속한 말들을 퍼부으니 말이다. 능욕당한 육체의 아름다움이여.

뻬레도노프는 사람들이 자신에게서 뭔가를 알아내기 위해 일부러 가장무도회를 계획했다고 생각했다. 하지만 그럼에도 그는 가장무도회를 위해 어떠한 옷차림도 하지 않고 재킷을 입은 채 가장무도회 장소로 갔다. 그 자신이 직접 어떤 몹쓸 일들이 발생하는지 보기 위해서였다.

가장무도회에 대한 생각에 며칠 동안 싸샤는 기뻤다. 그러나 얼마 후 걱정거리가 생겨났다. 어떻게 집에서 빠져나오지? 특히 이처럼 불쾌한 일들이 발생한 시기에. 만약 학교에서 이 사실을 알아차리고 날 쫓아내면 큰일인데.

얼마 전에 고양이를 바시까라고 부르지 못하고 고양이 바실리라고 부르는, 자유사상을 가진 젊은 담임 선생님이 성적표를 나눠주면서 싸샤에게 의미심장하게 말했다.

"봐라. 뻴니꼬프, 공부를 해야만 한단다."

"저에겐 2점짜리가 없어요."

싸샤가 아무 생각 없이 반박했다.

그러나 그의 심장은 덜컥했다. 선생님이 무슨 말을 더 하면 어쩌지? 아니야, 아무것도 아니야. 아무 말씀도 안하시고 엄하게 쳐다보시기만 하셨어.

가장무도회가 열리는 날 싸샤는 가지 않기로 결심한 것처럼 보였다. 무서웠다. 루찔로프 씨네 집에서 의상이 준비되었으니 그가 가장무도회에 빠질 이유는 하나도 없었다. 그런데 이 모든 꿈과 노력이 물거품이 되어버리면 어떻겠는가? 당연히 류드밀로치까가 울음을 터뜨리겠지. 아니다. 가야만 한다.

다만 최근에 생긴 모든 일에 모른 척하는 그의 습관이 꼬꼽끼나 앞에서 걱정을 드러내지 않는 데 도움이 되었다. 다행히 할머니는 일찍 잠자리에 들었다. 그래서 싸샤도 일찍 자리에 누웠다. 그는 눈속임을 위해 겉옷을 벗어 문 옆 의자에 놓아두고 문 뒤에 부츠도 세워두었다.

빠져나가는 일만 남았는데 그게 가장 어려운 일이었다. 예전에 가봉을 하기 위해 유리창을 통해 빠져나갔던 길이 눈에 들어왔다. 싸샤는 그의 방 옷장 안에 걸려 있는 밝은색의 여름용 블라우스를 입고 실내에서 신는 가벼운 단화를 신었다. 그는 근처에서 말소리나 발걸음 소리가 나지 않는 때를 골라 유리창을 통해 거리로 빠져나왔다. 부슬비가 내리고 있어서 어둡고 추웠으며 거리는 온통 진흙으로 더러워져 있었다. 하지만 싸샤는 사람들이 자신을 알아볼까봐 걱정이 되어 모자와 신발을 벗어서 도로 자기 방으로 던졌고, 옷자락을 들고 비가 와서 미끄럽고 흔들거리는 다리를 따라 껑충거리며 뛰어갔다. 어둠속에서 얼굴은 잘 보이지 않는다. 특히 뛰어가는 사람의 얼굴은 더욱 그렇다. 사람들은 그와 마주치면 가게에 심부름을 가는 평범한 소년이라고 생각할 것이다.

발레리야와 류드밀라는 자신들을 위해 미리 생각해서 그려두었던 의상을 꿰매고 있었다. 류드밀라는 집시 여인으로 변장할 것이고 발레리야는 에스빠냐 여자로 변장할 것이다. 류드밀라는 비단

과 벨벳으로 만든 선명한 붉은색 천 조각을 걸치고, 발레리야는 가
늘고 망가지기 쉬운 검은 견으로 수놓은 옷을 입고 손에는 검은색
레이스가 달린 부채를 들 것이다. 다리야는 새로운 의상을 맞추지
않았다. 작년에 입었던 터키 여자의 복장이 있기 때문에 그 옷을
입었다. 그녀가 단호하게 말했다.

"더 생각해낼 필요 없어!"

싸샤가 뛰어들어오자 세 아가씨들은 그를 치장했다. 무엇보다도
싸샤는 가발 때문에 근심했다.

"벗겨지면 어쩌지!"

그는 걱정스러운 듯이 말했다.

마침내 그들은 리본으로 가발을 턱 밑에 고정시켰다.

29

가장무도회는 사교모임 형식으로 기획되었다. 그것은 시장 광장에 두 가구가 모여 살고 있는 선명한 붉은색 석조건물에서 행해졌다. 시내 극장의 극단주이자 배우인 그로모프-치스또뽈스끼가 가장무도회를 주관하였다.

입구에는 옥양목 차양이 쳐져 있었고 기름등이 타고 있었다. 거리에서 사람들은 대부분의 경우 가장무도회에 오는 사람들을 비판적이고 부정적으로 평하면서 그들을 맞이하였다. 더군다나 거리에선 사람들의 겉옷만 보이고 가장무도회 복장은 거의 보이지 않았기 때문에 사람들은 본능적으로 누가 누구인지 판단해야만 했다. 경찰들이 거리에서 질서를 유지시키다가 홀에 들어서면 경찰서장도 지서장도 모두 손님이 되었다.

손님들은 입구에서 티켓을 두장 받았다. 하나는 장밋빛 티켓인데 가장 아름다운 여성에게 투표하기 위한 것이고 다른 하나는 초록색인데 가장 멋진 남성에게 투표하기 위한 것이었다. 그 티켓을 상을 받을 만한 사람에게 주어야만 하는 것이다. 어떤 사람들은 "자기 자신에게 티켓을 줘도 되나요?"라고 물어보았다.

처음에 직원은 의아해했다.

"뭣 때문에 자신에게 티켓을 주나요?"

"제 생각에 만약 제 옷이 가장 멋지다면 말이에요."

손님이 대답했다.

그후에 직원은 그런 질문에 더이상 놀라지 않고 조소를 띠며 말했다(젊은이는 누군가를 비웃는 듯이 보였다).

"기다려보십시오. 티켓을 둘 다 가지고 계세요."

홀 안은 지저분했다. 처음부터 사람들은 상당히 취한 것처럼 보였다. 일그러진 샹들리에가 좁은 방 안에서 벽과 바닥을 연기로 그을리고 있었다. 샹들리에는 크고 묵직했으며 많은 공기를 빨아들이는 것 같았다. 문 옆에 설치되어 있는 무대용 장막은 자신들을 다치게 하면 안 좋을 거라는 표정을 짓고 있었다. 여기저기서 사람들이 모여 있었고 고함과 웃음소리가 들렸다. 사람들은 신경을 써서 차려입은 사람들 뒤로 가기도 하고 공통된 관심을 보이는 옷을 입은 사람들에게로 몰려가기도 했다.

공증인 구다엡스끼는 황야의 미국인을 표현했다. 머리에는 닭 깃털을 꽂고 어색한 녹색 당초무늬가 있는 붉은 구릿빛 가면을 쓰고 가죽재킷을 입었으며 어깨에는 격자무늬 망또를 걸쳤고 녹색 술이 달린 긴 가죽장화를 신었다. 그는 훤히 드러낸 무릎을 앞으로 구부리며 학생처럼 걷거나 뛰면서 손을 흔들었다. 그의 아내는 이삭처럼 옷을 입었다. 그녀는 녹색과 노란색 조각으로 만든 화려한 원피스를 입었는데, 여기저기 찔러넣은 이삭들이 사방으로 돌출해 있어서 모든 사람을 찌르거나 치고 있었다. 사람들은 그녀를 붙들고 이삭들을 뽑아냈다. 그녀는 화가 나서 욕을 했다.

"상처가 나겠어요!"

그녀가 외쳤다. 주위에서 키득거렸다. 누군가가 물었다.

"어디서 저렇게 많은 이삭들을 주워모았을까?"

"여름부터 모았다고 하네요. 매일매일 들판으로 훔치러 다녔대요."

사람들이 그에게 대답해주었다.

구다옙스까야에게 반한 몇몇 수염 없는 관리들은 그녀가 옷을 벗을 것을 미리 알고 그녀를 따라다녔다. 그들은 그녀를 위해 티켓을 모았다. 그것은 거의 강압적이고 거친 행동이었다. 그들은 특히 용기없는 사람들에게서 티켓을 그냥 빼앗아가버렸다.

자신을 추종하는 신사들을 통해 티켓을 열심히 모은 귀부인들도 있었다. 어떤 사람들은 아직 투표하지 않은 티켓을 탐욕스럽게 바라보며 요구하기도 했다. 하지만 사람들은 그들에게 무뚝뚝한 태도로 대답했다.

유리 별을 달고 이마엔 종이 달을 붙인, 밤으로 분장한 우울한 표정의 귀부인이 무린에게 수줍어하며 말을 걸었다.

"당신의 티켓을 제게 주세요."

무린은 거칠게 대답했다.

"무슨 말씀. 당신에게 티켓을 주다니! 못생겨가지고선!"

밤의 여인은 화를 내며 무슨 말인가를 중얼거리더니 가버렸다. 그녀는 집에 가서 누군가가 자기에게 티켓을 주었다며 티켓 두세장을 보여주고 싶어했다. 소박한 꿈도 때론 무익할 때가 있는 법이다.

스꼬보츠끼나 선생님은 곰으로 변장했다. 어깨에 곰 가죽을 두르고, 일반적인 반쪽 가면을 쓰는 위치보다 좀더 위쪽으로 곰의 머리를 마치 투구처럼 얼굴에 쓰고 나타났다. 그것은 단정하지 못한 것이었다. 하지만 그렇게 한 것이 건장한 체격과 쩌렁쩌렁한 목소리에 더 잘 어울렸다. 여자 곰은 무거운 발걸음을 옮기며 돌아다녔고 홀 전체가 떠나갈 정도로 소리를 질러서 샹들리에 전등들이 흔들릴 정도였다. 많은 사람이 여자 곰을 좋아했다. 그녀는 적잖은 티켓을 받았다. 그러나 그녀는 그것들을 혼자서 보관할 수가 없었다. 그녀는 다른 사람들처럼 눈썰미 있는 파트너를 찾지 못했다. 상인들이 그녀를 에워싸자마자 티켓 절반 이상이 사라졌다. 그들은 그녀가 곰의 행동을 표현할 수 있는 능력을 보여준 것에 대해서는 그녀를 옹호했지만 말이다. 사람들 사이에서 다음과 같은 외침이 들렸다.

"보세요. 곰이 보드까를 마십니다!"

스꼬보츠끼나는 보드까를 거절할 수 없었다. 그녀는 만약 누군가가 보드까를 가져다준다면 곰도 보드까를 마셔야 한다고 생각했다.

누군가가 고대 게르만인처럼 옷을 입었는데 키와 체격 때문에 눈에 확 띄었다. 그가 너무도 건장하고, 굉장히 발달된 근육을 가진 힘센 팔을 자랑했기 때문에 많은 이가 그를 맘에 들어했다. 대부분의 여성들이 그의 뒤를 따라다녔다. 주변에서는 그를 칭찬하는 상냥한 속삭임이 들렸다. 사람들은 배우 벤갈스끼가 고대 게르만인으로 변장한 것을 알아차렸다. 벤갈스끼는 우리 도시에서는 인기가 없었다. 그럼에도 많은 사람이 그에게 티켓을 주었다.

많은 이가 그에 대해 다음과 같이 평했다.

"우리가 상을 받지 못할 거라면 차라리 남자 배우(혹은 여배우)에게 티켓을 주는 게 나아. 만약 우리 중에 누군가가 상을 받는다면 그 사람은 칭찬 때문에 귀찮아질 거야.”

그루시나의 복장도 성공적이었다. 말하자면 추문의 측면에서 성공적이었다. 남자들이 그녀의 뒤를 무리 지어 따라다니며 웃고 노골적인 말을 건넸다. 귀부인들은 그녀를 외면하고 당혹스러워했다. 마침내 경찰서장이 그루시나에게 다가와서 능글맞게 입맛을 다시며 말했다.

“부인, 옷을 제대로 입으셔야죠.”

“무슨 말씀이세요? 전 예의에 어긋난 옷을 입고 있지 않아요.”

그루시나가 용기있게 대답했다.

“부인, 귀부인들이 모욕을 당하고 있어요.”

민추꼬프가 말했다.

“제가 당신네 부인들을 모욕하다니요!”

그루시나가 소리쳤다.

“그게 아니라, 부인, 손수건으로 가슴과 등만이라도 가리려고 노력을 하셔야 합니다.”

민추꼬프가 부탁했다.

“그런데 만약 제 손수건이 코를 풀어서 더럽다면요?”

그루시나가 뻔뻔하게 웃으며 반박했다.

하지만 민추꼬프는 끈기있게 말했다.

“그러면 부인, 당신이 편한 대로 하세요. 다만 가리지 않는다면 멀리 떨어져 계셔야 합니다.”

그루시나는 욕을 하고 침을 뱉으며 분장실로 가서 하녀의 도움을 받아 옷의 주름을 펴서 가슴과 등을 가렸다. 그녀는 좀더 얌전한 차림을 하고서 홀로 돌아오면서 자신의 숭배자들을 열심히 찾아다녔다. 그녀는 모든 남성과 험하게 놀았다. 그후에 그들의 주의가 다른 쪽에 쏠리자 달콤한 음식을 훔쳐먹기 위해 식당으로 갔다. 그녀는 곧 홀로 돌아와서 볼로진에게 복숭아 두개를 보여주고 뻔뻔하게 웃으며 말했다.

"제가 생각을 해보았는데요."

그녀는 복숭아들을 옷의 주름 속에 감추었다. 볼로진은 기쁜 듯이 히죽 웃었다.

"그래서요! 정 그러시다면 전 갈 겁니다."

그가 말했다. 곧 그루시나는 술을 마시고 거칠게 행동했다. 고함을 지르고 손을 휘저으며 침을 뱉기도 했다. 사람들이 그녀에 대해 말했다.

"유쾌한 지안까 부인!"

어리석은 아가씨들이 순진한 중학생을 끌어들인 가장무도회가 바로 그런 모습이었다. 세 자매와 싸샤는 마차 두대에 나눠타고 아주 뒤늦게 출발했다. 싸샤 때문에 늦어졌던 것이다. 그들이 나타나자 홀에 있던 사람들이 그들을 주목했다. 특히 많은 사람이 게이샤를 맘에 들어했다. 이곳 사교계의 남성들이 좋아하는 여배우인 까시따노바가 게이샤로 분장했다는 소문이 돌았다. 그래서 싸샤는 많은 티켓을 받았다. 그런데 까시따노바는 가장무도회에 가지 않았다. 왜냐하면 그녀의 어린 아들이 전날 심하게 아팠기 때문이다.

새로운 상황에 취해버린 싸샤는 무턱대고 애교를 부렸다. 사람들이 어린 게이샤에게 티켓을 든 손을 내밀면 내밀수록 애교 넘치는 일본 여성의 두 눈은 가면의 좁은 구멍 안에서 더욱더 기쁘고 도전적으로 빛났다. 게이샤는 자리에 앉아서 가느다란 손가락을 들어올리며 숨이 넘어갈 듯한 목소리로 웃었고 부채를 흔들면서 뭇 남성들의 어깨를 건드린 다음 부채 뒤로 얼굴을 감추거나 이따금 장밋빛 양산을 펼치곤 했다. 게이샤의 기교는 교묘하지는 않았지만 여배우 까시따노바를 숭배하는 모든 사람을 매혹하기에 충분한 것이었다.

"난 가장 매력적인 여성에게 내 티켓을 줄 거야"라고 찌시꼬프가 말하고 나서 신사답게 경례를 하며 티켓을 게이샤에게 주었다.

그는 이미 술을 많이 마셔서 얼굴이 빨개진 상태였다. 흔들림 없는 미소와 부동자세 때문에 인형처럼 보였다. 그는 내내 운을 맞추고 있었다.

발레리야는 싸샤의 성공을 보면서 화가 날 정도로 그가 부러웠다. 그녀는 사람들이 자신을 알아보고 자신의 복장과 가냘프고 균형 잡힌 몸매를 좋아해주고 자신에게 상을 주었으면 하고 바랐던 것이다. 그런데 지금 그녀는 그 일이 불가능하다는 것을 깨닫고 화가 났다. 세 언니들 모두 게이샤만을 위해 티켓을 모으려 했고 만약 자신이 티켓을 받으면 그것마저 게이샤에게 줘버릴 기세였다.

사람들은 홀에서 춤을 추고 있었다. 술에 일찍 취해버린 볼로진은 무릎을 굽히며 춤을 추고 있었다. 경찰들이 그를 제지했다. 그는 고분고분한 자세로 흥겹게 말했다.

"아이코, 만약 안된다면 그만두죠."

하지만 그를 따라서 뜨레빠끄[81]를 추던 두 상인은 명령을 따르려 하지 않았다.

"무슨 권리로 그러는 거요? 내 반 루블을 드리리다!"

그들이 소리쳤지만 곧 끌려나갔다.

볼로진은 얼굴을 찌푸리고 히죽 웃으며 그들을 배웅하고는 다

---

[81] 무릎을 굽히며 추는, 템포가 빠른 러시아 농민들의 춤.

시 춤을 추기 시작했다.

루찔로프가의 아가씨들은 뻬레도노프를 골려주기 위해 서둘러 그를 찾았다. 그는 창가에 혼자 앉아 휑한 눈길로 군중들을 바라보고 있었다. 모든 사람과 사물이 그에겐 무의미해 보였고 심지어 적의를 품은 것처럼 보였다. 집시 여자로 변장한 류드밀라가 그에게 다가가 저음의 목소리로 말했다.

"나의 사랑스러운 신사분, 제가 점을 봐드릴게요."

"저리 꺼져!"

뻬레도노프가 소리쳤다.

갑작스러운 집시의 출현에 놀랐던 것이다.

"멋진 신사 양반, 고귀한 분이여, 제게 손을 내밀어봐요. 얼굴을 보아하니 고관이 될 거고 부자가 될 상이네요."

류드밀라가 재촉하며 뻬레도노프의 손을 잡았다.

"어라, 제법이네. 좋은 것만 말하네."

뻬레도노프가 중얼거렸다.

"나의 보석 같은 신사 양반, 적들이 많네요. 그들이 당신을 밀고 할 거고 당신은 눈물을 흘리며 울타리 밑에서 죽게 될 겁니다."

류드밀라가 점을 봐주었다.

"에이, 이 망할 것!"

뻬레도노프가 소리치기 시작했고 손을 빼버렸다.

류드밀라는 재빨리 군중 속으로 몸을 감추었다. 발레리야가 그녀를 대신해서 다가와 뻬레도노프의 앞에 앉아서 그에게 부드럽게 속삭였다.

전 젊은 에스빠냐 여자예요.

전 당신 같은 남자들을 사랑하죠.

나의 매력적인 신사여,

그런데 당신의 아내는 못됐어요.

"바보 같은 것, 거짓말이야."

뻬레도노프가 외쳤다. 발레리야가 속삭였다.

나의 쎄비야식 입맞춤은

낮보다 더 뜨겁고 밤보다 더 달콤하죠.

그런데 당신은 아내의

아주 바보 같은 눈에 침을 뱉네요.

당신의 아내는 바르바라,

당신은 멋쟁이 아르달리온.

당신과 바르바라는 어울리지 않아요.

당신은 솔로몬처럼 지혜로워요.

"당신 진심으로 말하는 거요? 내가 어떻게 그녀의 눈에 침을 뱉는단 말이지? 그녀가 공작부인에게 고자질을 하면 난 자리를 못 얻어."

뻬레도노프가 말했다.

"당신은 왜 그 자리가 필요한 거죠? 그 자리가 없어도 당신은 멋져요."

발레리야가 말했다.

"그건 그래. 하지만 내게 자리를 주지 않으면 난 어떻게 살지?"

뻬레도노프가 씁쓸하게 말했다.

다리야는 장밋빛 봉투 속에 밀봉한 편지를 볼로진의 손에 들려주었다. 볼로진은 희색이 만면한 얼굴로 그것을 개봉하여 읽고 나서 생각에 잠겼다. 그리고 오만한 표정을 짓다가 마치 뭔가를 걱정하는 것처럼 바뀌었다. 그 편지에는 짧고 분명한 문장으로 다음과 같이 적혀 있었다.

자기야, 나를 만나려면 내일 밤 11시에 쏠다쯔까야 목욕탕으로 와.
미지의 여인 Ж로부터.

볼로진은 편지의 내용을 믿었지만 몇가지 의문이 생겼다. 갈 필요가 있을까? Ж라는 여자가 누구지? 제냐라는 여자일까? 아니면 성이 Ж로 시작되는 사람일까?

볼로진은 루쬘로프에게 편지를 보여주었다.

"가, 당연히 가야지!"

루쬘로프가 덧붙였다.

"아마 이 사람은 부잣집 신붓감일 거야. 자네에게 반한 거야. 부모님이 반대하니까 그렇게 해서라도 자네와 만나고 싶은 거지."

그러나 볼로진은 생각을 거듭한 끝에 가지 않기로 결심했다. 그는 의미심장하게 말했다.

"그녀가 내 목에 매달릴지도 모르지. 하지만 난 그런 타락한 여자는 원하지 않아."

그는 사실 거기서 몽둥이로 매를 맞을까봐 두려웠다. 쏠다쯔까야 목욕탕은 도시 외곽의 으슥한 곳에 있었기 때문이다.

이미 건물의 모든 클럽마다 사람들이 모여들어 비좁고 복잡하며 시끄럽고 지나치게 유쾌한 분위기가 되었을 때 홀의 입구 옆에서 소음, 웃음소리 그리고 호응하는 목소리가 들려왔다. 모두들 그쪽으로 몰려갔다. 사람들은 서로서로에게 정말로 독특한 가면을 쓴 자가 왔다고 말해주었다. 키가 크고 마른 사람이 기름투성이의 누더기 잠옷을 걸치고 겨드랑이에 빗자루를 끼고 지팡이를 손에 쥔 채 군중 사이로 들어왔다. 그는 마분지 가면을 쓰고 있었다. 좁은 턱수염과 볼수염이 있었고 머리에는 둥근 시민 휘장이 달린 모자를 쓰고 있었다. 그는 놀란 목소리로 반복해서 말했다.

"여기서 가장무도회가 열렸다고 들었어요. 여기 사람들은 씻지 않는다고 하더군요."

그리고 그는 아쉬운 듯이 목욕통을 흔들었다. 군중들은 그의 허황된 생각에 그저 감탄하면서 그의 뒤를 따라다녔다. 볼로진이 부러운 듯 말했다.

"아마 상을 받을 거 같아."

그는 어떻게 이렇게 많은 사람이 아무 생각 없이 노골적으로 그럴 수가 있을까 생각하며 부러워했다. 자신은 아무것도 챙겨입지 않았는데도 왜 그를 부러워하고 있는 거지? 그런데 마치긴이란 사람은 특별한 기쁨을 맛보고 있었다. 특히 휘장이 그를 기쁘게 했다. 그는 기쁜 듯이 웃으며 박수를 치고 지인들과 낯선 사람들에게 말했다.

"좋은 평이네요! 이 관리들은 정말 우쭐대네요. 휘장을 달고 다니는 것도 좋아하고요. 여기 문관들도 비판을 받아야 하죠. 그게 순리입니다."

잠옷을 입은 관리는 더워지자 다음과 같이 소리치며 빗자루를 휘둘렀다.

"여기 목욕통이 있어요!"

주위에 있던 사람들이 기쁜 듯이 웃었다. 사람들은 통에다 티켓
을 넣었다. 뻬레도노프는 군중 속에서 흔들리는 빗자루를 보았다.
그에겐 미지의 물체가 보이는 듯했다.

'사기꾼, 초록색으로 분장했군.'

그는 두려움에 떨며 생각했다.

30

마침내 참가자들이 자신의 의상에 대해 지금까지 받은 티켓을 세기 시작했다. 클럽에 있는 나이 든 사람들이 심사위원으로 위촉되었다. 심사실 문 옆에는 군중이 긴장된 모습으로 기다리고 있었다. 클럽 안은 일순간 조용하고 적막해졌다. 음악도 연주되지 않았다. 손님들은 잠잠해졌다. 뻬레도노프는 숨이 막힐 것 같았다. 그런데 갑자기 군중 사이에서 대화 소리와 참지 못해 속삭이는 소리와 소음이 들렸다. 누군가가 상 두개가 모두 배우들에게 돌아갔다고 자신있게 말했다.

"당신들도 알게 될 겁니다."

누군가가 쉭쉭대며 떨리는 목소리로 말했다.

많은 사람이 그 사실을 믿었다. 군중은 긴장했다. 티켓을 많이 받지 못한 사람들은 이 사실에 대해 분개했다. 많은 티켓을 받은 사람들은 행여나 부정이 있지 않을까 걱정했다.

갑자기 종소리가 가늘고 날카롭게 울려퍼졌다. 심사위원들이 나왔다. 그들은 베리가, 아비노비쯔끼, 끼릴로프와 그외 인사들이었다. 홀 안에 긴장의 물결이 일렁였고 갑자기 모두가 입을 다물었다. 아비노비쯔끼가 낭랑한 목소리로 홀을 향해 말했다.

"최고의 남성복을 입은 사람으로 뽑혀 앨범을 받게 될 분은 고대 게르만인의 의상을 입은 신사분입니다."

아비노비쯔끼는 앨범을 높이 들었고 모여 있던 손님들을 화가 난 듯 바라보았다. 키가 큰 게르만인 복장의 남성이 군중들 사이를 헤집고 나오기 시작했다. 사람들은 그를 적대적으로 바라보았다. 심지어 길을 내주지도 않았다.

"제발 밀지 마세요!"

유리 별을 달고 이마에 종이 달을 매단, 푸른 옷을 입은 밤으로 변장한 여성이 우는 듯한 목소리로 우울하게 소리쳤다.

"상을 받았으니 그자는 이제 여자들이 자기 앞에 쫘악 깔릴 거라고 생각하겠지."

악의에 가득 차서 씩씩대는 목소리가 군중들로부터 들려왔다.

"비키지 않으신다면."

게르만인은 화를 참으며 말했다.

마침내 그는 어찌어찌 심사위원 앞으로 나아가 베리가의 손에 들려 있는 앨범을 받아들였다. 음악이 취주를 연주하기 시작했다. 하지만 음악 소리는 계속되는 소음에 묻혀버렸다. 욕설들이 튀어나왔다. 사람들은 게르만인을 에워싸고 그에게 욕을 하며 비난했다.

"가면을 벗어라!"

게르만인은 말이 없었다. 군중 사이를 빠져나갈 수가 없었다. 하지만 그는 자기 힘으로 길을 만들어내기를 주저하고 있었다. 구다

옙스끼가 앨범을 쥐자 누군가가 재빨리 게르만인의 가면을 벗겼
다. 군중이 고함을 질렀다.

"배우다!"

가설이 사실로 확인되는 순간이었다. 그 사람은 배우 벤갈스끼
였다. 그는 화가 나서 고함을 질렀다.

"이런, 배우이기 때문에 그렇게 된 거라고! 당신네들이 티켓을
몰아줬잖아요!"

그에 대한 응답으로 여기저기서 화난 음성이 울려퍼졌다.

"티켓을 여기저기 뿌렸을 수도 있어."

"당신들이 티켓을 찍어냈지."

"나눠준 티켓보다 사람이 더 적다고."

"그는 쉰여개의 티켓을 주머니에 넣어 가져왔어."

벤갈스끼는 얼굴을 붉히며 소리쳤다.

"그건 비겁한 말이에요. 누구에게 유리한 일인지 확인해보세요.
방문객의 수에 맞춰서 확인할 수 있어요."

그때에 베리가가 옆 사람들에게 말했다.

"여러분, 진정하세요. 어떠한 속임수도 없었어요. 제가 그걸 보
증합니다. 티켓의 숫자는 입장객의 수에 맞는 것으로 확인되었어
요."

심사위원들이 몇몇 선량한 손님의 도움을 받아서 군중들을 진
정시켰다. 그러자 모두들 누가 부채를 받게 되는지 궁금해했다. 베
리가가 발표했다.

"여러분, 가장 아름다운 복장으로 티켓을 가장 많이 모은 여성은
바로 게이샤입니다. 그 여자분이 부채를 받게 되었습니다. 게이샤
양, 이리로 나와주세요. 부채는 당신 것입니다. 여러분, 간절히 부

탁드립니다. 게이샤 양에게 길을 내주시기 바랍니다.”

악단이 두번째로 취주를 연주하기 시작했다. 놀란 게이샤는 도
망갈 가능성이 있어 보여 기뻤다. 하지만 사람들이 그녀를 밀치고
길을 내주면서 그녀를 앞으로 나아가게 만들었다. 베리가는 상냥
한 미소를 띠며 그녀에게 부채를 넘겼다. 애매한 공포감과 두려움
에 잠긴 싸샤의 눈에는 뭔가 화려하고 잘 차려입은 복장만이 어른
거렸다. 그는 ‘감사드려야만 한다’고 생각했다. 예의 바른 소년의
몸에 익숙한 상냥함이 드러났다. 게이샤는 자리에 앉아서 뭔가 이
해되지 않는 말을 했고 키득거리다가 손가락을 들어올렸다. 그러
자 홀에는 미친 듯한 고함이 들렸고 휘파람과 욕설이 들려왔다. 모
두들 게이샤에게 열정적으로 모여들었다. 사납게 이를 가는 이삭
여인이 소리쳤다.

“앉아, 사기꾼아! 앉으라고!”

게이샤는 문 쪽으로 달아나려 했다. 하지만 사람들이 그녀를 놓
아주지 않았다. 게이샤의 주위에 모인 흥분한 사람들 사이에서 사
악한 고함이 들렸다.

“가면을 벗게 해라!”

“가면을 벗어라!”

“그녀를 잡아, 붙들어라!”

“그녀에게서 가면을 벗겨라!”

“부채를 빼앗아라!”

이삭 여인이 소리쳤다.

“당신들이 누구에게 상을 준 건지 아시나요? 여배우 까시따노예
요. 그녀는 다른 여자의 남편을 가로챈 여자예요. 그런데 그녀에게
상을 주다니! 정숙한 부인들에겐 상을 주지 않고 비열한 여자에게

상을 주다니요!"

그러고는 게이샤에게 달려가서 날카롭게 소릴 지르며 주먹을 세게 날렸다. 그녀의 뒤에는 다른 사람들이 있었는데 그들은 대부분 그녀의 추종자들이었다. 게이샤는 필사적으로 되받아쳤다. 과격한 싸움이 시작되었다. 사람들은 부채를 빼앗아 망가뜨리고 바닥에 던지고 짓밟았다. 이들은 구경꾼들의 발을 피해가면서 게이샤와 홀의 중앙에서 미친 듯이 뒤엉켰다. 루찔로프가의 사람들도 심사위원들도 게이샤에게 나아갈 수 없었다. 재빠르고 강한 게이샤는 갑자기 비명을 질렀고 사람들에게 긁히고 물어뜯겼다. 그녀는 오른손인지 왼손인지로 가면을 꽉 붙들었다. 화가 난 어떤 부인이 소리쳤다.

"그녀를 때려줘야만 해요!"

술에 취한 그루시나는 다른 사람들의 뒤에 숨어서 볼로진과 다른 지인들을 부추겼다.

"그녀를 꼬집어요. 저 비열한 여자를 꼬집으라고요!"

그녀가 소리쳤다.

"피가 나고 있어요."

마치긴은 코를 잡고 사람들 사이에서 빠져나오며 하소연했다.

"코를 주먹으로 바로 쳤어요."

어떤 독한 젊은이는 이빨로 게이샤의 소매를 물고서 반쯤 잡아뜯었다. 게이샤가 비명을 질렀다.

"구해주세요!"

다른 사람들도 그녀의 옷을 찢기 시작했다. 그녀의 몸 어딘가가 드러났다. 다리야와 류드밀라가 게이샤에게 다가가려다가 서로 부딪쳤다. 하지만 헛수고였다. 볼로진은 너무도 열심히 게이샤를 밀치고 비명을 질렀고 얼굴을 찡그렸다. 볼로진은, 자기보다 덜 술에 취했지만 더 사악한 사람들을 방해하는 꼴이 되었다. 그는 매우 위안이 되는 놀이를 하는 거라 상상하면서 악의가 아니라 즐거워서 그런 행동을 하려 했던 것이다. 그는 게이샤의 소매를 뜯어서 자신의 머리에 얹었다.

"도움이 될 거예요!"

그는 째지는 듯한 소리로 외쳤고 얼굴을 찡그리며 웃었다.

그는 밀집한 군중 사이를 빠져나와 공간이 생긴 곳에서 바보짓을 했다. 그는 사납게 소리 지르며 부채의 파편들 위에서 춤을 추었다. 어느 누구도 그를 말리지 못했다. 뻬레도노프는 끔찍한 듯 그를 바라보며 생각했다.

'춤을 추고 있군. 뭔가가 기쁜가보지. 내 무덤 위에서도 저렇게 춤을 출 거야.'

마침내 게이샤가 빠져나갔다. 그녀를 에워쌌던 남자들은 그녀의 갑작스러운 주먹질과 날카로운 이빨 공격을 당해내지 못했다.

게이샤는 홀에서 벗어나 허둥댔다. 복도에서 이삭은 다시 일본 여자와 마주쳤고 그녀의 원피스를 붙잡았다. 게이샤는 달아났지만 사람들이 벌써 그녀를 에워쌌다. 다시 사냥이 시작되었다. 누군가가 소리쳤다.

"귀를, 귀를 잡아."

어떤 귀부인이 게이샤의 귀를 붙들었고 육중하고 커다란 소리를 내면서 그녀의 옷을 잡아찢었다. 게이샤는 비명을 지르고 주먹으로 사악한 귀부인을 때리고 나서야 겨우 빠져나왔다.

마침내 벤갈스끼는 그 시각에 평상복으로 갈아입고서 군중을 헤치고 게이샤에게 갈 수 있었다. 그는 떨고 있는 일본 여성의 팔을 붙들고 자기 쪽으로 이끈 다음 그녀를 자신의 거대한 몸과 손으로 최대한 방어하고 팔꿈치와 발로 군중들을 밀치면서 재빨리 그녀를 데려갔다. 사람들 사이에서 다음과 같은 고함이 들려왔다.

"사기꾼, 비열한 놈!"

사람들은 벤갈스끼를 잡아당기고 그의 등을 때렸다. 그가 소리쳤다.

"전 여자분의 가면을 벗기는 것을 용납하지 않을 겁니다. 그렇게 하시고 싶겠지만 어림없어요."

그런 식으로 그는 복도를 다 지나갈 때까지 게이샤를 호위했다. 복도 끝에는 식당으로 통하는 좁은 문이 있었다. 이곳에서 베리가는 잠시 동안 군중들을 제지할 수 있었다. 단호한 장군처럼 그는 문 앞에 서서 문을 가로막고 말했다.

"여러분, 더는 가실 수 없습니다."

구다옙스까야는 구겨진 이삭들의 잔해를 흔들며 베리가 앞으로 뛰어나와 그에게 주먹을 휘두르며 째지는 목소리로 말했다.

"뒤로 물러서시죠. 통과하게 해주세요."

하지만 이 장군의 얼굴은 그의 냉혹한 맘을 보여주고 있었고, 단호한 결심이 선 그의 회색 눈은 그녀가 어떠한 행동도 하지 못하도록 했다. 그녀는 무기력한 광포함에 휩싸여 남편에게 말했다.

"잡아서 따귀라도 때려주지, 왜 하품을 하고 있는 거예요. 바보같이!"

아메리카 원주민 복장을 한 이 사람은 아무 말도 하지 않고 손을 흔들며 자신을 합리화했다.

"들어가기가 불편했소. 빠블루시까가 가까이서 빙빙 돌고 있었거든."

"빠블루시까는 이빨을, 그녀는 귀를 공격했었어야죠. 무슨 의식이라도 거행하는 건가요!"

구다옙스까야가 소리쳤다.

군중이 베리가에게 달려들었다. 막말이 들려왔다. 베리가는 문 앞에 서서 가까이 다가오는 사람들에게 무례한 태도를 멈추라고 설득했다. 부엌에서 일하는 아이가 베리가의 뒤에서 문을 열고 속삭였다.

"그들이 달아났어요, 나리."

베리가가 물러섰다. 군중은 식당으로 달려들어가서 게이샤를 찾았지만 찾을 수 없었다. 벤갈스끼가 식당을 지나 주방 쪽으로 게이샤를 데리고 달려갔던 것이다. 그녀는 조용히 그의 팔에 몸을 맡긴 채 아무 말도 하지 않았다. 벤갈스끼에게 게이샤의 심장 고동 소리가 들려오는 것 같았다. 그는 자신이 강하게 붙들고 있는 그녀의 팔에서 긁힌 상처들을 발견했고 팔꿈치 주위에 타박상을 입어 검푸르게 변한 멍 자국을 보았다. 벤갈스끼는 주방에 모인 아첨꾼들에게 긴장된 목소리로 말했다.

"얼른요, 외투나 잠옷, 시트라도. 아무거나 좀 주세요. 아가씨를 구해야 합니다."

누군가의 외투가 싸샤의 어깨에 걸쳐졌고 벤갈스끼는 일본 여자를 데리고 등유가 타는 냄새가 나는 계단을 따라 뜰로 나간 뒤 덧문을 지나 교차로까지 그녀를 호위했다.

"가면을 벗으세요. 가면을 쓰면 알아보기 힘드니까요. 지금은 어두우니까 상관없잖아요. 전 누구에게도 이야기하지 않을 겁니다."

그가 노골적으로 말했다. 호기심이 발동했던 것이다. 그는 어쩌면 그녀가 까시따노바가 아니라는 것을 알고 있을지도 모른다. 그렇다면 이 여자는 누구일까? 일본 여자는 그의 말을 들었다. 벤갈스끼는 거무스름한 낯선 얼굴을 발견했다. 거기에는 쫓기는 위험에서 벗어난 데 대한 기쁨이 담겨 있었다. 열정적이고 유쾌한 눈빛이 배우의 얼굴에 나타났다.

"당신에게 어떻게 감사를 드려야 할지! 당신이 절 구해주지 않았다면 제게 무슨 일이 일어났을까요!"

게이샤가 낭랑한 목소리로 말했다. 배우가 생각했다.

'이 여자는 겁쟁이가 아니다. 흥미로운 여자야! 하지만 이 여자는 누구일까? 이 도시로 새로 이사 온 사람 같은데.'

벤갈스끼는 이곳의 여성들을 알고 있었다. 그는 조용히 싸샤에게 말했다.

"당신을 어서 집으로 모셔다드려야겠습니다. 주소를 말씀해주세요. 제가 마차를 불러드릴게요."

일본 여자의 얼굴에는 다시 놀라움의 그늘이 드리워졌다.

"절대 그럴 필요 없어요, 안 그러셔도 돼요! 저 혼자 갈 거예요. 절 그냥 내버려두세요."

그녀가 더듬거리며 말했다.

"이런, 어떻게 당신이 그렇게 진창이 많은 길을 따라가게 할 수 있겠습니까? 마차가 필요해요."

배우는 아주 확고한 태도로 반대 의견을 피력했다.

"아닙니다. 전 뛰어가면 돼요. 제발 절 놓아주세요."

게이샤가 애원했다. 벤갈스끼가 확신에 차서 말했다.

"양심을 걸고 맹세하죠. 어느 누구에게도 말하지 않을 거예요. 전 당신을 놓아드릴 수 없습니다. 감기에 걸릴지도 몰라요. 전 제 책임을 다하겠어요. 그러니 그렇게 놓아줄 순 없어요. 얼른 말해주세요. 그들이 여기서도 당신을 때려눕힐 수 있어요. 당신도 이미 그들이 참으로 난폭한 사람들이란 걸 보았잖아요. 그들은 뭐든지 할 수 있는 사람들입니다.”

게이샤는 몸을 떨기 시작했다. 갑자기 눈물이 빠르게 흘러내렸다. 그녀는 흐느껴 울면서 말했다.

“끔찍해요. 정말로 악한 사람들이예요! 우선 절 루찔로프 씨네로 데려다주세요. 전 그 집에 머물 겁니다.”

벤갈스끼는 마부를 소리쳐 불렀다. 그들은 마차를 타고 출발했다. 배우는 게이샤의 거무스름한 얼굴을 바라보았다. 게이샤의 얼굴은 이상하게 보였다. 게이샤는 얼굴을 돌려버렸다. 그에게 어려운 수수께끼가 남겨졌다. 루찔로프 가문과 류드밀라, 그녀의 중학생에 관한 도시 사람들의 이야기가 문득 떠올랐다.

“아하, 넌 남자아이지!”

그는 마부에게 들리지 않도록 속삭이며 말했다.

“맙소사.”

싸샤는 두려움으로 얼굴이 창백해져서 중얼거렸다.

그러고는 걸치고 있던 외투에서 구릿빛 두 손을 빼내어 벤갈스끼에게 애원하는 듯한 포즈를 취했다. 벤갈스끼는 조용히 웃더니 나직하게 말했다.

“아무에게도 말하지 않을 테니 걱정하지 마라. 내 임무는 널 그 집으로 데려다주는 거다. 그 이상은 아무것도 몰라. 하지만 넌 분별이 없구나. 집에서 알아차리지 않으실까?”

“만약 당신이 말하지 않는다면 어느 누구도 알아차리지 못할 거예요.”

싸샤는 애원하듯이 부드러운 목소리로 말했다.

“내가 알게 된 일들은 무덤까지 내 안에 간직하고 있을게. 나도
남자니까 빈말을 하지는 않겠다.”
배우는 대답했다.

이미 클럽에서의 소동은 잠잠해졌다. 하지만 야회는 새로운 비
극으로 끝이 났다. 사람들이 복도에서 게이샤를 잡으려고 난리를
피우고 있을 때 열에 들뜬 미지의 물체가 샹들리에를 건너다니며
웃었고, 성냥에 불을 붙여 자신을 덮쳐서 불에 태우면 자신은 더럽
고 뿌연 벽에 갇혀서 나오지 못할 거라고 뻬레도노프에게 집요하
게 속삭이고 있었다. 그러면 너무도 끔찍하고 이해되지 않는 일들
이 벌어지는 이 건물이 완전히 불에 타서 재만 남게 될 거라고 했
다. 미지의 물체는 뻬레도노프를 우선 평온하게 놔두었지만 뻬레
도노프는 그것의 집요한 설득에 저항할 수가 없었다. 그는 홀 옆의
조그만 거실로 들어갔다. 거기엔 아무도 없었다. 뻬레도노프는 주
위를 살펴보고 나서 성냥불을 그어 바닥 쪽에 있는 커튼의 아랫부
분에 불을 붙였고 커튼이 타오를 때까지 기다렸다. 불길에 휩싸인
미지의 물체는 기쁜 듯이 조용히 쉭쉭거리면서 날쌘 뱀처럼 커튼
을 따라 기어올랐다. 뻬레도노프는 거실을 나와 문을 닫았다. 어느
누구도 화재를 눈치채지 못했다.
　방 전체가 불길에 휩싸이자 거리에서 사람들이 화재를 목격했
다. 불길은 빠르게 번져나갔다. 사람들은 무사했지만 건물은 다 타
버렸다.

　다음날 도시 사람들은 어제 있었던 게이샤에 관한 소문과 화재
에 대해 이야기하고 다녔다. 벤갈스끼는 약속을 지켜서 어느 누구

에게도 소년이 게이샤의 복장을 한 것이었다고 말하지 않았다.

　한편 싸샤는 밤에 루찔로프네 집에서 옷을 갈아입고 다시 평범한 맨발의 소년으로 되돌아가서 집으로 뛰어갔고 유리창을 통해 안으로 들어간 다음 평안히 잠을 잤다. 온갖 소문이 난무하고 모두가 모두에 대해서 아는 도시에서 싸샤의 그날밤의 행적은 여전히 비밀로 남았다. 물론 오랫동안 그리고 영원히 말이다.

31

싸샤의 이모이자 양육자 예까쩨리나 이바노브나 뺄니꼬바는 싸샤에 관한 편지 두통을 받았다. 하나는 교장이 쓴 것이고 다른 하나는 꼬꿉끼나가 쓴 것이었다. 이 편지들 때문에 그녀는 몹시 근심스러웠다. 그녀는 모든 일을 제쳐두고 가을날의 진창길을 헤치며 시골에서 도시로 서둘러 왔다. 싸샤는 이모를 기쁘게 맞이했다. 그는 이모를 사랑했다. 이모는 맘속에 담아두었던 위협을 싸샤에게 보여주었지만 싸샤가 너무도 기쁘게 목에 매달렸고 손에 입맞춤을 퍼부었기 때문에 처음의 엄격한 말투를 되찾을 수 없었다.

"사랑스러운 이모, 와주시다니 정말 친절하시네요!"

싸샤는 그녀의 통통하고 불그스름한 얼굴을 바라보았다. 이모의 볼에는 선한 보조개가 패어 있었고 사무적이고 엄한 갈색 눈동자가 빛나고 있었다.

"이제 그만 기뻐해라. 네게 훈계할 게 있다."

이모는 고르지 않은 목소리로 말했다.

"그건 아무것도 아니에요."

싸샤가 아무렇지도 않은 듯이 말했다.

"훈계하셔도 돼요. 이모는 제게 위협을 가하긴 하셔도 기뻐하고 계시잖아요."

"위협하는 거라고!"

이모는 불만에 찬 목소리로 같은 말을 되풀이했다.

"난 너에 대해 끔찍한 일을 알게 되었다."

싸샤는 눈썹을 치켜뜨고 자신은 아무 잘못이 없으며 이해가 되지 않는다는 눈길로 이모를 바라보았다. 그는 하소연했다.

"이 고장에 있는 뻬레도노프라는 어떤 선생님이 제가 여자애라고 생각하고서 트집을 잡았어요. 그후엔 교장 선생님이 제게 루찔로프 씨네 딸들과 알고 지낸다고 야단을 치셨어요. 마치 제가 그집에 물건을 훔치러 다니기라도 한 것처럼 말이죠. 제가 그들에게 무슨 일을 했다는 거죠?"

이모는 의아하게 생각했다.

'예전의 싸샤와 똑같아. 아니면 이애가 사람을 속일만큼 그렇게 타락한 건가?'

그녀는 꼬꼽끼나와 문을 닫은 채 오랫동안 이야기를 나눴다. 그녀로부터 슬픈 이야기가 흘러나왔다. 그후에 그녀는 교장 선생님 댁으로 갔다. 그녀는 거의 낙담한 상태로 집으로 돌아왔다. 이모는 싸샤를 야단쳤다. 싸샤는 울면서도 이 모든 일이 허구이며 자신은 아가씨들과 결코 자유분방하게 행동하지 않았다고 열에 들떠 강하게 말했다. 이모는 그의 말을 믿지 않았다. 그녀는 그를 책망하고 책망하다 울음을 터뜨렸고 싸샤에게 회초리를 들겠으며, 그것도

세게 때리겠다고 위협하고 오늘 당장 그 아가씨들을 만나보겠다고
했다. 싸샤는 흐느끼면서 정말로 어떠한 악한 일도 없었으며 이 모
든 일이 심하게 과장되고 꾸며진 것이라고 계속 강하게 주장했다.

화가 나서 울음을 터뜨린 이모는 루찔로프의 집으로 향했다.

예까쩨리나 이바노브나는 루찔로프의 집 거실에서 기다리면서
걱정하고 있었다. 그녀는 가장 험한 욕설을 그 아가씨들에게 퍼붓
고 싶어서 모욕적이고 사악한 말들을 생각하고 있었지만 평화롭고
아름다운 거실이 그녀의 의도와 달리 평온한 생각을 심어주었고
분노를 누그러뜨려주었다. 아직 완성되지 않은 자수, 식물들, 벽에
걸린 판화들이 있었고, 창가에는 정성 들여 가꾸어진 화분들이 놓
여 있었다. 어디에도 먼지 하나 보이지 않았다. 그리고 어떠한 독특
한 가족적인 분위기가 느껴졌다. 언제나 여주인을 평가하는 기준
이 되는, 정돈되지 않은 집에서 볼 수 있는 그런 단점들은 하나도
없었다. 정말로 이런 분위기에서 이 거실의 젊고 배려심 많은 여주
인들이 순진한 소년을 유혹할 수 있었을까? 예까쩨리나 이바노브
나에게는 싸샤에 대해 읽고 들었던 모든 이야기가 너무도 이치에
맞지 않은 것으로 여겨졌다. 대신에 그녀에겐 싸샤가 루찔로프가
의 아가씨들과 함께한 일, 즉 그들과 함께 책을 읽고 이야기를 나
누고 농담을 하고 웃고 장난치고 가정극을 올리려 했지만 올가 바
실리예브나가 허락하지 않았다는 싸샤의 설명이 그럴듯하게 여겨
졌다.

한편 세 자매는 각자 겁을 먹었다. 그들은 아직 싸샤의 변장 사
건이 비밀로 남아 있는지 아닌지 몰랐다. 하지만 그들은 세명이었
고 서로서로를 다정하게 대했다. 그런 분위기가 그들을 더욱 용기
있게 만들어주었다. 그들은 류드밀라의 방에 모여서 속삭이며 이

야기를 나눴다. 발레리야가 말했다.

"그녀에게 가야만 해. 이건 예의에 어긋난 행동이야. 그녀가 기다리고 있어."

"괜찮아. 조금 냉정해지도록 그냥 내버려두지 뭐. 그러지 않으면 그녀가 아주 화를 내며 우리에게 달려들 거라고."

다리야가 태평하게 대답했다.

자매들은 모두 달콤하고 축축한 클레마티스[82] 향수를 뿌렸다. 그러고는 언제나 그렇듯이 평온하고 유쾌하며 사랑스럽게 옷을 갖춰 입고 나와서 환영인사를 하며 밉지 않은 수다를 떨고 유쾌한 모습을 보여주었다. 예까쩨리나 이바노브나는 그들의 사랑스럽고 매혹적인 외모에 곧장 매혹되었다. 그녀는 학교 선생님들에 대해 화를 내며 생각했다.

'타락한 여자를 찾았다고 하다니!'

그러고 나서 그녀는 아가씨들이 어쩌면 겸손한 표정을 지으려고 노력하고 있는지도 모르겠다고 생각했다. 그녀는 아가씨들의 유혹에 넘어가지 않겠다고 생각했다.

"아가씨들, 당신들과 진지하게 이야기를 나눠야만 하겠어요."

그녀는 사무적이고 딱딱한 목소리로 말하려 애쓰면서 입을 열었다.

자매들은 그녀를 자리에 앉히고 즐겁게 수다를 떨었다.

"당신들 중 누가?"

예까쩨리나 이바노브나는 망설이며 말을 시작했다.

류드밀라는 마치 자신이 친절한 여주인으로서 손님 때문에 어

---

82 으아리속 미나리아재빗과의 식물.

려워하는 것 같은 표정을 지으면서 즐겁게 말했다.

"제가 당신의 조카와 더 자주 어울렸어요. 저는 그 아이와 많은 면에서 같은 견해와 취향을 지니고 있어요."

"당신의 조카는 아주 사랑스러운 소년입니다."

다리야는 자신의 칭찬이 손님을 기쁘게 할 거라 확신하듯 말했다.

"맞아요. 사랑스럽고 남의 기분을 좋게 만드는 소년입니다."

류드밀라가 말했다.

예까쩨리나 이바노브나는 더욱더 불편하다고 생각했다. 그녀는 갑자기 자신이 그녀를 비난할 어떠한 중요한 이유도 없다는 것을 깨닫게 되었다. 그래서 그녀는 이 일에 대해 화가 났고, 류드밀라의 마지막 말이 분노를 표출할 빌미를 제공해주었다. 그녀는 화가 나서 말했다.

"당신에게는 기쁨이 되겠죠. 하지만 그 아이에겐……"

하지만 다리야는 그녀의 말을 가로막고 동감하는 듯한 목소리로 말했다.

"어머나, 우리도 뻬레도노프의 어리석은 공상이 당신에게까지 전달되었다는 사실을 알고 있어요. 그런데 당신도 그가 완전히 미쳤다는 것을 알고 계시겠죠? 교장 선생님도 그를 학교에 나오지 못하도록 했죠. 증거 확보를 위해 정신과 의사만 기다리고 있어요. 그때엔 그를 완전히 학교에서 쫓아내겠죠."

이번에는 예까쩨리나 이바노브나가 화를 내며 그녀의 말을 끊었다.

"그런데 실례지만 전 이 선생님에게 관심이 있는 것이 아니라 제 조카에게 관심이 있는 겁니다. 이런 표현을 하는 것을 용서하세요. 전 당신이 그 아이를 타락시켰다고 들었어요."

예까쩨리나 이바노브나는 자매들에게 이런 결정적인 말을 하면서 자신이 너무 앞서나갔다고 생각했다. 자매들은 속은 사람이 예까쩨리나 이바노브나만이 아니라는 데 대해 의혹과 혼돈을 느끼는 표정으로 서로 눈빛을 교환했고 얼굴을 붉히며 모두 한목소리로 외쳤다.

"멋지군요!"

"끔찍하네요!"

"새로운 뉴스예요!"

다리야가 냉정하게 말했다.

"부인, 당신은 전혀 어울리지 않는 표현을 쓰고 계세요. 거친 말을 하시기 전에 그 말들이 얼마나 적절한지 알아보셔야만 해요."

"아, 그 일은 충분히 이해가 돼요!"

류드밀라는 화가 난 듯한 표정을 지었다가 사랑스러운 아가씨의 분노에 대해 용서를 구하고는 생기있게 말하기 시작했다.

"그는 당신에게 남이 아니죠. 물론 이런 모든 어리석은 비방 때문에 당신은 염려하지 않을 수 없을 테고요. 저희 쪽에서는 그가 안되었다는 생각이 들어서 그를 위로해주었던 거예요. 우리 도시에선 모든 일에 대해 죄를 짓고 있어요. 만일 당신이 이곳에 있는 너무도 끔찍한 사람들을 아신다면!"

"끔찍한 사람들이죠!"

발레리야가 낭랑하면서도 떨리는 목소리로 조용히 반복하여 말했고 마치 부정한 뭔가에 몸이 닿기라도 한 것처럼 몸서리를 쳤다. 다리야가 말했다.

"당신이 그에게 직접 물어보세요. 그를 보세요. 그는 여전히 아직도 완전히 아기예요. 아마 당신도 그의 순진함에 대해 익숙해지셨겠죠? 어떻게 본다면 그 아이는 결코 완전히 타락한 소년이 아니라는 것을 더 잘 아시게 될 거예요."

자매들이 너무도 확신에 차 차분하게 거짓말을 해서 그녀는 그들의 말을 믿지 않을 수 없었다. 거짓은 자주 진실보다 더욱더 그럴듯해 보이는 법이다. 거의 언제나 그러하다. 물론 진실은 그럴듯하지 않다. 다리야가 말했다.

"물론 그 아이가 우리 집에 정말 자주 드나든 것은 사실이에요. 하지만 당신이 원하신다면 우리는 그 아이가 이 집 문턱을 더는 넘지 못하도록 하겠어요."

"제가 오늘 직접 흐리빠치 교장 선생님의 집에 다녀올게요. 왜 그분이 이런 생각을 했을까요? 정말로 그분이 이런 어리석은 일들을 믿고 있을까요?"

류드밀라가 말했다. 예까쩨리나 이바노브나는 다음과 같이 말했다.

"아니요, 그분 자신도 믿지 않는 것 같아요. 그분도 여러가지 말도 안되는 소문이 돌고 있다고 말하고 있어요."

"어머, 그것 보세요! 물론 그분도 믿지 않는 거예요. 대체 무엇 때문에 이런 잡음이 생겨난 걸까요?"

류드밀라가 기쁜 듯이 외쳤다.

류드밀라의 유쾌한 음성이 예까쩨리나 이바노브나를 매혹시켰다. 그녀는 생각했다.

'정말 무슨 일이 있었던 걸까? 교장 선생님도 이런 일들을 믿지 않고 있다고 말씀하셨어.'

자매들은 자신들이 싸샤와 알고 지내는 것은 전적으로 아무 잘못이 없다는 것을 예까쩨리나 이바노브나에게 확신시키면서 오랫동안 서로 앞다투어 수다를 떨었다. 그들은 자신들의 생각에 대한 확신을 보여주기 위해 아주 자세하게 언제 그들이 싸샤와 무엇을 했는지 이야기를 했으나 순서는 혼동했다. 그런 모든 일은 무고하고 단순한 일들이라 제대로 기억하는 것은 불가능했던 것이다. 그래서 예까쩨리나 이바노브나는 싸샤와 루찔로프 댁 아가씨들이 말도 안되는 비방의 무고한 희생자가 되었다고 완전히 믿게 되었다.

예까쩨리나 이바노브나는 헤어지면서 자매들과 부드럽게 입을 맞추고 그들에게 말했다.

"당신들은 사랑스럽고 순박한 아가씨들이네요. 이런 무례한 표현을 용서하세요. 전 처음에 당신들이 아주 파렴치한 여자들이라 생각했어요."

자매들은 유쾌하게 웃었다. 류드밀라가 말했다.

"아니에요. 저희는 쾌활한 사람들이지만 이따금 날카로운 말들을 하곤 해서 이 고장 사람들은 우릴 그다지 좋아하지 않아요."

이모는 루찔로프의 집에서 나와 집으로 돌아와서는 싸샤에게 아무 말도 하지 않았다. 그러나 그는 놀라고 근심 가득한 얼굴로 그녀를 맞이했고 조심스럽고 주의 깊게 그녀를 바라보았다. 이모는 꼬꿉끼나에게 갔다. 그들은 오랫동안 이야기를 나눴고 마침내 이모는 결심했다.

'교장 선생님 댁에 다시 가봐야지.'

바로 그날 류드밀라는 흐리빠치의 집으로 향했다. 그녀는 바르바라 니꼴라예브나와 함께 거실에 잠깐 앉아 있다가 일이 있어서 니꼴라이 블라시예비치 방으로 가봐야겠다고 말했다.

흐리빠치의 서재에서는 생생한 이야기들이 오갔다. 그것은 대화

당사자들이 서로서로에게 많은 일을 이야기해야만 할 특별한 이유
가 있어서가 아니라 두사람 다 이야기하는 것을 좋아했기 때문이
다. 그들은 빠른 속도로 서로서로에게 말을 내뱉었다. 흐리빠치는
자신만의 건조하고 시끄러운 소리로 말을 했고 류드밀라는 낭랑하
고 부드러운 재잘거림으로 그의 말에 응수했다. 류드밀라는 유창
하게 자신의 거짓을 확신에 찬 태도로 위장하면서 싸샤 뻴니꼬프
와의 관계에 있어 반은 거짓으로 흐리빠치에게 말했다. 그녀가 호
소한 주요 내용은 그런 조야한 의심 때문에 모욕을 받은 소년에 대
한 동정과 싸샤가 가족 없이 지내는 상황을 바꾸어주고 싶다는 희
망이었다. 그녀는 그가 너무도 영예롭고 유쾌하며 순진한 소년이
라고 덧붙였다. 류드밀라는 울기까지 하였고 빠르게 흐르는 조그
만 눈물방울들이 장밋빛 뺨을 따라 수줍은 듯이 미소를 머금은 입
술로 너무도 아름답게 흘러내리고 있었다.

"정말이에요. 전 그를 동생처럼 사랑했어요. 그 아이는 명예롭고
선량해요. 그는 쓰다듬어주는 것을 좋아하고 내 손에 입맞춤하기
도 했어요."

"물론 그것은 당신의 입장에선 아주 사랑스러운 행동입니다. 당
신의 선량한 감정에도 영예로운 일이 되죠. 하지만 당신이 그런 행
동들을 너무도 가슴 깊이 받아들여서, 전 제가 듣는 모든 소문을
그 아이의 친척들에게 알려야 하는 것을 의무라고 생각했습니다."

흐리빠치는 약간 당황하면서 말했다.

류드밀라는 그의 말을 듣지 않고 약간 비난하는 듯한 어조로 계
속 재잘거렸다.

"우리가 선생님 학교에 있는 포악한 광인 뻬레도노프의 수중에
잡혀 있는 소년을 도와준 것이 뭐가 나쁜지 말씀해주세요. 언제쯤

그 인간을 우리 도시에서 쫓아내시려는지! 선생님도 선생님의 뻴니꼬프가 아직은 어린아이라는 걸 아시잖아요. 맞아요. 그 아이는 완전히 아기예요!"

그녀는 조그맣고 아름다운 두 손을 마주 쳤고 황금 팔찌를 흔들며 상냥하게 웃고 나서 마치 울 것처럼 눈물을 닦기 위해 손수건을 꺼내어 흐리빠치 앞에서 달콤한 향기를 풍겼다. 그래서 흐리빠치는 갑자기 그녀가 '천상의 천사처럼 매혹적'이며 이 모든 애통한 사건은 '그녀의 슬픈 한순간보다 더 가치가 없다'고 말하고 싶어졌다. 하지만 그는 감정을 자제했다.

류드밀라의 빠르고 상냥한 재잘거림이 계속될수록 뻬레도노프가 쌓았던 허구의 건물은 연기처럼 흩어져갔다. 포악하고 광기에 휩싸인 더러운 뻬레도노프와 밝고 유쾌하며 잘 차려입은데다가 좋은 향기까지 풍기는 류드밀로치까를 비교해보라. 류드밀라가 정말로 진실을 이야기하는지 아니면 거짓말을 하는지는 흐리빠치에게 아무 상관이 없다. 하지만 류드밀로치까를 믿지 않고 그녀와 논쟁하여 어떠한 결과를 가져온다면, 예를 들어 뻴니꼬프를 처벌한다면 자신은 곤경에 처할 수도 있고 교장으로서의 경력에 오점을 남기게 될 것이라 느꼈다. 게다가 정상이 아니라고 여겨지는 뻬레도노프와 이 일이 연관되었다는 점에서 더욱 그러했다. 그래서 흐리빠치는 상냥하게 웃으면서 류드밀라에게 말했다.

"이 일이 당신을 그렇게 걱정시켰다니 유감이네요. 전 한순간도 당신과 뻴니꼬프와의 친분에 대해 어리석은 생각을 가져본 적이 결코 없답니다. 전 당신의 행동을 야기하는 선량하고 친절한 동기를 매우 높이 평가하고 있습니다. 어느 한순간도 저에게 들어오고 나가는 소문을 어리석고 터무니없는 비방이라고 생각해보지 않은 적이 없었죠. 그런 비방들은 저를 몹시도 근심케 하였습니다. 전 뻴니꼬바 부인에게 그녀가 들게 될지도 모르는 훨씬 더 왜곡된 정보에 대해 믿지 말라고 알려드리면서 그 어떤 형태로도 당신을 근심시키는 일을 염두에 두지 않았고 뻴니꼬바 부인이 당신에게 찾아가 비난할 거라고 생각지도 못했습니다.”

“아, 저희는 뻴니꼬바 부인과 평화롭게 이야기를 나누었어요.”

류드밀라가 흥겹게 이야기했다.

“저희 때문에 싸샤를 나무라지 말아주세요. 저희 집이 학생들에게 그렇게 위험한 집이라면, 또 선생님이 원하신다면, 저희는 그를 더이상 저희 집에 들이지 않겠어요.”

흐리빠치가 주저하며 말했다.

“당신은 그에게 매우 친절하시군요. 저희는 그 아이가 자유시간에 이모의 허락을 받아 지인들의 집을 방문하는 것을 금할 권리가 없습니다. 우린 학생들의 기숙사를 어떤 곳으로 해야 하는지에 관한 결론과 거리가 먼 이야기를 나누고 있네요. 하지만 아직 뻬레도노프와 관련된 추문이 해결되지 않는 한, 뻴니꼬프가 집에 있도록 하는 게 좋겠습니다.”

루찔로프 씨네 사람들과 싸샤의 확신에 찬 거짓말은 곧 뻬레도노프의 집에서의 끔찍한 사건으로 결말이 났다. 그 사건은 싸샤와 루찔로프 가문의 아가씨들에 관한 모든 소문이 미친 사람의 헛소리라는 것을 도시 사람들에게 확신시켜주었다.

32

춥고 음산한 날이었다. 뻬레도노프는 볼로진네 집을 나서서 자기 집으로 가고 있었다. 우수가 그를 짓눌렀다. 베르시나가 뻬레도노프에게 자기 정원으로 들어오라고 유혹했다. 그는 그녀의 마법 같은 부름에 걸려들었다. 그들 둘은 썩어가는 칙칙한 낙엽들로 뒤덮인 축축한 길을 따라걸으며 정자로 들어갔다. 정자에는 음산하고 습한 공기 냄새가 났다. 벌거벗은 나무들 사이로 유리창들이 굳게 닫힌 집이 보였다.

"전 당신에게 진실을 알려드리고 싶어요."

베르시나는 뻬레도노프를 재빨리 쳐다보고 검은 눈동자를 한쪽으로 흘기며 속삭였다.

그녀는 검은 재킷에 검은 스카프를 두르고 추워서 파래진 입술로 검은 파이프를 빨며 검은 연기를 허공에 뿜어올렸다.

"전 당신의 진실에 침을 뱉어줄 겁니다. 그것도 아주 강하게 뱉을 거예요.”

뻬레도노프가 대답했다.

베르시나는 얼굴을 찡그리며 웃고 나서 대꾸했다.

“그렇게 말하지 마세요! 전 당신이 너무 가여워요. 사람들이 당신을 속였다고요.”

그녀의 음성에는 남의 슬픔을 기뻐하는 빛이 역력했다. 그녀의 혀에선 사악한 말들이 쏟아져나왔다.

“당신은 누군가의 보호를 필요로 했어요. 하지만 당신은 너무도 남의 말을 잘 믿고 행동했죠. 당신은 속았어요. 당신은 지나치게 쉽게 사람들을 믿은 거죠. 모든 사람이 편지를 쉽게 쓸 수 있는 거예요. 당신은 누구와 그 일을 상의할지 알아야만 했어요. 당신의 아내는 특히 예리하지 못하죠.”

뻬레도노프는 베르시나가 중얼거리는 말을 이해하기 어려웠다. 그녀는 그에게 암시를 통해 그 의미가 파악시키려 했다. 베르시나는 큰 소리로 분명하게 말하는 것을 두려워했다. 큰 소리로 이야기한다면 누군가가 듣고 바르바라에게 전할 것이고 그러면 그녀에게 해꼬지당할 것이다. 바르바라는 추문을 만드는 것을 주저하지 않는다. 게다가 분명하게 말하는 것은 뻬레도노프 자신도 싫어한다. 어쩌면 그가 때릴지도 모른다. 그 자신이 추측할 수 있도록 암시만 하자. 그러나 뻬레도노프는 알아차리지 못했다. 예전에도 사람들이 그의 눈을 보면서 그가 속고 있다고 말했지만 지금도 여전히 편지가 위조된 것이라는 사실을 알아차리지 못하고 공작부인이 그를 기만하고 있다고 생각했다.

마침내 베르시나가 직접 말했다.

“당신은 그 편지를 공작부인이 썼다고 생각하시나요? 지금 도시 전체가 당신 아내의 요구에 따라 그루시나가 편지들을 날조했다는 사실을 알고 있어요. 그러니까 공작부인은 아무것도 모르고 계신다고요. 아무에게나 물어보면 모두 알려줄 거예요. 본인들이 직접 이야기를 하고 다닌답니다. 나중에 바르바라 드미뜨리예브나가 증거를 없애기 위해 당신이 가지고 있던 편지를 가지고 가서 불에 태운 거예요.”

무겁고 암울한 생각이 뻬레도노프의 머릿속에서 요동쳤다. 그는 자신이 속았다는 그 한가지 사실만 이해했다. 하지만 공작부인이 모를 리가 없지. 아니야, 그분은 알고 계셔. 그녀가 불길에서 살아나왔을 리가 없어. 그가 말했다.

“당신은 공작부인에 대해 거짓말을 하고 있어요. 제가 공작부인을 불에 태웠거든요. 아니, 다 태운 건 아니에요. 그분이 침을 뱉었어요.”

갑자기 뻬레도노프는 격렬한 분노에 휩싸였다. 사람들이 날 속이다니! 그는 주먹으로 격렬하게 탁자를 내리치더니 자리에서 일어나 베르시나에게 작별인사도 하지 않고 재빨리 집으로 갔다. 베르시나는 흐뭇하게 그의 뒷모습을 바라보았고 검은 연기가 검은 입에서 빠져나와 바람에 흩어졌다.

분노가 뻬레도노프를 사로잡았다. 그러나 바르바라를 발견하자 고통스러운 공포가 그를 감싸서 그는 한마디 말도 할 수가 없었다.

다음날 뻬레도노프는 아침부터 가죽칼집에 든 조그만 칼을 준비하여 주머니에 조심스레 넣었다. 점심을 먹기 전 아침 내내 그는 볼로진의 집에 머물렀다. 그는 볼로진이 일하는 것을 보면서 어리석다고 지적했다. 볼로진은 뻬레도노프가 자신을 예전처럼 대해주어서 기뻤고 그의 어리석음이 자신에게 기쁨을 준다고 생각했다.

미지의 물체가 하루 종일 뻬레도노프 주위를 맴돌았다. 그 물체는 식사 후에도 잠들지 않았다. 끝까지 그를 괴롭혔다. 저녁 무렵 그가 잠이 들려 할 때 어딘가에서부터 소식을 가져온 이상한 여자가 그의 잠을 깨웠다. 들창코에 형편없는 옷을 입은 그 여자가 그의 침대로 다가와서 속삭였다.

"끄바스를 체에 거르고 파이를 만들고 고기를 구워라."

그녀의 뺨은 검은색이었고 치아가 번뜩였다.

"저리 꺼져!"

뻬레도노프가 소리쳤다. 들창코의 여자는 마치 존재하지도 않았다는 듯이 사라져버렸다.

저녁이 되었다. 서글픈 바람이 굴뚝 안을 맴돌았다. 천천히 내리는 비가 조용히 끈질기게 유리창을 두드렸다. 유리창 너머는 칠흑같이 어두웠다. 볼로진이 뻬레도노프의 집에 와 있었다. 뻬레도노프가 아침부터 차를 마시러 오라며 그를 초대했던 것이다.

"아무도 들여보내지 마. 끌라우쥬시까, 듣고 있니?"

뻬레도노프가 소리쳤다.

바르바라가 웃었다. 뻬레도노프는 중얼거렸다.

"어떤 여자들이 이 근처에 할 일 없이 돌아다니고 있어. 잘 봐야만 해. 어떤 여자가 내 침실에 찾아와서 주제넘게 나섰다고. 요리사였던 거 같아. 내게 뭣 때문에 들창코를 한 요리사가 필요하겠어?"

볼로진은 양처럼 웃으며 말했다.

"여자들이 거리에 돌아다니고 있어. 하지만 그들이 우리에게 오는 건 우리랑 아무 상관이 없지. 우리가 그들을 우리 식탁에 오지 못하도록 할 거야."

셋은 식탁에 앉았다. 보드까를 마시고 파이를 먹었다. 그들은 먹는 것보다 마시는 게 더 많았다. 뻬레도노프는 우울했다. 그에게 모든 것이 몽상처럼 무의미하고 서로 연관이 없으며 우연한 것처럼 느껴졌다. 머리가 지독히 아파왔다. 한가지 생각, 즉 볼로진이라는 적에 대한 생각이 지속적으로 반복되어 머릿속에 맴돌았다. 그것은 집요한 생각이 되어 무겁게 그의 머리를 차례로 엄습했다. 더 늦기 전에 빠블루시까를 죽여야만 한다. 그러면 모든 적의 간교함이 드러나게 된다. 그런데 볼로진은 빠르게 술에 취해서 바르바라를 즐겁게 해주기 위해 뭔가 쓸데없는 것을 가루로 만들고 있었다.

뻬레도노프는 초조해졌다. 그는 중얼거렸다.

"누군가가 오고 있어. 아무도 들여보내선 안돼. 내가 따라깐 수도원으로 기도하러 갔다고 말 좀 해줘."

그는 손님들이 방해할까봐 걱정이었다. 볼로진과 바르바라는 우스꽝스러워했다. 그들은 그가 술에 취했다고 생각했다. 그들은 서로에게 눈짓을 보내고 나서 한사람씩 밖으로 나가 문을 두드리며 여러가지 목소리로 말했다.

"뻬레도노프 장군님 집에 계신가요?"

"뻬레도노프 장군님에게 보석이 달린 메달을 가져왔습니다."

하지만 뻬레도노프는 오늘 메달을 기대하지 않았다. 그는 소리질렀다.

"들여보내지 마! 그 사람들을 쫓아버려. 아침에 가져오도록 하란 말이야. 지금은 적절하지 않아."

그는 생각했다.

'아니다. 더 정당하게 볼로진을 죽이기 위해선 적들이 여러가지 일을 가지고 볼로진을 기쁘게 하려고 준비하는 동안만 참기로 하

자. 모든 것이 오늘 드러날 테니.'

"어이구, 우리가 저 사람들을 쫓아냈어. 내일 아침에 가져온다고 하던데."

볼로진이 다시 식탁에 앉으면서 말했다.

뻬레도노프는 멍한 시선으로 그를 바라보며 말했다.

"자네는 나의 친구인가, 적인가?"

"아르다샤, 친구, 친구지!"

볼로진이 대답했다.

"진정한 친구이자 난로 위 바퀴벌레지요."

바르바라가 말했다.

"바퀴벌레가 아니라 양이야."

뻬레도노프가 정정했다.

"빠블루시까, 우리 둘이서만 마시기로 하지. 바르바라, 너 혼자 마셔. 우리 둘이서 함께 마시자고."

볼로진이 키득거리며 말했다.

"만약 바르바라 드미뜨리예브나가 우리와 함께 마신다면 그건 둘이 마시는 것이 아니라 셋이 마시는 게 되지."

"둘이서야."

뻬레도노프가 음울하게 대답했다.

"남편과 어떤 사탄인 아내죠."

바르바라가 말하며 웃었다.

볼로진은 마지막 순간까지 뻬레도노프가 자신을 찌르려 한다는 사실을 생각하지 못했다. 그는 양처럼 소릴 내며 바보짓을 했고 어리석은 말을 하며 바르바라를 웃겼다. 하지만 뻬레도노프는 저녁 내내 칼에 대해 잊지 않고 있었다. 볼로진과 바르바라가 칼이 감춰진 쪽으로 다가오면 뻬레도노프는 날카롭게 물러서라고 소리쳤다. 그는 이따금 주머니를 가리키며 말했다.

"이봐, 여기 내 주머니에 자네가 보면 비명을 지를 수도 있는 물건이 들어 있어."

바르바라와 볼로진이 웃었다.

"아르다샤, 난 영원히 꽥꽥거리며 비명을 지를 수 있어. 아주 간단하지."

볼로진은 보드까 때문에 눈이 빨개지고 멍해진 상태로 고함을 지르며 입술을 내밀었다. 그는 뻬레도노프에게 점점 더 대담하게 행동했다. 그는 경멸하는 듯한 유감을 나타내며 말했다.

"아르다샤, 넌 날 바보로 취급했어."

"내가 널 바보로 취급해주겠어!"

뻬레도노프가 사납게 외쳤다.

그는 볼로진이 끔찍하고 무서워 보였다. 자신을 방어해야만 한다. 뻬레도노프는 재빨리 칼을 쥐고 볼로진에게 달려들어 목을 베었다. 피가 강물처럼 흘렀다.

뻬레도노프는 놀랐다. 칼이 손에서 떨어졌다. 볼로진은 계속 매매거리며 손으로 목을 잡으려 애썼다. 그는 너무도 놀라 몸이 늘어지면서 손을 목까지 가져가지 못하는 것처럼 보였다. 갑자기 그는 몸이 마비되어 뻬레도노프 쪽으로 굴렀다. 발작적인 비명이 들렸다. 그는 마치 목이 메는 듯하더니 이내 잠잠해졌다. 뻬레도노프는 두려워하며 소리 질렀고 그의 뒤에는 바르바라가 서 있었다.

뻬레도노프는 볼로진을 밀었다. 볼로진은 무겁게 바닥으로 떨어졌다. 그는 목 쉰 소리를 내더니 발을 질질 끌며 움직이다가 곧 숨이 끊어졌다. 감지 못한 두 눈은 마치 위에서 유리를 박아놓은 것처럼 보였다. 고양이가 옆방에서 나와 피 냄새를 맡더니 기분 나쁜 소리를 냈다. 바르바라는 망연자실한 채 서 있었다. 끌라우지야가 시끄러운 소릴 듣고 달려왔다. 그녀가 흐느꼈다.

"주인님이 살인을 저지르다니!"

바르바라는 정신을 차리고 끌라우지야와 함께 비명을 지르며 주방에서 나왔다.

사건에 관한 소식은 빠르게 퍼져나갔다. 이웃들이 거리와 정원에 모여들었다. 용감한 사람들이 집 안으로 들어왔다. 그들은 오랫동안 주방으로 들어가야 하는지 아닌지 결정하지 못했다. 그들은 기웃거리며 속삭였다. 뻬레도노프는 광인의 눈길로 시체를 바라보며 문 뒤에서 나는 속삭임을 들었다…… 멍한 우수가 그를 피로하게 했다. 그는 아무 생각도 할 수 없었다.

마침내 사람들이 용기를 내어 들어왔다. 뻬레도노프는 침울하게 앉아서 뭔가 무의미하고 서로 연관도 없는 말들을 중얼거리고 있었다.

1902년 6월 2일[83]

---

83 **원전 편집자 주** 소설을 끝낸 날짜는 작가 쏠로구쁘의 초고에 근거하여 적은 것이다.

쏠로구쁘와 『허접한 악마』

쏠로구쁘의 생애와 작품세계

쏠로구쁘(Cологуб)의 본명은 표도르 꾸지미치 쩨쩨르니꼬프(Федор Кузьмич Тетерников)이다. 러시아 상징주의 시인이자 산문작가, 극작가이자 평론가로 알려져 있는 그는 세기말 유럽문학에서 유행하던 병적이고 염세주의적인 경향을 러시아 문학에 도입한 최초의 작가로 평가받고 있다.

쏠로구쁘는 뻬쩨르부르그의 가난한 재봉사인 꾸지마 아파나시예비치 쩨쩨르니꼬프의 가정에서 태어났다. 1867년 폐결핵으로 아버지가 사망한 이후 쏠로구쁘의 어머니는 아가뽀프라는 귀족 집안의 하녀로 일하게 되고, 어린 쏠로구쁘와 누이동생 올가는 그곳에서 불행한 어린 시절을 보낸다.

쏠로구쁘의 불행은 어머니에 대한 이중적인 감정에서 비롯된다. 그 당시 어머니는 쏠로구쁘를 엄하게 키웠으며 체벌을 심하게 했다고 한다. 작가는 이에 대해 부정적인 태도만을 보인 것이 아니라 때로는 그것을 강하게 원하기도 했다. 이런 성향은 그의 소설들에 등장하는 싸도마조히즘적인 주인공들의 형상에 잘 드러나 있다.

아가쁘프 귀족 집안에서 문학과 예술을 접한 쏠로구쁘는 교사로 부임한 시골 도시인 끄레스찌에서 문학활동을 시작한 것으로 알려져 있다. 1882년 그는 교사 생활을 시작하면서 시와 서정적인 일기, 교육 관련 논문 「고독에 대하여」 「체형(體形)에 대하여」 등을 쓴다. 특히 쏠로구쁘는 그 당시 대다수의 인텔리들의 입장과는 달리 체형에 대해 찬성하는 입장을 보인 것으로 알려져 있다. 러시아에서 체형은 국법에 의해 인정되었고 19세기 말까지도 공공연하게 행해지고 있었다. 특히 1889년 강력한 국가권력을 확충한다는 취지로 체형에 대한 제한이 상당히 완화되었다. 그러나 체형에 대한 오남용이 심각한 지경에 이르자 1890년대에는 체형폐지운동이 러시아 전역으로 확산되었다. 쏠로구쁘는 1892년 8월에 쓴 한 메모에서 체형이 인간의 존엄성을 훼손시킨다는 체형폐지론자들의 주장에 대해 매우 냉소적인 반대 의사를 밝히고 있다. 그는 한 사회가 도덕적인 건강과 영향력을 유지하기 위해서는 체형이 필요하다고 주장한다. 이는 아마도 어린 시절부터 체형에 익숙해졌으며 자신이 교사로서 학생들에게 체형을 가함으로써 학생들을 교화시키려 했던 개인적인 경험이 반영된 것이라 해석할 수 있겠다.

쏠로구쁘는 1884년 쩨-르니꼬프(Те-рников)라는 필명으로 잡지 『봄』에 동시 「여우와 고슴도치」를 발표한다. 이후 작가는 러시아의 지방 소도시 벨리끼예루끼와 비쩨르그로 이사 와 살았는데,

그 당시 그는 자신이 문단에서 소외된 느낌을 받았으며『허접한 악마』에 나오는 것 이상의 끔찍한 경험들을 시골 벽지에서 교사로 일하면서 경험하게 되었다고 한다. 그의 작품에 나타나는 시골 풍경은 아름답고 전원적이며 낭만적인 모습으로 그려지는 것이 아니라 어둡고 암울하며 인간의 악이 집결된 공간으로 묘사된다. 시골 사람들은 더럽고 비열하며 저속하게 그려진다. 그는 그 시기 자신의 경험을 소설『허접한 악마』에 치밀하게 드러낸다.

이후 그는 다시 수도 뻬쩨르부르그로 돌아와 잡지『북방통보』를 중심으로 활약하는 문인들(상징주의자로 이름을 떨치게 되는 니꼴라이 민스끼, 지나이다 기삐우스, 드미뜨리 메레시꼽스끼 등)과 교류하며 러시아를 대표하는 초기 상징주의자로서 이름을 떨치게 된다. 그때 민스끼가 작가에게 쩨쩨르니꼬프라는 이름은 시적이지 않으니 쏠로구쁘라는 필명으로 활동하는 것이 어떠냐는 제안을 했고, 작가는 그 제안을 받아들여 그때부터 자신의 필명을 쏠로구쁘라 정했다.

1896년 그는 러시아 최초의 퇴폐주의적 장편『악몽』을 발표한다. 소설의 주인공 로긴은 시골학교 교사로서 쏠로구쁘 자신을 모델로 한 것으로 여겨지며, 소설의 미학적인 기법은 러시아 퇴폐주의 산문의 규범을 충실히 따르고 있는 것으로 평가받는다. 시선집『시, 제1권』을 출간했지만 그다지 성공적이지 못했다. 이후 산문집『그림자들, 단편들과 시들』을 출판한다. 이 작품집에는 죽음에 관한 작가의 신비하고 암울한 태도가 잘 드러나 있다.

러시아를 대표하는 상징주의자들과의 교류는 지속적으로 유지되었다. 쏠로구쁘는 자신의 집에서 예술가, 작가, 시인 모임을 자주 열었다. '부활'이란 이름의 그 모임에는 알렉산드르 블로끄, 미하일 꾸즈민, 알렉세이 레미조프, 쎄르게이 고로제쯔끼, 뱌체슬라프 이바노프 등 당대의 유명한 상징주의자들과 산문작가들이 대거 참석했다.

쏠로구쁘가 전세계적인 작가의 반열에 오른 것은 1907년 『허접한 악마』가 단행본으로 출판된 이후다. 이 소설의 성공으로 인하여 작가는 러시아 및 전세계적으로 유명해졌으며 러시아를 대표하는 작가가 되었다. 1908년 교직을 떠나 결혼한 이후 그는 계속해서 시집 『뱀』, 희곡 『죽음의 승리』 『지혜로운 꿀벌의 선물』 『사랑』 등을 출판했다. 그후 1909년 쏠로구쁘는 소설 『핏방울』 『나브이의 요술』과 『창조되는 전설』(1908~12)을 발표한다. 이해부터 1912년까지 쏠로구쁘 전집이 열두권으로 출판되었고, 그에 관한 평론집에는 서른편 이상의 평론들이 실리게 된다. 1913년부터 작가는 '오늘날의 예술'이란 제목으로 강연을 하며 성공적인 연사로 자리매김한다.

1914년에는 『작가들의 일기』라는 잡지를 간행하기 시작했는데 1차 세계대전이 발발하면서 잡지가 중단되었다. 1917년 러시아 2차 혁명이 일어나자 작가는 1차 혁명 때와 달리 혁명에 대해 강한 반대 입장을 보인다. 그는 혁명을 파괴적이고 수치스러운 것으로 간주했다. 그런 작가의 입장과 달리 러시아 2차 혁명은 성공적이었고 러시아에는 쏘비에뜨 정권이 들어선다. 1921년 작가는 쏘비에뜨 정부에 망명을 요청했지만 아무 답변이 없자 육개월 뒤 작가 자신이 직접 레닌에게 망명을 요청하는 편지를 썼다. 하지만 정부는 그가 '프롤레따리아의 적이며 반혁명적 작가'라는 이유로 망명을 허락하지 않았다. 한편 이해에 정신장애를 앓던 쏠로구쁘의 아내가 뚜츠꼬프 다리에서 몸을 던져 자살하고 만다. 슬픔에 빠진 작가는 망명의사를 접고 아내가 자살한 강변에 있는 아파트로 이사 와 쓸쓸히 지내게 된다. 이후 그는 새로운 작품을 창작하기보다는 세계문학을 번역하는 일에 매달렸다. 자신이 12월에 죽을 것이라고 늘 이야기하던 것처럼 쏠로구쁘는 1927년 12월 5일 요독증으로 쓸쓸하게 생을 마감하고, 이틀 뒤 스몰렌스끄 묘지에 묻힌 아내 옆에 영면한다.

작가의 삶은 늘 죽음을 염두에 둔 삶이었다. 그에게 죽음은 삶의 저편에 있는 것이 아니라 늘 삶에 가까이 있었으며, 작가는 때로 죽음을 동경하기도 했고 반대로 두려워하기도 했다. 사실 러시아 역사에서 가장 격동기라 할 수 있는 19세기 말과 20세기 초의 파란만장한 사건들을 체험하면서 작가는 점점 삶에 회의적인 태도, 염세주의적인 시각을 가지게 되었고, 현상이 아닌 그 현상 이면의 진리를 찾아헤맸다. 즉, 그에게 세계의 모든 것은 하나의 상징에 불과한 것이었다. 그런 이유로 그의 작품들에는 현실에 대한 충실한 묘사보다는 신비한 마술, 마법, 점, 신화적인 요소 등이 주요 모띠프로 나타난다. 이 때문에 작가는 러시아를 대표하는 상징주의자가 되었다. 따라서 그의 시와 소설은 다소 모호하고 때론 신비한 느낌마저 주게 된다.

그렇다고 해서 작가가 현실로부터의 완전한 도피를 꿈꾼 것은 아니다. 그는 러시아의 현실에 관심을 가졌고 혁명이나 사회적인 이슈가 되는 문제들(이를테면 체형에 관한 문제)에 대한 입장을 명백히 밝혔으며 그것을 두려워하지 않았다. 사랑과 칭찬에 늘 굶주렸던 불행했던 어린 시절, 그리고 학생들 및 주변 사람들과 원만한 관계를 유지하지 못했던 교사로서 외롭고 힘든 삶, 유일하게 사랑했던 여동생 올가의 죽음과 아내의 자살 등은 『허접한 악마』의

주인공 뻬레도노프가 그러했듯이, 눈에 보이지 않는 악의 존재가
자신에게 영향을 미치는 것이라 믿게 만들었고 쏠로구쁘로 하여금
염세주의자가 되도록 함으로써 작가는 인간의 어두운 측면, 즉 무
의식에 내재된 야만, 폭력성, 저속함과 비열함, 작가 도스또옙스끼
가 천착했던 학대받고 모욕받은 인간의 복잡한 심리, 싸도마조히
즘 등을 예리한 필치로 파헤치게 되었다.

사실 쏠로구쁘는 소설을 쓰기 전부터 프랑스의 자연주의 소설
가들, 특히 에밀 졸라의 영향을 받아 이 세상 모든 것을 표현대상
으로 삼을 수 있다고 생각했고 소설에 그런 입장을 반영하면서 인
간과 환경의 모든 것을 세밀하게 드러냈다. 하지만 이후 작가는 예
술이란 합리적이고 과학적인 사고를 뛰어넘어 좀더 보편적인 세계
인식을 담아내야 한다고 생각함과 동시에 악한 세상으로부터의 구
원을 갈망하기 시작했다. 바로 이런 점이 그를 전기 상징주의와 차
별되는 후기 상징주의, 즉 블라지미르 쏠로비요프의 종교철학적
인 구원사상을 중시하는 관념적이고 신비한 경향으로 이끌었던 것
이다.

『허접한 악마』(*Мелкий Бес*)

1. 비열함의 극한에서 맛보는 환희

소설 『허접한 악마』는 표도르 쏠로구쁘가 뻴리끼예루끼라는 지
방의 소도시에 근무할 당시 구상을 시작하여 십여년에 걸쳐 완성

한 소설이다. 작가는 그곳에서 오년간 교사생활을 하며 정밀하게 관찰한 사건과 인물을 토대로 하여 소설을 써나갔다. 예를 들어 쏠로구쁘는 벨리끼예루끼 시립학교에서 러시아어 교사로 일하다 정신병원에서 사망한 이반 이바노비치 스뜨라호프를 모델로 하여 『허접한 악마』의 주인공 뻬레도노프를 창조했다. 스뜨라호프는 교사로서 자질이 부족하고 학생들에게 인정받지 못했을 뿐만 아니라 교원평의회 회의장을 무단으로 이탈하는가 하면 학생들의 점수도 제대로 평가하지 않아 질책을 받았다. 이런 이유로 스뜨라호프는 면직되고 정신병원에 수감된다.

　『허접한 악마』의 주인공 뻬레도노프 또한 교사로서 가르치는 일보다는 학생들을 괴롭히는 일을 즐겨하며, 특히 예고도 없이 학생들의 집을 방문하여 학생들의 잘못을 부모들에게 알림으로써 학생들이 부모들에게 꾸지람 듣는 장면을 보는 것을 즐긴다. 게다가 깨끗하고 단정하게 옷을 입은 학생들을 특히 싫어하고 향수 냄새와 향냄새를 싫어한다. 이렇게 저열하고 가학적인 뻬레도노프의 행동은 그의 일상에서 심심치 않게 자주 보인다. 자신이 기르는 고양이를 늘 괴롭히는가 하면 동거하는 바르바라의 얼굴에 침을 뱉고, 이사를 앞두고 자신이 살던 집의 바닥과 벽지를 온통 엉망으로 만들어놓음으로써 집주인에게 복수하기도 한다. 뿐만 아니라 몰래 건포도를 먹어치우고는 그 죄를 하녀인 끌라우지야에게 덮어씌워 그녀가 곤경에 처한 모습을 보면서 희열을 느낀다. 그는 더러움과 비열함을 통해 쾌락을 느낀다. 늘 불결하고 남을 속이기를 좋아하는 바르바라와 함께 살면서도 아무렇지도 않아하는 뻬레도노프는 결국 바르바라의 속임수(바르바라는 뻬레도노프가 자신과 결혼하면 뻬레도노프를 장학관 자리에 앉게 해준다는 공작부인의 가짜 편지

를 뻬레도노프에게 보여주고 그와 결혼하게 된다)에 걸려들게 됨
으로써 자신이 좋아하고 즐기던 악과 속임수의 늪에 점점 더 빠져
들어 헤어나올 수 없게 된다.

2. 비열함 속에 잠재된 피해의식

뻬레도노프의 삶은 늘 유쾌한 것만은 아니었다. 그는 늘 누군가
가 자신을 공격하거나 해꼬지할지도 모르며 더 나아가 죽일지도
모른다는 불안과 피해의식을 가지고 있었다. 친구인 볼로진이 자
신의 자리를 차지하지 않을까 염려하여 볼로진이 자신을 대신하지
못하도록 자신의 몸에 뻬레도노프를 의미하는 Π라는 이니셜을 써
놓기도 하고 볼로진이 마시려는 술잔을 뺏고 그의 급사(急死)를 빌
며 저주를 퍼붓는다. 동거녀인 바르바라가 만든 음식에 독이 있지
않을까 노심초사하고 또 그녀가 칼로 자신을 살해할까봐 염려되어
칼을 쓰지 못하게 하며 그녀가 잠든 사이 칼과 포크를 몰래 감추기
도 한다. 뿐만 아니라 뻬레도노프는 자신의 집에 걸린 초상화나 수
집한 책들이 문제가 되어 누군가가 그 사실을 밀고함으로써 장학
관이 되지 못할 수도 있다고 생각하여 급진적인 러시아 평론가 삐
사례프의 책을 숨기기도 한다. 뿐만 아니라 수많은 적이 자신에 대
한 거짓 소문을 퍼뜨려 자신이 장학관 자리에 앉지 못하도록 할까
봐 마을 유지들을 차례로 방문하여 마을에 떠도는(사실은 떠돌지
도 않는) 소문이 거짓이라 말하기도 한다. 거리를 걸으면서도 그는
늘 불안하다.

어디를 가나 뻬레도노프에게 적의를 품고 있는 낯선 사람들이 살고 있었다. 아마도 그중 어떤 사람들은 지금도 그에게 악의를 품고 있을 것이다. 아마도 어떤 사람은 왜 뻬레도노프 혼자 이렇게 늦은 시간에 어딘가로 가고 있는지 이상하게 생각할지도 모르겠다. 뻬레도노프는 누군가가 자신의 뒤를 밟고 자신의 뒤에 숨어 있는 것같이 느꼈다. 그는 우울해졌다. 그는 아무런 목적 없이 서둘러 걸어갔다. (12장)

'여긴 좋은 도시가 아니야. 이곳 사람들은 사악하고 추접해. 모든 선생님이 몸을 숙여 인사하고 모든 학생은 두려움에 떨며 작게 속삭이게 될 다른 도시로 하루 빨리 갔으면.' (19장)

뻬레도노프는 사람들뿐만 아니라 자연, 이를테면 아름다운 꽃도 마치 자신을 살해하기 위해 존재하는 것처럼 생각한다.

뻬레도노프는 그런 꽃들이 그들의 집 정원에 많다는 것을 기억해냈다. 정말 끔찍한 이름을 가지고 있군! 아마도 그 꽃에는 독이 있겠지. 그러니까 바르바라가 그것들을 뜯어와 한다발이나 차 대신 끓여서 나를 독살할 수도 있을 거야. 그러고 나서 서류를 들이댈 거야. 나를 볼로진과 바꿔버리려고 독살하는 거지. 어쩌면 벌써 그렇게 준비했는지도 몰라. 그러지 않고서야 그가 이 꽃 이름을 어떻게 알겠어? (15장)

뻬레도노프의 이런 피해의식과 의심은 날이 갈수록 심해져갔고 병적인 징후로 나타난다. 그는 멍한 표정을 짓고 있으며 그의 눈길은 한곳에 집중되지 않고 "어딘가 먼 곳에 고정된 듯하거나 이상하게 허공을 헤매는 것 같았다. 그는 계속해서 뭔가를 주시"(19장)했기 때문에 그의 눈에는 사물이 두겹으로 겹쳐 보이거나 투명하게 보이기도 했고 고정되어 보이기도 했다. 이제 뻬레도노프는 존재와 비존재의 경계를 넘나들며 사물을 바라보게 된 것이다. 즉, 그는 존재하는 것을 제대로 보지 못하고 비존재를 보게 된다. 그는 환각을 볼 뿐만 아니라 환청을 듣기도 한다.

　뻬레도노프는 모든 일에서 마법과 주문을 보았다. 환상 때문에 그는 공포에 질렸다. 그것은 그의 마음속에서 광적인 싸움과 동요를 불러일으켰다. 미지의 물체는 피범벅이 되어 나타나거나 불길에 휩싸여 신음하며 포효했다. 그 포효 때문에 뻬레도노프의 머리는 참을 수 없을 정도의 통증으로 흔들렸다. 고양이는 이상할 정도로 거대해져서 발을 구르고, 무성하게 자란 붉은 수염을 내밀었다. (27장)

그는 카드의 왕과 여왕의 눈동자가 기분 나쁘다며 모두 도려내는가 하면 자신을 계속 조롱하는 이상한 미지의 물체, 니다띠꼼까(недотыкомка)를 보게 되고 바르바라가 그것을 가져온 것이라 생각하고는 그녀가 외출한 틈을 타서 그 물체를 숨겨두었을지도 모르는 바르바라의 원피스를 가위로 모조리 잘라버린다.

이처럼 뻬레도노프는 자신을 둘러싼 모든 환경과 타인이 자신에게 적대적이라는 피해의식 속에 살아가며 소외되어 절대적인 고독을 느끼고 그 모든 것과 외로운 투쟁을 벌이며 심신의 피로함을 느낀다. 그는 "자연이 애수와 두려움이란 감정에 자신에 대한 적대적인 감정을 반영하는 것이라고 느꼈다. 자연에는 내외적인 정의로 도달할 수 없는 적대감이 있다. 그런데 자연은 인간과 자연 간의 진정하고 심오하며 의심할 여지 없이 분명한 관계를 유일하게 만들어낸다. 하지만 뻬레도노프는 그런 자연을 느끼지 못했다. 그래서 그는 모든 자연이 인간의 소소한 감정을 담고 있다고 생각한 것이다. 개개인과 개별적인 존재들의 유혹에 눈이 먼 그는 자연이 들려주는 환희의 노래, 디오니소스적인 원초적인 기쁨을 이해할 수 없었다. 그는 우리와 같은 많은 사람들처럼 눈멀고 불쌍한 인간"(22장)이었던 것이다.

3. 진정한 삶을 찾아서

어둡고 암울하고 저열한 뻬레도노프의 세계와 대비되는 류드밀라의 세계는 밝고 향기롭고 열정적이며 자유분방하게 그려진다. 뻬레도노프가 퍼뜨린 소문(뻬레도노프의 제자인 싸샤가 남장여자라는)의 진상을 확인하기 위해 싸샤를 찾았던 류드밀라는 그의 '신화적인 아름다움'에 빠지고 만다. 싸샤는 디오니소스를 연상시키는 미소년으로서 여성처럼 나약해 보이며 성적 모호함을 불러일으키는 존재이다. 그는 류드밀라에 의해 여장을 자주 하게 되면서 어느새 성적 정체성을 잃어버린다. 실제 가장무도회에서는 게이샤의 역할을 완벽하게 소화하기도 한다. 디오니소스 축제에 비유될 수 있는 난장판 가장무도회에서 싸샤는 모든 사람의 이목을 집중시키는 축제의 주인공이 되지만 나중에 사람들에 의해 옷을 찢기고 비난당함으로써 주인공의 자리를 박탈당한다. 이렇듯 작가 쏠로구쁘는 이 장면에서 디오니소스 축제의 뒤집기를 보여준다. 참가자들은 인기투표의 결과 배우인 벤갈스끼와 게이샤(싸샤)가 상을 받게 된 것에 불만을 표하며 싸샤의 옷을 잡아찢고 그의 가면을 벗기고자 한다.

무도회에 참가한 마을 사람들은 탐욕스러우며 저속한 이들로 그려진다. 아메리칸 원주민으로 분장한 구다옙스끼, 곰으로 분장한 여교사 스꼬보츠끼나, 거친 말투와 천박한 행동을 보이며 대담한 노출을 한 그루시나(뻬레도노프에게 보내는 공작부인의 가짜 편지를 작성한 여자) 등은 가면에 의지하여 내면에 감추어진 비속함, 저열함과 야수성을 여지없이 드러낸다. 이런 카니발적인 난장판의 절정은 뻬레도노프의 방화에 의해 모든 것의 소멸로 마무리된다. 주위의 모든 사람과 현상을 의심하던 주인공 뻬레도노프의 정신상태는 극한에 이르러, 급기야는 그렇게도 기다리던 공작부인의 편지 대신 백오십살이나 된 공작부인의 환영을 보거나 자신이 과거에 공작부인의 정부였기 때문에 자신이 바르바라와 결혼을 한 것을 질투하여 장학관으로 임명한다는 내용의 편지를 보내지 않는 거라는 엉뚱한 생각을 하게 되는 지경에까지 이른다. 뿐만 아니라 그는 학교에서 파면된 이후 집 안에서만 지내며 벽지 뒤에 숨어 있는 적들과 정말로 피곤한 싸움을 하며 소일한다.

가장무도회에 참석한 뻬레도노프에게 사람들이 즐기는 디오니소스적인 환희는 더는 아무 의미도 없고 무미건조한 것이었다. 이상한 생명체는 계속해서 뻬레도노프에게 "성냥에 불을 붙여 자신을 덮쳐서 불에 태우면 자신은 더럽고 뿌연 벽에 갇혀서 나오지 못할 거"(30장)라는 말을 속삭이고, 그는 그 말을 듣고는 무의식중에 불을 지르게 된다. 늘 피해의식에 사로잡혀서 불안하고 고독한 삶을 벗어나게 해주는 유일한 열쇠였던 공작부인의 편지는 뻬레도노프를 '지금 여기'가 아닌 '저 먼 곳'으로 갈 수 있게 해주는 탈출구였는지도 모른다. 하지만 그 편지는 허구이기에 결국 뻬레도노프는 존재하지도 않는 허구(사실이 아닌) 혹은 거짓을 위해 무익하게 자신의 삶을 스스로 피폐시켰던 것이다. 결국 그는 가짜 편지 사건이 바르바라가 꾸며낸 것이라는 사실을 모든 사람이 알아차리지만 정작 자신만 그것을 모르는 상황에 처하게 된다. 그런 기만과 절망의 심연 속에서 정말로 뻬레도노프가 원하던 것은 어쩌면 공작부인의 편지가 아니라 진정한 평온이자 쉼이었는지도 모른다. 그는 '숨을 쉬기 위해' 자신을 둘러싼 허위와 기만의 모든 세계를 소멸시키고자 하는 욕망으로 방화하게 된 것이다.

하지만 방화를 한 후에도 뻬레도노프에겐 진정한 쉼과 평화가 없었다. 이상한 생물은 미친 여자 요리사가 되어 뻬레도노프에게 자꾸 나타난다. 그리고 뻬레도노프를 분노하게 한 베르시나의 말("사람들이 당신을 속였다고요.")은 뻬레도노프로 하여금 모든 적으로부터 자신을 지키기 위해 그 적들을 대표할 희생양으로 볼로진을 선택하도록 했다. 뻬레도노프는 볼로진이 "끔찍하고 무서워 보였다. 자신을 방어해야만 한다"(32장)고 생각했다. 그리고 순간적으로 칼을 뽑아 볼로진의 목을 찌른다. 소설 곳곳에서 양에 비유되며 실제로 양 울음소리 흉내 내기를 즐기는 볼로진은 말 그대로 뻬레도노프의 광기의 '희생양'이며 무의미한 죽음과 허무의 극치를 보여준다.

뻬레도노프는 악을 행하지만 그 악행의 내용은 그를 악마라 부르기에는 너무도 허접하고 비열하며 저속하다. 그는 인간이면 누구나가 한번쯤 생각할 수도 있는 비열하고 옹졸한 일들을 거리낌 없이 저지르는 '허접한 악마'로서 인간 내면의 깊숙한 곳에 자리 잡은 치부를 드러낸다. 이는 눈에 보이지 않는(어쩌면 허구이거나 거짓인) 불분명하고 불명확한 목표를 향해 누군가를 의식하며 그 누군가와 늘 경쟁하며 혼자서 쉼 없이 달려가는 고독한 현대인들의 이중적이고 극단적인 모습을 떠올리게 한다. 뻬레도노프가 진정 원했던 것이 출세를 위한 장학관 자리가 아니라 자신과 타인과의 쉼 없는 처절하고 피곤한 싸움의 종식이자 진정한 쉼이었다는 점은 현대인들에게 삶의 목표를 설정하기 이전에 삶의 과정 자체를 돌아보게 하기에 충분하다. 뻬레도노프의 허접스러움은 그 어떤 목적도 대의명분도 가지지 못한 것이었기에 무의미하며 우습다. 이 점에서 작가 쏠로구쁘는 밖에서 안을 들여다 볼 수 없는 거울을 만들어 주인공을 거울 밖에 외로이 던져두고 독자들을 거울이 있는 방 안에 배치하여 뻬레도노프의 비열함과 허접스러움을 맘껏 감상하게 만드는 기회를 부여하고 있다고 할 수 있다. 그런데 여기서 중요한 점은 독자들 또한 뻬레도노프의 '허접스러움'에서 완전히 자유롭지 못하다는 것이고 바로 그 점 때문에 그 거울은 나를 들여다볼 수 있는 거울이기도 한다는 것이다.

조혜경(고대 노문과 강사)

1863년   뻬쩨르부르그 출생.

1867년   아버지가 폐결핵으로 사망, 과부가 된 어머니와 함께 귀족 아가쁘 프 집에서 여동생 올가와 함께 생활.

1879년   고등학교 졸업.

1882년   뻬쩨르부르그 사범대학 졸업과 동시에 지방 소도시 끄레스찌에 서 교편 잡음.

1884년   쩨-르니꼬프라는 필명으로 잡지 『봄』에 동시 「여우와 고슴도치」 발표.

1892년   뻬쩨르부르그에서 『허접한 악마』 집필 시작. 계속해서 잡지 『북방통보』 출판사의 사무실을 방문하며 당대 문인들(러시아 상징주의자로 이름을 떨치게 되는 니꼴라이 민스끼, 지나이다 기뻐우스, 드미뜨리 메레시꼽스끼 등)과 교류.

1894년   「니노치까의 실수」라는 단편을 잡지 『환상세계』에 발표. 이후로 사망 전까지 꾸준히 백여편에 이르는 단편 발표.

1896년　러시아 최초의 퇴폐주의적인 장편『악몽』, 시집『시, 제1권』과 산문집『그림자들, 단편들과 시들』을 잇달아 발표.

1897년　잡지『북방통보』와 관계를 단절하고, 메레시꼽스끼, 기삐우스와 함께 잡지『북방』에 작품을 기고.

1899년　안드레예프 시립초등학교의 교장이 됨과 동시에 뻬쩨르부르그 초등학교연합회 회원이 되어 뻬쩨르부르그의 바실리옙스끼 섬으로 이사.

1902년　『허접한 악마』 탈고.

1905년　잡지『삶에 관한 질문들』에 씨리즈물로『허접한 악마』 연재. 마지막 회가 실리기 바로 직전에 잡지가 폐간됨. 이 시기 쏠로구쁘는 자신의 집에서 예술가, 작가, 시인 모임을 자주 열었으며 '부활'이란 이름의 이 모임에는 알렉산드르 블로끄, 미하일 꾸즈민, 알렉세이 레미조프, 쎄르게이 고로제쯔끼, 뱌체슬라프 이바노프 등 당대의 유명한 러시아 상징주의자들과 산문작가들이 대거 참석. 러시아 1차 혁명 발발. 혁명을 지지하는 애국적인 시집『조국에서』 발표.

1907년　『허접한 악마』가 단행본으로 출판되어 큰 인기 얻음. 누이동생 올가가 폐결핵으로 핀란드에서 사망.

1908년　이십오년간 몸담았던 교직을 떠남. 삼년 전 뱌체슬라프 이바노프의 집에서 만난 적이 있던 번역가 아나스따시야 체보따롑스까야와 결혼하고 시집『뱀』, 희곡『죽음의 승리』『지혜로운 꿀벌의 선물』『사랑』 등을 출판.

1909년　소설『허접한 악마』의 영어판 출판. 소설『핏방울』『나브이의 요술』과『창조되는 전설』(1908~12)을 발표. 1912년까지 열두권짜리 쏠로구쁘 전집이 출판됨.

1913년   '오늘날의 예술'이란 주제로 강연을 다니기 시작, 연사로서 인정받음.

1914년   『작가들의 일기』라는 잡지를 발행하기 시작했으나 1차 세계대전 발발로 중단.

1915년   단편집과 동화집 두권이 영어로 출판됨.

1916년   작가의 전집 열두권이 영어로 번역됨.

1917년   러시아 2차 혁명 발발. 작가는 1차 혁명 때와 달리 2차 혁명에 대해 강한 반대 입장을 보임. 그는 혁명을 파괴적이고 수치스러운 것으로 간주함.

1918년   단편집 「눈 먼 나비」와 「얼마 남지 않은 인생」 발표.

1921년   쏘비에뜨 정부에 망명 요청. 정부로부터 아무런 대답이 없자 육개월 뒤 직접 레닌에게 망명을 요청하는 편지를 씀. 정신이상 증세 보이던 아내의 투신자살. 이후 세계문학 번역에 몰두.

1927년   요독증으로 사망하여 아내의 묘가 있는 스몰렌스끄 묘지에 영면.

발간사

고전의 새로운 기준, 창비세계문학

오늘날 우리는 인간의 존엄과 개성이 매몰되어가는 시대를 살고 있다. 물질만능과 승자독식을 강요하는 자본주의가 전지구적으로 확산되면서 현대사회는 더 황폐해지고 삶의 질은 크게 훼손되었다. 경제성장만이 최고의 선으로 인정되고 상업주의에 물든 문화소비가 삶을 지배할수록 문학은 점점 더 변방으로 밀려나고 있다. 삶의 본질을 성찰하는 문학의 자리가 위축되는 세계에서는 가진 자와 못 가진 자 할 것 없이 모두가 불행할 수밖에 없다.

이 시대야말로 인간답게 산다는 것의 의미가 무엇인지 근본적인 화두를 다시 던지고 사유의 모험을 떠나야 할 때다. 우리는 그 여정에 반드시 필요한 벗과 스승이 다름 아닌 세계문학의 고전이라는 점을 강조한다. 고전에는 다양한 전통과 문화를 쌓아올린 공동체의 경험이 녹아들어 있고, 세계와 존재에 대한 탁월한 개인들의 치열한 탐색이 기록되어 있으며, 새로운 세상을 꿈꾸는 아름다운 도전과 눈물이 아로새겨 있기 때문이다. 이 무궁무진한 상상력의 보고이자 살아 있는 문화유산을 되새길 때만 개인의 일상에서 참다운 인간적 가치를 실현하고 근대적 삶의 의미와 한계를 성찰하는 지혜를 얻을 수 있을 것이다.

'창비세계문학'은 이러한 문제의식에서 출발한다. 세계문학의 참의미를 되새겨 '지금 여기'의 관점으로 우리의 정전을 재구성해야 할 필요성이 그 어느 때보다 절실하다. '정전'이란 본디 고정된 목록으로 존재하는 것이 아니라 그때그때 주어진 처소에서 새롭게 재구성됨으로써 생명을 이어가는 것이다. 우리는 먼저 전세계 문학들의 다양성과 차이를 존중하면서 국가와 민족, 언어의 경계를 넘어 보편적 가치에 기여할 수 있는 가능성에 주목하고자 한다. 근대를 깊이 성찰한 서양문학뿐 아니라 아시아와 라틴아메리카, 중동과 아프리카 등 비서구권 문학의 성취를 발굴하고 재평가하는 것 역시 세계문학의 지형도를 다시 그리려는 창비의 필수적인 작업이 될 것이다.

여러 전집들이 나와 있는 세계문학 시장에서 '창비세계문학'은 세계문학 독서의 새로운 기준이 되고자 한다. 참신하고 폭넓으면서도 엄정한 기획, 원작의 의도와 문체를 살려내는 적확하고 충실한 번역, 그리고 완성도 높은 책의 품질이 그 기초이다. 독서시장을 왜곡하는 값싼 유행과 상업주의에 맞서 문학정신을 굳건히 세우며, 안팎의 조언과 비판에 귀 기울이고 독자들과 꾸준히 소통하면서 진정 이 시대가 요구하는 세계문학이 무엇인지 되묻고 갱신해나갈 것이다.

　　1966년 계간『창작과비평』을 창간한 이래 한국문학을 풍성하게
하고 민족문학과 세계문학 담론을 주도해온 창비가 오직 좋은 책
으로 독자와 함께해왔듯, '창비세계문학' 역시 그러한 항심을 지켜
나갈 것이다. '창비세계문학'이 다른 시공간에서 우리와 닮은 삶을
만나게 해주고, 가보지 못한 길을 걷게 하며, 그 길 끝에서 새로운
길을 열어주기를 소망한다. 또한 무한경쟁에 내몰린 젊은이와 청
소년 들에게 삶의 소중함과 기쁨을 일깨워주기를 바란다. 목록을
쌓아갈수록 '창비세계문학'이 독자들의 사랑으로 무르익고 그 감
동이 세대를 넘나들며 이어진다면 더없는 보람이겠다.

2012년 가을
창비세계문학 기획위원회

창비세계문학 27

허접한 악마

초판 1쇄 발행/2013년 12월 30일

지은이/표도르 쏠로구쁘
옮긴이/조혜경
펴낸이/강일우
책임편집/심하은
펴낸곳/(주)창비
등록/1986년 8월 5일 제85호
주소/413-120 경기도 파주시 회동길 184
전화/031-955-3333
팩시밀리/영업 031-955-3399 편집 031-955-3400
홈페이지/www.changbi.com
전자우편/lit@changbi.com

한국어판 ⓒ (주)창비 2013
ISBN 978-89-364-6427-1 03890